아다
마스

§ 아다마스 1 §

2012년 1월 9일 초판 1쇄 인쇄
2012년 1월 13일 초판 1쇄 발행

지은이 § 문은숙
발행인 § 곽중열
기획&편집디자인 § 신연제, 이윤아
발행처 § (주)조은세상

등록 § 2002-23호.(1998년 01월 20일)
주소 § 경기도 고양시 일산동구 장항동 558번지 6호
Tel § 편집부(02)587-2977
영업부(031)906-0890
e-mail romance@comics21c.co.kr
값 10,000원

ISBN 978-89-6159-728-9 / ISBN 978-89-6159-727-2(set)

아다
마스

문은숙 장편소설

GOOD WORLD ROMANCE NOVEL

1

(주)조은세상

contents

······반해 버렸어.
그때 그 모습을 보면서 마음이 뒤흔들렸어.
처음으로, 사람이 갖고 싶다고 생각했어.
평생 열의 같은 건 없을 줄 알았던 내가,
널 보면서 미친 듯이 갖고 싶다는 생각을 했어

단지 꿈같았던 그 순간이 지나고도
너를 보면 살아 있는 게 좋다는 생각을 했어.

반해 버렸다는 게 어떤 건지 시간이 지나면서 깨달았어.

설사 네가 어떤 사람이라고 해도
내가 본 모습은 그저 눈의 거짓이 빚은 환상이었다고 해도
그런 건 이제 어찌 돼도 좋을 만큼
너를 보는 게 행복한 지금의 내가 있어.

제 1 장

새하얀 벚꽃 그늘 아래

……잊을 수가 없다. 그때의 그 모습을.
흐릿한 보랏빛이 점점 진해지더니 하늘 아래 모든 것들에 아련한
붉은 그림자를 드리우던 그 저녁 무렵과, 건듯 부는 바람 속에
눈처럼 날리던 벚꽃, 그리고 그 속에서 벚꽃과 함께
부서져 버릴 듯 소리도 무게도 없이, 풍경처럼 비춰온 그 애.
그때 내 인생의 모든 것이 변했다.

1. 옆자리

3월 말의 여느 때와 같은 아침이었다. 7시가 되기 조금 전의 시각인지라 아직 학교 안은 조용했다. 계단을 올라가는 태희의 발걸음은 경쾌했고, 손에 쥔 따뜻한 캔 커피를 볼에 댈 때에는 살포시 미소까지 떠올랐다.

"아무도 없는 아침의 학교가 정말 좋아."

교실에 도착해 문을 열고 안으로 들어간 후 태희는 곧장 운동장 쪽 창가의 제일 뒷자리에 가방을 두었다. 가방에서 책 한 권을 빼 바로 앞자리 책상 위에 올려두는 것도 잊지 않고.

보통 때보다 20여 분 정도 일찍 등교한 이유는 이 때문이었다. 오늘은 담임선생님의 지시로 자리를 바꾸게 된 날이다. 2학년이 된 직후, 그 수가 적은 편인 문과반은 서로가 낯선 애들로 반이 구성되어 초기의 서먹서먹한 정도가 거의 고교 입학한 직후와 같았다. 시간이 꽤 지나도 반 애들은 주변 자리 애들끼리만 친하게 지내는 경향을 보였고, 특히 그것은 남자와 여자의 이분이라는 원칙하에서였다. 으

9

레 그러는 것처럼 남자 여자로 나누어 분단을 만든 결과가 그런 식으로 나타나자 담임선생님은 결국 특단의 조치를 취했다.

자유롭게, 등교하는 순으로 원하는 자기 자리를 정하되 반드시 남녀 짝을 이루라는.

마침 반 인원도 남녀가 각각 절반씩이라 예외 따윈 절대로 일어날 수 없는 일이었다. 월요일의 HR시간에 반에 내려진 이 제안이라기보다는 명령으로 인해 불만스런 술렁임이 일기는 했으나, 선생님의 의지는 단호했다. 일 년 남짓 동안 가족보다 더 자주 볼 얼굴들끼리 친하게 될 기회를 주겠다는데 토 달지 말라며 일은 그렇게 결론이 났다.

그래서 태희의 반은 오늘 자리 교체를 하게 된 것인데 과연 얼마만큼이나 효과를 낼지는 두고 보면 알 일이다. 딱히 이렇게 한다고 해서 교육방송 드라마에서 나올 법한 화기애애한 반은 되지 않을 거라는 게 분명한데도.

아무튼 선생이란 직업도 참 귀찮겠다는 생각을 하면서 태희는 단짝인 소희의 자리를 맡아 두고 나서 커튼을 열어젖히고 창문을 열었다.

소희 자리까지 가서 단정하게 커튼을 끈으로 정리하고 있는 태희의 모습은 반 애들이 본다면 매우 이상하게 받아들일 것이다. 같은 반이 된 지 불과 며칠 만에 반 애들 거의 모두에게 '차갑다'라는 인상을 심는데 성공해서 이젠 누구도 그녀에게 말을 거는 일이 없어진 이래, 태희에게 붙여진 꼬리표는 '건방지고 깔끔 떤다'는 것이었다.

성격은 둘째 치고 그런 인상을 심게 된 가장 큰 이유엔 외모를 빼놓을 수가 없을 것이다. 허리에 닿을 만큼 길고 결이 좋은 까만 머리. 조금만 더 하얀빛을 띠었다면 병색이 완연하다는 말까지 들었을 건강함과는 거리가 먼 창백한 얼굴. 쌍꺼풀은 없지만 시원스런 눈매와 코. 갸름하고 얇은 입술은 조금만 미소를 짓는다면 청순하게도 보일 미인형이었다.

반 애들이 점차 교실로 들어오고 있었다. 7시 20분을 조금 넘겼을 때쯤엔 절반 정도의 애들이 도착해 교실 안은 두런거리는 반 애들의 목소리로 조금 번잡해졌다. 아직 남자애들이나 여자애들이 짝을 이루는 일이 없이 빈자리를 찾아 앉고 있지만 시간이 좀 더 지나면 곤란한 얼굴을 한 애들이 생겨날 터였다.

태희는 그런 걱정 따윈 없이 차분히 음악을 들으며 책을 읽고 있다. 제대로 읽지 않으면 자칫 이해마저 안 될 긴 문장을 집중해서 보느라고 그녀의 표정이 딱딱하게 굳어졌다. 소위 잘 모르는 애들이 도도한 척한다고 트집 잡는 모습이다. 양미간을 살짝 찌푸리고 태희는 오른손을 들어 이마를 만지작거리기 시작했다. 이미 한번 읽던 흐름을 놓쳐 다시 맥락이 이어지는 문단을 처음부터 읽고 있지만 여전히 문장의 뜻이 제대로 뇌리에 들어오질 않는다.

"아침부터 심각하네. 뭐야, 또『잃어버린 시간을 찾아서』야?"

옆에서 들려온 낯익은 목소리에 태희가 고개를 들었다. 빨갛게 염색된 짧은 커트 머리를 멋지게 매만진 소희가 싱글거리며 태희를 보고 있다. 옆에는 달랑 지갑과 핸드폰이 든 크로스백을 멘 채로, 무릎 위로 홀쩍 올라간 짧은 교복 치마와 허리 부분이 잘록하게 들어간 손을 봐도 한참은 본 교복 재킷과 블라우스까지, '좀 노는 애'라는 인상이 확연히 드러난다.

풀썩 자리에 앉아 태희 쪽으로 반쯤 돌려 앉기 무섭게 팔짱을 끼고 눈을 감는 소희를 보고 태희가 웃으면서 소희의 이마를 장난스레 밀쳤다.

"뭐야, 또 게임하다 늦잠 잔 거지? 벌써부터 그럼 어떡하니?"

겨우 눈을 뜬 소희는 크게 하품을 하며 있는 힘껏 기지개를 켰다.

"몰라, 나 4시 넘어서 잤다구. 으아, 레벨이 곧 있으면 68이 될 수 있었는데 어떤 재수 없는 자식 때문에 열 받아서 싸우다가……아우,

졸려. 몇 시야?"

"7시 40분. 뭐라도 좀 하지?"

태희의 말대로 소희는 잠을 깰 요량으로 손톱을 다듬기 시작했고 태희는 다시 『잃어버린 시간을 찾아서』와 악전고투를 벌였다.

50분이 넘어서자 슬슬 교실도 다 찼지만 여전히 소희와 태희의 옆자리는 비어 있다. 여자애들과 다른 입장에서 반 남자애들은 소희나 태희에게 호기심을 갖고는 있지만 직접 행동으로 옮기는 건 힘든 일이다. 우선 구설수에 오르게 된다. 여자애들의 단체 입방아에 찧느니, 모험을 피하고 편한 삶에 안주하는 게 실리적으로 낳을 게 분명하다.

게다가 소희는 아무도 못 앉게 할 셈인지 옆자리 의자에 발까지 올려둔 상태다. 게임을 하느라고 10시간 이상을 컴퓨터를 마주 대한 채 앉아 있었던 터라 다리가 아프기 때문이라는 이유는 태희만 알 일이었고 그냥 보는 사람들 눈에는 막강한 바리케이드밖에는 안 되는 것이었다.

남들의 생각이야 알 바 없이 요리조리 손을 돌려가며 윤내기 작업을 하고 있던 소희가 갑자기 고개를 든 건 누군가를 보고서였다. 교실 뒷문이 정면으로 보이는 자세로 앉아 있던 소희에게 막 문을 열고 들어선 남자애가 쓰윽 반을 한 번 둘러보고 곧바로 창가 쪽 분단으로 걸어오는 게 눈에 띈 것이다.

태희가 퍼뜩 놀라서 책에서 시선을 든 건 바로 옆자리에서 거칠게 의자를 뒤로 빼는 소리 때문이었다. 고개를 들었을 때, 먼저 소희의 이상한 표정을 보게 되었다. 손톱을 다듬는 행동은 여전하지만, 입술 가가 경련이라도 일 듯 씰룩거리는 옆얼굴은 폭발 직전인 웃음을 참는 모습이었다. 태희는 뭔가 불안한 예감에 고개를 돌렸고 곧 너무 놀라서 안 그래도 하얀 얼굴이 더욱 창백해졌다.

심장이 멈췄다가 다시 뛰는 소리가 태희의 머릿속에 가득 차고 말

았다. 사실 눈앞이 까매지고 귀가 윙윙 울릴 만큼 놀라고, 숨도 못 쉬
도록 긴장하는 바람에 심장이 멈췄다는 말도 안 되는 생각을 한 거지
만, 불과 이삼 초에 못 미치는 짧은 시간 동안에 사람이 놀라서 죽을
수 있다는 것이 사실로 판명되는 일생일대의 사건이 일어나버렸다.

어쨌든 심장마비로 죽지는 않은 태희의 눈에 보이는 건 틀림없는
한재경이었다.

가방에서 몇 권의 노트와 교과서 등을 꺼내 책상 서랍에 넣던 재경
은 태희의 시선을 느끼고 스윽 고개를 돌려 태희를 보았다. 여전히 현
실감각을 되찾지 못한 태희가 아무 생각 없이 눈을 깜박이며 재경의
눈을 마주보고 있자, 마침내 재경이 귀찮은 듯 얼굴을 찌푸리며 중얼
거렸다.

"뭐야, 누구 다른 사람이 앉기로 돼 있었어?"

잠시 재경이 한 말이 무슨 뜻인지 파악이 되지 않은 태희는 얼마간
을 더 눈을 깜박이다가, 갑자기 사고회로가 정상작동하면서 지금 자
신이 얼마나 멍청해 보일지를 깨달았다.

"어, 아니, 그런 거 없어."

"보충수업 영어네. 태희야, 문제집 가져다줘. 난 다리 아파."

불쑥 태희의 책 위로 고개를 올려놓으며 소희가 응석 부리듯 웅얼
거렸고, 시시각각 얼굴빛이 변해가던 태희는 이 구원의 손길에 크게
안도하며 고개를 끄덕이고 자리에서 일어났다. 교실 뒤쪽 사물함에
가서 자신과 소희의 문제집을 꺼내기까지의 시간 동안 태희는 심호흡
을 거듭했다. 간신히 얼굴은 평상시처럼 돌아왔고, 머리카락에 가려
져 보이지는 않았지만 새빨개졌던 귀도 점차 본래의 색을 찾았다.

우선은 점심시간까지 참는 거야 하고 다짐하고 마지막으로 아주 깊
이 숨을 한 번 들이쉰 후 뒤를 돌아보자 소희의 장난스런 얼굴과 딱
마주쳤다. 졸려 죽겠다고 할 땐 언제고 완전 살판났다는 표정이다. 앞

으로 얼마 동안이나 저런 표정의 소희를 보게 될는지, 태희는 암담해 졌다.

어찌 됐든 지금 필요한 건 최대한의 무표정함. 태연하게, 침착하게, 아무 일도 없는 것처럼. 아직 나쁜 일이 일어난 것도 아니고 어쩌면 대단한 일이 아닐지도 모른다. 요는 한재경에게 밉보이지만 않으면 되니까. 솔직히 그런 일이 있을 리도 없잖아?

-라고 생각하며 자리로 돌아가 앉은 태희가 싱긋 웃자, 좀 더 태희 를 골려줄 생각이었던 소희는 갑자기 걱정이 되기 시작했다.

예상외로 충격이 심해서 설마 머리가 어떻게 된 건……아닐까라고.

뜻밖에 일주일이 별 탈 없이 지나갔다.

소희는 예상처럼 재미있는 일이 벌어지지 않아 엄청 실망스러워하 고 있다. 이런 기회가 흔히 오는 게 아닌데. 이러다 설마 아무 일 없이 시간만 가는 거 아닐까? 다음 주까지 아무 진전이 보이지 않는다면 태희가 무슨 말을 한다고 해도 자신이 뭔가 수를 써야겠다고 소희는 마음먹었다.

절대로 한재경에게 쓸데없는 말을 하지 말 것. 절대로! 만약 허튼소 리를 한 마디라도 꺼낼 시엔 너랑은 절교야! 라는 태희가 내린 가장 강경한 금지령이 있지만, 어디까지나 허튼소리를 하지 말란 거지 바 른 소리를 해선 안 된다는 건 아니잖은가? 그러므로 내 입은 자유롭 다고 소희는 제멋대로 합리화를 하며 벌써부터 시나리오를 짜느라 바 빴다.

교문을 나서면서 소희는 잠시 교실이 있는 쪽을 쳐다보았다.

벚꽃이 봉오리를 맺기 시작하는 이런 시기에, 토요일 오후가 되면 태희는 거의 학교에 남곤 한다. 중학교 때도 그랬고 지금 다니는 고등 학교도 벚나무가 무척 많아서, 초등학교 때부터였다는 태희의 '학교 벚꽃구경' 행사는 이번 해에도 계속되는 것이다. 아예 이 학교에는 태희가 '벚꽃동산'이라고 부르는 장소가 정해져 있다.

봄은 특별한 시기이다.

소희가 태희를 만나게 되어 살면서 처음으로 친구란 걸 갖게 된 때이고, 그건 태희 역시 마찬가지였다. 태희의 경우는 원체 내성적인 성격 외에도 눈치를 살펴가며 분위기를 맞추는 일에 영 젬병이라 어디에 있어도 물 위에 뜬 기름처럼 겉돌곤 했고 커가면서 그런 점이 점점 심해져서 어느 틈엔가 혼자 있는 게 당연해진 거였다. 소희는 외향적이기 짝이 없는 성격에도 불구하고 사람들 사이에서 고립을 자초하는 건 똑같았다. 단지 소희는 지나친 솔직함 탓에 맘에 안 드는 녀석과는 한시도 말을 못 섞는 성격이라 혼자가 된 거다. 요컨대 둘 다 자기 포장을 못하는 미욱한 사람들이란 뜻이다.

정말 태희에겐 내가 있어서 다행이라며 소희는 만족스런 미소를 띠고 고개를 몇 번이나 끄덕거렸다. 만약 자신이 없었다면 태희는 이 학교에 오지 않았을 테고 그럼 한재경과의 이런 하늘이 내려준 기회도 전혀 인연 없이 지나갔을 거다. 늘 포기해 버리면 그만이라는 생각에 젖어 있었던 아이니까.

그러고 보면 역시 신기한 일이다. 중3이던 봄의 어느 날 느닷없이 태희가 반한 사람이 생겼다고 고백했다. 가정환경 때문에 지극히 폭력을 혐오하고 남자를 싫어하는 태희가 남자애한테 반했다는 말에 말 소희는 그야말로 대지진이라도 난 듯 놀랐고, 그리고는 그런 대단한 녀석이라면 무지무지 상냥하고 여성스런 타입일 거라고 짐작했었다.

그런데 그게 한재경이었다.

다시 물어봐도 한재경이었다.

동명이인인가 보다고 잠시 현실도피까지 하려 한 소희였지만 역시 녀석은 한재경이었다.

"새삼스레 놀래서 어쩌자는 거야."

멈춰 서서 따악 하고 자기 이마를 치면서 소희가 중얼거렸다. 2년이 지난 지금도 잘 믿겨지지 않을 때가 있다. 어떻게 태희가 한재경 같은 녀석을 좋아하게 된 걸까?

어찌 됐든 태희가 한재경을 좋아하고 그 녀석 때문에 더욱 열심히 살고 있으니까 우선은 밀어주고 볼 일이다.

태희의 만성적인 콤플렉스를 없앨 수 있다면 아주 좋은 결과일 테고 설사 그렇지 않다고 해도 태희에겐 자신이 있으니까. 언제든 든든한 아군으로 버티고 있을 소희 자신이. 키득거리며 소희는 즐거운 듯 웃었다.

연거푸 재채기를 하면서 태희는 화장지를 찾았다.

"소희가 없으니까 이번엔 내가 꽃가루 알레르긴가, 에취."

몇 번 더 재채기를 하고서야 태희는 벚나무에 머리를 기대고 한숨 돌렸다. 감기라도 걸리면 꼴사나우니 돌아가는 편이 좋겠지만, 집에 가봤자 짜증만 날 거라는 생각에 의욕은 전혀 나지 않았다. 얼마 동안 숨쉬기만 반복하면서 눈을 감고 있었더니 졸음이 밀려왔다.

"산책하자, 산책! 벚꽃을 보면서 산책하는 거야."

우선 주변의 책과 가방을 정리해 두고 혼잣말을 하면서 태희는 타박타박 걷기 시작했다.

소희와 알게 되기 전까지의 태희에겐 소설 읽기와 공상하는 것만이 유일한 낙이었다. 기본적으로 차갑게 보이는 외모와 달리 머릿속으론 꽤나 로맨틱하고 동화적인 상상을 즐겼다. 소희와 친해지고서 자신도 수다스러울 수 있단 것을 알기 전까지, 대화 상대가 없었던 태희는 남몰래 혼잣말하는 버릇이 들었고 그런 자신이 음험하게 느껴져 절망하곤 했다. 지금도 소희가 옆에 없고 주위에 아무도 없다고 여겨지면

저도 모르게 혼잣말을 하면서 움직이곤 한다. 이삼 년으로 고쳐질 습관이 아닌 모양이다.

뒷짐을 가볍게 지고 망울이 탐스럽게 올라 흰 눈이 빼곡히 내려앉은 듯한 벚나무를 올려다보면서 태희는 작게 노래를 부르기 시작했다. 좋아하는 보이밴드의 너무 달콤해서 유치하기까지 한 프러포즈의 노래를 부르면서 태희의 얼굴에도 미소가 떠올랐다.

그때 태희의 눈앞으로 하얀 나비 한 마리가 날아갔다. 팔랑거리는 그 날갯짓을 좇아 태희의 시선이 움직였고 곧이어 그쪽으로 움직여 걸음을 빨리해 걷다가 멋진 걸 발견했다. 불과 몇 송이지만 활짝 피어 있는 벚꽃이었다.

"어쩜……예뻐라, 첫 벚꽃이잖……우앗!"

계속 위를 보며 걷다가 나이 든 벚나무들이 많은 곳에 이른 것에도 주의가 미치지 못해, 밖으로 드러난 벚나무 뿌리에 발이 걸리고 말았다. 처음에 발이 걸린 것을 어떻게 버텨보려 하다가, 그 때문에 내민 다른 쪽 발이 삐끗하면서 완전히 '철푸덕' 하고 넘어지고 말았다. 대자로 땅에 뻗어 있던 태희는 어처구니가 없어서 웃었다.

"세상에나, 이렇게 꼴사납게 넘어지다니. 소희가 봤으면 자지러졌겠어. 아하하."

"머리라도 다친 거냐, 너?"

갑자기 들려온 타인의 목소리에 태희는 웃음을 뚝 그쳤다. 저벅저벅, 태희의 가까이로 걸어오는 발소리. 왠지 목소리가 낯익은 건 착각……일까?

천천히 고개를 들자, 태희의 눈에 상대의 구두가 보였다. 서너 발자국 앞에서 상대가 멈춰 섰다.

좀 더 올려다본다. 좀 더……좀 더……. 무척이나 큰 키의……한재경.

"그 상황에서 웃음이 나와? 유치원생도 아니고."

어째서 이런 일이 생긴 걸까? 태희는 아무나 붙잡고 항의하고 싶은 심정이었다. 하고 많은 사람들, 학생들이 있는 이 학교에서 어떻게 이 애가 자신의 이런 광경을 보게 된 거냐고, 태희는 속으로 비명을 질렀다.

"혹시 다친 거야? 도와줘야 해?"

건조하고 시니컬한 재경의 말투. 얼굴을 마주하고 싶진 않지만 대답할 필요를 느꼈다.

"아냐, 괜찮아. 일어날 수 있어."

그리고 태희는 최대한 빨리 일어났고, 손에 묻은 흙을 털고 나서 교복 재킷과 치마에 묻은 먼지까지 털었다. 그제야 자신의 헝클어진 머리에 신경이 쓰였다. 머리띠를 벗어서 머리칼을 손으로 쓸어 넘기자 거기서도 흙이 떨어져 내렸다. 제대로 머리띠를 한 후에 두 손으로 머리를 쓸어내리며 어깨 뒤로 넘겼다. 재킷주머니에서 손수건을 꺼내 얼굴을 훔치다가 문득 태희는 재경이 꼼짝도 않고 서서 자신을 보고 있다는 걸 알았다. 자신이 길 한가운데 서 있어서 그런가 보다 하고 황급히 옆으로 비켜섰다.

그러나 바지주머니에 손을 넣은 채 한 팔엔 재킷을 걸친 재경의 삐딱한 포즈는, 아무래도 움직일 생각이 별로 없는 듯했다. 뭔가 말을 해야 할 필요까지 느끼면서 태희는 점차 창백함이 더해갈 자신의 얼굴을 생각했다.

중2 때와 고1 때, 그리고 지금에 이르기까지 햇수로 삼 년째 같은 반이 된 거지만, 이렇게 둘이 있게 된 적은 한 번도 없었는데. 그래서 태희는 안심했었고.

"왜 이제 가? 종례 끝나고 바로……나가지 않았나? 지금은 3시도 넘었는데."

조심스레 평이한 단어를 골라 태희가 말을 걸었고 그게 신호라도 된 양 재경은 걸음을 옮겨 앞으로 향해 왔다. 그리고 방금 전까지 태희가 서 있던 자리에 오자 멈춰 서서 위를 힐끗 올려다보았다. 벚나무가 쭈욱 무성한 가지를 드리운 이 길, 특히 재경의 시선이 닿는 곳엔 태희를 넘어뜨리게 만든 원인인 활짝 핀 몇 송이의 벚꽃이 자리했다.

"본능적인 위험 감지도 안 될 만큼 넋을 잃게 만들 만한 건 없는 것 같은데⋯⋯. 뭘 보다 넘어진 거냐, 대체."

한심하다는 기색이 역력한 질문에 태희는 어깨를 으쓱하며 중얼거렸다.

"벚꽃. 적어도 내 눈엔 대책 없이 아름답거든."

"퍽이나 고상한 취향이군. 말 그대로 대책 없이."

마지막까지 빈정대는 말을 중얼거리곤 재경은 다시 걷기 시작했다. 발자국 소리가 멀어질 때까지 잠자코 서 있다가 태희는 천천히 몸을 돌렸다. 점점 멀어지는 재경의 뒷모습을 보면서 겨우 태희는 숨을 제대로 내쉴 수 있었다.

짝이 된 것은 일주일이지만 방금처럼 말을 많이 한 건 처음이었다. 벌어진 일 자체는 정말 울고 싶을 만큼 창피했지만 그 덕분에 재경과 말다운 말을 해보게 되었다. 계단을 돌아내려 가는 재경의 모습이 곧 태희의 시야에서 사라졌다. 빙긋 웃으며 태희는 생각했다.

이 정도가 딱 좋다. 지나치게 멀지 않은 곳에서 그를 지켜볼 수 있는 이 정도의 거리가.

친해진다거나 하지 않아서 결코 서로를 깊이 알 필요도 생기지 않고, 그저 서로의 존재가 있다는 것 정도만 인지하는. 때문에 슬퍼할 일 없이 마음을 쏟을 수 있고, 거절되는 일 없이 그 주변에 있을 수도 있다. 그 이상 바랄 것이 없다.

그것만으로도 충분히 한재경은 태희에게 '희망'이 되어 왔다.

역시나 집은 태희에게 편한 장소가 아니었다. 하릴없이 집에만 있으면서 온종일 TV만 보고, 가족을 들볶는 게 일인 아버지란 사람이, 뭐에 수가 틀렸는지 한 주간 계속 엄마를 못살게 굴 때부터 알아봤다. 싸움이라면 치가 떨리는 엄마인지라 대꾸 한마디 없이 참아왔지만, 토요일 밤 식당 일이 늦게 끝나고 돌아왔을 때 아버지가 말도 안 되는 소리로 엄마를 매도하며 폭언을 퍼부어대자, 결국 엄마 역시 폭발하고 말았다.

 순식간에 두 사람이 싸우는 소리로 집이 가득 찼고 잠시 후엔 엄마의 비명소리로 아버지가 주먹질을 시작한 걸 알 수 있었다. 황급히 이층 방에서 내려온 태희가 엄마를 봤을 땐 부엌 한쪽 구석으로 몰려 아버지에게 발길질을 당하고 있었다. 더 이상 맞지 못하도록 태희가 엄마를 꽉 감싸 안았다. 그렇다고 해서 아버지가 폭력을 그만둘 사람은 절대 아니다.

 정신없이 맞으면서, 좋은 생각을 해보려고 해봤자 전혀 소용이 없다. 태희는 오빠를 생각했다. 네 살 터울의, 그다지 친밀한 사인 아니었으나 그래도 엄마에게는 지주가 되어 줬던 하나뿐인 아들을. 지원까지 해서 갔던 군대를 제대한 후로 연락이 끊긴 오빠에게 원망을 퍼부으며 태희는 그 끔찍한 시간을 견뎌냈다.

 무사히 주말을 넘기고 월요일에 학교에 오는 것까진 좋았다. 그러나 맞은 몸 여기저기가 아픈 것만큼은 어찌해 볼 도리가 없었다.

 "파스 냄새……. 죽을 거 같아, 진짜. 머리까지 울리고."

 "약이나 먹어, 자. 어휴, 열 받아. 그 인간은 어째 그 모양이야! 나이가 들어도 변하는 게 없으니 어디 나가서 죽어버리기라도 하지."

 "내 말이……그 말이야. 오늘은 어떻게 버틸지 까마득하네."

 소희가 내민 진통제를 두 알 먹고 태희는 책상 위로 머리를 떨궜다. 제대로 잠도 못 잤을 태희를 안쓰럽게 바라보던 소희는 손을 뻗어 부드럽게 태희의 머리를 쓰다듬어주었다. 이젠 엄마 앞에서도 울지 않게 된 태희이지만 소희 앞에서는 달랐다. 소희 앞에서까지 강한 척 꼿꼿이 버틸 필요는 없으니까. 결코 소리는 내지 않고 태희는 울기 시작했다. 창밖 하늘에 시선을 두고 소희는 가만히 침묵을 지켰다.

겨우 5교시까지 올 수 있었다. 소희의 걱정에도 불구하고 태희는 진통제의 놀라운 힘으로 조금 피곤해 보인다는 거 외엔 별로 눈에 띄는 면이 없었다. 그러나 외관은 어찌 됐건 정신적으로 지치고 우울한 게 계속 퍼져서 누가 조금이라도 건드리면 폭발할 것처럼 불쾌감이 고이는 걸 태희는 자각했다. 거기에 영향을 받은 소희의 신경도 매우 날카로워졌다.

그리고 문제의 수학시간이 왔다.

원래 예체능 계열인 소희는 수학이나 과학 쪽엔 그다지 흥미가 없었다. 엄마의 영향으로 서양화를 좋아하고 즐기게 된 것이 지금에 와선 고정된 진로와 연결되었다. 태희에게 이 고등학교를 오자고 한 것이 소희였기에 우선 입학시험에 합격하고자 공부에 매진한 적도 있었지만, 같이 공부하는 태희가 1년 새에 부쩍 실력이 는 것에 비해 소희는 합격한 것도 꽤나 행운이 따라서 가능했다. 입학 후에도 태희는 뭐에 홀린 듯 공부를 하더니만 금세 전교 톱텐 고정인사가 된 것과 달리 소희는 빠르게 전처럼 하위권으로 복귀했다. 생각 같아선 관심 없는 수업은 안 듣는 쪽을 택하고 싶은 소희지만, 태희도 인정하다시피 소희의 도덕관념은 대단히 높은 수준이라, 연장자에 대한 예우이자 스승에 대한 예우로써 수업시간만큼은 매우 충실했다.

하지만 2학년에 올라와 소희가 원칙을 깨게 한 사람이 있었으니, 원래 있던 수학 선생님의 출산휴가로 인해 임시로 오게 된, 학원 강사로 잔뼈가 굵었다는 남자 선생님이 문제의 인물이다. 성적 좋은 애 몇 명을 정해 놓고 집중적으로 그 애들과만 수업하는 듯한 방식이나, 진도를 따라오지 못하는 학생에 대한 인신공격형 발언까지 서슴지 않는 태도에 소희는 질려버렸고 딱 2주 만에 수학을, 말 그대로 접었다.

아무튼 수업이 시작되고 얼마 안 있어 반 애들 대부분은 수학 선생의 심기가 매우 불편한 상태란 걸 눈치 챘다. 잠시 후 칠판에 문제를 쭈욱 적고 한 줄을 일어나게 해서 나와 풀도록 했는데 거기에 소희와 태희도 있었다. 태희는 문제를 다 풀었지만 소희는 잠자코 서 있다가 못 풀겠다고 얘기했다. 여느 때처럼 수학 선생에게 다섯 대의 매를 맞았는데 그 강도가 이번 따라 장난이 아니라 보는 애들이 흠칫거릴 정도였다.

얼굴색 하나 안 변하고 다섯 대를 다 맞고 인사까지 하고 소희가 제자리로 돌아왔는데, 태희는 소희의 꽉 쥔 주먹이 빨갛게 힘이 들어간 걸 알 수 있었다. 맞은 소희나 본 태희나 둘 다 기분이 아주 나빠지고 말았다. 수학 선생의 얼굴에 자기 아버지의 얼굴이 오버랩 되면서 태희는 불쾌하기 그지없었다.

수학책을 뚫어지게 노려보는 걸로 생각을 딴 데로 돌리려고 한 태희였지만 다음 순간 수학 선생이 부르는 번호들 때문에 다시 고개를 들었다. 소희가 끼어 있었다. 보통 두 번 걸리면 다른 번호를 부르는 원칙이었는데 수학 선생은 소희가 대답하는 걸 보고도 아무 말이 없었다. 이번에 나가서도 역시 모르겠다고 소희는 문제 풀기를 포기했다. 다른 남자애 하나도 모르겠다고 해서 다섯 대를 맞았는데, 태희가 그렇게 봐서인지 모르나 건성으로 때리는 것 같았다. 그리고 소희 차례가 되었는데 수학 선생은 제격 때리지 않고 손에든 대나무 매로 소희의 이마를 쿡쿡 찌르며 말했다.

"정소희, 이 안에 든 건 뇌가 아니라 두부냐? 머리가 나쁘면 노력하는 모습이라도 보여야지, 넌 태도가 글러먹었어. 빨갛게 염색이나 하고 멋 부릴 줄이나 알지. 예체능이 욕먹는 이유가 다 너 같은 녀석 때문이야. 돈 많은 집 골빈 자식들이 개나 소나 다 예체능을 하니까 진짜들도 싸잡아서 욕먹는 거라구, 알겠어?"

감정이 섞인 수학 선생의 모욕적인 말에 듣고 있던 반 애들 대개가 가슴 한편이 서늘해졌다. 그러나 정작 소희 본인은 아무렇지도 않은 듯 선생의 말을 경청했고, 끝에는 빙긋 웃으며 두 손을 펼쳐 앞으로 내밀었다.

"예, 선생님. 죄송합니다."

말 빨리 끝내고 때리기나 하라는 뜻이 담긴 소희의 손을 무시하고 수학 선생은 다시 매로 소희의 이마를 꾹꾹 눌러댄다.

"너 같은 쓸데없는 녀석 들으라고 수업하는 건 줄 알아? 자리 차지하고 앉아서 건방 떨려면 집에 가서 가정교육이나 제대로 받아. 한층 더 조심해도 부족할 판에 너 같은 꼬락서니로 학교나 나다니니까 가정환경이 어쩌고저쩌고하는 소리를 듣는 거야. 뭐가 우스워? 네 잘난 어머닌 선생이 말할 때 히죽히죽 웃으라고 가르치던?"

소희가 계속 웃고 있는 걸 보면서 태희는 아무래도 저 수학 선생은 글렀다는 생각을 했다. 그러다 마지막 말에 소희는 웃는 걸 멈췄고, 소희의 표정이 굳어짐과 동시에 교실 뒤쪽에서 따악-하는 날카로운 소리가 났다. 수학 선생과 반 애들이 소리가 난 곳을 돌아보자, 거기엔 미간을 찌푸린 태희가 수학책을 책상 위에 세워 들고 있었다. 태희는 시선에 관계없이 들고 있던 수학책을 책상 위에 팽개치고 창 쪽으로 비스듬히 기대앉았다. 그리고는 오른손에 쥐고 있던 볼펜을 신경질적으로 또각또각 소리 나게 눌러대기 시작했다.

수학 선생이 뭐라 말하기 전에 소희가 다시금 웃는 얼굴로 중얼거렸다.

"하지 마, 태희야. 내가 알아서 할 거니까."

"태도가 그게 뭐야, 윤태희? 똑바로 못 앉아? 그리고 정소희, 너."

수학 선생이 소희에게 말을 꺼내려다가 순간 소희가 실실 웃고 있는 걸 보고 잠시 말문이 막혔다. 태희의 볼펜 소리가 멈췄다.

"사실 제가 가정교육을 절반밖에 못 받아서 좀 건방진 건 인정해요. 이 머릿속에 든 게 선생님 말씀대로 두분지 공부하고는 인연이 없구요. 다행히 제 잘난 엄마가 돈은 좀 많아서 그림이랍시고 그리는데, 제 처지가 그거 말고는 대학 갈 방법이 없다 보니 딴 사람까지 욕먹는 건 생각할 여유가 없고 그러네요. 그래도 제 딴엔 학원수업도 아니고 맘대로 수업에서 빠지는 건 도리가 아니라고 여겨 자리는 차지하고 있었는데 이렇게 선생님이 나가도 좋다고 허락해 주시니 얼마나 감사한지 몸 둘 바를 모르겠네요, 선생님. 이 황금 같은 시간, 집에 가서 어머니께 가정교육 받는 데 쓰겠습니다. 그럼."

한마디도 머뭇거리지 않고 말을 끝낸 소희가 인사까지 마치고 돌아섰다.

어머니 말은 꺼내지 말았어야 했다. 소희는 엄마의 호적에 올라 있었고, 엄마와의 나이 차도 불과 열여덟 살밖에 안 된다. 아버지는 공식적으로는 알려져 있지 않다. 소희는 워낙 눈에 띄는 타입이라 선생님들의 주시를 받게 마련이었다. 그리고 그녀의 가족사항도 어떤 경로에선지 순식간에 이야깃거리가 되고 만다. 대중의 입이란 건 날카롭고 독이 발린 칼과 같은 거라. 부풀려지고 안 좋은 쪽의 추측이 난무하는 형태로 소희에게 돌아와 상처를 입히곤 했다. 크면서 그런 쪽은 무시하는 냉철함도 갖게 되었지만 결코 소희는 눈앞에서 엄마가 모욕 받는 것만큼은 참지 않았다.

"정소희, 누가 나가랬어, 거기 서지 못해? 이런 건방진 새끼!"

몇 걸음쯤 걸었을 때 수학 선생이 소리를 지르다가 손에 잡힌 수학 교재를 집어던졌다. 그게 제대로 머리에 맞아 소희는 잠시 멈춰 서서 머리를 만졌다. 흘끗 소희의 눈이 태희에게 향했고, 태희가 고개를 끄덕였다. 그러자 소희는 히죽 웃고 성큼성큼 걸어 교실 뒷문을 열고 나가버렸다.

순식간에 일어난 일에 모두가 조금은 얼떨떨해하고 있을 때 소희 의자에 걸쳐진 교복 재킷을 들고 태희가 일어났다. 다시 정적. 얼굴이 험악하게 일그러진 수학 선생이 버럭 소리를 질렀다.

"넌 또 뭐야, 이 새끼, 시위하는 거냐!"

"시위라뇨, 설마. 선생님이 뭘 잘못했다구요."

"그런데 뭐야? 넌 또 왜 일어서!"

"왜긴 왜요, 나가려는 거죠. 끼리끼리 논다고 소희가 제 친구다 보니 저도 가정교육이 영 글러먹었거든요. 소희 본을 따라 저도 가정교육 좀 다시 받으려고요. 아, 그리고 선생님 수업이 이해가 안 돼서 지금껏 수업을 제대로 들은 적이 한 번도 없었는데 쓸데없이 폐만 끼쳤네요. 앞으로 이런 대단한 수업에 참여하는 일은 절대 없을 테니, 즐겁게 수업하세요."

눈을 동그랗게 뜨고 또박또박 말하는 태희를 보며 반 애들은 윤태희가 왜 정소희와 친구인지를 절감했다. 저렇게 차갑게 웃으면서 어른을, 그것도 선생을 뱅뱅 돌려 비난할 수 있다니. 도대체 전교 등수가 손가락 다섯 개 안에 드는 윤태희가 이해 못하는 수업을 누가 이해한다는 것인가? 당신 진짜 무능해라는 말보다 더 통렬한 말이었다.

걸음을 옮기는 태희에게 뭔가가 휙 던져졌다. 운 좋게 태희에게서 비껴간 것은 대나무 매였다. 목표를 잃은 대나무 매가 플라스틱 사물함에 맞아 요란한 소리를 내며 교실 바닥으로 떨어져 뒹굴었다. 몇 걸음 걸어서 매 있는 곳까지 간 태희는 실내화 앞코로 그것을 툭툭 찼다. 더러운 거라도 되는 양 그걸 바라보던 태희가 고개를 들었다.

"이런 걸 잘못 쓰면 사람이 죽어요. 머리를 겨냥하고 던진 거 맞죠?

교편을 놓는 방법도 가지가지가 있다더니……. 그 주제에 선생 그만 두면 뭘 하려고……. 쯧."

완전히 경멸하는 표정으로 수학 선생을 보던 태희는 가볍게 혀를 한 번 차고는 휙 몸을 돌려 교실 문을 닫고 가버렸다. 복도를 나와 계단에 이르렀을 때 기다리고 있던 소희를 보고 태희는 빙긋 웃으며 재킷을 건네주었다. 교실 쪽에서 한 차례 고함이 들렸지만 상관 않고 둘은 계단을 내려갔다. 배고프다며 매점을 가자는 소희의 제안에 따라. 생각해 보니 그날은 점심을 안 먹었던 것이다.

태희가 나가는 것까지 지켜본 재경의 입가에 희미하게 미소가 서렸다.

절대 문제는 안 일으킬 것 같더니만 이렇게 의외의 모습을 보여준 것을 재경은 재미있게 생각했다. 그녀가 더 난처해지면 어떻게 하나 구경하고 싶은 마음도 있었지만 저 정도 수학 선생 때문에 곤욕을 치르는 모습을 보는 것은 사양이다. 그래서 재경은 소리를 지르며 입에 담지 못할 욕을 하더니 둘을 쫓아 교실 밖까지 나갈 기세인 수학 선생을 향해 말을 꺼냈다.

"이제 그쯤 하죠, 선생님? 문제가 커져봤자 하등 좋을 게 없을 텐데요."

이번엔 또 누구냐는 듯한 얼굴로 수학 선생이 고개를 돌렸다가 재경을 보고는 표정을 좀 수습했다.

"한재경, 너도 저 싸가지 없는 새끼들이 하는 말 들었을 거 아냐. 저 딴 새끼들은."

"말 좀 골라 하시죠. 여기가 상고나 공고도 아니고, 아무리 임시강사래도 계약기간은 다 채워야 하지 않습니까?"

"그게 무슨 말이냐. 너도 눈이 있으면 봤을 거 아니냐? 저것들이 눈 똑바로 뜨고 대들면서 패악을 부리는 걸. 이건 엄연히 교권에 대한……."

"이거 참. 실력 좀 있고 게다가 인성도 나쁘지 않은 학원선생쯤은 얼마든지 널렸다고 굳이 말씀드려야 하는 겁니까?"

"대체 무슨……."

가볍게 혀를 차더니 건조한 몇 마디 말로 수학 선생의 기세를 완전히 꺾어버린 재경의 얼굴은 냉정하기 짝이 없다. 힐끗 둘러본 반 학생들의 얼굴에서도 자신에 대한 반감밖에 보지 못한 수학 선생은 잠자코 대나무 매를 주워들고 교탁으로 걸어갔다.

굴욕적인 그 뒷모습을 보면서 재경은 이중의 만족감을 느꼈다. 자기가 꽤나 잘난 줄 알고 설쳐대던 임시강사를 더 이상 거슬리지 않게 풀을 죽였다는 점과, 윤태희를 보호한 게 결과적으로 자신이라는 점에서. 태희가 그 사실을 알든 모르든 그것만으로도 재경은 꽤나 즐거워졌다.

그 일로 당장에 불벼락이 떨어지진 않았지만 그래도 뒷수습을 할 필요가 있을 것 같다고는 각오하고 있었는데 의외로 아무 일 없이 하루가 지나고 또 하루가 갔다. 수요일 수학시간도 소희와 태희는 옥상에서 이야기를 하면서 보냈다.

그럼에도 불구하고 아무 일이 없었다.

태희는 귀찮은 일이 안 생겼으니 된 거 아니냐며 보통 때처럼 책과 벗하는 나날로 돌아가 버렸지만 소희에겐 암만해도 이해가 안 되는 미스터리였다. 그 수학 선생이 그 일을 문제 삼지 않고 넘길 만큼 속이 넓은 사람이 아니라고 생각하는 소희로선 뭔가 함정이 있는 게 아닐까 하는 추측까지 하게 되었다.

사건의 전모를 알게 된 건 화장실에서였다. 우연히도 소희는 한 무리의 여자애들에게서 자기와 태희의 이름이 나오는 것을 들었다.

가만히 화장실 안에서 귀 기울여 듣다가 재경의 이야기까지 듣게 된 소희는 깜짝 놀랐다. 나가서 진짜냐고 묻고 싶은 걸 참으며 계속 기다리고 있으려니, 화장실 안의 여자애들은 서로 자기가 아는 걸 이야기하며 입방아를 찧어댔다. 수학시간의 사건이 저마다 칼만 안 들었지 무림의 활극인 양 부풀려진 걸 듣자니 웃음이 나와서 참느라 혼났다.

아무튼 절반 이상이 허풍인 이야기들 속에서 소희는 자신과 태희가 나간 뒤의 상황을 어느 정도 이해하게 되었다.

한재경의 힘이 작용했기에 무사히 지나가게 된 것이다.

간단하게는 '한경'이라는 대그룹의 셋째 아들. 친가와 외가의 가계도를 그려보자면 한국의 경제, 정치계의 굵직굵직한 기둥은 다 얽혀 든다는, 시쳇말로 권문세가의 절정에서 자란 한재경은 학교 내에서도 그 이름값을 톡톡히 했다. 늘 전교 수석을 차지하는 명석한 두뇌는 물론, 사람하고 어울리는 것도 싫어하고 감투 쓰는 건 더 질색해 아무 직책도 맡고 있지 않지만 숨 쉬는 것처럼 간단하게 남의 위에 군림하게 되는 존재감은 단연 압권이다.

그러나 결코 좋은 성격이 아니라는 점을 명심할 것.

아무튼 한재경이라는 귀인 덕에 쓸데없는 분란은 일어나지 않을 게 확실해졌다. 그렇지만 소희에겐 다른 의문이 떠올랐다. 과연 저 한재경이 아무 대가 없이 남을 도울 녀석일까? 아무래도 안심하고 있을 일만은 아니지 않나 싶어 새로운 불안이 피어오르고 말았다.

화요일 체육수업에 나갔다가 아버지에게 맞았던 왼팔이 더 안 좋아진 태희는 금요일 체육수업은 빠지기로 했다. 반 애들이 모두 나간 뒤 어수선한 흔적들이 남은 교실에 홀로 앉아 있자 요즘 집에서 느꼈던 긴장감이, 반쯤 열린 창을 통해 불어오는 봄의 미풍에 나른하게 풀어지면서, 따뜻한 잠의 유혹을 떨칠 수가 없었다.

한없이 밑으로 숙여지던 태희의 머리가 책상에 닿았고 결국 태희는 자려면 제대로 자자는 생각으로 소희의 재킷까지 덮고 책상에 엎드렸다. 그리고 막 잠들려고 눈 감기 전에 재경의 책상 위에 놓인 넥타이를 보았다.

군청색 바탕에 세로로 한 줄의 까만 선이 프린트된 그 넥타이는 학교 남자애들이 모두 차는 것이었지만, 이것은 달랐다.

이것은 재경의 것이었다.

절반쯤 잠에 빠진 채로 재경의 넥타이를 멍하니 쳐다보던 태희는 한참 만에 오른손을 움직여 살짝 타이에 손을 댔다. 조심스레 손가락 끝으로만 넥타이를 만지면서 태희의 얼굴엔 홍조가 떠올랐지만, 그것도 불과 몇 초뿐. 눈이 완전히 감기는가 싶더니 그대로 잠이 들어버렸다.

그리고 교실 문이 열렸다.

체육수업이 끝나려면 아직 30분은 더 남은 시각. 교실에 들어온 건 재경이었다. 문을 열기 전에 문에 끼워진 유리를 통해 잠든 태희를 본 재경의 문을 여닫는 손길은 여느 때보다 더 조심스러웠다. 자기 자리로 돌아오는 발걸음은 자는 고양이를 깨울 만큼의 소리도 내지 않고 있다. 본인은 의식하고 한 행동이 아니었으나, 의자 앞에 이르렀을 땐 태희가 깨지 않도록 조심하고 있는 자신을 알아차리고 말았다.

기묘한 표정이 된 재경의 시선이 문득 태희의 오른손이 놓인 곳을 향했고, 거기에 있는 자신의 넥타이를 보게 되었다. 그것이 뭘 의미하는지 짐작은 할 수 있었지만 설마, 라고 생각했다.

윤태희가 이런 실수를 할 리가……없잖아?

우연일 거다. 피식 웃고 재경은 의자를 뒤로 끌어냈다. 꽤 날카로운 소리가 났음에도 태희에게선 고른 숨소리밖에 나지 않았다. 의자에 앉기 전에 넥타이를 들어 목에 걸치다가 뭔가에 생각이 미친 재경이 고개를 돌려 태희를 내려다보았다.

요 며칠 신경이 쓰였던 것. 지금도 그의 눈에 띈 것. 책상 위로 흩어진 태희의 머리카락 사이로 가는 목덜미가 드러나 있다. 그리고 그곳에 붙여진 하얀 파스를 보면서 재경은 역시, 라고 중얼거렸다. 후각에 민감한 재경으로선 월요일부터 태희에게서 약냄새가 나는 걸 알고 있었고, 조금만 주의해서 보면 태희가 움직일 때마다 표정이 굳어지고, 가끔씩은 피곤에 겨운 한숨을 내쉬는 것도 알 수 있었다.

멀찌감치 앉아서 재경이 넥타이를 매고 있을 때 태희가 뒤척이는 소리가 났다. 자는 게 불편한 듯 몸을 움직이던 태희의 입에서 '아야' 하는 작은 중얼거림이 새어나왔지만, 깨지는 않았고 그저 아까와는 반대편 방향으로 고개를 돌리고 계속 잤다. 그 와중에 스륵, 어깨에 걸친 소희의 재킷이 바닥으로 흘러내렸다.

잠시 그대로 앉아 재경은 창밖에서 불어오는 바람에 태희의 머리카락이 가벼이 날리는 모습을 지켜보았다. 눈을 가릴 만큼의 길이인 재경의 옅은 갈색 머리카락도 바람으로 흔들렸다.

얼마나 시간이 흘렀을까.

지나가는 구름이 재경의 얼굴에 그림자를 드리웠다. 머리를 슥 위로 쓸어 올리고서 재경은 의자에서 일어났다. 잠시 망설이다가 그는 소희의 재킷을 들어 태희의 어깨 위에 걸쳐주었다. 어디까지나 조심스럽게. 그리고서 재경은 교실 밖으로 나갔다.

마치 처음부터 없었던 것처럼.

태희는 여전히 깊은 잠에 빠져 있었다.

2. 벚꽃 빛깔의 미열

지난밤부터 비가 내리고 있다. 봄비 소리는 마치 풀벌레의 속삭임처럼 단조롭고도 평온해서 얼핏 든 새벽잠이 깊게 든 태희는 제시간에 일어나지 못했다.

이윽고 잠에서 깬 태희를 걱정스럽게 한 것은 아직 만개하지 않은 벚꽃이 간밤의 비에 져버리지 않았을까 하는 점이었다. 황급히 학교까지 온 태희는 다행스럽게도 벚꽃이 거의 지지 않은 걸 보고 안도의 한숨을 내쉬었다. 그러나 오후가 되도록 비가 그치지 않아 걱정이 완전히 가시진 못했다. 재경도 무슨 일에선지 결석을 해 옆자리가 내내 비어 있는 것도 태희에겐 마음이 쓰이는 일이었다.

5교시, 수학시간이 되어 소희와 태희는 교실을 나왔다. 날을 지새우며 게임을 해서 졸려죽겠다는 소희를 양호실에 데려다준 뒤, 태희는 여전히 비가 오는 교정을 보며 복도를 걷다가 좋은 생각을 해냈다.

재빨리 이층으로 내려간 태희가 간 곳은 도서실이었다. 간혹 사서 선생님이 계실 경우도 있지만 대개 그분은 여선생 휴게실에서 수다를 떠시는 걸로 소일하신다. 1학년 때 독서부를 들어서 도서실에서 정기적으로 대출 업무 같은 것을 했었기 때문에, 도서실의 어디가 약점인지 정도는 알았다. 그중에는 창문도 있었지만, 태희는 뒷문 쪽으로 움직였다. 보통 방법으로는 열리지 않는 그 문을 대여섯 번의 시도 끝에 여는데 성공한 태희는 조심스레 문을 닫고 들어가 다시 문을 잠가 두었다.

비가 와서인지 유난히 오래된 책 냄새가 진하게 났다. 마음이 놓이는 그 익숙하고 편한 분위기에 태희의 얼굴에 미소가 서렸다. 불이 켜져 있지 않아 침침한 어둠에 주위가 잠겨 있었지만 그마저도 태희는 좋았다. 그다지 신간이 잘 들어오지도 않아 찾는 학생들이 뜸하다는 것 때문에, 이 도서실은 그녀의 마음에 든 거였으니까.

서가에 꽂힌 책등을 손가락으로 어루만지며 걷던 태희는 곧 맘에 드는 책을 하나 골랐다.

『폭풍의 언덕』.

그 책을 들고 도서실 가장 구석의 창가로 가 버석거리는 살구색 커튼을 절반쯤 옆으로 걷어내고 창문을 열었다.

"와아……. 역시 아름다워!"

눈앞에 벚꽃 나무들이 주욱 늘어서 있다. 내리는 빗속에서도, 아니 회색 하늘을 배경으로 해선지 더욱 눈이 시린 흰빛으로 주위를 환하게 하는 벚꽃들을 보면서 태희는 감탄으로 입을 다물지 못했다. 창밖으로 몸을 내밀고 빗속에 살랑거리는 벚꽃의 교태에 취한 듯 한없이 지켜보던 태희는 닿을 리 없다는 걸 이미 알고 있음에도 한껏 손을 뻗쳐 보았다.

역시 닿지 않는다. 새삼 그에 실망하는 자신 때문에 피식 웃음이 흘러나왔다. 곧 몸을 바로 하고 창틀에 앉은 태희는 무릎 위에 놓인 책을 펼쳤다. 얼마쯤 읽었을 때 갑자기 빗발이 굵어져서 그 소리 때문에 주의가 흩어졌다.

다시 벚꽃을 보았다. 태희의 눈을 매료시켜 모든 정신을 앗아가려는 듯, 일부러 더 위태위태한 자태로 거기 선 채, 서늘한 눈매로 무어라 속삭이는 아름다운 봄의 정령.

"알았어…… 널 위해 뭐라도 해보일게."

취한 듯 벚꽃을 보고 그리 중얼거린 태희는 잠시 뭔가를 골똘히 생각하다가 노래를 부르기 시작했다. '불면증'이라는 제목의 발라드였다.

"눈물처럼 내리는 빗속에 나는 너를 그리워하지. 떨어지는 꽃잎보다 더 슬픈 건 그를 보며 마음 아파할 슬픈 눈의 너. 버려진 건 나지만, 꽃잎 속에서, 이 빗속에서 너의 숨결을 느껴, 아직 난 괜찮을 수가 있어……. 하지만 저 꽃이 지는데도 내가 옆에 없을 넌 어떻게 될까……. 이 비는 내 눈물일까, 너의 눈물일까. 넌 결국 오지 않을 텐데……."

내레이션 같은 노래의 1절을 부르고 나서 태희는 고개를 내저었다.

"아무래도 이건 아냐. 너무 무거운 느낌이지? 뭐 발랄한 건 없을까, 음."

"용기는 가상하지만 그 실력으로 노래하는 건 죄라고 생각하지 않아?"

느닷없이 들려온 목소리에 태희는 소스라치게 놀랐다. 창틀에서 황급히 내려서면서 책이 굴러 떨어졌고, 태희는 놀라 주위를 두리번거리며 거의 소리치듯이 말했다.

"누, 누구야? 누군데, 대체 여긴 어떻게 들어온 거야?"

"너처럼 뒷문을 열고. 너만 아는 비밀이라고 생각했나 보지만."

목소리가 들려온 곳은 그리 멀지 않은 장소였다. 어두운 도서실 안이었지만 잠시 소리가 난 곳을 응시하자 누군가가 창문 아래 벽에 몸

33

을 기댄 채 앉아 있는 것이 보였다. 그 실루엣이 왠지 낯이 익어서 태희가 물끄러미 응시하고 있을 때, 상대가 고개를 태희 쪽으로 돌렸다. 순간 태희는 헉하고 짧게 숨을 들이켰다. 피식하고 상대편이 웃더니 자리에서 일어나 옷을 털고 이쪽을 향해 걸어왔다.

"어, 어떻게 네가 여기 있는 거야? 너 오늘 결석했잖아?"

놀란 태희의 얼굴을 빤히 보면서 걸어오는 건 역시 재경이었다. 다가온 재경은 태희가 절반쯤 걷어낸 커튼을 완전히 옆으로 밀었다. 그들 주위가 좀 더 환해졌다.

"뭘 보고 그리 호들갑을 떠나 했더니 또 저거야? 대책 없이 좋아한단 말이 진짠가 보군. 교실에서의 윤태희하곤 완전 딴판인 걸 보면."

별 감흥이 없는 표정으로 재경은 벚꽃을 쳐다보았다. 태희는 그런 재경을 홀린 듯한 눈으로 한참을 보다가 재경이 고개를 돌리려하자 황급히 시선을 아래로 떨궜다. 앞으로 모은 두 손을 꼭 쥐고 열심히 뭔가 할 말을 찾는 중에 자신이 떨어트린 책이 보여 허리를 굽혀 주워 들었다. 먼지를 터는 양 책을 툭툭 치고 조금 구겨진 책 모서리를 펴면서 마지못해 태희는 입을 열었다.

"별 관심 없는 거랑 좋아하는 걸 대할 때랑은 태도가 다를 수밖에 없는 거 아냐? 여기 나 혼자뿐인 줄 알았고. 이 시간에 네가 여기 있을 거라곤 짐작도 못했으니까."

"내가 인기척이라도 냈어야 한다는 말 같군."

"그랬다면 나도 조용히 책이나 봤을 거야. 쓸데없는 일도 안 했을 거고."

조금은 쌀쌀맞기까지 한 태희의 대꾸에 재경이 유리창에 기대서 있던 포즈를 바꿔 태희를 마주보고 섰다. 그에 움찔하고 놀란 태희가 반보쯤 뒤로 물러났다. 재경은 이 상황을 즐기는 듯 입술 끝이 살짝 올라갔다.

"'바람과 함께 사라지다' 패러디도 아니고. 이봐, 먼저 들어와 있던 건 나야. 한창 자고 있던 날 깨우고, 다시 자려고 눈감았던 날 노래까지 불러서 깨운 것도 너라구. 정작 원망해야 할 사람은 나 아닌가?"

메마른 말투에 냉소까지 서린. 과연 한재경은 무섭다. 태희는 어째서 이런 우연이 또 일어난 건지 의아하기만 했다. 평소에 그렇게나 신경 써서 되도록 눈에 띄는 일이 없도록 조심했는데, 어떻게 된 게 요 며칠간 계속해서 문제가 생기고 있는 건지 알다가도 모르겠다. 특히나 그 사람이란 게 한재경이라니. 지난번 추태도 모자라 이번엔 노래까지. 눈앞이 아득해지는 일이 아닐 수 없다. 이런저런 생각으로 심란해 하다가 대답할 때가 한참 지난 걸 알고 태희가 서둘러 입을 열었다.

"불쾌했다면 미안해. 정말 누가 있을 거라곤 생각 못했어. 넌, 학교에 왔으면서 왜 교실에 안 온 거야?"

"굳이 설명하자면 오기야 2교시 좀 지나서 왔지만 수업 중에 들어가는 것도 뭣하고 해서 잠깐 여기서 쉰다는 게 잠이 드는 바람에. 일어나보니 12시가 다 됐길래 그냥 담임한테 결석한다고 전화했어. 그리곤 또 잤지. 수업 끝나면 적당히 애들 틈에 끼어 나가면 될 테고. 원하는 정도의 설명인가?"

"아, 그래. 그랬구나."

그렇게 자세히 설명해 줄 거란 생각은 안 했기 때문에 태희는 적잖이 당황했다. 아무리 생각해 봐도 재경과 자신이 이런 식으로 긴 대화를 나눌 사이는 결코 아니다. 어쨌든 이 자리는 피하자 싶어 태희가 슬쩍 몸부터 빼는데 재경이 물어왔다.

"시간으로 봐선 수학시간인 것 같은데, 정소희는 어디에 두고 혼자 있는 거야?"

"응. 자고 있어. 양호실에서. 좀 피곤하대서."

"정말 자야 하는 건 너 아니야? 늘 한숨도 못 잤다는 얼굴을 하고 있으면서. 뭐 내 상관은 아니지만. 그나저나 너 후회되진 않아?"

"뭐가?"

"수학 선생 건 말이야. 모범생 일직선으로 쭈욱 걷다가 갑자기 친구 때문에 일탈해 버렸잖아. 귀찮은 일은 싫어하는 주제에."

꽤 날카로운 말에 태희는 내심 놀랐다. 자신에 대해 뭔가 꿰뚫고 있는 느낌이다.

"……귀찮은 일은 사서 하지 않지만 해야 할 일을 피하진 않아. 그 사람은 내 친굴 모욕했고, 그건 나까지 모욕한 셈이야. 그딴 사람 수업 들으면서까지 모범생일 필요 없어. 소희를 위해 한 일로 후회를 한다는 거 말도 안 돼."

처음으로 태희가 망설임 하나 없는 눈으로 재경을 응시했다. 흔들림 없는 그 확고한 표정에서 재경은 태희가 소희를 얼마나 큰 존재로 여기는지 알 수 있었다.

"여자애들 우정이란 게 그렇게 거창한 줄은 몰랐는데. 역시 중학교 때부터의 우정이라서 그런 건가? 시간이라는 결속 매개체."

다시 한 번 태희는 놀랐다. 소희와 자신이 중학교 때부터 친구란 걸 어떻게 아는 걸까. 비록 태희가 중2 때 재경과 같은 반이긴 했지만 그땐 그냥 같은 반이었을 뿐 말 한마디 제대로 나눈 적이 없는 사이였다. 태희가 재경에게 반하게 된 건 3학년이 되어 반이 갈리고 얼마 후의 일. 맹목적인 태희만의 짝사랑이었고, 졸업까지 한마디도 나눈 적이 없었다.

소희의 설득으로 재경이 지망하는 고교로 오긴 했지만, 그 뒤로도 계속 한 번도 말을 나눈 적 없이 지금에 이르렀다. 자리를 바꾼 날 이후, 재경을 알게 된 지 4년여 만에 가장 많은 말을 하게 된 요즘의, 일련의 상황들이 태희에겐 한여름의 태풍 치는 밤처럼 가슴 두근거리면서도 두렵기 그지없는 일이었다.

그러다 문득 태희는 납득한다. 재경은 아주 머리가 좋으니까 잡다하다 싶은 사소한 것을 기억할 수도 있다. 말 한마디 안 해본 같은 반애라고 해도 기억에 남아 있다는 게 영 말도 안 되는 소리는 아니다. 소희도 그렇고 태희도 그렇고, 그래서 기억하는 게 틀림없다. 생각해보면 별 놀랄 일도 아닌데. 조금은 자신의 과민반응에 어이없어하면서 태희가 말했다.

"우정이라……. 그걸론 부족하지만, 어쨌든 소희는 내겐 제일 소중하니까. 엄마만큼이나. 그래서 그 앨 위핸 뭘 해도 괜찮아."

"소중하다라. 너무 애매모호하군. 그건 '좋아한다'와 같은 류인가? 저기 저 벚꽃만큼 좋아한다, 그래서 소중하다, 그런 식이야?"

한층 더 건조한 말이 창밖의 벚꽃을 보고 있던 재경에게서 흘러나왔다. 태희는 그런 재경을 보고, 벚꽃을 보고, 다시 재경을 본다. 그녀는 웃었다.

그녀에게 있어 벚꽃은 즐거움 혹은 희망이 물체화한 것이었고 거기에 숨을 불어넣은 것이 재경이었다. 그런 재경이 지금 벚꽃의 의미를 태희에게 묻고 있다. 둘 다 자신에겐 똑같은 것인데. 이제 이어질 대답은 일종의 고백과 같다.

"아니, 달라. 소중한 것은 살아 있기 위한 이유이고, 좋아하는 것은 살아서 기쁘게 느껴지는 거야. 행복하지 않아도 살 수는 있지만 행복하게 살고 싶어 하는 바람은 누구나 갖는 것처럼, 달라."

"전자는 필요조건이고 후자는 충분조건인 거군."

그 말에 태희의 머릿속에 두 개의 원이 그려진다. 서로 겹치지 않는. 그런 건가. 그 둘의 교집합은 없는 건가. 하지만 분명 뒤의 것은 없다 해도 살 것이다. 살 수 있다, 자신은.

태희는 고개를 끄덕이면서 벚꽃을 보았다. 그토록 환히 빛나던 순백의 빛을 잃은 듯, 벚꽃은 흐려져 있다. 어느샌가 하늘은 더 어두워지고 비는 더 거세게 내리고 있었다. 태희는 변명했다.

정말이야. 난 너 없이도 살 수는 있을 거야. 하지만 널 무척 좋아하고 있어. 그것만으로도 괜찮지 않니? 난 너에게 바라는 게 없으니까. 그저 네가 있어주는 걸로 족하니까. 너도 그렇잖아? 내가 이곳에 없어도, 어떤 식으로 죽는다 해도, 넌 봄이면 꽃을 피울 거잖아. 널 위해서 말이야. 나 때문에 사는 게 아닌 널 위해 내가 살 수는 없으니까. 그렇지?

그렇게 생각하는 태희에게 재경이 다시 말하는 소리가 들려왔다.

"그럼 그처럼 소중한 것을 잃어버리면, 어떻게 되는 건데?"

잠시 태희는 침묵했다. 엄마도, 소희도 없어지고 난 뒤라면 자신은 왜 살아 있어야 할까? 그때가 만약 봄이라서, 벚꽃이 흐드러지게 피었다 해도 과연 그것을 보고 기뻐할 기력이나 있을지? 즐거운 일 따윈 아무것도 없을 것이다. 그게 설사 재경이라고 해도.

"봄이라면, 벚꽃이 질 때 함께 부서져 버리고……. 아니, 아니다. 봄이든 뭐든 상관없어. 소중한 걸 모두 잃는다면 그땐 벚나무에게 먹힐래. 해마다 붉은 꽃을 피워 날……기억하도록."

재경은 고개를 돌렸다. 반짝이는 눈으로 벚꽃을 보는 태희를 보며 잠시 어이없어했다.

하지만 문득 깨달았다. 이 애라면 그럴 것 같다. 소희가 곁에 없으면 금세 쓰러져 버릴 것처럼 지친 어깨를 하고 있을 때를 숱하게 보았으니까. 지상과의 끈이, 이유가 없어져 버린다면 땅에 디디고 있던 발을 들어버릴 것 같다.

……좋아하는 것에게 남은 전부를 주고, 잃어버린 소중한 것을 만나러 간다.

하지만 그것은 말 그대로 바람일 뿐.

"자신에게 얼마나 행운이 따른다고 생각해?"

재경의 질문에 무슨 뜻이냐는 듯 태희가 어리둥절한 표정을 지으며 재경을 보았다. 재경은 자신이 젖혔던 커튼을 원래 위치로 돌려놓는다. 그는 다시 어둠 속으로 돌아갔다. 태희는 왠지 재경이 낯설게 보여 움찔했다.

"원하기만 하면 이루어진다고 믿을 만큼, 바보는 아니잖아?"

빈정거리는, 재경의 원래의 말투에 비로소 태희는 안심했다. 이처럼 화사하고 차가운 존재가 자신의 희망이라는 것에 새삼 안도한다. 결코 이것만은 유리그릇처럼 쉽사리 깨어지지 않으리라. 언제까지나 얼음보다도 차고, 눈이 시릴 정도의 강렬한 빛으로, 절대 더럽혀지지 않을 흰빛으로 존재하리라. 그녀가 어디에 있다 해도 볼 수 있을 만큼의 큰 존재로.

천천히 태희의 얼굴에 엷은 안도의 미소가 퍼져갔다. 그러나 그것이 무엇을 뜻하는지 재경은 알 수가 없었다.

이틀 후 완연한 봄을 즐기라는 듯 맑게 갠 하늘 아래 이제 벚꽃은 그 수명이 다해 눈처럼 날리며 시야를 가득 채우고 있었다. 시간이 감에 따라 사방은 하얗게 내려앉은 벚꽃으로 눈이 쌓인 것만 같다.

그 속에서 태희는 아름다움에 취해 어쩐지 몽롱해졌다가, 세상모르고 잠이 들어버렸다. 지난번에 자신을 넘어뜨린 그 벚나무에 기댄 채로, 두툼한 뿌리 사이에 안긴 듯이 잠든 그녀는 즐거운 꿈이라도 꾸는지 웃는 얼굴이다. 태희가 잠든 사이 시간은 계속 흘러 어느새 5시가 넘어섰다.

땅에 깔린 꽃잎들 덕에 흙길이라고는 쳐도 부스럭거리는 발소리 하나 없이 재경은 태희의 바로 앞까지 걸어와 섰다. 느슨하게 풀린 넥타이와 흰 셔츠 위로 보이는 얼굴은 자신은 무표정한 거라 생각하겠지만 타인의 눈에는 차갑게 가라앉아 함부로 말 걸면 위험하다는 경고 신호를 내보여 주위에 바리케이드를 만들고 마는 그 얼굴이었다.

어느샌가 재경의 표정이 변했다. 그의 딴에는 미소 비슷한 걸 짓는 것이었으나, 곁에서 보면 싸늘한 냉소의 전형이라 주변 사람들에겐 더 두려움을 주는 그런 미소였다.

하지만 태희는 재경의 그런 미소를 보는 것을 좋아했다. 얼음처럼 맑고 선명한 차가움으로 주의의 사람들이 눈을 돌리게 만드는 그런 순간을 볼 때마다 태희는 소름이 돋는 것처럼 짜릿해졌다. 그런 말을 하는 태희에게 소희는 너도 참 취향이 이상하다고 비꼬곤 했다. 태희도 자신의 취향이 이상하다는 건 인정했고, 재경의 그런 모습을 멀리서 보는 건 좋아했지만 가까이에서 눈이 마주치거나 하면 질겁하며 시선을 피했었다.

지금도 만약 재경이 이처럼 가까이에 있는 것을 알았다면 깜짝 놀라 어딘가로 달아났겠지만 운이 없게도 깊이 잠든 후이다. 그처럼 좋아하는 벚꽃에 감싸인 채, 좋아한단 말론 부족한 재경의 시선을 한 몸에 받으면서.

재경은 태희의 모습을 유심히 훑어보았다.

자신의 손 하나로 다 가려질 것처럼 작은 얼굴을 차분히 바라보았다. 섬세하고 부드러운 선의 흐름. 머리칼처럼 까맣고 긴 숱이 많은 속눈썹. 창백하지만 만약 살짝만 붉은색 립글로스를 발라준다면 눈에 띄게 아름다울 입술. 핏기가 거의 없는 상아색에 가까운 피부는 다소 병적이라 어떨 땐 언짢게도 느껴졌다.

그러나 사소한 결점을 다 고려해도, 태희는 예쁘다. 태희는 자연스럽게 갖춘 모든 것들이 단아했다. 그래, 단아함. 재경은 그 말이 마음에 들어 고개를 끄덕였다.

이렇게 마음 놓고 태희를 본 적이 없는 재경은 태희에게서 몇 발자국 떨어진 곳에 앉아 질리지도 않고 물끄러미 태희를 지켜보았다. 계속되는 미풍 속에 벚꽃은 계속 떨어져내려 태희를 덮고 있고 점차 태희는 하얀 베일에 싸인 듯 투명해져 가고 있다. 한층, 한층……. 재경의 옷자락에도 벚꽃잎은 하나 둘 내려앉고 있지만 유독 태희만은 더 많은 꽃잎들이 찾아들어 깃드는 것처럼 보였다.

재경의 얼굴은 그 마음에 담긴 미묘한 감정 변화를 드러내면서, 드물게도 온화해져갔다. 그 자신도 잘 설명할 수 없는 감정들이 서서히 마음의 표면으로 드러나고 있는 중이다. 하지만 재경은 분명히 자신에게 이야기한다. 아직은 확실하지 않다고.

그다지 오래 살아본 건 아니지만 어쨌든 18년을 살아오면서 한 번도 겪어본 적 없는 낯선 감정을 섣불리 결론 내릴 수는 없는 것이다. 이것이 파괴욕이 아닌 것만은 알 수 있지만, 감정에 대한 수많은 수식어 중에 이거다 싶은 걸 찾지는 못했다. 뭔가 우스꽝스러운 기분에 재경은 두 손으로 얼굴을 감쌌다. 자신의 숨소리를 확인하며, 그는 생각했다.

이렇게 어려웠던 일 같은 건 없었는데. 즐거웠던 일이랄 것도 없지만, 머리 아프게 신경 쓰며 산 일도 없었다. 그에게 있어서 삶은 평면적이고, 숨 쉬는 것처럼 자연스럽고도 단조롭게 진행되는 것이었다. 갑자기 이런 식으로 뭔가로 인한 혼란을 느끼게 되는 일은 생각해본 적도 없는 일이다. 정말 어처구니없게도.

옅은 한숨과 함께 고개를 뒤로 젖힌 재경은 한동안 머리 위의 벚나무에서 날리는 벚꽃을 지켜보았다. 하늘이 어두워진 게 보였다. 어느새 다섯 시 반이 넘었다.

언제까지 자고 있을 생각일까 하는 궁금증을 느끼며 다시 태희를 보던 재경의 얼굴이 일순 굳어졌다.

고개를 숙인 태희의 모습이, 그사이 뒤척이기라도 한 건지 아까지완 다른 것이었다. 눈썹보다 약간 아래에서 일자로 단정히 잘린 앞머리와 어깨에 펼쳐져 있던 긴 머리칼이 이젠 옆얼굴 선을 거의 감추며 앞으로 늘어뜨려져 있다.

머리와 몸을 장식하는 벚꽃 때문일까, 지독히 비현실적인 인상을 받게 된 것은. 마치 일부러 꾸며 만들어낸 듯한 마네킹의 그것 같은 정적이었다.

갑자기 재경의 뇌리에 그 말이 떠올랐다.

……벚나무에게 먹힐래. 해마다 붉은 꽃을 피워 나를 기억하도록…….

벚나무가 사람을 먹을 리는 없다. 그 당연한 사실이 그 순간 재경에겐 떠오르지 않았다. 언젠가 본 책의 내용처럼 그녀는 벚꽃 바람 속에 사라져 버릴 것만 같았다. 어느 한 순간 숨을 쉬지 않게 되어, 순식간에 투명하게 지워져 버린다. 처음부터 아무것도 없었던 양.

재경은 자기도 모르게 벌떡 일어나 태희에게 다가갔다. 그녀의 어깨에 손을 대려고 막 오른손을 뻗었을 때, 갑자기 핸드폰 벨소리가 울렸다.

그 소리에 재경은 백일몽에서 깨어, 황급히 근처의 나무 뒤로 몸을 숨겼다. 계속 울리는 벨은 태희의 깊은 잠을 깨우기 충분할 만큼 길게 이어졌다.

"네……. 아, 나야, 좀 잤나봐. 뭐, 벌써? 이런. 또 한없이 잘 뻔했어. 알았어, 곧바로 갈게. 응……그래, 반까지."

전화를 끊고 조그맣게 하품을 하고 일어나서 걷기 시작하다가 문득 발을 멈추고 뒤를 돌아보았다. 못내 아쉬운 눈빛이다.

"올해는 이걸로 끝이겠구나. 내 한 해는 이제 다 간 거나 마찬가지야. 다시 볼 때까지 내가 어떻게 견디면 좋을까? 이곳에서의 꽃놀이도 내년이면 끝일 테고. 그래도 안녕. 잘 가렴. 아름다운 내 그 사람처

럼 이렇게 한때의 기쁨이면 족하니까. 내년에도 활짝 피어 이곳에 있
어줘. 꼭 다시 올 테니까."

태희는 벚꽃이 지는 이 모습을 절대 잊지 않도록 새겨두려는 듯 한
참을 보다가, 이윽고 몸을 돌렸다. 벚나무가 좌우에 주욱 늘어선 길을
따라 한 번도 뒤돌아보지 않으며 걸어갔다.

재경은 시야에서 태희의 뒷모습이 사라진 후에 자신의 손을 들어
보았다. 그 전화가 없었다면 재경은 틀림없이 태희를 흔들어 깨우고
말았을 것이다. 그것도 두려움 때문에.

벚꽃에게, 태희는 약속을 했다. 소중한 게 다 사라지면 먹히겠다고.
그리고 벚나무는, 만약 그런 미신적인 상상이 가능하다면, 그녀를 받
아들일 것이다.

평소의 재경이라면 절대 이런 말도 안 되는 생각은 안 했을 테지만,
이미 한참 전부터 재경은 자신의 안에서 뭔가가 일그러지는 걸 느끼
고 있었다.

그래서 이런 어처구니없는 생각까지 하는 것이다. 순간 벚꽃이 태
희를 빼앗아갈 것 같은 기분에 어떻게든 붙잡아두겠다는 절박함에 빠
졌다고.

"대체 내게 무슨 일이 일어나고 있는 거지?"

신음하듯 재경이 중얼거렸다. 그 순간에도 벚꽃은 하늘거리며 그에
게 떨어져 내리고 있었다. 홀린 것처럼 고개를 들어 벚꽃을 올려다보
면서 재경은 머릿속을 차분하게 잠재워 갔다. 그러나 그러고도 한동
안 심장이 묘한 방식으로 뛰었다.

그건 마치 미열이 나는 것과 비슷한 기분이었다.

5월의 둘째 주 금요일.

너무 좋은 날씨라 태희도 그렇고 소희도 아침부터 매우 들떴다. 게

다가 소풍날이었다. 어차피 놀이공원에서의 형식적인 하루일 뿐이지만 잠시간의 단체 행동 후엔 쭈욱 자유시간이 있을 터이므로, 놀이기구 타는 걸 끔찍이도 좋아하는 소희와, 놀이동산의 그 유쾌하고 동화 같은 분위기를 좋아하는 태희에겐 아주 보람찬 날이 될 예정이었다.

소희네 집에 들러 소희의 코디로 사복을 입고, 따로 치마가 든 백을 준비했다. 오후가 지나면 소희와 시내로 나가 아이쇼핑을 할 계획이었고, 그런 경우 소희는 화장을 하고 어른스런 차림을 즐겨했기 때문에 덩달아 태희도 여성스런 차림을 하게 되곤 했다. 소희 엄마의 갤러리에 가게 되거나 하면 더욱 그리될 터였다. 명품을 좋아하고 세련된 취향의 소희 어머니는 소희나 태희를 자신의 취향대로 꾸며놓고 함께 다니길 즐기시는 터이다.

소희는 그런 어머니를 보고 철이 없다면서 내가 엄마를 키운다고 늘 불평이다. 태희의 눈에도 소희 어머닌 철이 없어 보일 때가 많았지만, 자신의 어머니완 달리 놀랄 만큼 젊고 아름다운, 그리고 자유로운 삶을 살아가는 그분이 무척 존경스러웠다.

조금 이르게 지하철을 탄 소희와 태희는 운이 좋게도 자리에 앉을 수 있었다. 몇 개의 역을 지나쳤을 때, 할머니 한 분이 타시는 걸 보고 태희가 일어나 자리를 양보했다. 덩달아 소희도 일어나면서 태희의 팔에 팔짱을 끼다가 문득 뜻밖의 얼굴을 발견했다. 바로 옆 칸에 재경이 타고 있는 걸 보게 된 것이다.

"오올~행운이다. 옆 칸에 네 서방님이야."

"뭐, 어디?"

"저기 잠깐. 너 지금 서방님이라 하니까 돌아봤지. 흐흥……이젠 갈 때까지 갔구나, 윤태희. 이젠 한재경이 네 서방이라는 걸 인정하는 단계다 이거지?"

"누가 들어. 장난하지 말고, 어디야?"

능글맞게 웃으며 소희는 손가락으로 재경이 서 있는 곳을 가리켰다. 옆 칸 역시 사람들로 붐비긴 해도 원체 키가 큰 재경의 머리는 혼자 홀쩍 튀어나와 있었다. 음악을 듣는지 헤드폰을 하고 있다.

"잘·안 보이네. 좀만 옆으로 가자."

"조금은 무슨. 그냥 가지 뭐, 자 어서."

문 쪽으로 움직이는 태희의 손을 잡고 소희는 옆 칸으로 들어가는 문을 열어버렸다. 화들짝 놀란 태희가 안 가려고 버텼지만, 소희의 힘에 당할 수가 없어서 결국엔 옆 칸으로 들어서고 말았다.

"봐, 여기가 더 한산하잖아. 안 그래, 태희야?"

부러 태희의 이름까지 부르며 능글맞게 웃는 소희 때문에 태희는 고개를 들 수가 없었다. 다행히 재경은 손잡이를 잡은 그 자세 그대로 앞만 보고 있었다. 태희는 황급히 재경의 반대쪽 열의 손잡이를 쥐고 소희의 팔을 꽉 잡으며 말했다.

"그만해, 자꾸 그러면 진짜 나 화낼 거야."

"알았어, 안 하면 되잖아. 어차피 들리지도 않을 텐데 뭘 그리 눈에 쌍심지를 켜시나. 이 정도로 벌벌 떨면서 학교는 어떻게 다니는지 몰라."

투덜대는 소희를 내버려두고 태희는 살짝 고개를 뒤로 돌려보았다. 여전히 앞만 보는 재경의 왼쪽 얼굴이 보이고, 전체 모습도 슥 훑어볼 수 있었다.

파란 헤드폰과 흰색, 파란색, 검은색 세 가지의 톤으로 된 스트라이프 셔츠. 적당히 걷어 올린 소매 때문에 왼팔에 찬 굵은 가죽 시계가 보였다. 약간 화려해 보이는 셔츠에 비해 조끼부터 시작해 크로스백과 구두까지 모두 블랙 일색이다.

태희의 눈엔 항상 너무나 근사하게만 보이는 재경이지만 사복 차림은 흔히 볼 수 있는 게 아니라 더 눈을 뗄 수가 없었다. 그때 옆에서 찰칵, 하는 소리가 들렸다. 태희가 고개를 돌렸을 땐 소희의 손에 들린 폴라로이드 카메라에서 사진이 나오고 있었다.

"……무, 무슨 짓이야. 소희 너 들키면 어쩌려고 그래?"

"괜찮아, 괜찮아. 저 녀석 성격에 주위를 두리번거릴 일도 없으니까."

사색이 된 태희의 어깨를 툭툭 치며 다른 한 손으론 사진을 흔들어 마르길 기다리는 소희의 얼굴엔 웃음기가 그득했다.

"오케이, 나왔다. 어때? 이 끝에 있는 건 네 머리야."

오른쪽 귀퉁이에 까만 머리가 있고, 왼쪽으로 재경의 얼굴이 보이는 사진. 지하철 안이라 사진이 선명하진 않지만 소희가 포인트를 잘 잡아 찍었기에 재경만큼은 뚜렷이 보였다.

"위험하니까 절대 또 이럼 안 돼."

새침하게 쏘아붙이곤 냉큼 소희의 손에서 사진을 뺏어보는 태희의 얼굴은 말과는 달리 조금도 토라지지 않았다. 그런 태희를 보며 소희가 키득거리고 웃었다.

"좋아 죽겠으면서 말하는 거 하곤. 쳇, 위험수당도 없는 일로 욕까지 먹다니."

"욕하는 건 아냐. 그치만 좀 더 멀……리서 찍으면 좋잖아."

기분이 좋아진 태희가 씨익 웃으면서 사진으로 입가를 가리고 큭큭 댄다. 고개를 절레절레 흔들면서 소희는 태희 너머 재경을 보았다. 역시 너란 녀석 대단하다니까, 한재경.

태희와 소희 둘이 그 자그마한 일에 정신이 팔려 있는 동안 정차한 지하철에 사람들이 오르내리고 그 와중에 재경은 옆으로 조금 비켜섰다. 잠시 후 리모컨의 버튼 중 하나를 눌렀고, 그제야 음악소리로 주위의 소음이 귀에 들어오지 않게 되었다. 집에서 나올 때부터 계속 음악을 듣다가, 좀 전부터 잠시 꺼두었다. 음악 말고 들어야 할 게 생겨서 말이다.

손목시계를 흘끗 보고 난 후 다시 고개를 든 재경은 창에 희미하게 비치는 사람들의 모습을 보았다. 그 사람들 속에는 비슷한 키의 두 여자애의 모습 역시 섞여 있다. 이야기를 주고받느라 상대를 보는 옆얼굴. 그게 누군지 모를 만큼 시력이 나쁘지도 않고, 이미 알고 있는 걸 확인하기 위해 고개 돌릴 만큼 쓸데없는 짓을 할 재경도 아니다. 애초에 둘을 먼저 본 것도 그였다.

단지 어떤 상황이 와도 별 변화가 없는 그의 표정 때문에, 주위 사람들이 잘못 판단하고 행동에 옮기는 일들이 그의 책임은 아니니까. 가끔은 그 점을 이용한다 해도 아는 사람은 자신뿐이니 나쁠 것도 없다. 때론 그렇게 해서 월척을 낚기도 하니까. 바로 방금 전처럼.

세 시가 조금 넘어서 인원 점검 후에 귀가 조치가 내려졌다. 오래간만의 놀이공원이라 시스템 풀가동에 들어간 소희였지만 어머니의 호출로 인해, 대기 중이던 아이스크림 줄에서 빠질 수밖에 없었고, 때문에 바이킹 차례를 기다리는 줄에 세워놓았던 태희도 긴급호출을 했다. 그렇게 소희가 바이킹까지 포기하고 서둘러 옷가방을 보관해둔 지하철역의 코인로커까지 온 시각이 네 시가 한참 지난 후였다.

지하철역 화장실에서 옷을 갈아입는 건 태희가 질색하는 일 중의 하나지만 소희의 재촉으로 하는 수 없이 바지에서 치마로 갈아입었다. 땋았던 머리를 풀자 살짝 웨이브가 진 머리가 등장했다. 소희가 준비한 에센스로 머리카락을 정리해서 단정한 웨이브 층을 만들고 나서 소희가 건네주는 대로 액세서리를 했다. 보라색 구슬로 된 헤어핀에 카메오 브로치가 달린 리본 목걸이를 하고 카메오 반지까지 착용했다. 지금 신고 있는 펌프스까지 카메오 앞장식이 있다. 소풍에 입고 간 보랏빛 에스닉 문양이 프린트된 칠부 블라우스에, 방금 갈아입은 까만 프릴스커트까지 입고 나서 보니 태희는 공들여 만든 비스크인형처럼 화려해졌다.

완연히 아가씨처럼 스타일 변화를 준 소희는 재빨리 화장을 마치고 옆에 서서 자신을 말똥말똥 바라보고 있는 태희를 보고 씨익 웃었다. 소희의 웃음 뒤에 담긴 뜻을 알고 흠칫거리며 뒤로 물러서는 태희의 팔을 꽉 잡고 중얼거렸다.

"자, 이리 오렴, 내 돌피, 착하지잉?"

"……몇 번이고 말하지만, 난 소네트가 아냐, 소네트가 아니라구."

"누가 널 소네트래? 넌 소네트 언니라고 내가 몇 번을 말하니."

결국 부들거리는 태희의 얼굴을 잡고 소희는 화장을 시작했다. '소네트'는 소희가 갖고 있는 구체관절인형으로 이 값비싼 인형을 열세 살 때 선물 받은 이래 끔찍이도 아껴왔다. 귀찮은 건 죽도록 싫어하는 소희가 굳이 스스로 옷을 재단해서 만들어 입히고 틈날 때마다 화장도 바꿔주는 애물단지. 안구는 물론 가발도 자주 바꿔주지만 원래 처음 보았을 때의 모습이 까만 생머리에, 새까만 눈 그리고 화장기 없는 창백한 얼굴이었기에 그게 영원한 소네트의 인상으로 남아 있다. 소희가 첫눈에 태희에게 끌렸던 점에는 자기 보물인 소네트가 살아 움직이는 것 같은 태희의 외관이 매우 큰 요소를 차지한다.

"자, 아주 이쁘군. 소네트가 보면 질투하겠어."

소희의 만족스런 목소리에 한숨을 내쉬며 태희는 거울을 힐끗 돌아보았다. 핑크빛 파우더 때문에 한결 화사해진 얼굴 피부, 꽃자주색 립글로스를 발라 유난히 반짝이는 입술. 단지 그 두 가지만으로도 몰라보게 생기 있어졌다.

"몇 번이고 말하는 거지만 넌 역시 이쪽이 적성이야."

"하하, 소재가 좋긴 하지만, 뭐 내 실력이 뛰어난 것도 사실이지. 그치만 난 아무 사람 얼굴이나 쳐다보면서 화장하고 싶지는 않거든. 정

벌어먹고 살길 없으면 메이크업 아티스트가 될 테니까. 아아, 이놈의 재능은 너무 넘쳐서 탈이라니까."

각각 종이백을 하나씩 들고 자그마한 토트백을 다른 손에 쥐고 둘은 화장실에서 나왔다. 다섯 시가 다 된 시간이었지만 여전히 역과 지하철엔 사람이 많았다. 둘이 출구로 향하는 계단으로 가는 모습을 맞은편에 있던 같은 반 남학생들이 보았다.

"어라, 저쪽 저기 정소희랑 윤태희 아냐?"

"누구? ……어, 설마 저기 걸어가는 둘? 이야!"

"정소희는 그렇다 치고 저거 진짜 윤태희야? 사람이 달라 보이는데? 암만해도 저런 타입은 아니잖아."

"둘이 친구잖아. 여자는 요물이니까 화장으로 변신하는 건 수도 아니라구."

"그래도 의외네. 보기엔 좋지만……안 그래?"

"글쎄. 변신은 변신이로군."

마지막으로 중얼거린 건 재경이었다. 소풍이 끝나고 게임시디를 사러 남자애들끼리 전자상가로 향하는 중이었다. 평소 같았으면 바로 돌아갔을 재경이 웬일로 마음이 동해 남자애들과 함께 움직인 건데, 그 덕분에 묘한 걸 보게 되었다.

태희는 평소 학교에서완 달리 생글거리며 웃고 있기까지 하다. 컨디션도 좋고 오랜만에 소희 어머니까지 함께 시간을 보낼 기대로 기분이 한껏 고조되어 있어서이기도 하지만, 그건 소희가 아닌 이상 알 수가 없는 사정이고, 학교에서의 윤태희밖에 모르는 이들에겐 완전 딴사람으로 보일 만큼 분위기 자체가 달랐다. 기이한 구경거리를 보는 듯 그쪽을 보는 남자애들 때문에 덩달아 재경도 멈춰선 채이다. 썩 기분이 유쾌하지는 않아서 재경은 고개를 돌려 광고판을 무심히 보고 있었다.

"잠깐, 저거 뭐야? 시비 붙은 거 아냐?"

"그러게. 저 녀석들 일부러 부딪혔지?"

"야, 어떡해? 가봐야 하는 거 아냐?"

그들은 맞은편에서 태희와 소희가 남자애들과 말다툼이 난 것 같은 모습을 보고 이야기했다. 그 중 한 명이 재경을 돌아보며 뭔가 물으려 했는데 이미 재경은 사라진 후였다.

"어디 간 거지? 야, 재경이 어디 간다고 했나?"

"재경이? 방금 전까지 여기 있었잖아. 아직 지하철도 안 탔을 텐데? 어, 저기 뛰고 있는 거 재경이잖아."

"재경아, 어이, 한재경! 어디가?"

뒤에서 남자애들이 한참 이름을 불러댔지만 이미 그는 에스컬레이터를 거의 뛰어올라가 맞은편으로 건너가기 시작하는 중이다. 그를 부르는 소리도 귀에 들려오지 않을 만큼 그는 빨리 뛰고 있었다. 한 가지 목표를 향해.

약 오 분 전, 막 출구 쪽 계단으로 도는 순간 소희는 누군가와 부딪혔다. 별로 세게 부딪힌 건 아니었지만 쇼핑백을 놓치는 바람에 그걸 잡으려다 넘어질 뻔하는 소희를 태희가 황급히 붙잡아 세웠다. 소희는 방금 부딪혔던 사람에게 죄송하다고 말하려고 했는데, 왠지 일이 껄끄러워질 듯한 예감이 들었다.

분명 세게 부딪힌 게 아닌데, 자신과 부딪힌 사람이 바닥에 주저앉아 있다. 그리고 그 옆에 일행으로 보이는 남자애들 둘. 척 보기에도 노는 타입의 중학생 아니면 고교생쯤 되는 앳된 얼굴이다. 아무튼 상냥하게 사과를 하면서 나가보기로 했다.

"미안합니다, 어디 다치시진 않으셨죠?"

그제야 바닥에 앉아 있던 남자애가 천천히 일어나면서 고개를 갸웃하더니 중얼거렸다. 오른손이 아픈 듯 손목을 만지면서.

"아무래도 손목이 고장 난 것 같아. 어쩌지?"

"뭐? 야, 너 거기 지난번에도 말썽이었잖아."

"어디. 이런, 벌써 부었는데? 큰일이네. 이번에도 너 몇 달 가는 거 아냐?"

겨우 넘어진 거 정도로, 여자도 아니고 남자가 손목이 나가? 재수 없게 걸렸다고 중얼거리며 소희는 토트백을 열었다. 수표 두 장을 지갑에서 꺼내 앞으로 내밀면서 소희는 여전히 상냥하게 말했다.

"피차 서로 앞을 안 본 잘못도 있으니까 이 정도로 해결하죠? 부러진 건 아닐 테고 기껏해야 삔 정도일 텐데."

앞의 남자애들이 그걸 보곤 갑자기 기세가 험악해졌다.

"이 녀석이 그냥 보통 앤 줄 알아? 농구부 레귤러야. 손 한번 엇나가는 게 무슨 뜻인지 알아?"

"그깟 돈으로 애 인생 잘못 가면 책임질 거냐구?"

옆에서 돌아가는 상황을 지켜보던 태희가 갑자기 웃으며 중얼거렸다.

"농구부 좋아하시네. 운동한다는 애가 반사 신경하고는 담쌓았나 보지? 어떻게 고작 넘어지면서 금쪽같은 손목을 다쳐? 50kg도 안 되는 애한테 부딪혀서 다운되는 체력가지고 운동을 해? 웃겨."

한번 기분이 상하면 완전히 사람이 바뀌는 태희를 아는 터라 소희는 한숨을 내쉬었다. 앞의 남자애들은 더욱 고압적인 자세로, 목소리를 높였다.

"건방지게 왜 끼어드는 거야? 너랑 상관없으니까 저리 꺼져!"

"계집애가 농구를 뭘 안다고, 재수 없게."

"남 말하고 있네. 너희야말로 꼴같잖게 끼어들지 말고 빠져. 넘어졌다는 녀석은 입이 없어, 뭐가 없어? 앞으로 나와서 손 한번 보여주지? 얼마짜린지 아는 건 수도 아니니까. 야, 너 안 나와? 다쳤다는 게 손이 아니라 다리야?"

"이게, 보자 보자 하니까, 넌 빠지랬잖아! 왜 설쳐대고 지랄이야?"

신경질적인 말을 내뱉으며 한 녀석이 태희의 어깨를 확 밀쳤다. 소희가 곧장 그 녀석의 정강이를 구두코로 찍으면서 태희의 앞을 막아섰다.

"누구한테 손을 대는 거야! 이 새끼 죽고 싶어?"

"이게, 죽을래? 아야, 뭐야 시팔!"

정강이를 찍힌 애가 아파서 몸을 굽히고, 다른 녀석이 소희에게 손찌검이라도 할 기세였지만 태희가 가방으로 후려쳐 위협하자 뒤로 물러섰다. 주위 사람들이 멀찍이서 지켜보면서도, 호기심에 찬 눈으로 구경만 할 뿐이었다.

소희는 아무래도 엄마에게 콜을 해야겠다고 생각했다. 핸드폰을 꺼내려는데 아까 소희에게 차인 녀석이 소희의 손을 쳐버리는 바람에 가방 채 와르르 바닥으로 쏟아지고 말았다. 가방보다, 남자애의 손에 맞은 소희의 손이 금세 빨갛게 쓸려 자국이 남았고, 소희가 그 손을 만지며 얼굴을 찌푸리는 걸 본 태희는 정말 눈이 뒤집혀버렸다. 소희가 말릴 새도 없이 다짜고짜 걸어간 태희가 소희를 친 녀석의 뺨을 갈겼다.

"빌어먹을 자식, 또 한 번 쳐봐! 다른 쪽 뺨도 쳐줄 테니까!"

아무래도 글렀다. 하는 걸 보니 지금 태희는 눈에 뵈는 게 없다. 소희는 황급히 바닥에 떨어진 핸드폰을 주워 통화버튼을 눌렀다. 그리고 태희를 옆으로 밀쳐내서 앞의 두 녀석이 태희에게 손찌검하는 것만큼은 막으려는 찰나, 소희의 눈앞에 다른 남자가 등장했다.

"난 여자에게 손찌검하는 건 쓰레기나 하는 짓이라고 배웠는데. 니들은 집에서 그런 교육 안 받았어?"

사람의 기분을 단번에 거슬리게 만드는 시니컬한 말투. 그리고 낯이 익은 뒷모습.

오, 이런, 한재경이다!

소희는 뜻밖의 전개에 때와 맞지 않는 놀라움의 팡파르를 마음속으로 터뜨렸다.

"넌 또 뭐야? 이것들이랑 뭔 상관인데 끼어들어서 기사 행세냐? 좆만 한 새끼가."

"니들보단 더 알지. 어떻게 된 거야?"

힐끗 뒤로 시선을 주며 재경이 물었다. 소희는 제꺽 나서서 빠르게 상황설명을 했다. 이야기를 듣고 재경이 성큼 넘어졌던 녀석에게 가서 왼팔을 확 잡아당겼다. 비슷한 키의, 비슷한 체격인데도 상대편 남자애는 완전히 앞으로 고꾸라질 듯 비틀거렸다.

"뭐하는 거야, 놔!"

상대편 남자애는 있는 힘껏 재경의 손을 뿌리치려 했지만 그게 뜻대로 되지 않자, 안 잡힌 손을 재경에게 휘둘렀다. 피할 거라 생각하고 한 행동이었지만, 내뻗은 주먹이 둔탁한 소리와 함께 재경의 얼굴을 쳤다. 약간 비틀거렸지만 재경은 잠시 후 씨익 미소 비슷한 것을 띠며 눈앞의 녀석을 보았다.

"흠……. 꽤 힘이 들어갔잖아? 아무튼 먼저 나한테 손댄 거 맞지?"

그런 상황에서도 차갑게 돌아가는 머리를 유감없이 발휘하며 쓰윽 왼쪽 입가를 만지는 재경에게, 때린 녀석이 더듬대며 말했다.

"누, 누가 맞고 있으랬냐? 이거 놓으란 말야!"

여전히 꽉 팔을 잡고 있는 재경의 왼손을 떼어놓으려고 하자, 재경은 그 녀석의 오른팔도 잡으며 중얼거렸다. 한층 더 시니컬해졌다.

"고장 난 손목으로 주먹질도 가능해? 대단하군."

말이 채 끝나기도 전에 재경은, 눈앞의 녀석을 확 뿌리쳤고, 이번엔 정말 정통으로 녀석은 지하철역 바닥에 널브러지고 말았다. 그걸 본

친구 둘이 욕설을 퍼부으며 재경에게 덤벼들었지만 일부러 맞아볼 필요가 없어진 재경이 맥없이 맞아주는 일은 일어나지 않았다.

일단 호신술 종류는 되는대로 다 배웠고, 운동신경도 좋아서 그가 맘먹고 싸우면 자기 몸을 지키는 수준이 아니라 대여섯 명의 유단자조차 뻗게 만들 기력이 있다. 그저 주먹 몇 방이나 발차기만으로도 지금 눈앞에서 얼쩡대는 세 녀석을 꽁무니 빼게 하는 건 간단한 일이었을 텐데, 그렇게 간단히 끝낼 마음이 없다는 게 문제였다. 일부러 연신 비웃는 듯 조롱하는 말을 지껄이며 재경은 녀석들을 도발시켜 덤비게 했고 악에 받쳐 헛주먹질을 해대는 그들을 장난감처럼 가지고 놀았다.

재경은 **불쾌했다.** 이 머저리 같은 녀석들 때문에 불쾌한 게 아니라 조금 전에 바로 앞에서 본 태희 때문이었다. 모범생처럼 처신하는 학교에서의 모습은 온데간데없이, 재경이 숱하게 봐온, 집 좀 살고 적당히 놀아본 여자애들처럼 온몸을 휘감은 태희가 생소하고 상당히 눈에 거슬렸다. 그게 지나치게 잘 어울려서 더. 다른 여자들과는 뭔가 다를 거란 생각을 한 자신이 어리석었을까?

아니 그보다도 여러 가지가 엉켜 짜증이 나는 재경이었다. 뭐가 즐거웠는지 쓸데없이 환했던 미소도, 그래서 이런 녀석들에게 가볍게 보여 시비가 붙게 된 것도, 바로 직전까지 이런 것들에게 손찌검을 당할지 모르는 상황이었다는 것도. 아무 힘도 없는 주제에 정소희를 위해 자기보다 한 뼘도 더 큰 남자애 셋을 상대로 덤비다니, 멍청하게도.

"일어날 힘도 없는 게 아니면 그만 꺼지는 게 어때? 억울하면 다시 할래? 그것도 안 되겠으면 경찰이라도 부를까? 신고해 줘?"

바닥에 널브러진 세 녀석을 툭툭 구두 끝으로 건드리며 재경은 씨익 웃었다. 재수 없게 걸린 게 분명하다고 판단한 셋은 서로 눈짓을 교환하곤 슬금슬금 일어나 걸음아 나 살려라 하고 꽁무니를 뺐다.

모처럼 사람을 실컷 팼다는 만족감에 짜증이 꽤나 가신 재경이 꼬리 내리고 도망치는 녀석들의 모습을 잠시 지켜보다가, 이윽고 소희 쪽을 돌아보았다. 소희는 빙긋 웃으며 가볍게 박수를 쳤다.

　"브라보! 역시 한재경은 뭐가 달라도 다르구나."

　"저 정도 약골들에게 맞아 널브러질 만큼은 아니니까. 너흰 괜찮아?"

　"뭐 딱히 맞은 건 아니지만……핸드폰이 맛이 갔고. 그리고 태희가……."

　소희가 힐끗 옆을 돌아봤고, 재경은 이미 아까부터 고개를 숙이고 있는 태희를 주시하고 있었다. 입가를 가린 채로, 왼손에 들린 가방을 어찌나 꽉 쥐고 있는지 하얗게 뼈마디가 드러나 보일 정도였다. 뭔가를 겨우겨우 억지로 참아내는 듯한 인상이었다.

　"설마 얼굴이라도 맞은 거야? 윤태희, 너……."

　한 발짝 태희 쪽으로 걸어가며 묻던 재경은 문득 태희가 그를 보며 보인 표정 때문에 뒷말을 이을 수 없었다. 새파랗게 질린 안색. 그리고……그 눈에 담은 감정. 일그러진 눈썹 밑으로 마치 더러운 거라도 보는 듯한 그 눈. 강렬한 혐오와 얼마만큼의 두려움.

　재경은 태희가 어째서 이런 표정으로, 이런 눈으로 자신을 보는지 알 수가 없었다. 어리둥절해하며 재경이 태희에게 손을 내밀면서 중얼거렸다.

　"너……왜 그래?"

　손이 닿기도 전에, 불에 덴 것처럼 화들짝 놀라 태희가 뒤로 물러났다. 태희는 재경의 셔츠 자락과, 손등에 묻은 핏자국을 보고 있었다. 셔츠에 점점이 묻어 있는 붉은 피는 맞은 남자애들의 그것. 웃으면서 사람을 때리던 재경. 압도적으로 강했는데도, 겁을 주는 차원이 아니라 때리는 것 자체를 즐기는 모습이었다.

무서웠다. 견딜 수 없이. 사람을 때리는 일에서 고통을 느끼지 못하는 자를 이해할 수가 없는데, 재경은 보란 듯이 즐겼고 후회하지도 않는 얼굴이다. 자신과 소희를 위협했던 그 셋보다, 그런 쓰레기들의 피를 묻히고도 태연하기만 한 재경이 무서웠다.

"소희야, 가자. ……나, 토할 것 같아."

쥐어짜듯 소희에게 말한 태희는 휙 돌아서서 출구 계단으로 뛰어가 버렸다. 소희는 어쩔 수 없다는 듯 혀를 차더니, 재경을 보며 미안하다는 얼굴로 고개를 숙였다.

"도와줘서 고마워. 태희가 좀 놀란 것 같으니까 가봐야겠어. 정말 도와준 거 고마워, 그럼."

황급히 소희도 태희를 따라 뛰어갔고 재경은 뒤에 남겨진 채, 여전히 이해 불가능한 혼돈에 빠져 있는 상태였다. 도와준 건 자신인데 어째서 가해자라도 되는 것 같은 기분이 드는 걸까? 토할 것 같다는 말은 다름 아닌 재경 자신을 향한 말이었다는 생각을 떨칠 수가 없다. 대체 자신이 뭘 잘못했다고 그런 어이없는 말까지 듣게 된 걸까? 뭐가 잘못됐기에?

"어째서 그따위 표정을 하는 거야? 구해준 건 나잖아! 빌어먹을!"

짧은 욕설을 내뱉으며 재경은 태희가 나간 쪽과 반대 출구 쪽으로 걷기 시작했다. 재경을 뒤따라 와서 방금 전까지의 상황을 보고 있던 같은 반 남자애들이 재경의 이름을 불렀지만 재경은 들은 척도 않고 가버렸다.

3. 도발

    기사가 악당을 물리치고 공주에게 감사의 키스를 받는다는 정석이 깨진 지 며칠이 지났다.

    이날 오전부터 내리기 시작한 비로 공기가 무겁게 가라앉아 있는 가운데 3반의 5교시 수업은 국어 선생님의 개인 사정으로 자습이 되었다. 감독하는 선생 하나 없음에도 아이들은 숨소리를 크게 내는 것조차 조심하고 있다.

    이처럼 분위기가 무거워진 것은 다름 아닌 재경 때문이다.

    소풍 뒷날인 토요일은 별로 이상하달 것도 없었는데, 월요일부터 지금까지 쭉 그는 냉랭하기 그지없는 얼굴로 자리에 못 박힌 듯 앉아만 있다. 허리를 앞으로 빼고 의자 끝에 걸터앉아 팔짱을 끼고 다리까지 꼰 상태의 재경의 불량스러운 태도와 여느 때와 달리 '인상을 쓰고 있다' 라는 느낌이 팍팍 전해져 오는 분위기까지 해서, 누가 잘못 건드리기만 하면 크게 일 날 것 같은 상황이다.

    원래 보통 녀석이 아니란 건 익히 알고 있었던 바이지만 소풍날의 사건이 반 남자애들 사이에 와전되고, 부풀려지기를 거듭한 지금에 이르러서는 'XX역을 피바다로 만들고, 상대는 조폭 수하의 자퇴생들이었고, 전치 6개월은 거뜬히 나올 만큼 다친 녀석들이 계단을 기어서 도망쳤다'라는 식까지 도달했기에 한재경의 카리스마란 건 더 형체를 알아볼 수 없을 만큼 부피가 커지고 색이 진해졌다.

소문에는 윤태희와 정소희가 그 중심에 있다. 멀리서 보기만 한 반 남자애들이 싸움의 이유로 윤태희를 찍어서는 여자 하나를 사이에 둔 칼부림 쪽으로 이야기를 몰고 갔다. 그날의 윤태희는 숨이 턱 막히게 예뻤대나 어쨌대나. 아무튼, 이러저러한 일이 있었는데 마지막에는 재경이 확실히 이겼지만 어째선지 기분이 좋은 것 같지는 않았다는 소문이다.

히로인인 윤태희 양은 엎드려 자는 중이다.

소희는 이어폰으로 노래를 들으면서 학원 과제물인 크로키 100장을 대상도 없이 상상만으로 만들어내느라 정신이 없는 통에 뒤의 상황에 신경 쓸 여력이 없다.

태희는 그날 이후 더욱 잠이 늘었다. 아침에도 가장 먼저 와서는 자고 있고. 소희와 이야기할 일이 없으면 자는 게 일이다. 이건 분명히 의도적이다. 태희는 자기 옆자리의 재경에게 신경을 쓰고 싶지가 않았다. 어쩌다 눈이 마주치거나 하면, 마치 보는 것만으로도 눈이 더러워진다는 듯 눈을 깔아버렸다. 지금도 창가 쪽으로 얼굴을 돌린 채 고른 숨소리를 내면서 자고 있다.

재경은 태희의 그 고른 숨소리부터가 맘에 들지 않았다. 자신의 기분을 이렇게 엉망으로 만들어 놓은 주제에, 자기는 심경도 편하게 잠이나 자겠다고? 마음 쓰이는 일이 있으면 다른 일을 못하는 신경질적인 면이 있는 재경이라 줄곧 불쾌한 기분이 유지되었고, 그게 점점 쌓여 이제는 얼굴 밖으로까지 감정이 새고 있는 것이다.

오늘 아침의 일만 해도 그렇다. 아침에 여느 때보다 약간 일찍 등교하게 된 재경이 교실 뒷문을 막 열었을 때, 화장실을 가려고 뒷문을 열려던 태희와 정면으로 마주치게 되었다. 보통은 이렇게 아침에 보는 경우 '이제 와?' '응. 좀 이른가?' 정도의 단순한 인사 정도는 하던 사이였는데, 오늘 태희는 곧바로 시선을 돌리고 옆으로 비켜섰다. 재경이 지나가지 않고 잠자코 서 있는데도 태희는 한마디 말이 없이 서 있었다.

신경전.

일 초도 못 되는 짧은 시간 동안 눈이 마주쳤다. 그러나 눈을 한 번 깜박이는 걸로 놀란 기색을 감춘 태희는 그대로 몸을 돌려 자리로 돌아가 버렸다. 또 엎드려서 자는 시늉이다.

대체 왜 저러는 거야? 라는 짜증 섞인 의문을 품고 재경이 옆자리에 가서 앉자 덜컹 의자 빼는 소리와 함께 태희가 일어났다. 어처구니가 없어서 재경이 행동을 멈추고 태희를 쳐다보았다. 그의 시선에 아랑곳없이 태희는 재빨리 걸어서 뒷문을 열고 나갔다.

왜 자기에게 비켜달라는 말 한마디를 하지 않았을까? 대체 뭐가 문제인 거냐구?

그의 골똘한 생각을 방해한 건 옆에서 들려온 굵은 헛기침 소리였다. 재경은 고개를 돌린 곳에서 교감 선생님을 보았다. 교내 순시를 하다가 이 반이 자습 중인 걸 보고 들어와 본 모양인데, 지금 교감 선생님은 태희를 보고 있다. 운이 없게도 진짜로 잠들어버린 태희를.

"조용히 잘하고들 있구만. 그런데 이 학생은 뭔가?"

재경은 소희 쪽을 보았다. 역시 운이 없게도, 소희는 음악소리 때문에 주위에 상관할 감각이 마비상태였고, 크로키를 하느라 머릿속으로는 정신없이 대상을 떠올리기 바빴다. 구세주가 너무 먼 곳에 있다. 그냥 내버려둬 버릴까 하다가 재경은 패를 바꿨다.

"아픕니다."

주위 애들이 작게 두런거리는 소리. 반 애들은 거의가 재경의 말 한마디에 대단한 집중도를 보이며 그가 어떤 식으로 태희를 구해 내려고 하는지를 보고 있다. 소희도 뒤늦게나마 앞의 여자애가 책상을 살짝 두드려 알려줘서 반 분위기가 이상하단 걸 알아챘다. 뒤를 돌아보고 화들짝 놀란 소희가 이어폰을 빼낼 때 교감 선생님이 말했다.

"아프면 양호실에 가봐야지, 왜 자습하는데 교실에서 자는 거지?"

"여자애들은 갑자기 아프기도 하는 법이니까요. 양호실은……이 시간 끝나면 가겠죠."

재경의 목소리에 어렴풋이 정신이 들던 태희는, 소희가 책상 밑으로 발을 툭툭 건드리자, 청각에 이어 촉각까지 깨어났고 교감 선생님과 재경의 이어지는 대화로 잠에서 확 깼다.

"아직 수업 끝나려면 한참 남았으니 지금이라도 양호실에 가게 해. 이렇게 자면 면학 분위기에도 도움이 안 되지. 재경 군, 자네가 데리고 다녀오게."

"……네. 그러겠습니다."

소희가 자신이 하겠다고 나서려다가 문득 재경의 말투에서 마음이 쓰이는 게 있어 그만두기로 했다. 이것이 태희와 말을 나눌 기회일지도 모른다는 재경의 계산. 그러나 재경이 태희를 깨우기 전에 태희가 확, 머리를 젖히며 상체를 일으켰다. 잠 때문에 눈에는 물기가 남았고 목소리는 잠겨 있는 채로 태희가 말했다.

"안 아파요. 졸려서 잔 것뿐입니다. 이젠 깼으니까 정신 차리고 자습하겠습니다."

그리곤 베고 자던 책을 펼치고 필통에서 볼펜을 꺼내들었다. 머리를 뒤로 한 번 쓸어 올리고 턱을 괸 채 완전히 면학 자세가 된 태희를 보고 교감 선생님도 어깨를 한 번 으쓱하곤 뒷짐을 진 채 다른 쪽으로 시선을 돌렸다. 반 애들도 재빨리 책으로 고개를 돌렸다.

교감 선생님이 나가기까지 반 애들은 역시 윤태희는 보통이 아니라고 새삼 인정하고 있었다. 재경이 껄끄럽지 않게 넘겨주려는 걸 굳이 나서서 해명까지 하고 해결해 버리다니.

소희는 절묘한 표정을 짓고 있다. 걱정스럽기도 하고 우습기도 하고 재밌기도 하고 기대도 된다는 심중을 그대로 섞은. 태희가 저런 식으로 재경의 호의를 무참하게 할 수 있다는 것이 재미있고, 재경이 그렇게 무참해진 것이 우습고. 그러나 이번 일로 더 화가 났을 재경의 기분이 걱정스럽고……동시에 기대된다. 한재경이란 인물이 쓸모도 없이 남을 돕고, 거기다 그 도움을 거절당하기까지 하고도 잠자코 있을 위인은 아니니까.

다시 이어폰을 끼고 음악을 들으면서 연필을 잡은 소희는 연필 끝의 뭉툭한 부분을 보면서 생각을 해보았다. 이쯤에서 내 귀여운 딸에게 제대로 한번 기회를 안겨줄까……라고.

다음 날은 날이 개어 몹시도 날씨가 맑고 화창했다. 공기도 깨끗해 운동장의 나무들은 햇빛 속에 유난히 반짝거리면서 초여름이라는 걸 일깨워 주었다.

태희는 창틀에 팔꿈치를 올려놓고 턱을 괸 채 바깥 풍경을 무심히 지켜보았다. 점심시간이 시작한 지 얼마 안 되어 아직 운동 삼아 나온 학생들이 없어선지 운동장은 한적하고 상쾌한 멋이 있다.

오늘 소희가 결석해서 귀찮은 김에 점심도 걸렀다. 소희는 게임하느라 날을 샜다나. 결국 못 일어나고 아프다고 결석한댔다. 잠에 겨운 소희의 전화를 받으면서 태희는 그럼 그렇지 하고 생각했을 뿐이다. 2학년이 되어선 결석 한 번 안 한다고 내심 대견해했는데…….

그래도 소희가 없는 빈자리는 태희를 침울하게 했다. 안 그래도 지금은 재경 때문에 신경이 곤두선 상태인데 나름 막강한 지원군인 소희의 뒷모습을 볼 수 없어서 태희는 맥이 빠지고 도통 아무 일에도 의욕이 나질 않았다.

텅 빈 교실을 괜스레 한 번 둘러보았다. 다이어트를 하는지 요구르트를 먹으며 수다를 떠는 여자애 셋을 제외하곤 모두 매점이나 식당에 간 것 같다. 태희의 시선이 한동안 자기 옆자리 책상 위에 머물렀다.

요즘 자신이 느꼈던 짜증감과 분노 같은 것이 모두 거짓말만 같다. 사실 재경은 일부러 자신을 도와주러 온 거였는데, 고맙다는 말 한마디 건네지 않았다. 오히려 그 애의 눈을 찌푸리게 할 행동을 거듭하고 있다. 아마 어처구니없는 애라고 생각할 것이다. 뻔뻔하다고. 태희 자신도 그렇게밖에 생각할 수 없으니까.

한재경이 어떤 짓을 하든, 난 그 자체, 재경이란 존재 자체가 좋은 거라고 소희에게 한 말도 있는데. 그리고 대체 자기가 그 애에게 화낼 명분이 뭐가 있다고.

머리론 이렇게 몇 번이고 후회하고 자책하고 그러지 말아야겠다고 다짐하지만 그게 잘되지 않아서 태희는 답답함을 느낀다. 머리가 하란 대로 몸이 움직여주질 않는다. 얼굴을 보는 순간 흠칫 긴장을 하고 가슴이 죄여온다. 그건 두렵다는 감정의 발로. 폭력적인 아버지 때문에 어릴 때부터 태희의 심장을 갉아먹어온, 일종의 병증이다.

다시 증상이 발생했다.

교실로 들어오고 있는 재경을 본 것이다. 재경은 처음부터 태희를 보면서 교실로 들어왔고 자기 자리까지 망설임 한번 없이 성큼성큼 걸어왔다. 눈이 마주치는 찰나 태희는 고개를 돌려 창밖 풍경으로 시선을 옮겼고, 재경은 태희의 그런 동작 하나하나를 지켜보았다.

"뭐가 불만이야, 너?"

건조하고 낮은 재경의 목소리가 들려왔지만 태희는 꿈짝도 하지 않았다.

"왜 이런 식으로 내 신경을 긁는 건지 물었는데."

다시 그가 물었다. 이제 와서 억지로 자는 시늉을 하기도 늦었고 대답을 하지 않으면 위험해질지도 모른다. 억지로 태희는 목소리를 쥐어짰다. 돌아보지는 않은 채.

"그런 적 없어."

"그럼 지금 이건 뭐하자는 건데?"

"뭘 말하는지 모르겠어. 너랑 나 이런 식으로 말 섞을 사이 아니잖아?"

재경이 말이 없는 틈을 타서 태희는 책상 위에 엎드려버렸다. 결국엔 자는 척하는 것 말고 뾰족한 수가 없는 것이다.

"또 자는 척하지 말고 일어나. 보는 것도 유쾌하지 않으니까."

가시 돋친 말투였다. 태희는 그를 따라한 것처럼 시니컬하게 대꾸했다.

"척하는 게 아니라 잘 거니까, 귀찮게 하지 마."

맙소사! 어떻게 다른 사람도 아니고 재경에게 이따위 대답을! 태희가 속으로 절규한 건 말이 입 밖에 떨어지는 바로 그 순간이었다. 그리고 다음 순간엔 소스라치게 놀라서 책상에서 머리를 들었다.

콰앙! 하는 소리와 함께 재경이 태희의 책상을 발로 차버렸다.

지독히 날카로운 눈으로, 재경은 뚫어져라 태희의 얼굴을 쳐다보고 있었다. 화가 났다, 그것도 몹시 화가 난 게 틀림없다.

"왜, 왜 이래? 깜짝 놀랐잖아."

약간 더듬거렸지만 그래도 목소리는 크게 내는데 성공했다. 하지만 재경은 그녀를 빤히 쳐다보다가 확 뒤돌아보더니 말했다.

"니들 다 나가."

교실에 남아 있는 여자애 셋을 향해 하는 말이었다. 태희와 마찬가지로 여자애들도 무슨 뜻인지 몰라 눈을 깜박거리며 재경을 보고 있었다.

"나가란 소리 안 들려!"

그제야 화다닥 일어난 여자애들이 교실 밖으로 서둘러 뛰어나갔다. 어딘가로 숨어 버리고 싶다고 생각했던 태희의 초조함은 그들의 모습을 보면서 한층 더 커졌다. 태희가 자리에서 일어나려고 의자에서 엉덩이를 드는데 재경이 말했다.

"어딜 가려고? 넌 여기 있어야지."

"화, 화장실이 급해서."

"왜? 방금 전까지 주무시겠다더니?"

"잠, 잠도 깨게 세수라도 하고 올까 해서."

좀 더 몸을 일으키는데, 갑자기 재경의 손이 뻗어와 그녀의 어깨를 눌러 앉혔다. 그런데도 여전히 고개조차 돌리지 못하고 얼어 있는 태희의 바로 옆에서 재경이 말했다.

"잠은 충분히 깬 것 같은데? 그럼 이야기를 해볼까?"

"무, 무슨 말. 너랑 할 말 없댔잖아."

"아니 넌 나랑 할 말 있어. 지난주 일부터 시작해서, 설명해야 할 것들이 있을 텐데?"

싸늘하게 이죽거리는 재경의 물음에 태희는 숨이 막힐 것 같았다. 하필 이런 순간에 도와줄 소희도 없다. 오른쪽 어깨 위에 놓인 재경의 손 때문에 그 부위가 불에 덴 것처럼 화끈거렸다. 그런데도 등을 따라서는 한기가 몇 번이고 지나갔다. 정상이 아니다. 계속 이러고 있다간 기절하는 것도 일도 아니다. 벌써부터 이마에서 식은땀이 흐르고 있었다.

태희는 새하얗게 얼어가는 머리를 최대한 굴려서 어떻게든 이 자리를 모면할 방법을 찾았다. 그래, 화가 난 척 자리를 박차고 일어나는 거다. 그러려면 신경질적으로 나가야 한다. 계속 말을 더듬다간 이도 저도 할 수 없다. 눈을 질끈 감았다 뜨고 태희는 입을 열었다.

"과민반응 아냐? 내가 무슨 재주로 네 신경을 긁는다고 하는 거야? 감사 인사가 듣고 싶은 거라면 할게. 그때 일은 고맙다고 생각하고 있어, 충분히. 됐지?"

머릿속으로 미리 할 말을 짠 다음에 내뱉고 보니 마치 국어책이라도 읽는 것처럼 작위적이었다. 너무 작위적이라 재경이 피식 웃기까지 했다. 그럼에도 태희는 그런 한심한 자신의 말 덕분에 조금 용기를 내서 재경을 돌아보고 말했다.

"고맙다고. 이 말이 듣고 싶었던 거 아냐?"

재경이 물끄러미 태희를 쳐다보았다. 태희는 잠시 그와 눈싸움을 하다 슬그머니 시선을 돌리고 자리에서 일어나려 했다. 그런 태희의 앞을 재경이 의자를 돌려 앉아 가로막았다. 그리고 그가 씩 웃었다. 무서우면서도 그 미소에 심장이 두근거리기 시작했다.

"고맙다고 생각하는 녀석이 이래? 내가 바본 줄 알아? 누구한테 이딴 식의 장난이야?"

맙소사. 너무 무섭다. 화가 난 재경이 웃으며 빈정대는 상대가 자신만 아니라면 감탄도 할 수 있었을 텐데. 마른침을 한 번 삼키며 태희는 애써 태연한 척 손으로 머리를 쓰윽 쓸어 넘기곤 목소리를 낮춰 말했다.

"장난하는 거 아냐. 너한테 그런 거 할 이유도 없고. 그러니까 오해하지 마."

"오해라?"

"그래, 오해야. 그러니까 이거 놔."

여전히 오른쪽 어깨를 누르고 있는 손을 치우려고 가만히 왼손을 뻗는데 그 손을 그대로 재경이 붙들었다. 손목을 쥐며 재경이 말했다.

"도망갈 생각 마. 난 지금 기분이 매우 안 좋으니까."

건조한 목소리인데도 태희는 다시금 한기를 느꼈고 제대로 앉아 있는 것도 어렵다고 느껴질 만큼 몸이 떨리기 시작했다. 아까부터 계속 태희를 쳐다보고 있는 재경의 눈 때문도 있었다. 마음을 꿰뚫어 버릴 듯한 그 강렬한 눈 때문에 정말 아무것도 생각하지 못하게 될 것 같다. 태희는 온 힘을 끌어 모아 어떻게든 이 자리를 모면하는 것만 생각했다.

"나 역시 마찬가지야. 대체 내가 왜 너랑 이런 이야길 하는지 이해도 안 간다. 그러니까 이런 얘긴 그만두자고."

재경의 손에서 벗어나려고 팔을 잡아당겼지만 오히려 재경의 손에 힘만 더 들어가게 한 결과가 되고 말았다. 사정 봐주지 않는 강한 악력에 태희가 미간을 찡그리는데, 교실 저편에서 웅성거리는 소리가 들려왔다. 맙소사. 아까 나간 여자애들과 다른 애들 둘이 이곳을 계속 보고 있었던 것이다. 그들의 눈에 어린 강렬한 호기심이 태희를 너무도 부끄럽게 만들었다. 붉어진 뺨으로 눈길을 피하면서 재경에게 속삭이듯 말했다.

"놔줘. 지금 이게 얼마나 이상하게 보일지 알기나 해? 나한테 왜 이러는 거야, 진짜?"

"그러니까 가만있으라고 했잖아. 쓸데없이 날 자극해서 화를 돋운 건 너야."

창피하기도 하고, 재경에게 잡힌 왼팔이 아프기도 해서 두려움이란 감정이 얼마만큼 마비되었다. 태희는 재경을 노려보았다. 눈에 그렁그렁 이슬이 맺혀 있다. 우는 사람을 보면 짜증스럽기만 한 재경이었는데, 그 모습에는 크게 동요하고 말았다. 말을 하는 것도 잊고 그녀를 바라보고 있는 사이, 태희가 있는 힘껏 재경의 손을 뿌리쳤다. 그가 방심한 덕분에 그 시도는 성공했다.

"자극 따위 한 적 없어. 착각하지 마. 너 같은 애하곤 말도 하고 싶지 않아, 한마디도!"

나지막하지만 뱉어내는 듯한 중얼거림을 남기고 태희는 재빨리 교실을 빠져나갔다. 재경이 잡았던 왼쪽 손목에 빨갛게 손자국이 남았다. 재경은 태희가 나간 교실 뒷문을 얼마간 쳐다보고만 있었다.

이윽고 자신의 손을 내려다보았다. 잡았다가 놓쳤다. 상황은 더 나빠졌다. 나 같은 애하고는 한마디도 하고 싶지 않다고? 윤태희, 네가 하고 싶은 말이 그것뿐이야?

"젠장, 멋대로 하라지!"

재경도 거칠게 자리를 박차고 일어나 교실에서 나가버렸다.

"후회할 거야, 분명히 말하지만 후회해, 아, 정말 내가 있어야 했는데."

"그만해. 난 생각만 해도 심장이 아프니까. 빨리 자리가 바뀌지 않으면 마음이 새까맣게 타버리고 말 것 같아. 휴……."

태희는 소희의 침대에 누워 잔뜩 쌓인 사진들을 보고 있다. 소풍 때 찍은 사진을 인화한 것이다. 소희가 찍은 것들은 모두 좋은 사진이 나왔지만 태희가 찍은 것이나 딴 사람에게 맡긴 것들은 상태가 별로였다. 미적 센스가 부족한 것도 참 한탄스러운 일이다. 때문에 태희는 중요한 사진은 모두 소희에게 부탁했다. 바로 재경을 찍은 사진들이다.

"언제까지나 그렇게 사진을 보는 것만으로 만족할 생각이야? 눈앞에서 한재경이 이쪽을 보고 있는데. 당장 내일 아침만 되어도 바로 옆자리에서 보게 될 거고."

"몇 번이고 말했지만 나는 그저 보는 거면 돼. 이렇게 가까이 있는 건 원한 적 없어."

"그치만 상상은 자주했잖아?"

"상상은 상상일 뿐이야. 꿈이 다 이루어지면 그게 꿈이야? 현실이나 다름없지. 재경이랑 이런저런 일들을 함께 하고 싶고, 그래서 하는 걸 상상도 하지만 거기서 더 나아가진 않을 거야. 타오르는 불이 아무리 보기 좋고 탐스럽게 보여도 손을 뻗으면 화상밖에 더 입어?"

"불이랑 재경이랑 무슨 상관이야? 재경이를 만지면 데이기라도 해? 외계인도 아니고."

"그런 얘기가 아니잖아."

"그런 얘기야. 한번 만져 보기라도 한 다음에 그런 소릴 하란 말이야."

"난 됐으니까 그렇게 만지고 싶으면 네가 만져."

결국 이야기가 원점으로 돌아오자 소희는 크게 한숨을 내쉬었다. 태희는 지나치게 욕심이 없다. 워낙에 체념과 포기를 잘하는 어머니를 보고 자란 세월이 길어서 자기는 아니라고 우겨도 결국 자신의 어머니를 닮고 말았다. 많이 먹고 열심히 사느니 죽지 않을 만큼만 먹고 꼭 필요한 일만 하고 남는 시간은 자는 쪽을 택한다. 큰 야망이나 포부 따윈 귀찮기만 하단다. 크게 성공한 사람들은 보기엔 화려하지만, 그런 경지에 이르기 위해 얼마나 피나는 노력과 인내를 기울였을지, 생각만으로도 질린다는 아이다.

그런데 재경의 삶은 바로 그러한 화려한 세계 속에 있다. 화려한 세계 속에서도 가장 정점. 태희가 보기엔 멀미가 나도록 높은 곳에서 번쩍번쩍하고 있단 말이다.

말 그대로 재경은 태희에게 선망의 대상이지만, 태희는 자신이 굳이 그의 세계 속으로 들어갈 필요는 없다고 한다. 신부나 수녀가 되지 않고도 신을 따르는 법은 있는 법. 그렇다고 해서 그게 비겁한 일인가? 자신에게 어울리는 방법대로 사는 것이 현명한 거지.

일견 그럴 듯한 태희의 말에 소희는 매번 뭔가 아니다 싶으면서도 반박할 말을 못 찾고 만다. 하지만 한 가지는 안다. 아무리 생각해 봐도, 태희가 이 상태로 있는 한은 재경과 잘될 일은 기대하기 힘들다는 것이다. 하늘은 스스로 돕는 자를 돕는다는데, 이건 뭐 하늘이 도와주려고 기를 써도 태희가 열심히 도망 다니게 생겼잖은가.

　뒤적거리던 르누아르의 화집을 덮은 뒤 소희는 침대로 걸어갔다. 태희가 펼쳐놓은 사진을 내려다보다가 그 중 하나를 집어 들었다. 지하철에서 찍은 재경의 사진이다.

　"한재경, 좋아하지?"

　갑자기 왜 저리 당연한 소리를 하나 하는 표정으로 태희가 소희를 쳐다보았다. 소희는 또 다른 재경의 사진을 들어 태희의 얼굴 앞으로 들이밀고 재차 물었다.

　"이 녀석 좋아하지, 여전히?"

　"……당연하지. 재경일 좋아하는 게 왜?"

　"사랑스러워?"

　"뭐?"

　깜짝 놀라 태희가 반문했다. 재경이가 사랑스럽다니, 무슨 그런 안 어울리는 형용사를 가지고 질문을 한단 말인가? 사랑스러운 재경? 생각하는 것만으로도 태희의 얼굴이 엷은 분홍빛으로 물들었다. 그러나 소희는 얼굴 하나 붉히지 않고 더 무안한 질문을 한다.

　"사랑스럽지 않냐고. 옆에 있으면 그 녀석 페로몬에 취하고 말초신경까지 짜릿짜릿해서 만지고 싶다, 안아보고 싶다, 키스해 보고 싶다는 생각 같은 거 안 들어?"

　"……어우야, 야! 그런 생각 안 해, 뜬금없이 무슨 징그러운 소리야!"

　태희가 기겁을 했다. 그럼에도 소희는 물러서지 않고 같은 취지의 질문을 퍼부었다.

"뭐가 징그러워? 우린 애들도 아니고 열여덟 살이야. 남자애들 정 돈 아니어도 그런 거에 호기심이 없을 리가 만무해. 나만 해도 호기심 에 받아 놓은 야동이 몇 갠지 모르겠다. 그리고 가끔 괜히 마음이 동 할 때도 있지 않아? 나는 그래. 좋아하는 연예인이랑 한번 이것저것 해보고 싶다는 생각 가끔 한다구. 근데 넌 아예 그런 생각 안 해? 재 경이가 그렇게 좋다면서 어째서 그런 생각은 안 해? 왜? 이런 말 하는 내가 징그럽고 밝히는 거야?"

태희는 완전히 홍시가 된 얼굴로 더듬더듬 대답할 말을 고르면서 대꾸했다.

"징그럽다는 게 아니라, 그런 생각도 다 힘이……남아돌아야 하는 거지. 난, 난 잠잘 시간도 부족한 녀석이잖아. 그 시간에 잠을 더 자 지. 거기다 재경이라니, 그런 건……절대 못해."

"아예 그런 대상이 아닌 건 아니구?"

"무슨 말이야?"

"수녀들처럼 신을 향해 온 삶을 바치는 그런 사람들 말이야. 그런 식으로 재경일 보는 거 아니냐구. 신을 상대로 야한 상상을 하는 사람 은 거의 없을 거 아냐."

소희의 말에 태희는 눈을 깜박이며 그 말에 담긴 뜻을 짚어 보았다. 그런가? 그런 쪽인가? 그래서 난 재경일 보면서 맹목적으로 좋아하는 걸로 만족하는 걸까?

태희가 머릿속으로 하는 생각이 소희에겐 즉각 감으로 전해졌다. 역시 예상한 대로다. 태희는 이상한 부분에서 덜 컸으니까. 같이 15세 이상 관람가 영화를 볼 때도, 생리적으로 조금만 야한 장면에 이르면 불편한 얼굴이 돼버리는 태희를 알고 있다. 전에 한번 포르노를 보자 고 했다가 절교를 당할 뻔했다. 아버지나 오빠 같은 사람 때문에 이성 에 대한 가치관 자체가 비정상 아닌가 싶다. 결국 웃으면서 소희는 태희의 머리를 쓱쓱 쓰다듬었다.

"나중에 차분히 생각해 보고 사진이나 봐. 난 앨범 가져오마. 나 이번에 앨범 하나 또 샀거든. 캐릭터 앨범인데 꽤 귀엽더라구. 기대해봐."

화제가 바뀐 것에 안도하며 태희는 사진을 보는 일로 돌아갔다. 소희는 앨범을 가지러 공부방으로 들어가면서 생각했다.

순수한 플라토닉 사랑도 나쁠 건 없지만 언제까지나 소녀일 수는 없다. 한재경이라면 태희가 다른 세계를 보는 눈을 뜨게 해줄 수 있을 것이고, 분명 성장하게 해줄 것 같다.

지금의 태희도 매우 좋지만, 태희가 뭔가에 푹 빠져 미친 듯이 전력을 다하고, 죽을 만큼 행복해 하는 것도 보고 싶다. 그러려면 지금 태희가 두른 방어벽을 한번 크게 깰 필요가 있다. 아마 상당히 혹독한 경험도 필요할 것이다. 하지만 소희는 이 하나뿐인 친구를 너무 좋아한다. 아무리 좋은 결과를 위해서라고 해도 그 과정에서 냉정할 수 있는 자신이 전혀 없다. 모진 말을 던지느니 간이랑 쓸개를 내주고 말겠다. 그러니 그렇게 해줄 사람이 있다면 놓치지 말아야 한다.

앨범을 가져와 태희와 함께 사진을 정리하면서 소희는 오늘 학교에서 있었다는 일을 되새겨보곤, 재경의 그 말들에 담긴 다른 뜻을 추측해 보았다. 뜻밖에 일은 쉬울지도 모르겠다. 소희는 재경의 사진에 정신이 팔린 태희를 보며 씩 웃었다.

뜻밖의 장소에서 마주 앉은 전혀 어울리지 않는 두 사람이다.

주문한 차가 나오길 기다리며 둘은 한동안 침묵을 지켰다.

어떤 식으로 말을 꺼낼지 고민하다가 생각하기가 귀찮아 닥치면 어떻게 될 거라고 넘겨버렸는데, 아무래도 서두는 궁리해 둘 필요가 있었던 모양이다. 상대가 한재경이다 보니 천하의 정소희도 조금은 쫄

게 되는 감이 없지 않다. 그러나 망설임은 길지 않았다. 웨이터가 카푸치노와 에스프레소를 가져다준 걸 기회로 소희는 입을 열었다.

"태희 때문에 기분 많이 상했니?"

"안 그렇다면 거짓말이겠지. 솔직히 불쾌해서 기분이 제대로 통제가 안 돼."

"……이유도 설명 안 하는 건 미안하지만 무작정 이해해 주길 바라. 태희로선 어쩔 수 없는 일이니까. 일부러 널 거슬리게 하는 건 결코 아니야."

"그럼 무슨 뜻인데?"

"글쎄, 일종의 노이로제라고 해야 하나. 걔가 폭력적인 것엔 질색하거든. 좀 지나친 액션영화 같은 걸 보고는 며칠간 히스테리 증세를 보인 적도 있으니까."

티스푼으로 크림을 걷어 먹으면서 소희는 최대한 가볍게 들리도록 목소리 톤을 조절했다. 아직, 깊이 들어가면 안 된다. 적어도 태희의 가정환경을 화제로 꺼낼 때는 아니다.

"내가 도와준 게 문제가 된 거군. 두들겨 맞기라도 했어야 한단 말이야?"

"어느 정도 맞는 게 더 나았을 거야. 아, 도와줬다는 자체는 정말 고마워하고 있어. 나도, 태희도. 단지 네 얼굴을 보면 여러 가지 생각이 드는 걸 거야."

"흐음……"

에스프레소 잔을 보고 있는 재경의 얼굴을 흘끗 보곤 소희가 조심스레 물었다.

"내가 이런 식으로 보자고 한 거 주제 넘는다고 생각해?"

"본인이 안다면 할 말 없어."

"역시 한재경이네. 빈말이라도 예의성 코멘트 따위는 안 하고."

"날 앞에 두고 그런 소릴 하는 너도 만만치 않아."

우스워졌다. 도대체 한재경과 신경전을 벌여서 뭘 할 생각이었는지. 히죽 웃고 소희는 앞에 놓인 커피를 쭈욱 들이켰다. 아까부터 재경은 눈앞의 잔에는 손끝 한번 대지 않고 있다. 말을 뱅뱅 돌릴 필요는 전혀 없다. 상대가 미사여구 따위는 전혀 들어줄 기분이 아니니.

소희는 재경의 날카로운 눈을 마주보며 기세를 다잡았다. 건조하게, 그리고 날카롭게. 마치 이 녀석처럼. 제꺽 소희는 허리를 똑바로 펴고 사무적인 태도를 취하기 시작했다.

"말 질질 끄는 건 귀찮을 테니 대답은 간단히 할 수 있도록 물어볼게. 내가 왜 이런 질문을 하는가 싶어 불쾌해져도 이해해줘."

"내가 이해해야 할 게 참 많군."

"단지 이건 여러 가지 상황으로 추측한 내 판단일 뿐이야. 절대 태희는 이 일 모른다는 건 확실히 해두자고. 자 그럼, 여기서 질문. 너 태희한테 관심 있니?"

"그래."

눈 하나 깜짝 않고 너무 쉽게 대답하는 재경 때문에 기껏 만든 소희의 포커페이스가 와르르 무너졌다. 소희가 재경을 멍하니 보고 있는 바람에, 다음 질문을 꺼낸 건 재경이었다.

"그럼 내가 묻지. 나한테 궁금한 건 그게 다야?"

"아, 아냐, 흠. 그렇군. 저, 그러니까, 그 관심의 종류는 좋은 쪽이야, 나쁜 쪽이야?"

살짝 재경이 미간을 찌푸렸다. 무슨 질문이 이럴까? 그 안에 담긴 노골적인 뜻에서 정소희가 그에 대해 내린 판단이란 게 확연히 드러나 보였다.

"나쁜 쪽 관심이란 게 어떤 건지 한번 설명이나 해보지 그래?"

"……그러니까 내 말은, 그저 심심풀이나 악의를 바탕으로 한 건 아닌지 묻는 거야. 네 평판을 아는 이상 그런 생각도 해야 하니까."

평판. 일례로 중학교 때 학생회장이었던 여자애가 재경에게 대시를 했건만, 재경은 면전에서 위아래로 훑어보더니 지나치면서 '미친 거 아니야?' 라고 중얼거렸다는 이야기가 있다. 소희의 기억에 그때의 학생회장은 꽤 예뻤었다. 활동적이고 성적도 단연 훌륭했다. 부모가 둘다 의사인가 그랬을 것이다. 미친 거 아니냐는 이야기를 들을 것까진 없었단 말이다.

또 하나의 예. 작년 여름 무렵엔가 학교 교문 앞에 태명고 여자애가 몇 번 온 적이 있었다. 놀랍게도 재경과 사귀는 애라는 이야기가 돌았다. 소문을 듣고 호기심에 태희와 소희도 그 여자애를 멀리서 봤는데, 태명고의 마돈나라는 별명대로 화려한 미인이었다. 그 애는 고3이었는데 같은 학원을 다닌다고 했다. 꽤 어울리는 커플이었다. 태희는 보면서 그저 감탄했었다. 역시 한재경이 사귀는 애라면 저 정도는 되는구나 하면서. 근데 그 미인과는 일주일 만에 깨졌다. 재경이 찼단다. 사귄 지 일주일 되던 날, 학원 수업이 다 끝나고 학원 문 앞에서 그 여자애를 차면서 한 말도 소문 속에 있다. '너하고 사귈 바엔 원숭이를 키우고 말래.' 연상 말고는 남자도 아니라며, 젖비린내 나는 연하를 어떻게 사귀냐면서 대놓고 떠들고 다녔던 그 여자애는 재경에게 차인 뒤 학원을 옮겼다고 한다.

소희의 뜻을 짐작했는지 재경은 가볍게 고개를 끄덕이고 말했다.

"확실하군. 뭐 좋아. 솔직하게 나오니 훨씬 편하군. 네가 원하는 대답인진 몰라도, 악의는 아니야. 심심풀이도 아니야. 아마도 좋은 쪽 관심이라는 게 정확하겠지."

"……언제부터, 아니 그보다 어째서?"

"그거야 내 맘이지. 이쯤 해서 나한테 왜 이런 얘길 하고 있는지 설명할 차례 아닌가?"

입 안이 마른 느낌에 옆의 물컵을 들어 입술을 축이고 소희는 또박 또박 말했다.

"태희가 너 때문에 피가 마르고 있거든. 눈치 챘는지 모르겠지만 그 녀석 널, 상당히, 좋아해서 말이야. 알고……있었나?"

마지막 말을 하면서 슬쩍 재경의 안색을 살폈지만, 재경의 얼굴엔 어떤 표정 변화도 감지되지 않는다. 소희는 다시 입이 바짝바짝 탔다.

"날 좋아하는데 어째서 피가 마른다는 거지? 내가 그 애에게 나쁘게 대한 기억 같은 건 전혀 없는데."

"그 앤 네가 옆에 있다는 것만으로도 힘들어하거든. 아이돌처럼 TV 화면에서나 얼굴을 보면 그걸로 만족하는 거야. 실제의 너는 무서워해."

그제야 재경의 얼굴에 표정이 생겼다. 냉기를 머금은 미소였다.

"나를 무서워해? 그런데 좋아하는 거라고? 나이가 몇인데 그런 유치한 설명이 가능해?"

"유치하긴 해도 사실인걸. 그 앤 사춘기가 거의 없었으니까. 여러 가지 트라우마도 있고 해서 남자에 대해서도 아주 부정적이고. 널 좋아하게 된 건 말하자면, 불가사의야. 지금도 난 이해를 못하겠고."

"흠. 그래서?"

처음으로 재경이 커피를 마셨다. 소희는 마음속으로 미소 지었다. 재경의 표정 변화에 이어, 긴장 내지는 호기심에서 나온 제스처까지 나타났으니 말이다. 주도권은 소희에게 왔다.

"네가 다가오지만 않는다면 절대, 태희가 먼저 네 근처에 접근할 일은 일어나지 않을 거야. 앞으로 몇 년이 지난다 해도. 아니 평생을 가도 말이지."

"확신하는군."

"응. 절대로. 그게 태희가 사는 방식이니까. 네게 하고 싶은 말은……쓸데없는 일시적 관심이라면 여기서 끊어 달라는 거야. 서로가 귀찮아질 일이라면 미연에 예방하는 차원에서."

"너 윤태희랑 알게 된 지 얼마나 됐지?"

"뭐?"

갑작스런 재경의 물음에 소희는 말문이 막혔다. 시니컬한 평상시의 미소를 가지고 재경은 소희에게 툭 내던지듯 다시 물었다.

"둘이 '친구'가 된지 어느 정도 됐느냐고."

"……중1때 내가 전학 온 후부터니까 햇수로 5년 접어든 거지. 그건 왜?"

"그럼 그때부터 줄곧 이런 식으로 그 녀석 주변의 곁가지들을 잘라 내 온 거겠군."

한참을 무슨 뜻인가 싶어 재경을 보다가 그 말뜻을 깨닫고 소희는 가볍게 손을 내저었다.

"하하, 애석하게도 없었어. 그런 곁가지들은 태희가 알아서 말라죽게 했거든. 그 앤 누구한테도 맘을 연 적이 없으니까. 이렇게 내가 나설 일은 지금껏 한 번도 생기지 않았지."

"그럴 수도 있겠군. 윤태희라면."

너무나 쉽게 납득을 하는 재경을 보며 소희는 마음속의 궁금증이 더해졌다. 재경은 어디까지 태희에 대해 생각하고 있는 걸까? 다시 확인을 시도하기로 했다.

"내가 할 말은 끝났어. 태희가 절대 네 신경을 긁는 일이 없도록, 앞으로 내가 주의시킬 테니까 너도 일부러 그 애 마음을 뒤흔들만한 일은 하지 말아줘. 지금까지처럼 무관심하게, 모르는 사람처럼 지내라구."

"어째서?"

"어째서냐니? 지금까지 내가 한 얘긴 뭘로 들은 거야?"

"그럼 넌 뭘 들었는데? 내가 윤태희에게 관심을 갖고 있다는 걸 이해하긴 한 거야? 그 일은 나한테 있어서도 불가사의야."

"네가 여자 보길 뭣같이 한다는 건 알고 있어. 뭐 다른 면에서도 냉혈인간이나 다를 바 없으니까. 그런데……정말로 태희는 예외라고 할 수 있다구?"

"그래……. 그렇군. 그 앤 예외야. 그런 거였군."

재경은 스스로에게 확인시키듯 말을 되풀이하고 끝에 가서 엷은 미소를 지었다. 소희가 잠시 그 모습 때문에 말을 잊은 사이 재경은 흘낏 손목시계를 보곤 자리에서 일어났다.

"과외시간이 다 되서 가봐야겠어. 할 말은 끝났댔지?"

"자, 잠깐. 한 가지만 더."

"뭔데? 빨리 말해."

"너 언제부터 태희를 안 거야? 그냥 아는 거 말고, 언제부터 윤태희를 지켜본 거지?"

재경은 고개를 갸웃하곤 천천히 머리를 쓸어 넘겼다. 그의 눈이 반짝인 듯한 건 소희의 착각이었을까? 돌아서기 전에 재경은 툭 한마디를 중얼거렸다. 왠지 유쾌한 듯.

"봄이었지. 중3의."

재경이 나갈 때까지 소희는 꼼짝 않고 앉아 그 말을 되뇌어 보았다.

"중3의 봄? 봄이라구? 봄이라……?"

소희와 헤어져 돌아가는 택시 안에서 재경은 피곤한 듯 눈을 감았다.

정소희의 시험에서 자신은 성공한 셈일까. 아니, 그게 시험이긴 했던가? 정소희가 하고 싶었던 말은 뭐였는지 신중히 되짚어볼 필요가 있다.

77

만류하는 듯하면서 사실은 부추기는 느낌의, 미묘한 양날의 칼.

물끄러미 그를 지켜보는 태회의 시선과는 다른, 찬찬히 탐색하는 듯한 호기심의 눈으로 자신을 볼 때가 있는 정소회였다. 감독관처럼. 그건 자신이 지키고 있는 누군가를 염두에 둔 행동이었던 것 같다.

기억은 급속히 과거로 흘러간다.

늦봄. 지금처럼 5월의 그리고 다른 교복을 입고 있던 때로.

그저 숨 쉬는 것만으로도 하얗게 주변에 서리가 내려앉지 않을까 싶을 만큼 마음이 꽁꽁 얼어 있던 재경에게, 갑작스럽게 다가온 파문.

그날은 무척이나 졸렸었다.

며칠 동안 불면증에 시달린 끝에, 그날은 오전부터 나른하게 졸음이 밀려왔다. 병든 닭처럼 꾸벅이느니, 어떻게든 참아내겠다고 생각했지만, 점심시간이 지나자 졸음은 열대성저기압처럼 급작스레 성장해 도저히 눈을 뜨고 앉아 있을 수 없을 정도였다. 그는 아프다는 이유로 수업시간 중에 자리를 떠서 양호실로 향했다. 어떻게 침대에 누웠는지도 기억나지 않았다. 재경은 진흙뻘 같은 잠의 나락으로 빠져들었다. 꿈조차도 꾸지 않았다.

그의 잠을 깨운 건 소곤거리는 여자애들의 목소리였다. 시간이 꽤 흘렀는지 창가에 있는 침대 위로 석양빛이 유리창을 통해 비쳐왔다.

저절로 잠이 깬 건 아니지만 꽤 잘 잤는지 기분이 개운했다. 재경은 누운 채로 오른손을 이마 위에 얹고 창밖의 하늘을 바라보았다. 평화로웠다. 매일 깨어 있을 때면 끊임없이 반복되는 수천 가지의 생각들이 모두 일시 정지된 상황. 비현실적이고, 그리고 그만큼 아름다웠다. 그저 하릴없이 숨을 쉬는 자신이 매우 낯설고도 맘에 들었다.

그리고 다시 목소리가 들려왔다. 흰목면천을 사이로 떨어져 있는 옆 침대에서 작게 속삭이는 두 여자애의 대화가 들려온 것이다. 잠시 재경은 휴식을 방해 받는 데 대한 짜증으로 눈썹을 찌푸렸으나, 곧 무시해 버리기로 마음먹고 계속 하늘에 시선을 두었다. 그러나 무심결에 듣게 되는 대화의 내용에 신경이 쓰이기 시작했다.

"그 앤 수학문제도 그냥 쓰윽 한 번 보고 답을 내는 거 알아? 아이큐가 160은 넘는다는 말이 사실인가 봐."

"야, 난 그 녀석 아이큐 180이 넘는다는 소리도 들었다. 그거 어째 무섭지 않냐?"

"하하, 무섭기는. 멋있기만 한데 뭐. 머리가 나쁜 것보단 훨씬 좋은 일 아냐? 그 정도 머리면 하고 싶은 일을 이루며 살 테니까, 보면서 마음 아파할 일도 없어."

"넌 작년엔 그저 무심히 본 것뿐이겠지만, 지금 내가 보건대 그 녀석은 영 아니다. 재수 없게 잘난 척하는 수준이 아니라 진짜 엘리트야. 쉬는 시간에 영어로 된 페이퍼북을 읽고 있어도 아무도 이상하게 안 봐. 당연시하는 분위기야. 난 저번에 그 녀석이 프로이트 책을 원문으로 보는 것도 봤어."

"그렇게까지? 어쩌지. 정말 영어 잘하나보네. 난 아직도 문법에서 막히는데. 따라가려면 몇 년이 필요한 거지? 휴……."

"정말 따라가려구? 공부를? 그 녀석 태명고 들어갈게 거의 확실해. 걔네 집안사람들도 다 거기 나와서 태문대 수순 밟았어. 그 길을 걸을 셈이야?"

"태명고는 갈 생각 없어. 사립이라 일 년 학비가 장난이 아니잖아. 그치만 태문대는 갈 수도 있지. 지금부터 몇 년쯤 따라가면 불가능하지만은 않을 거야. 그 애처럼 전교 1등을 맡아놓고는 못해도 할 수 있는 데까지는 해봐야지."

"왜 그렇게까지? 너 작년에 그 녀석이랑 같은 반이었을 땐 전혀 관심도 없었잖아. 이번에 딱 한 번 그렇게 보고는 첫눈에 반했다는 건데. 그렇게 절실한 거야? 이상하지도 않아?"

"이상하지 않아. 난 겪었거든. 살아오면서 한 번도 느낀 적 없는 그런 순간을. 그건 절대 말로 설명할 수 없어. 소희 너도 언젠가 직접 겪기 전까진 내 말 이해 못할 거야."

"흐흥……존재가 뒤흔들렸다고 했었나. 뭐 그런 게 있다 치고. 그럼 그 애랑 비슷한 수준이 되면 그때 접근할 셈?"

"아니. 그 앤 이대로 살아 있다는 걸로 충분해. 살아 있는 그 앨 보는 걸로 나는 만족해. 너무 멀지는 않은 곳에서 그 앨 보면서 살고 싶어. 하아, 난 아주 기뻐. 한 번도 난 내가 꿈꿀 이유 같은 게 생길 거라곤 상상도 못했는데. 이게 내 몫의 행운이었나 봐."

"행운이라기보다 불행에 가까울걸. 다른 사람들한테는. 너한테도 그리 큰 행운인지도 모르겠고. 하필이면 그런 괴팍한 녀석이야? 한재경이라니. 쯧. 여러 가지로 최악이라구."

갑작스레 튀어나온 자신의 이름 때문에 재경은 놀랐다. 그저 단순한 호기심으로 재경은 그 둘이 누굴까 생각하다가 지금 같은 반인 정소희를 떠올려 냈다. 상대편은 누굴까 라는 의문. 작년에 같은 반이었던 여자아이 중에 하나라면. 다시 그들이 이야기하는 소리에 재경은 귀를 기울였다.

"그치만 뭐 상관없겠지. 난 네가 누굴 좋아할 거라곤 생각도 못했으니까. 오히려 잘된 걸 수도 있어. 나중에 시간이 흐른 뒤엔 우스갯소리가 될지도 모르고. 내가 왜 한재경 같은 앨 좋아했을까, 좀 말리지하고 날 원망하거나 아님 아예 이름은커녕 존재 자체도 기억 못 할지 몰라. 내가 초딩 때 첫사랑인 녀석 얼굴도 기억 못하는 것처럼."

"아니야. 그럴 리는 없어. 한재경 같은 앤 절대 없을 거야. 차갑고 나쁜 사람이래도 상관없어. 내겐 그걸로 완벽하니까. 바라는 것도 없어. 그저 볼 수 있으면."

"너무 맹목적이야. 진짜 이상해, 너답지 않아."

"나다운 게 뭔데? 뭐 지금까지도 엄마하고 네가 있어서 산다는 거 자체를 지탱할 수는 있었어. 하지만 말이지, 이렇다 할 꿈은 없었어. 숨 쉬고 먹고 자고 또 일어나고 하는데 목표가 되는 그 무엇도 없었어. 근데 이젠 말이야. 아침에 일어나면서 그 애 생각을 해. 움직이는 순간순간, 그리고 자려고 누워서까지. 맘속으로 중얼거리는 거야. '재경이가 있으니까 나도 조금은 열심히 살아야지' 하고. 어때, 멋지지 않아?"

"모르겠다, 난. 살아 있다는 것만으로 좋은 녀석이라니. 나 같으면 바로 옆에서 내 걸로 만들고 싶을 텐데."

"난 이걸로 충분해. 살아 있는 게 이처럼 두근거리는 거란 걸 모르고 평생을 살았을지도 모르잖아. 믿는 신은 없지만 기도하고 싶은 기분이야. 부디 한재경이 행복하게 해주세요, 세상 그 누구보다도 더. 다른 건 아무것도 욕심내지 않을 테니까."

"완전히 빠졌구나. 정말 두 손 들었어."

"응. 너무 좋아. 그 애가 좋고, 그래서 그 애를 좋아하는 나도 좋아."

"어이구, 참으로 행복하시겠습니다. 맘대로 좋아하렴. 난 이제 잘 테니까 앉아서 계속 프린스차밍 꿈이나 꾸셔."

풀썩하고 누군가 침대에 누워 부스럭대는 소리가 난다. 얼마쯤 후 자그맣게 책장 넘기는 소리도 들렸다. 재경은 아주 살짝, 오른쪽에 쳐 있는 흰 천을 들추고 저편에 있는 침대 쪽을 쳐다보았다. 정소희로 여겨지는 애가 이불을 이마까지 덮고 누워 있었고 그 옆에 누군가가 벽과 등 사이에 베개를 괴고 앉아 책을 보고 있었다.

까맣고 긴 생머리에, 유달리 흰 피부. 눈에 익었다. 문득 정소희가 이불 밖으로 머리를 내밀며 하품을 했고 그 아이가 정소희를 보면서 싱긋 웃었다.

악의라곤 전혀 없는 따뜻한 미소였다. 그러나 웃지 않을 땐 차갑게 주위의 공기마저 가라앉게 하는 그 창백한 아이를 재경은 알고 있었다. 말 한마디 나눠본 적도 없다. 눈에 띄지 않도록 노력하는 게 지나쳐서 오히려 더 눈에 띄었고 때문에 알게 모르게 반 여자애들 사이에서 따돌려지던 아이였다. 인형처럼 생기 없어 보였던 그 아이가 웃는 건 처음 보았다.

그 아이의 이름은 윤태희였다.

재경은 손에 쥐고 있던 천자락을 놓았다. 처음처럼 하늘을 보려고 시선을 돌렸지만 눈에 보이는 것에 대해 더 이상은 아무 감흥도 일지 않았다. 매우 낯선 기분으로 인해 마음이 어지러웠다. 갑작스레 닥친 일로 그의 모든 사고 기능이 정지된 듯 제대로 생각할 수가 없었다. 차라리 자고 싶었지만, 잠조차도 깨끗이 가셔버렸다.

그런데도 꿈을 꾸고 있는 것만 같은 느낌. 그것이 시작이었다.

마주침. 관찰. 그 아이에 관한 이야기에 귀 기울이기.

그리고 떠올림.

4. 상냥한 고백

5월도 후반으로 접어들면서, 날씨도 완연히 더워져 이젠 하복 차림을 보는 게 더 일상적인 분위기가 되었다. 보통 때 같았으면 진작 하복으로 싹 갈아입고 머리색도 바꿨을 소희지만, 올해는 그런 일에 신경 쓸 기분이 아니라서 손을 놓은 채이다.

태희가 학교에 나오지 않은 게 어느새 일주일이 됐다. 벌써 목요일도 끝나가고.

웬만큼 맞는 걸론 끄떡없이 학교에 나왔을 테니 얼굴을 잘못 맞은 게 틀림없다. 맞을 때도 필사적으로 얼굴만은 가리는 앤데 얼굴을 맞아버렸다는 건, 또 그 개보다 못한 인간이 주먹 말고 다른 무언가를 손에 들어서 그걸 막으려고 부질없는 반항을 해보다 여느 때보다 훨씬 호되게 맞았다는 걸 의미했다.

겨우 연락이 된 태희가 아무래도 다음 주에나 나갈 것 같다고 말해올 땐 목소리에 지친 기색이 역력했다. 걱정할 거 없다며 태희는 전화를 끊었지만 눈으로 확인한 게 아니니 소희의 걱정은 전혀 가벼워지질 않았다.

 그래서 그랬는지도 모른다. 재경이 결국 마음을 누르지 못하고, 목요일 종례 후 소희에게 태희의 안부를—재경은 아파서 학교를 이처럼 오래 결석하는 경우는 큰 병이 아닐까 하는 생각이 들어, 시간이 갈수록 불안해졌던 것이다—물었을 때, 원래의 그녀로선 꺼낼 생각이 없었던 말을 입 밖에 내고 말았다.

 "다친 데가 많이 부은 모양이야. 병원도 다닌다니까 최소한 다음 주 월요일쯤엔 멍자국은 빠질 거야. 어쩜 더 나쁠지도 모르지만."

 "계단에서 굴렀다는 걸로 그렇게 많이 다쳤어? 아무리 실수라고 해도. 그렇게 덤벙대는 성격은 아닌 걸로 아는데. 누가 밀기라도 한 거야?"

 재경의 말에 소희는 있는 대로 인상을 썼다. 계단에서 미끄러졌다고 둘러댄 건 소희의 아이디어였지만, 어쩜 그렇게 엉터리 핑계인 걸까. 소희는 짜증을 가득 담아 말했다.

 "계단에서 구르는 건 태희 특기야. 내가 아는 것만도 벌써 큰 게 예닐곱 번이 넘지. 앞으로도 자잘하게까지 셈하면 얼마나 더 굴러야 될지 모르는 일이고."

 "특기?"

 소희가 뭔가를 비꼰다는 걸 모를 재경이 아니었다. 그가 나지막하게 묻자 소희는 더 신랄하게 나가기로 했다.

 "그래, 특기. 선천적으로 타고난 거라서 앞으로 몇 년은 지나야 버릴 수 있을 거야. 그전에 그 계단이 무너져 버리면 괜찮겠지만, 그럴 운이 과연 있을까 싶어. 그런 계단 무지하게 질기거든. 확 폭탄이라도 설치하지 않는 이상 힘들 거야. 한데 폭탄을 설치하기엔 태희가 너무 윤리에 얽매여 있고. 그러니 견뎌야지. 그게 자기 의무라고 믿는데 별수 있나."

이 정도로 말했는데도 못 알아들으면 네가 똑똑하다는 것도 다 거짓말일 거라고 생각하면서 재경을 본 소희에게, 이 수재가 자신의 말을 확실히 알아들었다는 감이 왔다. 굳어진 표정으로 생각에 잠긴 재경이 중얼거렸다.

"……계단이었군. 한 달이 멀다 하고 그 애한테 파스 냄새가 나곤한 이유도. 결석이 며칠씩 계속되는 일이 빈번했던 것도 그 때문인 거군."

심각한 상황이지만 문득 소희는 기분이 조금 좋아지고 말았다. 정말로 재경이 태희를 지켜봐온 것이다. 그러나 회심의 미소를 감추고소희는 되도록 딱딱하게 중얼거리며 책상 위에 둔 가방을 들어 멨다. 대화를 끝내겠다는 의미였다.

"그 계단 때문에 생긴 노이로제라는 게 어떤 건진 너도 봤으니까 알거야. 그걸 연상시키는 어떤 것도 태희에겐 용납이 안 돼, 만약……."

말끝을 흐리면서 소희는 재경을 흘끗 보았고 둘은 눈이 마주쳤다. 소희는 눈에 보이는 분명한 기회를 주기로 마음먹었다.

"만약 네 마음이 진짜라면 그 애 앞에서만은 상냥해져. 그 앤 자기눈에 보인 것밖에 믿지 않고, 믿게 된다면 다른 건 보지 않으니까."

재경이 일순 미소 지은 걸로 보인 건 소희의 착각일지도 모른다. 하지만 소희는 이걸로 충분하다고 생각하며 교실을 나섰다. 태희는 도무지 움직일 맘이 없으니 재경이라도 움직이게 할 필요가 있었고, 자신은 분명 그 유인을 제공한 것이다.

처음엔 무조건 밀어볼 마음도 가졌던 소희였지만 지금은 상황이 바뀌었다. 정도는 불분명하나 재경에게도 태희를 향한 마음이 있다는걸 알게 된 이상 태희를 도매금에 넘길 수는 없다. 이왕이면 그것이얼마나 귀한 것인지 알아줬으면 하는 소희의 마음을 비난할 사람은없을 것이다.

비록 저 한재경이 소희의 말처럼 상냥해질 거라고는 기대 않는 게 현명한 일이라 쳐도.

금요일 오전. 날씨는 화창하고 꽤 바람이 상쾌한 5월의 전형 같은 그런 날이었다.

학교에 있어야 할 시각이었지만 재경은 지하철역 안을 둘러보면서 생각 이상의 한적함에 놀라고 있었다. 눈에 띄게 적은 수의 사람들이 움직이고 있는 지하철역이 신기하기도 하고, 묘하게도 느껴졌다. 낯선 곳에 놓여 있는 듯한 느낌 때문이었을까, 보통 때라면 절대 안 했을 실수를 했다. 눈을 빤히 뜬 채로 자신이 타야 할 지하철이 도착해서 출발하는 걸 지켜보고는 그것이 떠나는 걸 본 후에야 자기가 지하철을 놓쳤다는 사실을 깨달은 것이다.

어처구니없는 일에 재경은 황당해서 웃고 말았다. 멍하니 눈을 뜨고 있다가 지하철을 놓치다니. 누구에게 말해도 믿어주지 않을 것이다. 지금 자기 자신조차도 그런 멍청한 일을 저질렀다는 게 믿겨지지 않으니.

웃음이 그치고 그의 표정은 다시 딱딱해졌다. 기분이 좋지 않았다. 그게 윤태희 때문이란 걸 새삼 생각하니 더욱 그랬다. 어떻게 자신이 이처럼 그 애에게 영향을 받게 된 걸까. 그는 논리적으로 생각해 보려 해도 딱 부러지게 이거다 할 이유가 떠오르질 않았다.

시작은 중3의 그 봄이었다. 우연히 듣게 된 대화 때문에 그에게 있어선 처음으로 사람에게 관심이란 걸 갖게 되었다.

그저 보기만 했다. 윤태희는 지극히 정적(靜的)인 아이였다. 같은 반일 때 생각했던 것처럼 어디에서도 튀지 않으려하고, 남에게 신경 쓰지도 않으려고 하는 게 그의 눈에는 보였다. 중학교 3학년 들어 부쩍 성적이 오른 건 확실해서 3학년 2학기가 되면서는 전교 10등 안에 들어 석차 공개 명단에서도 이름을 보게 되었다. 그것이 자신 때문이란 것을 아는 재경으로선 묘한 마음이 생겼다. 어디까지 따라오는지 한번 볼까……? 라는.

그래서 굳이 사립인 태명고가 아니라 지금의 고등학교로 왔다. 지금 다니는 공립 영채고는 태명고가 상류층 영재들의 학교인데 비해 중류층 이하의 영재들의 학교라는 점에서 그 격차는 확실했다. 학생들의 레벨로 보자면 태명고에 버금가겠지만 재경의 집안사람들이 보기에는 재경이 교육받기엔 부족한 곳이었다. 자기 일은 누구보다 칼같이 처리해서 야단 한번 안 듣고 자란 그가 주위의 싫은 소리를 들으면서까지 지금의 고교를 선택했고, 물론 손쉽게 수석으로 입학했다.

태희도 그 입학생들 중에 존재했다. 중학교 일이 학년 때의 성적이 좋지 않아선지 입학성적은 중위권이었다고 알고 있다. 그러나 빠른 속도로 상위권으로 치고 올라왔다.

썩 나쁘지 않은 것 같은 머리는 맘에 들었다. 여전히 주위에서 한 발짝 떨어져 있으려고 하는 소극적인 태도도 거슬리지 않았다. 재경은 지나치게 나서는 느낌이나, 괄괄한 성격의 여자는 질색이었다. 하나로 땋아 내린 머리가 잘 어울리는 동양적인 이미지였던 중학교 때의 모습에서 점차 시간이 흘러 여전히 단아하지만 어딘가 눈길을 끄는 화려함이 조금씩 더해져가는 창백하고 가냘픈 외모 역시 그의 마음에 들었다.

한재경이라는 존재가 가진 능력이나 그 후광 때문에 그의 차가운 성격에도 불구하고 접근하는 여자애들이 꽤 있었다. 소위 스스로에게 자신을 가진, 한 얼굴 하는 여자애들이었는데 재경에게는 그 어쭙잖음이 우스울 뿐이었다. 반면 그에게 아무것도 바라지 않고 그저 지켜볼 수 있는 것으로 족하다는, 그가 살아 있는 것만으로도 충분하다는 태희의 말은 그의 맘속에 깊이 각인되었고, 실제로 태희의 시선을 확인할 때마다 뚜렷이 되살아나곤 했다.

태희는 재경이 모를 거라고 생각했는지 곧잘 물끄러미 재경을 쳐다보곤 했다. 그러나 그녀가 안심할 만큼 먼 거리에서도 재경은 그녀의 시선을 알 수 있었다. 그냥, 느껴졌다.

재경은 제대로 말 한번 나누는 일없이 어느새 윤태희란 존재에 집착하고 있는 자신을 발견했다. 그럴 만한 가치가 있는 걸까, 하는 의문이 생겨났고 확인의 필요성을 염두에 두었지만 딱히 태희와 관계될 어떤 접점도 찾아내지 못했었다.

그러다 2학년이 되어 같은 반이 되는 우연히 일어났다. 문과반이 적은 수여서 가능성이 없는 것은 아니었지만 재경은 뜻밖의 우연에 묘한 생각까지 들었다. 아무튼 같은 반이 되고 난 후 자리 바꾸기가 결정되자 재경은 망설임 없이 곧 태희를 시험하기 시작했다.

그의 일거수일투족에 당황하고 놀라면서도 내색하지 않으려고 애쓰는 모습. 표정 변화가 드물어 주위에 부정적인 이미지를 심어주었지만, 드물게 혼자가 되면 나타나는 다른 얼굴. 단지 사람을 대하는 데에 몹시도 서툴고, 마음을 다칠지 모르는 진흙길을 밟지 않으려는 뜻에서, 지금과 같은 무표정한 가면을 쓰고 있는 것이었다.

소희의 말로 판단하자면 아마도 그것은 가정 사정 때문일 수도 있다. 아직 구체적으로 확인되지 않았지만 아이가 스스로 만들어낸 껍질 속으로 움츠러들게 만들기엔 충분할 정도로 부정적인 곳인 듯하다. 가족이라는 존재가 온 세상이 자신에게 등을 돌려도 편을 들어줄 절대적인 아군이 아닐 수도 있음을 재경도 알고 있다.

이유는 알 수 없지만 자신 같은 녀석을 삶의 이유로 삼아야 했을 만큼 어둡고 추운 곳에 있는 걸까, 태희는?

재경은 한숨을 내쉬었다. 아직 태희의 가치에 대해 정확히 결론 내리지도 못했는데 집착의 도는 점차 더해가는 걸 느낄 수 있다. 옆자리의 빈 의자가 자꾸 눈에 거슬려 결국 조퇴까지 하고 학교를 나와 버린 자신이라니. 이건 결코 자신답지 않다는 걸 재경은 인정했다.

그러나 우선은 자고 싶은 기분이다. 기분이 너무 나빠서 돌아가 잠이라도 자지 않으면 누구든지 잡고는 한 대 쳐버릴 것 같으니까. 다행히 늦지 않게 다음 지하철이 들어왔다.

좌석에 앉은 것까진 좋았는데 다음 역에서 탄 승객들 중에 있던 꼬마들이 장난을 치며 뛰어다니는 것에 재경은 짜증이 치밀어 올라 자리에서 일어났다. 아이들이 없는 칸을 찾는다는 게 힘들어 어느새 1호 칸까지 와 버렸다.

여전히 아이들이 있다. 할 수 없군 하고 고개를 돌려 빈자리에 앉으려다 그는 주춤했다. 그의 시선이 간 곳에 잠이 든 듯 앉아 있는 누군가 때문이었다.

긴 소매 티셔츠에 청바지, 파란 모자를 깊이 눌러쓴 여자였다. 뺨엔 큰 반창고가 붙여져 있고, 앞으로 모아 쥔 손등에도 거뭇한 멍이 눈에 띄었다. 가까이 다가가자 파스 냄새가 진하게 풍겨왔다. 제대로 얼굴도 보이지 않았지만 재경은, 이 여자애가 태희라는 걸 알았다. 손잡이를 잡고, 모자 쓴 머리를 내려다보던 재경이 조심스럽게, 그러나 뚜렷하게 목소리를 내었다.

"······윤태희?"

지하철의 흔들림에 아무 생각 없이 몸을 맡긴 채 앉아 있던 태희는 자기 이름을 듣고 반사적으로 고개를 들어 소리가 난 곳을 쳐다보았다.

"어, 한재경? 이런 시간에 여기서 뭐해······?"

영문을 몰라 어리둥절한 태희의 눈보다, 더 놀란 건 재경이었다. 옆에서 얼핏 본 얼굴에서 다친 흔적을 보았지만 정면에서 그 얼굴을 보자 가슴이 쿵하고 내려앉는 것 같았다. 오른 뺨의 반창고 말고도 왼쪽 뺨에도 자잘한 생채기가 있었고 부르튼 입술에는 거무스름한 딱지도 생겨 있었다. 안 그래도 갸름한 얼굴이 며칠 못 본 사이에 완전히 헬쑥해져, 까만 눈이 안 그래도 컸는데, 이제 그 얼굴에서 보이는 건 눈밖에 없을 정도였다.

어떻게, 이 지경이 되도록, 이렇게 가냘픈 애를!

재경은 충격으로 말문이 막혔다.

재경의 그 놀람이 뭘 의미하는지 태희는 한참 후에야 깨달았다. 그제야 확 붉어진 얼굴을 손으로 가리며 태희는 고개를 숙였다. 너무나 창피해서 어딘가로 숨어버리고 싶었다. 무조건 이 자리를 피하고 보자는 생각에 태희는 자리에서 일어났다.

그러나 한 걸음도 채 가지 못하고 재경에게 붙들려 다시 자리에 앉혀졌다. 태희가 다시 일어나지 못하도록 지하철 손잡이를 쥐지 않은 손으로 그 어깨를 꼭 누른 채 재경은 잠시 말을 골랐다. 감정이 들어가지 않은 평소의 건조한 말투를 기억하려 애쓰며.

"계단에서……굴렀다더니, 얼굴은 왜 그리 다친 거야?"

"어, 어……. 내가 좀 조심성이 없어서……그냥 좀 삐끗한 게……."

힐끗 태희의 다리를 쳐다보고 재경이 중얼거렸다.

"정작 다리는 안 다친 거 아냐? 구르면서 보호본능 같은 게 작동 않는 건 여전하군."

"그러게. 다리는 멀쩡한데……. 좀 우습게 됐어."

지하철이 멈추고 사람들이 오르내렸다. 여전히 재경은 태희의 어깨를 누르고 있어 태희는 고개를 들지도 못하고 안절부절못했다.

"그 얼굴로 학교는 어떻게 나오려고? 다음 주가 되어도 별 변화도 없겠는데."

"아냐. 괜찮아. 일요일 지나면 꽤 좋아질 거야. 이 정도는 금방 낫거든."

말을 끝맺다가 태희는 아차 했다. 은연중에 자신이 많이 다쳤다는 걸 말 속에 내비치고 말았다. 재경이 뭔가 눈치 채진 않았을까? 태희는 더욱 고개를 숙였다.

"낫겠지. 하지만 얼굴이라니……. 너도 난감하겠군."

그렇게만 말하고 재경은 입을 다물었다. 파란 태희의 모자를 보면서 생각에 잠긴 그였지만, 그걸 알 리 없는 태희는 침묵의 불편함 때문에 뭐든지 할 말이 필요했다.

"저기, 저번 소풍 때랑, 학교에서의 일은 미안했어. 난 소희 말고 다른 사람은 대하는 게 서툴러서 곧잘 오해를 사지만……정말 너한테 나쁜 뜻은 없었어. 단지 그냥……."

"됐어, 그건."

"어……?"

무심코 태희는 고개를 들었고 재경과 눈이 마주쳤다. 재경은 태희를 내려다보며 담담히 중얼거렸다.

"됐다구, 그건. 알았으니까."

"……어. 그래. 그럼 됐고……."

태희는 힘없이 중얼거리곤 고개를 푹 숙였다. 알다니. 뭘, 어떻게. 소희에게 언질을 받지 못한 태희로서는 영문을 알 수 없는 일이었다. 시간이 지났으니 그냥 없었던 일로 넘겨버리기로 한 걸까. 태희는 안도감을 느끼면서도 조금은 서운해서 어깨를 축 늘어뜨렸다.

"병원에 다녀오는 길이야?"

"아, 응. 이젠 안 가도 될 것 같지만."

"흉터는?"

"……흉터?"

"얼굴이잖아. 흉터가 남거나 하는 거 아니야?"

"괜찮아. 흉터는 안 생길 거야. 내가 멍이 잘 드는 체질이라서 그렇지 대수로운 건 아니거든, 정말."

"넌 여자애치곤 너무 담담하구나. 하긴, 그게 너답지."

"……?"

기묘한 뉘앙스를 풍기는 말에 얼떨결에 다시 고개를 들려다가, 정신을 차리고 그만두었다. 왠지 대화 속에서 재경이 자신을 걱정해준 느낌을 받은 건 단순한 오해일까. 건조한 말투는 여느 때와 같았지만 뭔가 친밀하게 느껴지는 상냥함 같았던…….

저마다 다른 생각에 빠져 침묵이 흘렀다. 먼저 그 침묵을 깨닫고 난처해진 건 태희였다. 힐끔거리며 조심스레 지하철 안을 훑어보았다. 서 있는 사람이라곤 재경뿐이다. 승객들은 다들 앉아 있고, 자신의 옆자리도 두어 명이 앉을 만한 자리가 있다. 하지만 재경이 그곳에 앉는다는 건 생각만으로도 아찔했다. 지금은 모자로 가릴 수 있지만 옆에 앉게 되면 얼굴을 가릴 수가 없지 않은가. 황급히 이야깃거리를 찾아본다. 그러나 없다. 학교 일을 물어볼 수도 있었지만 그런 사소한 일상사를 주고받을 만큼 둘은 허물없는 사이도 아니고, 태희는 사교성 멘트 하나 제대로 건넬 줄 모르는 성격이었다.

그러다 문득 태희는 재경이 하복 상의를 입고 있다는 걸 깨달았다. 눈앞에 그의 하얀 팔이 보인다. 몇 가지의 무술 유단자라는 걸 알고 있다. 말랐지만 결코 약해 보이지 않는, 그의 몸에서 흘러나오는 녹록치 않은 긴장감을 그의 팔에서도 엿볼 수 있다. 손목에 채워진 갈색 가죽 구찌 시계는 재경이 즐겨 차는 것. 그 밑으로 가벼이 주먹을 쥐고 있는 손을 펼쳤을 때의 그 모습은, 놀랍도록 섬세하다. 남자의 손이 그처럼 아름다울 수 있다는 것을 재경을 통해 처음 알았었다.

갑자기 태희는 시선을 느꼈다. 한참 동안 태희가 재경의 손에 정신이 팔려 있는 사이, 재경은 태희를 내려다보고 있었던 것이다. 반신반의가 확신으로 바뀌자 태희는 긴장하기 시작했다. 무릎 위에서 그러쥐고 있던 손에 감각이 느껴지질 않는다. 목이 뻣뻣해지고 머리에 쥐가 난 듯 온몸이 굳어만 갔다. 숨 쉬는 법조차 잊어버린 것처럼, 자신의 숨소리가 비정상적으로 들려왔다. 그리고 다시 창피하다는 생각이 확 몰려왔다.

이런 모습을 보이다니. 아무 상관없는 타인들이 힐끔거리며 보는 건 얼마든지 참아내겠지만 재경이 이런 꼴을 보게 된 것만은 견딜 수 없이 치욕적이었다. 맞아서 얼굴이 이 모양이 된 게 분한 게 아니라 단지 그것이 억울해서 눈물이 났다. 어째서 이런 곳에서 보게 된 걸까. 아직 금요일 오전인데 왜 그가 이런 곳에 있는 걸까.

그때 지하철 안내방송이 흘렀다. 정차한다. 지금 내려선 갈아탈 지하철도 마땅치 않지만 상관없었다. 지하철이 멈춘 순간 태희는 자리에서 일어나기로 마음먹었다. 놀랍게도 마음먹은 대로 몸이 제꺽 움직여주었다. 고개를 푹 숙인 채로 모자를 더 눌러썼다.

"그럼……다음 주에 보자."

재빨리 말하고 바로 옆 출구를 나가려는 순간 재경의 목소리가 들려왔다.

"윤태희, 잠깐만."

느닷없는 태희의 움직임에 미처 재경이 움직이기도 전에 태희는 지하철 밖으로 뛰어나갔고, 그 뒤에 승객들이 들어왔다. 태희는 모자 밑으로 힐끗 재경을 바라보곤 곧 몸을 돌려 지하철역 계단 쪽으로 뛰어가 버린다. 재경의 눈이 그 뒤를 따라가는 사이 문이 닫혔고, 이내 지하철이 출발했다. 짧은 순간이었지만 재경은 보았다.

눈물. 무엇 때문에? 설마 자신의 탓인 건가?

재경은 차분히 독서에 집중하려고 애썼다. 여전히 그의 마음에 들지 않는 『잃어버린 시간을 찾아서』 4권을 읽고 있는 중이다. 하루의 공부 일과량을 모두 미뤄둔 채 일요일 밤까지 결국 이 책을 읽고 있다. 이런 책을 보고 감동을 받는 아이라서일까. 태희의 머릿속은 짐작도 가지 않는다.

굳이 자신을 평가 내리자면, 자신은 인간적인 감정보다는 기계적인 이성이 더욱 우세한 편이라고 재경은 생각한다. 남들이 말하는 대로 냉혈인간 쪽이 그럴듯한 수식어일 것이다. 다정함 같은 것과는 애초부터 거리가 멀다. 간혹 마음 깊은 곳에 단단하게 존재하는 자신의 냉혹한 면을 보며 스스로 혀를 찰 때도 있었다.

자신은 아마 누군가를 좋아할 수 없을 거라고 꽤 예전부터 생각했었다. 그래서 숱하게 많은 사람들 중에 윤태희만이 특별해지고만 예외를 알면서도 인정할 수가 없었다. 계속 의심해 보고 그 감정에 이름을 붙여 판단해 보려고 했었다. 지금 자신이 읽는 소설 속 주인공의 그것 같은 유약한 사랑나부랭이 같은 거라고는 생각되지 않았었다. 그러나 이젠 모르겠다.

집착. 소유욕. 호기심. 욕망. 단순한 익숙함. 자기암시적인 관심. 본능적인 끌림. 어쩌면 애정에 근접한 그 무엇. 이 모든 것의 혼합일 수도 있고 아닐 수도 있고.

그저 한 가지 분명해진 것은 태희가 다치는 걸 보고 싶지 않다는 것. 파괴욕은 아니었다. 수학시간에 자신이 했던 행동도, 지하철역에서의 그때도, 며칠 전의 그 짧은 만남에서도, 태희에 대한 보호 의식 비슷한 것이 작동했었다.

화가 났었다. 태희가 자신을 무시했을 때는. 재경은 이제 단순히 태희를 지켜볼 수 있는 것만으로는 자신이 만족할 수 없다는 것까지 알고 있다. 태희는 재경이 살아 있는 걸로 충분하다고 하지만, 재경은 태희가 존재한다는 것만으로는 성에 차질 않았다. 자기 눈이 미치는 곳에, 영향력이 미치는 곳에 두고 싶다. 어디까지나 원하는 곳에 원하는 모습으로.

탁, 책을 덮고 나서 재경은 눈을 감고 태희의 모습을 떠올려 보았다.

벚나무 아래서 자신은 왜 태희를 깨우려 했던가?

그리고 그녀의 눈물.

지금 당장 이 감정에 이름을 붙여야 한다면, 갈망이라 해두자. 그저 지금은 윤태희라는 존재를 옆에 두고 싶다……라는.

이윽고 태희가 학교에 나간 날은 화요일이었다. 5월의 마지막 주로 이젠 완연한 여름 날씨였다. 2교시가 시작된 시각에 교문을 들어서는 태희의 안색은 이른 더위라도 먹은 듯 파리했다. 숨이 차서 중간 중간 멈춰 서서 차가운 손으로 이마를 짚었다. 습기는 없는 날씨였지만 더웠다. 팔에 난 멍자국들 때문에 긴 블라우스를 아직 입고 있고, 발에도 검은 스타킹을 신고 있다. 게다가 학교에 나오지 않는 일주일이 넘는 기간 동안 살이 3키로나 빠져서 그나마 호리호리했던 수준이 아니라, 걷는 모습이 위태로워 보일 만큼 가냘파졌다. 아직까지 얼굴의 오른 뺨에는 큼지막한 정사각형 반창고가 자리했다.

교무실로 가서 담임을 만나 이야기를 하고 선생님의 배려로 잠시 양호실로 가서 쉬었다.

2교시가 끝나고 교실에 나타난 태희를 소희가 반갑게 맞아줬다. 반 애들의 힐끔거리는 시선 속에서 새삼 태희는 자신이 미운 오리새끼 같다는 걸 깨달았다. 반 애들은 모두가 하복 차림이었다. 나만 겨울 속에, 어둠 속에 있는 것 같다는 생각이 얼핏 든다.

그러나 자기 옆에서 아직껏 춘추복 블라우스를 입고 있는 소희를 보자 그런 우울함은 금세 흔적도 없이 사라졌다. 그래서 웃었다. 소희가 있어서, 널 다시 보게 되어서 정말 기쁘다는 마음이 드러나게끔 소희만을 향해서 환하게 웃는다.

그 웃음이 가시지 않은 채로 고개를 돌렸을 때 재경의 눈과 마주치게 되었다. 재경은 시선을 돌리지 않았다. 여느 때처럼 고개를 숙여 그 시선을 피한 건 역시 태희였다.

이틀 후부터는 중간고사가 있었다. 벼락치기를 거의 하지 않는 태희가 어쩔 수 없이 이틀 밤을 새서 공부를 해 시험을 치렀다. 드물게 소희가 열심히 노트 필기를 한 걸 바탕으로.

태희는 완전히 기력 고갈 상태에 빠졌다. 그래서 중간고사가 끝나고 반 애들의 의견대로 다시 남녀짝꿍 원칙 없이 자리 교체가 된다는 말을 들었을 때도 그런가……하는 정도로 흘려들어버렸다. 소희도 그런 태희를 배려하느라 되도록 말없이 그림에 몰두하는 것처럼 보였다.

중간고사가 끝난 이후 태희는 빠진 살을 잠으로 보충하려는 듯 잠에 중독된 채였다. 수업시간에도 눈은 뜨고 있지만 정신은 어딘가 먼 곳에 두고 온 듯 멍한 눈빛을 짓고 있었다. 반 애들은 태희가 계단사고로 머리까지 다친 거 아니냐는 말들을 주고받았다. 그저 태희의 잠은 본능적인 것일 뿐이었다. 다친 동물이 치유를 위해 자는 것처럼.

그렇게 5월의 마지막 주가 끝났다.

그 이튿날 여느 때와 같은 시각에 교실에 도착했는데도 이미 반에는 절반이 넘는 애들이 와서 소란스러웠다. 6월 첫날에 자리를 바꾸기로 결정한 것을 완전히 잊어버리고 있었던 태희는 잠시 당황했지만 다행히 자신의 원래 자리엔 아무도 앉아 있지 않았다. 소희의 자리랑 그 옆자리도 마찬가지였다. 태희는 자기가 소희 옆자리로 옮기는 게 좋겠다고 결론 내렸다.

책상 정리를 하고 있을 때 재경이 교실로 들어왔다. 쓰윽 교실을 한번 훑어보고 태희의 행동을 주시하면서 자기 자리로 걸어갔다.

"오늘이 그 날이었나."

그의 혼잣말 같았지만 지나치긴 부담스러워서 태희가 잠시 머뭇거리다가 대꾸했다.

"나도 그새 잊어버린 거 있지. 정신을 어디다 뒀는지 모르겠어."

"어디로 옮기는 건데, 넌?"

예상 못한 질문에 태희는 조금 당황했다. 재경이 그런 걸 물어올 줄은 몰랐다.

"어, 바로 요 앞. 소희 옆자리로 가려고. 소희, 이렇게 이동 잦은 거 귀찮아할 테니까."

"흠. 그럼 내가 거기 앉아도 되겠군."

"여기?"

"응. 일부러 다른 데 갈 것도 없잖아."

그렇게 말한 뒤 재경도 책상 정리를 시작했다. 태희는 그런 재경의 옆얼굴을 물끄러미 쳐다보았다. 자기가 앉았던 자리에 재경이 앉는다니. 그게 얼마나 이상하게 들려왔는지. 태희는 자신의 손이 닿았던 이 책상에 재경이 앉는다는 상상만으로도 얼굴을 붉히고 말았다.

황급히 고개를 숙여 책상 정리에 열심인 척하면서 태희는 재경에게서 멀찌감치 떨어질 방법을 찾아보았다. 소희가 오면 다른 자리로 가자고 부추겨볼까. 태희의 의사가 아니라 소희가 원해서인 것처럼 해서 재경에게서 될 수 있는 한 먼 자리로 가야겠다. 그러려면 우선 소희가 그럴 마음이 들게 제대로 설득해야 하는데……그게 잘 될지. 이런저런 생각을 하다 문득 태희는 뭔가에 생각이 미쳐 다시 재경을 돌아보았다.

재경의 옆얼굴. 뭔가가 다르다.

심신이 지쳐서 5월의 마지막 주를 아무 기억도 없이 살아서일까, 재경의 지금 모습은 그녀가 알던 것에서 어딘가가 바뀌어 있다는 걸 이제야 깨달았다. 어딜까. 어디의 무엇?

시선을 느꼈는지 재경이 태희를 쳐다보았다. 태희는 재경의 그 동작에서 자신이 찾던 것을 발견했다. 그게 기뻐서 태희는 빙긋 웃었다.

"머리 잘랐구나, 너."

"아아, 조금. 역시 알아보는구나."

재경도 웃었다. 태희를 향해 엷지만 상냥하게 느껴지는 '미소'를 지었다.

쿵-하고 심장이 내려앉았다. 윙하고 머릿속이 멍해졌다. 홀린 듯 재경의 얼굴을 보는 것밖엔 할 수 없게 굳어버린 태희를 현실로 끄집어낸 건 때마침 등장한 소희였다.

"이야, 나도 빨리 온다고 온 건데 부지런들도 하지. 뭐해, 태희야?"

툭하고 어깨를 건드리는 것만으로 태희에게 걸린 부동주문을 풀었다. 몇 번 눈을 깜박이고 나서야 태희는 소희를 보면서 말했다. 미처, 좀 전에 궁리해둔 여러 가지 설득 같은 건 생각나지도 않았다.

"어, 나 그냥 네 옆자리로 갈 건데, 괜찮지?"

"그야 좋지. 책 가지고 움직이는 건 너 하나면 되지 뭐. 자, 들어주마."

소희가 거들어주면서 자리 이동은 금세 끝났다. 이제 원래 태희의 자리는 완전히 비었다. 그 자리에 재경이 앉아 책상서랍에 책들을 넣기 시작했다. 소희는 별 관심 없는 체하면서 사실은 그의 행동을 유심히 지켜본 뒤, 옆에 앉은 태희의 얼굴을 만져보았다.

"어디 많이 좋아졌나? 왼쪽은 거의 나았고, 내일쯤 오른 뺨 반창고도 떼야 되겠네. 어제 보니까 이젠 하복 입어도 되겠던데. 왜 안 입은 거야?"

살짝 왼쪽 귀 뒤로 머리를 넘겨 긴 머리채를 한 번 쓸어내리면서 태희는 작게 중얼거렸다.

"치마허리를 줄이려고 좀 맡겨놨어. 하복 치마는 접어 입으면 맵시가 안 나잖아."

"거기서 또 허리를 줄여? 살이 빠져야 하는 건 난데, 세상은 불공평해. 아아, 더워. 난 자련다. 방학은 대체 언제쯤 하냐. 자고 일어나면 방학이라는 그런 기적은 왜 안 일어나누."

풀썩 책상 위로 누운 소희를 보면서 쿡하고 웃고는 태희는 옮겨온 책들을 정리했다. 그리곤 뒤로 신경이 가는 걸 막지 못하고, 아주 약간 뒤로 고개를 돌렸다.

재경은 원래의 태희 자리에 앉아, 창문 밖의 풍경에 시선을 두고 있었다. 단순히 머리를 자른 것만이 아니었다. 그런 외부적 모습이 아니라, 그 내부의 뭔가가 바뀌었다. 재경이 웃을 줄 모르는 사람이라고는 생각해 본 적이 없다. 하지만 냉소가 아닌 다른 종류의 미소를 짓는 것을 본 적이 없었다. 냉소 그 자체가 그에게 몹시도 잘 어울리기도 했다.

그런데 아까의 그 미소는……. 물론 그것이 결코 부정적인 무언가는 아니었지만……그녀에게는 너무도 어색하기만 했다.

장마는 다음 주쯤에나 시작된다고 했는데, 며칠 계속 더웠던 날씨 때문이었던지 수요일이 되자 비가 아침부터 지면을 적시기 시작했다. 그래서 오후의 체육수업은 강당에서 하게 되었다. 오늘은 금요일 수업까지 당겨서 두 시간 연속수업이었지만 이전 수업시간에 빈혈로 쓰러졌던 태희는 이번 주 체육은 쉬게 되었다. 텅 빈 교실에서 불도 켜두지 않고, 보통 때보다 서늘한 공기 속에서 태희는 깊이 잠이 들었다. 그러다 언뜻 잠에서 깨었다.

유난히 크게 들려오는 빗소리. 분명 자신이 자기 전에 운동장 쪽 창문을 모두 닫았을 텐데. 아직 무거운 눈꺼풀을 아이처럼 비비면서 태희는 책상에서 부스스 고개를 들었다.

"빗발이 세지나……. 창문 안 닫은 데가 있나 보네."

"일부러 열어둔 건데."

깜짝 놀라 태희가 목소리가 난 쪽으로 홱 고개를 돌렸다. 잠들기 전보다 더 어두워진 교실 뒤편의, 운동장 쪽 창가에 재경이 서 있었다. 불과 서너 발자국 사이일 뿐인 곳에. 잠이 깨끗이 달아나버렸다. 태희는 벽시계를 한 번 쳐다보고 중얼거렸다.

"체육시간이잖아. 오늘은 2교시 연속……이랬는데, 벌써 끝났어?"

"아아, 농구라면 눈 감고도 할 줄 아니까."

"참 그렇지, 넌 시합에도 나갈 만큼……."

말을 하다가 태희는 입을 다물었다. 재경이 학년 대표로 농구경기까지 나간 건 중학교 때의 일이다. 태희가 그런 일을 일일이 기억한다는 자체가 이상하게 들릴 수 있는. 만에 하나라도 그에게 쓸데없는 생각을 불러일으킬 발언은 자제, 또 자제해야 한다. 재경은 창문에 살짝 기대선 채로 뒷목을 몇 차례 주무르면서 대꾸했다.

"운동신경은 나름 쓸 만해서. 난 좀 전에 들어왔는데, 공기가 좋질 않아서 창문을 연 거야. 갑자기 빗줄기가 세지네. 닫을까?"

"아냐, 괜찮아. 에어컨 때문에 공기가 탁했구나. 그러고 보니까…… 춥기도 하고."

재경은 에어컨 앞으로 가서 정지버튼을 눌렀다. 좀 지나자 에어컨 바람소리도 그치고, 교실에는 빗소리와 그에 묻혀 들릴락 말락 하는 시계초침 소리만이 남았다. 자연히 지난번 도서실에서 우연히 마주쳤던 일이 기억났다. 지금은 두 사람의 위치가 반대가 됐지만.

"이제야 얼굴이 멀쩡해졌구나."

재경이 태희의 얼굴을 힐끗 쳐다보며 말했다. 평소처럼 건조한 그의 말투에 태희도 자연스레 말했다.

"응, 그래 보이지? 순조롭게 나았어."

자신의 얼굴을 만지작거리며 태희는 안도의 미소를 지었다. 얼굴에 상처가 없어져서 고개 숙이고 다닐 필요가 없단 자체로도 태희는 무척 행복했다.

재경이 창가에서 움직여 자기 자리로 걸어왔다. 다시금 태희는 긴장했다.

"누군가랑 단둘이 있으면 원래 그렇게 긴장해?"

갑작스런 재경의 질문에 태희가 할 말을 찾지 못하고 재경을 당황한 눈으로 쳐다보았다.

"아니면, 나랑 있을 때만 그런 거야?"

태희는 패닉상태에 빠졌다. 순식간에 새빨개진 얼굴로 급격히 눈을 깜박거리면서도 그의 말을 부정하는 의미로 고개를 흔들며 뭔가를 중얼거리려고 노력했다.

"아냐, 그런 게 아냐. 난, 원래……사람들 앞에서 긴장을……잘해. 원래 그래."

피식 웃으면서 재경은 태희의 얼굴 가까이 고개를 숙였다. 움찔 숨을 멈추며 몸을 뒤로 빼는 태희를 향해 재경이 장난스럽게 중얼거렸다.

"거짓말이 서툴러. 시험할 맛이 안 나잖아. 하긴……난 사디스트니까 그렇게 겁먹는 게 더 맘에 들지만."

그리곤 재경이 태희의 얼굴로 손을 뻗었다. 하지만 안쓰러울 만큼 긴장한 태희의 표정에 살며시 손을 비켜가선 뺨이 아닌 머리카락을 쓰다듬었다. 태희가 숨을 멈추고 있다는 걸 깨닫고 재경은 옅은 미소와 함께 작게 한숨을 내쉬었다.

"숨 정도는 편히 쉬어도 좋을 텐데."

이래서야 마치 죄를 짓는 것만 같아서 더는 만질 수도 없겠다. 재경이 어쩔 수 없이 손을 거두자 그제야 태희가 간신히 숨을 쉬기 시작했다. 그래도 눈에는 두려움과 함께 도저히 이해할 수 없는 상황에 대한 의문이 고스란히 담겨 있다. 그런 태희의 눈을 빤히 응시하면서 재경은 바지주머니에서 뭔가를 꺼냈다. 그리곤 잠시 그것을 확인이라도 하듯 만지작거리곤 태희에게 내밀었다. 잠자코 태희가 보고만 있자 재경이 말했다.

"받아. 네 거야."

얼떨결에 두 손으로 공손히 받아버린 그것은 작게 접혀진 까만 벨벳주머니였다. 머뭇머뭇 그것을 보고만 있다가, 결국 재경의 시선을 이기지 못하고 내용물을 확인하기 위해 주머니의 나비매듭을 풀었다.

끈을 풀어내고 손바닥 위로 조심스레 담아낸 내용물은……목걸이였다. 웨이브 진 긴 머리를 늘어뜨린 새하얀 여인의 옆얼굴이 조각된 카메오 펜던트가 달린 백금 목걸이. 더할 나위 없이 우아하고 고운 것을 바라보며 태희는 자신도 모르게 감탄했다.

"예쁘다……."

미소 지으며 목걸이를 바라보다가, 문득 이 아름다운 것이 무슨 의미인지에 생각이 미쳤다. 태희는 어리둥절한 눈으로 재경을 쳐다보고 물었다.

"……이거 뭐야? 왜 이걸 나한테 줘?"

"맘에 드나보네. 보고 어울릴 것 같아서 산 거야. 너랑 느낌이 비슷하지. 투명할 만큼 하얗고 손을 대면 물거품처럼 사라져 버릴 것 같은 게."

재경의 말에 붉어질 대로 붉어져 있던 태희의 얼굴에 납빛까지 돌기 시작했다. 태희는 완전히 미궁 속에 빠져서는 재경을 쳐다보았다. 이해할 수 있는 설명을 바라며. 하지만 재경은 그 말로 족하다는 듯 입을 다물어버렸고 할 수 없이 태희가 다시 입을 열었다.

"난……이걸 나한테 왜 주는 건지 모르겠어. 내가 이런 거……받을 이유 없잖아."

"남자가 여자한테 선물을 하는 의미 몰라?"

"선물?"

"그래. 선물이야. 단지 널 기쁘게 하기 위한."

여전히 태희에겐 어색하기만 한 미소를 머금고 있는 재경을 아연히 바라보며 태희는 자신이 들은 말의 의미를 이해해 보려고 애썼다. 날 기쁘게 하기 위한 선물? 그러니까 왜 재경이? 또 그렇게 물어보면 내가 아주 바보 같이 보이지 않을까? 재경이가 날 바보로 생각하는 건 싫은데.

태희는 이제 그런 걱정이 들어 왜냐고 물을 수도 없다. 재경은 책상 위에 걸터앉으면서 가는 한숨을 내쉬었다.

"아무래도 직접적으로 말을 해야겠군. 손을 내밀어도 그게 손인 줄도 모르다니 말이야. 거기다 넌 내가 잡지 않으면 내밀어진 손도 잡지 않을 것 같아. 오히려 계속 뒤로 물러나기만 할 테지. 언제까지든."

태희는 손 위에 놓인 목걸이가 천근만근이라도 되는 듯 굳어서 입을 꾹 다물고 있다.

"윤태희, 사귀자. 나랑."

빗소리.

시계초침 소리.

그리고 자신의 심장소리.

태희는 자신의 청력에 문제가 없다는 걸 하나하나씩 들리는 소리를 체크하면서 확인했다. 숨소리도 들려오는 걸로 봐서 정말 청력이 이상해진 건 아닌데, 방금 들은 건 뭐였을까. 단순한 환청?

"저기……잘 안 들렸는데. 방금 뭐라고 한 거야?"

"나랑 사귀자고. 어때?"

"어떠……냐니? 갑자기 무슨 말이야, 그게. 왜 나한테 그런 말을……. 너……날 놀리는 거야? 이런 식으로……말도 안 되는……."

까무러치지 않은 대신 태희의 입에서 불안정한 높낮이의 말들이 흘러나왔다. 재경은 난생처음 여자에게 한 고백이 이런 식으로 받아들여진 것에 약간 울컥하는 면이 없잖아 있었지만, 어디까지나 지금은 태희를 배려해야 한다는 것은 알고 있었다.

"내가 이런 일로 장난할 녀석이야? 윤태희, 너 나 잘 알잖아. 난 쓸데없는 일, 의미 없는 말 따위 안 한다는 거. 더더군다나 여자에게 선물 같은 건 주지도 않아."

"그럼 왜……."

"더 정확히 말해 줘? 널 지켜본 건 꽤 오래된 일이야. 그리고 네가 나한테 특별하다고 결론 내렸어. 옆에 두고 싶을 정도로."

깊이, 아주 깊이 숨을 들이마시고 태희가 말했다. 정신이 자꾸만 아득해지려는 걸 막기 위해 재경이 준 목걸이를 꽉 쥐고서.

"이해가 안 돼. 난 그럴 만한 애가……아니야."

"그건 내가 결정해. 넌 그냥 그러겠다고만 하면 돼. 나랑 사귀겠다고 말해. 말하기 힘들면 고개를 끄덕이는 정도로 봐줄게."

"말도 안 돼. 있을 수 없어."

"뭐가 말도 안 되고, 뭐가 있을 수 없는 일이지? 이건 아주 간단한 일이야. 내가 너한테 사귀자고 했으니, 너는 받아들이기만 하면 되는 일이라고."

태희는 이게 꿈일 거라는 것에 전 재산이라도 걸겠다고 생각하고 눈을 꽉 감았다 떴다. 이런. 여전히 눈앞에 재경이 보였다. 태희는 꿈에서 깨야 한다고 머리를 저어 보았다. 머리만 더 어질어질해졌다. 마른침을 삼키는 소리가 부자연스러울 만큼 크게 들렸다. 역시 현실이 아닐지도. 엄청 생생한 꿈을 꾸고 있다고 생각하면서, 태희는 최대한 단호하게 말했다.

"그런 일은 불가능해. 싫어, 너랑은 절대로 사귀는 일 같은 건……."

"거절하기 전에 한 가지만 알아둬."

태희의 말을 자르며 재경이 끼어들었다. 지금까지 놀랍도록 부드러웠던 것에 비해, 갑자기 까칠하게 변한 재경의 목소리 때문에 태희는 흠칫 놀라 그를 올려다보았다. 태희에게 익숙한 사람을 위압하는 눈빛과 말투로 재경은 돌아와 있었다.

"난 딱히 갖고 싶은 게 별로 없는 녀석이야. 근데 어쩌다 갖고 싶은 게 생기면 한 번도 못 가져본 적이 없어. 그게 남의 것이라고 해도 말이지. 원하는 걸 갖게만 된다면 수단 방법은 가리지 않는 편이야. 그런 방식이 문제가 있다는 건 알지만 내가 고칠 생각이 없으니 앞으로도 이대로일 게 분명해. 사람을, 그것도 여자를 갖고 싶다고 생각하는 건 이번이 처음이거든. 그러니까 순순히 포기할 리가 없지. 알겠어?"

"하고 싶은 말이 뭐야……."

"거절하는 건 네 자유지만 후회하게 될 거야. 내 마음이 그칠 때까지 널 놔줄 생각이 없을 테니까. 살고 싶지 않을 만큼 널 괴롭혀서 네 입에서 항복을 받아내는 것도 한 방법일 테지. 난 그것도 충분히 즐겁게 할 수 있는 녀석이지만, 과연 네가 견딜 수 있을까?"

멍하니 재경의 눈을 바라보면서 태희는 이것이 진짜 현실임을 비로소 깨닫는다. 이렇게 고양이 앞에 선 쥐처럼 바짝 얼어붙어 있는 자신은 분명 깨어 있는 채로 한재경을 바로 눈앞에 두고 있는 것이다. 태희는 몇 번이고 생각을 거듭해 대답할 말을 골라냈다.

"이해했어. 하지만 정말로 안 돼. 내 뭘 본 건지 몰라도, 나 형편없는 애야. 너무 초라해. 차마 말할 수도 없을 만큼 너한테 부족해."

"아무 상관없어. 그냥 지금의 너로 충분해. 다른 핑계는 없어?"

"핑계가 아니라, 난 정말 그런 건 생각해 본 적도 없어. 너랑 사귀다니, 나는 한 번도 너를 그런 상대로 생각한 적이……."

"날 좋아하잖아."

결정타였다.

태희는 순식간에 새파랗게 질려서는 하마터면 비명을 지를 뻔한 입을 두 손으로 감쌌다. 태희의 그 모습에 쿡쿡 웃으면서 재경은 말했다.

"그러니까 거절하지 마. 내 옆에 있을 자격을 줄 테니까 지금 잡으라고. 안 그럼 네가 날 볼 수 없는 먼 곳으로 가버릴지도 몰라. 난 벚나무가 아니니까."

덜컹, 큰 소리를 내며 태희는 의자에서 벌떡 일어섰다. 그대로 도망치려는 태희였지만, 그녀의 손을 재경이 확 잡아채서는 그 손에 책상 위에 놓인 목걸이를 쥐어주었다.

"생각해. 그리고 걸어. 이걸 대답으로 알 테니까."

결국 목걸이를 뿌리치지 못하고, 태희는 교실을 나갔다. 홀로 남은 교실 안에서 재경이 중얼거렸다.

"상냥하게. 상냥하게라……. 쉽지가 않군."

소희는 경악했다. 이제껏 살면서 놀랐던 일 베스트 3에 들어갈 만한 대단한 일이, 바로 태희의 입에서 흘러나온 것이다. 한재경이, 저 한재경이 뭘 어쨌다고?

"헤에, 호오. 오오오. 과연. 우와. 이 목걸이 엄청난데? 걸어보자. 응?"

목걸이를 정신없이 쳐다보던 소희가 태희에게 그것을 걸어주려고 하자 태희는 움찔 놀라 화다닥 뒤로 물러났다. 하마터면 침대 끝에서 떨어질 뻔한 태희를 보고 소희가 혀를 찼다.

"목걸이가 널 잡아먹냐? 뭘 그리 무서워해?"

"안 차, 절대로 안 차. 돌려줄 거야. 내일 꼭 돌려줄 거라고."

애꿎은 침대시트만 조물거리면서 태희가 말하자 소희는 과장스럽게 놀란 표정을 지었다.

"뭐! 돌려줘? 돌려준다는 게 무슨 뜻인지 알기나 해? 한재경을 찬다는 소리야. 무슨 말인지 몰라? 윤태희가 한재경을 발로 뻥 걷어차는 거라고."

"으아아, 그런 거 아니야. 누가 누굴 차. 내가 그럴 주제나 돼? 재경이도 오늘 하루 지나면 후회할 거야. 내가 왜 그런 소릴 했나 하고. 그러니까 내일……."

"내일이 되면 재경이가 자기가 실수한 것 같다고 말할 것 같아? 너, 내가 알던 윤태희 맞냐? 어떻게 나보다 한재경을 더 모르는 것 같네."

"그, 그렇지만 이건 있을 수 없는 일이야."

"뭐가?"

"그러니까 말이 안 되잖아. 어떻게 그 애가 나한테 사귀자는 소릴 하냐고. 꿈이야. 이건 꿈일 거야. 나 자고 일어나 볼까?"

태희의 감수성이 다른 사람과는 비교할 수 없다는 건 알고 있다. 그러나 이쯤 되면 중증이다. 소희는 한숨을 쉬면서 목걸이를 태희 앞에서 살랑살랑 흔들었다.

"차라리 내가 최면을 거는 게 더 빠르겠다. 자, 태희야 여길 봐. 너는 잠이 온다, 잠이 온다. 자고 나면 넌 이 목걸이를 보고 바로 목에 건다. 하나 둘, 레드 썬!"

물론 눈이 감긴 태희가 풀썩 침대 위로 쓰러지는 일은 일어나지 않는다. 그저 태희는 원망스럽다는 눈으로 소희를 쳐다보며 여전히 침대시트만 못살게 굴 뿐이다.

"대체 어떻게 안 거지?"

태희가 힘없이 중얼거렸다. 소희가 끈질기게 목걸이를 흔들면서 말했다.

"뭘 어떻게 알아?"

"내가 그 앨 좋아하는 걸 재경이가 어떻게 안 거냐고. 내가 그렇게 티 나게 행동했을까?"

"아, 그거야 뭐. 내가 말했거든."

한순간 정적. 태희는 놀라울 만큼 커진 눈으로 소희를 쳐다보았다. 눈이 그렇게 커진 태희를 보며 소희는 사람 눈은 적당한 크기가 좋다는 엉뚱한 생각을 하고 있었다. 잠시 후 태희가 억눌린 목소리로 물었다.

"뭘 말해?"

"네가 재경이 좋아한다고 내가 말했다고."

"꺄아아아아악! 세상에, 너 미친 거 아냐? 뭐라고 했다고? 누구한테 뭐라고 말해? 어떡해. 내일 당장 재경일 어떻게 봐! 으아아, 못살아. 나 안 살 거야. 이대로 죽어버릴 거라고!"

소희가 봐온 중에 가장 허둥지둥 대고, 가장 꼴사나운, 그러나 가장 귀여운 모습의 태희였다. 소희는 한참을 킥킥거리다 아직 손에 있는 목걸이를 꼭 쥐어본 뒤 옆에 두었다. 그리고 시트를 뒤집어쓰고 벽에 가서 붙은 태희에게 다가가 어르듯이 말하며 시트 속의 태희 얼굴이 밖으로 드러나게 했다. 그렁그렁한 눈물에 사과처럼 빨간 얼굴. 백설공주가 이랬다면 왕자가 시체를 보고도 반한 게 이해가 갈 수밖에.

"다짜고짜 한재경 보고 그런 소리 한 거 아니야. 다 그럴 만하니 한 거라고."

"그럴 만하긴 뭐가 그럴 만해. 소희 너 나빠. 다른 사람도 아닌 한재경이란 말이야. 그런데 그 애한테 그런 소릴……."

"그래, 다른 사람이 아니라 한재경이지. 그런 녀석이 널 걱정했어. 그리고 그런 녀석이 널 오랫동안 지켜봐 왔대."

"뭐?"

그제야 태희가 약간의 호기심을 느끼기 시작했지만, 소희는 그 이상 말해줄 생각이 없었다. 자신이 말하지 않아도 재경에게 들으면 될 일이다. 이제 그럴 기회가 얼마든지 있지 않은가. 물론 저 고운 카메오 목걸이를 목에 건다는 전제가 있어야 하지만.

그나저나, 그 녀석 그런 식으로 나오면 외려 역효과가 날 거란 걸 몰랐단 말인가? 소희가 없었다면 태횐 아마 지금쯤 내일부터 숨어 있을 방공호를 파고 있었을 것이다. 물론 소희가 있다. 바로 내가 두 사람의 큐피드가 되어주겠다고 소희는 결심했다.

"잘 들어. 이제 타임머신으로 과거로 돌아가지 않는 이상, 너한테는 세 가지 길이 있어."

불신이 담기긴 했지만 그만큼 호기심도 역력한 눈으로 태회가 소희를 응시했다. 소희는 손가락을 세 개를 편 뒤 그 중 하나씩 접어가면서 설명했다.

"하나. 재경이랑 사귄다. 갖가지 일을 겪으면서도 의외로 둘의 마음은 깊어져 몇 년 후에도 잘 사귀고 있다. 둘. 재경이랑 사귄다. 갖가지 일을 겪는 와중에 둘 중 하나가 서로에게 실망하게 되어 파경을 맞는다."

"내가 재경이한테 실망할 일은 없어."

태회가 작게 투덜거렸지만 소희는 무시하고 계속 말했다.

"셋. 재경이랑 사귀지 않는다. 한재경은 자기가 말한 것을 지킬 것이고, 계속 거절만 하면서 도망 다니는 너한테 진절머리가 난다. 그 결과 한재경은 윤태회를 매우 싫어하게 된다."

소희가 손가락을 다 접고 의기양양하게 태회를 쳐다보자 태회가 물었다.

"그걸로 끝이야?"

"응."

"어째서 재경이랑 사귀지 않는 경우는 한 가지뿐이야?"

"어째서긴. 그 녀석 자존심에 자길 찬 여자를 좋게 생각할 것 같아?

아마 두고두고 미워하거나 아예 너란 녀석 자체를 잊어버리고 말 걸."

그 말에 태희가 끄응 하고 앓는 소리를 냈다. 두 경우 다 마음에 들지 않은 것이다.

"그래도 안 돼. 재경이가 나에 대해 알게 될수록 실망하는 거 보고 싶지 않단 말이야."

어째서 무조건 실망할 거라고 생각할까. 소희는 태희가 스스로 의식도 못할 만큼 깊이 젖어 있는 무력감과 패배주의가 안타까웠다. 부모란 사람들이 태희에게 끼친 해악은 너무 깊어서 회복 불가능에 가깝지 않나 싶어 때로 소희는 두렵기까지 했다.

그래도 일단 소희는 활기차게 웃으며 태희에게 말했다.

"실망을 해도 그건 나중 일이야. 얼마나 갈지는 몰라도, 너한테는 재경이와 함께 하는 '기억'이 생기는 거야. 그 기억들이 나중엔 추억이 될 거라고. 그건 멋진 일 아니야?"

"추억……."

태희의 입가에 약간 미소가 생겼다. 소희는 기회는 이때다 하고 목걸이를 들고 와서 태희의 손에 쥐어주며 말했다.

"잡아, 이건 기적이잖아. 한재경이 먼저 내밀어준 손이야. 지금은 아니라 해도 언젠가는 그 손을 안 잡은 걸 후회할 거야. 딱 한 번만 모험을 해. 그저 보고만 있지 말고, 단 한 번이라도 네 전부를 걸어. 네 삶의 이유라는 게 정말 그럴 만한 건지 몸소 확인해 보라고."

태희가 물끄러미 소희의 눈을 쳐다보았다. 소희는 크게 고개를 끄덕였다. 여전히 불안한 듯 태희의 눈동자가 흔들렸다. 그러나 그 눈에 조금씩 자신감으로 가득한 소희의 에너지가 흘러들어가고 있었다. 손에 쥔 목걸이도 점차 따뜻해지는 느낌이었다.

이어지는 주말 내내 태희는 망설임을 계속했다.

일요일 아침엔, 일찍 깨어 집 근처의 공원을 찾았다. 태희가 앉은 곳은 4월에만 해도 벚꽃으로 가득했던 곳인데 이제 벚나무들은 무성한 잎들과 익어가는 버찌만을 달고 있다. 내년 봄에 꽃을 피울 날을 기다리며, 지금은 햇빛을 흠뻑 받아 한껏 자라는 중일 거다.

이 벚나무들처럼 자라고 싶다고 태희는 생각했다. 땅속 깊이 뿌리를 뻗고, 비바람에도 쓰러지지 않을 만큼 튼튼한 줄기를 이루고, 그리고 누구의 눈길이든 끌 수 있을 만큼 아름답게, 눈부신 꽃을 피울 미래를 확신하며.

모든 나무가 다 좋지만 역시 벚나무가 가장 좋다. 아주 짧은 시간의 화사함일 뿐이라고 해도, 꽃이 핀 순간엔 모든 근심을 잊고 말만큼 아름다워지기에. 시들지 않고 꽃이 지기에 낙화의 순간조차 아름답다. 그것은 그 어떤 사람도 흉내 내기 힘든 찬란함이다. 태희는 잎이 지고 만 뒤의 벚나무를 유심히 보지 않는다. 아름다운 모습만을 기억하고 싶으니까.

재경에 대한 마음도 그랬다. 멀리에서, 그저 그의 찬란한 모습만을 눈에 담고 싶었다.

그런데 왜 이런 일이 일어나고 만 걸까?

나뭇잎들 사이로 보석처럼 반짝이는 햇빛을 멍하니 지켜보면서 태희는 소희의 말을 떠올린다.

-지금은 아니라 해도 언젠가는 그 손을 안 잡은 걸 후회할 거야. 딱 한 번만 모험을 해. 그저 보고만 있지 말고, 단 한 번이라도 네 전부를 걸어.

"그저 보는 걸로도 충분했는데……."

힘없이 중얼거리고는, 오른손에 쥐고 있던 백금 목걸이를 눈높이까지 들어 올렸다. 펜던트에 새겨진 새하얀 아가씨의 옆모습이 한들한들거린다. 못내 매혹적이지만, 태희로선 엄두도 못 낼 목걸이의 가치만큼이나 지금의 그녀에겐 껄끄럽고 버겁다.

"정말로 그 이상은 바라지 않았는데……."

거기엔 뭔가 체념의 울림이 담겨 있었다.

월요일 아침이 되었다. 태희는 깜빡 늦잠을 잔 터라 머리를 말리는 시늉만 하고 집에서 나왔는데, 학교에 도착할 때까지도 머리가 다 마르질 않았다. 할 수 없이 교실에 들어가기 전에 화장실에 가서 머리를 빗고는 뒤로 땋았다. 목덜미가 드러났다. 태희는 거울을 유심히 보고는 상의의 가장 윗단추까지 잠가버렸다.

교실 문을 열고 들어설 때, 사물함에서 교재를 꺼내고 있던 재경을 보았다. 조심스레 그 옆을 지나가려던 태희였지만, 재경이 문득 중얼거린 말 때문에 멈춰 섰다.

"덥지 않아? 아침이긴 해도."

"별로……."

"대답할 마음이 없는 건 아니고?"

탁, 사물함을 닫고 재경이 힐끗 태희의 얼굴을 쳐다보고는 등을 돌렸다. 재경이 자리에 가서 앉는 걸 보면서 태희는 더욱 답답해진 목과 교복 블라우스의 제일 윗단추 근처를 만지작거렸다. 재경은 왼손에 턱을 괸 채로 책을 펼치고 응시했다. 오른손에선 펜이 흉내도 못 낼 현란한 방식으로 돌아가고 있다.

걸음을 옮길 때마다 태희는 더 답답해졌다. 자리에 앉아서 과제물을 꺼내 정리하고 나서도 그 답답함은 가시지 않았다. 뒤에서 들려오는 펜 돌리는 소리가 유난히 크게 느껴졌다.

내일이면 그가 사귀자는 제안을 한 지 일주일이 된다. 생각하라고 했지만, 재경은 얼마나 기다리고 있을 셈일까? 내가 끝끝내 대답을 않는다면 그는 어떻게 할까. 맙소사. 지금 자신은 뭘 하고 있는 걸까. 시험을 하고 있는 건가? 한재경을 상대로?

고개를 살래살래 저으며 태희는 길게 한숨을 쉬었다. 아직 소희도 오지 않았고, 재경의 옆자리 애도 오지 않았다. 따로 얼굴을 보고 말하는 일은 엄두도 낼 수 없으니 해야 한다면 지금이다. 태희는 마른침을 삼키고 나서 제일 위쪽 단추를 풀었다. 그래도 블라우스의 칼라를 꼭 쥐고 마지막으로 한 번 더 갈등했다. 그냥 내일 하는 게……

소용없다. 아무리 미뤄도 결국 대답은 정해져 있다. 재경이 손을 내밀었고, 소희가 등 뒤에서 밀어주었다. 응원해준 소희를 위해서라도, 조금은 근성을 보여야 한다. 근성이다!

"저기, 나……"

주먹을 꼭 쥐고 고개를 돌렸을 때, 이미 태희를 보고 있던 재경과 눈이 마주쳤다. 언제부터 보고 있었나 싶어 순간 태희는 얼굴을 붉혔지만, 머뭇거리지는 않고 말했다.

"걸었어. 이제 대답, 된 거지?"

"정말로?"

재경의 물음에 잠자코 태희는 블라우스 밖으로 목걸이를 살짝 내보였다. 얼마간 그 목걸이를 보던 재경이, 펜을 돌리던 손을 멈추었다. 그 손이 목걸이 위를 스쳐갔다. 목걸이를 만진 것도 같고, 태희의 손을 잡은 것 같기도 한 묘한 느낌으로. 그러면서 재경은 태희를 향해 미소를 지었다.

"잘했어. 이제 필요한 건 시간뿐이겠군."

태희는 아직도 낯설기만 한 그의 미소 때문에 몹시 당황스러웠지만 시선을 피하진 않았다. 불안하게 깜박거리는 태희의 눈에서 재경은 혼란스러워하는 마음을 읽을 수 있었다. 그러나 어찌 됐든 이 겁 많은 아이를 붙잡은 것만으로도 재경은 충분히 만족스러웠다.

필요한 건 시간. 사람은 순식간에 변할 수도 있는 것.

그의 미소가 더욱 환해졌다.

5. 긴장

간밤에 늦게 잔 탓인지 연거푸 하품이 나왔다. 발걸음을 재촉하고
는 있지만 제대로 걷는 게 맞나 하는 의심이 문득 들었다. 그래서 태
희는 걸음을 멈추고 두어 번 깊이 심호흡을 했다. 딱딱하게 굳어진 뒷
목을 누르며 고개를 들었을 때, 태희는 잠이 확 깰 광경에 접했다.

맞은편 인도를 따라 걸어오고 있는 건 재경이었다. 6월 중순의 더
위에 조금은 지친 듯 재경의 안색 역시 파리한 기운이 있었다.

태희는 어느새 자신이 목걸이를 만지작거리고 있는 걸 깨달았다.
망설였다. 그러나 몸이 먼저 움직여 뒤로 물러서고 있었다. 피하겠다
는 생각을 한 것도 아니었는데 이미 재경이 보이지 않는 곳으로 뒷걸
음질 친 자기 모습에 태희는 웃음이 나왔다.

"사람은 쉽게 변하질 않는다니까."

한숨 섞인 중얼거림 후 태희는 얼마간의 시간을 잠자코 서 있었다.
재경이 지나가고도 남을 만한 시간 정도를 기다린 후에 발걸음을 옮
겼다. 왼쪽 귀퉁이를 돌면서 학교로 올라가는 큰길로 접어들 때, 이미

저 앞쯤에 가고 있을 재경을 의식하며 앞을 보았다.

순간, 숨이 멎을 만큼 놀랐다. 불과 서너 걸음 앞에서 태희를 보고 있던 재경과 눈이 마주친 것이다. 그는 이미 한참 전부터 태희를 기다리고 있었다.

"어어어, 안녕. 오늘은······이르네."

놀란 마음에 이상한 소리를 내고는 태희가 아침 인사를 했다.

"그렇게 됐어. 넌 제대로 못 잔 거 아냐?"

"아니······별로. 왜?"

"졸면서 걷더니, 모퉁이 하나 도는데 꽤 오래 걸려서 가봐야 하나 했거든."

"······그렇게 약하지 않아. 약간 졸렸을 뿐이야."

또 창피한 일을 하고 말았다. 하품하는 모습이라던가 그런 건 둘째 치고, 그를 피하려고 숨는 것까지 봤을 텐데도 내색하지 않는 재경 때문에 더 난처해졌다. 태희의 걸음에 맞춰서 걸음을 천천히 하는 재경의 배려도 당황스럽다. 그런 태희의 마음이 얼굴로 다 드러나는 걸 지켜보면서 재경은 여전히 포커페이스로 말을 걸었다.

"음악 들을래?"

"음악?"

"응. 내가 꽤 좋아하는 거야. 자."

"아, 그래······."

재경이 건넨 이어폰 한 개를 태희는 거절할 겨를도 없이 받아들었고, 가만히 그걸 보다가 오른쪽 귀에 끼우려고 머리카락을 뒤로 넘겼다. 미술 준비물과 체육복이 든 쇼핑백 때문에 손놀림이 여의치 않아서 태희의 걸음이 멈췄고, 재경은 지켜보다가 한마디 했다.

"내가 해줄게. 그대로 있어봐."

재경의 손이 태희의 머리카락을 귀 뒤로 쓸어 넘기고 이어폰을 귀에 꽂아 주었다. 재경은 태희의 옆얼굴을 쳐다보며 이 아인 귀마저도 예쁘구나 하고 생각했다. 귓불이 거의 없는 열성유전이다. 귓불에 다는 큼지막한 귀고리보다는 우아하게 늘어뜨리는 작은 보석이 어울릴 것 같다. 머리를 틀어 올리고 가느다란 목을 드러낸다면 창백한 피부가 한층 돋보일⋯⋯.

맙소사. 지금 넋 놓고 무슨 생각을 하는 거람. 한재경, 정신 차려.

태희는 전혀 짐작 못할 아주 짧은 백일몽에 불과했지만, 재경에겐 상당히 당황스런 순간이 지나갔다. 그가 이어폰에서 손을 떼고 물러서자 태희의 귀에 감미롭고 기교에 넘치는 여인의 노랫소리가 들려온다. 비제의 오페라, 카르멘 중에서 '하바네라'였다. 다행히도 소희네 집에서 들어본 적이 있는 곡이라 조금 안도의 미소를 띠는 태희에게 재경이 말했다.

"잘 들려?"

"으, 응⋯⋯좋아."

열심히 고개를 끄덕이며 재경을 쳐다보았지만, 이내 들려오는 노랫소리가 어떤지도 알 수 없게 되고 말았다. 재경의 눈 때문이다. 몰랐으며 모를까, 재경이 자신을 보고 있다고 자각한 순간부터 태희의 머릿속은 엉망이 되고 만다. 소금을 냅다 들이부어버린 것처럼 온통 하얗고 서걱거리는 소리가 넘쳐난다.

재경은 자신의 시선 아래서 태희가 분홍빛으로 물들어가는 걸 느긋하게 지켜보았다. 태희가 뻣뻣한 동작으로 고개를 돌리며 슬금슬금 옆으로 멀어져가는 것 역시도. 그러다 거리가 너무 벌어져서 이어폰이 귀에서 빠질락 하자, 태희가 허둥거리며 이어폰을 꽂다가 제풀에 발이 걸려 넘어지기 일보직전까지 갔다. 재경은 쿡 웃음을 삼키며 중얼거렸다.

"위험해서 정말."

말과 동시에 재경이 휙 손을 뻗어 태희의 팔을 붙잡아 끌어당겼다. 힘을 줬다는 느낌조차 없었건만 태희는 휘청거리며 재경의 어깨에 와 부딪히고 말았다.

"아, 미안해. 나 때문에……."

"너 때문에 뭐?"

"어? 어……. 그, 그게 이거저거 다."

재경을 올려다보며 우물거리던 태희가 또 옆으로 떨어지려고 했다. 그가 아직 붙들고 있던 태희의 팔에 힘을 주면서 지그시 잡아당겼다. 태희의 눈이 더 이상 커질 수 있을까 의문스러울 만큼 커졌다. 재경이 조금 나무라듯이 말했다.

"그렇게 떨어져서 어떻게 음악을 듣겠다는 거야? 듣기 싫은 거면 상관없지만."

"아, 아니야. 그럴 리가 없잖아. 듣고 싶어."

"그럼 얌전히 옆에서 붙어 걸어야 할 거 아냐. 안 그래?"

"그렇지. 그건 아는데……."

"알면서 그런 거면, 뭐야. 내가 손잡아 줬으면 해서 일부러 그런 건가?"

"서, 설마! 그런 거 절대 아냐!"

잘하면 얼굴에서 김도 나게 생겼다. 열심히 고개를 젓는 태희를 보며 피식 웃던 재경이 뭔가 말하려다 아차 했다. 또 은근슬쩍 괴롭힘 모드로 들어갈 뻔했다. 이런 식으로 가다간 태희가 언제까지고 그의 앞에서 쭈뼛거리게 될 것이다.

진지하게 사귀자고 마음먹었고, 할 수 있는 한은 상냥해지자고 마음먹었건만, 아주 작은 일로도 그 결심이 흔들흔들 거린다. 태희의 무방비에 가까운 연약한 모습이 자꾸만 그를 어지럽게 한다. 거리를 두고 지켜볼 땐 그럭저럭 견딜 만했는데, 이제 자신의 영역 안에 들여놓

117

왔다고 생각하자 다른 마음이 드는 걸 어쩔 수가 없다.

유치하게도, 지금 가장 강하게 끌리는 기분은……그녀를 한 번 울려보고 싶다는 쪽에 가깝다. 마치 꼬맹이들이 맘에 드는 아이를 더 못살게 굴면서 마음 표현을 하는 것처럼 말이다.

그렇지만 내가 그럴 순 없지. 웃기지도 않잖아, 그런 일. 재경은 다시금 헝클어진 마음을 추스르고 태희를 향해 언뜻 장난스럽게까지 들리는 목소리로 말했다.

"쭈뼛거리지 말고 좀 붙어서 걸어. 나 너 안 잡아먹어."

"아는데……애들이 자꾸, 쳐다보잖아."

"애들? 아. 그러려니 해. 보면 어때? 어차피 익숙해지면 신경도 안 쓰게 될 거야."

재경은 참으로 태평하다. 학생들로 가득한 등굣길에서 커플인 것을 광고하는 일조차 그에겐 아무 일도 아니란 걸 알고 태희는 혼자 속이 탔다.

이중고다. 옆에는 한재경이 있고, 주위엔 시선들이 있다. 재경과 사귀게 된 이래, 어딜 가나 끊이지 않는 아이들의 호기심 어린 눈과 속삭임들이 그녀의 감각이 받아들일 수 있는 최대 한계치를 훌쩍 넘어서 버렸다.

재경이 걷는데 맞춰서 태희도 걷기 시작했다. 나름대로 애써서 그의 옆에서 붙어서 걸었고, 교실까지 가면서 재경이 꽤 여러 가지 이야길 했지만 태희의 기억에는 아무것도 남지 않았다. 교실에 도착했을 때, 태희는 기진맥진해서 자고 싶어졌다.

대혼란이다. 모든 게 재경 때문이다.

아직도. 대체 앞으로 얼마나 더 이 혼란이 계속되는 걸까?

사귀기 시작한 지는 이제 일주일이 조금 넘었지만 아직도 둘이 일으킨 스캔들의 효과는 학교 안에 가득하다. 뜻밖에도 재경이 태희에게 보이는 상냥한 태도는 보지 않은 이상 믿기 어려울 정도였다. 이따금씩 재경은 부드러운 미소까지 짓는다. 매점에서 재경은 태희에게 음료수를 뽑아 주고, 하교를 같이 할 때엔 태희를 인도 쪽에 서게 해서 조금은 느린 태희의 걸음에 맞추어 걷는다. 그리고 오늘 아침 같은 그런 자잘한 일화가 곁들여지면서, 두 사람의 교제라는 이슈는 계속 비등점을 초월한다.

그렇다고 한재경의 원래 이미지가 깨진 것도 아니다. 변함없이 한재경은 시니컬하고 무섭게 머리 좋은, 냉철한 카리스마로 싸여 있다. 단지 예외가 생긴 것뿐이다.

그러나 나쁘진 않다. 소희는 태희에게 필요한 건 상냥한 사람이라고 생각했고, 재경은 나름대로 상냥한 남자친구의 역할을 하고 있는 것이다. 우선은 태희가 지나치게 긴장하는 버릇만 없어지면 퍽 잘 어울리는 커플이 되지 않을까 하고 소희는 생각하기 시작했다. 혹시라도 있을지 모르는 방해는 자신이 잘라내 줄 테니까.

이튿날부터 본격적인 장마가 시작되었다. 우산을 쓰고 있으면 빗소리에 귀가 먹먹할 만큼 거센 비였다. 그러나 빗소리에 묻혀 지워진 소음들 때문인지, 오히려 사방이 고요하게까지 느껴지는 것이 독특했다. 벚꽃만큼은 아니지만 태희를 매료시키는 또 하나의 것이 비였다.

비 구경을 하기에 좋은 곳을 태희는 알고 있다. 3학년들 교실 쪽으로 가는 길목에 천창(天窓)이 있는 공간이 바로 그곳이다. 아침 일찍 등교해 그곳으로 간 태희는 끊임없이 천창에 생겼다가 사라지곤 하는 아름다운 무늬를 질리지도 않고 올려다보았다. 우윳빛 하늘 속에서 떨어져 내리는 꽃잎 같다는 극히 센티멘털한 감상에 빠져 태희는 미소를 짓고 있다.

갑작스런 벨소리가 정적을 깨트렸다. 태희는 빙긋 웃고선 전화를 받았다.

"학교야? 빠르네. 웬일이야?"

상대편 말소리까지는 들리지 않았다. 그러나 친근한 표정으로 봐선 가까운 사람이다.

"어유, 그러셨어요? 장하시네요. 네네, 물론 가야죠. 나? 늘 있는 데지 뭐. 그래, 비 오니까 굿하는 거지 뭐. 그러는 너는?"

혼자이면서도 입을 가리고 소리를 죽여 웃었다. 천성적으로 수줍음이 많거나 내성적인 사람의 버릇인 것처럼 보인다.

"알았어. 지금 내려갈게. 어……근데, 저기……재경인 왔어?"

머뭇거림. 잠시 동안 보인 난처한 기색.

"응……. 나도 마시고 싶어. 그럼 매점으로 갈게. 거기서 봐. 응."

왠지 홀가분해진 미소를 띠고는 가방을 들다가 톡톡 이마를 두드리면서 혼잣말을 했다.

"이건 나쁜 거야. 이래선 안 돼. 언제 끝날지 모르는 꿈이라면 조금이라도 많이 기억해야 해. 그저, 그 애의 마음이 바뀌기 전까지만이라도 고개 숙이지 말고. 다른 건 다 몰라도 최선이란 걸 해볼 수는 있는 거야. 나도 그 정도는 할 수 있어."

마치 자기 최면처럼, 그 마지막 말은 단호했다. 태희는 천창의 바로 아래에서 마지막으로 한 번 더 위를 올려다본 후 맞은편에 보이는 계단을 통해 아래층으로 내려가기 시작했고, 이내 발소리조차 들리지 않게 되었다.

한참 후에야 태희에게는 사각지대에 있던 곳에서 재인이 걸어 나왔다. 우선 관찰 종료. 재인은 천창의 아래에 서서 위를 올려다보았다. 빗방울이 유리에 부딪혀 끊임없이 부서지고 흘러내리는 모습이 보인다. 그저 그것뿐이다. 불과 몇 초도 안 돼 지루해지고 말았다.

"대체 뭘 본거지, 여기에서? 제3의 눈이 있는 것도 아닐 테고."

목에 걸쳐두기만 했던 넥타이를 매면서 못마땅한 듯 혀를 차는 재인의 눈은 건조하고 차갑다. 하지만 지루한 걸 참아내고 천창을 물끄러미 올려다보다가 태희가 내려간 계단 쪽을 쳐다보는 재인의 얼굴엔 순간이나마 장난스런 미소가 번져갔다. 심술궂게 반짝이는 눈은 모처럼 재미있는 건수를 찾아낸 악동의 특징이다.

"자, 얼마나 대단한 여자일까나~. 좋은 구경거리가 되어주길 바라볼까나~."

노래를 부르듯 그런 말을 흥얼거리며 재인은 돌아섰다. 그가 부르는 휘파람 소리가 잠시 천창 아래 공간에 울렸다.

아침 보충수업이 끝나고 쉬는 시간 동안 그림에 관한 화제가 나왔다.

"그림 잘 못 그려. 아니지, 완전히 재능이 없다는 게 맞아. 소희같이 손재주가 있거나 미적 감각이 풍부하거나 하지 않아. 그랬다면 좋았을 텐데."

"다른 건 모르겠지만 손재주 없다는 건 확실하군."

"응?"

한심스럽다는 어조의 재경의 말에, 태희는 고개를 뒤로 돌렸다. 재경은 턱을 괸 채, 태희 어깨너머로 태희가 깎고 있는 연필을 보고 있었다.

"대체 너 지금 뭐하는 거야? 4B연필을 두 번이나 부러뜨려가며 깎는 재주는 어디에서 배운 거야?"

"……어. 이거 봤어? 난, 연필을 잘 못 깎거든. 왠지 도통……."

얼굴을 붉히며 태희는 자신의 책상 위에 쌓여진 연필의 나무 부스러기를 씁쓸히 쳐다보았다. 그야말로 연필의 수난 현장이다. 재경이 혀를 차며 말했다.

"칼이랑 줘. 내가 깎아 줄게."

"아니, 그럴 거 없어. 내가 좀 있다 할 건데."

"줘. 그런 쓸데없는 일에 시간 허비하지 말고."

한 번 재경이 날카롭게 쳐다보자 더 이상의 군말 없이 태희는 커터 칼과 자르다가 만 연필을 재경의 책상 위에 놓았다. 그리곤 도망치듯 교실 뒤편의 쓰레기통에 가서 나무 부스러기 등을 버리고 왔을 땐, 태희의 연필이 거의 소희가 깎는 연필처럼 멋진 모양의 연필로 되살아나 있었다. 태희는 그 연필을 보고 웃기부터 한다.

"마치 소희가 깎은 것 같아. 아, 이것도 한번 깎아줄래? 깎는 거 구경하고 싶어."

"별걸 다 구경하고 싶어 하네. 줘 봐. 이런 건 일도 아니니까."

태희에게서 다른 연필을 받아든 재경은 몇 차례 커터칼로 쓱쓱 움직이더니 금세 금방 전과 같은 연필을 만들어냈다. 태희가 토끼 눈을 하고 두 개의 연필을 양손에 들고 번갈아보며 감탄어린 목소리로 말한다.

"어떻게 이렇게 되지? 난 소희가 하는 걸 볼 때마다 신기했었는데 너도 역시 신기한 부류네. 진짜 예쁘게 깎였어."

재경은 다시 턱을 괴고는 이만한 일에 감탄을 하는 태희를 오히려 신기한 듯 쳐다보았다. 고작 해야 연필 깎는 일에 저처럼 감탄을 하다니.

"너무 공을 들이는 게 역효과 아니야? 연필은 칼만 잘 드는 게 있으면 별 신경 안 써도 깎이기 마련인데."

"그건 소희도 한 말이야. 하지만 어디까지나 이건 재능의 문제라고 봐. 아, 참, 재경이 너도 그림 잘 그리잖아? 그치?"

"글쎄, 잘 그린다고 할 수준은 아닌 것 같은데. 어릴 때 몇 년 학원 다니면서 배우긴 했지만 썩 뛰어난 것도 아니었어."

"……그래도 상당히 잘했나보네. 보통 능력도 안 되는 걸 몇 년이나 배우게는 안 하잖아. 넌 그림도 잘 그리는구나. ……역시 굉장해."

뭐가 그리 좋은지 빙긋 웃고 태희는 힐끔 재경의 얼굴을 바라본다. 눈이 마주치고 곧 태희의 눈이 다른 곳을 향했지만 여전히 입가에 엷은 미소를 머금은 채이다. 도통 무슨 생각을 하는 건지 재경은 알 수가 없다. 단지 연필을 아주 즐거운 듯 보고 있는 태희가 뭔가에 대단히 만족한 것만은 피부로 느껴졌다.

"넌 뭘 잘하는데? 그림이나 손재주가 없다면 음악 쪽은? 운동신경도 좋은 건 아니잖아."

"그런 거 없어. 난 잘한다고 할 만한 게 아무것도 없어."

"공부는 잘하잖아."

"그건 겨우겨우 하는 거고. 잘한다는 건 그런 게 아닐 거야."

"그럼 뭔데?"

"아마……재능일 거야. 이런 식으로, 누구는 해도 해도 안 되지만, 누군가에겐 일도 아닌 종류의. 그래서 천부적이라고 표현을 쓰는 거 아니겠어?"

그렇게 말하며 태희는 이걸 보라는 듯 연필을 들어 보였다. 재경이 무슨 말인가 하려고 했을 때 수업 시작종이 울렸고, 태희는 앞쪽으로 고개를 돌렸다. 잠든 소희를 깨우는 태희의 뒷모습을 보면서 재경은 잘은 모르겠지만, 석연치 않은 기분을 느꼈다.

그날 조회시간에 태희는 재경과 함께 교장실로 향했다. 5월 말 고사 성적우수자들 중 문, 이과 별로 각각 5명씩 학생들이 교장실에서 상장을 받았다. 태희는 이번에도 문과에서 3등을 했고 문과의 수석은 재경이었다. 노트 다섯 권과 문화상품권의 부상이 여느 때처럼 주어졌고, 저마다 익숙한 일인 듯이 상장과 노트를 한쪽에 들고서 몇 명씩 그룹을 지어 교무실 복도를 지나고 있었다.

"이 노트는 왜 꼭 끼어 있는 건지……. 쓰지도 않을 걸, 쯧."

"노트 안 써?"

재경이 투덜거리는 걸 태희가 듣고 물었다.

"쓰기야 쓰지만 원래 필기 같은 걸 잘하지도 않고, 다달이 이렇게 주면 모아놓기밖에 더 하겠냐고. 작년 것도 잔뜩인데."

"아아. 그렇겠구나. 너무 많아도 처치 곤란이겠어. 난 노트로 주는 게 좋긴 하지만."

"필기에 목숨 거는 스타일이던가?"

재경이 가볍게 미간을 좁히며 묻는 말에 태희는 가볍게 웃었다.

"목숨까지야 아니지만 공부할 때는 적으면서 하는 게 버릇이 돼놔서. 깜지 같은 거 있잖아. 내 글씨를 확인하면서 공부해야 머리에 들어오거든."

"깜지? 난 돈 주고 시켜도 못할 일인데."

"응. 알아. 넌 그냥 눈으로 읽으면서 이해하는 타입이니까."

부지불식간에 태희는 그녀가 얼마나 자세히 재경에 대해 알고 있는지 드러내는 말을 하곤 한다. 그리고 그걸 뒤늦게 알게 되면 당황해서 난처한 듯 입술을 깨문다. 지금의 태희처럼. 잠깐 재경의 눈에 희미한 만족의 기운이 스몄지만, 곧 안으로 사라지고 늘 그렇듯 날카로운 눈빛으로 돌아왔다.

"너 쓸 거면 줄까?"

"어? 그치만 명색이 부상인데, 부모님이 보셔야 하지 않아?"

"이런 걸 보여서 뭐하게. 넌 그런 일도 해? 난 그런 일은 초등학교 때도 한 적 없어. 내 성적표가 어떻게 생겼는지도 모르는 분들이야."

참 건조한 말을 아무렇지도 않게 하는 재경을 물끄러미 태희가 쳐다보았다.

"나한테 있어봤자 짐일 뿐이니까. 네가 갖는 게 나을 거야."

"그럼 받을게. 근데……엇!"

그건 순식간에 일어난 일이었다. 복도에 있는 나무판 하나가 어째서인지 못이 헐거워져 1cm 남짓 위로 비스듬히 들려 있었나보다. 그걸 알아채지 못한 태희가 발이 걸려 앞으로 균형을 잃고 넘어지려는 찰나 재경이 반사적으로 손을 뻗었다. 태희의 오른편에 서 있던 재경이 오른손을 뻗어 태희의 어깨를 잡는다는 게 결과적으로는 태희의 몸을 감싸 안는 것처럼 되어 버렸다.

"휴, 하마터면 넘어질 뻔했어, 고마……워."

깜짝 놀랐던 태희가 안도의 한숨을 내쉬며 감사의 말을 하려다, 지금 자신의 상황을 의식하곤 금세 당황해 버렸다. 재경도 곧 손을 떼곤 저만치 떨어진 태희의 노트 등을 주위들면서 말했다.

"넘어지는 게 버릇인 건 곤란해. 이미지 관리하기 힘들어질 테니. 지금처럼 보는 눈이 여럿이면 더욱 그럴 테고."

"무슨……."

재경의 말에 의아해서 태희가 주위를 살폈을 때 뒤에서 앞서거니 뒤서거니 하고 있던 다른 반 아이들이 호기심 섞인 눈으로 자신과 재경을 보고 있음을 알게 되었다. 태희는 빨갛게 물들어버린 볼을 하고는 더듬듯이 재경에게 손을 내밀었다.

"……그, 그거 줘. 그리고 나, 넘어지는 버릇 같은 거 없어. 이건 그냥 우연일 뿐이라고."

"우연은 한두 번 피치 못하게 일어나는 일을 말하는데, 너 이런 모습 내 앞에서 보인 게 몇 번짼 줄 알긴 해?"

"횟수와 상관없이 피치 못할 일이면 우연이야. 평소엔 이러지 않아. 단지 너랑 있으면-."

"나와 있으면 뭐? 불운이 기하급수적으로 커지나?"

"그냥 그렇다는 이야기야."

드물게 태희가 자기 의견을 피력했지만 재경이 그녀를 쳐다보며 묻자 금세 얌전한 쥐처럼 어깨를 움츠렸다. 나름 변화인가? 하고 재경

125

이 싱긋 웃었지만 태희는 그게 자신을 놀리는 웃음이라고 생각하고는 더욱 얼굴이 빨개지고 말았다.

냉큼 고개를 돌리더니 절대로, 다신, 넘어지지 않겠다는 듯 복도 바닥을 뚫어지게 노려보며 재빨리 걸음을 옮기는 태희를 향해 재경이 말을 건넸다.

"그나저나 잠깐 아래 내려가서 차가운 거라도 마셔야 하지 않을까?"

태희는 고개를 저으며 들릴 듯 말 듯 작은 목소리로 대답한다.

"HR시간이니까 빨리 들어가야지."

"글쎄. 그 얼굴로 들어가는 것도 문제일 것 같은데."

"얼굴? 왜?"

그제야 태희가 고개를 들어 재경을 보았다. 재경은 씨익 입술 끝을 올려 보이며 말했다.

"흰 눈에 핏물이 번진 것처럼 빨간 볼이 됐거든. 백설공주처럼. 그래도 괜찮겠어?"

재경의 그 말에 정말로 태희의 얼굴이 잘 익은 사과같이 되어버렸다. 그리곤 그것이야말로 재경의 놀림이란 것도 미처 알지 못하고, 그래야겠다고 중얼거린 뒤 황급히 계단가로 걸음을 옮겼다. 그녀는 서두른다고 걸었지만 재경은 몇 걸음 만에 태희를 따라잡았다.

"넌 먼저 들어가. 왜 따라오는 거야?"

"아, 나도 목이 마르던 참이라서."

태연자약하기만 한 재경과 달리 크게 당황해서 어쩔 줄 몰라 하는 자신이 창피해 어딘가로 숨어버렸으면 좋겠다는 마음이 고스란히 드러난 태희의 표정을 보고, 재경은 고개를 돌리며 피식 웃었다. 못내 유쾌한 걸 봤다는 듯.

뜨거운 햇빛이 내리쬐는, 정오가 좀 넘은 때. 매미들은 단체로 학교의 나무들로 피서라도 왔는지 한꺼번에 울어대기 시작하면 귀가 멍멍해질 지경이다. 점심을 먹은 소희와 태희는 산책 삼아 간식거리를 들고 더위를 피해 강당건물 옆의 계단참으로 나와 앉았다. 계단을 따라 그 옆에 쭈욱 심어진 장미는 막 활짝 피기 시작해서 눈이 아플 만큼 선명한 자줏빛 꽃을 피워내고 있다. 여느 때처럼 잡다한 이야기를 나누던 중에 오늘 찬 음료수를 너무 많이 마신 소희가 배가 아프다면서 강당 화장실로 뛰어갔다. 태희가 따라가려고 했지만 설사 위기의 소희는 여기서 꼼짝 말고 기다리라면서 다짐을 하고 갔다.

"안녕, 선배. 누구 기다려요?"

브레이크가 없는 소희를 말리지 못한 자기 책임이 크다고 후회 중인 태희 앞에 느닷없이 나타나 말을 걸어 온 남자애 때문에 태희는 깜짝 놀랐다. 밝은 갈색, 거의 노란색에 가까울 만큼 밝은 머리카락을 한 남자애는, 셔츠 깃 끝에 단 교표를 보니 1학년이었다. 잠시 태희는 어디서 본 애인가 생각했지만 암만 해도 본 기억이 없었다.

"네……. 그런데 누군지."

남자애는 환하게 웃으며 장미 바로 옆의 계단에 앉았다. 햇볕이 내리쬐는 자리인데도 전혀 거리끼지 않는 듯.

"전 1학년 이재인이에요. 윤태희 선배에겐 제가 초면일걸요. 몇 번 마주친 적은 있지만, 한번 보면 못 잊을 만큼 잘생긴 얼굴은 아니니까. 그래도 나름대로 얼굴에 자신은 있고 여자애들 사이에선 한 인기하고 있죠. 어때요, 꽤 호감 가게 생기지 않았어요?"

생글거리는 미소와 함께 말을 끝내고 태희를 향해 시선을 고정시킨 재인에게선 햇빛의 강한 기운 같은 자신감과 당당함이 묻어나왔다. 그의 말과 달리 재인의 얼굴은 어지간한 여자라면 한번 보면 못 잊을 정도로 잘생긴 얼굴에 속했다. 태희에게는 재인의 태도가 재미있게 느껴졌다. 그녀는 뻔뻔스러운 사람에게 약했다. 그녀가 도저히 할 수 없는 일을 아무렇지도 않게 해내는 사람들에 대한 동경 비슷한 거랄까.

"그런 것 같네요. 잘은 모르지만 그냥 보는 거라면."

"몇 살이에요, 선배? 열여덟? 열일곱?"

"열여덟 살인데, 왜요?"

"나는 2월생이라 학교에 빨리 들어왔거든요. 그래서 열여섯. 만으로는 열다섯. 근데 선배가 말을 올리는 게 이상하잖아요. 숫자로 두 살이나 아래인 녀석에게 존댓말이라니. 말 놔요, 편하게."

"하지만 초면인 사람에게 그렇게 스스럼없이 굴 수는 없죠."

다소 쌀쌀한 말투로 태희는 이 당돌한 1학년에게 거리를 두었다. 적당히 상대에 대한 나무람이 담겨 있는 말인데도 재인은 전혀 기죽은 기색이 없이 다시 말했다.

"가정교육이 엄청 엄한 모양이네, 선배네 집. 역시 그런 게 예의범절인 건가? 나 같은 경우는 처음 만나는 사람에게도 격식 같은 건 잘 안 갖추거든요. 그럭저럭 엄하게 자란 편인데도 천성이 그런 쪽하고 안 맞는다고 할까. 그래서 버릇없다거나 당돌하다는 말 같은 거 자주 듣는 편이에요. 하지만 악의는 없으니까 이해해 줘요. 싸가지 없다고 생각하면 어쩔 수 없지만."

재인의 말이 마치 누군가를 설명하는 것 같아 태희는 신기해졌다. 밝은 머리색도 그렇고 연한 갈색빛의 큰 눈에서도, 어딘지 소희와 비슷한 데가 있다고 느낀 것이다. 딱딱한 격식을 차리는 자리라면 고양이 목에 줄이라도 매달아 놓은 듯 답답해하며 발버둥을 치는 타입. 그래서 태희는 고개를 가볍게 끄덕였다.

"이해해요. 나도 그 비슷한 사람을 아니까. 나같이 고지식한 경우는 그게 잘 안 되는 것뿐이고. 이것도 성격이니까."

"알아주니 다행이에요. 근데 그 옆의 부채 좀 빌려줄 수 있어요? 막 농구를 하고 왔더니 머리에서부터 열이 나는 것 같아서."

"이걸……?"

소희가 놓고 간 까만 레이스단이 달린 쥘부채를 재인에게 건네주자, 그 화려한 무늬에 꺼리는 기색도 없이 곧 재인은 부채를 펴서 얼굴에 부채질을 시작했다. 극히 여성스런 부채를 가지고서 부채질을 하는 건데도 뜻밖에 그 모습이 어울려서 태희는 재인을 물끄러미 바라보았다. 시선을 느꼈는지 재인이 고개를 돌렸고, 둘은 눈이 마주쳤다. 왠지 민망해서 다른 곳으로 시선을 돌리는 태희에게 재인이 말했다.

"갑자기 나타나서 말 건 이유가 뭘까 하고 생각한 거죠?"

"에? 아……, 그래요. 무슨 용건이 있나 해서."

"용건은 달리 생각나지 않고……사실은 단지 말이 해보고 싶었거든요."

"무슨 말을?"

"항상 선배는 정소희 선배랑 같이 있잖아요. 그 선배가 있을 때 말 걸었다간 불량해 보인다고 금세 바리케이드 쳐질 것 같고 해서 그냥 보기만 했는데, 오늘은 뜻밖에도 혼자 있고 해서. 사실은 더워서 농구도 빠지려는 걸 끌려 나온 거였어요. 근데 기회가 올 줄이야."

"난 그렇게 재밌는 사람이 아닌데, 그런 말 들으니까 이상하네요."

얼굴을 붉히며 태희가 머쓱해하자 재인은 부채질을 멈추고 말했다.

"선배, 혹시 자기 별명이 뭔지 알아요?"

"별명……같은 건 따로 없는데."

고개를 갸웃하며 생각해 봐도 떠오르는 건 거의 없다. 별명도 친구가 많은 애들이나 가지고 있는 거니까, 태희와는 아주 거리가 먼 셈이었다. 재인이 불쑥 말했다.

"내가 아는 1학년 남자애들 사이에선 '서시'라고 해요."

"서시? 서시라면……설마, 그 중국의……?"

어리둥절해서 반문하는 태희를 보며 재인은 고개를 끄덕였다.

"맞아요. 그 중국의 절세미녀. 병 때문에 늘 창백하기 그지없는 안색으로, 금세라도 쓰러질 듯 가냘픈 버들 같았다는 여자. 선배의 분위기하고 똑같잖아요."

"마, 말도 안 돼. 내가 어딜 봐서……. 소희가 알면 두고두고 놀릴거야, 어떻게 그런 말들을 하는 거지?"

새빨갛게 귀 끝까지 물든 얼굴로 당황한 태희가 중얼거리자, 재인은 큭큭 웃었다.

"글쎄요. 내가 알기론 입학하고 곧 1학년들 사이에선 선배가 '서시'라고 알려진 걸로 아는데, 벌써 6월이고 보면 아는 사람이 적진 않을걸요. 아니, 모르는 사람이 있긴 할까?"

"그럴 리가 없어. 난 금시초문인걸."

당황한 나머지 태희 입에서 반말이 나왔지만 그걸 알지도 못했다. 재인이 뭔가 더 이야기하려는데, 저 위쪽에서 태희를 부르는 목소리가 들렸다. 모습은 보이지 않지만 소희였다. 태희는 벌떡 일어나면서 "지금 올라갈게"하고 소리쳐 대답했다.

"그럼……."

주춤 재인에게 짧은 인사를 건네고 잰걸음으로 태희는 계단을 올라갔다. 그녀의 뒷모습이 사라질 때까지 지켜보던 재인이 고개를 돌렸을 때 아직 손에는 부채가 남아 있었다.

"흐음. 시작은 나쁘지 않지? 이만하면 80점이야."

천천히 부챗살을 펴면서 재인은 악동의 눈으로 히죽 웃었다.

태희는 계단 위에서 소희와 만난 뒤부터 더위라도 먹은 양 발그레한 얼굴로 몇 번이고 뭔가 말하려다가 입을 다물길 반복했다. 오후 수업이 끝날 때까지 내내 그랬다. 하지만 소희가 그 답답한 꼴을 참는데도 한계가 있었다. 청소시간이 되어 일분단은 특별구역 청소지로 향했다. 남자애들은 컴퓨터실로 향하고 여자애들이 도서실 구역으로 향했을 때였다. 소희는 태희의 팔을 꽉 잡아 쥐고선 도서실 깊숙이까지 끌고 들어갔다. 그리고 주위에 말을 들을 만한 사람이 없음을 확인하고서 손에 든 빗자루를 태희의 턱 앞에 대고 말한다.

"자, 실토하거라. 날 이리 답답하게 만들고도 네가 이 자리를 무사히 모면할 수 있을 성싶으냐? 이실직고를 하든가, 단매에 죽든가, 네게는 이제 이 두 길밖에 없음이야."

태희는 소희다운 취조 방식에 우선 웃기는 했지만 자기 입으로 물어보기엔 매우 난처한 것이라 다시금 망설이다가, 좀 돌려 묻기로 마음을 정했다.

"뭐, 별건 아닌데……소희 넌 별명 같은 거 있었어?"

"별명? 갑자기 웬 별명? 자다가 봉창 뚫어?"

"우리끼리는 그냥 이름으로 부르고는 한다지만, 보통 다른 애들은 자기들끼리 통하는 별명 같은 거 있잖아. 근데 우리는 그런 게 없다 싶어서."

"뭘 잘못 먹었나, 이 녀석이? 그래서 이제부터 별명을 불러보자 뭐 그런 말이 하고 싶어서 나를 그렇게 이글거리는 눈으로 쳐다봤다는 거야?"

"어? 아니, 그냥 알아두면 어떨까 하고. 근데, 난 그런 거 원래 없었거든, 별명 같은 거 없었어. 그치만 넌 있었지? 그러면 알 거 아냐. 별명 있잖아, 그건 남들이 지어주는 거잖아? 그러니까 별명이란 게 자기가 모르는 사이에 붙을 수도 있지 않을까?"

빙빙 돌려서 참 어렵게도 말을 하는 태희를 눈을 깜박이며 쳐다보던 소희가 갑자기 짝하고 박수를 치며 거의 외치듯이 말했다.

"아~! 너 1학년 쪽 교사(校舍)에 갔었지? 아니면 강당 화장실 마지막 칸에 갔어? 아, 그것도 아니면 3학년 쪽에 간 거야? 아니면 어디에서 들었지?"

"……대체 무슨 소리야? 그게 다 무슨 말이야?"

소희가 쏟아낸 말들에 어안이 벙벙해서 태희가 묻자, 소희는 고개를 갸웃하며 왠지 음흉해 보이는 미소를 띠고 혼잣말하듯 중얼거렸다.

"이상하네. 2학년 중에서 그런 말 하는 건 별로 못 들어봤는데. 들어도 자기 말하는 거라곤 생각도 못할 눈치박치인데다. 그럼 어딜까. 대놓고 자기 앞에서 말해도 못 알아들을 인간인데 어찌 안 거람? 이 굼벵이한테 누가 귀뜸을 했을꼬?"

"알았어. 말할게. 사실 어떤 애가 날 두고 아는 애들이……그……있잖아. 그게 서, 서, 서시라고 부른다고 하더라구. 그게……진짜일까? 혹시 너 그런 이야기 들은 적 있어?"

"흐하하하! 아무튼 알아 모실 일이야. 학교 애들은 거진 다 아는 일인데도 자기만 모르다가 이제 와선 놀라고 창피해하고. 윤태희 숫기 없는 건 진짜 알아줘야 한다니까."

"세상에, 그게 진짜였단 말이야? 어우, 난 너무 부끄럽다구. 대체 언제부터 어디서 내게 그런 별명이 붙은 거지? 어떡해. 어떡해."

창백해져서는 얼굴을 감싸는 태희를 보며 소희는 낄낄거리며 거리낌 없이 웃었다.

"작년에 입학하고 나서 얼마 안 돼서. 음, 중간고사 못 돼서였지, 아마. 정확히는 기억 안 나는데 운동장에서 조회 있을 때 너 독후감으로 상 받은 일 있잖아. 그때 널 보고 앞에 서 있었던 3학년들이 예쁘다고 자기들끼리 말했었나봐. 근데 너 좀 있다가 너희 반으로 돌아가는 중에 빈혈로 쓰러졌었잖아. 덕분에 운동장 조회 짧아지고 그랬지. 아무튼 그때 일로 3학년 애들이 널 서시라고 부른 거지. 그게 다른 학년에까지 퍼지더니 고착화하더라구. 올해 1학년들은 선배들한테 듣고 그랬을 거야. 우리 지나갈 때마다 걔네들이 '서시다, 서시'라고 한 적 몇 번이나 있었는데. 넌 진짜 모르더라구. 크크큭."

"기분 나빠. 정말로 나도 모르게 그런 식으로 사람들 입 타고……. 애들이 날 얼마나 재수 없게 생각했을까! 가당키나 해? 서시라니. 창 피해 죽겠어."

"별명은 자기가 만들어 퍼뜨리는 것도 아니고, 자기가 없앨 수 있는 것도 아니지. 이제 알았고, 그게 무지 싫다고 해도 어쩌겠어? 난 서시 아니야 라고 대자보라도 붙일래?"

"그래도 싫단 말야. 하필이면 그런 절세미녀를……. 모르는 애들이 별명만 듣고 날 보게 된다고 생각해봐. 나 같으면 어처구니없어서 눈 앞에서 웃어줄 거야. 웃음거리가 되는 것도 시간문제야. 아, 정말 못 살겠어."

"글쎄~. 별로 그럴 것 같진 않지만."

웃음거리가 될 거였으면 진작에 됐을 것이다. 껄렁거리는 애들이라 면 어느 학년에나 있다. 태희를 붙잡고 시비를 걸 기회도 얼마든지 있 었을 거고. 그렇지만 그 별명은 아직까지 살아남았다. 그건 남들이 보 기에도 태희의 미모가 인정할 수준이라는 증명이나 다름없다.

도서실의 책들을 멍하니 바라보면서 눈살을 찌푸리고 있던 태희는 문득 한 가지 생각에 신경이 쓰여 휙 소희를 돌아보며 물었다.

"설마 재경이도 아는 건 아니겠지?"

고개를 갸웃하며 소희는 생각하는 척 해봤지만, 대답은 이미 정해 져 있다.

"설마 모를 리가 있겠어?"

그 다음날, 늘 그랬듯 게임을 하다 자는 둥 마는 둥 하고 학교를 나 온 소희는 교실로 들어서다가 태희를 보고는 그대로 뒤돌아서서 웃음

을 참기 위해 안간힘을 써야 했다. 한참을 심호흡을 하다가 겨우 소희
가 마음을 가라앉히고 돌아섰다.

어제 일만 없었다고 치면, 태희의 모습은 거의 감탄스러울 정도이
다. 거의 잘 드러내지 않는 이마를 그대로 드러내어 올백으로 머리를
넘기고 뒷머리를 동그랗게 말아 올린 단정한 머리였다. 그게 나름대
로는 별명 때문에 고심하다 나온 역작-태희의 저주받은 손은 머리 손
질에서도 최악을 자랑한다-임을 알 수 있었지만, 그 시도는 이중으로
실패했다.

오늘의 머리스타일로 인해 단아한 얼굴선과, 예쁜 두상, 그리고 가
늘고 긴 목선까지 도드라졌다. 지금 저대로 석고상을 뜰 수만 있다면
좋으련만, 하고 괴기스런 생각을 하며 소희가 바로 옆까지 가서 태희
의 어깨에 손을 올려놓았다. 그때야, 태희는 책에서 시선을 들고 소희
를 바라보며 방긋 웃는다.

"왔어? 오늘은 아침부터 엄청 덥지?"

"그러게. 찬물로 샤워했는데도 이젠 소용이 없네."

"정말 한여름인가 봐. 7월부턴 어떻게 버틸까?"

"말도 마. 생각하기도 싫어."

자리에 앉은 소희는 바로 옆의 차가운 벽에 뺨을 대면서 한숨을
내쉬었다. 하지만 이내 눈을 빛내며 태희를 향해 짓궂은 질문을 던
졌다.

"오늘은 멋 좀 부렸네? 이거 하려면 여섯 시 전에 일어났겠는데?
안 그래?"

"어? 그, 그냥. 덥잖아. 여름이고 해서. 왜? 이상하게 됐어?"

"아니, 전혀. 아주 잘 어울려. 그치만 나는 너라면 끔뻑 죽는 친구니
까 네가 뭘 어떻게 해도 예뻐 보일 테고. 정확도를 높이려면……. 한
재경, 태희 머리 어때? 괜찮아 보여?"

갑작스레 소희는 고개를 홱 돌려 재경에게 물었다. 수학문제를 풀고 있던 재경은 이 뜬금없는 질문에도 약간 눈썹을 들어 올리더니 찬찬히 태희를 쳐다보았다. 동시에 그 주변, 소희의 이야기가 들린 주변의 애들은 일제히 행동정지가 되어 재경의 다음 말을 기다렸다.

"음……깨끗하고 시원해 보이는데."

소희의 돌출행동으로 당황한 태희가 이마를 문지르며 고개를 숙이는 걸 보고 재경은 속으로 웃음 지으면서 겉으로는 덤덤히 무난한 말을 했지만, 소희는 그 걸로는 부족한 듯 심각한 표정으로 태희의 얼굴을 손으로 잡아 재경에게 돌리며 말했다.

"그치만 너무 단정하지 않니? 금세라도 당황하면 귀까지 선홍색으로 물드는 수줍음장이가 이렇게 목까지 드러내는 건 너무 용감한 건데. 봐, 지금도 벌겋게 익어가잖아."

"그만해, 나 진짜 화낼 거야. 자꾸 사람 놀릴 작정이야?"

심각한 태희의 항의도 간단히 무시하고 소희는 웃으며 재경에게 말하는 것이었다.

"화내렴. 그거 아니, 한재경? 태희는 화낼 때 보면 소름끼치게 예쁜 거. 여자들은 화나면 대개 얼굴이 구겨지는데 태희는 안 그래. 내 친구지만 그럴 땐 심장이 두근두근해."

"그런 게 좋다니 묘한 취미로군. 고생이다, 너도."

눈까지 빛내며 말하는 소희를 한심하다는 듯 쳐다보고는 태희를 다독이듯 재경이 말했다. 제대로 화를 낼 수도 없는 노릇이고, 가볍게 웃어넘길 만한 유머감각이 있는 것도 아닌 태희는, 빨갛게 상기된 얼굴을 살짝 재경 쪽으로 돌리곤 희미하게 미소를 지었다.

"더워서 짜증나거나 하면 꼭 날 걸고넘어지는 게 애 버릇이니까, 이 녀석 말은 한 귀로 듣고 한 귀로 흘려줘. 이상하게 생각하지 말고."

주저주저하는 목소리와 눈 아래부터 옅은 선홍빛으로 물든 얼굴이 너무 잘 어울려서 가만히 그녀를 보는 재경의 눈에 기분 좋은 반짝임이 스민다. 이상하다니, 천만에. 이렇게 보는 즐거움이 있는 거라면 소희가 좀 더 수위 높은 놀림을 시도하길 기대할 것 같은데.

"나 참, 태희 너 지금 날 일곱 살짜리 심통 난 개구쟁이쯤으로 취급하는데. 이건 정확히 짚고 넘어가자구. 재경 군, 태희 머리스타일 어때, 맘에 들어?"

"갑자기 또 웬 말이야?"

울상이 된 태희가 소희를 원망스럽게 쳐다보지만, 소희는 진지했다.

"취향이 궁금해서. 보통 때처럼 늘어뜨린 머리하고, 지금처럼 올린 머리하고 어느 쪽이 더 나아 보여? 이것만 대답해 주면 난 입 다물고 잘 테니까."

그만하라고 소희를 말리면서도 재경이 무슨 대답을 할까 태희는 신경이 쓰였다.

"……어느 쪽도 나쁘지 않아. 그리고 내 말은 객관적일 수가 없고 하니 판단은 보류야."

"어라? 그건 내가 바란 답이 아닌데."

"하지만 별수 없잖아. 나도 태희라면 한 수 접고 들어가야 하는 입장인데."

"아~그런 건가? 말이 그렇게 되네. 하긴 이제 막 신혼인 셈인데……."

과장되게 큰 동작으로 고개를 끄덕이며 소희는 재경을 향해 씨익 웃어보였다. '신혼'이란 말에 입이 딱 벌어진 태희가 무슨 말인가를 꺼내려 하기 전에 예비종이 울렸고, 기회는 이때다 하면서 태희는 재빨리 자리에서 일어나 화장실로 도망가 버렸다. 재경은 다시 수학문제로 돌아가려다 무슨 생각에선지 벌떡 자리에서 일어나 교실을 나갔다. 한꺼번에 둘 다 교실을 나가는 걸 보면서 심심해진 소희는 책상 위의 토끼베개에 얼굴을 묻었다.

태희가 찬 손으로 두 뺨을 감추며 걸어가는데 불쑥 뒤에서 재경의 목소리가 들려왔다.

"지금 모습도 예쁘긴 해."

"어? 아, 고마워."

"그렇지만 풀고 다니는 게 더 좋을 것 같아."

"역시? 하긴 별로 안 어울리지."

주저주저하며 훤하게 드러난 이마를 만지는 태희의 옆에 서며 재경이 미묘한 미소를 지었다. 목까지 발갛게 물들어가는 태희의 모습이 소희의 눈에도 감탄스러웠다면 재경에겐 어떻게 보일지 말할 것도 없다. 주변에 보는 눈만 없었다고 하면 뭔가, 태희가 깜짝 놀랄 만한 짓을 저지르고 말 것 같다. 하지만 겉으로는 느긋하게 재경은 태희에게 말했다.

"보여주지 않는 게 좋겠어. 난 내가 아끼는 걸 남들에게 자랑하는 취미는 없거든."

"어?"

"그냥 그렇다는 말이야."

한순간 놀랄 만큼 개구쟁이 같은 미소가 재경의 얼굴에 떠올랐다 사라졌다. 태희가 놀라서 반문하는 표정에 그는 자기도 모르게 손을 올렸다가 다행히 그대로 손을 내렸다.

아직 그는 기억하고 있었다. 태희에겐 상냥해야 한다는 소희의 말을. 그렇지만 재경은 자신이 생각만큼 자제력이 대단하지는 않다는 생각이 들기 시작했다. 그는 두 손을 바지주머니에 넣으면서 잠시 미간을 찡그렸다가 곧 태연한 표정으로 태희를 보고 말했다.

"토요일엔 뭐해?"

"응?"

"놀토잖아. 따로 계획 있어?"

"어, 도서관 갔다가 소희네 집에 갈 거야."

"거기서 뭐 하는데?"

"나는 책 보고, 소희는 그림 그리고……. 소희 아틀리에 햇볕이 잘 들어서 밝고 좋거든."

"따분해. 햇볕 쬐면서 조는 고양이도 아니고."

재경의 핀잔에 태희는 또 말문이 막혔다. 재경은 속으로 잘하는 짓이라고 스스로를 나무랐다. 걸핏하면 작동하는 이 비꼬는 어투, 태희 앞에서만이라도 안 쓰고 싶은데 습관이란 무섭다. 그는 다시금 미간을 찡그리고는 화난 표정 비슷해져서는 툭하니 중얼거렸다.

"중요한 일 아니면 시간 비워둬."

태희가 그의 얼굴을 쳐다만 보자 재경은 그녀의 얼굴 가까이 고개를 숙였다. 대번에 태희가 얼굴을 붉히며 뒷걸음질 쳤다. 꼭 그만큼만 더 다가가면서 재경은 짓궂은 미소를 지었다.

"눈 그렇게 뜨니까 꼭 놀란 아기 고양이 같네. 거울 보면서 연습해?"

"그럴 리가 없잖아."

"해본 말이야. 나름 칭찬이니까 토라지지 마."

그의 말에 태희는 속으로 깜짝 놀랐다. 토라지다니, 내가 그렇게 보였나? 하고. 태희가 열심히 고개를 저으며 그런 게 아니란 뜻을 보였다. 이거 참. 그런 동작마저도 아기 고양이 같다. 동물은 개 말고는 좋아하지 않는데, 지금을 계기로 재경의 취향은 고양이 쪽으로 급선회할 성싶다. 주머니 속에 든 두 손이 또 움찔거리는 걸 참으면서 재경이 말했다.

"마담 버터플라이, 알아?"

"……나비부인? 오페라잖아, 그거."

"응. 그걸 보러 가자. 토요일에. 괜찮지?"

물론 태희는 괜찮았다.

6. 데이트

소곤거림과 구두소리들로 적당히 소란스러운 로비로 나오면서 재경이 태희에게 물었다.

"괜찮았어? 탁월할 것까진 없었지만 듣기 지겨울 정도는 아니었다고 보는데. 어땠어?"

"이렇게 정식으로 들은 건 처음이라서 잘은 모르겠지만, 그저 감탄스러워. 세상엔 저런 식의 재능이 출중한 사람들이 활약하는 세계란 게 있다는 걸 새삼 확인했다고 할까."

아직도 오페라의 여운에 푹 빠져 있는 태희의 목소리에 재경은 피식 웃고는 팸플릿을 지나는 로비 구석에 있는 쓰레기통에 넣었다. 반면 태희는 팸플릿을 가슴께에 꼭 쥐고 있다. 기념품이다. 오늘이 실제로 있었던 날이란 걸 증명하기 위해 오늘분의 다이어리와 함께 평생 간직할 것이다. 재경은 발치만 보면서 걸어가는 태희를 쳐다보며 말했다.

"재능엔 여러 가지가 있으니까. 방금 들은 정도라면……놀라기엔 부족하지만 정말 뛰어난 사람들이 있기는 하지."

"그래? 난 저 정도도 굉장한 것 같은데. 난 노래는 물론이고 악기도 전혀 다룰 줄을 몰라서 저런 걸 잘하는 걸 보면 참 부러웠거든."

"……전혀? 피아노나 바이올린 같은 것, 배운 적 없어?"

이해가 안 된다는 재경의 어투에 이번엔 태희가 머쓱한 듯이 웃었다. 피아노도 배우지 않고 자라는 여자애가 얼마나 될까 하는 생각을 또 한 번 하게 되었다.

"응. 배운 적 없어. 학원이란 덴 다녀본 적이 없으니 말 다 했지. 너야 기본으로 몇 개는 다룰 줄 알 것 같은데……뭐 뭐 배웠어?"

"배우기야 여러 가지 했지. 피아노, 바이올린, 거문고, 대금 등등."

"거문고에 대금까지?"

"할아버지 살아계실 적에 군자 연연하면서 배우게 하신 거야. 그저 탈 수 있을 정도만 해뒀어. 지금도 하는 거라면 피아노나 바이올린 정도니까."

"아직 배우는 거야? 설마, 본격적인 수준?"

"천만에. 그 정도는 아니야. 취미로 손가락 운동 겸 하는 정도랄까. 머리 아프거나 할 때엔 그냥 단조로운 곡을 타는 정도로 풀어지기도 하니까."

"응……그렇구나. 멋지다. 피아노에 바이올린과 한재경이라. 근사하겠다."

"별로 그렇지도 않을걸. 어라."

회전문을 밀고 나가려던 재경은 문득 발을 멈추고 섰다. 태희가 돌아본 곳엔 장대비가 쏟아지고 있는 도어 밖의 풍경이 놓여 있었다.

"비 온다는 말 없었는데……."

걱정스럽게 태희가 중얼거리고는 재경을 흘끔 쳐다보았다. 재경 역시 우산은 없었다. 그러나 별일 아니라는 듯 재경은 비를 보면서 태희에게 말했다.

"반대쪽 로비에 카페가 있어. 우선 거기로 가자. 그칠 기미가 없으면 차를 부르거나 택시 타면 될 테고."

그의 말대로 둘은 카페로 갔다. 카페의 인테리어는 아이보리와 바이올렛을 주조로 한 로코코 양식으로 차분히 가라앉은 클래식 음악과 함께 자못 화려한 분위기가 흘렀다.

지금 태희의 복장을 보면 어깨가 많이 드러나는 라운드넥 블랙 원피스에 흰 꽃장식이 있는 까만 토트백과 까만 뮬, 구두를 제외한 거의 전부가 소희에게 빌린 것이었다. 목에는 재경이 준 목걸이가 유일한 액세서리이자 자신의 물건으로서 자리하고 있다. 재경과의 데이트라고 해서 소희가 솜씨깨나 발휘한 웨이브를 넣은 머리와 핑크톤의 화장으로 태희는 여느 때보다 훨씬 생기 있어 보인다.

소풍날 이런 치장한 모습을 보았을 땐 매우 기분이 나빴던 재경이었지만, 지금의 기분은 180도 다르다. 그때와 달리 오늘의 태희는 단지 재경을 위해서 이처럼 꾸민 거니까.

재경은 커피잔을 들어 입가로 가져가는 태희의 손가락을 유심히 바라보았다. 흰 살결과 맵시 좋은 길고 가느다란 손가락. 짧게 깎은 손톱조차도 화사해 보일 수 있다니, 자기 눈이 어떻게 된 건가 잠시 의심해 본다. 시선을 들어 태희의 눈을 보며 물었다.

"학원을 안 다녔다면 과외도 해본 적 없어?"

달그락, 잔을 내려놓고 태희도 재경의 시선을 마주하며 고개를 끄덕였다.

"그런데도 지금의 성적을 유지한다고? 혼자 공부하는 걸로?"

"딱히 할 일이 없으니까. 취미라곤 책 보는 것뿐이니 시간은 많거든. 잠을 굉장히 많이 자긴 해도 두어 시간 책 보고 남는 시간은 공부에 쓰면, 남들도 나만큼은 할 것 같은데."

"잠? 얼마나 자는데?"

"음……보통 8시간에서 9시간쯤? 근데 10시간쯤 자는 게 좋아."

그 말에 재경이 정말 놀라 눈을 크게 떴고, 태희는 그걸 보고 풋하고 웃음을 삼켰다. 놀란 표정을 재빨리 수습하고 재경은 말했다.

"상당히 많이 자네. 그런데 그렇게 자는데도 늘 그렇게 창백하고 피곤해 보이다니."

"이상하지? 어쩔 수 없어. 난 뭘 하든 금세 피곤해지고 그걸 푸는 것도 나름대로 오래 걸리거든. 솔직히 얼마 하는 거라고 볼 수도 없지만 공부하는 것조차 매우 피곤해."

"그럼 안 하면 되잖아. 좋아하는 책 읽기에 전념해도 될 테고."

"음, 그러고 있을지도 모르지. 다른 길로 왔다면. 하지만 지금 난 여기에 와 있고, 할 수 있는 한 공부를 해야 해."

말의 상대가 재경이 아닌 소희였다면 그녀가 재경에게 품은 열망이 담겨 단호한 의지를 드러내었을 터지만, 지금 앞에 있는 상대는 재경 본인이다. 다른 길이란 게 어떤 건지 이해 못 할 재경에게 미주알고주알 설명을 늘어놓을 수는 없는 노릇. 그저 흘려들을 수 있게 심상한 어조를 유지한다는 게 마음먹고 하니 잘 되지 않았다. 역시 연기는 힘들다.

"뭘 위해서?"

재경의 그런 물음에조차 태희는 움찔했다. 자신이 왜 공부란 것에 매진하게 됐는지에 관한 진짜 이유 같은 건 재경에게 부담을 줘버릴지 모른다. 부담스럽고 이상한 여자애. 적어도 그런 생각을 하게 하는 건 피해야지. 태희는 그렇게 마음먹으며 고개를 갸웃했다.

"넌 왜 공부를 하는 건데? 수석 놓친 적이 없다는 건 그냥 머리가 좋은 결론 안 되는 일이잖아. 실제로 넌 여러 가지를 열심히 하고 있고. 넌 뭘 위해 그렇게 열심인 거야?"

"하지 않으면 주위에서 간섭을 해올 테니까. 딱히 다른 할 일이 없다는 것도 분명 한몫할 테지만. 아니 그게 아마도 큰 이유일 거야. 다른 재미있는 일 따위는 모르겠거든."

재경의 무미건조한 말에 태희는 고개를 저으며 다시 물었다.

"그래도 말야, 뭔가 비전이 있을 거 아냐? 공부가 필요하다고 믿는 이유."

"그야 머지않아 필요해지겠지. 언제까지 보살핌이나 받는 신세는 아닐 테니."

"……뭐가 되고 싶은 건데?"

"되고 싶은 것 따윈 없어. 그런 거 내게 사치니까. 이대로 고교 졸업하고, 대학에 가고, 유학 다녀온 후에, 적당한 계열사에서 경영수업을 받고, 그러다 인정받으면 기업 하나쯤 움직이는 오너가 되겠지. 윗분들 판단에 따라 더 클 수도 있고 정반대일 수도 있고."

재경은 자신의 집안에 대해 그닥 애정이랄 게 없는 게 틀림없다. 아무렇지도 않게 그런 이야기를 할 수 있는 재경에게 태희는 한층 강한 거리감을 느꼈다. 역시 그녀에게 한재경은 강 건너의 사람이라고 생각하며 태희가 물었다.

"으음, 잘은 모르겠지만 넌 뭘 해도 잘할 것 같은데. 경영 쪽이 아니라고 해도 학자가 되거나 할 수도 있는 거 아냐? 꼭 윗분들 의견이 중요한 거 아니잖아."

"말은 쉽게 할 수 있지만 그건 나름대로 의무 이행이야. 혜택 받고 자란 만큼 되돌려 준다는 개념, 이해 못할까?"

그렇게 말하는 재경이 아주 어른스럽게 보인다. 평소에도 또래 애들보다 훨씬 어른스러운 편이라고 생각했지만, 지금 재경의 모습에는 뭐랄까 태희가 짐작하기 힘든 고단함이 묻어 있다. 저마다 남에게는 보이지 않는 개인의 사정이란 게 있는 법이다.

"결국 길어도 10년 후쯤에 네가 놓일 위치 때문에 공부가 필요한 거잖아. 공부하는 이유라. 나 역시 너 같은 그런 이유일 거야."

태희의 뒤끝이 분명치 않은 말은 재경에게 의혹을 불러일으켰다.

"장래희망이 있어? 확고한 걸로?"

"흠. 확고한 건 아닌데……굳이 들자면 도서관 사서가 좋겠어."

"사서?"

"응. 사서 있잖아. 도서관에서 책 관리하고 대출업무도 보고……."

"그게 뭔지는 알아. 너 네 수준이 어느 정도인지는 알아? 넌 원한다면 뭐든 할 수 있을 정도의 레벨이야. 전국 모의고사 보면 0.05% 안에도 들걸? 그런데 바라는 게 그거라고?"

미간을 찌푸린 재경을 보며 가벼운 미소가 태희의 표정에 떠올랐다. 마치 재경을 떼쓰는 어린애처럼 귀엽고, 어쩔 수 없다고 생각하는 듯한.

"그런 건 아무래도 좋아. 난 내가 내 몫을 다 할 수 있을 만한 걸 생각한 것뿐이야."

"그러니까, 넌 충분히 훨씬 위를 볼 수 있는데 어째서 그거냐는 거야. 원하면 뭐든 할 수 있는 능력이 되잖아. 날개를 얻기 위해 발버둥쳐도 못 얻는 사람들이 세상엔 가득한데, 그걸 가진 네가 펴질 않겠다는 거야?"

재경의 질책의 뜻이 담긴 말을 들으며 태희는 커피를 마셨다. 설명한다고 해도 그는 알 수 없을 것이다. 애초에 별로 바라는 게 없었던 그녀가 재경의 주변에 있기 위해 공부를 택해 매진해 왔다. 공부는 단지 그 정도의 목적이었을 뿐 따로 다른 뜻을 품은 것도 아니었다. 최고의 환경에서 최고의 존재가 되기 위해 성장하고 그 길을 한 치의 흐트러짐 없이 가고 있는 재경이 태희의 사고방식을 온전히 이해할 수 있을 리도 없다고 생각했다.

하루 벌어 하루 먹는 것에 급급한 빈곤한 가정에 태어난 태희는 유달리 심성이 여렸다. 그 여린 심성을 조심스레 가꿔주어도 부족할 판에 가족들을 짐승처럼 학대하는 아버지를 통해 아주 어린 시절부터 지워지지 않을 슬픔을 배웠다.

세상이 결코 동화처럼 좋은 일들이 약속된 곳이 아니라는 걸 동화를 이해하기도 전에 알아버렸고 그렇게 자라다 어디쯤에선가 희망이라는 것을 잃어버렸다. 소희를 만나 웃는 일도 생겼지만 그녀의 뿌리 깊은 무력감과 패배주의를 돌이킬 수는 없었다. 재경을 보면서 죽었다고 생각한 그 재에서 어떤 싹이 피긴 했지만 아직은 너무도 연약했다.

한여름, 소나기가 지나간 뒤의 화창하고 산뜻한 풍경 같은 건 태희가 흉내 낼 수 없다. 아무리 밝게 자신을 포장하려고 해도, 그 풍경의 어느 한편에 비를 머금은 구름이 자리하고 마는 것이다. 태희는 그런 자신의 마음을 설명할 생각 따윈 전혀 하지 않고, 가벼운 말투로 대답했다.

"하지만 큰 꿈같은 건 없는걸. 야망이나 열정 같은 건, 내겐 없어. 설사 그런 길을 선택해도 내 성격상 잘해나갈 리가 없어. 그런 건 상상으로도 족해. 내겐 어울리지 않아."

"그런 식으로 어떤 진흙탕에도 빠지는 일 없이 유유자적하면서 사는 거군."

완연한 빈정거림이 담긴 말을 들으면서도 태희는 표정 하나 바꾸지 않고 커피잔에 남은 커피를 천천히 흔들면서 고개를 끄덕였다.

"응. 그게 내가 할 수 있는 한계야."

"해보지도 않고 지레 포기부터 하는 게?"

"난 날 너무 잘 알거든. 난 그것밖에 안 돼."

태연히 자신을 폄하하는 말을 하는 태희를 재경은 복잡한 심경으로 바라보았다. 태희가 겸손을 떨고 있는 건 아닐 거다. 목소리나 그 표정은 차분하기 그지없다. 정말로 태희는 자기 자신을 그런 식으로 생각하고 있는 걸까? 스스로가 안다고? 재경의 눈이 그녀의 목걸이에 향했고, 이어서 그녀의 단정한 얼굴로 향했다.

정말로 그것뿐? 태희의 '앎'이란 게 사실은 '믿음'이라면?

재경은 갑자기 더 쓰게 느껴지는 커피를 입에 머금고 얼굴을 찌푸리며 창밖을 쳐다보았다. 얼마쯤 조용히 차를 마시면서 둘의 찻잔이 거의 비었을 무렵에 비가 그친 게 보였다. 재경은 덜컹 의자를 뒤로 빼며 일어섰다.

"나가자. 이번엔 어디로 가볼까?"

"어? 그냥 돌아가는 거 아니고? 벌써 시간이……."

"한 시간쯤 더 있다고 문제 될 거 없잖아. 기껏 예쁘게 꾸몄는데."

"아……. 그래도."

예쁘다는 말에 다시금 얼굴을 붉히는 태희를 보며 재경은 조금 무거워졌던 기분을 털어버렸다. 그는 태희가 옆으로 오길 기다렸다가 중얼거렸다.

"아니면 한시라도 나하고 빨리 헤어지고 싶어? 불편해 죽을 지경이야?"

"그런 거 아냐. 그렇지는 않아."

사실은 그런 쪽에 가깝지만, 그렇다고 인정하기엔 태희의 담이 아주 작다. 눈을 동그랗게 뜨고 손을 젓는 태희의 모습에 재경의 기분은 순식간에 유쾌함 쪽으로 바뀌었다. 그는 태희를 조금 앞에 서게 해서 뒤따라가면서 그녀가 카페를 나갈 때 문을 열어주었다.

로비를 걸어가면서 재경은 문득 그녀의 뒤쪽으로 어른거리는 그림자에 시선이 갔다. 흐릿한 그 그림자가 흔들거리는 모습을 잠자코 쳐다보다 조금 손을 내밀어 보았다.

그의 손이 태희의 그림자 위를 스쳐간다. 그러다가 그는 좀 더 손을 뻗어 태희의 머리카락을 살며시 건드렸다. 손가락 몇 개에 닿는 덧없는 감각. 그러나 눈으로 보고 상상했던 것과는 비할 바가 아니다. 다시 그 감각을 확인해 보려는 찰나 태희가 불쑥 고개를 돌렸다.

"재경아, 저기. 아, 미안."

하마터면 그의 가슴에 부딪힐 뻔한 태희가 후다닥 옆으로 물러났다. 재경은 그 모습을 보고 가만히 한숨을 삼키며 손을 주머니에 넣었다.

"저기 뭐?"

"우, 우리 어디 가냐고."

"네가 좋아할 만한 곳으로 가보자. 이를테면……서점. 어때?"

"서점? 좋지."

정말로 좋은 모양이다. 돌아서서 걷기 시작하면서 태희는 방금 전에 본 오페라에 나왔던 아리아의 한 소절을 흥얼거리기까지 했다.

아아, 이 아이가 나비였으면. 그럼 두 손으로 잡아서 은으로 만든 나비장에 넣어둘 텐데.

아주 짧게 스쳐지나간 생각. 재경은 그런 자신에게 놀라서 머리를 저었다. 요새 자꾸 내가 왜 이러지? 미간을 찡그리던 재경은 태희의 뒷모습을 보고 퍼뜩 깨달았다.

이유가 너무도 빤하다. 욕구불만. 상냥함에 이어 인내심까지. 태희를 통해서 참으로 여러 가지 일을 경험하는구나 싶어 재경은 또 한숨을 삼켰다.

간만에 음반을 보러 나온 태희와 소희는 음반은 뒷전으로 하고 이야기로 수다를 떨고 있었다. 아직 소희는 토요일 사건을 다 듣지 못했던 것이다. 그러다 카페에서 두 사람이 나눈 대화에 대해 알게 된 소희는 대번에 타박을 놓았다.

"그거야 당연하지. 그럼 그런 말을 듣고 재경이가 너 참 잘한다, 세상에 다시없을 멋진 생각이야, 하고 칭찬해 주길 바랐어?"

"그건 아니었지만, 그냥 그런 거지 하고 넘겨주는 게 좋지 않았을까 해. 재경이가 자기 그룹에서 지위를 얻는 게 당연한 수순인 걸 너도, 나도 알고 있지만 그걸로 호들갑 떨지는 않잖아. 서로 속해 있는 세계가 다르니까."

너무나 평온한 얼굴로 CD들을 천천히 훑어보는 태희를 보며, 재경이 보인 반응에 대해 생각하던 소희는 혀를 끌끌 찼다.

"글쎄, 재경이도 그런 생각을 할까?"

"재경이가 무슨 생각을 하는지는 몰라. 그래도 난 사실대로 말했으니까 된 거 아냐?"

"솔직한 게 좋을 때가 있고 역효과일 때가 있다고. 내 보기에 그 일은 실수야."

너무도 단호하게 판단 내리는 소희의 말에 태희가 약간 못마땅한 표정을 하며 돌아보았다. 소희는 그런 태희를 똑바로 쳐다보며 말했다.

"이 답답아, 넌 지금 네가 뭘 하는지 알기나 하니?"

"내가 뭘 하는 건지 내가 모를까 봐?"

"모르는 것 같아서 내가 속이 터진단 말이다."

소희가 핀잔을 주자 마침내 태희도 볼멘소리를 내뱉었다.

"넌 뭘 그렇게 잘 아는 건데? 누가 보면 연애의 달인이라도 되는 줄 알겠다."

"내가 연애의 달인은 아니어도 너보다는 잘 알지. 세상에 너만 한 답답이가 또 있을까?"

"말은 누가 못해? 어디 한번 말이나 들어보자. 어떤 말을 해줄지 기대 한번 해보지."

뾰로통한 모습으로 소희를 쌀쌀맞게 쳐다보는 태희였지만, 소희는 눈 하나 꿈쩍 안 했다. 자신감과 담력 빼고는 정소희를 논하지 말라, 라는 아는 사람만 아는 말이 있듯이.

"네가 하는 게 연애란 건 알고 있는 모양이니 그건 넘어간다 치고. 넌 말야, 근성이 부족해. 너 재경이 좋아하는 거 맞긴 해?"

"그, 그야, 당연한 일을 왜 또 물어."

태희는 소희의 앞에서조차 직접적인 말을 꺼리며 얼굴을 붉혔다. 평소라면 그런 태희를 놀리면서 귀여워했겠지만, 이번만큼은 소희도 태희를 제대로 자극하기로 맘먹었다.

"그 당연한 게 당연하지 않은 것 같아서 하는 말이야. 너 좋아하는 사람이랑 연애를 한다면서 어떻게 그렇게 기본을 모르냐?"

"그러니까 그 기본이 뭔데."

"상대방에게 잘 보이려고 노력하는 거."

"……어쩌라구? 재경이 앞에서 예쁜 척하고 귀여운 척해? 못해. 난 죽었다 깨도 못해."

잠깐 자신이 재경에게 애교를 떠는 모습을 그려보곤 울렁증이 일어나 태희는 이마를 짚었다. 소희는 태희의 파리해지는 안색을 보고 두 손을 저으며 말했다.

"누가 너한테 애교 떨라고 시키니? 그런 건 기대도 안 해. 그냥 내가 하고 싶은 말은 일부러 실망시키려고 기를 쓰진 말란 말이야. 좀 덮을 건 덮고 가자. 그것도 안 돼?"

"뭘 덮어? 내가 언제 재경일 실망시키려고 기를 썼단 거야?"

태희는 정말 몰라서 묻고 있단 걸 깨닫고 소희는 이마를 찡그리고 말았다.

"야, 진짜 널 어쩌면 좋냐? 내가 일일이 붙어 다니면서 코치해 줄 수도 없는 노릇이고. 에휴, 태희야 이 언니 말을 잘 새겨들거라."

태희의 어깨에 팔을 둘러 어깨동무를 하면서 소희가 말했다. 태희는 덩달아 심각해진 표정으로 고개를 끄덕였다.

"재경인 분명 귀족이긴 하지만, 그렇다고 네가 하녀나 천민 같은 것도 아니란다. 다른 열여덟 살짜리 남자애들도 아니고 그 앤 한재경이야. 그 애가 너같이 사는 환경이 다르네 어쩌네 운운하는 생각을 갖고 있었다면 간택할 대상은 다른 곳에 있었겠지."

말하던 중에 소희는 문득 맘에 드는 CD를 발견하고는 뒷면을 유심히 살폈다. 그 상태로도 소희의 말은 유창하게 이어졌다.

"그런 마당에 네가 처음부터 그렇게 선을 긋는 건 옳지 않다고 봐. 연애란 건 보통 단점을 가려야 하는 거 아냐? 좋은 점만 보여주기에도 바쁠 시간에 넌 네 나약한 부분만을 일부러 보여주려고 기를 쓰는 것 같아. 네가 너 자신에게 별 기대가 없다는 건 잘 알고 있지만 재경에게 그걸 굳이 알릴 필요는 없잖아. 진짜 역효과가 날 수도 있어."

"어떤 역효과?"

"뭐 보기에 따라선 교만으로 느껴질 수도 있고, 어쩌면 회피 동작으로 보일지도 모르지. 재경이 부담스러워서 일부로 별 볼 일 없는 앤 척 수동적인 퍼포먼스를 보이는 거로."

"그래도 역시 난 솔직한 게 좋다고 봐. 내가 왜 일부러 그 앨 실망시키려고 노력하겠어. 내가 그렇게 연기를 잘하는 것도 아닌데. 내게 이상한 환상 같은 걸 갖고 있다면 처음부터 깨는 게 좋아. 그 애가 진실과 가식도 구별 못 할 거란 생각도 안 하고."

너무나 정석에 가까운 태희의 말에 어깨를 으쓱해 보이고 소희는 시연용 음악을 듣는데 주의를 돌렸다. 그러다 얼마 후 소희가 태희에게 자신이 듣던 헤드폰을 건네며 말했다.

"이거 들어봐."

"뭔데?"

"듣고 말해."

태희에게 들려온 건 소희가 좋아하는 여자 팝가수의 신곡이었다. 정확하게 노래가사를 파악할 수는 없지만 반복되는 구절들로 대충의 이미지는 짐작이 되었다. 한 곡이 끝나고 소희가 정지버튼을 눌러 음악이 꺼졌다. 태희는 머리카락을 귀 뒤로 정리하며 말했다.

"노래 괜찮네. 중독성 있어."

"〈Crazy in love〉야."

"흠. 이미지하고 맞아떨어지는 걸. 타다 타다 재조차 남지 않을 만큼 사랑한다니. 역시 남미계랑 스페인계 혼혈이라서 정열적이지?"

"넌 이런 게 부럽지도 않아?"

"에이, 애당초 내가 사랑으로 미쳐버리는 일이 있을 리가 없잖아. 말도 안 되지."

깊게 생각할 것도 없다는 듯 태희가 즉시 부정했다. 소희가 반문했다.

"어째서? 사람 일은 모르는 거잖아."

태희는 얕은 한숨을 내뱉고는, 진지하게 소희의 눈을 들여다보며 말했다.

"아주 오랜 시간이 지난 뒤에도 내가 재경을 좋아한다는 것만은 변하지 않을 거야. 하지만, 설사 사랑하게 되는 일이 있어도 그 사랑에 내가 미치는 일은 없어. 난 세상 모두를 등 뒤로 하고 무언가에 미칠 수 있는 타입이 아니야. 난, 내가 상처를 입게 되는 선에 이르면 물러날 거야. 스스로가 비참해질 상황에 절대로 빠지지 않도록."

"그럼 재경이 마음은? 그 애가 널 사랑하게 되어도?"

"그렇다면 더더욱. 미래가 없는 사랑은 처음부터 없는 게 나을 테니까."

"대체 무슨 이유에서 미래가 없다는 걸 그렇게 단정할 수 있지?"

"……어제 재경이 하루 일과가 뭐였는지 알아?"

"갑자기 무슨 소리야? 일요일에 걔가 뭘 했는지가 여기서 왜 나와?"

태희는 살풋 웃어보이곤, 인상을 쓰고 있는 소희에게 자신이 들은 그대로 전해 주었다.

"아침에는 피트니스 클럽에 가서 수영과 스쿼시를 하고, 점심은 아버지의 대리인이신 회사 고문변호사님과 함께 하고 오후엔 지방에 있는 집안 농장에 가서 승마를 하고 저녁엔 친척들과 가벼운 정찬을 했대. 서울에 있는 친척들끼리 모여서 식사를 하고 오페라나 연주회를 관람하거나 하면서 서로의 근황을 살피는 거야. 그런 공적인 일이 끝나고 돌아오면 이미 밤이 깊었는데, 그 뒤로 몇 시간을 공부를 하면서 보내. 어때?"

"음. 사람이 그렇게 사는 경우도 있는 거겠지."

"맞아. 네 말대로 재경인 귀족이야. 태어나면서부터 그렇게 살아왔다면 듣기만 해도 버거운 그런 일과도 어쩌면 숨 쉬는 것처럼 일상적일 거야. 소희 너도 제법 귀하게 자란 편이니까, 이해가 될 성싶어. 하지만 나한텐 먼 나라 이야기야."

무슨 이야기를 하고 싶은 건지 감이 오기 시작한 소희는 잠자코 입을 다물고 태희를 물끄러미 보고 있었다.

"난 그 앨 따라갈 수가 없어. 너무 멀어서. 바로 옆에 있는데도 그 애가 아주 멀게만 느껴져. 지금의 이 현실감 없는 교제라는 건, 한여름 밤의 꿈같은 거야."

"벌써부터 깰 걱정을 하는?"

"여름밤은 짧으니까."

할 말을 다한 태희는 돌아서서, 소희가 듣던 노래의 CD를 살펴보기 시작했다. 조금은 의기소침해져서 반박할 말을 생각하는 소희에게 낯선 목소리가 들려온 건 그때였다.

"설마 했는데 진짜다! 선배 음반 사러왔어요?"

갑자기 소희 앞에 나타난 같은 학교 교복을 입은 남자애가 환히 웃으면서 말을 걸어와, 소희가 잠시 벙쪄 있노라니, 옆에 있던 태희가 말하는 소리를 들을 수 있었다.

"어……안녕. 이런 곳에서 보네."

"우와~나 기억하는군요. 기억 못하면 진짜 무안할 뻔했어요. 저기 저 녀석들한테 인사하고 온다고 큰 소리쳤거든요. 진짜 고마워요, 선배."

매우 감격스러워하며 태희의 손이라도 잡아 흔들 기세인 재인이 슬쩍 눈으로 가리킨 곳엔, 재인의 친구들로 보이는 1학년 남자애들 넷이 서 있었다. 태희의 시선이 향하자 재빨리 CD를 보는 척하면서 자기들끼리 이야기를 시작했지만 보기에 안쓰럽게도 연기가 서툴렀다.

"기억이야 하지. 나한테 말 걸어오는 1학년 애들은 거의 없으니까."

"말이야 많이 걸고 싶어 해요. 저 녀석들만 해도 태희 선배한테 인사할 엄두도 못 내면서도 왕팬이니까."

"호오~팬이라. 그거 흥미 있는 이야기군."

씨익 웃으면서 대화에 끼어든 소희를 보고 재인이 45도 각도의 깍듯한 인사를 선보였다.

"안녕하세요, 정소희 선배시죠? 전 1학년 후배 이재인입니다."

"흠. 예절바른 아이군. 언제 태희에게 이런 귀여운 후배가 생겼을까?"

"말을 나누게 된 건 이번이 두 번째예요. 지난주 점심때 본 게 처음이구요. 아 참, 태희 선배, 부채 아직 저한테 있어요. 교실로 갖다드리려다가 혹시 민폐가 될까 봐 아직이네요."

"부채라면……아, 그러고 보니 그거 어디 갔나 했네. 그건 내 거야.

갖다 주는 거라면 전혀 폐가 안 되니까 내일이라도 오렴. 교실은 알고 있나?"

"물론이죠. 그럼 그렇게 할까요?"

이 질문을 소희가 아닌 태희에게 하는 바람에 태희는 소희를 보고는 엉겁결에 고개를 끄덕였다. 소희는 이 노랑머리 1학년 소년을 아주 흥미롭다는 눈길로 찬찬히 훑어보고 있다. 재인은 그런 시선에 아랑곳없이 태희를 향해 환히 웃으며 말했다.

"그럴게요. 그럼. 근데 여긴 뭘 사러 왔어요? 나는 JD3집이랑 U2집을 살까 하고 온 건데. 선배들은요?"

"아, 나도. JD3집이 보고 싶어서 왔어. 너도 JD 좋아해?"

자신이 좋아하는 그룹 이름을 듣자 태희가 반색을 하며 재인의 말을 재촉하기까지 한다.

"네. 전 파워풀하고 뭔가 있어 보이는 댄스곡이 좋거든요."

"확실히 JD 노래가 그렇긴 해. 그게 바로 장점이지만."

"역시 그렇죠? 다른 녀석들이 그러면 재수 없을 텐데, 걔네는 실력으로까지 보이고."

"응. 전문적으로 트레이닝도 쭈욱 받아서 실력도 상당하잖아."

왠지 죽이 잘 맞는 둘이 흥미로워서 잠시 상황 돌아가는 걸 지켜보던 소희가, 문득 재인의 뒤편에서 느껴지는 시선들을 깨닫고는 피식 웃었다.

"자, 취향 이야기는 나중에 하고 저 녀석들을 이리로 부르는 게 어떠냐? 태희한테 눈인사라도 하게 하지 않으면 널 죽일 것 같은 기세인데."

"에, 인사라니……난 그런 건."

태희가 놀라면서 손을 저었지만, 소희가 툭툭 태희의 어깨를 치며 말했다.

"그냥 인사만 받는 거야. 웃으면서 고개만 끄덕여주라고. 팬이라잖니. 공인은 그 정도 서비스는 해야 하는 거야."

"선배가 싫다면 굳이 그럴 건 없는데요."

"그래, 소희야 굳이 내가 인사를 받아줄 필요는 없잖아. 누가 들으면 웃어."

"웃으려면 웃으라지. 뭐든 처음이 어려운 거야. 어이, 니들 이리 와 보렴."

히죽히죽 웃으면서 소희가 재인의 친구들에게 손짓을 했고, 그 신호에 잠시 머뭇거리던 남자애들이 우르르 몰려오기 시작했다. 난감한 표정으로 태희는 이마를 문질렀고, 재인은 그런 태희에게 미안하다는 눈빛을 해보였다.

"안녕하세요, 선배님!"

"아, 예……. 안녕하세요."

남자애들이 덩치에 안 어울리게 수줍어하면서 쭈뼛쭈뼛 인사를 해오자, 여전히 난처하기 그지없으면서도 눈앞에 그녀를 둘러싼 남자애들이 더운 햇빛 아래로 쫓겨나온 펭귄떼 같다는 생각을 하고 정말 미소 짓고만 태희였다.

다음 날 샌드위치로 점심을 간단히 해결하고 교실에서 이야기를 나누던 소희와 태희는 보통 때보다 일찍 교실로 돌아오는 재경을 보았다. 재경은 여름을 타는 건 아니었지만 입맛이 없어서 대충 먹는 흉내만 내고 돌아오는 중이었다. 그가 자리에 앉고 소희가 말을 걸어서 어느샌가 다가올 방학 동안에 뭘 할지 이야기를 주고받는 분위기가 되었다.

재경은 방학이면 늘 그랬듯 어학연수 겸 해서 해외에 나간다고 했다. 이번엔 워싱턴에 가 있을 예정이라는 말을 듣고 소희가 역시 스케

일이 다르다며 혀를 내둘렀다. 태희는 보일 듯 말 듯 미소 지으며 재경의 말을 경청했다.

문득 재경이 둘은 어학연수 갈 생각 없는지 물었다. 있을 곳은 제공할 수 있으니 적당한 프로그램을 골라보면 어떠냐는 그의 말에 소희는 태희가 간다면 같이 가볼 생각이 없진 않다고 했지만, 그 말에 태희는 긍정도 부정도 하지 않고 좀 더 입술 끝을 올릴 따름이었다.

"근데, 참 그럼 방학 내내 여기 없는 거야? 연수라면 일이 주보다는 길 거 아냐."

소희가 묻자 재경은 고개를 끄덕였다.

"방학식 뒷날 바로 출발해서 8월 셋째 주까진 예정이 잡혀 있어. 그렇게 치면 개학 이삼 일 전에나 돌아오게 되겠지."

"그럼 어떻게 되는 거지? 방학 동안 둘의 교제는 일시 중지인가?"

"중지?"

소희의 그 말에 태희와 재경의 눈이 마주쳤다. 태희가 아, 그런 셈인 건가 하고 수긍하려는데 재경이 그런 태희의 생각 자체를 부정하듯이 그녀를 보며 말했다.

"중지까지야. 전화도 있고 보려고 맘만 먹으면 언제든지 돌아올 텐데."

"전화는 물론 할 수 있겠지만 보는 거라면……. 연수라는 건 그렇게 융통성 있는 게 아니지 않나? 일정이 꽉 짜여져 있는 걸로 아는데, 보통은."

"난 영어를 배우러 가는 게 아니니까. 그저 흐름을 잃지 않으려는 거야. 일정이 있긴 해도 그대로 움직일 필요 따윈 없어. 하루 이틀 서울 왔다 다시 가는 건 간단해. 비행기 타기가 귀찮을 뿐이지."

재경이 태연스레 내뱉는 말은 너무도 자연스러웠다. 여유로운 그의 분위기와 함께, 소희는 한재경이라는 녀석에게 갖춰진 오만함의 극히 일부를 재확인한 기분이었다. 하지만 바로 옆의 태희가 그런 재경을 감탄어린 눈으로 바라보고 있는 걸 보고 빈정거리는 말이 나오려는 걸 꾹 참아 넘겼다. 그래서 다시 평범한 대화로 돌아가려는 찰나, 누군가 말을 걸어왔다.

"저기, 이거 너희 전해 주라는데."

태희가 무슨 일인가 싶어 고개를 돌렸을 때 같은 반 여자애가 조금 딱딱한 태도로 태희에게 물건 몇 가지를 건네주었다. 그걸 건네받은 태희보다 먼저 반응을 보인 건 소희였다.

"내 부채로군. 근데 다른 건 뭐지? CD같은데?"

"그러게. 어……잠깐."

파란 CD케이스를 열자, 케이스 안쪽에 노란색 포스트잇 한 장이 붙어 있었다.

〈지난번에 선배한테 없다고 했던 JD중국콘서트 실황중계예요. 난 몇 번 봤으니까 선배한테 줄게요. 다른 건 내 맘에 드는 곡도 몇 곡 넣어서 구운 거고요. 맘에 들길. J.

PS. 오고 가는 뇌물 속에 싹트는 후배 사랑〉.〈♡˙ 〉

흘려쓰긴 했지만 깔끔한 글씨였다. 태희는 글을 읽고 빙긋 웃으며 그 글과 CD를 번갈아 보고는 소희에게 보였다. 소희는 그걸 읽고 중얼거렸다.

"뭣이냐. 부채의 주인은 난데 왜 너한테만 뇌물 공세야. 이 녀석 담에 보면 경을 쳐야겠군. 근데 이 오렌지 말이지, 너한테 되게 친한 척군다. 흑심 있는 거 아냐?"

"설마. 잘 알지도 못하는데."

"잘 알지도 못하면서 짝사랑하는 녀석들이 널린 세상 아니니. 안 그래, 한재경?"

천연덕스러운 표정으로 소희는 재경을 쳐다보았고, 재경은 무표정에 가까운 얼굴로 별 관심 없다는 듯 물어 왔다.

"뭔데?"

"가요 CD야. 애한테 꽤 귀엽게 구는 일학년 녀석이 구워서 보낸 거. 이재인이라고 했던가? 좋겠네, 태희 너. JD라면 사족을 못 쓰는 녀석이 한정판 어쩌고저쩌고 하더니."

"JD라면……."

"태희가 엄청 좋아하는 댄스그룹이야. 취향이 비슷한 남자애를 만나서 이런 선물도 받게 되는구나. 나는 JD는 폼만 너무 그럴듯해서 영……."

소희는 약간 눈시울을 찌푸리며 혀를 찼고, 이에 태희는 소희의 손에서 재인이 준 CD를 가져오며 조금 새침하게 말했다.

"폼이 아니라 정말 그럴 듯한 거야. 완벽한 만큼 그걸 드러내는 게 뭐가 나빠?"

"으아~이렇다니까. 가수나부랭이 때문에 여자애들 우정이 깨지는 건 순식간이야. 미안해, 잘못했어. JD가 최고야. 날 버리지 말아줘, 달링."

과장된 어조로 연극대사를 읊듯 한탄하며 소희가 태희의 팔에 매달려 머리를 부비는 사이 태희는 쿡쿡 웃으면서 CD 두 장에 적힌 노래 목록을 살펴보았다. 재경은 그런 태희를 잠자코 왼팔에 턱을 괴고서 지그시 쳐다보았다. 마치 처음 보는 사람을 보는 듯 찬찬히 관찰해가는 날카로운 눈으로. 태희의 어깨에 기댄 채 부채로 입가를 가리고 있는 소희의 얼굴엔 뭔가 심술이라고 해도 좋을 만한 미소가 담겨 있었다. 하지만 재경이 곧 소희의 시선을 눈치 채고 눈동자만 굴려서 그녀를 쳐다보자 소희는 딴청을 피우며 태희가 보는 CD를 같이 들여다보는 척했다.

불과 몇 초 후 갑자기 재경의 입에서 나지막한 신음소리가 흘러나왔다.

"아……."

운동신경도 젬병인 주제에 태희가 번개처럼 재빨리 반응했다. 재경의 얼굴을 보고, 재경의 시선을 따라 내려간 태희의 시선이 그의 오른손에 잠시 머물렀다. 영문을 몰라 어리둥절해 하는데 옆에서 소희가 중얼거렸다.

"으앗, 피. 갑자기 웬일이야?"

"책에 베였어. 별거 아니야."

종이에 베였다. 손가락이 아니라 검지와 엄지 사이의 움푹 들어간 연약한 살 부분이 꽤 깊게 베였는지 금세 피가 배어나오기 시작했다. 태희는 순식간에 창백해져선 허둥지둥했다.

"화장지, 아니, 물티슈. 소희야 너 물티슈 있지? 그거 좀 줘."

우선 가지고 있던 화장지로 피가 나오는 그의 손을 누르고는 태희가 소희를 닦달했다. 소희가 동그랗게 눈을 뜨고 태희를 쳐다보자, 태희는 미간을 찡그리며 말했다.

"뭐해? 물티슈 달라니까."

"아, 응. 잠깐만."

소희는 물티슈를 꺼내 태희에게 내밀었다. 태희는 화장지를 치우고 물티슈로 상처 부위를 눌렀다. 하지만 꽤 순식간에 빨갛게 피가 번지는 걸 보고 태희의 눈이 한가득 커졌다.

"어떡해. 깊게 베였나봐. 반창고, 재경아 잠깐만 누르고 있어봐."

태희는 가방을 다 뒤집어엎기라도 할 기세로 열심히 반창고를 찾았다. 워낙 상처가 잦아서 한두 개는 예비용으로 꼭 가지고 다니던 반창고가 하필 오늘 보이지 않았다.

"소희야, 반창고 가진 거 있어? 있으면 줘."

"어……좀 찾아보고."

그 말대로 소희는 가방을 뒤적거리긴 했다. 가방 안쪽 지퍼를 여니 그 안에 반창고가 있는 게 보였다. 그러나 재빨리 머리를 굴린 소희가 안타깝다는 표정으로 말했다.

"어쩌냐? 나도 없어."

"없어? 재경아, 너는?"

"……안 가지고 다녀. 괜찮아. 잠시 누르고 있으면 멎겠지."

"어허, 종이에 베인 거 오래간다. 냉큼 양호실 가서 약 바르고 반창고도 붙이고 와."

소희가 야단치듯 말했지만 재경은 냉소와 함께 무시할 따름이었다.

"됐어, 이런 일로 수선 피우는 거 꼴사나워."

"그런 일에 무신경했다가 파상풍으로 죽기도 하지. 태희야, 뭐해? 데리고 갔다와, 네 서방님."

"어? 아니, 그런 게 아니래도……. 그치만……. 저기, 재경아 양호실 가지 않을래?"

서방님이란 호칭에 얼굴을 붉혔다가 재경의 손을 보곤 얼굴이 파래지고 이래저래 바쁜 태희였다. 그녀가 우물쭈물하는 걸 보고 소희가 옆에서 탁하고 태희의 등을 치며 말했다.

"야, 네가 귀찮아도 태희 봐서 좀 가라. 이 녀석 기절하면 다 네 탓이야."

"……알았어. 갈게. 가면 되잖아."

재경이 한숨을 쉬고는 자리에서 일어났다. 그가 뒷문으로 걸어가는 걸 보면서 소희가 옆에 앉아 재경에게 걱정스런 시선을 던지는 태희를 부추겼다.

"뭐 해? 따라가야지."

"내가 따라가는 건 좀 그렇잖아. 손을 다쳤을 뿐인데……."

"저 녀석 말만 간다고 하고 화장실로 갈지도 몰라. 적당히 씻고 돌아와선 됐다고 말하면 어떡할래? 너 봤지, 아까? 종이에 심하게 베였던데……. 걱정도 안 되나 몰라?"

놀림의 의도가 다분한 소희의 말에도 태희는 끙끙거리다가 한참만에야 크게 결심을 하고 의자에서 일어났다.

"옳지. 약도 발라드리고 반창고도 붙여드려. 사람은 부대끼면서 정든단다. 흐하하하."

"너 진짜……. 나중에 두고 봐."

곱게 눈을 흘기고는 태희가 서둘러 교실 뒷문으로 달려갔다. 소희는 얼마 동안 더 낄낄거린 후에야 재경의 책상을 쳐다보았다. 그가 보던 책을 보았다. 종이에 베이는 건, 의도한다고 될 일은 아니다. 그렇지만 너무 절묘한 실수가 아닌가? 태희가 뭔가 다른 것에 푹 빠진 모습을 보이자 그는 아주 간단하게 자신 쪽으로 시선을 돌리는데 성공했다. 저 숫기 없는 태희가 재경의 손을 덥석 잡는 광경 따위 흔하게 볼 수 있는 일이 아닌데.

"요령이 좋은 건지, 운이 좋은 건지."

소희가 그렇게 중얼거리고 있는 순간 태희는 열심히 걸어서 재경의 바로 뒤에 이르렀다. 그런데 소희의 말대로인지, 재경이 가는 방향은 양호실 쪽이 아니다. 태희는 아주 살짝 재경의 셔츠 자락을 잡아당기며 그를 불렀다.

"저기, 재경아. 양호실 이쪽 아니잖아."

"……."

재경이 의외라는 표정으로 태희를 돌아보았다. 태희가 얼굴을 붉히며 재차 말했다.

"양호실에 가야지."

"감시하러 나왔어? 정소희가 그러래?"

그게 바로 정답이지만 태희는 가만히 입술을 깨물 뿐이다. 재경은 태희가 자신의 셔츠 자락을 쥐고 있는 걸 보고는 피식 웃으며 말했다.

"안 간다고 하면 그렇게라도 끌고 가려고?"

"아, 아냐. 그런 게 아니라."

깜짝 놀라서 태희가 잡고 있던 재경의 셔츠 자락을 놓았다. 그 순간 재경이 그녀의 손목을 잡았다. 그리고 그 손을 자신의 오른팔 위에 오게 하면서 말했다.

"끌고 가봐. 안 그럼 양호실 따위는 안 가."

"그런 게 어디 있어? 다친 건 자기면서…… 못해, 그런 일."

재경이 붙잡은 손을 놓아주지 않자 태희는 쩔쩔맸다. 큰 눈이 순식간에 동요로 사정없이 흔들리는 걸 보면서 재경은 태연하게 대꾸했다.

"그럼 말고. 난 안 가면 그만이야. 사내 녀석이 뭐 이만한 일에 양호실이야."

태희의 손을 놓아주고 재경이 걸음을 옮기는데 태희가 다시 셔츠 자락을 잡아당겼다. 재경은 그녀를 보았다. 어느새 물기까지 차오른 눈으로 태희가 중얼거렸다.

"그러지 말고 양호실 가. 응?"

울 것 같다. 조금만 더 밀어붙이면. 재경은 자기도 모르게 미소 지으며 입을 열다가 퍼뜩 이곳이 어디인지 생각해 냈다. 학교의 복도. 지나치는 학생들의 호기심 어린 시선들이 느껴졌다. 안 되지. 이런 곳에서 애를 울리면. 나 말고 다른 구경꾼들 따윈 필요 없거든.

재경은 할 수 없다는 표정과 함께 그녀의 머리를 장난처럼 쓰다듬었다.

"가줄게. 그러면 만족해?"

머리를 쓰다듬는 그의 손에 태희가 뻣뻣하게 긴장해서 부자연스럽게 고개를 끄덕였다. 재경은 손을 거둔 뒤 빙글 몸을 돌렸다. 몇 걸음 걸어가다가 뒤를 돌아보며 태희에게 말했다.

"뭐 해? 안 따라와? 감시해야지."

태희는 또 고개를 끄덕이고는 재게 걸어서 그에게 다가갔다. 바로 옆은 아니고, 반보쯤 뒤에 서서 그를 따라갔다. 언제라도 그가 다른 방향으로 가면, 그의 셔츠 자락을 잡아당길 수 있도록. 재경은 그 속셈을 빤히 읽고 잠시 웃었다. 하지만 곧 그의 눈빛이 날카롭게 변했다. 아무래도 맘에 걸리는 일이 생긴 것이다.

7. 접촉

뜨거운 햇볕 속으로 걸어 나오는 여자애들의 입에서 저마다 한마디씩 불평이 터져 나왔다. 이런 더운 여름에 오래달리기라니.

그 속에 섞여서 나오는 태희와 소희 역시 햇살에 저절로 눈이 찌푸려졌다. 선크림으로 중무장을 한 소희는 싫다는 태희의 얼굴에 선크림을 새끼손가락 마디 하나만큼이나 발라버리는 만행을 저질렀다. 결국 태희는 얼굴은 물론 목이며 팔까지 전부 선크림을 발라야 했다.

태희는 전날 잠을 설쳐서 쨍한 햇볕 속에 나오자 어지럽기도 하고 무슨 정신에 걷는지도 모르겠는데 소희가 어리광까지 부려서 머리까지 지끈거렸다.

그런데다 이날은 체력장 준비를 하는 것도 아닌데 난데없는 오래달리기를 하게 되었다. 남자는 운동장 다섯 바퀴, 여자는 세 바퀴씩을 돌게 되었다. 불평의 소리도 뛰다 보니 수그러들고 말았다. 남자애들은 거의 1.3킬로미터, 여자애들은 팔백 미터에 해당하는 거리였다.

재경이 다섯 바퀴를 다 돌았을 때 태희는 여전히 두 번째 바퀴를 돌면서 헉헉대고 있었다. 옆에서 소희가 손을 잡고 같이 뛰어주려고 해도 태희는 고개를 저으며 먼저 가라고 했다. 태희가 마지막 바퀴를 도저히 뛴다고 보기 힘든 모습으로 돌고 있을 때, 남자애들은 전부 그늘에서 체육 선생님의 지도 아래 스트레칭을 하고 있었고, 여자애들도 거의 거기에 동참해 있었다. 소희도 그 속에 끼어서 스트레칭을 하면서 힐끗힐끗 태희의 모습을 확인했다.

결국 꼴찌로 달리기를 마친 태희가 스트레칭을 하는 애들 쪽으로 오는 걸 보고 소희는 안심하고 고개를 돌렸다. 그런데, 문득 재경이 난데없이 줄을 이탈해 뛰어가는 것이었다. 한순간 왜 저래? 하는 표정을 지었던 소희는 뭔가를 깨닫고 확 고개를 돌렸다.

태희가 옆구리를 누른 채로 반쯤 주저앉아 있는 게 보였다. 그런 태희에게 황급히 뛰어가는 재경의 모습도. 소희도 순식간에 몸을 일으켜 그들에게 뛰어갔다.

"태희야, 왜 그래? 숨이 안 쉬어져? 그래?"

재경이 빠르게 묻는 소리에 태희가 고개를 저었다. 아무렇지 않다는 뜻을 표현하고 싶은 거였겠지만 그를 쳐다보는 태희의 안색이 밀랍 같아서 재경을 철렁하게 만들었다.

심장이 터질 것처럼 뛰면서, 옆구리가 지끈거렸다. 그래도 있는 힘을 다해 숨을 고르며 일어서보려고 한 태희에게 막 달려온 소희가 옆으로 와서 구원의 손을 내밀었다.

"혹시 심장발작 같은 거 아니야?"

태희를 부축해서 일으키려는 소희에게 재경이 묻자 소희는 찡그린 얼굴을 돌렸다.

"그렇게 거창한 건 아니고. 애 폐활량도 아주 바닥이거든. 잠수도 십 초 이상 못 해. 달리기는 아주 취약이고. 무리했지, 오늘은. 걸을 수 있지? 그늘에 가서 쉬자."

"소희 말 대로야. 아무 문제없어, 꼴사납긴 하지만······그냥 단순한 운동 부족······아······."

크게 심호흡을 하고 소희의 팔에 의지해 벌떡 일어나던 태희였지만 이 과장된 동작에 오히려 역효과가 났다. 눈앞이 까매지면서 귀가 울렸다. 말을 채 끝맺지 못하고 눈을 꽉 감으며 고개를 숙였지만 이번 현기증은 지독했다. 태희는 옆에서 붙잡은 소희의 팔에도 불구하고 다시 무릎이 풀려 스르륵 주저앉았다. 그녀를 부르는 재경과 소희의 목소리도 멀리서 가물거리는 것처럼 느껴지더니, 끝내는 들리지 않게 되고 말았다. 재경은 몇 번이나 이름을 불러도 태희가 눈을 뜨지 않자, 소희를 쳐다보며 날카롭게 물었다.

"정말로 발작이 아니야? 병원에 가야 하는 거 아니냐고."

"잠깐만······. 그래, 가볍게 실신한 거야. 아무래도 잠을 거의 못 잔 것 같았어."

태희의 가슴에 귀를 대보고 소희가 말했다. 재경이 미간을 찌푸리고 태희의 얼굴을 쳐다보고 있자니 그제야 옆으로 온 체육 선생님이 물었다.

"무슨 일이니? 또 빈혈인 거야?"

옆에 와서 태희의 이마에 손을 대 보려는 체육 선생님 앞을 재경이 스윽 가로 막아섰다.

"그런 모양이네요. 제가 양호실로 데려가겠습니다. 이 애가 도와줄 거구요. 그렇지?"

그가 소희를 보며 동의를 구했고 소희도 제격 고개를 끄덕였다. 그녀가 태희의 팔을 잡으며 한쪽을 부축할 준비를 하는데 재경이 태희의 앞에 등을 돌린 자세로 앉았다.

"업혀줘. 그편이 편해."

아주 짧은 말미 동안 소희는 놀라서 그의 등을 보고 있었다.

"뭐해? 계속 구경거리가 되고 싶어?"

"아니지, 물론. 그럼 부탁합니다."

축 늘어진 태희를 업은 재경이 조금도 무겁지 않은 듯 쉽게 태희를 업고 일어섰다. 그가 성큼성큼 걷는 걸 얼마쯤 감탄했다는 표정으로 지켜보았다. 호리호리해 보였지만, 이렇게 보니 듬직한 곰 같다는 느낌도. 아, 물론 백곰은 아니고 흑곰. 발톱도 엄청 날카로운.

"안 따라가니?"

"예? 가야지요, 그럼 먼저 가겠습니다, 선생님. 수고하셨습니다!"

넋 놓고 재경의 뒷모습을 쳐다보다 선생님의 물음에 소희는 그 뒤를 쫄쫄쫄 따라갔다. 친구가 기절했는데, 소희의 걸음걸이는 춤이라도 추는 것 같아서 기이할 따름이다.

양호실에 도착해서 태희를 빈 침대에 눕힌 뒤 소희는 태희가 깨어나면 먹일 콜라를 사러 다녀오겠다고 자리를 떴다. 재경은 양호선생님이 주신 타월을 차갑게 적셔서 태희의 이마에 올려두었다. 양호선생님은 태희를 하도 자주 봐서인지 한숨 푹 자게 하면 괜찮아질 거라고 말해준 뒤 책상으로 돌아가 일지를 쓰는 일로 복귀했다.

사각지대였다. 침대 세 개 건너편에 어떤 녀석이 누워 있긴 했지만 등을 돌린 채 자고 있었고 선생님의 모습은 칸막이 때문에 보이지 않는.

애초에 이상한 생각 따윈 없었다. 아픈 사람을 상대로 나쁜 상상을 할 만큼 몰지각한 인간은 아니라고 재경은 자신하고 있었다. 물론 그 자신감은 근거가 있었다, 방금 전까진.

그는 이마의 수건을 뒤집어주면서 뜸을 들였다. 손가락 끝이 태희의 이마를 스쳐 관자놀이에 닿았다. 아주 천천히 그 손가락이 뺨으로 내려갔다. 완전히 닿지 않았는데, 열기가 느껴졌다. 그것이 태희의 숨결이란 걸 재경은 곧 깨달았다.

연약하다. 이 아이는 정말로 연약해. 나와 같은 사람이라고 생각할 수 없을 만큼 덧없게 느껴진다. 사람이라기보다는 무언가의 화신…….
벚꽃을 그리 좋아하는 걸 보면 벚꽃의 화신이라는 게 어울릴지도.

그렇게 생각하다 재경은 쿡 웃었다. 안 어울리게 또 무슨 망상을 하
는 걸까.

그러나 웃고 나서도 태희를 바라보는 재경의 시선은 달라지지 않았
다. 어딘가 몽롱하고, 어딘가에 잔혹한 부분도 어린 시선. 그의 손이
태희의 뺨을 덮었다. 손바닥을 통해 전해지는 태희의 체온을 흡수하
다 그는 홀린 듯이 태희의 얼굴로 고개를 숙였다.

거의 입술이 닿을 뻔했다.

그러나 멈추었다. 숨결이 뒤섞일 만큼 가까이에서, 단 한 발의 차이
로 재경은 정신을 차렸다. 아주 가까이에 있는 태희의 고운 레이스 같
은 눈썹과 옅은 살구빛깔의 입술을 바라보며 또 한 번 동요했지만 재
경은 벌떡 일어나 뒤로 물러섰다.

돌아서서 황급히 양호실을 나서는데, 막 콜라캔을 세 개 들고 돌아
오던 소희와 마주쳤다.

"응? 어디 가?"

"너 왔으니 나까지 있을 건 없잖아."

"그런가? 어이, 이거 하나 가져가. 태희 업고 오느라 수고했다."

"안 마셔."

"거 참. 어린 자식이 쌀쌀맞기는."

재경이 뒤도 돌아보지 않고 가버리는 걸 보고 소희는 혀를 찼다. 양
호실로 들어가다가 문득 그녀는 이상하다는 듯 고개를 갸웃했다.

"열사병인가? 얼굴은 왜 저렇게 빨갛대?"

다음 날 아침 평소보다 꽤 일찍 등교하던 소희는 앞서 가던 재경을
발견했다. 그 뒤론 관찰모드로 돌변해서 미행하듯 뒤따랐다. 걸음이

빨라서 상당히 애먹었다. 저 정도가 평균 보폭인 녀석이 태희의 굼벵이 걸음에 맞춰주는 일도 보통 일이 아니겠다 싶었다. 하여간에 교실까지 따라가는 임무는 완료했다.

교실에 들어간 재경이 책상에 가방을 내려놓고는 앞에 앉아 있는 태희의 뒷모습을 응시했다. 그가 빤히 쳐다보는데도 독서삼매경에 빠져서 기척도 못 느끼는 태희를 보고 소희는 역시 둔하구나, 하면서 고개를 주억거렸다. 이윽고 재경이 그녀를 불렀다.

"태희야."

그다지 크지도 않은 목소리에 태희는 꿈에서 깬 것처럼 흠칫 놀라더니 뒤를 돌아보았다. 재경을 보자 수줍게 웃었다.

"이제 와?"

"컨디션은 괜찮아?"

"아……응. 푹 잤더니 아무렇지 않아."

어제 일을 생각하고 금세 태희의 얼굴이 꽃처럼 붉어졌다. 재경은 그 모습을 빤히 응시하며 손바닥에 닿았던 태희의 뺨의 감촉을 떠올렸다. 또한 그 뒤의 일도.

"다행이다."

나지막한 그의 목소리에 태희는 시선을 아래로 떨군 채 고개만 끄덕였다.

여전히 뒷문 가까이에 서서 이 광경을 지켜보던 소희는 온몸에 닭살이 돋는 기분에 부르르 몸을 떨었다. 애들로 바글거리는 칙칙한 교실 안에서 이 녀석들 둘은 멜로드라마를 찍고 있었다. 특히 태희는 오늘따라 자체발광을 하는 피부가 적당히 붉어지면서 뭔가 헉, 하고 숨죽이게 만드는 느낌이었다. 자신이 이런데 한재경은 대체 무슨 생각을 하면서…….

태희 너 왜 그렇게 얼굴을 붉히는 거야? 재경이가 뭔 말을 했기에!

위험해, 위험해, 생선한테 고양이를 맡긴, 아니지 고양이한테 생선을 던져준 것 같은 기분이란 말이야! 난 이 결혼 결사반대야! 라고 소리치면서 갑자기 소희는 교실을 뛰쳐나가고 싶어졌다.

태희는 하루가 지났음에도, 전날 체육시간의 일을 생각하면 민망하기 짝이 없었다. 그렇게 뛰고 난 뒤였으니 틀림없이 땀 냄새도 났을 거고, 거기다 업고 갔다면 무겁다고도 생각했을 거고, 거기다, 거기다……. 그렇다. 소희는 전날 태희의 말을 듣고 자지러지게 웃어댔지만 태희는 마지막 사항이 가장 심각했다. 업혔다면, 틀림없이 가슴이 닿았을 텐데.

여름 체육복이었으니 피할 도리도 없었다. 소희가 재경인 아마 나무토막을 업었다고 생각했을 거라면서 놀린 것도 태희에겐 치명적이었다. 나무토막. 그렇게 생각하니 그리도 보였다. 재경에겐 제대로 고맙단 말도 못하고, 가슴은 자꾸만 나무토막처럼 보이고.

옆에서 소희가 나른하다며 쉬는 시간마다 쿨쿨 자는 동안 태희는 내내 책을 보면서도 이따금 한숨을 쉬고 재경 쪽을 돌아보다 눈이 마주치면 냉큼 고개 돌리기를 반복했다.

그런 태희의 모습을 구경하는 게 나름 유쾌했던 재경이었지만, 오후가 되면서 슬슬 태희가 안쓰러워지기 시작했다. 그래서 5교시 수업이 끝난 뒤 재경은 툭하니 태희의 어깨를 살짝 건드렸다. 놀라서 돌아보는 태희에게 재경이 말했다.

"교무실 좀 같이 가자."

"교무실?"

"나 주번이잖아."

주번은 재경 말고도 한 사람이 더 있었지만 재경이 도와달라고 하면 당연히 도와야 했다. 소희는 그 짧은 새에 푹 잠이 들어서 재경이 태희를 꾀어내 교실을 나가는 것도 몰랐다.

지난 시간에 냈던 세계지리 과제물과 지리괘도를 가지러 가면서 재경은 잠시 태희가 들기엔 둘 다 버겁지 않나 생각했다. 생각만 한 게 아니라 혼잣말처럼 중얼거리기까지 했다.

"너무 무거워서 쓰러지면 곤란한데."

그 말이 자기 이야긴 걸 알아듣고 태희가 얼굴을 붉히며 항변했다.

"아니야, 안 무거워. 나 뭐든 들어. 쌀 20킬로그램짜리도 혼자 든 적 있어."

"퍽이나."

"진짜야."

"그래, 그랬다 치자. 그러고 한 몇 날 며칠 앓아누운 건 아니고?"

"으……. 그러진 않았어."

말을 얼버무리는 게 멀쩡하진 못했다는 걸 증명했다. 실제로 그랬던 적은 딱 두 번인데 두 번 다 이후 근육통에 시달렸던 것이다. 재경은 혀를 차고는 말했다.

"그럼 걱정 안 하고 부려먹어도 되겠네."

"응. 걱정 안 해도 돼."

하나도 미덥지 않은데 태희는 다부지게도 말했다. 재경이 피식 웃었다. 바보 같다고 생각하는 게 틀림없겠지만 그래도 그 미소에 용기를 얻은 태희가 그토록 벼르던 말을 꺼냈다.

"있잖아, 언제가 되든 좋으니까 수업 끝나고 나랑 어디 좀 안 갈래?"

"어딜?"

"소희네 집 근처에 작은 카페가 하나 있어. 직접 굽는 케이크가 정말 맛있어. 잘 안 알려지긴 했어도 나중엔 유명해질 거라고 우리들끼리 그랬어. 거길 같이 갔으면 하는데……."

"케이크?"

재경은 대번에 얼굴을 찌푸렸다. 따로 확인할 필요도 없이 그가 질색한다는 걸 바로 깨달은 태희가 눈을 깜박이다가 황급히 손을 내저었다.

"아, 싫어하면 안 가도 돼. 다른 델 알아볼게."

"다른 데? 그러니까 뭐지? 지금 나랑 데이트를 하고 싶다 그건가?"

"어, 어, 그렇게 거창한 게 아니고 그냥 어제 일이 고마워서 맛있는 거라도 대접하려고."

"그래서 생각한 맛있는 게 케이크라고?"

재경의 물음에 태희는 의기소침한 표정으로 어깨를 떨구면서 말했다.

"미안. 내 생각이 짧았나 봐."

원래대로라면 풀죽은 그 모습조차 귀엽기만 할 텐데 어쩐지 지금의 재경은 조금 언짢아졌다. 태희가 왜 이렇게 자신을 어렵게만 보는지, 그게 마음에 걸리기 시작한 것이다. 사귀는 남자친구에게 맘에 드는 가게에 같이 가자고 말하는 것쯤은 당연하지 않을까? 남자가 싫은 표정을 지으면 꼭 가고 싶다고 투정도 부리고 그러는 게 일상적인 모습일 텐데.

옆을 보니 태희는 발치만 보고 걸어가면서 눈썹을 쉴 새 없이 파닥파닥 거리고 있다. 그러다 힐끗 재경을 쳐다보더니 눈이 마주치자 눈을 동그랗게 뜨고는 고개를 푹 숙였다. 옆으로 보이는 볼이 발갛게 익어간다. 그 순간 재경은 다시금 그 뺨의 감촉을 떠올렸다.

"……빌어먹을."

목부터 시작해서 얼굴이 확 더워지는 느낌. 무시하기엔 자극이 너무 강했다. 왜 난 손조차 뻗지 못하고 주저하고 있는 거지? 상냥하라고? 이 이상 어떻게 더 상냥해?

조금도 익숙하지 못한 충동에 짜증스럽기까지 한 재경의 걸음이 빨라졌다. 그의 험악한 분위기에 옆에 있던 태희는 더욱 위축되었다. 케이크가 그렇게까지 싫은 걸까? 어떻게든 분위기를 바꿔보려 머리를 굴리면서 태희는 말할 거리를 찾았다. 그러다 뭔가를 떠올리고 그의 주의를 환기하기 위해서 살짝 셔츠 자락을 잡아당기며 말을 걸던 찰나였다.

"저기, 재경아……."

셔츠로 손을 뻗던 중에 태희의 손가락이 가볍게 재경의 팔을 건드렸다. 그 순간 재경이 확 태희의 손을 움켜잡았다. 그녀를 쳐다보는 그의 눈매가 어찌나 날카롭게 보이는지 태희는 손이 붙잡히지 않았으면 그대로 뒷걸음질 쳤을 것이다.

그녀의 겁먹은 눈동자가 또 한 차례 그의 기분을 헝클어뜨렸다. 날 자극할 생각이라면 아주 제대로 하고 있어, 윤태희. 너란 아이 어쩌면 이렇게도…….

그때 재경의 눈에 뭔가가 눈에 띄었다. 그는 주위를 살핀 뒤 보는 눈이 없다는 사실을 확인하고 그대로 태희를 바로 근처의 어떤 교실 안으로 밀어 넣었다. 원래는 과학실험실이었지만, 이젠 신축한 별관으로 옮겨가 버려서 현재는 비품 창고나 다름없이 쓰는 곳이었다.

안으로 들어가서 문을 닫아버리자, 약간은 어둡게 가라앉은 공간에 둘만이 남겨졌다. 태희가 두리번거리며 주위를 보고는 불안한 눈빛이 되어 물었다.

"여긴 왜? 여기에 볼일이 있었어? 다음 시간 세계지리잖아."

"알아. 내가 모를 것 같아서 가르쳐주는 거야?"

재경이 한 걸음 다가가자 태희는 그대로 뒤로 물러섰다. 붙잡힌 손이 족쇄가 되어 다가가고 물러나길 반복하다가 태희가 더 이상 물러날 곳이 없어졌다. 등 뒤에 커튼이 처진 창문이 있다는 걸 알고 태희는 방향을 틀려고 했지만 재경이 이미 바싹 다가와 버린 후였다.

그의 숨결에 태희의 머리카락이 흔들릴 정도의 거리였다. 태희는 딱딱하게 굳은 눈으로 재경을 응시하다, 급하게 숨을 마시고 홱 그를 외면했다. 재경은 왼손으로 그녀의 오른 손목을 잡은 채로, 오른손으로는 천천히 태희의 머리카락을 어루만지기 시작했다.

"케이크 좋아해?"

너무도 부드러운 그의 질문에 태희는 굳어버린 혀를 움직여서 가까스로 대답했다.

"조, 좋아해."

"흐응, 특히 어떤 거?"

재경은 머리카락의 결을 감상하듯이 훑어 내리다가 다시 위로 올라와 관자놀이 부근을 어루만졌다. 태희가 주먹을 꼭 쥐는 걸 보고 약간 입술 끝을 들어 올리면서 웃었다. 반항하려고 그럴 리는 없을 테고, 참겠다는 뜻? 그럼 어디까지 참을 수 있나 궁금해지잖아. 관자놀이를 지나 귀 뒤로 머리카락을 단정하게 넘겨주면서 엄지손가락이 태희의 귀를 자연스레 스쳐갔다. 태희의 몸이 바싹 움츠러드는 게 느껴졌다. 꼭 솜털이 보송보송한 병아리처럼 반응한다. 재경은 아무 일도 없었다는 듯 다시 머리카락을 어루만지면서 대답을 재촉했다.

"어떤 케이크?"

"생크림케이크……나 치즈케이크."

"좋아하는 것도 너랑 닮았네. 금세라도 바스러질 것처럼 약하고 부드러운 거잖아, 그거."

대답할 말이 딱히 없어서 태희는 묵묵히 눈만 깜박였다. 재경은 물었다.

"알아? 어제 너 쓰러진 거 보고 내가 무슨 생각을 했는지."

태희는 잠자코 침묵했다.

"네 연약함이 마음에 든다고 생각했어. 눈을 뗄 수 없게 만드는 초조함도 좋다고. 나쁜 녀석이지? 아픈 널 두고 난 만족스러워했다니 말이야."

태희가 한참을 생각하다가 결국 고개를 젓는 걸로 대답을 대신했다.

"나쁜 녀석이 아니란 거야?"

눈을 내리깐 채 고개를 희미하게 끄덕이는 태희의 동작에 재경은 한숨을 쉬었다.

"말로 해. 난 네 목소리도 맘에 들거든."

"……난 너에 관한 일을 일일이 판단하지 않아."

"무슨 말이야? 알아듣게 설명해 봐."

"난 있는 그대로의 널 보고 그 전부를 받아들일 뿐이야. 그만큼 넌 내게……."

잠시 망설이는 태희의 모습에 재경은 조금 초조한 기색으로 물었다.

"네게 뭐?"

"절대적이니까."

태희답지 않게 단호한 대답이었다. 그 단어는 재경을 동요케 하기에 충분했다.

어느샌가 태희가 재경을 똑바로 응시하고 있었다. 그토록 위축되었던 표정은 온데간데없이, 너무도 맑은 눈으로 그를 보고 있었다. 단순히 거역하지 못할 거라는 정도가 아니었다. 그녀는 전부를 줄 것이다. 재경이 원한다고 하면, 그게 뭔지 몰라도 전부 내어줄 것이다. 어째선지 몰라도 그만큼 그녀에게 그가 절대적이니까.

재경은 손을 뻗어 그녀의 눈을 가리고 말았다. 그리고선 거칠어진 목소리로 말했다.

"그런 눈으로 보지 마. 그런 말도 하지 마. 넌 네 생각보다 훨씬 더 연약해."

그런 주제에 재경에게 있을 거라고 상상도 해본 적이 없는 위험한 충동까지 끌어내버린다. 아무것도 모르면서 말이다. 아무것도.

재경은 자신의 손에 가려진 태희의 눈 아래 가만히 다물어진 입술을 바라보았다. 고개를 숙인 뒤 몇 번이고 입술을 맞추려 했지만 머릿속에서 브레이크가 걸렸다.

키스 정도는 할 수 있을 줄 알았는데. 그렇지만 지금 해버리면 단순한 키스가 아니게 될 것이다. 입술이 닿아 버리면, 그대로 폭주하고 말 것 같다.

재경은 그녀를 놓아주려 했다. 하지만 놓기 직전에 마음을 바꿔 태희를 꽉 끌어안았다. 가녀린 몸이 그의 품속에 고스란히 들어와 체온과 함께 심장고동까지 전해 주었다. 아기처럼 빠르게 뛰는 심장. 숨쉬는 것조차 멈추더니 이내 떨리기 시작하는 그녀의 몸.

역시 안 되겠다. 난 이 애를 부수고 싶은 게 아니니까. 재경은 눈을 감은 채 셋을 센 뒤 그녀를 끌어안았던 팔을 풀었다. 그러곤 무슨 일이 있었냐는 듯 산뜻한 목소리로 말했다.

"그만 가자. 이러다 수업에 지각하겠어."

돌아서서 문을 향해 걷는데, 태희가 몇 번이고 급하게 심호흡하는 소리가 들렸다.

그 정도 고통은 당하는 게 옳아. 나는 방금 지독히 간절한 걸 외면했단 말이지. 내 짐작보다 내가 훨씬 더 상냥했다는 게 너한텐 행운인 줄 알아. 재경은 희미하게 웃었다.

하루가 지나, 수학시간이 되었을 때 두통을 핑계로 교실을 나온 재경은 양호실이 아닌 다른 방향으로 걸음을 옮겼다. 도서실로 향했다. 그리고 오십 대 오십의 확률로 짐작했던 대로 재경은 불이 켜지지 않은 침침한 도서실 안의 가장 구석진 자리에서 태희를 발견했다.

그녀는 아주 약간 커튼을 옆으로 젖혀두고 그 틈으로 들어오는 햇살에 의지해 수학문제를 풀고 있었던 것 같다. 그게 추측이 되는 이유는, 지금 그녀가 자고 있기 때문이다.

햇빛이 아스라이 비치는 공간에서 고개를 갸웃하게 하고 자고 있다. 꽤 목이 아플 자세인데도 굉장히 달게 자는지 숨소리가 고르고 편하다.

주변에 여러 장의 B4용지가 흩어져 있다. 그걸 들어서 보고 재경은 미간을 찡그렸다. 복사한 수학문제들이다. 문제집을 복사한 거잖아? 왜 이런 수고를 하지? 그냥 사서 보면 될 걸 가지고. 의아해하면서 재경은 태희의 옆에 앉았다. 바닥에 앉는 것 따위 평소라면 질색했을 그가 너무도 자연스럽게 도서실 바닥에 앉은 것이다. 살짝 태희의 손을 치우고 그녀가 풀던 종이도 가져와 보았다. 열심히 문제를 풀어 놓은 것이 다섯 개 있다. 네 개는 맞았고 하나는 틀렸다. 그 하나는 몇 번이고 풀다가 실패한 것 같다. "WHY??"라고 크게 쓰여져 있고 문제 번호에는 별표가 수도 없이 되어 있다. 쉬운 건데. 약간의 발상의 전환만 하면.

그걸 가르쳐줘야겠다고 생각하고 재경은 펜을 찾았다. 없다. 아무래도 태희는 샤프 하나만 가지고 왔나 보다. 그 하나는 지금 태희가 쥐고 있고. 재경은 손을 뻗어 그녀의 손에서 샤프를 뺐다. 잠을 자면서도 꽉 쥐고 있어서 샤프를 빼는 순간 손이 풀리면서 툭하고 옆으로 떨어져 내렸다. 손바닥이 위로 향한 채 바닥에 떨어진 손에 재경의 눈이 머물렀다.

재경은 샤프를 왼손에서 오른손으로 바꿔 들었다. 그리고 오른손으로 문제를 풀기 시작하면서 왼손을 천천히 아래로 내렸다. 그의 손은 태희의 손 위에 놓였다. 지그시 누르며 움켜쥐었다가 굽혀져 있던 태희의 손가락을 하나씩 폈다. 그리고는 그녀의 손가락에 그대로 자신의 손가락을 겹쳐보았다. 작고, 가느다란 손가락. 약간의 차가움조차 그녀답다.

사각거리던 소리가 그쳤다. 문제 풀이가 끝났다. 훨씬 빨리 끝날 수 있었겠지만 지체되었다. 생전 안 하던 검산까지 했다. 완벽하다고 확신한 후에야 옆에 내려두었다.

"내가 실수할 리가 없지. 당연하잖아. 안 그래?"

그렇게 중얼거리고 재경은 태희를 쳐다보았다. 고개가 왼편으로 기울어져서 얼굴이 잘 보이질 않는다. 재경은 약간 더 옆으로 붙어 앉았다. 그러고는 슬쩍 그녀의 머리를 자신 쪽으로 끌어당겼다. 방향만 바꿔놓을 생각이었는데 인형의 머리처럼 쉽게 오른쪽으로 푹 기울어졌다. 그가 바랐던 것보다 훨씬 더 많이 가까워졌다.

햇살이 따사롭게 비추는 그 얼굴은 무척이나 평온해 보인다. 희미하게 라벤더 향기가 풍긴다고 생각하며 재경은 태희의 얼굴 쪽으로 고개를 가까이했다. 아직 손을 맞대고 있던 태희의 오른손을 들어 손등이 코에 닿을 정도로 가까이 가져왔다. 그의 생각이 맞았다. 피부에서 라벤더와 자스민이 섞인 듯한 향기가 났다. 향기조차 희미한 보랏빛의 이미지가 그녀에게 너무도 잘 어울렸다. 이상할 만큼, 그녀의 하나하나가 다 마음에 든다.

"이건 좀 두려운 일인지도 몰라."

재경은 태희를 바라보면서 그녀의 손등에 살며시 입술을 댔다. 약간은 말라있던 그의 입술이 하염없이 부드러운 태희의 손 위를 춤추듯이 움직이면서 떨어질 줄 몰랐다. 눈까지 감고 그는 이 가냘픈 감각에 취했다. 강렬하진 않지만, 아주 자잘하면서도 따뜻하기 그지없는 나른함이 입술이 닿은 곳에서부터 가슴으로 천천히 번져나가는 느낌이었다.

끝내고 싶지 않을 만큼 나른한 감각을 가누며 재경은 무겁게만 느껴지는 눈꺼풀을 들어올렸다. 팔을 뻗어 태희의 어깨를 감싸 확실하

게 자신에게 끌어당겼다. 그의 어깨에 태희의 어깨가 닿았다. 팔 안에
있는 그녀는 정말로 가냘프다. 며칠 전에 안았을 때 이미 알았기에 기
억하고 있는 줄 알았지만 이렇게 안은 순간 새삼 놀라게 되었다. 그래
서 태희의 잠이 깊다고 안심했으면서도 재경은 조심스럽기 그지없다.

상냥하려고 애쓰는 게 아니라, 저절로 이렇게 되고 만다. 너무 약한
태희의 면면이 그의 모난 심성조차 무르게 만들어가는 것 같다. 이건
별로 달가운 일이 아닌데……. 자신도 모르게 한숨을 내쉬던 그가 언
뜻 놀란 건 바로 그때였다.

"……재경아."

태희의 중얼거림. 한순간 얼었다가 재경이 놀라 태희의 얼굴을 살
폈다. 깨어난 것인가 했는데 그건 아니었다. 잠꼬대였다. 그러면서 그
녀가 빙그레 웃었다. 재경은 어느샌가 따라 웃고 있었다. 그녀가 재경
과 사귀겠다고 말했을 때 지었던 웃음처럼 다정한 미소였다. 그때 손
조차 잡을 수 없었던 그 아이가 이제 이렇게 바로 옆에서 낮잠을 자고
있는 것이다.

시간이 흐르면서 지금 그는 한 가지 지극한 기쁨을 얻었다. 마음에
담은 누군가가, 바로 곁에 있다는 기쁨. 그의 마음에 또 하나의 빛깔
이 스며든 순간이었다.

교무실 안에서 서로가 동시에 상대를 발견했다. 그러나 각자의 용무
를 끝마칠 때까지 둘의 얼굴에 일말의 표정 변화조차 떠오르지 않았다.
야단 같은 걸 맞은 적이 없는 한쪽은 늘 그러했듯 선생 쪽의 저자세 속
에서, 예의는 바르지만 결코 겸손하지는 않은 태도로 무표정을 유지한
채 서 있다. 다른 한쪽은 툭하면 여러 가지 일로 책이 잡히는 바람에,
절대 불손한 것은 아니지만 어쩐지 신경을 거슬리게 하는 그 튀는 태도
로 인해 초래된 불쾌한 상황 속에서도 빙글빙글 미소 짓고 있다.

전자의 용무가 먼저 끝났다. 후자가 용무를 끝내고 교무실 밖으로 나왔을 때, 그를 기다리고 있던 전자를 보게 되었다. 후자는 웃었다. 아주 밝은, 그래서 교활하게 느껴지는 미소를. 전자는 그 미소에도 아무 동요됨 없이 슥 어깨를 돌리며 걷기 시작한다. 후자가 따라 올 것을 의심조차 않는다. 재수 없는 녀석이라고 속으로 중얼거리며 후자, 재인은 두어 걸음쯤 떨어져서 그 뒤를 따라 걸었다. 전자, 즉 재경은 고개도 돌리지 않고 물었다.

"무슨 생각이야, 너?"

"글쎄. 무슨 생각인 걸까?"

어깨를 추켜세우며 재인은 오히려 반문했다. 그러나 이 말에도 재경은 별 반응이 없다. 그저 사무적으로 느껴질 만큼 딱딱하게 말할 뿐이다.

"무슨 장난을 치든 넘어가 줄 거라고 생각하지 마. 태희에게 장난치는 거면 이쯤에서 접어. 애교라고 봐주는 선에서."

"살다 보니 그런 말을 다 듣게 되는 날도 오네. 내 행동이 애교로 보여? 웬일이야?"

"말장난하지 마. 너랑 놀고 싶은 생각 없어."

"네, 네~늘 그렇지. 혼자 할 일에 치어 죽을 만큼 싸여서 주위에 시간 낭비할 여유 같은 건 없으시지. 감정 없는 로봇처럼 매사 칼처럼 정확하고. 근데 그 대단한 한재경도 인간이긴 한가 봐. 여자를 사귄다라. 다른 사람도 아닌 한재경이. 일기에는 잘 쓰고 있어?"

재경의 걸음이 멈췄다. 계단참이었다. 재인은 내려가서 자신의 교실로 재경은 한층 더 올라가 구름다리를 지나 옆 건물로 가야 하는 분기점. 재경은 힐끗 재인을 돌아보며 말했다.

"말했어. 접어. 괜한 문제 일으키지 말고."

그러고서 올라가려는 재경을 붙들어 세운 건 재인의 한마디였다.

"아직 그럴 생각 없어."

천천히 재경이 고개를 돌려 재인의 얼굴을 돌아보았다. 여전히 빙글거리는 미소로 재인은 재경을 보고 있었다.

"그럼 언제 그럴 생각이 들 건데?"

"그렇게 민감하게 굴지 마. 아직 방해할 목적은 없다구. 하지만 굉장히 신경 쓰여서. 다른 사람도 아닌, 한재경이 마음에 둔 상대라니. 내 머리로는 어떤 사람인지 상상도 안 되는 통에, 옆에서 좀 봐야 할 것 같아."

"네 호기심 맞춰줄 의무가 나한테 있었나? 뻔뻔한 건 변함이 없군."

거만한 미소가 잠시 재경의 얼굴에 스쳐갔다. 그런 재경의 냉소에 욱하면서도 재인은 이 정도의 반응을 끌어낸 자신의 행동에 박수라도 치고 싶은 기분 역시 느끼고 있다.

"그건 피차 마찬가지 아냐? 그래도 그처럼 칼을 세울 것까진 없어. 그쪽한테 해가 되게 하고 싶진 않으니까. 단지 확인을 하는 것뿐이야."

"확인?"

"한재경한테 어울릴만한 여자인지. 마음의 한 조각이라도 둘 가치가 있는 건지."

"누가 그런 확인을 부탁했지?"

"뭐, 그냥. 그리고 나 아니면 누가 이런 일을 하겠어? 아무리 싫다고 쳐도 천지간에 유일하게 같은 피가 흐르는 사이에 이 정도 관심은 봐줘야지. 안 그래, 형님?"

"쓸데없는 관심이야. 말했어, 난. 내가 정말 기분 나빠지기 전에 그만둬. 내가 불쾌해지면 어떻게 되는진 잘 알 테니까."

"불쾌라. 내가 형 주위에 알짱댈까 봐? 아니면 윤태희가 날 맘에 들어 할까 봐? 어떤 게 불쾌해질 것 같은 거야?"

"광대 흉내내지마. 너 같은 걸 형제라고 봐 넘겨야 하는 것도 매번 피곤한 일이란 걸 알아야지. 같은 피가 흐른다고 지껄일 거면 뭐 하나 내세울 거라도 갖춘 다음에 해."

억양 없는 말들로 싸늘히 재인을 조롱하고는 재경은 계단을 올라가기 시작했다. 재인은 이를 갈며 그 뒷모습을 노려보다가 다시 한 번씩 웃으며 큰 소리로 말한다.

"걱정 마. 눈앞에 나타나는 일만큼은 내가 최소한으로 자제할 테니. 그래도 윤태희는 안 되겠어. 이대로 접으면 궁금해서 죽을지 몰라서. 고작 여자 하나로 골육상쟁이야 날까?"

재경은 딱히 대답을 할 생각은 없었는데 계단을 한 발짝 한 발짝 올라갈수록 기분이 급속도로 나빠졌다. 몇 번이고 재인의 말들이 머릿속에서 회전하다가, 결국 재경의 입에서 짜증 섞인 중얼거림을 만들어내고 말았다.

"함부로, 그 이름, 지껄이지 마."

"뭐라고?"

재인 역시 대답을 기대한 게 아니었기 때문에 막 내려가다가 위를 올려다보았다. 재경이 재인의 눈을 똑바로 노려보고 있었다.

"윤태희. 그 이름, 너 따위가 지껄이라고 있는 이름 아니야. 네 입에서 다시 한 번 그딴 식으로 그 이름이 나오면 용납 안 해."

"용납 안 하면 어쩔 건데?"

껄렁거리며 재인이 툭 되물었을 때 재경의 눈이 한층 가늘게 굳었다. 상대할 가치도 없다는 듯 고개를 돌린 재경의 발걸음 소리를 들으며 재인은 계속 히죽거리는 미소를 입에 담고 있다가 이내 그 소리가 귀에서 멀어졌을 때, 맥 빠진 한숨을 뱉어냈다.

"쯧, 무정하기는. 피붙이한테 남보다 더 못한 건 누구랑 진짜 판박이라니까."

고개를 내젓던 재인은 문득 재경의 마지막 말에 자신이 대답한 말을 되풀이했다.

"용납 안 하면 어쩔 건데?"

나랑 싸우기라도 해줄까? 그런 거면 몇 백 몇 천 번이라도 윤태희의 이름을 지껄일 수도 있겠지만, 역시 그런 품위 없는 일을 할 재경이 아니다. 그나저나 저 목석한테 저런 반응까지 나오게 하는 걸 보면 윤태희란 애는 대체 뭘까? 재인의 호기심은 오히려 증폭되어 버렸다.

재경이 교무실에서 볼일을 보고 있는 동안 태희는 도서실에서 그가 오기를 기다리면서 책을 보고 있었다. 얼마간 책에 집중하다가 고개를 들고는 바깥 풍경을 바라보았다. 창틀에 머리를 기대고, 몇 조각의 흰 구름 외엔 새 한 마리조차 보이지 않는 하늘을 물끄러미 바라보던 태희는 이내 무료하다고 느껴 옆에 놓아둔 가방에서 CD플레이어를 꺼내들었다.

플레이버튼을 누르자 이어폰으로 JD의 노래가 들려왔다. 재인이 준 CD를 들으면서, 재경을 떠올린 건 역시 노래가사 때문이었다. 이 댄스그룹을 좋아하게 된 건 순전히 그 중 한 멤버가 재경과 닮았기 때문이다. 그러다 이제는 노래들도 좋아하게 되었다. 태희는 미소를 지은 채 JD의 노래를 따라 흥얼거렸다.

"……지마, 동정 따윈 하지 말아. 실수로라도 내게 다가와 버린다면 가차 없이 널 가로채 버릴 거야. 단아한 그 자태로 눈부시게 웃어줘. 절대 행복해지길 절실히 기도할게. 거짓이 아냐. 제발 행복해지길 그 아름다움만큼 슬픈 눈은 하지 말고 누구보다 행복해 주길."

같은 곡을 되풀이해 듣던 태희에게 문득 어떤 일이 생각났다. 영어 시간에 영어 선생님과 재경 간에 사소한 트러블이 있었다. 영어 선생님은 여름방학 과제물로 연습장 1권 분량의 깜지를 제출하라고 했었는데 이 고루한 방법이 재경의 심기를 거슬렀던 모양이다.

재경은 영어수업이 끝나고 쉬는 시간이 되자 영어 선생에게 그런 과제로 시간 낭비할 마음은 없다며 대체할 만한 과제를 달라고 했고, 영어 선생은 복습하는 기분 삼아 과제를 하라고 했다. 그러자 갑자기 재경은 영어 선생을 상대로 영어로 말을 했다. 처음에 당황하는가 싶었던 영어 선생이 재빨리 표정을 수습하고 말을 받아치기 시작했지만 잘 되가나 싶던 대화는, 점차 눈에 띄게 빨라지는 재경의 스피치 속도로 인해 영어 선생이 더듬거리기 시작하더니 종내는 말문이 막히고 말았다. 영어 선생은 붉다 못해 파랗게까지 변한 얼굴로 재경의 과제를 면제해 주었고, 재경이 감사하다고 인사를 하고 일은 일단락되었다. 하지만 그가 자기 자리로 돌아오면서 입가에 담은 싸늘한 미소는 퍽이나 노골적이었다.

영어 선생은 학생들 사이에 인기가 있었기에 이 일로 동정을 사게 되었다. 반면 재경의 오만함은 더욱 과장되어 주변 애들의 머릿속에 심어졌다. 왜 굳이 애들이 다 보는 교실에서 그런 일을 벌였을까 하는 생각과 별도로, 태희에게 그 일은 다른 각도에서 받아들여졌다.

어른을 상대로도 시종일관 우위를 자랑하던 위압감이나, 시종일관 유지된 무표정. 그 내용까지 이해할 수는 없었지만 그런 속도로도 유창하기 그지없던 발음은 얼마나 대단했던가.

"음, 못쓰겠군. 저 녀석 저런 행동 심장에 나빠. 선생님, 설마 자살하는 건 아니겠지?"

소희가 옆에서 얼굴을 찌푸리는 통에 태희는 하고 싶은 말을 꾸욱 참아야 했다. 하지만 새삼 그 일을 떠올리고 태희는 고개를 주억거렸다.

"너무 너무 멋져. 역시나 최고라니까."

도서실 문간에 서서 재경은 그런 태희를 보고 있었다. 창가에 의자를 놓고 앉아서 창밖을 보며 노래를 부르는 태희가 참 즐거워 보여서 방해하면 안 될 것 같은 느낌이었다. 소희와 있을 때 자주 보여주는 저와 같은 밝은 분위기를 아직 재경은 자기 때문에 본 기억은 없다. 그래서 문득 기분이 상했다. 만약 그가 그 자리에 끼어든다면, 그 순간 저 이유 모를 즐거움은 흩어져 버릴 것이다.

자신에게 유머러스한 면이 없다는 건 잘 알고 있다. 재인이 타고난 다른 이에게 사랑받는, 너무나 자연스레 호감을 사는 재주를 그는 타고나지 못했으니까.

태희가 중얼거린 감탄의 말이 어렴풋이 재경에게 들려온 순간, 재경은 발걸음을 크게 하며 태희 쪽으로 걸음을 옮겼다. 태희는 그가 생각했던 대로 재경을 보자 곧 웃음을 거두고 겁먹은 아기 고양이 비슷한 표정으로 돌아와 말했다.

"왔어? 크게 야단맞은 건 아니지?"

"그다지. 형식적인 충고 정도였지."

어제 일이 담임선생님의 귀에까지 들어간 모양인지, 결국 약간의 지적을 감수해야 했다. 하지만 학교의 그 어느 누구도 '한재경'에게 일정선 이상의 터치는 할 수 없다. 그래도 담임으로서 최소한 다른 선생님들의 눈에 흠 잡히지 않을 정도의 역할을 하려는 것에 보조를 맞춰주고 온 것이었다. 지적을 아무 말 없이 받아들인 것 정도로 말이다.

재경은 태희의 옆에 서서 태희가 막 끄고 있는 CD플레이어를 쳐다보았다.

"뭐 들었어? 그거 JD라는 그룹 거야?"

"아…… 응."

"한번 들어보고 싶은데, 줘봐."

재경의 뜻밖의 말에 태희는 주춤하더니 고개를 내저었다.

"네가 들을 만한 게 아냐."

생각지 못한 거절이었다. 그러나 재경의 얼굴이 굳어진 건 태희가 말할 때의 표정 때문이었다. 미소 지으면서 태희는 재경을 태희 자신이 그어 놓은 선 안으로 들어오지 못하게 밀어버렸다. 옅은 미소를 짓고 CD플레이어를 등 뒤로 가리기까지 하면서.

"내가 들을 만한 게 뭔데?"

심상한 표정이며 말투에 태희는 재경의 심기가 뒤틀리고 있다는 걸 눈치 채지 못했다.

"내가 듣는 건 그냥……극히, 세속적인 거야. 예술성 같은 거하곤 거리가 멀어. 네 취향인 재즈나 클래식이랑은……."

"대체 날 어떤 인간으로 생각하는 거야?"

"뭐?"

이번에는 태희도 재경의 날카로운 기분을 느꼈다. 재경은 태희가 자신의 눈치를 보는 걸 깨닫고 더욱 기분이 나빠졌다.

"난 단지 네가 듣고 즐기는 음악이 어떤 건지 궁금했을 뿐이야. 설마하니 내가 그걸 듣고 논평이라도 할까 겁내는 거야?"

"아니, 난……."

"사귀는 상대방의 취향을 알고, 거기에 맞춰주는 건 기본 아닌가? 너도 나 때문에 지난번 공연에도 간 거고. 네가 그다지 편애하지 않았다는 건 알았지만 네가 열심히 들으려고 노력해서 고맙게 생각했어. 그래서 나도 그렇게 해주고 싶은 거고."

"그건 안 돼."

"안 되다니. 무슨 말이야?"

"넌 그러지 말아야 한다구. 내가 너에게 맞추려고 노력할 테니까, 네가 날 위해 맞추려곤 하지 마. 그건 안 되니까."

잠시 재경은 말문이 막혔다. 태희가 무슨 말을 하고 싶은 건지 이해가 안 되었던 것이다. 그래서 태희에게 한 발짝 더 다가가며 다시 물었다.

"어째서? 너와 난 합의하에 사귀는 거지, 넌 내 애완동물 같은 게 아냐. 너만 나한테 맞추다니, 내가 언제 그런 요구라도 했어? 분명히 말하지만 난 네 취향을 존중할 거라고."

재경의 다정한 마음에 기쁜 태희였지만, 그래도 아닌 건 아닌 거라고 생각했다.

"그런 건 서로가 비슷한 수준일 때나 통해. 네가 내 수준으로 끌어내려진다면 난 매우 화가 날 거야. 나 자신한테."

"수준이라니 그건 또 무슨 말이야? 대체 왜 그런 식으로 자신을 폄하하는 거지? 너 저번에도 그렇고 이번에도 이런 식으로 구는 거……. 아냐, 그건 됐다 치고 내가 보기에 넌 조금도 부족하지 않아. 아, 부족한 게 하나 있군. 자신에 대한 믿음은 터무니없이 부족하지."

다그치는 재경의 말에도 태희는 조금도 언짢아하거나 하는 기색 없이 입가에 잔잔한 미소를 머금은 채였다. 그리고 재경의 말이 끝나길 기다려 천천히 말했다.

"믿음이란 건 믿을 거리가 있을 때나 가능한 말이야. 난 믿을 게 없어. 네가 보는 내가 어떤 모습인지 나는 모르지만, 정작 중요한 건 자신이 보고 있는 자아니까. 네 말은 고맙지만, 틀렸어. 난 너무 부족한 게 많아. 그리고 한없이 저속해."

두 사람의 대화가 한창일 때 조금은 열려 있던 도서실 문가에 소희가 나타났다. 소희는 힐끔 태희와 재경 쪽을 본 뒤 시선을 돌려 도서실문 옆 벽에 서 있는 사람을 쳐다보았다. 그리고 방긋 웃으면서 말했다. 아주 작지만 상대방에겐 충분히 들릴 만한 톤으로.

"잠깐 보지, 이재인 군?"

눈을 감은 채 아무 소리도 들리지 않는 헤드폰을 만지작거리고 있던 재인은 반짝 눈을 뜨고 소희에 버금가게 환히 웃었다.

"그럴까요?"

둘 모두 일단은 화기애애한 겉모습을 하고는 장소를 다른 곳으로 옮겼다.

"도둑고양이처럼 거기서 뭘 하고 있던 거냐고 물어볼 필요는 없겠지?"

특활 건물 옥상까지 올라온 뒤, 소희는 휙 등을 돌려 재인에게 말했다. 재인은 헤드폰을 뱅글뱅글 돌리며 피식 웃었다.

"뭐, 본 대로겠죠. 도둑고양이가 할 일이 따로 있을까?"

"네 접근이 순수하지 않다는 건 이미 알았어."

싸늘하기 그지없는 소희의 태도에 재인의 태도 역시 급반전했다. 순식간에 상대방을 깔보는 듯한 냉소를 지었다. 목소리에 담겨졌던 장난기 어린 선량함이란 색깔도 사라졌다.

"이래서 눈치 빠른 여자는 곤란해. 다른 게 부족한 대신 직감만은 칼날 같으니. 그리고 또 아는 게 뭐야, 정소희 선배?"

대번에 말을 내려서 나오는 재인의 태도에도 소희는 눈 하나 깜짝하지 않았다. 재인이 어떤 녀석인지 처음 보는 순간 감이 왔다. 단지 그때는 너무 앞서가는 게 아닌가 싶어 과하게 나가는 걸 자제했지만 그래도 자기 감을 믿었다. 재인의 말처럼 다른 게 부족한 대신 직감만은 칼날 같다고, 소희 역시 자신했다. 그래서 지금도 재인의 눈을 똑바로 보며 말할 수 있었다.

"처음, 네 이름을 듣는 순간 한재경과 관련이 있다는 생각이 들었지. 내 말이 맞지?"

"고작 이름? '재' 자 들어간 이름이 그렇게나 드문가? 희한하네."

"그리고 눈. 넘칠 만큼 웃음을 뿌려대면서도 가끔 싸늘하게 굳는 그 눈. 누구랑 아주 닮았어."

그 말에 재인의 얼굴이 굳어졌다. 살기와도 같은 한기가 일순 그 눈에 감돌았다. 거기엔 소희 역시 주춤하고 말 무언가가 있었다. 그러나

189

그건 순식간의 일. 다음 순간 가면처럼 냉소가 그의 얼굴에 나타났고, 목소리에는 다시 장난기가 어렸다.

"이름자 하나. 그리고 눈. 그리고 또?"

"그리고 또……라고 하면, 안 그래도 될 순간에 사람을 관찰하는 버릇이라고 할까?"

"관찰이라. 안 좋은 버릇은 고치기가 힘들다니까. 감추는 법을 배워야 하는 거였는데. 그래서 자~어디까지라고 추측하는 거지?"

"뭐가 어디까지인데?"

"내가 한재경과 어디까지 관련이 있다고 보는 거냐구, 눈치 빠른 감독관님."

소희는 잠시 망설였지만, 그녀 역시 태연하게 나가기로 했다.

"글쎄. 적어도 사촌 정도까지. 한재경 일가에 설마하니 그 흔한 이씨가 없을까?"

"흠. 뭐 틀린 건 아니야. 그래서? 태희 선배에게 말할 건가?"

"봐서. 네 존재가 태희에게 피해가 간다면, 대번에 널 쳐버리겠어."

단호한 소희의 말에도 재인은 그다지 감흥이 없는 듯 물끄러미 소희의 얼굴을 보다가 고개를 갸웃하며 말했다.

"무섭군. 여자들의 우정이란 것도 존재한다고 치지. 그런데 태희 선배는 뭘 하고 그쪽이 나를 쳐낸단 거지? 태희 선배는 의사능력이 없는 아인가? 보면 상당히 재밌긴 한데, 그럴수록 의심이 가잖아. 윤태희란 사람이 얼마나 약하길래 그쪽이 보모 활약까지 하는지."

"태희가 약한 게 아냐. 걘 사람에게 상처받는 일 말고도 신경 쓸 일이 많으니 할 일이 많이 없는 내가 경호무사 노릇을 하는 거야. 이건 내 재미니까 태희도 방해 못해."

"경호무사라니, 참 독특한 정신세계네. 좋아 좋아, 그쪽의 삶의 보람을 비난하는 건 내가 할 바가 아니지. 그런데 말이야. 그 경호무사란 거 제대로 하려면 눈을 크게 떠야지. 경고할 대상의 번지가 틀렸어. 정작, 그 말 필요한 사람은 따로 있잖아?"

이상하게도 재인의 말을 들으면서 소희는 묘한 쭈뼛거림을 느꼈다. 크게 악의를 담지 않은 느낌이었음에도 재인은 그 말이 필요한 사람이 따로 있다고 너무 당연하다는 듯 중얼거렸다. 재인은 소희의 침묵을 다른 의미로 파악해서 한마디 덧붙였다.

"한재경이 그 마음속에, 그 머릿속에 뭘 담고 있는지 할 일이 많이 없다면 곰곰이 생각할 시간을 가져보는 게 어때? 그 녀석이 단순한 소년으로 보이진 않을 거 아냐?"

머릿속에 떠오르는 불길한 예감은 곧 흩어졌다. 소희는 선이 가는 미소년의 외관에 어울리지 않는 눈을 한 상대에게 말했다.

"한재경이 최악일지도 모른다는 생각을 안 한 건 아니었어. 하지만 태희에겐 맹목적인 상대니까 상관없어. 태희가 절실히 여기는 동안은 옆에서 지켜만 볼 뿐이야. 설사 상처를 입어도 한재경 외엔 안 돼. 그 외의 것은 용납 안 해. 내가 절대로 그렇게 해."

맙소사, 이 여자, 한재경이랑 같은 말을 하네. 소희를 보면서 그만 재인은 싱긋 웃고 말았다. 그것은 지금까지처럼 가면 같은 거하곤 거리가 먼, 정말 곧고 밝은 그런 미소였다. 이제 다른 생각으로 빠지게 되면서 재인은 혼잣말에 가까운 질문을 던졌다.

"하긴 나도 그 끝에 뭐가 있는지 보고 싶기도 해. 하지만 이걸로 되는 걸까?"

8. 미몽(迷夢)

3일간의 기말고사가 끝나고, 일요일과 제헌절로 인한 연휴였던 주말이 끝난 화요일이었다. 시험 마지막 날부터 퍼붓기 시작한 비는 이날 아침까지도 여전했다. 꽤 기분 좋은 하루를 시작한 태희는 비 구경을 하러 들르는 건물의 천창이 보이는 곳까지 올라왔다. 거기에서 먼저 와서 비 구경을 하던 사람과 마주쳤다. 재인이었다. 보통 때처럼 왁스로 바짝 세운 머리가 아니라 차분하게 아래로 내린 머리의 재인은 태희를 보자 활짝 웃으며 손을 흔들었다.

"안녕, 선배. 날씨 좋죠?"

이렇게 비 오는 날씨를 좋아하는 사람이 또 있네 싶어 신기해하면서 태희도 인사를 했다.

"아아, 안녕. 여기는 어쩐 일이야?"

"비 구경이요. 이따금 비 올 땐 여기 와서 가만히 보고 있으면 묘하게 마음이 가라앉는 거 있죠. 그런데 선배는요?"

"……나도 비 구경이라고 할까. 뭐 그래."

"그럼 같이 구경해요. 이왕 하는 거 명상하는 것처럼 폼 잡고 할까요?"

"그냥 해. 꽃놀이하는 것처럼."

"꽃놀이라……. 그러고 보니 벚꽃도 보고프네."

그렇게 중얼거리고 다시 천창을 바라보는 재인을 새삼 태희는 찬찬히 바라보았다. 어딘지 묘하게 통하는 데가 꽤 있다 싶었다. 노래도 그렇고, 비 구경도 하고, 벚꽃이 보고 싶다고도 하고. 태희의 눈에 담긴 호의를 의식한 건지 아닌지 재인은 별다른 표정 변화 없이 태희를 향해 고개를 돌리고는 막 생각난 것처럼 물었다.

"참, 기말고사는 잘 봤어요?"

"음. 그럭저럭. 넌 잘 봤니?"

"말도 마요. 이번에 컨디션이 죽이게 좋더니만, 너무 잘 봐서 겁난다니까요. 사람이 공부도 적당히 해야 하는데 제가 워낙 범생이다 보니."

"어머, 정말? 잘됐네, 그럼."

"……그게 정말로 보여요? 우와, 이런 말로 진짜 축하해 줄려는 사람은 처음이야. 내 인생 16년에 범생이로 보이는 일이 다 있고."

감격의 눈물을 훔치는 제스처를 취하는 재인 때문에 태희는 쿡쿡 소리 내어 웃었다. 정말로 재인은 소희랑 비슷한 구석이 있다. 넉살이라든가 끼가 말이다.

"뭐 수석 걱정을 해야 하는 사람은 선배잖아요. 안 그래요?"

"아냐, 그건. 우리 문과에서 수석은 항상 재경이야. 걘 머리가 정말 좋거든."

자랑하는 어감이 깃든 태희의 말에 재인은 마치 이제야 생각났다는 것처럼 말했다.

"아아! 그 사람, 한재경 선배 말이죠? 태희 선배랑 사귀는."

"어, 어……그게……너도 알아?"

"물론이죠. 귀머거리가 아닌 이상 이 학교에서 그 소식 모를 사람이 있을라구요. 극히 언밸런스하면서도 묘하게 비주얼적인 면은 화려한 커플. 아무튼 한재경 선배 같은 사람과 사귀다니 과연 이란 말들을 했었죠."

"음……역시 어울리지 않지. 나도 잘 이해가 안 되니까."

얼굴을 붉히고 손을 만지작거리는 태희를 보고 재인은 고개를 저었다.

"그런 뜻이 아니라 어떻게 한재경 선배랑 그렇게 된 건지 이상해서요. 그 선밴 근처에 있는 것만으로도 긴장되고 말만큼 사람을 압박하는 구석도 있고, 배경도 배경이려니와 사람 자체도 거의 초인 수준이고……그래서 항상 남위에 군림하는 게 당연한 존재. 이런 거짓말 같은 조건에다 파란 피가 흐를 거라는 말이 떠돌 만큼 성격도 차고 해서 주변에 생길법한 아첨 무리조차 없다는데, 갑자기 선배랑 사귄다는 말이 퍼지고 나니 얼마나 놀랐겠어요?"

"그게, 재경이가 그처럼 냉혈한인 건 아닌데."

다른 사람의 눈에 재경이 어떻게 보이는 건지 확연히 담아내는 재인의 말에 태희는 일견 수긍을 하는 자신에게 놀라, 황급히 여자친구의 입장에서 두둔하는 말을 꺼냈다. 재인은 빙긋 웃으며 그런 태희에게 궁금한 얼굴로 물었다.

"선배에겐 꽤 상냥하다는 얘길 듣긴 했어요. 좋아하는 상대에게라면 다른 면을 보일 수 있다고도 생각하지만요. 근데 선배, 선배는 한재경 선배의 어디가 맘에 든 거죠?"

"그런 걸 왜 묻는데?"

"놀리려는 게 아니라 궁금해서요. 우리 반 여자애들만 해도 한재경 선배 자체는 굉장하다고 하지만 가까이 가기엔 버겁다는 덴 이론이 없거든요. 남자애들조차 그런 견해가 지배적인데, 그런 사람과 사귄다는 건 선배는 그런 버거움 같은 건 없다는 거 아니에요?"

이젠 그런 말이 가능해야 하는지도 모른다. 하지만 태희에겐 재경을 무섭고 버겁게 느끼는 마음이 고스란히 존재했다. 오히려 강도가 더 강해지지 않았나 의심하며 태희는 웃었다.

"나도 버겁긴 마찬가지야. 어디가 맘에 든 걸까……. 아니다, 어디 한 군데 맘에 안 드는 게 없는데 그런 걸 말할 수 있을 턱이 없지. 그러니까 물어도 소용없어. 첫눈에 반한 건 아니었지만 어느 한 순간 반하게 됐어. 그것뿐이야. 아무리 버거워도 지금은 옆에 있다는 게 하늘의 별이라도 딴 것처럼 좋아."

천천히 단어 하나하나를 음미하듯 중얼거리는 태희를 보면서 재인은 일전에 소희가 말했던 대로 사냥감을 살피듯 날카로운 눈을 하고 있었다. 그러다 태희가 말을 끝내고 그를 돌아볼 즈음엔 평소대로 웃는 모습으로 돌아와 말했다.

"그냥 그 사람 자체가, 그저 좋다구요?"

"음. 그저 좋아. 그저 그 빛나는 존재가 있어주는 것만으로도."

다시 천창을 올려다보면서 태희는 소희에게도 몇 번이고 했던 말을 되풀이했다.

있어주는 것만으로도 좋다고? 완전히 소녀 취향이네. 재인은 속으로 조소했다.

생각했던 것만큼 이 사람은 어른스럽지 못한 것 같다. 차분을 넘어 체념한 듯한 태희의 눈빛도 어쩌면 너무 깊이 현실의 반대쪽을 바라보는 데서 비롯된 것인지 모른다. 어른스럽다는 평과 달리 첫인상에서 느낀 자신의 판단대로, 그저 소녀처럼 현실 저편의 순진한 꿈에 취해 있는 거라면, 그녀는 재경에게 어울리지 않는다. 차라리 최악이었다면, 차라리 이 가냘픈 여자애가 자신의 어머니처럼……했다면, 차라리…….

문득 재인이 생각에서 벗어나게 된 건 벨소리 때문이었다. 태희는 발치에 놓아두었던 가방에서 자신의 핸드폰을 꺼내 웃는 얼굴로 전화를 받았다.

"정소희, 웬일이야, 아침부터? 설마 또 결석통보야?"

이내 무슨 말을 들었는지 그 얼굴이 놀람으로 창백해졌다.

"다친 건 팔뿐이래? 왜 다쳤는데? 물어봐야지 그건. 아냐, 갈게. 내가 지금 당장 갈게."

"왜 그래요 선배? 무슨 일이에요?"

재인의 질문에도 경황없이 뛰어 내려가던 태희가 계단을 돌다가 잠시 휘청거리는 걸, 서둘러 재인이 잡아냈다. 마주보게 된 태희의 창백한 안색에 재인이 놀라서 물었다.

"괜찮아요? 무슨 일 때문에 그래요? 소희 선배한테 무슨 일이라도 난 거예요?"

"아, 저기, 재경이 다쳤대. 다쳐서 팔에 석고붕대도 하고, 삼각건까지 하고 왔대. 사고라도 났던 걸까? 아, 어떡하지. 많이 다친 거면 어쩌지?"

"선배, 침착해요. 많이 다쳤으면 결석했을 텐데 왔댔잖아요. 그러니까 교실에 가서 물어보면 돼요. 뛰지 말고 천천히 가요. 어차피 한재경 선배가 있는 곳은 교실이니까."

새파랗게 질렸던 태희의 안색이 재인의 말에 조금은 평온해진 듯했다.

"그래……. 침착해져야지. 철모르는 애처럼 호들갑 떨면 안 돼. 그러면 안 돼. 나는 차분하고 단정한 모습만 보여야 해."

마치 스스로에게 주문을 걸 듯 그렇게 중얼거리는 태희를 재인은 가만히 지켜보았다.

태희가 교실 앞까지 가는 것만 볼 생각이었는데, 손에 든 가방 때문에 얼떨결에 재인도 교실 안까지 따라 들어갔다. 과연 재경은 오른팔에 석고붕대를 하고 삼각건을 한 채였다. 두 사람이 뒷문으로 들어오는 걸 본 재경의 시선은 먼저 태희를 향했고, 이내 그 뒤의 재인에게 한 번 못 박혔다. 태희는 눈에 띄게 창백해진 얼굴로 재경에게 천천히 다가갔다.

"어떻게 된 일이야?"

태희의 물음에 왼손에 턱을 받친 채 재경은 대수롭지 않다는 듯 중얼거렸다.

"어제 승마하다가 실수를 했어. 낙마를 한 게 운이 없게 이렇게 됐어. 심각한 건 아냐."

"낙마……? 그럼 다른데 다친 건 아니야?"

"응. 오른손으로 체중을 받치려다 삐끗한 거뿐이야. 그러니까 걱정할 거 없어."

가벼이 미소를 지어주는 재경을 따라 태희 역시 미소를 지었지만 조금의 생기도 느껴지지 않는 미소였다. 그러나 안도의 마음이 너무도 커서 평소의 그녀였다면 하지 않을 행동을 했다. 마음이 넘쳐서 몸이 제멋대로 움직여 버린다. 소희는 숱하게 많은 눈들이 지켜보고 있는 상황에서 태희가 손을 뻗어 하늘색 삼각건 위에 손을 얹고 그 위를 쓸어 만지는 걸 눈도 깜박이지 않으며 지켜보았다.

"다행이다. 그래도 빨리 나아야 하는데……. 많이 아프진 않아?"

감각이 느껴지지 않는 팔 위에 닿은 태희의 손을 쳐다보는 재경의 눈 역시 소희와 다를 바가 없는 표정을 담고 있었을 것이다. 뒤늦게 재경과 눈이 마주치고서야 자신이 한 일에 얼굴을 붉히며 태희가 손을 거뒀지만, 이미 깊은 근심을 담은 말과 상대의 아픔에 대한 안타까움을 여실히 보여준 손의 어루만짐 같은 건 재경의 뇌리에 뚜렷이 각인되었다. 재경은 평소와 같은 포커페이스로 선선히 대답했다.

"조제된 약에 진통제 성분도 있어선지 별로 아픈 느낌은 없어. 정말 괜찮아. 지금 이렇게 하고 있는 것도 우스울 정도로."

"그래도 조심해야 하는 거지? 이런 건 우습지 않으니까 약 먹는 거 귀찮아하지 마."

"야, 아무리 귀찮아도 한재경이 그런 걸 소홀히 하겠냐? 아픈 내색 안 하는 건 너랑 마찬가지겠지만 자기 관리는 너하고 달리 철저할 거다. 아무튼 와서 앉아. 그러다 땅 꺼지겠다. 어머, 재인 후배? 그거 태희 가방 맞지?"

어색한 분위기 타파를 위해 둘의 시선 사이에 소희가 쑥 끼어들면서 일견 상황은 종료된 듯했다. 소희의 말에 재인이 아직 옆에 있다는 걸 깨달은 태희가 재인을 보았다.

"미안해. 무거웠지?"

"아뇨, 천만에요. 전 이만 가볼게요. 선배."

가방을 건넨 재인이 싱긋 웃으며 목례를 하자, 태희는 부드럽게 미소를 지어보였다.

"응. 수업 잘 받아. 오늘은 고마웠어."

"고마울 것도 세고 셌네요. 그럼 진짜 갈게요. 담에 또 봐요, 선배. 소희 선배두요."

교실에서 나가는 재인을 보고 있던 태희는 재인이 교실 뒷문에서 한 번 손을 흔들자, 그에 응해 손을 들어보였다. 태희의 미소와 달리 그 뒤편에서 날카로운 눈으로 자신을 보고 있는 다른 두 사람의 시선을 뚜렷하게 의식하면서 재인은 교실을 나갔다. 그리고 교실과 한참 멀어진 복도에 이르렀을 때 문득 발걸음을 멈추며 중얼거렸다.

"역시 어울리진 않지만……. 내버려 둬야 하나."

비는 다음날도 계속되었다. 예의 그 장소에서 천창을 보고 있던 재인은 발소리에 고개를 돌렸다. 태희일 거라고 생각했지만 그곳에 서 있는 건 소희였다.

"안녕, 재인 군. 있을 거라곤 확신 못했는데 보게 되니 반갑군."

"여기서 그쪽을 볼 거라곤 생각 못했지만……. 뭐 할 말도 있던 차니까 나도 반가워."

"오오, 피차 용건이 있는 셈인가?"

"그쪽부터 말해봐. 어쨌든 선배니까."

"태희 앞에서만 착한 후배로 있도록 해. 난 맘에도 없는 선배 대우 필요 없어."

"알아서 해. 굳이 찾아온 성의를 생각해준 것뿐이야."

차갑게 뱉어내는 듯한 그의 말투에서 소희는 재인이 평소에 어떤 모습으로 지내던지 본성은 건조한 모래처럼 바싹 말라있을 것 같다는 생각이 들었다. 하지만 어디까지나 그건 남의 일. 깊이 개입할 건 없다. 소희는 찾아온 용건만 말하기로 했다.

"재경이 어디가 좋냐고 물었다며? 어때, 대답 들으니까 뭔가 풀리기라도 하디?"

"대충 10퍼센트 정도는."

"그래서 어쩔 셈인데."

"내버려둘 거야."

"그래? 그거 잘됐네. 방해하겠다고 하면 어쩌나 내심 걱정했는데."

생긋 웃는 소희를 보면서 재인은 가볍게 혀를 찼다.

"그리 기뻐할 일만도 아닌 것 같지만, 어쨌든 그 녀석이 조금은 변하는 걸 기대할 수 있다면 나쁘진 않겠지. 일종의 성장촉진제로서 말이야."

"그건 마찬가지야. 나 역시 태희가 변했으면 하는 바람으로 재경일 밀어준 거니까. 한재경처럼 태양형인 사람이라면 태희에게 빛이 되어 줄지 모른다는 기대로."

"태양형? 그거, 한재경을 보고 하는 말이야?"

"그럼 아니야? 그처럼 강한 존재감에 능력, 타고난 혜택까지. 전형적이잖아."

웃기지 마, 그 녀석이 어딜 봐서 라는 말이 재인의 목 끝까지 치밀어 올랐지만, 직접적으로 표현하진 않았다. 대신 그는 말했다.

"뭐 어쨌든 윤태희처럼 무균실에서 자란 듯 청결한 사람에겐 그 녀석도 인간적이 되는 모양이니까. 한재경 이상형이 그런 연약한 온실 속 화초라는 건……뜻밖에 재밌기도 하고."

비아냥댄다기보다는 그저 조금 가라앉은 편인 재인의 말을 들으면서 소희는 이게 태희를 말하는 건가……? 하고 속으로 묻고 있었다. 온실 속 화초라니. 태희가 다른 사람 눈에는 그런 식으로도 보일 수 있는 건가 싶어 쿡 웃으면서 소희는 중얼거렸다.

"온실에서 자란 화초였다면 한재경을 좋아하는 일도 없었을 테지만. 이상하게도 그 둘이 끌리는 건 사실이니까. 근데 넌 계속 태희 주변을 맴돌 생각은 아니지?"

"방해만 하지 않으면 되는 거 아냐? 난 보고 싶어. 형의 인간적인 면 말이야."

"형? 역시 사촌 간이야? 외사촌쯤 돼?"

"글쎄. 그쯤 되는 관계인가?"

"사촌이면 사촌이지 왜 '그쯤 되는'이란 말이 들어가는 거야?"

"그렇다고 해두자고. 아무튼 그쪽과 난 동맹이 된 거지?"

"동맹이라니? 상호불가침조약일 뿐이야. 전에 했던 경고는 앞으로도 유효해. 조금이라도 이상한 수작을 부린다 싶으면 조약은 깨지는 거야."

"홋, 그렇게 해. 동맹이 계속될 거라곤 나 역시 안 믿으니까. 구경꾼 노릇을 하다가 그래도 지나친 피해를 입는다면 구해 줘야지."

"헤에. 아는 척도 안 해준 형에 대한 마음치곤 친절한걸. 사이가 은근히 좋나 봐?"

바늘같이 콕콕 쑤시는 말을 해대는 소희를 보는 재인의 얼굴에 다시 냉소가 서렸다. 형이라니, 웃기고 있네. 어떻게 그 인간이 상처를 입을 거란 생각을 하는지. 그렇게 모르면서 절친한 친구를 그런 녀석에게 주다니. 구해야 할 건 윤태희야. 내가 친구였다면 지금 당장에 그렇게 해. 하지만 내버려두겠어. 멀찍이 떨어져서 구경하는 재미도 만만치 않을 테니까.

이해할 수 없는 일이다. 집을 나서면서 다시 들어보기 시작한 곡들에서도 그다지 매력적인 구석이라곤 찾아볼 수가 없었다. 태희가 좋아한다고 해서 일부러 CD를 다 구입해서 고행을 하는 심정으로 감상해 보았지만, 그럴듯하게 허울만 포장된 댄스음악의 퍼레이드는 결코 그의 마음에 들지 않았다.

JD라고? 아마도 재인이라면 이런 음악을 좋아하는 것도 뭐 그럴법하다고 넘겼을 것이다. 대체 어느 부분이 태희를 끌어당긴 걸까? 뭔가 자신이 놓친 부분이 있을까 싶어 생각을 그만두고 가사와 가락에 집중하려고 노력했다. 하지만 지하철의 둔탁한 고동과 귀에서 전해지는 격한 가락, 그리고 현란하지만 어딘지 잔혹함이 깃든 가사가 멋지게 어우러지면서 시시각각 그를 불쾌하게 만들어갔다. 눈을 감고 그런 불쾌함을 다스리려고 애쓰던 그는 방송을 통해 내릴 역이 된 걸 알고서야 눈을 떴다. 그때 그의 눈에 누군가의 모습이 스쳤다.

창문 너머로 태희가 걸어가는 것이 보인 것이다. 아침부터 잔뜩 찌는 날씨였음에도 풀어 내린 까만 머리에, 신문지로 싼 꽃다발을 들고 있다. 서둘러 지하철에서 내려 태희가 있을 법한 곳을 쳐다보았지만 그다지 학생들이 많지 않았음에도 순간 그는 시야에서 태희를 놓쳤다. 주변을 두리번거리는 그의 귀에 문득, 노래가사가 박히듯이 전해졌다.

-왜 여기 없는 거지, 널 찾고 있는 난데, 어떻게 네가 나를 이렇게 만든 거지?

그의 시야에 다시 태희의 모습이 나타났다. 태희는 역 매점에서 걸어 나오면서 지나치는 남학생과 닿을락 말락 스쳤고, 노골적으로 그녀를 돌아보며 뭔가를 수군대는 방금 전의 남학생이 속한 일행을 향해 힐끗 시선을 던졌다가 고개를 돌렸다. 그런 그녀를 향해 발걸음을 옮기는 재경의 귀에, 또 노래가사가 스며든다.

-내가 널 버린대도 못 갈 줄 알았는데. 나 없는 너만은 살 수가 없을 거라 멀게 만들었잖아. 네가 그렇게 했어. 그런데 행복하니? 그래서 웃는 거야? 내 옆이 아닌데도 행복할 수가 있어?

재경의 걸음이 점차 빨라졌다. 노래는 이제 흐느끼는 듯한 솔로 파트였다.

-당장의 한숨으로 재가 돼버린 듯한 그런 연약함으로 머치게 한 거잖아. 이룰 수 없는 꿈을, 이젠 부서져 버린 꿈을, 내게 보여주고서 눈물로 닿아냈어. 애타는 마음으로 이 몸이 타버리면 산산이 부서져 숨 쉬지 않는다면, 알아줄 수 있겠니 후회할 수 있겠니. 어떻게 네가 나를 이렇게 만든 건지. 어째서 네가 나를 이렇게 만든 건지……

바로 뒤까지 따라잡았다고 생각한 순간 거짓말처럼 태희가 뒤를 돌아보았다. 재경의 얼굴을 보고 깜짝 놀라며 얼굴을 붉혔지만 이내 미소 지으며 말을 건네 왔다.

"오늘은 여기서 보네. 잠 잘 잤어?"

재경은 낯선 사람이라도 보듯 물끄러미 태희를 보면서 고개를 끄덕였다.

"음. 그런대로. 그런데 웬 꽃이야? 수국이잖아?"

"아, 맞아. 소희가 주번이라서 꽃 당번인데도 이제야 막 일어났다잖아. 꽃집에 갔더니 이 꽃도 파는 거 있지? 파란 게 무척 예쁘지 않아?"

"방학이 코앞인데 뭘 굳이."

"아직 나흘은 남았잖아. 그동안이라도 보면 좋지. 소희가 수국 많이 좋아해."

수국을 흐뭇하게 쳐다보는 태희의 안색은 맑고도 투명했다.

재경은 이어폰을 빼면서 찬찬히 주위에 있는 다른 학생들의 모습을 한번 돌아보았다. 개중엔 아는 사람도 몇은 있을지 모르지만 그저 그에게는 풍경에 지나지 않는다. 누구 하나 그의 시선을 멈추게 하는 사람은 없다. 그런 재경을 멈추게 한 건 태희뿐이었다.

출구 계단을 벗어나자 뜨거운 햇빛이 눈을 부시게 했다. 푹푹 찌는 습기가 벌써부터 기승인가 싶어서 눈시울을 찌푸리며 재경은 하늘을 한번 쳐다보고는 시선을 태희에게 옮겼다. 태희 역시 더위에 질린 듯 얇은 한숨을 내쉬고 있었다. 허리 바로 위에서 찰랑이는 새까만 머리카락은 햇살에 반짝이며 부드러운 빛의 파장을 그려내고 있었지만 지금의 이 더위에선 그녀를 붙잡은 족쇄같이 느껴질 터였다.

"머리, 덥지 않아?"

"응, 조금. 왜? 답답해 보여?"

"그런 건 아냐. 보기엔 예쁘지만······네가 더워하는 것 같아서."

예쁘단 말에 태희는 금세 얼굴을 붉혔다.

"괜찮아. 견딜만해."

"내가 묶으라면 묶을 거야?"

재경이 그저 툭하고 던져본 말에 태희는 고개를 갸웃했다.

"묶을까?"

"그래. 묶는 게 좋겠어."

"알았어. 저기……잠깐 이것 좀 들어줄래?"

가방에서 머리끈을 찾기 위해 재경에게 수국다발을 내밀자 재경은 잠자코 꽃다발을 받았다. 머리끈을 찾은 태희는 포니테일로 머리를 높게 묶었다. 그리곤 재경을 향해 물었다.

"괜찮아? 단정한지 모르겠네."

"깔끔해. 여느 때처럼."

그 말에 방긋 웃고는 재경에게서 꽃다발을 받아드는 태희를 보며 재경은 다시 생각에 빠졌다. 싫은 내색 한번 없이 그가 하라는 대로 한다. 사귀기 시작한 이래 그의 뜻을 거스르는 일은 거의 하지 않았다. 이따금 의견이 달라 그가 고압적인 태도를 보일 때조차도 불쾌한 기색조차 없이 그저 웃기만 했다. 그녀는 마치 순종적인 애완견 같다. 옆에 두고 싶었지만 이런 식으로 자기주장 하나 없이 자신에게만 맞춰 주려는 태희를 보고 싶었던 게 아니다.

"참, 미국 출발은 언제야? 다음 주 초랬지? 정확히 언제?"

문득 태희의 질문에 재경은 다시 한 번만 그녀를 시험해 보기로 했다.

"27일 오후야. 다음 달 20일 전엔 들어올 거고."

"화요일이네. 담 주에 또 비 온다는데 날씨 괜찮을까?"

"수요일부터 본격적으로 온댔으니까. 다녀오는 길에 뭐 사다줄까? 갖고 싶은 거 말해봐."

"아냐, 그럴 필요 없어. 갖고 싶은 거 없어. 말만으로도 고마워."

"기념품 정도니까 부담 안 돼. 아, 향수 정도가 좋겠어?"

"정말 신경 안 써도 돼. 넌 공부하러 가는 거잖아. 나 때문에 시간 낭비하지 마."

겸손하게 한 번쯤 해보는 사양 정도라면 좋을 텐데, 이 말에 정말로 진심이 담겼다는 걸 알아서 재경의 기분이 뒤틀려 버렸다. 그래서 순간 싸늘한 눈으로 태희를 보며 물었다.

"갖고 싶은 게 하나도 없다고?"

열심히 수국을 보느라 태희는 재경의 눈빛이 유달리 날카로워지는 것도 알아채지 못했다. 약간 시든 꽃잎을 떼어내면서 태희는 별생각 없이 대꾸했다.

"응. 없어. 그냥 재경이 넌 네 일만 신경 써. 그거면 충분해."

재경이 자기제어에 뛰어나다는 게 다행한 일이었다. 순간 재경은 태희의 눈앞에서 수국다발을 뺏어 땅바닥에 후려쳐버리고 싶은, 발작 같은 기분이 들었으니까.

재경은 태희의 말 속에서 보고 만 것이다. 태희가 그와의 사이에 만들어 놓은 접근 가능한 거리를. 바로 옆에 두었다고, 손을 잡았다고 생각했지만, 있는 건 껍데기뿐 그녀의 마음은 예전의 그 거리에서 한 치도 다가오지 않았음을 분명히 깨달았다.

재경이 아무 말이 없는 것에 신경이 쓰여 태희가 고개를 돌려 재경을 보았을 때, 재경은 태희를 보면서 희미한 미소를 짓고 있었다. 태희와 눈이 마주치자 재경의 얼굴에 머문 미소가 좀 더 깊어지면서 억양 없는 목소리가 흘러나왔다.

"필요한 것도 없다니 어쩔 수 없지. 대신, 후회하지 마."

태희는 고개를 끄덕이며 웃는 얼굴로 답했다.

"응. 후회 안 하도록 노력할게."

주얼리 숍의 쇼윈도 앞에서 태희는 잠시 자신의 모습을 살폈다. 가느다란 팔을 들어 밀짚모자를 이리저리 고쳐 써보다가 목덜미에서 반짝이는 목걸이 줄에 시선이 갔다. 태희는 티셔츠 안에 넣어두었던 펜던트를 밖으로 내 보았다. 아름다운 여인의 옆모습이 햇살 아래서 반짝반짝 빛났다. 이토록 예쁜 목걸이를 태희는 혼자 있을 때만 거울 앞에서 물끄러미 들여다보고는 했다. 사람들에게 보이면 그 시선에 목걸이가 닳아서 사라져 버리기라도 할 것처럼. 심지어 소희도 몇 번 보지 못한 목걸이였다.

"정말 예뻐."

자신의 모습이 아니라 목걸이에 반해서 그렇게 쇼윈도 안을 홀린 듯 바라보고 있길 한참.

"그렇게 보지만 말고 들어가서 볼래? 다 잘 어울릴 것 같은데."

아주 가까이에서 들린 목소리에 태희가 깜짝 놀라 고개를 돌렸더니 매우 패셔너블하게 차려입은 남자 둘이 그녀를 보며 히죽거리고 있었다. 전혀 안면이 없는 사람들이었던 터라 태희는 자신 말고 다른 사람에게 한 말인 줄 알고 뒤를 돌아보았다.

"돌아볼 거 없이, 너 말이야. 들어가자. 예쁜 귀걸이라도 선물해 줄게."

페도라를 쓴 남자가 자신 있게 내뱉은 말에 태희는 몇 번이나 눈을 깜박거리다가 물었다.

"왜요?"

"왜긴. 예뻐서. 너처럼 예쁜 아이한텐 다 잘 어울릴 테니까."

이게 일종의 헌팅이었다는 걸 안 것은, 나중에 소희를 만나 이야기하면서 알게 된 사실이고 그 순간에 태희는 이해할 수 없는 남자들의 말과 행동에 바짝 경계하는 고양이처럼 털을 세웠을 뿐이다. 목걸이를 보면서 봄햇살처럼 웃고 있던 미소녀는 온데간데없이, 까칠하고 냉랭한 평소의 태희로 돌아왔다.

"됐어요."

"야, 그냥 보기만 해도 돼. 오 분만이라도. 구경하는 거 나쁠 거 없잖아. 응? 너처럼 예쁜 애하고 말 열 마디 이상도 못하고 헤어지면 태어난 게 후회스러울 것 같아."

페도라를 쓴 남자애의 입에서 너무도 능청스럽게 애원하는 말이 흘러나왔다. 옆에 있던 남자애는 머리에 올려두었던 선글라스를 만지작거리면서 동의하듯 고개를 끄덕였다.

"이 녀석 널 보고 천사가 강림했다고 했어. 말 열 마디쯤 해주는 것도 좋잖아?"

한 명은 예쁘다고 찬양을 하고, 옆에서 다른 한 명은 바람을 넣는다. 다른 여자들이라면 귀가 솔깃했을지도 모르지만 태희의 경계는 더더욱 커졌다.

"아니요, 전 약속이 있어서요. 그럼."

차갑게 말하고 돌아서려는 그녀의 팔을 남자가 붙잡은 건 그때였다.

"일 분만. 그게 싫으면 이름이라도. 응?"

"이거 놔요."

"몇 살이야? 남자친구 있어?"

"그런 게 그쪽하고 무슨 상관이에요? 그리고 나 남자친구 있어요. 이거 놓으라니까요."

"뭐하는 녀석인데? 난 Y대 건축과야. 학생증 보여줘? 수상한 사람으로 보이나봐. 나."

키득거리며 친구랑 이야기하는 모습에 태희는 기가 막혀하며 손을 빼려고 했다.

"그쪽이 뭐하는 사람이든 관심 없다구요. 이 손이나 놔요, 당장 놓으라니까요."

막 그녀의 목소리가 높아지려는데, 누군가 다른 사람의 손이 나타나 페도라 쓴 남자의 손에서 태희의 팔을 빼내며 말했다.

"미안한데, 내가 이 애 남자친구거든요? 그 정도로 하고 꺼져 주시죠?"

설마 재경이가? 하고 깜짝 놀라 쳐다본 태희에게 보인 건 전혀 모르는 남자였다. 빨간 베레모를 쓴 수려한 남자의 얼굴을 멀뚱거리며 쳐다보는데 남자가 태희에게 싱긋 웃었다.

"안에서 기다리라니까 왜 여기 있어? 난 너 햇볕에 타는 거 싫댔잖아. 바보."

툭하고 그녀의 이마를 전혀 아프지 않게 건드리는 그의 손놀림에 태희는 움찔 놀랐지만 그는 조금도 어색하지 않게 태희를 자신의 등 뒤로 감추며 두 남자에게 말했다.

"미인을 알아보는 눈은 좋지만 그만 가세요. 임자 있는 아이니까. 훠이 훠이."

"쳇, 거 봐. 보나마나 누구 달려 있을 거라고 했잖아."

"괜히 헛물만 켰네. 예쁜이. 이 녀석 싫증나면 나중에라도 콜!"

그렇게 말하며 페도라 쓴 남자가 명함 같은 걸 던졌지만 그걸 중간에 잽싸게 가로챈 빨간 베레모 쓴 남자가 장난스럽게 혀를 찼다.

"우린 백년해로할 거예요. 딴 데 가서 알아보세요."

두 남자가 토하는 시늉을 하고는 점차 멀어져 갔다. 자신을 둘러싼 이 알 수 없는 콩트에 멀뚱멀뚱해 하던 태희에게 빨간 베레모가 휙 고개를 돌리며 명함을 들어보였다.

"이거 필요해?"

태희가 고개를 젓자 남자는 태희 앞에서 두 손바닥을 겹치게 했다. 그가 다시 손을 폈을 땐 명함이 온데간데없어 졌다. 마술이다. 태희의 눈이 동그래지자 남자가 웃음을 터뜨렸다.

"순진한 게 귀엽네. 근데 정말 남자친구 있어? 아님 쟤들 떼어 내느라 해본 말이야?"

"아니에요. 있어요. 정말로."

그렇게 말하며 태희는 무심코 목걸이를 꼭 쥐었다. 남자는 눈치가 빨랐다.

"그거 선물해 준 사람인가 보구나. 얼굴 한번 보여주면 안 돼? 곧 이쪽으로 오나?"

"얼굴이요? 만나기로 한 거, 걔 아닌데요."

"핸드폰 사진 같은 거라도."

"없는데……."

"없어? 남자친구라면서 사진 한 장 안 가지고 다녀? 너 외계인이야?"

남자가 묻는 말에 태희의 표정이 자기도 모르게 쌀쌀맞아진 모양이었다. 남자는 자기가 좀 짓궂게 굴었단 걸 알고 곧 한 발 물러서며 말했다.

"농담이야. 나 진드기 아니니까 그런 표정 짓지 마. 그럼 안녕. 어서 누군지 몰라도 만나서 같이 다녀. 안 그러면 또 진드기가 달라붙을지 몰라. 그건 너같이 예쁜 애 숙명이지."

태희가 피식 웃는 모습에 남자는 짧게 몇 마디 덧붙였다.

"세상엔 나 같은 신사만 있는 게 아니거든."

그렇게 말하고 남자는 홱 등을 돌리고 걸어갔다. 얼떨결에 일어난 일들에 태희가 제대로 인사도 못했다는 걸 뒤늦게 깨달았지만 그땐 이미 부르기도 애매해진 거리였다. 멀리 보이는 빨간 베레모를 보면서 태희는 고개를 갸웃하다가 아직도 자신이 목걸이의 펜던트를 꼭 쥐고 있다는 걸 알았다. 그걸 내려다보면서 태희는 중얼거렸다.

"그렇구나. 사진이라. 같이 찍었으면 좋겠다. 다음에 만나면 꼭……."

그러고선 뭐라고 말해서 사진을 찍을까 고민하면서 태희도 약속 장소를 향해 돌아섰다. 손목시계를 보고 종종걸음을 치고 있을 때, 이젠 멀어졌던 빨간 베레모의 남자가 잠깐 멈춰 서서 뒤를 돌아보았다. 하얀 옷의 태희와 밀짚모자가 인파 속으로 섞여 들어가는 모습을 보다가 다시 고개를 돌리고 걸어갔다.

한편, 태희가 있는 곳에서 몇 블록 떨어진 곳에 있는 병원에서 재경이 나오는 중에, 그의 이름을 부르는 소리가 들렸다. 주위를 살펴보니 반대편 인도에서 소희가 손을 흔들고 있었다. 재경에게 기다리라고 크게 소리친 뒤 가까운 횡단보도에서 신호를 기다렸다가 파란불이 켜지자 곧 재경의 앞까지 달려왔다. 방학식이 어제였는데 그새 소희의 머리 색깔은 금색으로 바뀌어 있었다.

"병원 다녀오는 거야? 저기서 나오던데."

"응. 회복 정도를 봐야 하니까. 넌?"

"근처 화방거리 좀 구경할까 하고. 태희랑 네 시에 보기로 했는데 내가 일찍 나왔거든. 미리 보고 나서 좀 찍어놔야지 그 앤 이런데 끌고 다니는 거 싫어해서 말이야."

"그럴 테지. 금세 지치고 말게 눈에 보이는군."

"하하, 그렇지. 근데 진짜 태희 문제는 쇼핑에 도통 관심이 없다는 거야. 여자가 쇼핑을 싫어하다니 말이 되냐? 아, 이게 중요한 게 아니고. 너 이재인 알지? 사촌이라던데."

재경은 잠깐 눈살을 찌푸렸지만 곧 무뚝뚝하게 물었다.

"어떻게 안 거야, 그건. 그 녀석이 그래?"

"좀 걸리는 게 있어서 물어봤거든. 맞는 거 보니 됐네. 귀찮아질 것 같은 예감이 들었는데 아니었나? 뭐 감이 틀릴 때도 있어야 사람이지만."

"감이라? 어떤 예감이었는데?"

"그냥 처음에 한 생각이었어. 그 녀석 왠지 순수하게 접근한 게 아닌 것 같은데 딱히 이유를 모를 때 말이야. 너랑 얽힌 데가 있는 거 알고 어느 정도 풀었는데 태희에 대한 태도에 여전히 껄끄러운데도 있고."

"그것뿐이야? 그 녀석 다른 말은 없었나보지?"

"별 말은. 방해 안 할 거란 확인 정도? 아, 하지만 지켜보겠다고 하더군. 그리고 참, 지나친 피해를 입으면 널 구해 주겠다고."

약간 놀리는 것만 같은 어감이 담긴 소희의 마지막 말에, 재경은 잠깐 놀란 듯 눈을 크게 떴다. 그리고는 발작처럼 웃어댔다.

"하, 아하하하하! 뭐라고? 하하, 무슨 농담을, 아하하하하."

너무 호쾌하게 웃어서 주변의 사람들이 한 번씩 시선을 던질 정도였다. 소희마저 의외의 모습에 잠시 넋을 잃고 그를 바라보기만 했다. 한재경이 이렇게 웃을 줄 아는 녀석이라곤 생각도 못했는데. 그러나 곧 정신을 차린 소희는 뭔지 모르지만 화가 나기 시작했다.

"왜 웃는 거야. 난 들은 대로 말한 건데."

"정말로? 그 녀석이 날 말이야? 나를 태희에게서 구해 주겠다고 했어?"

다그치듯 물어오는 재경의 말에 소희는 주춤하며 말한다.

"'지나친 피해를 입으면 구해 주겠다'고 했어. 그게 그 말 아냐?"

"하하, 그랬단 말이지. 그 녀석이 구해 주겠다고."

여전히 웃음기가 담긴 얼굴이었지만 눈이 전혀 웃질 않았다. 대체 뭐가 그리 우습고, 왜 저처럼 차가운 눈을 하는지 소희는 도무지 알 수가 없다. 그러나 그걸 묻기도 전에 재경은 평소의 포커페이스로 돌아와 소희에게 예의성 인사말을 건넸다.

"뭐 그게 어떤 건지 나중에 보면 알겠지. 그럼 가봐야겠어. 나중에 보자."

"어어? 저기, 있잖아, 태희 앞으로 십오 분 남짓이면 올 거야, 안 보고 가?"

"아직 안 보는 게 좋아. 어제까지 잘 참았거든."

"무슨……소리야? 너희 무슨 문제 있어? 태휜 그런 말 없었는데."

다시 재경이 아까의 그, 눈을 제외한 미소를 띠었다. 무슨 생각을 하는지 짐작도 못할 그런 얼굴로 재경은 살며시 고개를 저으며 말했다.

"문제 같은 게 있을 리 없지, 태희에겐. 그리고 아직은 괜찮아. 아직은 나도 아무 생각이 없으니까 그런 눈 할 거 없어. 정말 가봐야겠군. 더워서 서 있기도 귀찮아……."

그리고 재경은 돌아서서 걸음을 옮기기 시작했다. 소희는 뭔가 더 말을 해야 한다는 기분에 재경을 불러 세웠다.

"한재경, 잠깐만!"

재경이 고개를 돌렸을 땐 다시 소희가 그의 곁까지 뛰어온 뒤였다. 아무 말도 없이 소희를 보며 할 말 있으면 하라는 눈을 하고 있는 재경 때문에, 소희는 답지 않게 긴장을 했지만 최대한 아무렇지도 않은 척 쾌활하게 말을 꺼냈다.

"가서도 태희에게 전화해 줘. 너한텐 그런 말 못했겠지만 매일 전화 기다릴 테니까."

재경은 무슨 생각에서인지 멈칫했고, 지나가는 말처럼 소희에게 물었다.

"너, 태희가 왜 나랑 사귄다고 한지 알아?"

"그야 널 좋아하니까. 그걸 지금 와서 왜 물어?"

"네가 그랬었지. 그 앤 그걸 절대 드러내지 않았을 거라고."

"그랬지. 하지만 네가 원하니까 인정했잖아."

재경이 소리 없이 웃었다. 어쩐지 몹시도 허탈하게 느껴지는 미소를 지은 채 소희의 눈을 보며 말했다. 이해할 수 없는 말을.

"그 애가 날 좋아하는 건 맞아?"

"당연하지, 그걸 진짜 몰라서 물어?"

"**확신해? 윤태희가 날 좋아하고 있다고?**"

평소의 건조한 말투였는데도 어딘가 비꼬여 있는 말이었다. 그러나 그걸 깨달은 건 시간이 어느 정도 지난 뒤의 일이고 이 순간 소희는 조금의 망설임도 없이 대답하고 있었다.

"윤태희는 한재경을 좋아해. 아마 걔 어머니 말곤, 설사 내가 말린대도 네가 원하면 죽으러 가면서도 만족해할 애야. 어처구니없지만 그래. 분명히 그럴 애야."

"어처구니없군. 그건 광신과 다를 게 없어."

"아, 나도 그런 말한 적 있어. 넌 사람이지 신이 아니라고 했는데도 그 녀석 웃기만 했어. 말 그대로 너랑 신이 동격인가 봐."

소희는 웃으면서 장난스레 한 말이었지만 재경은 천천히 고개를 끄덕이며 중얼거렸다.

"꿈속에 있는 거였어……. 실체가 없어도 되는."

나지막한 중얼거림 뒤에 재경은 시계를 확인했다.

"시간 거의 됐는데 가봐. 약속 장소 여기 아닐 거 아냐?"

"그래야 되겠네. 근데, 정말 태희 안 봐?"

고개를 끄덕여 보이곤 재경은 돌아섰다. 소희가 왠지 심란해져서 신호등 앞으로 가서 섰을 때 택시 한 대가 눈앞으로 지나갔고 거기에 재경이 타고 있는 게 보였다. 눈을 감은 채 잠이라도 청하는 듯 고개를 뒤로 젖히고 있었다. 그 차의 뒷모습을 물끄러미 보다가 신호가 바뀌어 사람들이 길을 건너는 걸 알고 서둘러 뛰는 소희에게 벨소리가 들렸다. 태희였다.

길을 건너고, 전화를 받으면서 뒤를 돌아본 소희의 눈에 재경이 탄 택시는 이미 보이지 않았다. 이렇게 가까이 있었는데 얼굴을 못 보게 된 걸 알면 태희가 서운해 할지도 모르니까, 그냥 입 다물기로 했다. 어딘지 묻는 태희에게 소희는 평소처럼 기운차게 대꾸했다.

"미안미안! 꽃단장하다 늦었어. 후딱 뛰어갈게, 기다려라 내 딸!"

애초부터 잘못된 가정(假定)에서 출발했었다. 태희가 재경에게 품고 있는 감정은 LIKE도 LOVE도 아니었다. 그것은 숭배에 가까운 동경, 그리고 그것을 과장한 맹신과 같은 한재경이라는 허상뿐.

알았어야 하는 거였다. 태희가 재경에게 긋고 있는 선은 잘 알고 있었다. 그것을 그는 썩 좋지 않은 재경의 성격으로 인한 두려움 내지는 계속 보기만 했을 뿐 함께 하는 데는 낯선 상대에 대한 수줍음 같은 거라고 지레짐작했었다. 하지만 아니었다. 그 선은 스스로를 그림자로 여겨 상대에 대한 누가 될까 하는 염려에 태희 자신이 친 결계였다.

재경의 생각이 어떤지는 조금도 중요하지 않았던 것이다. 존재하는 자체로 충분하다는 게 무슨 의미인지 이제야 그는 깨달았고, 거기에 담긴 냉혹한 의미도 보았다. 차츰 그는 자신이 뭘 하고 싶어 하는지 파악해나가고 있었다. 지금 이렇게 배신이라도 당한 듯 화가 나서 끓어오르는 감정조차도 시간이 흐른 뒤엔 차게 식은 머리가 다스릴 수 있을 것이다.

그러면 그때부터 태희를 길들이면 된다. 자신이 신도 아니고, 때문에 인간을 바라보기만 하는 공평하기 그지없는 무관심 따위 전혀 가지고 있지 못함을 알게 하겠다. 누군가를 원하는 것이 어디까지 갈 수 있는 감정인지, 한번 가보는 거다. 그래서 그에게 바라는 것은 하나도 없다고 말했던 태희가 언제까지 그 미소를 계속 지을 수 있는지, 지켜보겠다.

문득 의문이 생겨났다.

다칠 거야. 나란 녀석, 남들을 다그칠 때 보면 내가 봐도 인간미가 없으니까. 하물며 맘먹고 그 애를 내 멋대로 휘두른다면, 파삭하고 깨질지도 몰라. 그렇게 해서까지 가져야 하나? 내 맘에 안 든다고 그 애의 평화를 깨뜨릴 필요까지 있나? 내가 끝내자고 하면 그 앤 이유도 묻지 않고 내 뜻을 따를 거고, 그대로 예전의 안전한 자기 틀 속으로 돌아갈 텐데. 아쉬운 건 나 혼자뿐.

그래. 나 혼자뿐. 그렇지만 그러면 굳이 내가 움직인 의미가 없어.

아냐, 아냐. 솔직해지자, 한재경. 밑바닥을 보자구. 이런 건 다 변명이잖아. 그저, **여전히,** 아니, **예전보다 더,** 그 애가 갖고 싶은 거잖아.

내 허상이 아닌 진짜를 보고도 그 애가 변하지 않는다면 그건 진짜란 거겠지. 마음이 어떤 건지 확인하겠어. 가짜라면, 내 손으로 산산이 부숴 버릴 거야. 다시는 뒤돌아볼 생각조차 남지 않을 만큼. ……진짜라면, 설사 나 때문에 부서지고 말았다 해도 내 것으로 만들어 보호할 테니까.

……어떤 경우라도 그 애가 다치고 마는 건가. 운이 없는지도 모르겠다, 윤태희. 애초부터 내 눈에 띄지 않았다면 좋았을걸. 아니면 내 마음이 움직이지 않았다면. 그도 아니면 앞으로의 언젠가라도 내 마음이 변한다면.

흔들리는 차 안에서 아직도 움직이는데 뻑뻑한 느낌이 있는 오른손을 들어 얼굴을 가리며 피식, 재경은 웃음을 흘렸다. 자신이 만들어낸 어둠 속에서 그는 중얼거렸다.

"지나치게 피해를 입으면 구해준댔으니까……"

제 2 장

창백한 달빛 너머에

어슴푸레한 빛인가 싶더니 깨달은 순간
온 주위를 다 채운 채 교교히 미소 짓고 있는 달처럼,
한 조각의 교태도 없이 그저 존재만으로도
시선을 끄는 아름다움도 있는 법이다.
하지만 아직 상처입지 않은 채니까.
아직은 변한 게 없으니까.
아직은 더러워진 게 없으니까.
그래서 더 하얗게 보이는 것일지도.

1. 자각(自覺)

　방학이 끝났다. 학교는 방학 중에 한 번 소집 일에 나온 적 빼고는 꽤나 오랜만이다. 고3이 되면 야자나 보충수업으로 휴일이고 방학이고 생각할 수도 없겠지만 고2까지는 퍽이나 자유롭게 풀어주는 게 이 학교의 방침이다. 그런 느슨한 방침 덕분에 방학 내내 늦게 일어나는 버릇이 들었다가 7시 반 경에 학교에 나오려니 태희는 거의 비몽사몽인 상태였다.

　교정을 걷는 중엔 연거푸 하품이 쏟아졌지만 건물로 들어와서 화장실에서 한참 손을 씻고 나니 조금은 잠이 깨는 것 같았다. 그러나 그것만으론 곤란하다. 오늘은 근 한 달 만에 재경을 본다. 제대로 못 잔 게 여실히 드러나는 얼굴을 하고 재경을 볼 수는 없었다. 그래서 태희는 열심히 얼굴을 두드려 혈색을 좋게 만들려고 애쓴 뒤 파우치에서 핑크빛이 도는 파우더를 꺼내 얼굴에 살짝 바르고 립글로스도 발랐다.

　어느새 3층. 계단을 벗어나서 창가를 따라 걷는데 활짝 열린 창문을 통해 문득 강한 바람이 불어왔다. 단정히 빗었던 머리카락이 흩어지자 태희는 살짝 눈을 찌푸렸다.

"한낮엔 여전히 무더운데 아침나절엔 스산해지기 시작하네."

조그맣게 중얼거리고 어쩐지 감상에 젖어 고개를 돌렸을 때, 태희는 그를 보았다.

막 교실에서 나오던 재경이 태희를 보고 잠깐 멈춰 섰다. 어린아이처럼 눈을 비비고 다시 한 번 확인해 보고 싶은 걸 참는 태희 앞으로 재경이 천천히 걸어왔다.

방학 전에 비해 약간 더 길어진 재경의 머리카락. 햇볕에 그을린 기미는 없다. 방학 전과 비교했을 때 달라진 건 거의 없는……것 같은데 묘한 이질감도 들었다.

보자마자부터 태희의 가슴이 두근거렸다. 가만히 입술을 깨물고 재경을 응시하는 태희를 보며 재경은 무표정하게 걸어갔다. 태희의 바로 앞에서 그가 걸음을 멈췄다. 태희는 재경을 만나면 자기가 먼저 웃으면서 인사하자고 마음먹었던 결심을 까맣게 잊고 있다. 그저 환한 아침 햇살에 보게 된 에로스의 모습에 넋을 잃은 프시케처럼 그를 눈 속에 담고 있었다. 그녀에겐 달콤하기만 한 침묵을 깬 것은 재경이다.

"오랜만이야."

"어……. 응."

낮게 가라앉은 재경의 목소리를 듣는 순간, 태희의 주변에 소리 없는 파문이 일었다. 정말로 재경이다. 목소리, 눈빛, 표정, 생김새 하나하나를 빠짐없이 기억하고 있다고 생각했지만, 잊고 있었던 게 있다. 이 존재감을. 그녀는 그만 환하게 웃고 만다. 괜히 수줍어져서 지금까지 말끄러미 응시하던 그의 눈에서 시선을 돌리며 중얼거렸다.

"오랜만이구나. 정말."

노력한 만큼 오늘따라 화사한 태희의 피부와, 고운 빛깔의 입술. 그렇지만 그런 어설픈 치장이 없다 해도 태희의 이목구비는 고왔을 것이다. 재경이 기억했던 것보다 더.

그래서 마음에 품고 있는 것만으로는 안 되는 것이 있는 법이다. 아무리 좋은 기억력이라 해도 실제 눈으로 보게 되는 순간엔 기억과 실제의 갭에 가벼운 충격을 느끼게 된다.

아니, 가벼운 충격이 아니다. 한 달 가까이 태희를 보지 않으면서, 그녀에 대한 생각을 누르는데 성공했다고 생각했지만 이렇게 보는 순간 모두 부질없는 노력으로 변해 버렸다.

동요했다. 교실 문을 나서면서 창가에서 바깥을 응시하고 서 있는 태희의 모습을 본 순간 온몸에 놀랍도록 차갑고, 무서울 만큼 뜨거운 뭔가가 감돌았다.

무심해지는데 성공한 게 아니라, 한계가 될 정도로 참았다는 걸 깨달았다. 태희에게 다가가는 매 걸음마다 동요는 커졌고, 한 걸음을 남기고 서는 순간엔 기묘한 아찔함까지 느꼈다. 놀라워. 나란 녀석의 인내력은 끝이 없는 모양이야, 라고 재경은 스스로에게 감탄했다.

그러나 그녀가 환히 웃고는 수줍게 고개를 떨어뜨리는 동작에 움찔하고 말았다. 아슬아슬하다. 그는 주먹을 꽉 쥐면서 획 돌아섰다.

"뭔가 마시러 가자."

"아, 응."

뒤에서 종종종 태희가 따라오는 발소리를 들었다. 재경은 무심코 커졌던 보폭을 그녀를 생각해 줄였다. 하지만 아무리 시간이 지나도 태희가 옆으로 다가오는 일은 없다. 계단을 내려가다 힐끗 뒤를 돌아보니 태희는 꼭 세 계단만큼 뒤에서 따라오고 있다. 걸음으로 치면 한 걸음 차이 정도. 재경은 확 손을 뻗어 태희의 팔을 잡아당겼다. 계단 위라서 태희가 깜짝 놀라 비틀거렸지만 재경의 강인한 팔 덕분에 앞으로 고꾸라지거나 하는 일은 없었다. 놀란 가슴을 진정시킬 사이도 없이 재경의 목소리가 태희에게 들려왔다.

"옆에서 걸어."

"아, 내가 걸음이 느려서……."

"그럼 내가 손잡고 걸어줘야 해?"

쓸데없는 변명 말라는 재경의 빈정거림에 태희는 입을 다물었다가 작게 대답했다.

"옆에서 걸을게."

그제야 태희가 재경의 옆으로 다가섰다. 역시 간격이 있긴 하지만 얼굴을 보기 위해 뒤를 돌아봐야 할 정도는 아니다. 그것만으로도 재경은 흡족한 표정을 지었다.

"뭘 마실까? 따뜻한 거? 아니면 차가운 거?"

"너 마시고 싶은 걸로 해. 난 아무래도 좋아."

"〈아무래도〉 같은 건 없어. 따뜻하거나 차갑거나 둘 중 하나도 못 골라?"

그의 목소리는 건조한데도, 짜증이 강하게 배어 있었다. 태희는 황급히 대답했다.

"따뜻한 거면 돼."

"따뜻한 걸로 뭐?"

"커피."

"그 정도 말하는 게 너한텐 그렇게나 어려운 일이야? 애도 아니잖아. 좋고 싫고 정도는 구분해서 말해. 난 그 정도도 못하는 답답한 인간 질색이야."

"응."

태희가 살짝 겁에 질린 표정으로 고개를 끄덕였다. 그 사이에 또다시 그녀의 걸음이 늦어졌다. 태희가 뒤처졌다는 걸 안 순간, 바로 재경이 손을 뻗어 그녀의 팔을 잡았다.

"옆에서 걸으랬지. 두 번 말하게 하지 마."

"미안."

"미안하다는 말도 질색이야. 한 번 말하면 알아들으면 돼. 멍청한 사람 아니잖아, 너."

멍청한 수준은 아닌지 몰라도 굼뜨고 쭈뼛거리게 되는 버릇은 어쩔 수가 없는데. 그래도 그 말을 하면 변명한다고 질책할까 봐 태희는 입술을 꼭 깨물고 말았다. 자꾸만 몸이 재경에게서 멀리로 달아나려는 것처럼 옆으로 가는 걸 겨우 막고 있었다.

그 뒤 말없이 그들의 교실에서 가장 가까운 자판기가 있는 곳까지 걸어갔다. 태희는 거의 발치만 내려다보다가 아주 가끔 재경의 얼굴을 훔쳐보곤 했다. 살짝 쳐다보고 한참 뭔가를 생각하다 고개를 갸웃거린 뒤 다시 그의 얼굴을 쳐다보길 반복했다.

자판기 앞에서 뜨거운 걸로 캔커피를 두 개 뽑은 뒤 태희에게 건네고 그다지 뜨겁지 않은 커피를 입술에 축이는 정도로만 마신 뒤 재경이 물었다.

"왜 그렇게 열심히 보는데? 봐 봤자 그 녀석이 그 녀석이잖아."

"조금……달라진 것 같아서."

"뭐가?"

"잘 모르겠어. 머리가 좀 긴 것 말고는 거의 방학 전이랑 비슷한데, 아주 약간 위화감이 들어서. 아, 말하지 마. 내가 꼭 알아낼 거야."

웬일로 태희가 적극적인 모습으로 목소리를 높인 뒤 재경을 빤히 쳐다보며 눈을 깜박거렸다. 재경은 그녀가 주문한 대로 가만히 있을 생각이었지만, 캔을 두 손으로 꼭 쥐고 홀짝거리면서 눈만 깜박거리는 태희의 모습에 어쩐지 옆얼굴이 간질간질거렸다.

태희는 평소에는 조심성이 극히 많으면서 아주 가끔 아기 고양이 같은 표정이 될 때가 있다. 꼭 지금이 그랬다. 커피를 순식간에 마셔 버린 재경이 어느샌가 비어 버린 캔을 멀뚱멀뚱 응시하다 결국 한숨을 삼키며 태희를 돌아보았다.

"아직도 몰라?"

"음. 조금만 더 보면 알 것도 같은데."

"둔하긴."

빈 캔을 재활용통에 버린 재경이 태희 쪽으로 돌아서나 싶더니 그녀가 보물처럼 꼭 쥐고 있던 캔을 아주 가볍게 손에 넣은 뒤 다른 한 손으로 태희의 어깨를 확 끌어당겼다. 순간, 근처에 있던 다른 학생들이 놀라서 내뱉거나 들이마시는 숨소리가 크게 들려왔다.

정작 태희는 숨소리조차 내지 않았다. 그 순간에 태희는 재경의 베이지색 셔츠가 유달리 빳빳해 보인다고 생각했다. 목에 맨 남색 넥타이도 빳빳해 보였다. 재경이 침을 삼키자 목젖이 움직이는 모습이 똑똑히 보였다. 그제야 태희는 깜짝 놀라 고개를 들었다.

올려다보자 바로 재경의 눈과 마주쳤다. 한 뼘도 되지 않는 간격. 방금 전에 재경은 태희를 끌어당겨서 거의 가슴에 안다시피 했다. 두 팔로 안고 있지만 않을 뿐, 두 사람의 옷이 스칠 정도의 간격이다. 재경이 중얼거리자 숨결까지 태희의 얼굴에 닿았다.

"뭔지 알겠어, 이젠?"

태희는 목부터 천천히 발갛게 물들어가는 얼굴로 눈을 한 번 깜박인 후 말했다.

"키가……컸구나. 그렇지?"

재경이 한쪽 입술을 들어 올리며 웃었다.

"그랬어. 더 이상 안 클 줄 알았는데, 방학 동안에 또 한 번 크더군."

"그럼 이젠 몇 센티미터가 된 거야?"

"글쎄. 정확히는 안 재봐서 몰라. 네 키가 몇이지?"

"165.6. 더 크고 싶은데 안 커."

"그럼 이제 난 186 정도 되나보군."

"부럽다……. 나도 170까진 크고 싶었는데."

태희의 감탄어린 목소리에 재경은 들고 있던 태희의 캔커피를 한 모금 마셨다. 그리곤 커피가 묻은 입술을 혀로 핥으면서 태희를 쳐다보았다. 아주 근사한 미소와 함께.

"넌 그 정도가 좋아. 안으려고 맘먹으면 가슴에 폭 감싸 안을 수 있을 정도. 이렇게 고개를 숙이면……."

그렇게 말하면서 재경이 태희의 얼굴 가까이 고개를 기울였다. 태희의 눈이 최대한으로 커지면서 상체만 뒤로 물러나려 했다. 재경의 다른 손이 태희의 허리를 잡을 것처럼 움직였다가 그대로 돌아왔다. 대신 그는 다시 캔을 홀짝거린 뒤 말했다.

"커피, 마실 만은 한데 식어버렸다. 어쩌냐?"

그러고 그는 찰랑찰랑 반쯤 남은 커피를 확인시킨 뒤 얼음이 되어버린 태희의 손에 직접 들려주었다. 손목시계를 확인하고 그는 몸을 반쯤 돌리며 말했다.

"올라가자. 보충수업 준비해야지."

간신히 태희가 고개를 끄덕이고 종종거리며 재경의 뒤를 따라가다, 힐끗 재경이 돌아보자 깜짝 놀라 옆으로 달려가 섰다. 교실로 올라가는 내내 캔커피를 두 손으로 꼭 쥐고 있었다. 도저히 마실 수도, 그렇다고 버릴 수도 없게 되어버린 캔 때문에 방금 전에 재경이 했던 행동과 말의 충격을 잠시 덮을 수 있었다.

두 사람이 함께 있으면 늘 달라붙곤 하던 다른 학생들의 시선은 오늘도 변함없었다. 아마 앞으로는 더 심각해질지도 모른다. 그래도 태희는 그런 것에 신경 쓸 틈이 없었다. 그녀의 모든 신경은 옆에 있는 재경과 손에 들린 캔커피에 쏟아지고 있었다. 정신없는 와중에 교실로 들어가면서 재경이 먼저 들어가게 비켜주는 순간, 태희는 자기도 모르게 조금 웃었다.

따뜻하다. 모든 게 예전과 같은데도 어쩐지 허전했던 그동안의 기분이 한순간 확 따뜻해져 버렸다. 재경의 옆에서 숨 쉴 수 있는 지금이 이토록 행복할 수가 없다.

역시 그는 그녀에게 빛이었던 것이다. 환하고 따스한 빛.

"아니, 뭣이냐? 니들 나란히 부부동반 출근이냐?"

갑자기 날아든 소희의 말에 태희가 놀라서 고개를 들었다. 언제 와서 자고 있었던지 그새 토끼베개에 한쪽 얼굴이 눌린 소희가 교실에 있는 애들에게 다 들리도록 크게 말했다.

"상납품이냐? 좋다. 바쳐라. 방학이 끝나서 찢어지는 내 마음을 위로해 줄 이는 너뿐이구나. 기특한 것. 이러니 내 너를 총애하지 않을 수 있겠느냐?"

그게 자신이 들고 있던 커피를 보고 하는 말이란 걸 알고 태희는 열심히 고개를 저으며 커피를 뒤로 감추었다.

"어, 커피 새로 뽑아다 줄게. 자고 있어."

"귀찮게 뭐 하러. 남았으면 그거 줘. 한 모금이면 돼."

손을 뻗는 소희의 손을 모른 체하고 태희는 더 열심히 고개를 저었다.

"다 식어서 안 돼. 금방 뽑아올게."

"얼라리…… 저 녀석 기운이 넘치네. 뭔 일로 아침부터 뜀박질이냐."

태희는 조금이라도 지체하면 소희가 캔을 뺏어가기라도 할까 봐 허겁지겁 복도로 뛰어나갔다. 소희가 무슨 영문이냐는 표정으로 재경을 쳐다보았다. 재경은 태희가 나간 교실 뒷문을 보고 있었다. 미소가 배인 입술이 움직이나 싶더니 혀로 윗입술을 핥았다. 일순간 소희는 움찔했다. 그의 시선이 머문 방향과 그가 보인 사소한 행동. 감에 있어선 타의 추종을 불허하는 소희의 머리에 적색경보가 울렸다. 어쨌든 간단한 말로 재경의 주의를 돌렸다.

"약 먹였냐? 너 기념품으로 이상한 약이라도 사다 먹인 거야?"

재경이 천천히 소희를 돌아보더니 피식 웃었다.

"먹일 거면 다른 걸 먹이지."

다른 거 뭐? 목까지 차오른 말을 삼키며 소희가 눈을 깜박거렸다. 머리꼭대기까지 차 있던 잠이 싹 몰려갔다. 체크, 체크. 요주의 인물, 한재경에 느낌표 백육십구만 개. 태희가 캔만 쳐다보면서 걷느라 두 번이나 넘어질 뻔하는 동안 소희는 재경이 태희에게 먹이겠다고 한 게 뭘까 궁금해서 토끼베개 위에서 끙끙거렸다.

고여 있던 태희의 세계가 다시금 급류에 휘말리기 시작했다. 빙글 빙글에, 어질어질에, 깜짝깜짝이다. 거기다 오늘 하나 더 늘어난 것. 두근두근.

화창한 날씨. 8월 27일. 2학기의 시작이었다.

"예뻐라……"

무심코 나온 혼잣말이었지만, 재경은 그 말을 놓치지 않았다.

"어떤 거?"

재경도 고개를 돌려 꽃집 앞에 늘어선 화분이며 꽃들을 훑어보았다. 태희는 별거 아니라고 대답하려다가, 재경이 그런 애매한 말을 싫어한다는 걸 떠올리고 솔직히 대답했다.

"국화가 보기에 좋아서."

"국화?"

"응. 내일이면 벌써 9월이구나 했어. 국화가 한창 예쁠 시기지. 소담한 게 곱지 않아?"

태희의 말에 그다지 동의하지는 않는 표정이면서도 재경은 꽃집 쪽으로 걸음을 옮겼다. 다양한 종류에, 다양한 색을 띤 국화꽃들을 살펴보면서 재경이 물었다.

"어떤 게 갖고 싶어?"

"어, 아냐. 그냥 예쁘다고 한 것뿐이야. 갖고 싶어서 한 말이 아니야."

"이거, 맘에 들어?"

손을 내젓던 태희에게 재경이 흰 실국화를 가리키며 물었다. 흰 실국화는 재경의 손가락이 가리키는 순간 반짝 박히듯 태희의 마음에 들었다. 태희가 고개를 끄덕이자 재경은 밖으로 나온 꽃집 점원에게 한아름만큼의 꽃을 주문해서, 곧 솜씨 좋게 갈무리된 꽃다발을 태희의 손에 들려주었다.

"고마워. 이거 보면 엄마가 매우 즐거워하실 거야. 엄마가 국화를 참 좋아하거든."

"어머니 취향을 닮는가 보네?"

"응. 엄마가 국화를 보시면 곱다, 곱다 하고 말씀하시는 게 귀에 박혀선지 나 역시 자연히 예쁘다고 생각을 해. 어릴 땐 그냥 그랬는데 지금은 조금씩 알 것 같아. 화려하지는 않아도 이 꽃은 어딘지 애절한 정취 같은 게 있어."

"그렇게 좋아? 그것도 역시 대책 없이 아름다운 쪽이야?"

"엄마가 아니었다면 국화꽃도 다른 꽃들과 다를 게 없었을 거야. 보기에 나쁘지 않은 흔한 꽃에 불과했을 거야. 대책 없이 아름다운 건 하나뿐이야. 오직 벚꽃뿐."

"아, 그게 있었지. 그 꽃. 대체 그 꽃의 어디가 그렇게 좋은 건데?"

"소희한테도 했던 말인데 난 벚꽃의 어디가 아니라, '벚꽃' 자체가 좋은 것 같아. 생긴 모습, 이름, 향기. 따져보기 전에 이미 반해 있었어. 활짝 핀 벚꽃을 보고 있으면……."

얼마간의 망설임에 재경은 태희를 쳐다보았다. 국화를 보고 있지만, 국화가 아닌 다른 무엇에 깊이 빠진 눈으로 태희는 시를 읊듯이 감상적으로 중얼거렸다.

"한없이 좋고 좋아서 다른 건 아무것도 생각할 수가 없게 돼."

벚꽃을 보고 있을 땐 세상 따위는 아무래도 좋아진다. 너무도 덧없지만, 분명히 실재하는 완벽한 평화로움. 그것은 언제나 태희의 심장을 두근거리게 만드는 절대적인 마력이다.

"놀랍군. 어떻게 하면 그렇게 뭔가를 좋아할 수 있는 건지, 나로선 상상이 안 돼."

차가운 재경의 목소리가 태희를 깊은 감상에서 헤어 나오게 했다.

"그저 예전엔 막연히 그저 좋구나 하는 그런 수준에 불과했는데……반하게 되고 마는 일이 벌어졌지. 그전의 나였다면 이렇게 흠뻑 빠질거란 거, 말해 줘도 못 믿었을 거야."

"일부러 찾은 건 아니고? 너 퍽이나 감성적인 면이 다분하잖아. 너는 아니라고 해도, 실은 그렇게 절대적인 뭔가를 찾고 싶었던 거 아니야?"

말끄러미 태희가 재경의 얼굴을 쳐다보았다. 둘의 시선이 얼마간 얽혔지만 태희는 웬일로 피하거나 하지 않고 그를 응시하며 말했다.

"난 일부러 뭘 찾아 모험을 감행하는 타입은 아니야. 꿈같은 생각을 많이 하고, 현실보다는 상상 쪽이 더 편하긴 하지만 꿈이 아름다운 건 실제가 아니기 때문이란 것 정도는 알아. 꿈꾸는 대로 현실이 될 거라는 마법 같은 거, 믿지 않게 된지 오래됐거든."

문득 태희가 멈춰 섰다. 차도에 가득한 차들을 스윽 바라보며 태희는 힘없이 중얼거렸다.

"어릴 때 백설공주나 신데렐라보다 먼저 인어공주를 읽었어. 그 예쁜 공주님이 아침 햇살 속에서 물거품이 되는 모습을 수천 번은 더 생각했을 거야. 벚꽃도 어쩌면 그와 같은 선에 있는 걸지도 몰라. 그래도 어쩔 수 없어. 반해 버렸으니 어쩔 수 없는 일이야."

또다시 그런 느낌. 언젠가 벗나무 아래에서 재경이 느꼈던 기이한 감각과 비슷했다. 분명 바로 옆에 있는 태희인데도 그 실재가 불안해지던 느낌이다. 자칫 눈을 뗐다 돌아보면 자취도 없이 사라져 버릴 것만 같은 초조함.

달라진 것이 있다면 그때는 믿을 수 없어서 망설였던 그 몇 초간이 이젠 없어졌단 점이다. 몇 배는 더해진 절박함 속에서 재경은 확 손을 뻗어 태희의 위팔을 잡아당겼다.

갑작스런 동작에 태희가 비틀거리며 재경의 어깨에 부딪혔다. 깜짝 놀란 태희가 옆으로 비켜서려 했지만 재경이 꽉 잡고 있는 팔목 때문에 그러지 못했다. 어리둥절해하면서 자신의 위팔을 잡고 있는 재경의 손과 재경을 올려다보면서 태희가 더듬거렸다.

"어, 저, 저기……이거."

이유를 말해 주지도 않고, 재경은 미간을 찡그리며 말했다.

"너 왜 이렇게 차?"

"어?"

손안에 있는 태희의 팔이 찼다. 재경은 팔을 놓아주고 대신 손을 잡아보았다. 팔보다 손이 더 차가웠다. 재경의 손안에 들어간 자신의 손을 보며 태희는 빠르게 눈을 깜박거렸다.

"벼, 벌거 아니야. 나 원래 수족냉증도 있고 체온도 낮은 편이야. 그래도 참을 만해."

"추워? 세상에. 너 이런 날씨에도 추웠던 거야? 너 아침에 와서 카디건 입는 것도 그래서였어?"

"아……조금 춥잖아. 학교에선 에어컨도 틀고 하니까."

주저주저하며 대답하는 태희를 보며 재경은 한숨을 쉬었다. 습기는 많이 없어졌다고 해도 재경에겐 여전히 여름이 끝나려면 멀게만 느껴졌다.

"그럼 입고 오지, 왜 그걸 학교에 두고 와?"

"금방 집에 갈 텐데 뭐."

"그게 아니라면 어쩔 건데?"

"무슨……."

무슨 뜻이냐고 물으려다 말을 채 잇지 못했다. 재경이 손을 뻗어 태희의 얼굴을 만졌기 때문이었다. 역시나 차가웠다.

"제대로 먹질 않으니 몸이 온도 조절도 못하는 거잖아. 그러니 잠을 그렇게 잘 수밖에 없지. 너 사실은 냉혈동물 같은 거 아니야?"

"그럴 리가 없잖아."

태희가 작게 항변했지만, 재경의 굳은 표정은 풀어지질 않았다. 그는 태희의 손을 잡은 채로, 고개를 돌려 길거리에 있는 숍들을 훑어보다가 멀리에 있는 의류점 간판을 발견했다. 태희는 재경의 손에 이끌려 걸어가다가 재경이 뭘 하려는 건지 깨닫고 황급히 말했다.

"재경아, 나 정말 괜찮아. 견딜만해."

"내가 꼴 보기 싫어. 그러니 잔말 말고 따라와."

휙 돌아보며 위압적으로 내뱉는 재경의 말에 태희는 입을 다물었다. 그가 빠르게 걷는 바람에 태희는 거의 뛰다시피 걸음을 옮겨야 했다. 당연한 듯이 태희의 손을 잡고 있는 재경의 큰 손을 쳐다보면서 태희는 생각했다.

내게 벚꽃은 너와 같아. 깨고 싶지 않은 꿈이라고 생각했었는데. 어떻게 이렇게 현실이 되어 있는 걸까? 꿈이 너무 리얼해서, 현실이라고 착각하는 꿈을 꾸는 걸까?

그렇지만 네 손이 너무도 따뜻한데. 그리고……이렇게나 심장이 두근거리는데.

그녀가 지금껏 꾼 그 어떤 꿈보다도 더 좋은 꿈. 현실이 이따금은 꿈을 추월할 수도 있다는 걸 알고 태희는 자그맣게 미소 지었다.

잠시 후 태희는 연한 바이올렛 빛깔의 브이넥 롱 카디건을 입고 있었다. 루즈한 박스 형식에 흘러내리는 듯한 맵시가 좋았다. 그렇지만 가격이 그만큼 비쌌다. 이십 만원 가까이하는 가격을 보고 태희는 질색을 하며 안 입겠다고 버텼다. 그걸 귓등으로도 들은 척할 재경이 아니었으니 결국 뜻하지 않은 값비싼 선물을 받게 된 셈이다.

"정말……고마워."

"그 말 한 번만 더 하면 나 짜증낸다."

이미 목소리엔 짜증이 배인 주제에, 재경은 그렇게 말했다. 매장에서부터 그는 짜증이 났던 것이다. 그가 골라준 옷은 태희에게 아주 잘 어울렸다. 아주 조금 화사한 빛깔의 옷을 입은 것만으로 눈에 확 띄게 밝게 보여서 그 카디건과 함께 디스플레이 된 물건을 다 사야겠다고 결심한 차였다. 그렇지만 태희는 카디건만으로도 넘친다며 극구 사양했다. 그런 식의 실랑이가 재경에겐 전혀 재미있지 않았다. 사주고 싶어서 사준다는데 그렇게까지 거절할 건 뭐람? 어렵사리 카디건은 입게 하는데 성공했지만 피곤해지고 말았다.

그가 아는 범주에서의 여자들은 남자가 주는 선물을 당연하게 생각하는데, 태희는 왜 그리 완고한지 재경은 이해할 수가 없었다. 익숙하지 않은 거라고 치면 뭐 좋다. 앞으로 그가 주는 건 뭐가 됐든 고분고분하게 받는 법을 가르치면 될 일이다.

그렇게 생각하면서 재경은 잡고 있던 태희의 손을 한 번 꽉 쥐었다. 태희가 움찔 놀라는 기색이 전해졌다. 국화꽃에 얼굴을 묻기라도 할 것처럼 고개를 숙인 채 태희가 물었다.

"집에 안 가?"

"오늘 한가해."

한가하지 않다. 과외가 두 개나 있는 날이었지만 무시할 따름이다. 태희는 어느샌가 어두워진 하늘을 올려다보고는 시각을 확인하고 다시 물었다.

"우리 어디 가는데?"

"밥부터 먹자. 그리고 영화라도 보던가. 이제 안 춥지?"

"응. 그렇긴 한데……."

태희가 말꼬리를 흐리면서 재경이 잡고 있는 자신의 왼손을 쳐다보았다. 아주 난감해 하면서 몇 번이고 입술을 들썩이다가 간신히 말하는데 성공했다.

"손, 놓아주면 좋겠는데."

"왜?"

가슴이 자꾸 두근거려서 안 된다고 말하는 건 안 될 일이고, 태희는 사실만 이야기했다.

"내 손 차잖아. 거기다 땀도 나고……. 거기다 아는 사람이라도 만나면……."

"난 상관없어. 그렇게 싫으면 네가 빼든가."

"아니, 싫다는 게 아니라……. 그냥 그렇다는 말이었어."

재경이 독선적으로 끌어가는 대화에 태희는 꼼짝도 못하고 따라갈 따름이다. 자꾸만 긴장해서 손에선 땀이 배어나오는 것도 민망했다. 하다못해 한번 치마에라도 슥 닦고 싶었다.

그가 골라서 들어간 패밀리 레스토랑에서 겨우 손이 자유로워지는 순간 태희는 만세라도 부르고 싶은 심정이었다. 음식을 주문하면서 받은 물티슈로 너무도 열심히 손을 닦는 그녀의 모습을 재경이 약간 기분 나쁘다는 듯 쳐다본다는 것도 몰랐다.

그래도 본 메뉴가 나와서 식사를 하는 동안엔 그럭저럭 순탄했다. 식사량이 적은 태희였지만 부러 느릿느릿 먹는 재경의 템포에 맞추다 보니 그녀도 보통 때보다는 제법 많이 먹게 되었다. 디저트로 나온 치즈케이크를 태희가 행복해하며 맛보고 있는 동안 재경은 커피를 천천히 마시면서 옆에 있던 메뉴판을 힐끗 보고 말했다.

"칵테일 한 잔쯤 하는 것도 나쁘진 않겠군. 괜찮은 바 알고 있는데 나중에 같이 가자."

"바? 저기 칵테일이라면……술이잖아."

"아, 그게 술이었지. 몰랐네. 가르쳐줘서 고마워."

재경이 말하는 투가 하도 자연스러워서 그게 빈정거린 거란 것도 한 호흡 뒤에 깨달았다. 그래도 태희는 물러나지 않고 말했다.

"그런 거 마시면 안 돼. 우린 미성년자야."

"미성년의 기준이 뭔데?"

"그야……만 20세 이하."

"그런 건 민법에서나 나오는 말이고. 네가 미성년 성년을 나누는 기준이 뭐냐고."

무슨 말인지 몰라 태희가 눈만 깜박거리면서 재경을 보았다. 재경은 블랙커피를 잠자코 마시다가 턱을 괴고 태희를 쳐다보며 말했다.

"세상엔 나이를 허투루 먹는 인간들이 발에 치일 정도로 많아. 거죽만 늙어갈 뿐 안은 열 살 안팎에서 성장이 멈춰버린 인간들이 벌레처럼 많다고. 그런 인간들은 사는 요령은 늘지 몰라도 평생 동안 애 같은 짓으로 멀쩡한 인간들까지 좀먹으면서 살아가지. 이해돼?"

숨죽인 채로, 고개를 끄덕이는 것조차 잊고 태희는 재경의 말을 경청했다. 그녀가 완벽하게 이해했다는 것은 그 눈만 보아도 알 수 있었다. 재경은 말을 이었다.

"법이란 건 말이야, 대개는 그런 인간들을 통제하기 위해서 그보다는 조금 더 나은 수준의 인간들이 만든 잡다한 규칙이야. 만든 녀석들은 요령껏 그 룰을 비켜가면서 살아. 때로 그게 불법이라고 해도 그들은 그걸 합법으로 만드는 재주가 있거든. 법을 기준으로 보면 사람은 두 종류가 있는 셈이지. 법 아래에서 그 선을 넘지 않으려고 조마조마

해 하는 사람들과, 법 위에서 실컷 고무줄놀이를 하는 사람들. 이왕이면 그 후자가 편하지 않겠어?"

재경은 희미하게 웃기까지 했다. 그는 다시 커피잔을 들고 말했다.

"내 옆에 있을 거면 그런 고무줄놀이에 익숙해지는 게 좋아."

재경을 따라 하듯이 태희도 커피잔을 들어서 입에 가져갔지만 어리둥절하기만 했다. 강한 거리감을 느꼈다. 이따금씩 그가 자신의 세계를 보여주는 말을 하면 그저 경탄하는 것만이 지금의 태희가 할 수 있는 일이다.

그런데 재경은 그런 말을 하는 것이다. 자신의 옆에 있을 거면 그런 세계에 익숙해지라고. 무엇을 어떻게. 겁이 덜컥 났다. 재경이 바라는 요구치가 어느 정도인지 갈피를 못 잡겠다. 언젠간 자신에게 실망해 재경이 환멸을 느끼는 것도 당연하다 생각하고 있지만 그래도 최저의 인간으로 보이고 싶지는 않은데. 조금은 치장을 해서 그가 만족해할 만한 부분 하나쯤은 보여주고 싶었다. 그러고 싶어졌다. 나중에 재경이 과거를 기억하더라도, 윤태희의 이러이러한 점 하나는 마음에 들었다, 라는 말을 할 수 있을 정도로.

이젠 무미건조하게만 느껴지는 케이크를 아주 약간 입 안에 넣고 오물거리면서 태희는 재경을 쳐다보았다. 동갑내기가 아니라 열두 살은 위인 것처럼 느껴진다. 그녀가 작게 한숨을 내쉬며 고개를 숙이는 걸 재경이 보고 한 마디 하려던 차였다.

그때 두어 테이블 건너편이 시끄러워졌다. 익숙한 생일축하송이 흘러나오기 시작했다. 커플로 보이는 두 사람 중에서 여자의 생일인 모양이었다. 직원들이 탬버린을 치면서 노래를 불러주었고, 생일케이크의 불을 끄자 남자가 커다란 장미꽃다발과 인형을 안겨주면서 여자를 감격시켰다. 두 사람의 모습을 직원 한 명이 폴라로이드 카메라로 찍어 주었다. 태희는 멍하니 입에 포크를 물고 그쪽을 하염없이 쳐다보왔다. 재경이 톡톡 손등을 건드려서 태희의 주의를 돌렸다.

"부러워? 너무 열심히 쳐다본다?"

"응? 아, 아니. 그냥 보기 좋아서. 아기자기하잖아. 아, 저기 있잖아."

"아기자기라. 너도 꽤 유치한 걸 좋아하는구나."

우리도 함께 사진 한번 찍었으면 좋겠다고 말하려던 태희였지만, 재경이 핀잔하듯 중얼거린 말에 꿀꺽 마른침만 삼키게 되었다.

패밀리 레스토랑을 나오니 어느새 시간이 8시가 넘었다. 영화를 보고 나면 너무 늦어지지 않을까 근심하며 꽃다발을 가만히 끌어안는데, 재경이 손을 뻗어 그녀의 왼손을 다시 가져갔다. 또다시 곤혹스러워진 태희의 표정을 모른 체하고 재경은 물었다.

"아까 하려던 말이 뭐야?"

"아까?"

"아까 그 사람들 보면서 아기자기하다고 했잖아. 그 뒤에 얼버무린 말이 뭐냐고."

"그, 그랬나? 기억이 잘 안 나네."

태희가 시치미를 떼며 고개를 갸웃하는 걸 재경이 눈을 가늘게 뜨고 쳐다보았다. 그때 다시 태희가 움찔하게 되는 일이 벌어졌다. 재경이 태희의 손을 일순 놓아주나 싶더니, 단순히 손을 겹친 게 아니라 손가락 하나하나가 엇갈리게 깍지를 껴서 잡았던 것이다. 그의 크고 단단한 손가락에 태희의 작은 손이 완전히 사로잡히고만 모습이었다. 안 보는 것처럼 하면서 그 손에 모든 신경이 쏠려버린 태희에게 재경이 말했다.

"잘 생각해봐. 생각해낼 시간은 아직 많이 남았으니까."

"새, 생각났어. 사진, 사진이 찍고 싶었던 것뿐이야."

묘하게 핀치에 몰린 기분으로 태희가 대꾸하자 재경은 문득 걸음을 멈추었다.

"사진?"

"그 사람들 보니까 생각이 나서. 방학하고 나서 너랑 사진 한 장도 찍은 게 없다는 걸 알았거든. 하나 기념 삼아 있으면 좋겠다 싶어서. 핸드폰 사진으로라도 말이야."

"그런 기념이 왜 필요한데? 보고 싶으면 이렇게 보면 그만이잖아."

"그럴 수 없는 때가 있잖아. 방학 동안에도 그랬고. 앞일은 모르는 거니까."

그리고 언젠가 이 꿈같은 날이 끝나게 될 테니까.

재경은 태희가 입 밖으로 꺼내지 않은 그 말을 훤히 읽었다. 재경의 얼굴에 싸한 미소가 떠올랐다.

"내가 보고 싶긴 했던 모양이지? 난 방학 동안에 날 완전히 잊은 줄 알고 있었는데."

태희가 무슨 소리냐는 듯 그를 쳐다보았다.

"전화 한 통 없었잖아. 너."

"그건 네가 공부하는데 방해가 될까 봐……."

태희는 억울하다는 듯 눈을 크게 떴지만 재경은 차갑게 빤히 쏘아 보며 대답했다.

"그래? 전화 한 통 해서 잘 지내냐고 묻는 게 너한텐 방해가 되는 모양이지? 너한테 전화할 때는 굉장히 조심해야겠군."

"그런 이야기가 아니잖아. 난 거기서 네 상황을 전혀 모르니 그저 망설였을 뿐이라고. 전화하고 싶었어. 목소리 듣고 싶었단 말이야. 그 렇지만 결국 못했어."

"무슨 사정이든 관심 없어. 이제 와서 변명해도 그다지 감동스럽지 도 않아."

"변명이 아니야. 그런 너야말로 전화 한 통 하지 않았잖아."

"그야 귀찮았으니까."

재경이 딱 잘라 대답한 말에 태희는 입을 다물고 말았다. 재경은 목을 한 번 돌리고는 대수롭지 않다는 투로 말했다.

"그전에 거의 매일 같이 얼굴을 봤으니, 지겨울 만도 한 때였잖아? 그래서 무시했어. 거기선 너 말고도 생각할 게 많았고."

일부러 상처 주려고 하는 말에, 재경은 태희가 어떤 식으로 반응하는지 관찰했다. 태희는 처음엔 놀란 표정이었다가 곧 고개를 숙이면서 꽃을 응시했다. 기뻐하는 표정은 아니었지만 상심한 것 같지도 않았다. 떠보듯이 재경이 물었다.

"기분 나빠?"

"아냐, 괜찮아. 네 일만 신경 쓰면 된다고 한 건 나니까. 진심이었어, 그 말."

마냥 상냥한 것보다 그렇게 쌀쌀한 편이 더 현실적이라 안심도 된다. 가슴 한구석이 쿡쿡 아리는 걸 모른 척하면서 태희는 고개를 들고 빙긋 웃었다.

"다행이다. 내가 전화하지 않은 게, 결과적으론 도움이 된 거잖아."

그런 웃음은, 재경이 바란 게 아니었다. 재경은 태희가 얼굴을 찡그릴 정도로 그녀의 손을 꽉 쥐었다. 그녀가 힘들어하는 모습을 보면서 재경의 얼굴에는 반대로 미소가 떠올랐다.

"이해심이 지독히 많은 여자친구로군. 그런데 말이야, 사진은 안 되겠어."

올려다보는 태희의 얼굴 가까이 고개를 숙이고 재경이 속삭였다.

"뭔가 예쁜 짓을 해봐. 그럼 상으로 원하는 걸 줄 테니까."

마주 쥐고 있던 손을 들어 올려 재경은 태희의 손등에 입술을 댔다. 태희가 놀라서 창백해지는 모습에 그의 미소가 더 깊어졌다.

「그래서 '카트린'의 카디건이 생겼다는 거야? 이야, 그거 굉장하군. 나 거기치 물건 무지 좋아하잖아. 보고 싶다. 연보라색이라. 이번 신상이라고 했지?」

「응. 연보라색이야. 근데 난 이런 거 받는 거 부담스럽단 말이야. 난 뭐 하나 그 애에게 해준 게 없는데 그 앤 자꾸만 뭔가를 사줘. 움직일 때마다 그 애가 모든 경비를 부담하는 거, 정말 불편해. 이젠 밖에서 만난다고 하면 걱정부터 될 것 같아.」

밤에 자려고 누워서 소희와 전화를 하면서 태희는 잠긴 목소리로 그렇게 고백했다. 아직 잘 시간이 한참 남은 소희는 컴퓨터 책상 앞에 앉아 게임 화면을 들여다보며 활력 넘치는 목소리로 그런 태희를 놀려댔다.

「까다롭긴. 예쁜 여자는 그럴 가치가 있는 거야.」

「그만해. 난 지금 진지하다구. 꽃다발 같은 건, 받으면 기쁘고 볼 때 즐겁게 느껴지긴 하지만……그것도 어쩌다 한 번이면 모를까. 아까 씻는데 문득 그런 생각이 들더라. 난 그 애에게 기생하는 버섯 같은 건가 하는.」

「네가 버섯이면 그 녀석이 썩은 나무냐? 썩은 나무에 버섯이면 그 나물에 그 밥이네.」

「어? 그럼 버섯은 아니고. 음, 특별 보호받는 천연기념물쯤 되는 꽃 옆에서 숨어 사는 잡풀? 으아, 이런 이야기를 하려는 게 아니라……. 버섯이고 잡풀이고 간에 중요한 건 난 그 애에게 금전적으로 신세 지는, 음, 혜택 받는, 아, 뭐라고 말해야 할지 모르겠네. 아무튼 그런 기분 싫단 말이야.」

「거 참 말 많다. 어쩔 수 없는 거잖아. 그 녀석이 한 씨 일가로 태어나 평생 돈 고생 모르고 살 거라는 건 누구나 아는 사실이고. 너는 먹고 죽을래도 당장 신고 싶은 구두 하나 살 돈이 없다는 건 내가 아는 사실이야. 그러니 말 다했잖아. 네가 받고 싶지 않다고 사양해도 그 녀석이 주는 건 그 녀석 마음 아니야? 다 자기 능력대로 하는 거야. 네가 아무리 마음이 굴뚝같아도, 지금 네 목에 걸린 목걸이만큼의 답례는 로또에 당첨되지 않는 이상 못해.」

「그래. 이 목걸이. 이런 걸 무슨 마음에 차고 다니는지. 내가 생각했던 것보다 강심장인지도 몰라. 우리 엄마라면 이 목걸이 가격대만 들어도 기함을 할걸.」

「한재경은 눈 하나 깜짝 안 하고도 그런 걸 사서 줄 수 있는 환경인 거고, 넌 그게 안 되는 것뿐이야. 그건 능력이랄 것도 없어. 어느 쪽이 줄을 잘 서서 태어났냐 그 차이지.」

「나도 생각은 그렇게 해. 이건 지금의 내가 어쩔 수 있는 일이 아니고, 이렇게 신경 쓰는 것도 내 자격지심일 뿐이란 거. 재경인 분명 신경조차 쓰지 않는 일이겠지. TV드라마나 책 같은 거 보면서 돈 때문에 갈등하는 거 보면 감정이 문제지 뭐 저런 게 문제가 되나 했는데, 그게 실제로 생기고 보니 여러모로 불편해. 뭔가 명치에 얹힌 것처럼.」

「음……나라면 그냥 좋다고 넙죽 받을 텐데. 에휴, 달리 윤태희겠어? 그렇게 걸리면 한번 진지하게 이야기할 필요가 있지 않을까? 그 녀석 네가 사양하는 걸 그저 겸손일 뿐이라고 생각할 수도 있고. 정확히 이야기하지 않으면 이해 못 할 거야. 그 녀석은 자기가 내는 거에 뭐가 문제가 있다고 생각해본 적도 없을걸.」

「역시 그럴까?」

태희가 한숨을 쉬더니 한동안 머뭇거렸다. 소희는 태희가 따로 뭔가 하고 싶은 말이 있는데 머뭇거린단 걸 캐치했다. 잠자코 기다려주었지만 결국 태희는 요령부득했다.

「그럼 난 잘게. 너도 게임 적당히 하고.」

「에잇! 이 녀석, 당장 실토하지 못할까!」

「에? 뭘?」

「너 그 말 하려고 전화한 거 아니잖아. 뭔가 중요한 이야기가 있어서 전화한 거 아냐? 내일 학교에서 말해도 될 일을 가지고 이 시간에 전화까지 했으면서. 이미 꿈나라로 갔어도 진즉 갔어야 할 녀석이. 말해. 당장 말하지 않으면 네 꿈에 나타나서 목을 졸라줄 테다.」

시계는 11시가 약간 넘었을 뿐이지만 평소라면 태희가 자는 시간이 맞았다. 태희가 웃긴 했지만 웃고 나서도 좀처럼 말할 생각을 안 했다. 소희가 고개를 절레절레 젓고는 말했다.

「지금 말 안 하면, 내일도 안 들어준다. 난 진지한 이야기는 일주일에 한번이야. 다음 주까지 기다려보든가.」

「별로 진지한 건 아니고, 그냥 궁금한 게 있어서……」

「그게 뭔데?」

또 한 차례 뜸을 들이다가 태희가 간신히 입을 열었다.

「예쁜 짓이 뭘까?」

「예쁜 짓? 이건 또 웬 뜬금없는 화두?」

영문을 몰라 되묻는 소희의 말에 태희는 횡설수설했다.

「아, 그냥. 사람 기분 좋게 하는 거 잘하잖아, 너. 늘 엄마 기분도 잘 맞춰주고. 용돈 더 받는 것도 식은죽 먹기라며.」

「그거야 난 잘났으니까. 캬하하하! 내가 맘먹으면 꼬리 아홉 달린 구미호가 대수냐? 왕국도 무너뜨릴 경국지색, 흠, 됐고. 혹시 그 예쁜 짓을 보여야 할 사람이 한재경이냐?」

정색을 하고 소희가 묻는 말에 태희가 꿈쩍 놀라 입을 다물었다. 소희는 탄식했다.

「히야. 이거 이거 잘들 노시는구만. 한재경 그거 인물이야. 어쩌다 태희 입에서 예쁜 짓이 뭐냐는 말이 나오게 할 수 있담? 한 수 배워야겠다. 윤태희, 그렇게 안 봤는데 역시 연애 앞에선 너도 별수 없는 여자구나. 쳇.」

「아니, 아니. 그런 게 아니라 사진을 찍어준다고 해서…….」

「사진? 그건 또 무슨 말이야?」

「둘이 같이 찍은 사진이 갖고 싶다고 했더니 재경이가……뭔가 예쁜 짓을 하면 그렇게 해주겠다고 했어.」

이번엔 소희가 침묵했다. 한참 동안의 정적. 그러다 소희가 벌떡 일어나며 소리쳤다.

「꼴값을 하네! 한재경 그 인간 지가 연예인인 줄 알아! 보기만 하고 찍지는 마세요, 초상권이 있어요 타령도 아니고. 사진 그까짓 거 찍어주면 될 걸 가지고 뭐 예쁜 짓을 하면 찍어주겠다고! 이 배부른 자식! 윤태희, 너 그렇게 사는 거 아니야! 척하면 삼천리, 안 봐도 비디오다! 너 그 녀석이 그렇게 나올 때 암말도 못하고 처다만 봤지? 사진 하나 가지고 비싸게도 구네, 하고 발로 정강이라도 걷어찼어야지, 인마!」

「어떻게 그런 짓을 해.」

소희는 땅이 꺼져라 한숨을 쉬었다. 이 순둥이 녀석 같으니. 생각했던 것보다 훨씬 더 재경에게 끌려 다니고 있는 모양이다. 소희는 주먹을 불끈 쥐면서 심기일전해서 외쳤다.

「좋다, 눈에는 눈, 이에는 이! 이 기회에 네가 주도권을 쥐는 거야!」

「에? 주도권? 난 그런 거 관심 없는데.」

「연애는 주도권 싸움이야, 정신 바짝 차려! 한재경……. 예쁜 짓이라면, 홋, 좋다 이거야. 첫키스는 네가 먼저 하는 거다!」

「에에에?」

엉겁결에 태희의 목소리가 한 옥타브는 올라갔다. 소희가 크게 고개를 끄덕였다.

「생각하는 건 어렵지만 하는 건 간단하다구. 일단 방심시킨 다음에 머리를 붙잡아서 한번 입술을 문지르는 거야. 오케이?」

「으아아, 징그러워!」

「징그럽긴 뭐가, 잠깐, 설마 이미 첫키스 해버린 건 아니지? 나 모르는 새 어른이 되면 안 돼. 태희야, 난 너를 그렇게 키우지 않았다. 네 첫 생리를 기념해 팥빙수를 사준 이 언니를 잊으면 안 된다. 그건 배신이야.」

「몰라, 바보야. 너한테 물어본 내가 다 한심해. 잘래.」

「내 말이 맞다니까. 키스 한 방이면 주도권도 잡고, 예쁜 짓도 한 방에, 어이 어이?」

태희가 삐쳐서는 전화를 먼저 끊어버렸다. 농담처럼 말하긴 했지만 절반은 진심이었는데. 소희는 핸드폰으로 머리를 긁적거리면서 책상 앞에 앉았다. 마우스로 손을 뻗다가 다시금 진지하게 핸드폰을 쳐다보았다. 히죽 웃었다.

태희한테 키스를 하라고 주문하다니. 무리, 무리. 완전 무리. 아마도 이 생각으로 태희는 오늘 밤잠을 설칠 것이다. 내일 아침 파리한 안색이 되어 있을 태희를 생각하며 학교 가기 전에 지하철역 앞 스타벅스에서 아메리카노 두 잔을 사가야지 하고 소희는 마음먹었다.

과연 예상 적중. 태희는 잠을 제대로 설친 모양이다. 늦잠까지 자서 거의 지각할 뻔한 태희를 보고 소희는 배꼽을 잡고 웃었다. 머리 말릴 시간도 없었기에 그토록 싫어하면서도 젖은 머리로 학교에 온 태희가 소희를 보며 입술을 삐죽였다. 꿈에 소희가 나타나 목을 조르진 않았지만, 그녀의 말 덕분에 제대로 가위눌림을 당했던 것이다.

보충수업이 끝나고 화장실에 가서 머리를 매만지는 태희를 따라가서 소희가 솜씨 좋게 땋아 올려 주었다. 그 뒤 태희의 어깨에 손을 올려놓으며 소희가 짓궂게 물었다.

"그래, 예쁜 짓은 생각 좀 하셨는가?"

"시끄러."

곱게 눈을 흘기며 태희가 토라진 척했다. 낄낄거리며 소희가 이죽거렸다.

"그럼 사진은 물 건너가는 거야? 이걸 어쩌나, 아까워서. 죽으면 썩을 몸, 그깟 입술박치기가 뭐 그리 대수라고."

"그렇게 쉬우면 네가 하든가."

"어이, 내가 왜? 꿈에도 생각하기 싫다, 내 이성관은 확고해. 야리야리한 꽃돌이. 내가 죽으라면 죽고 살라면 사는 완벽한 노예가 필요하다고. 으하하하. 어디 있느냐, 마이 프레셔스! 주인님이 벌어 먹일테니 몸만 완벽하면 된다, 넌!"

"……변태."

화장실 안에 쩌렁쩌렁 울리도록 자신의 이성관을 피력하는 소희를 보며 태희는 늘 하는 말을 중얼거렸다. 말은 그렇게 하면서도 웃는다. 아마도 소희는 언젠가 정말 그런 꽃돌이를 얻을 거라고 생각하면서. 립글로스를 바른 뒤 살짝 손가락으로 닦아내는 태희 옆에서 소희도 립글로스를 덧바르면서 물었다.

"진짜로 하나도 생각 못했어?"

태희가 거울 속으로 소희를 쳐다보자 소희가 그녀의 팔에 팔짱을 끼면서 머리를 부비부비 비벼댔다. 동그랗게 눈을 뜬 태희에게 소희가 유난히 간드러진 목소리로 말했다.

"아앙! 오빠앙~태희랑 사진 좀 찍어주세용. 으응?"

말미에 눈을 깜빡깜빡한다. 태희가 멍하니 쳐다보고만 있자 소희가 미간을 찡그렸다.

"애교스럽지 않아? 최강의 애교. 이거면 목석에도 꽃이 핀다. 보장하지."

"최강이라기보다……극악인데. 징그러워."

"쳇, 네가 너무 건조한 거야. 그 녀석도 그 모양인데 너까지 이 모양이니, 과연 뭐가 되긴 되냐? 이러다 손도 못 잡고 십 년 가겠다."

소희의 말에 태희는 말없이 애꿎은 머리만 만져댔다. 자신은 이 모양이 맞지만, 재경인 좀 다른데. 역시 자기가 늦된 걸까 생각하며 태희는 가만히 고개를 갸웃했다.

그날 점심을 먹으러 가는 길에, 소희가 갑자기 멈춰 서더니 태희를 보며 씩 웃었다.

"자, 오늘은 좀 헤어져 보자. 나 말고 다른 이랑 데이트를 하시도록."

"응? 무슨 소리야?"

"도서실에 가봐. 그 녀석이 거기서 기다릴 거다."

"무슨 소리야?"

"어서 가. 한재경 기다리는 거 별로 안 좋아할 테니."

등 떠밀려서 태희가 방향을 바꾸는 동안 소희는 다른 이야기까지 했다. 태희의 필체를 흉내 내서 소희가 쪽지를 재경의 책상에 올려두었단다. 아무 말도 없는 걸 보면 가서 기다릴 게 틀림없다면서 소희는 태희에게 아침에 사온 샌드위치를 건넸다. 곤란해 죽겠다는 표정으로 연신 뒤를 돌아보며 무거운 걸음을 옮기는 태희를 보며 소희는 열심히 손을 흔들었다.

태희가 도서실 안으로 들어갔을 때 서가 제일 안쪽에서 재경은 책을 보고 있었다. 발소리를 조심한다고 했지만 몇 걸음 남자 재경은 돌아보지도 않고 말했다.

"볼만한 책이 거의 없어. 싹 치워버리고 제대로 기증 한번 받아야할 것 같아."

"책이 좀 낡긴 했지?"

고개를 끄덕이며 그의 옆에 가서 서자 재경이 여전히 책을 보면서 말했다.

"생각보다 늦었어. 정소희가 이제야 말해준 거야?"

"에?"

"그 쪽지, 그 애가 장난친 거잖아."

"아……. 알았구나."

"네 필체도 모를까 봐?"

탁 책을 덮고 재경은 원래의 자리에 책을 꽂아 넣었다. 그가 팔을 뻗어 책을 꽂는 걸 태희는 무심코 응시했다. 보통은 작은 사다리를 이용해야 하는 높이였다. 그의 큰 키를 의식하며 다시금 감탄하는데 재경이 서가에 기대서며 태희에게 말했다.

"그래도 이렇게 왔다는 건, 네 나름의 데이트 신청인 거지?"

"어, 엇. 그냥……샌드위치 먹자고. 소희가 기껏 사다준 건데."

쇼핑백을 덥석 들어 올려 얼굴을 가렸다. 빛을 등지고 선 그의 얼굴을 보는 순간, 선명하게 떠올랐다. 그녀의 손가락에 입을 맞추며 예쁜 짓을 해보라고 말하던 그의 모습이. 심장에 무리가 오는 걸 느끼며 태희는 황급히 책상과 의자가 있는 쪽으로 가서 쇼핑백 안에 있는 걸 꺼냈다. 재경이 뒤에서 걸어오는 소리가 태희의 쿵쿵 뛰는 심장소리에 겹쳐졌다.

"음료수가 없다. 나가서 내가 사올게. 너 뭘 마실 거야? 샌드위치니까 아무래도 탄산음료 쪽이……엇."

그녀의 목소리가 희미하게 잦아들고 말았다. 재경이 그녀의 등 뒤에 서 있었다. 옷자락이 스치는 소리가 난다 싶은 순간 재경이 태희의 앞으로 손을 뻗어 태희의 어깨를 끌어당겼다. 등이 그의 가슴에 닿았다. 그가 고개를 비스듬히 숙이자 그의 오른 뺨이 태희의 정수리에 닿았다. 라벤더 향이 나는 태희의 머리카락에 뺨을 지그시 댄 채로 재경은 중얼거렸다.

"……피곤해."

"자, 잠을 잘 못 잤어?"

태희가 간신히 태연하게, 본인은 그렇게 생각했지만 실은 떨리는 가냘픈 목소리로 질문을 했다. 재경은 눈을 감고서 약간 미소 지었다.

"아예 못 잤어. 보고 싶은 책이 생겼는데 짬이 안 나서. 이틀 동안 안 자고 책을 봤어."

"이틀이나. 전혀 몰랐어. 너 평소랑 전혀 다르지 않아 보여서."

"그런 거 티낼 만큼 풋내기 아니야. 약한 건 너 하나면 됐잖아?"

"그래도 아주 졸릴 텐데. 몸은 괜찮아?"

"당연히. 그저, 목이랑 어깨가 뻣뻣한 기분이 질색이야."

"저런……잠시라도 잘 수 있다면, 아! 그렇지. 재경아, 저기."

무슨 생각을 해선지 반색을 하며 태희가 확 뒤를 돌아보다가 바로 앞에 있는 재경의 얼굴을 보고 화들짝 놀라 물러서려 했다. 하지만 바로 뒤에 있는 것도 책상이었던 터라 물러설 공간이 없이 그저 휘청거리기만 했다. 그걸 재경이 잡아주었기 때문에 책상 위로 쓰러진다거나 하진 않았다. 그저, 둘 사이의 거리가 믿을 수 없을 만큼 가까워졌을 뿐이다.

"미안, 내가 자꾸 덤벙대지. 저 말이야, 내가……."

민망해하면서 재경을 쳐다본 태희는 잠시 움찔하며 말을 끊었다. 재경의 눈 때문이었다. 뚫어질 듯 그녀를 응시하는 재경의 눈이 너무도 날카롭고 강렬했다. 갑자기 오슬오슬 목 주위에 한기가 드는 기분. 태희는 가까스로 시선을 피하면서 말했다.

"내가 안마해 줄게. 나 안마는 잘한다고 엄마가 그랬어. 조금이나마 도움이 될 거야."

"안마?"

귀에 들려오는 재경의 목소리가 낯설게 들리는 게 기분 탓일 거라고 태희는 생각했다. 쏟아지는 그의 눈빛에 얼굴과 목이 따끔거리는 느낌 역시 기분 탓일 거다.

"좋아. 한 번 실력을 감상해 보지."

그렇게 말하며 재경이 그녀의 팔을 놓아주었다. 그가 의자에 앉자 태희는 목 주위를 쓸어 만졌다. 소희가 애써 땋아 올려준 머리는 예뻤지만 지금 같아선 늘어뜨릴 장막 같은 머리카락이 몹시 필요하다. 재경이 눈치 채지 못하도록 호흡을 가다듬은 뒤 태희는 재경의 등 뒤로 가서 섰다. 땀이 밴 손을 치마에 한 번 문지르고 재경의 어깨에 손을 올려놓았다.

엄마랑은 너무도 다른 어깨. 바싹 마르고 늘 뻣뻣하게 굳어 있는 엄마의 어깨만 생각하다가 재경의 어깨를 살짝 움켜쥔 순간엔 너무 달라서 움찔 놀랐다. 자신의 손이 유달리 작게만 보인다. 힘을 준다고 주는데도 자신이 잘하고 있는지 확신이 없다.

"정말 잘하는 거 맞아? 난 간지럽기만 한데."

"아, 아냐. 잘해. 힘주지 말고 느긋하게 있어봐."

"힘 같은 거 전혀 준 적 없는데."

재경이 어깨를 으쓱하자 괜히 놀라서 태희는 주춤했다. 얼굴을 마주보지 않아도 그는 태희를 위협할 줄 아나보다.

겉으로 보기에는 호리호리하게만 보이는 재경인데, 엄마와는 비교도 할 수 없을 만큼 넓은 어깨에, 그녀의 손에 닿는 건 운동으로 적당히 다져진 근육이었다. 그 갭을 정확히는 이해 못 해도 손이 깨닫고 있었다. 남자는 원래 이런 건가, 하고 막연히 생각하면서 딴에는 있는 힘껏 안마에 집중하는 태희와 달리 재경은 입술을 깨물고 있었다. 그녀에게 투덜거렸던 대로 태희의 손이 그에게는 몹시 간지럽게만 느껴졌던 것이다.

간지러움엔 약하다. 웃음이 나오려는 걸 입술을 깨물어보고 손등으로 입을 눌러서 참아도 본다. 그만두게 하면 될 일이지만, 그럴 생각은 추호도 없다.

묘한 고문이라고 생각하면서 눈을 감았다. 태희의 손이 목을 주무르나 싶더니 머리를 지압하기 시작했다. 어설프지만 열심히 애쓰고 있을 그 표정을 짐작하니 간지러움도 참을 만한 가치가 있었다. 그리고 어깨와는 달리 머리 지압은 약간의 효과를 보이기 시작했다.

졸음이 몰려왔다. 재경은 갑자기 지독히 무겁게 느껴지는 눈꺼풀을 이겨내려고 했지만 어느샌가 스르륵 눈이 감겼다.

똑딱똑딱 도서실 안에 있는 낡은 벽시계의 초침 소리가 귀에 들릴 정도로 고요해졌다. 창문 사이로 들어오는 햇살이 조금 뜨겁게 느껴질 정도가 되었다. 또륵, 하고 태희의 이마에서 땀 한 방울이 흘러내렸다. 손으로 그걸 닦아내면서 태희는 후훗 하고 웃었다.

"햇볕이 너무 뜨겁다. 커튼 좀 쳐야겠지?"

그렇게 물으면서 창문을 쳐다보는데 기다려도 재경의 대답이 없었다. 태희가 살짝 고개를 기울여 그의 얼굴을 보았다. 재경은 눈을 감고 있다. 설마, 하고 생각하면서 태희는 왼손을 그의 눈앞에서 두 번 흔들었다. 그는 미동도 없었다.

"우와. 안마 대성공! 나 혹시 안마의 천재?"

소희 앞에서나 보일 법한 너스레를 떨면서 태희는 소리 죽여 키득거리며 웃었다. 그의 얼굴에 비치는 햇살이 눈부셔서 보기 좋았지만 태희는 그의 짧은 잠에 조금이라도 보탬을 주고자 창문으로 가서 커튼을 꼭꼭 쳤다. 그대로 태희는 커튼을 친 창문에 기대서서 재경의 모습을 바라보았다. 자는 모습조차 단정하고 흐트러짐이라곤 없는 재경을 물끄러미 응시하면서 자신이 이렇게 가까이에서, 이렇게 마음 놓고 그를 본 적이 없다는 걸 떠올렸다. 바라보기만 하는 것도 너무 좋앴지만 탐스러운 시선은 다른 욕심까지 끌어냈다.

천천히 태희는 그의 옆에 무릎을 웅크리고 앉았다. 바로 옆에 서 있는 것보다 이렇게 앉아서 올려다보는 게 훨씬 마음이 편했다. 그래서 태희는 지금 그녀가 부릴 수 있는 가장 큰 욕심을 내 보았다. 재경의 왼손을 들어서 그 손등에 살며시 뺨을 대 보았다.

아아. 살아 있는 게 믿을 수 없을 만큼 좋은 때도 있구나.

나지막한 한숨과 함께 기쁨으로 충만한 미소가 태희의 얼굴에 피어올랐다.

그녀가 자신만의 것이라 안심한 그 평화로움은 사실 착각이었다. 재경은 눈을 감고 쉬고 있었을 뿐, 잠에 빠지지는 않았던 것이다.

태희가 교황의 옷자락에 입술을 맞추는 듯한 경건한 환희에 젖어 있는 동안 재경은 태희의 뒷머리에서 반짝거리는 은색의 핀을 보고 있었다. 정교하게 땋아 올린 머리에 꽂힌 구슬 모양의 핀들은 조악하고, 유치한 플라스틱. 그럼에도 예뻤다. 예쁘게만 보였다. 우습게도.

그는 다시금 입술을 깨물었다. 아까와는 다른 이유로.

알아 버렸다. 조악한 플라스틱 핀이 그의 눈에 그토록 예쁘게 보인 이유를. 그것을 하고 있는 사람이 태희이니까. 다른 누구도 아닌 태희의 머리카락을 장식하고 있기 때문에.

온몸이 석상처럼 굳어버렸지만 심장은 무섭게 뛰어대고 있었다.

자각. 너무도 선명한 자각.

한재경은 윤태희를 어찌할 수 없을 만큼 좋아하고 있다는.

2. 눈물

"뭐? 안마 해준 걸로, 사진을 찍어주겠다고 했다고?"

「응, 너무 기뻐. 그럴 기분이 들면 같이 찍어주겠대. 고마워 소희야, 네 덕분이야.」

"야, 집어치워. 그럴 기분이 들면? ……뭐야, 핸드폰으로 사진 한 번 찍자는 게 그렇게 힘드냐? 그 녀석 진짜 사람 갖고 장난하나!"

버럭 소리를 지르며 소희가 쥐고 있던 마우스를 모니터에 던지는 시늉을 했다. 소희의 버럭과 달리 핸드폰 저편의 태희는 마냥 신난 모양으로 목소리가 하이톤이다.

「자고 일어나서 사진 찍을 기분이 아니랬어. 그리고 재경이 그런 거 찍는 거 싫어한대. 익숙하질 않대.」

"누군 익숙하냐? 여기서 누가 사진 전문 모델이라도 돼? 참 핑계도 별 된장 같은……."

「그러지 마. 넌 왜 그렇게 재경이 말을 꼬아서만 봐?」

"내가 안 꼬게 생겼냐? 너, 이대로 무작정 그 녀석한테 끌려가면 안

251

돼. 이대로 가다간 나중에 완전히 주인님과 노예가 된다고. 지금부터
라도 슬슬 주도권을 가져와야 한다니까?"

「그런 거 관심 없대도 그런다. 후훗.」

아이고, 한재경. 재주도 좋다. 이 순둥이가 네 말 한마디에 울고 웃
는구나.

그 녀석 말고, 좀 평범한 녀석을 좋아했으면 얼마나 좋았을까. 나이
에 맞게 속이 훤히 들여다보이는 그런 녀석. 세상에 남자가 얼마나 많
은데 하필이면 그런 녀석을……

또 한 번 땅이 꺼져라 한숨을 쉬고 말았다. 이번엔 태희가 걱정스레
물었다.

「왜 그래? 게임이 잘 안 돼?」

"그래. 기껏 폭풍을 피했는데 화재가 났다. 내 사슴 가죽……."

「어우, 불쌍한 우리 소희. 심심한 유감의 뜻을……, 어, 저기, 잠깐
만.」

갑자기 태희의 목소리가 어두워지나 싶더니 잠깐이 아니라 몇 분
가까이 돌아오지 않았다. 소희는 핸드폰을 귀에 댄 채 마우스를 딸깍
거리면서 컴퓨터 화면 아래의 시계를 계속 확인했다. 소희가 미간을
찡그리며 중얼거렸다.

"늦네. 또 무슨 일이지?"

중얼거림이 효과가 있었는지 태희의 목소리가 들려왔다. 그러나 상
황이 나빴다.

「여보세요? 저기, 미안. 나중에 전화할게.」

"태희야, 왜 그래? 부모님 또 싸우셔?"

「좀……. 가봐야 해, 아 저기 나 내일 늦으면 알지? 말 좀 잘해 줘.
미안해.」

"그건 걱정 말고, 태희야 조심해. 저번처럼 다치면-. 아, 끊겼네. 빌

어먹을, 태희 아빠는 대체 언제 죽냔 말이야!"

소희는 결국 마우스를 집어던지고 말았다. 친구가 지옥으로 떨어지는데 아무런 도움도 줄 수 없다는 무력감을 그렇게 표현할 수밖에 없었다.

지옥. 몸이 겪는 아픔보다 마음이 끝도 없는 어둠으로 추락하는 지옥이란 것도 있다. 태희가 보는 지옥은 완벽하게 혼자만의, 구원 불가능한 암흑이었다.

격렬한 증오가 모든 마음을 삼키고 말았다. 방금 전까지 참아냈던 몸의 아픔과 죽음에 대한 공포로 아직도 심장이 조이듯이 아파왔다.

오늘 아버지란 작자가 술에 취해 돌아와서 부린 행패는 도를 넘어섰다. 부엌에서 내일 아침거리를 준비하고 있던 엄마를 보자마자 머리채를 휘어잡고 주먹다짐을 시작했다. 초인종을 두 번이나 울리게 했다는 게 그 이유였다. 태희가 아버지의 팔을 떼어놓으려고 애를 썼지만 아무리 애를 써도 안 되자 사정없이 팔뚝을 물었다. 그 공격에 아버지의 공격 대상이 엄마에서 태희로 바뀌었다. 뺨을 수차례 얻어맞은 것은 기본이고 셀 수도 없이 걷어차였다. 버텼다. 몸은 약하지만, 맞는 덴 이골이 나서 맷집은 있었다. 웃기지만 사실이었다.

그래서 태희가 두 손으로 머릴 감싸고 구석에서 신음소리조차 내지 않으면서 참고 있었는데, 장소가 부엌이었단 게 나빴을까. 아니면 엄마가 모처럼 발휘한 보호본능이 나빴을까. 국을 끓이기 위해 올려두었던 냄비의 물을 엄마가 아버지에게 끼얹었던 것이다. 아직 끓기 전의 물이었으니 그리 뜨겁지는 않았을 것이다. 그러나 그건 아버지의 정신을 차리게 하긴커녕 더 눈앞에 뵈는 게 없게 만들었다.

그는 칼을 집어 들었다. 칼을 목에 겨누며 둘 다 죽여 버리겠다고 소리치는 사람을 바로 앞에서 본다는 것은 끔찍한 일이다. 그것이 한두 번이 아닐 때에도 마찬가지다. 절대로 익숙해지지 않는다. 마음이 강

253

하게 단련되는 게 아니라 극도의 불안이 차곡차곡 마음에 쌓여만 간다. 이번에는, 이번에는 정말로 죽는 게 아닐까? 하는 공포. 그래서 잘못한 게 하나도 없는데도 엎드려서 미친 듯이 빌어야 한다. 그래, 한번 죽여 봐! 라고 소리칠 엄두 같은 건 절대로 낼 수 없다. 절대로……

영원할 것 같던 실랑이가 끝나고, 아버지는 제풀에 지쳐 잠이 들었고, 엄마도 지쳐서 잠이 들었다. 잠들지 못하는 건 태희뿐이다. 아직도 온몸이 부들부들 떨렸다. 맞은 머리가 윙윙하고 울리면서 편두통을 일으켰다. 거듭거듭 같은 생각이 맴돌았다.

요 며칠 정말 행복했는데. 아주 행복해서 세상이 살 만하다고까지 생각했는데. 좋아하는 남자애 생각만 하면서, 그 애를 기쁘게 할 만한 일만 생각하느라 가슴이 두근두근 거렸는데. 역시 그게 사치스러운 고민이었을까? 그래서 또 이렇게 벌을 받는 걸까? 전생이 있다고 하면, 난 아마 끔찍하게 많은 죄를 저지른 게 틀림없다. 그러지 않고선 이럴 수가 없다. 그게 아니라면 저 끔찍한 인간이 아버지일 리도 없고, 이런 개 같은 꼴을 당하면서 살 리도 없다. 뭔가 잘못했으니까 벌을 받는 거라면, 그런 거라고 하면!

신이 있다고 하면 붙잡아 소리치고 따지고 싶은 말들을 속으로 집어삼키면서, 어째선지 발작적으로 터져 나올 것만 같은 웃음을 무시하기 위해 태희는 손가락들을 깨물고 있었다. 울고 싶지 않아서, 발악은 하고 싶지 않아서 모든 감정을 자기 안에 가두기 위해 노력해 왔다. 그런 노력이 이렇게 표출되었다. 나중에 피투성이가 되든 뭐가 되든 지금의 이 감당 못할 가슴의 화를 삭이려면 뭐라도 해야 했다.

그렇게 손을 물어뜯는 태희의 눈에 국화꽃의 잔해가 보였다. 그토록 예뻤고, 그래서 엄마를 모처럼 환하게 웃게 했던 하얀 실국화는 이제 없다. 처음 봤을 때 그렇게나 예뻤던 모습 때문에 이제 더욱 처참하게 느껴지는 모습으로 바닥에 흩어져 있다. 꽃병 대신에 쓴 유리컵의 깨진 파편이 드문드문 날카로운 빛을 발해서 국화가 아직은 하얗다는 것을 보여준다. 그러나 짓밟히고 으깨져 버린 꽃잎들은 이젠 쓰레기일 뿐이다.

얼마나 시간이 흘렀을까. 시계도 깨졌는지, 적막하기만 하다. 꿈에서 깨기라도 한 듯 태희는 손에서 입을 떼었다. 비릿한 쇠 냄새 같은 게 났다. 멍하니 자신의 손을 쳐다보자 생채기투성이에 짙은 얼룩이 흘러내리는 게 어둠 속에서도 보였다.

"아…….. 피는 싫은데."

무표정하게 중얼거리고 태희는 뭉텅 뽑아낸 티슈로 거칠게 피를 닦아냈다. 다시 피가 배어나오기 시작하는데도 놀라는 기색도 없이 다른 티슈를 뽑아서 손에 둘둘 감았다. 그러고선 벙어리장갑이라도 낀 것 같은 두 손으로 방을 치우기 시작했다.

내던져진 책들과 핸드폰, 가방 같은 것들을 한쪽으로 모아두고 깨진 부스러기들을 빗자루로 조심해 쓸어가다가, 그만 뭔가에 발을 찔린 모양이다. 얼굴을 찡그리며 앉아서 양말을 벗었다. 다행히 깊이 찔리지 않았는지 약간 베인 정도였다. 안도의 한숨을 작게 쉬어보다가 태희는 쿡 웃고 말았다. 손이 이렇게 되도록 자학하면서도 아프다는 생각도 못했는데, 고작 유리파편에 약간 벤 정도로 아파서 표정을 바꾸고는 당장 내일 학교 갈 걱정을 한 자신이 어처구니가 없었다. 이런 손으로 학교에 가서 뭐라고 변명할까. 일주일가량은 필기하는 일도 쉽지 않을 것이다. 어리석은 짓을 했다. 참으로, 참으로 어리석다.

풀벌레 소리가 들려왔다. 어쩌면 한참 전부터 났던 건지도 모르지만 어쨌든 이제야 인식하기 시작했다. 폭풍이 지나간 것이다. 차갑게 식은 머리로 생각하면 그저 허탈할 뿐이다. 앞으로도 언제까지고 이런 식이라면 차라리 불이라도 질러서 다 함께 죽어버릴까 싶다. 물론 그것도 지나가는 생각. 허탈한 마음에 덧없이 떠올랐다 사라지는 것이다.

태희는 고개를 숙이곤 옆에 있는 꽃들 중에서 그나마 온전한 것을 하나 찾아내었다.

"내게 오지 않았다면 더 오래 예쁜 모습으로 남아 있었겠지. 나는 어땠을까? 나는 이런 집에 태어나지 않았다면 좀 더 나은 모습으로 살았을까? 지금과는 다른 내가 되어 있을까? 그랬을 거라고 믿지 않으면 곤란하겠지. 하지만 말이지……."

한순간에 꽃의 형체가 비틀렸다. 태희의 손안에서 짓이겨진 꽃은 피가 묻어서 더 초라해졌다. 일그러진 꽃에서 시선을 들면서 태희는 날카롭게 눈을 빛냈다.

"아무리 발버둥 쳐도 이 진흙탕이 내가 뿌리내려진 곳이니까. 헛된 꿈은 꾸지 않아. 만약 같은 거 기대 안 해. 도망치지도 않아. 난 엄마를 지킬 거야. 지키다가 여기서 말라죽어도 상관없어. 상관……없어."

다음 날, 8시 10분이 다 되도록 태희가 오지 않자, 소희는 담임선생님께 이야기하러 다녀왔다. 워낙 몸이 약한 아이라 감기라는 말이 통하긴 했다. 교실에 들어가기 전에 다시 태희에게 전화해 보았지만 핸드폰은 여전히 꺼져 있었다. 결국 소희도 연락을 포기하고 수업 준비를 하러 교실에 들어갔다.

재경의 시선을 모른 척하는 건 힘든 일이었다. 할 수 없이 그쪽을 쳐다보자 재경이 자리에서 일어나면서 잠깐 이야기 좀 하자는 무언의 메시지를 보냈다. 복도로 나가서 계단 근처까지 간 뒤에야 재경은 목소리를 낮춰서 물었다.

"결석하는 거야?"

"아마도. 어제 나랑 통화하다가 급하게 전화를 끊었어. 지금까지 안 나오면 못 나오는 거야. 나랑 그렇게 이야기가 돼 있거든."

"그럼 그 뒤론 연락이 없었고?"

"상황이 되면 했겠지. 핸드폰은 먹통이고 집 전화는 꿈도 못 꿔."

"심각한 거잖아, 그럼."

"웬만하면 이틀째엔 연락돼. 내일까지 아무 소식 없으면 내가 가볼 테니까 그런 표정 하지 말라구."

소희의 말을 듣고서야 재경은 자신이 극히 험악한 표정을 하고 있음을 알았다. 이내 표정은 수습했지만, 목소리에 묻어나는 초조한 기색까진 재경도 컨트롤하지 못했다.

"결석할 정도라면 적어도 지난번 정도는 된다는 거잖아. 얼굴이 다친 게 아니면 어떻게든 나왔을 거고."

"그럴 수도 있고, 아닐 수도 있어."

"무슨 말이지?"

"그 애도 사람이니까 이따금은 펑하고 터질 때가 있거든. 만약 그런 거라면 오늘 안에 나올지도 몰라."

"그걸 어떻게 구분하는데?"

"보면 알아. 설사 그게 아니라고 해도 넌 절대 개입하지 마. 이런 일 네가 아는 걸 알면 태희 수치심을 견디지 못할 거야. 그 애 쓰러지는 게 보고 싶지 않으면 넌 절대 모른 척해. 뭐라고 둘러대도 의심하는 척도 하지 마."

일순 재경의 눈이 차갑게 소희를 응시했다. 재경을 또 방관자로 만들 셈이다. 위로는 절친한 친구인 자신이 할 테니 너는 물러서 있으라고 명령하는 것이다. 그들의 단단한 우정에 그가 낄 자리가 없다는 압도적인 자신감이 무의식에 깔려 있을 것이다. 그게 재경의 신경을 건드렸지만, 지금은 그것보다 더 중요한 것이 있었기에 가만히 고개를 끄덕였다.

"이해했어. 나도 굳이 그 애가 감추려는 걸 캘 생각은 없어. 그건 안심해. 하지만."

"하지만, 뭐?"

예비종이 울려서 잠시 대화가 멈췄다. 종소리가 끝나자 바로 소희가 물었지만 이미 재경은 다음 말을 내뱉을 필요가 없다고 생각한 뒤였다. 대신 재경은 말했다.

"연락되면 내게도 알려줘."

"그거야 일도 아니지."

소희가 재경의 눈을 빤히 쳐다보았지만, 재경의 눈동자는 조금도 흔들리지 않았다.

"그럼 됐어. 여러 가지로 귀찮게 했군. 아무튼 고마워."

"고맙긴. 태희 일이니까 당연하지."

마치 영역싸움을 하는 맹수들처럼 미묘한 불꽃이 튀겼다. 그러나 곧 사그라졌다. 지금은 훨씬 더 걱정되는 일이 있었던 것이다.

또 한 사람 태희를 보며 걱정 아닌 걱정을 하게 된 사람이 있다. 체육수업시간인데 두통을 핑계로 벤치에 앉아 쉬고 있던 재인이었다. 멀거니 운동장에서 배구 연습 중인 반 애들을 구경하던 그가 뜻밖에 교문을 막 들어서는 태희를 보았을 때 자신도 모르게 자리에서 일어나 등나무 그늘 밖으로 나왔다. 시선으로 상대를 따라가면서 몇 발짝인가 걸음을 옮겼다.

문득 바람이 불어와 흩날린 머리를 태희가 쓸어 넘겼다. 왜인지 그 손에 붕대가 감겨 있는 게 눈에 띄었다. 표정이 몹시 어두워 보이는 건 내 컨디션이 나빠서 그렇게 보이는 걸까? 재인은 고개를 갸웃했다.

그때, 태희가 운동장 쪽으로 시선을 던졌다. 체육수업 중인 녀석들을 물끄러미 바라보나 싶더니 이내 고개를 돌렸다가, 다시금 천천히 이쪽을 보았다. 재인을 알아본 건지 잠시 걸음을 멈추었다. 재인이 싱긋 웃으며 가볍게 손을 흔들어 보이자 태희도 손을 들려다가 말고 대신 멀리서도 확연히 알 수 있을 만큼 환하게 미소 지었다.

그 환한 미소에 재인은 한순간 어리둥절해졌다. 방학이 끝나고 얼굴을 마주 대하는 건 처음이었지만 태희가 그런 식으로 웃어 보일 만큼 자신과 격의 없는 사이가 된 것은 아니었다. 그러나 잠깐의 얼떨떨함은 뒤로 한 채 재인은 오랜만에 본 반가움을 어필할 겸 몹시 과장된 느낌으로 크게 팔을 흔들며 팔짝팔짝 뛰었다. 태희는 그 모습을 보다가 살짝 고개를 끄덕이곤 다시 걷기 시작했다. 발치를 내려다보며 천천히, 천천히.

태희의 모습이 건물로 들어가 사라지고 얼마 안 있어 수업 끝종이 울렸다. 11시 50분. 반 애들 속에 섞여서 교실로 돌아가면서 재인은 생각에 잠겼다.

웃는 게 드문 사람이 보여준 그 환한 미소는 어딘지 불안한 구석이 있었다. 딱히 뭐라고 꼬집어 말할 수는 없는 그런 종류의 느낌. 하지만 어디선가 그런 식의 미소를 보았는데.

"아!"

낮은 감탄사와 함께 재인은 그 자리에 멈춰 섰다. 그것은 너무도 작위적인 미소. 웃는 법을 모르는 사람이 아주 가끔 웃어야 할 때 지어내는 고정된 가면 같은 것. 닮은 사람을 알고 있다. 첫인상부터 어딘가 낯설지 않다고 생각했는데, 역시나 윤태희는 '그분'과 닮았던 것이다.

보면 알 수 있을 거라고 소희가 한 말이 무슨 뜻이었는지 재경은 곧 알게 되었다. 점심이 다 돼서야 등교를 하는 태희를 보았을 때 재경은 한순간 숨을 멈추었다. 틀림없이 화장을 했다. 거기다 아직은 더운 날씨인데 긴소매 블라우스를 입었다. 블라우스 밖으로 나온 두 손엔 손가락 끝까지 붕대가 칭칭 감겨져 있었다. 가방을 내려놓고 자리에 앉기까지의 일련의 행동이 여느 때보다 더디고 무거웠다. 주위를 의식해 형식적으로 어떻게 된 거냐고 소희가 묻는 말에 태희가 대답하는 소리가 들려왔다.

"물에, 데였어."

낮고 차분하게 단어 하나하나에 힘을 주어 또렷하게 발음했다. 미숙한 배우의 연극대사처럼 그 어색한 국어책 읽기 같은 느낌에 소희도 재경도 쓴웃음을 지었다.

"병원은 다녀왔어? 견딜 만은 해?"

"응. 진통제도 먹었어. 괜찮아."

"심한 거니? 흉터 남는데?"

"별로. 그냥 연고 바르는 정도였어. 그렇게 신경 쓸 일 아니야. 아픈지도 모르겠어. 보기에 안 좋아서 이러고 있을 뿐이야."

대수롭지 않다는 투로 말하고 태희는 필통을 열어서 펜을 꺼내 손에 쥐었다. 어설프게 펜 돌리기를 한 번 해보이고 빙긋 웃는다. 그걸로 안심할 소희도, 재경도 아니다. 긴소매 블라우스 속에 감춰져 있을 학대의 흔적에 어울리지 않는 그녀의 평온한 미소는 오히려 더 가슴을 무겁게만 했다.

그저 지금은 그녀가 원하는 대로 사소한 일인 듯 무시해 주는 걸로 보조를 같이 하는 수밖에 없다. 그것이 태희가 지키려고 하는 유일한 자존심이란 걸 알고 있는 이상엔.

그날 수업이 끝난 뒤 바로 돌아가지 않고 태희와 재경은 등나무 시렁 아래의 벤치에 앉아 잠시 쉬었다. 어딘가에 기대서 눈만 감으면 그대로 잠이 들 것처럼 졸린 건 둘째 치고 재경의 예리한 시선이 계속 머문 상황에서 차츰 긴장이 누적된 것은 어쩔 수 없는 일이었다. 계속 이어지는 침묵에 태희는 백기를 들었다.

"그나마 한여름이 아니라 다행이야. 푹푹 찌기라도 했으면 아픈 것보다도 답답해서 견딜 수 없었을 거야."

여전히 재경은 잠자코 태희를 쳐다볼 뿐이었다. 잠깐 붕대가 감긴 손을 보긴 했지만 곧 다시 얼굴을 쳐다보았다. 피곤하다고 소희와 돌아가도 좋았을 텐데 괜한 객기를 부려서 남았나 보다. 태희는 남겠다고 말을 꺼낸 순간부터 했던 후회를 거듭 하고 말았다.

"워싱턴……에서는 잘 지냈지? 그쪽에 친한 사람들도 꽤 있겠다. 자주 간다며."

"그럭저럭. 친한 사람의 기준이 뭔진 모르겠지만 같이 식사하고 말을 섞는 정도의 사이라면 몇 명 있어. 그런 게 알고 싶어?"

"아……. 아니, 귀찮으면 됐고."

태희의 화제 돌리기가 너무 노골적이었는지, 재경은 짜증스럽다는 기색을 감출 노력도 하지 않았다. 이젠 함부로 다른 화제를 꺼낼 수조차 없어서 고개를 숙인 채 입술만 깨물고 있는 태희를 재경은 한사코 이어가는 침묵으로 긴장시키고 있었다. 그런데도 시선은 거두지 않는다. 결국 태희가 이마에 맺힌 땀을 손수건으로 훔칠 때에야 재경이 입을 열었다.

"얼마나 가야 그 붕대는 치울 수 있는 거지?"

"일……아니 보름 정도."

병원에선 일주일 내로 상처가 아물 거라고 했지만 상한 손톱 같은 게 원래대로 깨끗해지려면 그보다 훨씬 오래 갈 테니 서둘러 말을 정정했다.

"보름? 지독하군. 대체 어디에 넋 놓고 있다가 데인 거야? 한 손도 아니고 두 손 다 데일 정도의 일이 어떻게 가능한 거지?"

"커피 물을 끓인다고 올려놓고는 깜빡 잊었어. 나중에 생각나서 달려가서는 주전자를 치운다고 허둥대다가 그만……. 조심한다고 하는데 일 년에 한두 번은 꼭 이래."

"아아, 그래? 그럼 그 이마의 상처는?"

"상처라니?"

갑자기 재경이 벤치에서 일어나 태희의 머리로 손을 뻗었다. 이마를 가리고 있는 앞머리를 젖히고 그의 손이 태희의 오른쪽 관자놀이 위쪽을 세게 눌렀다. 뜻밖의 행동에 당황했던 태희는 그만 조심하는 것도 잊고 말았다.

"아얏, 아파, 하지 마. 아, 아니야, 이건 그런 게 아니라……."

아차 했을 땐 이미 방어적으로 재경의 손을 뿌리친 뒤였다. 더듬거리며 변명할 말을 찾는 그녀의 말을 무시하고 재경이 입을 열었다.

"거기뿐이 아니잖아. 오른쪽 턱도 그렇고 왼쪽 광대뼈 부근도 눈에 띄게 거슬려. 넌 비슷하다고 안심했는지 몰라도 원래 얼굴과는 피부 톤부터가 달라. 창백한 게 피부 속까지도 비칠 것 같던 게 지금은 가면이라도 쓴 것처럼 하얗기만 해. 어설픈 화장쯤 모른 척하고 넘어가 줄 수는 있는데, 손이 그 모양인데도 그처럼 공들여 화장할 만큼 네가 외모에 목숨 거는 스타일은 아니지 않나? 그렇게 해서까지 감추고 싶은 게 있다는 것밖엔 되지 않아."

감추고자 애를 쓴 게 오히려 역효과였던가. 하지만 억지로 그녀의 얼굴을 문질러 화장을 지우고 확인하지 않는 이상엔 태희가 할 수 있는 건 부정뿐이었다.

"얼굴이 지나치게 창백해서 보기 싫어서 그랬어. 가끔은 내가 봐도 병자처럼 보일 때가 있으니까. 이마가 아프긴 한데 네가 말하기 전까진 몰랐어. 뭐에 부딪힌 모양이긴 한데 어디서 그랬는지 모르겠네. 원래 멍이 잘 드는 체질이니 그러려니 할 뿐이야. 다른 데는, 글쎄? 뾰루지가 나려고 그러나?"

놀랍게도 거짓말이 술술 흘러나왔다. 그러나 시선은 결코 마주하지 않았다. 태희 딴엔 아주 성공적인 거짓말을 들으며 재경은 더 이상 추궁하는 짓은 하지 않기로 했다. 소희의 충고를 완전히 따를 생각은 아니지만, 여기서 더 궁지에 몰 생각은 없다.

"하긴 내가 다 알 수야 없지. 다친 건 손뿐이야? 발이나 다른 덴 괜찮은 거야?"

"발? 아, 약간씩 물이 튀긴 했지만 별거 아니야. 이 손도 그리 심각한 게 아니야. 신경 쓰지 마. 네가 걱정할 일은 하나도 없어."

"알겠어. 네 말대로 하지."

짧은 대꾸와 함께 재경이 자리에서 일어났다. 태희도 따라서 일어났다. 등나무 그늘 밖으로 나오자 근처에 있던 나무에서 매미가 크게 울기 시작했다. 운동장에서 뛰는 운동부 애들이 이따금 일제히 함성을 질러댔다. 그 평범한 소리가 막 해가 저물어 가는 붉은 하늘에 어울려 지극히 평온한 오후의 풍경을 만들어냈다.

비록 자신의 마음에는 새까만 먹구름이 가득하다 해도 그건 자신만의 일일 뿐 세상은 이처럼 평화롭기만 하다. 자신이 겪는 고통이나 슬픔은 이 커다란 세상에 비하면 한순간의 그림자가 되는 일도 없을 만큼 작은 일이다. 모두, 지나가고, 언젠가는 끝이 날 것이다.

태희가 멍한 눈으로 하늘을 올려다보며 이런 생각에 가벼이 한숨을 내쉬는 것을 재경이 듣고서 돌아보았다. 그의 차가운 눈이 흔들렸다. 그가 물어왔다.

"내가 해줄 일 없어? 뭐가 됐든지 간에."

석양 때문이었을까, 약 때문에 무뎌진 태희의 머리에도 재경의 말은 몹시 절실하게 들려왔다. 그러나 귓가에 남은 그 미묘한 느낌을 무시해 버리며 태희가 말했다.

"아무것도. 마음 써 줘서 고마워."

그녀는 부드럽게 웃었다. 재경도 그 웃음에 물든 건 같은 미소를 지어 보이며 고개를 끄덕였다. 그리고 돌아서서 걷기 시작했다. 손을 잡지도, 옆에서 걸으란 소리도 하지 않고서.

살얼음을 밟는 듯 긴장된 분위기로 보낸 며칠이 지나고, 드디어 돌아온 토요일이었다.

수업이 다 끝난 뒤 소희는 어서 태희를 자신의 집에 데리고 가야겠다는 생각으로 미술부 선생님과 이야기를 마치고 교실로 돌아왔다. 그런데 한발 늦었나 보다. 이미 태희는 책상에 엎드려 잠이 들어버린 뒤였다. 할 수 없이 한숨만 자게 하고 깨워서 데려가야겠다고 마음먹고 소희는 크로키 연습장을 손에 들었다.

음악을 들으면서 스케치를 몇 장인가 했을 때, 문득 옆얼굴이 근질거리는 느낌에 고개를 돌려보았다. 태희가 멍하니 눈을 뜨고 소희를 보고 있었다.

"깼어?"

"깜빡 졸았나 봐. ……몇 시야?"

"아직 두 시 못 됐어. 시간은 왜?"

"약속……있는데. 재경이랑."

제대로 말을 잇지 못하고, 간신히 뜨고 있는가 했던 눈이 감겨 버렸다. 약속? 소희는 입 안에서 중얼거렸다. 약속시간이 몇 시란 걸까? 아무래도 문자라도 보내줘야겠다는 생각에 소희는 핸드폰을 꺼냈다. 약속이고 뭐고 축 늘어져 있는 애를 데리고 나갈 것도 걱정인데, 문자를 쓰던 중에 문득 자신 역시 오늘 약속이 있다는 것을 기억해 냈다.

한 달에 한 번 있는 약속인데 전혀 내키질 않다 보니 늘 까맣게 잊어버리기 일쑤다. 매달 첫 주 토요일 3시라는 간단한 내용인데도. 안 나가면 또 엄마가 귀찮아질 테고. 소희는 잔뜩 미간을 찌푸렸다. 그러나 어쨌든 재경에게 문자를 보내고 생각하기로 했다.

〈태희가 아파서 내가 데려가. 약속 못 나갈 테니 이해 바람.〉

문자를 전송하고 자신의 약속 상대에게 전화를 걸려고 교실 밖으로 나왔지만, 핸드폰만 노려보며 만지작거릴 뿐 정작 전화를 건 것은 한참 후였다.

"예, 저예요. 죄송하지만 컨디션이 안 좋아서 오늘 약속은 안 되겠네요. 그냥 감기일 뿐이니까 따로 연락 주시지 말도록 말씀해 주세요. 예, 아버지껜 다음 달에 뵀으면 한다고……. 예, 알겠습니다. 다음 주에 거기에서요. 아뇨, 어머니껜 알리지 마시고."

길어지는 통화에 답답해지던 소희는 눈앞에 나타난 사람을 보고 눈썹을 추켜세웠다.

"저, 잠시만 기다려 주세요."

성큼성큼 이쪽으로 걸어오는 재경을 쳐다보면서 소희가 물었다.

"어떻게 된 거야? 아직 안 갔었어?"

"도서실에 있었어. 태희, 많이 아픈 거야?"

재경의 목소리가 평소보다 더 빠르고 높다. 아프단 이야기에 한달음에 달려온 건가? 속으로 상당히 놀라면서도 소희는 가볍게 대꾸했다.

"그게, 꼭 아픈 건 아닌데 병든 닭처럼 잔다고 할까. 암튼 그래."

교실 뒷문 유리창을 통해 힐끗 안쪽을 들여다보면서 재경이 말했다.

"잠자는 거라면 어쩔 수 없지. 나 개의치 말고 전화 받아."

"아, 참. 죄송합니다. 어머니껜 연락하지 말아주세요. 아뇨, 다음 주엔 꼭 나간다니까요. 그렇게만 말씀하시면. 다음 주가 안 된다면 이번엔 없던 일로 하면 되잖습니까."

상대방과의 의견 차로 점차 말이 빨라지면서 짜증을 내던 소희에게 재경이 짧게 말했다.

"뭔지 몰라도 태희 때문이라면, 내게 맡기고 가."

"잠시만요, 5분 후에 다시 걸겠습니다. ……태희, 언제 깰지 몰라."

소희가 재경을 빤히 쳐다보며 말했다. 재경은 고개를 끄덕였다.

"나는 괜찮아. 그럼 되는 거지?"

"깨면 우리 집에 데리고 와 줘. 집에 가겠다고 해도 그냥 보내지 말고. 쟤, 푹 자야 해. 정말로 푹 자야 한다구."

"말해 볼게."

"아마, 한두 시간 안에 깰 거야. 맘먹고 자는 게 아닌 이상 오래는 못 자. 그리고 알아서 깨기 전엔 깨우지 마. 지금 깨워봤자 걷지도 못할 거야."

"그렇게 할게."

여전히 걱정스럽다는 표정으로 재경을 쳐다보며 뭔가 더 말하려던 소희였다. 하지만 재경의 시선을 보고 그만두기로 했다. 교실 안쪽의 태희를 물끄러미 바라보고 있는 그의 옆얼굴. 희미하게 눈에 배인 근심이 소희의 마음을 적잖이 움직였다. 그래서 소희는 재경에게 꾸벅 고개를 숙이며 말했다.

"그럼 부탁해."

세 시가 넘어서야 태희가 깨어났다. 어째선지 재경이 함께 있는 상황에 어리둥절해 했지만, 소희가 약속이 있어 보냈다는 말을 듣고 가만히 고개를 끄덕였다. 소희 집에 데려다 주겠다는 재경의 말에 태희는 자고 나서 컨디션이 좋아졌다며 원래 계획대로 하자고 했다.

재경이 점심도 거르고 자기 옆에 있었던 것에 대단히 미안해하면서 태희가 뭐라도 먹자고 했을 때, 재경도 태희를 보내는 걸 잠시 미루고 태희를 데리고 죽집에 데려갔다. 태희의 얼굴이 너무 해쓱해서, 뭐라도 먹는 걸 봐야겠다 싶었다. 요 며칠 제대로 뭘 먹질 않았던 태희도 재경을 의식해 잣죽 한 그릇을 비워냈다.

그 모습을 보고 재경도 원래 예정대로 태희와 서점으로 향했다. 하지만 재경이 경제 · 경영 코너에서 신간을 살펴보는 사이 태희는 어학

코너 쪽에 있다가 현기증을 느꼈다. 죽조차 받아들이지 못하는 위 때문에 서점 안의 화장실에 가서 기어코 토하고 말았다.

이래선 도저히 안 되겠다고 체념한 태희가 그만 돌아가야겠다고 맘먹고 나왔을 때, 화장실 바로 앞에서 그녀를 기다리던 재경을 보았다. 굳은 표정의 재경은 잠자코 다가와서 그녀의 팔을 잡고 서점을 나갔다. 나와서 택시에 탈 때까지 태희는 말 한마디 할 수 없었다. 역시 한마디도 하고 있지 않은 재경의 굳은 얼굴과 눈빛에서, 그리고 팔을 쥐고 있는 손힘에서 그가 기분이 좋지 않다는 게 확실히 전해졌다.

낯선 동네의, 낯선 아파트 앞에서 내리게 되었을 때도, 그리고 그의 손에 이끌려 처음 보는 아파트 안으로 들어가 엘리베이터를 타고 결국엔 어떤 집 안으로 떠밀리듯 들어갔을 때까지도 태희는 아무것도 묻지 못했다.

크림색과 코발트블루, 블랙의 모던한 인테리어에 어딜 둘러봐도 티한 점 묻어나지 않을 것처럼 깔끔한 아파트 안을 두리번거리다 재경을 돌아보는 태희에게 재경이 말했다.

"내 집이야."

"아……. 가, 가족들은?"

멍하니 감탄사를 내뱉다가, 갑자기 가족 생각에 태희가 긴장하면서 목소리를 낮추었다. 그 옆을 재경이 지나치면서 아주 간단히 대꾸했다.

"혼자 살아. 저기 소파에 앉아."

그가 가리킨 방향에 있는 소파에 냉큼 가서 앉았다. 눈을 깜박거리면서 태희는 놀라고 있었다. 이렇게 큰 아파트에 혼자? 가족들이 다 서울에 있을 텐데? 왜 자취를 하지? 머릿속에서 여러 가지 호기심이 빙글빙글 맴돌아 안 그래도 없는 기운을 다 끌어내 쓰고 있었다.

"토한 거지? 소화제가 몇 종류 있을 거야. 알약으로 줄까, 아니면 마실 수 있는 걸로?"

약상자를 찾으면서 재경이 거실 한쪽에 있는 서랍장을 열었다. 태희가 서둘러 말했다.

"괜찮아. 이젠 메스껍지 않아. 네가 신경 쓰지 않아도 돼."

"그래? 정말 할 수 없는 애군."

내뱉듯이 중얼거린 재경이 약상자를 들어서 태희가 어색하게 앉아 있는 소파 앞의 테이블에 거칠게 내려놓았다.

"어지간한 약이란 건 다 있어. 일반 진통제부터 감기약, 소화제, 청심환도 있을 거야. 법에 걸리지 않을 정도의 안정제 종류까지 다. 그러니까 필요한 걸 찾아."

정말로 약상자엔 온갖 종류의 약들이 빼곡했다. 태희가 재경을 보고 고개를 저었다.

"약이 필요했으면 이미 먹었을 거야. 그냥 이건 신경성이야. 나 잠을 잘 못 자면 원래 금방 몸이 탈이 나거든."

"왜 잠을 잘 못 잔 건데?"

테이블 너머에서 재경은 선 채로 태희를 내려다보며 물었다. 그게 얼마나 위압적으로 느껴지는지 그는 짐작도 못 할 것이다. 알고 있다면 정말로 무서운 사람일 거고. 당황한 태희의 입에서 앞뒤가 안 맞는 말들이 나오기 시작했다.

"어……. 공부할 게 많아서. 모의고사도 있다니까 신경도 쓰이고. 나 1학기 기말에 성적 떨어졌잖아. 올리기도 해야겠고 중간고사도 슬슬 준비하는 게."

"아아, 그래서 성적 때문에 네 한계를 넘도록 공부에 매진하셨다?"

"그것도 그렇고 손이 데인 데가 잘 안 나아서. 그런 걸로 신경 쓰다 보니 편두통도 좀 있고, 그냥 이런저런 일도 좀 엉키고 그랬어."

"그런 것들 때문에 이렇게 몸이 축난 거라고? 모의고사? 9월 말에 본다는 그거? 그게 신경 쓰여서 날이라도 샜어? 시험 일주일 전까지도 소설이나 붙잡고 유유자적하던 녀석이 이제 독하게 마음을 잡으셨나? 거기다 중간고사? 한 달도 훨씬 뒤의 일이 왜 나와? 손 데인 건 왜 걱정하는 거야? 데였다는 말은 정말이긴 해? 커피물 정도에 양손 전체를 붕대로 꽁꽁 싸매야 할 만큼 심각한 화상을 입었다는 건데, 그런 심각한 상처에 흉터가 안 남을 수도 있나? 아니면 별거 아닌 상처에 쇼하는 거야? 너 아픈 거 어필해서 즐기는 기질도 있어?"

태희의 얼굴이 파리하게 질렸다. 재경은 입가에 미소까지 띤 채 어린아이에게라도 하듯 상냥한 목소리로 태희를 다그쳤던 것이다. 안 그래도 궁색했던 태희의 변명은, 심리적으로 코너에 몰리자 더 초라해졌다.

"운이……없어서, 아니지, 운동신경이 나빠서 말이야. 나 둔하잖아. 환절기라서 엄마가 감기에 걸렸는데, 나도 몸살 기운이 있고……. 아프면 사람이 예민해지잖아. 일부러 그러는 게 아니라, 매일 몇 시간씩 하는 공부가 아무리 해도 안 돼서. 책을 봐도 봐도 머리에 안 들어와서 내내 헛수고만 했어. 그러다 보니 자꾸 자게 되는 시간도 늦어지고……."

갈수록 꺼져 들어가는 태희의 목소리를 들으며 재경은 신경질적으로 머리를 한 번 쓸어 넘겼다. 미소는 온데간데없이 다시금 날카로워진 표정으로 물었다.

"그만하면 됐어. 그렇다고 알고 있지. 그럼 지금 네게 필요한 건 충분한 수면뿐인 거야?"

"응. 하루라도 푹 자고 나면 나아질 거야."

"그런데 왜 나랑 같이 움직인 거야?"

"뭐?"

"소희네 데려다 주겠다고 했는데 왜 괜한 억지로 서점까지 간 거냐고."

"그거야 너랑 약속했으니까. 나 때문에 네가 기다렸고."

"그런 약속 아무 때나 다시 하면 그만이잖아. 아프다고 다음으로 미루자고 하면 내가 핀잔이라도 했을 것 같아? 왜 이런 쓸데없는 일로 기력 소모를 하는 거냐고, 너."

그의 말에 태희는 재경의 눈을 똑바로 보면서 고개를 몇 번이고 흔들었다.

"약간이라도 잤으니 괜찮을 줄 알았어. 거기다 쓸데없는 일 같은 거 아니야. 절대로. 너와의 약속은 내게 그 어떤 일보다 중요해. 몸이 아픈 것 따윈 그에 비하면."

"그런 식으로 무작정 내게 맞춰주는 거 내가 기뻐할 거라 생각해? 말을 잘 듣는 것도 정도껏 하란 말이야. 지금처럼 주눅 들어서 창백해진 널 보는 거, 속이 뒤집힐 것 같아!"

"……미안해, 미안해! 널 화나게 하려던 게 아니라……."

재경이 자신 때문에 화가 났다는 걸 재경의 입으로 듣게 된 순간, 태희는 무조건 사과해야 한다는 생각으로 자리에서 벌떡 일어났다. 그러나 제대로 말을 다 하기도 전에 눈앞이 새까맣게 흐려지더니 머리가 천근처럼 무거워졌다. 여느 때의 빈혈처럼 발에 힘을 주어 버텨 보려 했지만, 어째선지 틀림없이 있을 발이 어디에 있는 건지 알 수가 없었다.

자리에서 일어난 태희가 휘청거리는가 싶더니 순식간에 옆으로 쓰러져 버리는 것을 재경은 가까스로 받아냈다. 축 늘어져서 의식을 잃어버렸다. 그녀의 얼굴을 내려다보는 재경의 얼굴엔 자책감에서 비롯된 안타까움이 떠올랐다. 가만히 그녀의 머리를 자신의 가슴에 껴안으면서 재경이 중얼거렸다.

"네가……나빠서 그래. 네가 날 나쁜 사람으로 만드는 거라구."

까맣다 못해 새파랗기까지 한 먹물이 뚝뚝 떨어져 웅덩이를 이루는 것처럼, 한없이 고여 가던 잠에서 태희가 헤어 나온 것은 한참 후였다. 눈을 떴지만, 그녀가 있는 공간도 잠의 세계처럼 어두웠다. 어둠에 익숙해져 주위의 사물을 식별하기까지 꽤 시간이 걸렸다.

어디일까. 여긴 어디지? 소희네 집인가? 소희는 오늘 약속이 있는 날인데……. 오늘이 첫 주 토요일이었다. 그 생각을 아침까진 했는데 이후론 까맣게 잊어버렸다. 정신을 자꾸 딴 데다 놓고 다녀서……. 그래도 소희는 약속이 있어서 갔다고 했다. 그 말을 전해준 건, 맞다, 재경이었다. 재경과 난 약속이 있었다. 서점까지 간 걸 기억하는데. 그 뒤에는…….

멍하니 잠들기 전의 일을 반추하다가 태희는 문득 느꼈다. 이 낯선 방에 자기 혼자만 있는 게 아니란 것을. 반대편으로 고개를 돌린 태희는 침대에서 얼마쯤 떨어진 곳의 작은 테이블 위에 놓인 청동 램프를 보았다. 방 안을 떠도는 소소하기 그지없는 빛들이 거기에 모여 발하는 날카로운 광택으로 그 옆의 스쿠프체어에 기대앉아 있는 재경을 순간적으로 인지했다. 놀라지는 않았다. 묘할 만큼 순식간에 전후 사정을 파악했다. 자신이 왜, 여기에 이렇게 있는 건지.

"소희에게서 연락 오지 않았어?"

잠겨 있는 목소리로 물었다. 재경이 깨어 있다는 건 그냥 알 수 있었다.

"내가 연락했어. 잠이 들어버려서 재우겠다고. 자정 전에 깨면 보내겠다고 했는데, 이미 두 시가 넘었어."

조금의 자세 변화도 없이 재경이 대답했다. 2시라는 말에 가만히 한숨을 내쉬고는 태희가 몸을 일으켜 앉으면서 말했다.

"또 폐를 끼쳤구나. 나 때문에 놀랐겠어."

"놀라지 않았어. 금세라도 쓰러질 것 같은 얼굴을 며칠간 보게 되면, 실제로 쓰러지는 걸 봐도 당연하게 느껴지더군."

"그렇게……티가 났나? 나도 참 미숙하네."

몸을 덮고 있는 시트 위에 올려놓은 두 손엔 붕대가 감겨 있었지만 차가운 시트의 감촉이 느껴졌다. 이젠 거의 또렷하게 경계를 구분할 수 있게 된 방 안의 가구들은 직선적이고 날카로운 선들로 지나치게 큰 방 안에 자리하고 있었다. 쓸데없는 것은 모조리 배제된 듯한, 공기마저 서늘한 이 방은 태희에게 몹시도 춥게 느껴졌다. 이게 정말 침실인 걸까.

"괜찮아 보이려고 애썼다는 건 알아. 그런 걸로 남의 이목 끄는 거 죽기보다 싫어하는 것도 알고 있어."

재경의 목소리에 태희는 방을 감상하는 걸 그만두고 말했다.

"그저 엄살떠는 애처럼 보이는 게 싫을 뿐이야. 누가 됐든 아픈 걸 보는 건 유쾌한 일이 아니잖아. 다른 사람들한테도 폐를 끼치는 일은 피해야지."

"감동적일 만큼 훌륭한 이타심이로군. 박수라도 쳐줄까?"

경멸의 기색이 역력한 이죽거리는 말투였다. 태희는 두 손을 바라볼 뿐 대답하지 않았다.

"타인의 저속한 관심이 귀찮을 수는 있어. 하지만 뭐야? 정작 친구인 소희에겐 잔뜩 폐를 끼쳤지. 너 때문에 일상적인 규칙들이 모조리 수정될 만큼. 그건 어떻게 설명할 거지?"

"소희는 친구니까. 도움을 받는 게 너무나 미안하고 몹시 고마우면서도, 그만큼 더욱더 돌려주고 싶어지고 마음을 주게 되는 그런 친구니까."

"참 그랬었지. 네가 말하는 친구라는 건 그렇게 굉장한 위치였지. 아, 그럼 난 뭐지? 너의 필요조건이 아니란 걸 알았지만 충분조건조차 되지 못하는 거였나?"

재경이 언제가 나누었던 도서실에서의 대화를 기억하고 묻는 거라면 어떻게 대답을 해야 하는 걸까. 태희는 입술을 깨물며 적당한 단어를 골랐다.

"네게는 더 걱정시키고 싶지 않았어. 난 적어도……네 그림자가 되고 싶지는 않아."

한동안 재경은 침묵했다. 그의 말을 기다리면서 태희는 계속되는 침묵에 긴장했다. 침묵이 길어지자 숨 쉬는 소리조차 너무 크게 들려 초조해졌다. 무슨 말이라도 좋으니 해줬으면 하고 재경을 바라본 순간 그가 말했다.

"방학에 미국에 가 있는 동안, 꽤 강한 권유를 받았어. 그만 여기 머무는 게 어떠냐는."

"……머무르다니."

"유학."

"아, 유학."

그의 말에 가슴이 철렁 내려앉았지만, 대꾸하는 태희의 목소리는 생각보다 평온했다.

"중학교 마치고 그쪽 사립고를 갈까 생각했던 적이 있거든. 여기보단 그곳이 내겐 더 자유롭고 편한 곳이야. 예전의 나였다면 머물렀을 거야. 내게 권유해 준 그 사람도 꽤 기반이 잡혀서 내가 오케이했다면 정말 그대로 안 돌아왔을지도 몰라. 구미가 당겼어. 그렇지만 아무래도 마음에 걸리는 게 있더군. 네가 걸렸어. 단지, 너 하나가."

재경이 잠시 말을 끊었다. 태희의 반응을 기다리는 듯했지만 태희는 숨죽이며 그를 바라보기만 했다. 재경은 약간의 한숨과 함께 다시 입을 열었다.

"가는 건 지금이라도 가능해. 내가 갔으면 좋겠어?"

"네가 원한다면."

273

즉각적으로 들려온 대답. 망설이는 기색도 없었다. 재경은 쿡, 웃음을 흘렸다.

"내가 갔으면 좋겠어?"

"……네가 원한다면."

같은 질문. 같은 대답. 재경이 의자에서 일어나면서, 날카로운 마찰음이 생겨났다. 그가 침대까지 걸어와서는 태희에게서 1미터 남짓 떨어진 가장자리에 앉았다. 또 물었다.

"내가 갔으면 좋겠어?"

"네가 원한다면 가는 게, 아!"

숨을 고르며 단어 하나마다 똑똑히 발음하려고 애를 쓰던 태희는 앞으로 홱 잡아당겨지는 서슬에 말을 놓쳤다. 재경이 그녀의 머리카락을 잡아챘나는 걸 깨닫자 너무 놀라서 아예 말을 잊고 말았다. 조금의 인정도 없이 세게 머리카락을 움켜쥔 채로, 태희의 얼굴을 바로 앞에서 노려보며 재경이 말했다.

"내가 원한다면 가는 게 네 바람이란 말이지?"

눈은 매섭기 짝이 없는데도 불구하고 그가 미소를 짓고 있기 때문에 태희는 몹시도 두려워졌다. 하지만 기계적으로 고개를 끄덕일 만큼의 힘은 있었다. 재경은 뻣뻣이 굳은 태희의 몸과, 그 얼굴에 나타난 숨길 수 없는 두려움의 기색을 읽고 여전히 미소와 함께 물었다.

"무서워? 내가 무서운 거야?"

마음은 어찌 되었든 고개를 저어야 한다고 생각을 했지만, 시선을 피할 수가 없어서 본심이 드러나고 말았다.

"……무서워."

순간 그의 눈이 웃었다. 재경의 얼굴 전체에 일순 상냥하게까지 보이는 미소가 퍼졌다. 동시에 태희의 머리카락을 쥐고 있던 힘이 약해지는 게 확연히 느껴졌다.

스륵, 그녀의 긴 머리카락이 블라우스 앞으로 흘러내리면서 두려웠던 태희의 마음도 풀어지던 찰나. 머리카락을 놓아주던 손이, 갑자기 그녀의 얼굴을 붙잡아 앞으로 당겼다. 크게 떠진 태희의 눈을 가리듯이 재경의 얼굴이 태희의 얼굴을 덮었다.

무슨 일이 일어난 건지 태희는 알 수가 없었다. 크게 뜬 눈이 아파져서 몇 번이나 눈을 깜박거리는 동안에도 머릿속은 멍했다. 그러다, 먼저 촉감을 느꼈다.

차갑고 부드럽기 그지없는 감촉. 하지만 차갑다는 느낌은 곧 사라지고 남은 건 뭐라 표현하기 힘든 부드러움 뿐. 그것은 겹쳐진 입술의 느낌이었다.

태희의 모든 신경은 마주 닿아 있는 입술의 부드러움에 사로잡혀 있었다. 문득 그 부드러움의 느낌이 달라지는 순간, 태희가 흠칫하며 몸을 뒤로 빼려 했다. 불가능했다. 재경의 두 손이 태희의 머리를 움켜쥐고 있어서 그녀는 꼼짝도 할 수 없었다.

재경의 혀가 태희의 아랫입술을 핥았다. 너무 놀라서 태희가 크게 숨을 들이쉬는데 그의 혀가 그녀의 입속으로 미끄러져 들어왔다. 산뜻한 꽃잎처럼 부드럽기만 했던 입술과 달리 그녀의 혀를 강하게 휘감아 오는 혀는 뜨겁고 거칠었다. 입술을 완전히 틀어막고 그녀의 혀를 멋대로 희롱하는 그의 혀 때문에 태희는 완전히 패닉에 빠졌다. 그녀가 숨도 제대로 쉬지 못하며 재경을 밀어내려는 헛된 수고로 끙끙거렸지만 재경은 아랑곳하지 않고 자신의 즐거움을 만끽하는 듯했다. 그러다 한번 자비를 베푸는 것처럼 입술을 떼었다.

"하아, 콜록, 콜록…… . 아, 재경아, 그만…… ."

옆으로 고개를 돌리고 기침을 쏟아내며 다급하게 숨을 쉬는데, 다시 재경의 입술이 다가왔다. 태희가 파랗게 질린 얼굴로 고개를 저었지만 그녀의 두려움 가득한 눈을 보면서도 재경은 옴짝달싹 못하게 태희의 얼굴을 그러쥐고 키스했다. 부들부들 떨면서 태희는 눈을 꼭 감고 참았다. 꼭 다물어진 작은 입술도 쉴 새 없이 떨렸다. 그렇지만 태희에겐 안타깝게도, 그녀의 그런 점도 재경을 자극하고 있었다.

너무나 간단할 거야. 이대로 이 아이를 갖는 건. 굉장한 일이 되겠지. 키스만으로도 이렇게 좋은데 그 이상은 미친 듯이 좋을 거야. 그러니 이대로…….

어느샌가 태희를 침대에 쓰러트리고 키스를 퍼붓던 재경이었다. 자제력이고 뭐고 다 사라지고 그냥 숨 막히게 좋아하는 여자아이를 갖고 싶어 하는 열여덟 살 남자애가 되어버렸는데, 불현듯 뺨에 닿은 뭔가에 정신을 차렸다.

태희가 울고 있었다. 두 손을 기도하는 것처럼 꼭 모으고 흐느끼는 소리조차 참으며 울고 있었다. 그 모습을 보고서야 재경을 극으로 내몰고 간 광기에 가까운 열기가 흩어졌다. 재경은 손을 뻗어 태희의 뺨을 만졌다. 손이 닿자 태희가 움츠리며 더 심하게 떨었다.

마음이, 아팠다. 한 번쯤 우는 걸 보고 싶었지만 이렇게 우는 건 아니었는데. 재경은 아련한 눈매가 되어 그녀를 바라보면서 눈물을 손가락으로 닦아냈다. 소용없었다. 눈물은 계속 흘러나왔다. 그럴수록 쿡쿡, 재경의 마음에 균열이 갔다.

"눈 떠."

아픈 마음과 달리 감정이 느껴지지 않는 말투로 명령했다. 그의 말에도 태희는 감은 눈을 뜨지 않았다.

"눈 떠. 이제 무섭게 안 할 테니까."

그래도 태희의 떨림은 그치지 않았다. 재경은 눈을 일그러뜨리며 소리쳤다.

"눈 뜨라고! 더는 아무 짓도 안 한단 말이야!"

큰 소리가 나자 그제야 태희가 눈을 떴다. 아, 차라리 보지 않았으면 좋았을 뻔했다. 눈물이 그렁그렁한 눈에 온통 그에 대한 두려움을 담고 있는 태희를 보니 마음의 균열이 치명적으로 커졌다. 그래도 이를 악물고 표정을 수습한 뒤 매섭게 그녀를 쳐다보며 말했다.

"내게 말할 땐 마음을 감추지 마. 겸손에서든, 날 위한 배려에서든 어떤 식으로든 네 멋대로 판단해서 웃으며 얼버무리지 마. 네가 하는 말에서 거짓을 느낄 때마다 기분이 더러워져서 참을 수가 없어져. 날, 화나게 하지 마."

마지막 말을 한 뒤 씩 웃었다. 그리고 덧붙였다.

"난 신이 아니라 화가 나면 잔인해지거든."

3. 입맞춤

　잠을 이룰 수 없어서 태희는 수십 번은 더 뒤척거렸다. 시간이 지나면서 온몸을 마비시켰던 불안함이 가신 자리엔 태희가 한 번도 알지 못했던 열기가 찾아들었다.

　숨이 답답할 만큼 후끈거리는 열기 속에 무방비하게 노출되어 버린 것만 같다. 마치 뜨거운 여름 태양 아래서 일사병으로 비틀대는 사람처럼 머릿속까지 열기로 멍하다. 그런 중에 갑자기 누군가가 차디차게 얼린 생수병을 목에 확 대기라도 한 듯 소스라치게 놀랄 때도 있다. 놀람이 진정되면 다시 멍해지고, 그러다 또 놀라서 정신을 차리고.

　그럴 때마다 입술을 지그시 깨물었다가 그것에 지레 놀라 손등으로 입술을 눌렀다. 의식하지 않으려고 하는 행동이지만 오히려 그럴수록 생각은 입술로 쏠렸다.

　당연히 떠오르는 건 재경과의 키스이고 얼마 동안은 공황상태에 빠진다. 아직 만으로 하루가 지나지 않았다. 그러니 이런 것이다. 시간이 가면 절대로 이렇지 않을 것이다.

왜 이렇게 자신은 어릴까, 문득 생각했다. 한 살 한 살 더 먹어갈수록 더 단단하게 여물 거라고 생각했지만 초등학교 때 세상이 다 높게만 보이던 그때와 지금은 별다를 바가 없다. 어른이 되는 때는 한 해씩 더 빨라지는데 여전히 자신은 시장에서 엄마를 잃을까 봐 엄마 손을 꼭 잡던 겁먹은 어린애 같다.

하지만 달라진 것도 있다. 자신의 키가 엄마를 추월했고, 소희가 옆에 있다. 그리고 재경을 만났다. 어른이 되면, 그간 내내 마음으로만 했던 다짐대로 엄마가 믿고 의지할 버팀목이 되어줄 것이다. 소희와는 평생토록 우정을 나눌 벗이 되기 위해 노력할 것이다.

재경과는…….

그 어떤 미래도 그려지지 않는다. 믿음은 변함없다. 재경은 환한 빛 속에서 반듯한 길을 걸을 거라는 것. 멀리에서라도 그것을 지켜보거나, 전해들을 수 있다면 그걸로 족하다.

그와의 만남은 아무리 길어도 고등학교 졸업까지가 최대한이라고 생각한다. 그가 태희에게 실망하는 때가 올 거라고 당연히 생각했었다. 벌써부터 그를 화나게 한 것을. 조금 의외였던 건, 자신은 좋은 모습만 보이기 위해 애쓴 최선이 그를 화나게 했다는 거였다.

거짓이 아니라 포장이었는데. 소희도 그랬잖은가. 연애란 건 예쁜 모습을 보이기 위해 애쓸 필요도 있다고. 그래서 감추고 싶은 부분을 가린 건데, 어째서 재경은 화를 내는 걸까?

태희는 진심으로 의아했다. 그녀는 재경이 화를 내는 부분이 뭔지 잘못 생각한 거였다. 그녀가 이미 재경과의 사이에 그은 경계선. 시작하기도 전에 끝을 바라보는 기만에 가까운 순응. 그것이 재경을 순간순간 얼마나 답답하게 만드는지 태희는 진정으로 몰랐다.

애초에 그녀는, 재경이 그녀를 '좋아할 수'도 있다는 생각을 해본 적이 없는 것이다.

비로소 잠이 몰려오기 시작했다. 태희는 이제 천근처럼 무거워진 눈꺼풀 속에서 아틀리에에서 밤샘작업에 힘을 쏟고 있을 소희를 떠올렸다. 대학입학만 하면 꼴도 보기 싫어 내다버릴 거라는 아그리파나 줄리앙, 비너스 중 하나를 붙들고 무한 소묘에 들어갔을 것이다. 말만 그렇게 하지 제대로 그림을 그릴 때의 소희는 옆에서 누가 죽어도 모를 만큼 집중한다.

아름다운 재능을 가지고 태어난 별빛 같은 소희. 그렇게 생각하는 태희의 입가에 빙긋 미소가 어렸다. 너를 만난 건 내 인생 최대의 행운. 그리고 재경을 만난 것은……

더 이상 생각을 잇지 못하고 잠이 들어버렸다. 아기처럼 옆으로 동그랗게 웅크리고서 오른손으로 입술을 살포시 덮은 채로.

다음 월요일부터의 며칠간 소희는 이상기류를 포착했다. 태희와 재경 사이에 도는 냉랭하면서도, 단순히 냉랭하다고 만은 말할 수 없는 아슬아슬한 기운.

처음엔 그냥 둘이 뭔가로 다퉜나 했다. 그런데 생각해 보니 다툼이 일어날 리가 없다. 태희는 절대로 재경의 의견을 거스를 녀석이 못 된다. 그런데 묘하게도 종종 둘의 시선이 엇갈릴 때가 있다. 한쪽이 다른 일을 하고 있는 사이에 다른 쪽이 물끄러미 상대를 응시하는 식이다. 예전에 혼자서 좋아할 때는 물론이고 사귀고 난 뒤에도 태희는 재경을 함부로 빤히 본 적이 없었다. 그런데 지금의 태희는 다른 사람들의 이목과는 상관없이 골똘한 표정이 되어 재경을 쳐다보고는 했다. 물론 재경이 시선을 알아채고 고개를 돌리면 곧장 딴청을 피웠다. 놀라운 건 재경도 태희와 같은 일을 반복한다는 거였다.

대화를 나누긴 하는데 겉돈다. 거기다 소희의 비중이 부쩍 커졌다. 예전엔 소희가 알아서 끼어들어 까불거리는 거였는데 지금은 소희가 말을 이어가지 않으면 대화 자체가 진행이 안 될 정도이다. 그렇다고 소희는 자신의 비중이 커져서 즐겁냐고 하면 그것도 아니다. 태희도 그렇고 재경도 서로 다른 생각에 빠져 있다는 게 명백했다.

그때의 그 토요일에 뭔가가 있었던 게 틀림없는데, 태희가 이실직고를 안 한다. 새벽에 택시를 타고 소희네 집에 왔을 때 얼핏 본 모습이 꼭 울고 난 사람 같았지만, 태희는 아파서 그런 거라며 딱 잡아뗐다. 그 뒤로는 일요일 내내 잤기 때문에 그 뒷날이 되어 추궁해 보았자 이미 늦어버렸다. 태희는 이부종사는 못한다고 버티는 춘향이처럼 완강했다.

그렇지만 역시 뭔가가 있었던 게 틀림없다. 감은 분명한데 캐낼 방법이 없다. 거기다 이 커플이 자길 향단이라도 되는 듯 이용해 먹는다. 이쯤 되면 꼬라지가 나서 견딜 수가 없다. 말을 하지 않는다 해도 알아내고 말겠다! 울트라 메가톤급의 육감 레이더를 시전하며 둘을 관찰하기 시작한 소희였는데, 캐려고 한 것 대신 다른 것이 덜컥 걸리고 말았다.

재경의 이상상태.

수요일에 체육수업 중에 축구를 했는데 재경이 연거푸 패스 미스를 해서 별일이다 했었다. 원숭이도 나무에서 떨어진다며 놀려댔지만 태희가 눈치를 주는 바람에 제대로 놀려먹지는 못했다.

태희는 여전히 집에서 잠자기 힘든 형편인지 학교에서도 꾸벅꾸벅 졸곤 했다. 금요일이 되자 피로가 누적되어 수업 중에도 멍한 얼굴이었다. 반은 수면 상태인 태희가 낭패 보는 일이 없게끔 소희가 모처럼 열심히 수업을 듣고 있었는데 또 한 번 이상 사례가 포착되었다.

국사시간에 소희네 줄이 교과서를 죽 읽어나가게 되었다. 소희가 한 페이지를 읽은 뒤에 재경이 뒤를 이어 다음 페이지를 읽게 되었다. 문득 그가 숫자를 잘못 읽는 실수를 했다. 그 한 번은 잘못 읽은 걸 알고는 고쳐서 읽었지만, 마지막 단락을 읽으면서는 같은 사람을 매번 다른 이름으로 잘못 읽었다. 틀렸다는 자체도 모르는 것 같았다. 소희가 이상하단 표정으로 슬쩍 뒤를 돌아보았다. 재경은 턱을 괸 채 교과서를 보고 있었다. 그다지 흐트러진 건 아니지만 어딘지 모르게 태희가 아플 때 보이곤 하는 지친 기운이 풍겼다. 소희는 고개를 원위치하면서 태희를 쳐다보았다. 태희 코도 석 자였다. 태희에게 괜한 얘기를 꺼내서 또 신경 쓸 거리를 안겨주기는 싫었다. 그래서 소희는 잠자코 무시하기로 했다.

국사시간이 끝나고 태희는 도저히 못 버티겠다며 커피를 마시러 간다고 했고 소희는 화장실에 들렀다 가겠다고 일단 각자 행동했다. 태희의 책과 자신의 책을 사물함에 넣어두고 돌아서다가 누군가와 부딪혔다. 얼굴을 찡그리면서 보니 마찬가지로 사물함에 책 정리 중이던 재경이었다.

"쏘리. 앞을 못 봤어."

소희의 사과에 재경은 됐다는 듯 고개만 끄덕였다. 부딪히는 바람에 떨어뜨린 교재를 주우려는 재경보다 소희가 한 발 더 빨리 책을 집어 들었다. 그 와중에 얼핏 손이 스쳤다.

"저기, 잠깐만."

소희가 느닷없이 재경의 손목을 잡자 재경이 눈살을 찌푸리며 물었다.

"뭔데?"

"너 열 있어? 뭐가 이렇게 뜨끈뜨끈해?"

"별거 아냐. 모른 척해."

사물함을 닫고 교실을 나가는 재경을 지켜보면서 소희는 어떡하나 싶어 머리를 부비적거렸다. 태희에게 알리지 말란 말 같은데. 나중에라도 태희가 알면 왜 말 안 해줬냐고 날 원망할 테고, 그렇다고 자기 몸 하나 건사 못하는 태희더러 재경에게 신경 쓰라고 말하는 것도 그렇고. 쯧. 어쩜담? 화장실로 가기 시작하면서 소희는 정말로 자신은 고민하는 버릇과는 거리가 멀단 걸 새삼 인정하지 않을 수 없었다.

태희는 학교가 파하고 막 지하철에서 내려 집으로 향하는 중에 소희의 전화를 받았다. 소희가 들려주는 이야기에 태희는 얼음물을 뒤집어쓴 것처럼 잠이 확 달아났다.

"왜 그걸 이제야 말해?"

「그렇게 됐어. 뭐 한재경도 별거 아니랬고. 그냥 넘어가려다가 역시 네가 알아둬야 할 것 같아서.」

"왜 몰랐지? 본다고 봤는데, 왜 나는……. 아, 소희야, 많이 안 좋아 보였어? 어떡해……. 나 오늘 재경이 얼굴이 어땠는지도 기억이 안 나. 어쩌면 좋아. 나 진짜 바보 아냐?"

「어떡하긴. 그 녀석 아픈 일 거의 없었잖아. 가벼운 몸살 기운일 거야. 집에 가면 부모님도 있을 테고 무슨 걱정이야? 거기다 내일 놀토잖아. 이틀 푹 쉬면 낫겠지. 한재경이 아파서 쓰러지는 일은 지구가 두 쪽 나도 없을 거다.」

"재경인 혼자 살아. 아파도 간호해 줄 사람도 없단 말이야."

「어, 그러냐? 그건 몰랐네.」

태희의 말에 소희는 깜짝 놀랐다. 그 말은, 지난주 토요일에 태희랑 재경이가 단둘이서만……. 으아아, 이상한 상상이 펼쳐진다. 패스, 패스. 지금 중요한 건 그게 아니다.

"가는 것도 제대로 못 보고. 맙소사. 나, 너무 한심해."

「우선 전화부터 해봐. 목소리 들으면 좀 안심이 될 거야. 안 그래?」

"아, 응. 그럴게. 그럼 이따 다시 전화할게."

소희가 먼저 끊은 뒤 태희는 잠시 핸드폰을 들고 망설이는 듯 액정 화면을 보고 서 있었다. 전화를 걸기엔 너무 늦었다는 생각이 들었다.

소희가 말해 주기까지 재경이 아프다는 걸 짐작조차 못했다. 자신이 너무 한심해서 화가 날 지경이었다. 그래서 한참 동안 핸드폰 액정만 쳐다보며 울 것 같은 표정을 하고 있었다. 그러다 마침내 결심하고 고개를 들었다. 그러곤 주저 없이 오던 길을 되돌아가기 시작했다.

재경은 옷도 갈아입지 않고 교복 그대로 쓰러지듯 소파에 누워 잠이 들어버렸다. 고열 때문이었는지 잠은 수렁에 빠져드는 듯한 불쾌함을 안겨 주었다.

잠은 한없이 깊어지는데도, 어느 순간 재경은 자신이 깨어 있다는 것을 알게 되었다. 아니, 정확히 말하자면 의식만 움직이고 있는 중이었다. 손가락 하나라도, 하다못해 눈꺼풀이라도 움직여 보려고 했지만 거짓말처럼 아무것도 할 수 없었다. 가위눌림. 그러나 재경은 생전 처음 겪는 이 일이 가위란 것도 몰랐다.

그때 문득 초인종 소리가 들려왔다. 재경은 자신의 귀를 의심했다. 아무도 찾아올 사람이 없다는 걸 알고 있었다. 그러니까 방금 전의 소리는 실제일 리가 없다. 그런데 다시 똑같은 소리가 울려 퍼진다. 조심스러워 하는 듯, 다시 한 번. 또 한참 동안의 공백 뒤에 재차 벨소리가 났다.

그 소리가 진짜라고 확신한 순간 눈이 떠졌다. 재경은 잠시 어리둥절한 기분으로 천장과 주변의 사물을 쳐다보았다. 깨어났구나. 그렇게 생각하는데 그걸 증명이라도 하듯 또렷하게 또 한 번의 초인종 소리가 들려왔다.

억지로 몸을 일으켜 소파에서 일어난 순간 목 언저리에 한기가 들었다. 식은땀으로 축축해진 이마로부터 머리카락을 쓸어 올리며 현관 앞에 섰다. 누군지 확인하지도 않고서 현관문을 밀어젖혔다. 밖에 서 있는 사람을 보자 그는 자기도 모르게 미간을 찌푸려 버렸다.

"여긴 웬일이야?"

퉁명스러운 재경의 말에 잠시 머뭇거리던 태희가 말했다.

"……괜찮은지 알고 싶어서. 많이 아프니?"

"아픈 거 아니야. 그냥 피곤해서 그래."

태희의 얼굴을 보자 갈증이 났다. 얼음보다 훨씬 더 차가운 걸 마시고 싶다고 생각하며 재경은 문간에 비스듬히 선 채로 태희의 말을 기다렸다. 태희는 재경의 창백한 안색과, 흐트러진 셔츠, 머리카락을 보면서 더 작아진 목소리로 말했다.

"얼굴이 아주 안 좋아. 너 이런 모습인 거 본 적 없는데."

"자고 나면 괜찮을 거야. 정말 아프면 이러고 있지도 않아."

"그럼 다행이겠지만……."

그녀야말로 조금이라도 자야만 할 것 같은 지친 얼굴을 하고서, 거기에 걱정까지 담아 물끄러미 재경을 보고 있는 태희 때문에, 재경은 좀 더 누그러진 목소리로 말했다.

"잠시 들어올래? 난 목이 말라서 뭐라도 마셔야겠어."

"……아, 응."

재경을 따라 거실로 들어갔다. 재경이 차라도 마시겠냐고 했지만 태희는 거절했다. 태희는 소파 근처에 아무렇게나 던져져 있던 학교 넥타이를 들어서 테이블 위에 올려두었다. 재경이 생수를 마시면서 돌아오자 태희가 물었다.

"뭐라도 먹었어? 약 먹으려면 저녁 먹어야지."

"아무 생각 없어."

"그러면 안 돼. 밥 먹기 힘들면 내가 죽이라도 끓여줄게."

"죽은 나 말고 네가 먹어야 하게 생겼는데? 먹고 싶으면 끓여. 먹는 거 구경해 줄게."

아파 죽어도 한재경은 한재경이다. 태희는 재경의 시니컬한 말에 자기도 모르게 조금 웃었다. 그 웃음에 오히려 재경이 움찔했다.

"왜 웃는데? 내 말이 웃겨?"

"아니. 그냥. 너다워서……."

"쳇. 봐서 알겠지만 나 아프다고 할 수준 아니야. 그래도 졸리긴 하니까 자러 가야겠어. 그러니까 넌 가든지 좀 있다 가든지 해. 냉장고에 보면 먹을 만한 거 있을 거야."

귀찮다는 기색이 역력한 투로 그렇게 말하고 재경이 침실인 방으로 들어가는 것을 태희가 잠자코 지켜보았다. 가슴이 서늘해졌다. 재경이 부러 차갑게 꾸민 말에 상처 입은 게 아니라, 자신에 대한 원망 때문이었다. 희미하게 붉은 물이 가슴에 퍼져갔다.

대체 자신은 지금껏 무엇을 해온 것일까……?

재경은 꽤 깊게 잠이 들었던 것 같다. 그러나 꿈결에도 몇 번인가 차고 깃털처럼 부드러운 평온함을 느끼곤 했다. 그래서인지 한없이 맑은 물속에 잠긴 느낌으로 잠이 이어졌다. 깨어난 것은 다시금 찾아온 급격한 갈증 때문이었다. 뿌리쳐지지 않는 잠의 유혹과 탁한 갈증 사이에서 두 번인가 한숨을 내쉬었을 때 그 차가운 기운이 다시 찾아왔다.

조심스럽게 누군가가 재경의 이마와 볼을 닦아주었다. 반복되는 그 섬세한 작업 속에 재경은 확실하게 잠에서 깨어났다. 이제 그는 눈만 감고 있을 뿐 다른 감각은 모두 현실을 인지하기 시작했다. 그의 숨결이 고르게 가라앉자 잠시 이마 위에 얹어두었던 수건을 거둬가면서 중얼거리는 소리가 났다.

"열은 조금 내린 것도 같은데. 해열제를 먹고 잤다면 더 좋았을걸."

일부러 재경은 신음소리를 내면서 몸을 뒤척였다. 그러자 태희가 이불을 고쳐 덮어주면서 그의 헝클어진 머리카락을 정돈해 주었다. 그 순간 재경이 눈을 떴다. 갑작스레 눈을 뜬 그를 보고 태희가 놀라 손을 거둬들이려 했다. 그러나 재경이 재빨리 손목을 붙잡고는, 이내 상반신을 일으켜 앉았다. 당황했음에도 태희는 재경이 일어나는 것을 도와주었다. 재경이 시계를 확인해 보니 아홉 시 십 분 전이었다. 시선을 내리깔고 있는 태희에게 재경이 물었다.

"안 가고 여태 있었어?"

"응. 그냥 가기가 뭐해서."

침대 옆 협탁 위에 있는 얼음이 가득한 대야를 보고 물에 흠뻑 젖어버린 태희의 손을 보았다. 붕대가 온통 젖어버렸으니 손도 아마 얼음장이리라. 재경은 그 손을 가만히 쥐었다.

"그냥 잘 테니까 가라고 했잖아. 저녁은 먹은 거야?"

"배고프지 않아서. 아, 넌 배고프지? 먹을 거 준비해 올게. 내가 아까 죽 해 놨어."

일어서려고 하는 태희에게 재경은 고개를 저어 보였다.

"난 됐으니까 너라도 먹고 가. 들어오지 말고. 자는 데 누가 있으면 방해돼."

"아……. 미안."

금세 태희의 목소리가 수그러든다. 재경은 자기도 모르게 신경질적으로 내뱉고 말았다.

"미안한 거 없으니까 그냥 가란 말이야."

아차 했다. 하지만 태희는 물끄러미 재경을 보다가 중얼거렸다.

"정말 미안해."

"그럴 거 없다니까. 대체 뭐가 그렇게 넌 미안한 게 많아?"

재경의 차가운 말투에 조금 기운을 잃었지만, 태희는 고개를 숙이고 그를 간호하면서 작정했던 말을 쏟아내기 시작했다.

"난……너랑 사귀기 시작한 후에도 한 번도 그걸 진지하게 생각한 적이 없다는 걸 깨달았어. 그저 나 혼자 좋아하는 방식에 너무 익숙해져 있었나봐. 실제의 네가 내게 손을 내밀어주었고 마치 꿈이라도 꾸는 것처럼 네 손을 잡았지만……난 여전히 예전의 그 자리에 있었어. 그냥 널 바라보는 것으로도 부족함이 없었던 그 자리에."

잠시 숨을 골랐다. 이런 고백을 하는 게 태희에게 얼마나 힘겨운 일일지 재경은 모르지 않았다. 그래도 그녀가 할 말이 궁금해서 가만히 듣기만 한다.

"넌 믿을 수 없을 만큼 내게 상냥했고 여러 가지를 해주려고 노력했어. 그런데 난 계속 네게 그걸 받으면서도 그게 어떤 의미인지, 내가 뭘 어떻게 해야 하는지에 대해선 깊이 생각하지 않았어. 그냥 막연히 부담스러워만 했어. 이 애가 나한테 왜 이렇게 잘해 주나 싶어 황송해하고. 도저히 손댈 수 없는 거리에 있던 사람이 어느 순간 눈앞에 있는데도 그저 이 사람이 정말 실존하는 사람이구나 싶어 신기한 그런 기분이었거든. 아이돌을 좋아하는 팬이라도 된 것처럼 매 순간이 마냥 두근거리고 신기하기 만한……. 이건 오래가지 못할 꿈이라고 생각해서 더 그랬던 건지도 모르지만."

"꿈이라고?"

재경의 중얼거림에 태희는 고개를 들었다. 싸느랗게 반짝이는 재경의 눈과 마주친다. 입가에 미소가 떠올라 있다. 이런 재경을 두려워해야 한다는 걸 태희는 경험으로 알고 있다. 그녀가 바싹 긴장하는 게 육안으로도 보였고, 재경의 눈매는 더 날카로워졌다.

"나랑 사귀기 시작한 게 벌써 5개월 가까이 되는데 아직도 넌 꿈을 꾸고 있다고 말하는구나. 지독히 긴 꿈이라고 생각하지 않아? 난 널 옆에 두었다고 생각했는데 그건 내 착각이었을 뿐이고. 자, 말해 봐. 이제 널 그 꿈에서 깨우려면 내가 어떡해야 하는 거야?"

"재경아, 난……."

"네가 어떤 생각을 하고 있든, 무슨 맘을 먹고 있든 그런 건 관심 없어. 난 널 그 꿈이란 것에서 깨워야겠어. 난 죽어버린 공주의 유리관을 지키는 쓸데없는 짓 따윈 안 해."

태희는 재경을 보면서 생각했다. 모르겠다, 이 애의 마음을. 이 애가 품고 있는 그 무엇도 짐작할 수가 없다. 이 애와 난 지나치게 다르니까. 그렇지만 내겐 이 애가 필요하다. 이 애가 내 세계에서 사라져버리면 몹시도 슬플 것 같다. 비록 이 애와의 미래는 그려볼 수 없지만, 그래도 이 현실이 조금이라도 길어지길 간절히 바란다. 그렇다는 걸 깨달았다.

"나란 애 너무도 수동적이고 나약하다는 거 잘 알아. 내가 답답한 내 세계에 갇혀서 꿈쩍도 하지 않는 것처럼 보인다는 것도 알아. 그게 너한테 참을 수 없게 느껴진대도 지금 당장 내가 어떻게 하고 싶다고 고쳐지는 것도 아니야. 하지만 노력할 거야. 조금이라도 더 나은 사람이 되도록. 그저 내 마음만 바라보는 그런 이기적인 일은 하지 않도록 할게. 나도 널 위해 뭔가를 해줄 거고, 내가 너 때문에 느끼는 기쁨만큼은 못 되겠지만 너도 나로 인해 기쁘고 따뜻해질 수 있도록 애쓸 거야."

아주 추상적인 약속이다. 그래도 그 말에 재경의 마음 깊은 곳이 찰랑찰랑 흔들렸다. 재경은 자신이 태희의 말에 만족했다는 걸 알았지만 그의 차가운 머리는 확인을 요구하고 있었다. 자신이 아니라, 태희가 스스로의 약속에 얽매이도록.

"날 좋아하니?"

이미 알고 있으면서 그런 질문을 던지는 재경 때문에 태희는 의아한 표정을 지었다. 그러곤 곧장 얼굴을 붉히고는 고개를 푹 숙이더니 희미하게 고개를 끄덕였다.

"말로 해봐. 내가 좋아?"

"응."

"날 기쁘게 해주고 싶고?"

"응. 할 수만 있다면 아주 많이."

방에 침대 옆 사이드 테이블에 놓인 스탠드 불빛밖에 없다는 것에 재경은 안도했다. 그렇지 않다면 문득 떠오른 환한 미소를 들키고 말았으리라. 순식간에 그것을 감추고는 재경이 눈을 감으며 한숨을 쉬었다. 한숨소리에 태희가 깜짝 놀라 고개를 든다.

"아파? 더 자야겠어?"

"아니…… . 조금 목이 마른 것뿐이야. 아까 내가 마시던 물병 어디 있을 텐데."

태희가 재빨리 생수병을 찾아 건넸다. 재경은 마지막 한 모금까지 다 비웠다. 손등으로 입술을 훔치는 재경을 보며 태희가 말했다.

"부족하면 물 더 가져올…… ."

그녀가 말을 끝맺기도 전에 재경이 태희를 확 끌어당겨 품에 안았다. 깜짝 놀라 금세 굳어버린 태희를 꼭 껴안은 채 재경은 요 며칠 자신을 괴롭혔던 미열과 갈증이 단순한 몸살 기운이 아니었다는 걸 깨달았다. 시작 지점조차 모르지만 빈번히 찾아온 미열처럼 태희를 보면 갈증이 느껴지기 시작했다. 차곡차곡 마음속에 쌓이던 감정이 마침내 수면 위로 떠오른 건지도 모른다. 깊이도 부피도 가늠이 안 될 정도이다. 다만 그것이 어질어질할 정도로 그를 초조하게 만들었다.

사람을 좋아하게 되는 건 처음이라 뭘 어찌해야 할지를 몰랐다. 원하는 대로 휘둘러도 봤지만 오히려 자신이 상처를 입었다. 그게 상처라는 것도 모르고 며칠을 앓았다. 약을 먹어도 가뿐하게 낫지도 않았다. 소화도 되지 않고, 머리는 아프고, 열은 계속 나고.

이렇게 간단한 것을. 지금 태희의 숨결을 이렇게 확인하고 체온을 품 안에 담으니 미열도, 두통도, 목마름도 거짓말처럼 가라앉았다.

"언제까지 내 옆에 있을 거야? 이 꿈이 별 볼 일 없으면 그만인 건가?"

"그럴 일은 없어. 네 옆에 있고 싶어. 네가 날 버리지 않는 이상 언제까지고 네 곁에."

태희의 속삭임에 부드럽게 웃으면서도 재경은 다시금 확인했다.

"내가 널 버리면 그걸로 끝이 나는 거구나, 네 마음도."

"그렇지 않아. 네가 이 세상에 존재하는 이상, 네게 방해가 되지 않는다면 난 네가 가는 그 어디라도 널 보기 위해 따라가고 싶어. 버림받아서……더는 네 옆에 있을 수 없게 된다고 해도, 내 마음은 변하지 않을 거야."

"앞으로도 계속 날 좋아하겠다는 거지? 내가 아무리 형편없는 녀석이라고 해도."

꼼짝도 못할 줄 알았던 태희가 갑자기 그의 품을 벗어나 그를 빤히 쳐다보았다. 그녀가 단호하게 고개를 저었다.

"그런 소리 하면 안 돼. 넌 절대 형편없지 않아. 내가 보는 네 모습이 얼마나 환하고, 얼마나 눈부신지 네가 볼 수 있으면 좋을 텐데. 나한테 넌 정말 아름다워서……."

그럴 생각은 없었는데 그렇게 말하는 태희가 너무 예쁘기만 해서 재경은 참지 못하고 고갤 기울여 키스했다. 간지럼을 태우는 듯 조심조심, 몇 번이고. 입술을 떼고 바라보자 눈을 감은 태희의 단정한 얼굴이 보였다. 재경은 그녀의 얼굴을 두 손으로 감싸며 다시 입술을 겹쳤다. 긴 키스 후 아주 약간만 입술을 떼고 말했다.

"약속, 지켜야 해. 언제까지고 넌 나만 좋아해야 해. 그래서 내 옆에 있는 거야. 알겠지?"

"……응."

눈을 감은 채로 태희가 다소곳하게 대답했다. 지금은 이것으로 충분했다. 언제까지고 너만 좋아할 거라는 어린애들의 새끼손가락 걸기 같은 약속만으로도. 그리고 상대방을 배려한 부드럽기만 한 키스만으로도.

이제야 비로소 첫키스를 하는 것처럼 심장이 떨려왔다. 재경도. 그리고 태희도.

추석 연휴가 한 주일 앞으로 돌아왔지만 여전히 낮은 후텁지근했다. 그래도 방학 전의 그 축축 늘어지던 더위와는 달리 간간이 불어오는 바람이 가을임을 실감케 하기도 했다. 조금씩 흐려지는 창밖의 하늘을 쳐다보는 태희를 보고 옆의 소희가 핀잔을 주었다.

"왜, 서방님이 안 계시니 기운이 쭉쭉 빠지냐?"

"어? 그런 거 아니야. 비가 오긴 오겠구나 싶어서 쳐다봤어."

"핑계가 좋다. 마음이 짠하지? 서방님의 빈 책상을 보니 말이야. 이해해, 이해해. 그러니 네가 공부를 좀 더 잘해야 할 거 아니야. 왜 서방님 혼자 그 먼 길을 가게 해?"

"그래, 우리 서방님이 개선하실 때 내가 네 극진한 기도도 전해 드리지. 착하다, 우리 소희. 그러니 좀만 자자꾸나. 응?"

"뭣이? 우리 서방님? 지금 내 귀가 들은 게 참말이냐?"

"정히 네 소원이라면 그리 못 부를 건 또 뭐니? 뭐라고 부른들 재경인 재경이지."

"헛, 강하다. 강해졌구나, 태희야. 웬일이니. 이 어미는 기쁘다. 이제 죽어도 여한이 없다. 이대로 먼저 떠날 테니 이 어미가 보고 싶거들랑 편지를 써서 하늘에 종이비행기를 날려라. 사랑했다, 태희야."

소희가 바르르 떨리는 손을 태희에게 뻗다가 그대로 툭 하고 떨구고 눈을 감는 모습에 태희는 한숨을 쉬었다. 실컷 입을 놀렸으니 푹 자라고 등을 토닥토닥해 주면서 태희는 비로소 책에 집중하려고 했다. 하지만 뭔가가 잡아끌기라도 한 것처럼 힐끗 뒤를 돌아보았다.

재경의 빈 책상을 보았다. 재경은 논술대회가 있어서 학년 대표로 뽑혀 나갔다. 재경에겐 잘하고 오라는 말도 제대로 건네지 못했지만 마음만은 과격한 응원단 못지않다.

'잘해. 재경아. 아주 잘해서 다 무찔러버리고 1등 하는 거야. 아, 근데 재경이 아직 좀 아픈데. 컨디션이 나빠서 2등 하면 어쩌지?'

다만 걱정이라면 그것 하나뿐. 그리곤 아주 살짝 우울해지고 말았다.

대회가 빨리 끝나면 들어가서 쉬라고 말했는데도, 재경은 밖에서 보자고 문자를 보내왔다. 태희는 집에 가서 푹 자라고 간곡히 부탁했지만 재경은 아주 간단히 대답했다.

〈난 들렀다 갈 데가 있으니까 커피라도 마시고 있어. 얌전히 앉아서 기다려.〉

결국 태희는 수업이 끝나고 약속장소인 서점으로 향했다. 어차피 시간이 남아서 재경의 말대로 바로 옆의 스타벅스 매장으로 향했다. 안에는 근처에 있는 고등학교인 태명고 교복을 입은 애들로 가득했다. 태희가 그 안으로 들어선 순간, 그 아이들의 호기심 어린 시선이 잠시 그녀에게 쏟아졌다가 곧 무시하는 듯 고개를 돌렸다.

겨우 구석에 자리를 잡고 아메리카노를 마시면서 소설책을 꺼내서 읽기 시작했다. 그렇지만 영 집중이 되지 않았다. 주변에 태명고 애들뿐인 상황도 적이 민망하고 괜히 주시의 대상이 되는 것 같았다. 앉아있는 게 오히려 오늘은 피곤하다. 커피컵을 들고 있으면 재경도 그리 뭐라고는 하지 않을 거라 생각하면서 자리에서 일어났다.

노래를 들을 생각에 MP3를 찾아서 이어폰을 귀에 꽂으며 걸어가다가 옆으로 지나가던 누군가와 부딪혔다. 커피를 쏟지 않으려고 꽉 잡는 통에 어중간하게 쥐고 있던 캔버스 백을 놓쳐버렸다. 잠금 버튼이 없는 가방이었기 때문에 바닥에 떨어지면서 안의 내용물이 쏟아졌다.

"죄송합니다."

부딪힌 상대방에게 푹 고개를 숙여 사과하고서 웅크려 앉아 떨어진 물건을 주섬주섬 챙기는데, 태명고 교복을 입은 남자애가 떨어진 책 두 권을 주워서 가볍게 턴 뒤에 건네주었다.

"미안해. 내가 전화 받느라 못 봤어."

"아뇨, 저도. 고맙습니다."

태희가 급히 일어서는 중에 얼핏 어지럼증이 느껴졌다. 관자놀이를 누르며 얼마쯤 서 있으려니 남자애가 말을 걸어왔다.

"괜찮아? 너 어디 아픈 것 같은데."

"괜찮아요, 별거 아니에요."

힘없이 중얼거리는 태희를 보면서 남자애가 고개를 갸웃하더니 말했다.

"따뜻한 물 한 잔 가져다줄까? 빈혈인 모양인데. 자, 여기 앉아. 야, 옆으로 좀 가봐."

남자애는 너무나 자연스레 태희를 바로 옆의 좌석에 앉게 만들었다. 거기 있던 다른 학생을 옆으로 가게까지 하면서. 엉겁결에 자리에 앉고 만 태희가 얘는 또 언제 봤다고 이리 살갑게 구나 싶어 가늘게 치뜬 눈으로 상대방을 응시했다.

비로소 제대로 얼굴을 보았다. 색소가 옅은 갈색 머리카락에 남자애치곤 뽀얗고 피부가 곱다. 선량해 보이는 큰 눈이 장난스럽긴 해도 수려한 외모였다. 얼굴 가득 드러나는 따뜻한 미소가 보기 좋았다. 그렇지만 태희는 이런 식으로 처음 보는 이의 친절을 받아들이는 법을 모른다.

"고맙지만 괜찮아요. 여길 나가면……."

"지금 뭐 하는 거야?"

갑자기 옆에서 신경질적인 여자애의 목소리가 끼어들었다. 남자애 옆으로 와서 그의 팔을 잡으며 서는 여자애는 화사한 화장이 다소 부담스럽긴 해도 퍽 세련된 아이였다. 그러나 예쁜 얼굴에 드러난 날카로운 적의에 태희는 귀찮은 일에 휘말렸다 싶은 느낌이 들었다.

"나 때문에 가방을 쏟아서 도와줬어."

"다 도와줬으면 와야지 뭐하고 서 있는 거야? 이런 데 앉혀서 뭘 어쩌자고?"

"빈혈인 것 같아서. 따뜻한 물이라도 가져다줄까 했지."

"아프건 말건 무슨 상관이야? 네가 심부름센터 직원이야, 뭐야? 헤픈 것도 정도껏 해."

듣기만 하는 자신도 따끔거릴 정도로 기분 나쁜 말인데 남자애는 그저 서글서글하게 웃을 따름이다. 왜 이런 상황에 빠졌나 싶어 미간을 찡그리며 태희가 말했다.

"그런 거 아니에요. 나도 막 나가려던 참이니까 나 때문이라면……."

"끼어들지 마. 너한테 말 안 했어. 뭐니, 그러고 보니 이 교복 영채 고잖아? 가난한 애들은 하는 수법도 빈티난다니까. 얼렁뚱땅 부딪혀서 빈혈인 척 수작이야? 촌스럽긴."

태희를 위아래로 좌악 훑어보며 내뱉는 여자애의 말에 태희는 어처구니가 없어서 눈을 크게 떴다. 그제야 잠자코 듣기만 하던 남자애가 여자애에게 말을 했다.

"또 무슨 시나리오를 쓰는 건데? 부딪힌 건 애가 아니라 나야. 이런 식으로 억지 쓰면 재밌냐, 넌? 어떻게 된 애가 세상 일이 다 네 생각대로만 돌아가는 줄 알아?"

"너 지금 애 역성들어? 억지 같은 소리 하네. 너 이 계집애 얼굴이 반반하니까 이런 식으로 도와주는 거잖아. 여자애들 얼굴값 하는 거 네가 더 잘 알면서. 보아하니 애 일행도 없네. 대체 영채고 애가 여기까지 와서 뭘 하는 건데? 뭘 하다 하필이면 너한테 부딪혀?"

태희는 그만 우스워졌다. 질투를 하는 건지, 남자애가 자기 거라고 마킹을 하는 건지 몰라도 아주 쓸데없는 수고다. 웃음이 새어나오는 입을 손으로 가리는데 그 모습에 빈정이 상했는지 여자애는 대뜸 태희의 어깨를 거칠게 밀쳤다.

"뭐야? 지금 왜 웃는 건데? 꼴같잖게 날 비웃는 거야, 뭐야?"

손가락으로 쿡쿡 태희의 어깨를 찌르는 행동에 태희가 뭐라고 말을 꺼낼 틈도 없이, 누군가가 여자애의 팔을 낚아챘다. 그리곤 가차 없이 옆으로 팽개치듯 뿌리쳤다.

"엄마야, 무슨 짓이야, 너!"

여자애가 신고 있던 높은 굽의 구두 때문에 고꾸라질 뻔한 것을, 옆에 있던 남자애가 붙잡아 주었다. 그런 소동보다 태희는 어느샌가 나타난 재경의 모습에 놀랐다. 재경은 태명고 여자애를 무서운 눈으로 노려보고는 그것과는 전혀 다른 눈빛으로 태희를 돌아보았다.

"미안. 늦어서. 얼굴색 안 좋은 데 괜찮아?"

재경이 손을 내밀어 강한 힘으로 그녀를 일으키면서 말했다.

"나가자 그럼. 서점 굳이 안 들러도 되지? 보고 싶은 책 있어?"

"아니. 딱히 없어."

엉겁결에 재경의 페이스대로 움직이는 태희였지만, 성큼 걸음을 옮기는 재경의 앞을 아까의 여자애가 가로막았다.

"짜증나네, 진짜. 넌 뭔데 사람을 치고 난리야? 느닷없이 나타나서 사람을 치고도 미안하단 말 한마디 안 해? 하는 짓이 둘이 똑같네 그래. 그러고서 어딜 가려구?"

눈앞에서 쨍알거리는 여자애를 아주 묘한 벌레라도 되는 것처럼 쳐다보던 재경은 여자애의 말이 끝나자 평상시의 건조한 말투로 중얼거렸다.

"보나마나 너희들이 잘못한 거겠지. 이 앤 귀찮은 일은 안 만들어."

"내가 괜한 시비를 걸었단 말이야? 기막혀. 똑똑히 들어. 먼저 이 계집애가 내 남친에게 꼬리를 쳤단 말이야. 아주 눈에 빤히 보이는 수작을 걸었다고."

여자애의 옆에서 남자애가 한숨을 내쉬며 질렸다는 듯 머리를 저었다. 재경은 그 남자애를 한 번 쳐다보고는 보일 듯 말 듯 냉소를 지었다. 그리고 물었다.

"누가 누구한테?"

"니 여친이 얘한테 추파를 던졌다고! 약한 척 굴면서 내숭떨어놓고 그런 거 아니라고 하면 그만이야? 연극하는 거 딱 보면 알아, 바보가 아니면."

아까는 웃겼지만 재경 앞에서 그런 소릴 들으니 불쾌하기 짝이 없다. 태희가 미간을 찡그리며 재경을 쳐다보았지만 재경은 앞에 있는 여자애를 빤히 쳐다보고 있었다. 그를 잘 모르는 사람도 확연히 알 수 있을 만큼 또렷한 냉소를 드러낸 채로 천천히 이죽거렸다.

"이거야 원. 이젠 태명고도 돈만 있으면 어중이떠중이 가리지 않고 받나 보군. 네 눈은 장식이고 그 머릿속엔 사고 작용을 할 만한 게 한 톨도 없는 거냐? 이 애가 어딜 봐서 저 녀석에게 집적댔다는 거야? 추파? 이따위 녀석에게 무슨 볼일이 있다고?"

그 말에는 곤란한 표정으로 서 있던 남자애조차 표정이 굳어지고 말았다. 어느새 매장 안에 있던 태명고 애들도 이쪽을 주목하느라 조용해져 있었다. 재경과 태희는 전혀 모를 일이지만 지금 그들의 앞에 있는 두 사람은 태명고 내에서 나름의 유명인-특히 남자애 쪽은 더-이었던 것이다. 재경과 태희가 학교 내에서 모르는 사람은 간첩이라고 불릴 정도의 존재인 것과 마찬가지의 비중이랄까. 그런데 이런 태명고의 진영에서 그런 애를 모욕하는 것에 가까운 발언을 한 것이다. 진

297

귀한 구경거리였다. 역시 제격 반응해 온 것은 여자애 쪽이었다.

"이따위? 기가 막혀서 원. 얘 윤성그룹 손자야. 니네 영채고 녀석들 같은 가난뱅이들이 백 년을 공부해 봤자 얘하곤 출발 위치부터가 달라. 끽 해봤자 우리들한테 돈 벌어주려고 죽어라 일할 태엽밖에 못 될 녀석들이 주제에 누굴 무시하고 지랄이야?"

태희는 이번엔 참지 않고 웃었다. 윤성, 알 만한 그룹이다. 하지만 재경 집안의 그룹과는 레벨이 다를 텐데. 모르는 소릴 하는 건 어느 쪽인 건지. 태희가 웃는 걸 보고 재경도 피식 웃었다. 그런 둘을 보던 남자애 쪽에서 언뜻 고개를 갸웃하더니 재경의 얼굴을 새삼스레 천천히 살펴보았다. 그렇지만 남자애와 달리 여자애는 여전히 기운 좋게 화를 낼 뿐이었다.

"뭐가 웃겨? 웃지 마, 내 말이 뭐가 웃겨서 웃는 거냐고, 너!"

아까부터 쌓인 짜증을 담아 여자애가 손찌검이라도 하려는 것처럼 손을 치켜들었다. 치고 싶은 건 재경일 테지만 만만해 보이는 태희에게 손을 휘둘렀다. 하지만 바로 직전에 재경이 태희를 뒤로 밀치면서 헛손질에 그쳤다. 오히려 다음 순간 뺨을 맞아 뒤로 넘어진 것은 그 애였다. 뭔가 생각에 잠겨 있던 남자애가 황급히 여자애를 부축하면서 재경에게 말했다.

"무슨 짓이야, 너? 아무리 그래도 여자애야. 손찌검을 할 것까진 없잖아."

재경은 태희의 손을 꽉 쥔 채로 표정 하나 바꾸지 않고 말했다.

"수틀린다고 사람을 때리는 인간이라면 자기도 맞을 수 있단 생각은 해야지. 그리고 난 거기 그게 여자든 남자든 상관없어. 내 눈 앞에서 이 애에게 손가락 하나라도 까딱할 시도를 한 자체가 나빠. 멍청한 게 겁까지 없으면 비참한 꼴이 되는 게 당연한 거 아냐?"

새파란 냉소. 남자애는 그런 재경을 빤히 쳐다보다가 입을 열었다.

"기억 못 한 게 우습군. 영채고에 갔단 말은 들은 적 있지만, 여전히 성격이 그 모양인 줄은 몰랐다. 거기다 여자친구를 보호하는 기사도까지 익혔을 줄은 더더욱 몰랐고. 하지만 변한 게 있어도 본성은 그대로인 모양이구나, 한재경."

"나랑 어디서 마주친 적 있나? 왜 이름까지 부르며 친한 척이야?"

"같은 초등학교 나왔어. 다행히도 너랑 말 섞을 일은 없었고."

남자애가 싱긋 웃으며 대답하는 말에, 재경은 코웃음 치는 듯 무시하며 말했다.

"그런 일조차 인연이라고 생각하는 반푼이가 아니라면 앞으로 어디서 만나든 내 이름 함부로 부르지 마. 뭐, 그 여자애가 맞은 보복을 하고 싶다면 지금 하고."

"사리분별 정도는 할 줄 알거든? 네 여자친구 쓰러지게 생긴 얼굴이 보인다면 조용히 꺼지는 게 어때?"

그 말에 재경이 태희를 쳐다보았다. 그만 하고 나가자는 뜻이 간절하게 배인 태희의 눈빛을 보고 재경은 아무 말도 없이 걸음을 옮기기 시작했다. 그의 손에 이끌려 종종걸음을 옮기다가 태희가 잠깐 뒤돌아보았다. 고개를 숙였다. 고맙고 미안하단 뜻으로. 알아들었다는 듯 남자애가 빙긋 웃었다. 매장 문을 나서다가 어쩐지 석연찮은 느낌에 뒤돌아보았다. 하지만 재경이 그녀의 행동을 가로막듯이 확 잡아당기는 바람에 얼굴을 보지는 못했다.

"왜 자꾸 쳐다보는데?"

"어? 뭘 놓고 온 것 같아서. 아니, 아닐 거야. 아까 다 주웠어. 그 애가 도와줬거든."

갑자기 재경이 걸음을 멈추었다. 그러더니 확 돌아보고 짜증스럽게 말했다.

"왜 그렇게 덤벙대? 차분한 줄 알았더니 가만 보면 실수투성이야.

정말 아까 그거 말대로 누구한테 정신이 팔려서 그랬어?"

"에에? 설마. 그랬으면 내가 윤태희가 아니라, 음……하지원이나 이미연이지?"

"난데없이 무슨 소리야, 그건?"

"어? 연기를 잘하잖아, 둘 다. 아, 문근영도 넣을까?"

생뚱맞은 말을 진지하게 하는 태희를 보고 재경은 날카로워졌던 기분이 풀려졌다. 실은 긴장했었다. 여자애를 때린 건 본능이나 다름없었지만, 그러고서 아차 했던 것이다. 태희 앞에서 보일 행동이 아니었던 것에서. 재경은 잡은 손에 힘을 주면서 중얼거렸다.

"나한테 화난 거 아니지? 아까 내가 그거 때린 일로."

"아……."

태희의 어깨가 의기소침하게 처졌다. 안 그래도 그 일을 생각하지 않으려고 느닷없는 연예인 이야기까지 했던 차였다. 분위기를 바꿔보려고 했지만 역시 실패했다.

마음이 복잡했다. 예전에 지하철역에서 있었던 일과는 달랐다. 여자애를 그렇게 때리는 재경을 보면서 움찔 놀라 가슴이 서늘해진 건 마찬가지였지만, 그때처럼 무섭기만 한 게 아니었다. 그게 그녀를 복잡하게 만들었다. 주위의 태명고생들이 보이지도 않는 것처럼 태연했던 그의 태도나, 거슬리면 내키는 대로 행동에 옮겨버리고 전혀 후회하는 기색조차 없는 그가, 두려우면서도……부러웠다. 이 애는 정말 세상에 거리낄 것이 없구나 싶어 마음속 어디에선가 감탄해 버렸다. 그녀가 그토록 싫어하는 폭력임에도 불구하고 안심해 버리는 자신이 있었다. 날 지켜주려고 재경이가 그런 거야, 하며 기꺼워하는 마음도 이번엔 컸다.

정말로 복잡하다. 이런 마음을 이야기하면 재경이 어이없어할 것 같아서 태희는 잠자코 고개만 저었다. 재경은 그걸 달리 받아들이고 쓸쓸하게 말했다.

"화난 거구나. 사실은."

"아냐, 그런 거 아니야. 사실은 나 어쩐지 기뻤어."

"기뻐? 정말이야? 아니면 나 기분 좋으라고 해보는 말이야?"

곤란한 듯 손으로 이마를 만지작거리는 태희에게 재경이 채근했다.

"그냥 기분 좋으라고 해보는 말이구나?"

"아니래도. 정말⋯⋯기뻤다니까."

"뭐가?"

"으음. 그냥⋯⋯기사 같아서. 얼핏 그랬다고."

보도블록을 툭툭 차면서 태희는 한사코 시선을 피하며 말했다. 그런 태희의 어수룩한 모습을 응시하던 재경이 문득 고개를 들어 주위를 살폈다. 그러더니 갑자기 뛰기 시작했다. 손이 잡혀 있는 태희도 덩달아 영문도 모르고 뛰다가 재경을 따라서 건물들 사이에 있는 자그마한 샛길로 접어들었다. 앞서 뛰던 재경이 우뚝 멈춰 서는가 싶더니 한 바퀴 크게 돌아보고 태희를 쳐다보았다. 그것 뛰었다고 숨이 벅찬 태희가 헉헉거리고 있는데 재경이 확 그녀를 벽으로 밀었다. 무슨 일이냐고 물어보려 한 순간 재경의 입술이 그녀의 입술을 덮었다. 처음엔 살포시, 그러나 곧 재경은 그녀의 온몸을 압박하듯 눌러가면서 열렬한 키스를 퍼부었다. 태희는 쏟아지는 키스세례에 정신이 없었다.

아직 숨도 제대로 고르지 못한 상태에서 그의 키스로 심장이 풀가동, 덕분에 과부하가 걸린 머리가 김이 나도록 뜨거워졌다. 한참 만에 재경이 입술을 떼는 순간 태희가 흐느적거리며 쓰러질 뻔한 것도 당연했다. 그런데 그런 태희의 팔을 잡아주면서 재경은 쿡쿡 웃는 것이었다. 태희는 너무도 억울해서 한마디 하지 않을 수 없었다.

"너 때문이잖아. 나빠⋯⋯."

"앙탈도 부릴 줄 아네. 예쁜 짓이 날로 늘어. 한 번 더 해야겠다, 키스."

다시 태희의 턱을 치켜올리는 그를 보고 태희가 깜짝 놀라 손으로 입을 덮었다.

"그러지 마. 누가 봐."

"보는 사람 없으면 마음껏 해도 된다는 뜻?"

"그런 말도 아니야. 왜 이렇게 짓궂어?"

역시 앙탈 맞다. 예전 같았으면 절대로 이런 말 못했을 텐데 이젠 화가 나서인지 몰라도 제대로 말을 하는 걸 보면서 재경은 즐거워졌다. 그와의 키스로 살짝 부풀어 오른 입술이 못내 사랑스럽게 보였다. 정말로 마음껏 더 하고 싶지만⋯⋯. 속으로 한숨을 삼키면서 재경은 한 발 짝 뒤로 물러났다. 그리고 그는 아쉬움을 떨칠 겸 다른 것으로 생각을 돌렸다.

"이따가 줄 생각이었는데 지금 줘야겠다."

매고 있던 크로스백의 앞쪽 주머니에서 작은 상자를 하나 꺼냈다. 상자를 열고 그 안의 것을 꺼냈다. 은색의 가느다란 뱅글 팔찌 두 개. 하나는 작고 하나는 크다. 그 중 작은 걸 태희의 왼손을 잡아 끼워 넣었다. 너무 크면 어쩌나 했는데 다행히 손목 아래에 걸릴 정도였다. 어리둥절해서 쳐다보는 태희에게 큰 걸 내밀면서 말했다.

"이건 네 손으로 끼워줘. 어서."

재경의 재촉에 태희는 자기도 모르게 하라는 대로 했다. 그의 왼손에도 같은 디자인의 팔찌가 채워졌다. 태희는 팔찌의 평평한 면에 새겨진 글씨를 읽었다. TIFFANY&Co. 눈을 깜박깜박거리다 자신의 팔찌도 쳐다보았다. 같은 로고가 보였다. 크기만 다른 같은 팔찌.

"이것 때문에 좀 늦었어. 이럴 줄 알았으면 그냥 같이 보러 가는 건데."

"아……이거."

그제야 이게 뭔지 감이 온 태희가 얼굴을 붉혔다. 재경은 팔찌를 흔들거리며 말했다.

"백일 선물도 못해준 게 걸려서. 나 반지 차는 거 싫어하니까 이걸로 했어. 괜찮지?"

"괜찮고 말고가 어디 있어. 너 왜 이렇게 나한테……."

잘해 주냐고 묻고 싶었지만 채 말을 다 잇지 못했다. 붕대를 동여맨 손등에서 티 한 점 없는 은팔찌가 너무도 아름답게 빛났다. 그 위로 툭툭 태희의 눈물이 떨어졌다. 태희가 슬퍼서 우는 게 아니란 걸 아는데도 재경은 당황해서 얼굴이 굳어졌다. 무슨 말을 할까 고민하다가 태희의 머리를 끌어당겨 가슴에 안고서 그가 중얼거렸다.

"내일부턴 나도 긴팔 셔츠 입어야겠다. 근데 비 온다고 하지 않았나? 기다리고 있는데 감감무소식이네."

비는 오기는 왔다. 안타깝게도 밥도 먹고 영화도 본 뒤 둘이 헤어져서 재경이 집으로 향하는 도중에. 그래서 재경이 노렸던 한 가지는 실패로 돌아갔다.

사람이 하루에 너무 여러 가지를 바라면 안 된다는 것을, 재경이 배운 하루였다.

며칠 후 미술시간이 되어 풍경화를 그리러 나온 때였다.

"수채화는 내 타입이 아니긴 하지만, 뭐 날씨도 좋으니 작품 하나 나오겠군. 그래도 다음 주에 동양화 그릴 게 벌써부터 기대되는데 말이지. 국화나 대나무는 징글징글하니 이번엔 매화나 그려 볼까나. 끙, 이놈의 팔레트 누가 본드를 붙여놨나."

넘치는 아드레날린으로 쉴 새 없이 입을 놀리면서 팔레트를 열기 위해 노력하는 소희였지만 사물함 구석에 버려져 있는 동안 팔레트는 세상 구경하기가 싫어진 모양이었다.

"깨끗하게 간수 좀 하라는데도 징그럽게 말도 안 듣더니. 안 열리면 그냥 내, 엄마야!"

소희가 하는 양을 구경하면서 파란 물감을 짜던 중이었는데, 물감 뒤쪽이 약간 터져 있었던 모양이었다. 얼마쯤 물감을 짜고 뚜껑을 잠그려고 보니 손가락이 파란 물감으로 범벅이었다. 맨손도 아니고 붕대에 잔뜩 묻은 물감을 보면서 태희가 울상이 되었다.

"이그, 어쩌냐? 씻어질 리도 없고, 여분 붕대 없어?"

"없어. 대충 씻고 양호실 좀 가야겠다. 소희야, 소매 좀 걷어줘."

태희가 내민 두 팔을 잡고 소희가 블라우스를 팔꿈치까지 접어주자 왼팔에 채워져 있던 가느다란 티파니의 뱅글 팔찌가 반짝거렸다.

"부럽다. 나도 티파니. 나도 이런 거 찰 팔 있는데. 두 개나 있는데."

갑자기 태희의 팔에 뺨을 대며 부러움에 우는 척하는 소희를 보고 태희가 수줍게 웃었다. 소희는 그들에게서 좀 떨어진 곳의 나무 그늘에 앉아 잠이 든 건지, 그냥 눈을 감고 있는 건지 모를 재경을 보면서 부러 큰 목소리로 말했다.

"놀랐지 뭐냐. 저렇게 건조하게 생긴 얼굴을 하고선 말이지, 다른 데도 아닌 티파니 매장에 들어가서 커플 팔찌를 다 사다니 말이지. 하긴 사귀자고 할 때도 카메오 목걸이를 준 녀석이었지. 역시 사람은 겉모습이 전부가 아니라니까. 금욕주의자 같은 표정 아래 카사노바의 피가 흐르고 있음이야. 우리가 상상할 수도 없을 만큼 손이 빠를지도 몰라. 태희야, 조심해야 해. 이런 팔찌 하나에 너의 천금 같은 웃음을 허락해선 안 된단 말이지."

그렇게 들으란 듯이 말하더니 태희의 바로 옆으로 고개를 기울이곤 작게 속삭였다.

"첫키스는 니가 먼저 하랬는데, 한 것이냐, 당한 것이냐?"

태희는 꿀 먹은 벙어리가 되어 눈만 깜박거릴 뿐이다. 그러나 벌겋게 달아올라 부정도 안 하는 태희를 보고 소희는 감을 잡았다. 거짓말을 하면 완전히 티가 나는 태희이다. 안 했으면 안 했다고 펄쩍 뛸 녀석인데 아무 말도 못하고 얼굴만 익어간다는 건…… 소희는 아직까지 열려고 버둥거리던 팔레트를 내팽개치고 태희의 멱살을 잡고 말했다.

"뭐냐, 역사가 이루어진 거냐? 너 그걸 이 어미한테 말을 안 해? 네가 이렇게 내 뒤통수를 치는 것이냐? 난 너를 그렇게 키우지 않았단 말이다!"

"소, 소, 손 씻고 올게!"

한사코 태희는 시선을 피하며 얼굴만 붉히더니 그렇게 말하곤 부리나케 도망쳤다. 무작정 뛰어가다가 수돗가 있는 곳이 아니란 걸 깨닫고 급히 방향을 틀어 다시 뛰어갔다. 소희는 레이저광선과 같은 눈빛을 천천히 근처에 있는 다른 인간에게로 돌렸다.

"……한재경."

부러지지 않는 게 신기할 정도로 꽉 쥔 연필을 치켜들고 소희가 나무에 기대앉아 있는 재경에게로 저벅저벅 걸어갔다. 오우삼의 영화였다면 비둘기가 날아오르고 교회의 종이 칠 만한 순간. 대신 근처에서 참새들이 짹짹거리며 우나 싶더니 재경이 나른하게 기지개를 켜면서 제대로 일어나 앉았다. 목에서 두둑 소리가 날 만큼 이리저리 고개를 돌리고 눈 위를 꾹 누른 뒤 바로 앞에 살기등등한 표정으로 서 있는 소희를 보고 중얼거렸다.

"팔레트 줘. 열어줄게."

"아, 그럴래?"

일 초도 안 되어 자신의 용건을 잊은 소희가 아까부터 애먹인 팔레트를 가지러 달려갔다 왔다. 팔레트를 건네곤 잠시 자신과 태희가 앉아 있던 곳과 이곳의 간격을 살펴보았다. 목소리가 제대로 들릴 만한 거리는 아닌데. 소희가 씩 웃으며 재경을 떠보듯이 말했다.

"자는 척하면서 우리가 무슨 이야기하나 다 듣고 있었군. 좀 음흉하다 한재경?"

"이젠 청력이 좋은 게 음흉하다고 비난 받을 일이 되냐? 농땡이나 치질 말던가."

재경은 간단히 소희의 팔레트를 연 뒤, 엉망인 안을 보곤 얼굴을 찌푸렸다. 소희는 팔레트를 받고선 재경의 무릎 위에 있는 화판에 올려진 텅 빈 스케치북을 보면서 조롱했다.

"뭐 피차 논 건 마찬가지 아니냐? 너도 보아하니 한 시간 내내 쿨쿨, 어라, 어라라?"

슬쩍 재경의 스케치북 몇 장을 들춰보는 척하던 소희의 눈을 사로잡는 뭔가가 있었다. 재경이 재빨리 손으로 스케치북을 눌렀지만 소희가 일 학기 이래 제대로 씻은 적이 없는 팔레트를 재경의 얼굴로 확 들이대자 재경이 질겁하며 옆으로 고개를 돌렸다. 그 틈에 소희는 재경의 스케치북을 겟! 하는 데 성공했다. 재경이 스케치북을 회수하기 전에 번개 같은 손놀림으로 소희는 아까 보았던 것을 재차 확인했다.

"이야아~한재경이, 그렇게 안 봤는데 로맨틱해? 오올, 이것 봐라?"

"적당히 하지?"

골치 아프게 됐구나 하고 재경이 손으로 관자놀이를 누르며 중얼거렸다. 하지만 소희는 진심으로 감탄했다. 재경의 스케치북에 담긴 몇 장의 그림에.

지금은 미술시간이고 풍경화를 그리기 위한 두 시간이지만, 재경의 스케치북에 풍경화로 보일 만한 것은 없었다. 있는 것은 그저 인물.

넉 장에 걸쳐서 한 사람만을 그려 놓았다. 뒷모습과 옆모습, 그리고 고개 숙인 채로 무언가를 만지작거리고 있는 모습. 그리고 다른 한 장은 손. 붕대에 감겨진 손이 만지고 있는 것은 벚꽃이다. 얼굴이 제대로 그려진 것은 없었다. 하지만 소희는 이 모두가 한 사람의 모습이란 것에 세상도 걸 수 있었다.

"왜 얼굴은 안 그렸어?"

옆모습일 때조차도 얼굴이 보일락 말락한 것에 그쳤다. 그러나 그 모습에 담긴 그린이의 마음이 느껴졌다. 사랑스럽다. 여기 담긴 태희는 지극히 사랑스럽고, 연약하다. 그래서 그 표정을 보고 싶었다. 과연 재경은 어떤 표정을 한 태희를 그릴까 싶어서. 붕대투성이의 손으로 어루만지는 벚꽃을 물끄러미 쳐다보다 소희가 재경을 보며 다시 물었다.

"얼굴 말이야. 설마 생각이 안 나서 안 그린 건 아닐 테고."

"못 그리니까."

"뭐?"

"그려보긴 했는데, 내 머릿속에 담겨 있는 것과 너무 달라서. 눈으로 보고 충분히 기억했다 싶어서 막상 그리려고 하면 막막하더군. 억지로 그리긴 했지만, 답답할 정도로 달랐어. 그런 건 남겨둘 수 없으니 찢어버렸고."

"흐음. 사람 얼굴 하나 제대로 기억 못하다니. 좋은 머리도 별 소용없구나."

놀려대는 말이었지만 재경은 담담하게 고개를 끄덕였다.

"생각만큼 머리가 좋지 못한 가보지."

"그럼 내 머리가 더 좋다는 걸 증명해 볼까?"

묘한 말을 중얼거리곤 소희가 재경의 옆에 앉았다. 재경의 스케치북 중 깨끗한 장을 찾아내 거기에 얼마간 슥슥 스케치를 했다. 걸린 시간이라 해봤자 불과 일 분 남짓이다. 연필을 움직이던 걸 멈추고 한 번 고개를 갸웃하더니 재경에게 보여주었다.

"어때?"

재경은 조금 커다래진 눈으로 소희의 그림을 쳐다보았다. 고개를 약간 갸웃하게 숙인 태희가 손바닥 위에 놓인 벚꽃을 어루만지는 모습. 러프 스케치였지만, 태희의 특징을 확실히 잡아내어 연약한 느낌이 물씬 풍겼다. 재경은 소희에게서 스케치북을 건네받았다. 그가 그림 속의 태희를 물끄러미 쳐다보는 걸 보고 소희는 자만이 담긴 목소리로 말했다.

"내 머리가 더 좋은 거지?"

"그럴지도."

너무 순순히 인정해 버리자 재미가 없어졌다.

"야, 이건 순전히 경험의 차이야. 내가 태희랑 알게 된 게 햇수로 몇 년인데. 인물화는 솔직히 쥐약인데 태희를 모델로 그린 그림은 천 장쯤 될 거다. 아, 그러고 보니 난⋯⋯."

말하다 문득 보게 된 재경의 왼팔에서 태희와 똑같은 은팔찌가 유난히 번쩍거렸다. 거기다, 내 딸 같은 태희와 첫 키스라. 엄마의 마음과 친구로서의 마음 사이에서 갈등하다가 장난기가 승리했다. 내가 너보다 더 태희랑 친해, 하고 자랑하고픈 유치한 기분도 작용했다.

"태희 누드화도 몇 장 가지고 있지. 올해 들어 그린 적이 없으니 이번 주에 한번 모델 서달라고 할까나?"

재경이 표가 날 만큼 움찔했다. 소희는 진지한 표정을 지으려고 애쓰며 말을 이었다.

"걔는 살집이 너무 없어서 내 타입이 아니긴 하거든? 그래도 비너스처럼 통나무 허리보다야 몇 백 배는 낫지. 앞모습은 뭐 작년이나 올해나 변한 게 없는 듯하니 뒷모습이나 다시 그리자고 해야겠다. 그 탐스러운 머리카락을 살짝 들어 올리게 하고 비스듬히 기대 누워서 내 쪽을 보게 하는 거지. 아, 올해는 한 손에 깃털 부채를 한번 들게 할까나? 그런 그림 알지? '그랑드 오달리스크.' 과연 우리 태희도 요염함이란 게 가능할는지…… 어, 왜?"

소희가 말하는 중에 벌떡 일어난 재경이 스케치북을 들고 소희 앞으로 뚜벅 걸어오더니 탁, 그녀의 왼손을 잡으며 씩 웃었다.

"잘해 봐. 그리고 이거."

"이거?"

방금 전에 소희가 그려준 스케치를 재경이 내밀자 소희가 무슨 뜻인지 몰라 어리둥절해했다. 재경은 고개를 끄덕인 뒤 간단히 말했다.

"싸인 부탁해. 내가 사주지, 이 그림."

"우와, 내 첫 고객? 그런데 산다고 하면 값은?"

"후불제로. 이번에 그릴 누드화가 완성되면 원하는 값에 일괄 계산할게."

"앙? 태희의 누드화를 사겠다고? 내가 얼마를 부를 줄 알고?"

"내 심장이라도 팔아 지불할 테니까."

장난인지 진심인지 알 수 없는 얼굴로 그렇게 답하는 재경을 보며 소희는 이 녀석이 원래 이렇게 유들유들했나 싶어 위아래로 훑어보았다. 대충 싸인을 해서 넘겨주자 재경은 만족스럽다는 듯 그림을 보다가 소희의 어깨를 툭 치며 말했다.

"일자리 못 구하면 나중에 우리 집 전속 화가라도 시켜줄게. 뭐, 앞으로도 힘껏 애써봐."

스케치북을 덮어서 화판 위에 두고 재경은 물통과 붓을 들고 자리를 떴다. 그 뒷모습을 보면서 소희는 굉장히 찜찜한 표정으로 뺨을 긁적거렸다.

"칭찬인 것 같긴 한데 뭐 이리 기분이 더럽냐? 내가 먹고 살 길이 없다고 설마 너희 집 전속 화가를……. 잠깐, 저 녀석이 말한 우리 집이란 거에 태희도 포함되는 거?"

깜짝 놀라서 눈을 부릅뜨고 재경의 뒷모습을 보았다. 재경은 소희가 그렇게 봐서 그런지, 정말로 그런 건지 몰라도 굉장히 즐겁게 걸어가고 있었다.

움직일 때마다 왼팔에 차고 있는 팔찌가 매끄럽게 피부 표면을 따라 움직이는 게 느껴진다. 간밤에 비가 오긴 했지만, 이미 비의 흔적 따윈 어디에도 없을 만큼 더운 오후. 재경은 팔을 들어 차가운 금속이 이마에 닿는 걸 즐기다가 조금 웃었다.

"누드화라……. 이것 또 꿈에 나오겠네."

양호실에서 천천히 붕대를 테이핑하면서 태희는 JD의 노래를 흥얼거리고 있었다. 오래 햇빛을 보지 못한 손이 유난히 창백해서인지 아직 낫지 않은 상처자국이 더 적나라하게 드러났다. 엄지손톱 쪽은 자칫하면 위험할 뻔했었다. 지금도 누르면 상당히 아픈 손톱부터 붕대로 감으면서 태희는 입술을 깨물었다.

어린애도 아니고, 이런 자학은 이제 그만 두자. 수없이 했던 다짐이지만 이번만큼은 정말로 엄숙하게 입속에서 되뇌어 본다. 재경의 맘에 들 만한 것은 하나라도 많은 게 좋으니까. 그나마 손이 내가 가진 것 중에 가장 예쁜 건데 거기에 흉이 생기면 큰일이고. 하지만 또 싸움이 생기면 마냥 차분하게 있지는 못할 텐데. 좀 더 강하게 버틸 줄 알아야 하건만.

"하아……."

문득 넋을 놓고 긴 한숨을 내쉬었다. 아주 즐거운 순간일 때조차, 한사코 머리 한구석엔 그녀를 기다리고 있는 집이 있다. 그 집에는 어둠이 도사리고 있다. 집이란 이름을 한 고통의 소굴 같다. 하지만 세상엔 나보다 더 힘들게 사는 아이들도 있을 텐데. 내겐 그래도 날 사랑해 주는 엄마도 있고, 소희와 재경이도······.

그렇지만, 이런 꼴을 당하지 않고 사는 사람들이 압도적으로 많다. 태희의 생각은 또 거기에 미친다. 왜 하필 나와 엄마에게 지독히 좋지 않은 운이 찾아든 걸까. 그저 내가 갖고 태어난 운이 이 정도밖에 안 된다고 체념하면 그만. 그렇게 하면 모든 게 간단해진다.

하지만 그런 생각은 너무도 슬프다. 대체 엄마는 어떻게 그런 생각을 하면서 하루하루를 살아나갈 수 있을까? 태희는 멍하니 자신의 손을 보며 생각했다. 방금 그녀가 생각한 논리는 모두 태희의 엄마가 술을 한잔 하시면 태희를 앞에 두고 토해내곤 하는 넋두리였다.

ー엄마도 이렇게 살려고 한 건 아니었어. 아빠도 원래부터 저런 사람은 아니었어. 운이 없어서 그런 거야. 너무도 운이 없는 사람은 무엇을 해도 안 돼. 그냥 불쌍하구나, 불쌍하구나 생각하면서 사는 거야.

"불쌍해. 그렇지만 난 그렇게 살기 싫어, 엄마."

태희는 그렇게 중얼거렸다. 힘없이 고개가 더 수그러들었다. 그때 문 여는 소리가 나지 않았다면 또 우울한 상념에 한없이 빠질 뻔했다. 반사적으로 문소리가 난 곳을 쳐다보니 뜻밖의 인물이 보였다.

"아, 재인이구나? 넌 무슨 일이야?"

재인이야말로 양호실에 혼자 앉아 있는 태희를 보고 놀라긴 매한가지다.

"선배야말로 여기 왜 있어요? 나야 체육 수업하다 온 거지만······."

"난 붕대 좀 갈러. 체육수업이라면 어디 다치기라도 한 거야?"

아직 제대로 마무리를 못한 오른손을 슬쩍 가리면서 묻자 재인은 왼손을 들어보였다.

"농구하다 살짝 삐끗했어요. 내버려뒀더니 욱신거려서 파스라도 바를까 하고."

"선생님, 잠깐 화장실 가셨는데 파스라면 그쪽 냉장고 옆 선반에 있을 거야."

"네. 찾아볼게요."

재인이 선반에서 파스를 찾는 사이, 태희는 서둘러 붕대를 다 감았다. 그새 재인은 파스 대신 쓸 만한 로션을 찾아내서 태희 근처의 의자에 앉아 바르기 시작했다.

"부은 거 아니야? 심하게 삔 거면 그 정도로 안 될 텐데."

"많이 아프면 이러고 있지도 않아요. 엄살이 심해서 응급실 직행했지. 막내라서 관심 받는 거 엄청 좋아하거든요. 그나저나 손 다친 것도 좋을 때가 있네. 이렇게 선배를 다 보게 되고 말이죠. 근데 선배야말로 그 손 괜찮은 거예요?"

"나도 엄살이야. 이런 거엔 세심하지 못해서 잘 안 나아."

"흠. 보기엔 전혀 그럴 것 같지 않은데."

"너 머리 스타일 바꾼 거지? 소희가 탱자색이라고 하기에 무슨 색인가 했는데."

"탱자색이라니. 이 아름다운 컬러를 모독하는 말이에요. 머릿결 안 상하게 하면서 이 색 뽑느라 얼마나 고생했는데. 아직도 손에서 염색약 냄새가 나는 것 같아요."

"헤에. 혼자서 그렇게 예쁘게 염색할 수 있는 사람 소희밖에 없을 줄 알았어."

"오? 그 선배도 머리 염색을 직접 해요?"

"염색도 잘하고, 머리도 직접 잘라. 내 앞머리도 항상 소희가 손 봐줘. 소희는 손으로 하는 건 다 잘해. 천부적이야."

"흐음. 머리까지 직접 자른다라. 이거 자존심 문제인데요. 저도 제 손으로 직접 잘라보고 결과를 보고 대결을 신청하든가 해야겠어요."

"후훗, 그러든가."

밝게 웃는 그녀를 보고 어째선지 우쭐대고 있던 재인은 그녀의 손에 있는 팔찌를 발견하고 눈을 빛냈다.

"예쁜 팔찌네요? 선배도 액세서리하고 그러는구나."

"아……이건. 특별한 거라."

태희는 대번에 얼굴을 붉히며 팔찌를 살짝 감쌌다. 눈을 한 번 깜박거릴 동안 상황 파악이 된 재인이 툭하고 물었다.

"혹시 선배 남친이 선물해 준 거?"

태희는 수줍게 고개를 끄덕이곤 블라우스로 팔찌를 가렸다. 재인은 정말로 놀랐다.

"우와, 러브러브로구나. 하긴 선배 같은 여친에게라면 팔찌가 아니라 목숨도 내놓아야죠. 아, 좀 싸구려긴 하지만 제 목숨도 드릴까요?"

"어쩌니? 마음은 감사한데 별로 쓸데가 없다, 난."

쿡하고 웃으며 태희가 대범하게 재인의 말을 받아쳤다. 재인이 과장되게 고개를 숙이며 심장을 쥐어뜯는 시늉을 했다.

"크윽. 소년의 순정을 짓밟다니 미인은 잔인하구나."

"좀 덜 잔인한 미인을 아는데 소개해 줄까? 그 미인은 목숨 말고 몸이 필요한데."

"몸이요?"

깜짝 놀라 고개를 드는 재인에게 태희가 장난스럽게 말했다.

"다비드 상 소묘하다 눈이 썩어간다고 늘 하소연하는 사람인데 말이야. 미소년이라면 끔뻑 죽거든. 대신 입 다물고 웃고만 있으면 돼. 아, 옷도 필요 없고."

"누, 누드로? 대체 내게 원하는 게 뭔데요?"

"마음 있으면 연락해. 잊지 마, 소희마마에게 옷은 필요 없어."

태희가 마지막까지 강조한 뒤에 자리에서 일어났다. 자기답지 않게 부린 허풍이 즐겁기만 해서 키득거리면서 양호실을 나오는데 근처에 있는 재경을 보고 깜짝 놀라고 말았다. 재경은 양호실에서 좀 떨어진 복도의 창가에 기대선 채로 태희를 보고 있었다.

"재경아, 여기서 뭐해?"

"날이 더워서 음료수 뽑으러 왔다가 겸사겸사."

"……음료수? 와, 홍차다."

홍차 두 개에 커피 하나. 물론 커피는 소희의 몫이다. 태희가 홍차와 커피를 건네받아 뺨에 대는 걸 보면서 재경이 혀를 찼다.

"되게도 못했네."

"어? 아, 급하게 해서 그래. 집에서 하면 이것보단 잘한다구."

아주 엉성하게 맨 붕대를 보고 하는 소리에 태희는 얼굴을 붉히며 항변했다.

"퍽이나. 하긴 그렇게라도 말하지 않으면 굉장히 비참하겠지. 시간이 있으면 잘할 거야. 근데 한 백 년쯤 걸리려나?"

"어어, 또 놀린다. 나빠."

태희는 앵돌아진 듯 투덜거리곤 재경이 쳐다보자 냉큼 고개를 돌리며 딴청을 피웠다. 손의 붕대는 정말 엉성했다. 그래도 열심히 했을 거란 걸 재경은 안다. 잘하지 못하는 거라면 건성으로 해도 좋으련만 애쓰지 않는 것처럼 무심한 표정을 하고는 사실은 열심히 애쓴다는 게 우습다. 오늘만 해도 두 시간 내내 그림에 매달렸다가 낸 그림도 결국 잘 해봤자 B플러스 정도밖에 못 받을 것이다. 시험공부를 할 때도 미술이나 체육 같은 과목도 영어나 수학만큼 열심히 한다. 요령이라곤 통 없는 아이다.

다른 사람의 경우였다면 어리석다고, 비웃었을 것이다. 하지만 태희의 그런 점은 귀엽기만 했다. 멀리서 관찰하는 데 지쳐서 어떤 아인지 알아보자 싶어 사귀기로 한 건데, 알고 자시고 할 것도 없이 무작정 끌려들어가서 이젠 단점조차 다 좋을 지경이다.

사람이 사람을 그저 좋아하기만 할 수도 있나?

그런 의문은 혼자 있을 때엔 고개를 들지만, 태희와 함께 있을 땐 단순한 것만 원하게 된다. 지금은 그저 어깨를 가만히 감싸보는 것이다. 어제 때맞춰 비가 와주질 않아서 실패했지만 이런 순간 아주 자연스럽게 손을 뻗어 끌어당기는 것쯤이라면……. 하지만 그녀의 등 뒤로 뻗어지던 오른손은 자리를 못 찾고 방황하다 툭하고 머리를 쓰다듬는데 그쳤다. 그러나 아쉬움이 남아 손가락이 그녀의 긴 머리카락을 타고 스르륵 미끄러져 내렸다.

"흠. 내가 나빠? 정말 나쁠 때 모습이 보고 싶은 모양이네. 오늘 날씨도 괜찮고 해서 사진 좀 찍어줄까 했는데 관둬야겠다."

"어어? 약속했잖아. 사람이 두말하기야?"

"나빠서 그래. 내가."

재경이 씩 웃고는 고개를 돌렸다. 태희가 의기소침하게 어깨를 축 늘어뜨리는데, 그 바로 옆으로 재인이 빠른 걸음으로 지나갔다. 가다가 몇 걸음 앞에서 멈추더니 뒤를 돌아보고는 태희를 향해 고개를 꾸벅 숙였다.

"나중에 봬요, 선배. 그땐 둘 다 손 나아서 봐요. 아, 그리고 정소희 선배에게 연락 기다려 보시라고 하고."

키득 웃으며 태희가 캔을 든 손을 흔들어 보였다. 재인이 뛰어가는 소리가 들리다 조용해진 뒤 태희가 몹시 재밌다는 듯 재경에게 말했다.

"어쩐지 소희랑 닮은 데가 있는 아이야. 소희한테 말하면 길길이 날 뛰겠지만."

"충분히 그럴걸."

눈에 배인 불쾌감. 재인이라면 충분히 알았을 것이다. 재인은 재경이 좋은 기분일 때를 본 적이 없으니까. 아마 앞으로 그 확률은 더 공고해질 것이다. 손바닥 뒤집는 것만큼이나 쉽게 사람의 마음을 사는 데 능한 재인이란 걸 알고 있었지만 그게 태희에게까지 통할 줄은 몰랐다. 소희랑 닮았다라? 그 어떤 말보다 더 불쾌한 말이다. 재경은 다시 그녀의 머리카락을 쓸어 만지면서 말했다.

"주말에 내 아파트로 와. 그날은 기분이 좋을 것 같아."

태희는 동그랗게 뜬 눈으로 재경을 쳐다보다가 고개를 끄덕였다. 태희의 머리카락을 만지던 그의 손은 건물 밖으로 나온 뒤에야 그쳤다. 태희가 남은 시간을 보고는 화들짝 놀라 열심히 뛰어가는 동안 재경은 유달리 천천히 걸어가다가 힐끗 뒤를 보았다.

이미 가고도 남았어야 할 재인이 2층 창문가에 서서 재경을 보고 있었다. 웃는 얼굴로 손을 흔들면서. 재경도 마주 손을 들어주었다. 왼손을 들어, 주먹을 쥐고 엄지손가락을 아래로 향하게 하면서. 셔츠에 가려져 있던 팔찌가 빠져나와 햇빛 아래 선명하게 반짝거렸다.

"세상에, 커플 팔찌?"

재인이 놀라서 중얼거리는 모습에 그제야 재경의 얼굴에 미소 비슷한 것이 떠올랐다.

4. 다정다감

소희는 치통으로, 태희는 가벼운 소화불량으로 점심은 거르기로 결정했다. 체육대회 준비로 5, 6교시로 변경된 체육수업 때문에 체육복으로 갈아입은 뒤 지난봄에 곧잘 책을 들고 가서 쉬곤 했던 특활 건물 뒤편의 벚꽃동산까지 산책 삼아 걸어갔다. 햇볕이 은은하게 밀려드는 나무 그늘에 자리를 잡고 앉아 작은 소설책을 꺼내든 태희의 무릎 위에 소희가 머리를 놓더니 불과 일 분도 안 되어 잠이 들고 말았다. 그런 소희를 아기라도 다독이듯 어깨를 두드려 주면서 태희는 책을 읽기 시작했다.

하지만 소희의 잠에 전염이라도 된 것처럼 하품이 나기 시작했다. 태희는 책을 덮고 잠시 등 뒤의 나무에 기대어 눈을 감았다. 기분은 더할 나위 없이 좋은데, 오목가슴께가 약간 묵직하다. 건강하다는 말과는 본디 인연이 없었다. 어릴 때부터 허약 체질이었다.

그렇지만 약하고 아픈 게 당연한 일이 될 수는 없다. 자신이 알고 있는 '보통' 내지는 '평범' 이란 말은 다른 사람과 한참 다르다는 걸 태희는 요즘 들어서야 진지하게 생각하기 시작했다. 조금은 더 튼튼해질 수 있지 않을까. 작은 운동이라도 시작해서 매일 같이 해나간다면 어떨까. 달리기 삼십 분. 아니, 이십 분. 음……왕복으로 십 분 거리만.

자꾸 줄어드는 목표치에 웃음이 나고 말았다. 이쯤 되면 신중한 게 아니라 소심한 거다. 과연 시작이나 할 수 있을지 자신부터 의심이 들어 고개를 갸웃하는데, 문득 귓가에 서걱하는 풀소리가 들려왔다. 눈을 뜨고 주위를 살펴보았다. 사람의 기척은 없었다. 그러나 그녀의 발치에 아까까진 없던 연보라색 종이비행기가 보였다. 얼마 동안 더 종이비행기를 쳐다보다가 소희를 깨우지 않게 조심하면서 손을 뻗어 비행기를 잡았다.

살펴보니 깔끔하게 접힌 게 잘 날 것처럼 보였다. 부웅, 하고 소리를 내면서 날리는 시늉을 하다가 그 날개 부분에 까만 글씨가 있는 게 눈에 띄었다. 가만히 들여다보다가 호기심이 들어 종이를 원래대로 펴 보았다.

"어라?"

고개를 갸웃하며 글을 확인해 갔다. 그건 그냥 노트를 찢어낸 것이 아니라 편지였다.

〈안녕, 선배! 이런 곳에서 선배를 보게 될 줄은 몰랐는데. 역시 우린 인연 맞죠? 근데 체육복이시네? 혹시 선배네 반도 5교시부터 체육? 우리 반도 체육대회 예선 있어요. 강당에서 농구를 한다고 하는데 저는 반 대표랍니다! 제 실력이 워낙 출중해서, 앗, 라면 먹으러 가야 해서 더 주절거릴 시간이 없군요. 비행기만 날리고 뛰어야겠어요. 소리쳐서 부르자니 소희 선배가 깰까 봐 걱정이고.(그 선배, 무서워요.ㅠㅠ) 오랜만에 날리는 건데 이게 선배한테까지 날아간다면 다행이겠죠? 만약 이 글을 선배가 본다면 그거야말로 인연이니 선배가 싫어도 제 니케가 되는 걸로 하죠. 99%의 제 실력에 플러스할 1%의 행운은 이 비행기에 맡기죠. 그럼 결과는 나중에 확인할까요? -라면 생각에 글씨가 자꾸 날아가는 J.〉

어디서 이걸 날렸을까 하고 주변 건물을 쳐다보고는 태희가 중얼거렸다.

"정말 뻔뻔한 아이네. 근데 그게 귀여우니 신기한 일이지. 난 어째서 제멋대로인 사람한테 이렇게 약할까? 뭐, 괜찮겠지, 소희야? 니케라는 거 멋지잖아 좀."

접은 비행기는 책 뒤쪽에 끼워 넣으며 태희는 소희에게 말을 걸었다. 잠든 소희는 치통에 이를 갈면서도 뭔가 먹는 꿈을 꾸듯 입맛을 다실 뿐이었다.

이윽고 5교시가 되었다. 태희네 반도 다른 반과 예선시합이 있었는데 여자들은 강당에서 피구를 하고 남자들은 밖에서 축구를 하게 되었다. 강당엔 1, 2학년의 여러 개 반이 모여 예선시합 중이라 몹시 북적거렸다.

강당에서 시합 준비를 하면서 태희와 소희의 운명은 나뉘었다. 각 반 스무 명씩으로 선수 숫자를 맞추기 위해서 태희네 반에서도 두 명이 빠지게 되었다. 우선적으로 희망자를 받겠다고 하자 둘 다 손을 번쩍 들었지만 손을 든 일곱 명 중에서 체육부장이 골라낸 건 태희를 비롯한 다른 한 명이었다. 태희와 달리 소희는 몸으로 하는 건 뭐든 잘하는 운동신경의 지존이었기에 당연한 결과였지만, 치통으로 고생 중인 소희는 이럴 수 없다고 절규를 했다.

구경꾼이 된 태희는 강당 안에 있는 다른 반 애들 쪽도 한 번씩 쳐다보다가 막 시작한 남자애들의 농구시합을 보게 되었다. 재인이 말한 농구시합이 저건가 싶어 고개를 쭉 빼고 진지하게 보고 있자니 금세 재인의 밝은 머리 색깔이 보였다. 뒷머리를 꽉 올려 묶은 재인은 다른 남자애들처럼 민소매 티 하나를 걸치고 꽤 여유로운 표정으로 뛰고 있었다.

어쨌든 니케이니 이기라고 빌어줘야지 하며 진지하게 재인 쪽을 주시했다. 그런데 몇 분이 지나도 재인은 계속 두 세 명의 마크로 인해서 제대로 공 한번 만지지 못하고 있다. 너무하다 싶을 만큼 밀어대거나 옷을 잡아당기는 것도 예사다.

"저런 거 반칙 아닌가? 저래선 꼼짝도 못하잖아."

룰을 전혀 모르는 태희는 그저 불평할 뿐이지만 정작 재인은 아무렇지도 않은 표정이다. 오히려 즐거운 듯 웃고 있다. 그러다 그가 슬쩍 뒷걸음질치면서 상대편 골대에서 멀어지는 게 보였다. 공을 가지고 있는 게 어떤 반인지도 잘 구별할 수 없는 태희였지만 어쨌든 한 가지는 분명했다. 재인은 공과는 관계가 없는 곳에서 유유자적하고 있었다. 마크하던 애들과도 멀어져서 말이다. 공을 드리블하던 남자애가 슛을 할 것처럼 손을 치켜들었다가 갑자기 뒤돌아서면서 정반대 쪽으로 공을 패스했다. 아무도 없는 엉뚱한 곳이었는데, 갑자기 치고 나간 재인이 공을 잡았다. 골대 부근에 모여 있던 상대편 반 애들이 뛰어오긴 했지만 아랑곳하지 않고 재인은 슛 포즈를 취했다. 그렇지만 골대가 너무도 멀다. 아무리 봐도 역부족이라고 생각하며 고개를 내젓는 태희였다. 하지만.

"……우와."

공의 궤적을 쫓던 태희의 눈이 토끼처럼 동그랗게 변했다. 거의 소리조차 없이 공은 멋지게 바스켓을 통과했다. 완벽한 슛. 재인의 반 애들이 환호성을 내지르는 소리를 들으며 태희는 자기도 모르게 박수를 치고 있었다. 태희가 워낙 고질적인 몸치인 탓에 운동을 잘하는 사람을 보면 거의 경의에 가까운 감정을 느끼곤 했다. 지금도 태희는 재인을 보면서 존경심이라고 해도 좋을 만한 열광으로 열심히 박수를 친 것이다.

이윽고 정말로 승리의 여신이 미소를 지었다. 기다리고 있던 재인에게도, 그따위 거는 아무래도 상관없었던 사람, 소희에게도.

아픈데 열 내며 뛴 소희가 똥 씹은 표정으로 화장실에 갔다 온다며 자리를 비운 사이 앉아서 기다리고 있던 태희 쪽으로 재인이 걸어왔다.

"게임 이긴 거 축하해. 너 정말 잘하더라. 무슨 선수 같았어."

"제가 한 폼 하죠?"

히쭉 웃으면서 재인이 태희의 옆자리에 털썩 주저앉았다. 옆에서 보니 이마에 땀이 송글송글 맺혀 있다. 여유롭게 뛰는 것처럼 보였지만 실제론 애썼던 모양이다.

"흠, 나름 성실하네? 건들거릴 줄 알았는데."

"건들거리는 것도 다 어울리는 때가 있죠. 근데 사실 이런 건 일도 아니라구요. 점심 먹은 게 부족해서 보기 흉하게 땀 흘리고 있는 것뿐이에요. 늦게 갔더니 물이 뜨겁질 않아서 버석버석한 라면을 먹었지 뭐예요. 그건 그냥 과자였어요. 불쌍하죠?"

"한 시간만 더 버티고 매점 가서 연료 보충해. 승리의 주역이니 그래도 되겠다."

"근데 선배는요? 피구 안 하고 앉아서 구경만 하던데 배고파서 빠진 건가요, 설마?"

"워낙 운동을 못해서 이런 데선 짐만 되거든. 소희는 발군의 운동신경 덕에 한몫해야 했지만. 안 그래도 치통 때문에 굶기까지 했으니 진짜 죽을 맛이었을 거야. 소희 눈이 이렇게 돼서는 붕붕 날아다녔다. 압도적이었어."

손가락으로 눈꼬리를 삐죽이 위로 올리면서 무서운 표정을 지어보곤 태희가 웃었다. 재인도 따라서 웃다가 말했다.

"아무래도 니케가 너무 열심히 활동한 거 아니에요? 원치 않던 소희 선배한테도 턱하니 승리를 안겨주고 말이죠. 초짜 니케인 줄 알았더니 알고 보니 베테랑?"

"앉아서 구경만 한 사람을 놀리는 것도 가지가지구나. 다 네가 잘나서 그래. 소희도 그렇고 너도 그렇고. 다들 내가 이해할 수 없는 별에서 온 게 틀림없어."

고개를 갸웃하는 태희를 보며 재인은 크게 기지개를 한번 켰다.

"그런 논리라면 선배가 사는 별은 우아한 여신들이 사는 별인가요?"

"그런 말장난 썰렁해."

"하지만 응원해준 건 맞잖아요? 같은 반 녀석들이 얘기해 줬는데? 선배가 우리 시합 보면서 박수쳐줬다고. 그거 나 때문 아니에요? 아니면 혹시 이런 아마추어 게임에 열광할 만큼 농구 열성팬이라거나?"

"어휴, 아무튼 말로는 못 이기겠어. 그렇다, 이재인. 네가 이겨서 기쁘더라. 부탁 받은 니케 역할이 성공하게 되어서 다행이었고. 됐니?"

"역시 그랬군요. 후후훗. 뭐 그렇게 기쁘셨다니 할 수 없죠. 제 실력으로 봐선 결승까지 갈건 불 보듯 뻔하니 결승에서 이길 때까지 선배에게 승리의 가호를 부탁할게요. 이 기회에 선배도 수련에 힘쓰도록 하세요."

크나큰 선심이라도 쓰듯 우쭐거리며 말하는 재인 때문에 태희는 다시 웃었다.

"진짜 대단하다. 얼굴이 어쩜 그렇게 두꺼워?"

"어머, 언니! 얼굴이 두껍다니? 내 피부가 얼마나 얇은데. 자, 자, 이 뽀얀 피부 좀 봐. 혈관이 비칠 것 같지 않아? 내가 아침저녁으로 미백에 얼마나 신경 쓰는데. 매일 같이 우유 푼 물에 목욕하느라 젖비린내가 가실 날이 없단 말이야. 언니가 그 고생을 알아?"

"하하하, 그렇구나. 어우, 불쌍해서 어떡하니?"

새침을 떨며 뺨을 토닥토닥 만지는 재인의 행동에 태희가 입까지 가리며 웃는데 여전히 오만상을 쓰고 있는 소희가 나타나 툭하니 말을 던졌다.

"뭐야? 뭔데 여기는 잔치 분위기야? 너 이 자식 태희한테 웃음버섯이라도 먹인 거냐?"

"나 자체가 태희 선배에게 웃음을 안겨준다는 걸 모르는 모양이군요. 그나저나 치통이라면서 괜찮아요?"

태희와 재인 사이에 끼어 앉으면서 소희가 씩 웃었다.

"너 같은 애송이한테 걱정 들을 정도는 아니지. 근데 이젠 배가 고파서 세상이 돈다. 지금 생각나는 건 뜨끈한 국물에 얼큰한."

"짬뽕 한 그릇."

두 사람의 입에서 동시에 튀어나온 말. 소희와 재인이 떨떠름한 표정으로 서로를 쳐다보는데 태희가 손뼉을 치며 말했다.

"굉장하구나. 닮은 사람들은 먹는 취향도 비슷한가 봐."

"뭐가 비슷해! 이런 애송이랑 취급 받고 싶지 않거든?"

"애송이? 그렇게 말하는 소희 선배는 뭐가 잘났다고 그래요?"

"뭐가 잘났는지 보여줄까?"

소희가 앙칼지게 내뱉으며 재인의 멱살을 잡으려 하자 재인이 발딱 일어나 태희의 다른 쪽 옆자리로 와서 앉았다. 그러고는 두 주먹을 얼굴 앞에서 모으고 깽깽하고 침울한 강아지 소리를 내면서 머리를 태희의 어깨에 비볐다.

"주인님, 저 고양이 너무 무서워요. 안 그래도 스핑크스 같은 게."

"스핑크스?"

태희가 이집트 신화에 나오는 그 스핑크스만 생각하고 고개를 갸웃하는데 소희가 재인에게 무섭게 눈을 흘기면서 쏘아붙였다.

"뭐야? 내가 지금 그 털 없는 괴물 고양이랑 닮았다는 거냐? 이 교활한 푸들 같으니. 너 당장 따라나와, 운동장에 묻어버릴 테다!"

"살려줘요, 주인님 절 묻어버린 대요."

"아아, 스핑크스라는 고양이가 있지. 근데 굳이 따지자면 소희는 스핑크스보다는 샴고양이 쪽에……. 미안. 잘못했어. 넌 전혀 고양이 같지 않아. 그런 것과 닮다니 말도 안 돼."

이제야 고양이 스핑크스가 떠올라 진지하게 소희와 비교하면서 돌아보는데, 아까 공을 손에 쥐었을 때와 비슷한 표정을 하고 있는 소희와 눈이 마주쳤다. 제꺽 태희는 시선을 피하면서 강당 천장을 이리저리 살펴보는 척했다. 지켜줄 방어벽이 무너졌다는 걸 알고 재인이 슬금슬금 뒷걸음질을 치는데 탁, 붙잡는 손이 있었다. 때마침 수업 종료종이 울렸다.

"저는 다음 시합이 있어서 체력 안배를 해야 하는데 말이죠."

재인이 경직된 미소와 함께 돌아보자 소희가 다가와서 그의 어깨에 어깨동무를 했다.

"나도 다음 시간에 시합이거든? 질질 끄는 거 싫어해서 두 판에 끝내야 해. 근데 이 언니가 배가 고프다. 너도 배가 고프다고 했지? 배고픈 사람끼리 잠시 매점 구경 어떠냐?"

"매점 도착하자마자 바로 뛰어와야 할 것 같은데요."

"그래야지. 김밥 한 줄씩 입에 물고 뛰어오자고. 좋지?"

도와달라는 듯 재인이 뒤돌아보았지만 태희는 여전히 건축설계사처럼 진지하게 천장을 보고 있다. 그래도 재인은 한 줄기 빛을 포기하질 못한다.

"그럼 태희 선배도 같이 가서 음료수라도 마시는 게 어때요?"

"태희는 거기까지 뛰어가면 수업 시작종 울릴걸?"

"아차, 생각해 보니 지갑이 없어서 안 되겠어요."

"걱정 마. 내 얼굴이 바로 지갑이다. 이 언니 믿지?"

"글쎄요, 저는 잘⋯⋯."

"소희 얼굴이 지갑 맞아. 매점 아줌마와의 유대는 만리장성처럼 튼튼해."

옆에서 태희가 불쑥 끼어들면서 보증했다. 이미 강당의 큰 문 쪽으로 걸어가던 소희와 재인과 함께 태희도 보조를 함께 하자 소희가 물었다.

"뭐야, 너도 따라오게?"

"아니, 배웅. 광합성 잠깐 하고 다시 들어올 거야."

"흥, 광합성이 하고 싶은 게 아니라니 서방님 시합 결과가 궁금해서 그러지?"

태희가 어깨를 움츠리면서 수줍게 웃었다. 재인이 그런 태희의 얼굴을 빤히 쳐다보는 걸 알고 소희가 일부러 뻔한 질문을 던졌다.

"남자애들 축구는 이겼을까, 졌을까?"

"이겼겠지. 당근. 재경이가 선수잖아."

너 설마 그거 모르냐는 표정으로 태희가 소희를 쳐다보았다. 소희는 실소를 감추면서 부러 천천히 말을 끌었다.

"근데 뭐가 궁금한 걸까? 하늘이 두 쪽이 나도 시합은 이겼을 텐데. 아, 혹시 재경이가 몇 골이나 넣었나 하는 거?"

"응. 매점에서 오는 길에 음료수 좀 사다 줘. 운동했으니까 이온음료 같은 게 좋겠지?"

"재경이 주게?"

"다음 시간 시합하려면 물 마시는 걸로는 부족하지 않을까?"

"아, 예. 발에 불붙은 것처럼 뛰었다 옵지요. 들었지, 애송이? 우린 날아갔다 와야 한다."

소희가 재인의 어깨에 올린 손에 힘을 주자 재인도 이젠 묘한 미소를 띤 채 이죽거렸다.

"저야 자신 있죠. 선배나 뒤처지지 마세요."

"고양이가 개보다 빨라. 모르니?"

"한 번 두고 보죠."

둘이서 맹렬히 눈싸움을 하는 옆에서 태희는 운동장 그늘에 앉아 있던 같은 반 남자애들을 발견하고 유심히 쳐다보다 문득 미간을 찡그렸다. 다짜고짜 그녀가 뛰기 시작했다. 영문을 몰라 쳐다만 보던 소희였지만 뭔가 이상해서 재인을 버려두고 금세 태희의 뒤를 따라잡으며 물었다.

"왜?"

"재경이가, 재경이가 말이야."

그것 뭔다고 숨이 차서 말을 제대로 못 잇는다. 설명을 듣는 걸 포기하고 소희는 전력질주를 해서 태희보다 먼저 남자애들이 모여 있는 곳에 도착했다. 축구시합이 생각보다 거칠었던 모양이다. 몇 명이 다친 모양이었고, 그 중에 얼굴을 찌푸리고 있는 재경이도 있었다. 오른팔을 주무르고 있다. 방학 전에 다쳤던 곳이란 생각을 해보며 소희가 물었다.

"뭔데? 팔 다쳤어?"

"아, 별거 아니야."

"치사하게 유도부 애들을 둘이나 시합에 내보냈지 뭐야. 태클을 거는데 돌덩이에 떠밀린 것 같았다구. 거기다 어찌나 더럽게 플레이를 하는지."

재경은 별거 아니라고 했지만 소희에게 투덜거린 남자애를 비롯해 여기저기서 볼멘소리가 터져 나왔다. 상당히 격앙된 분위기를 느끼고 소희는 설마 하면서 물었다.

"그래서 졌냐?"

"이겼지. 지는 싸움을 왜 해?"

너무도 간단히 재경이 대꾸했다. 그러면서도 팔은 연신 주무르고 있다. 재경의 산뜻한 대답과 달리 여전히 남자애들 사이에선 불평의 소리가 크다. 상대편 반이 어지간히 지저분하게 반칙을 해댄 모양이다. 소희가 고개를 갸웃하면서 재경의 팔을 가리켰다.

　"그런데 그 팔은 왜 그렇고?"

　어깨만 으쓱하는 재경과 달리 다른 남자애들이 입을 모아 말했다.

　"백태클을 했다니까. 안 그래도 재경이만 무식하게 수비하더니 그래도 안 되니까 별짓을 다하지 뭐야. 넘어질 때 정말 어디 잘못 되는 줄 알았어."

　"헤에. 고생했구나."

　소희가 혀를 내두르는데, 그제야 태희가 헉헉거리면서 도착했다. 소희의 팔을 잡고 숨을 고르면서 태희가 재경에게 말했다.

　"재경아, 저기서 보니까, 팔이, 팔이……."

　"자자, 내가 말해 줄게. 시합은 이겼는데 더티 플레이로 인해 에이스 한재경은 약간의 부상을 당했대. 근데 본인은 별거 아니라고 한다. 자, 여기까지 내 말에 수정할 부분이라도?"

　좌르륵 쏟아내는 소희의 말을 듣고 태희가 재경을 쳐다보았다. 재경은 말없이 자신의 팔을 보다가 태희를 쳐다보았다. 아무것도 아니라고 말할 생각이었다. 그런데 말하려는 순간 태희의 뒤로 얼마쯤 떨어진 곳에 서 있는 재인의 모습이 눈에 들어왔다. 체육복 바지 뒷주머니에 손을 넣고 구경하는 재인의 표정에 재경은 할 말을 급히 바꾸었다.

　"팔은 약간 욱신거려."

　"팔은? 그럼 다른 데도 다쳤어? 세상에, 여기저기 흙자국 좀 봐. 적당히들 좀 하지."

　재경의 머리카락을 비롯해 옷 여기저기에 묻은 흙자국을 발견한 태희가 바로 다가앉아 열심히 털어주기 시작했다. 그러다가 눈 위쪽에 난 생채기도 발견하고는 얼굴을 찡그렸다.

"뭐야, 여기에 상처까지 생겼어. 누가 이런 거야, 대체."

재경이 피식 웃었다. 아까까지 이런저런 험담에 마구 분노하던 남자애들도 지금은 소곤거리는 녀석조차 없다. 옆에서 쳐다보는 소희조차 멀뚱멀뚱이다. 이게 내가 알던 그 부끄럼쟁이 태희인가 하는 표정이다. 정작 태희는 재경의 웃음에 못마땅한 얼굴이 되었다.

"위험하다구. 이런 상처 우습게 봤다가 파상풍 걸릴지도 몰라. 물에 가서 씻지도 않았지? 칠칠맞기는."

날 보고 칠칠맞다고? 재경은 웃음을 터뜨리고 싶은 걸 겨우 참는다. 대신 그는 애써 표정을 수습하고는 미간을 찡그렸다.

"생각은 했는데, 귀찮아서."

"귀찮다니. 다친 거 치료하는 게 귀찮아?"

"어차피 다음 시간 시합도 있고, 발목도 좀 시큰거리니 그냥 쉬는 게 낫겠다 싶어서."

"발목이? 어느 발이야? 이쪽? 이쪽?"

대번에 태희가 심각해져서는 재경의 발목을 잡아보았다. 간지럽기만 할 뿐인 그녀의 손동작을 물끄러미 감상하던 재경이 걱정스럽게 올려다보는 태희를 보고 적당히 말했다.

"아. 그쪽이야."

"병원에 가봐야 하는 거 아닐까?"

"가볍게 접질린 정도야. 그런 표정 할 거 없어."

재경은 스윽 태희의 머리카락을 어루만지며 말했다. 다른 그 누구도 들을 수 없는 다정함이 배인 말투. 하지만 재경이 가볍게 말하면 말할수록 태희의 표정은 무거워졌다. 태희가 재경의 발을 다시 쳐다보고는 벌떡 일어나서는 그의 팔을-다치지 않은 쪽을-잡았다.

"양호실에 가자."

"안 돼. 다음 시간 시합 있다고 했잖아."

어리광부리는 아이를 다독거리는 부드러운 표정이 재경의 얼굴에 차오른다. 소희의 놀라움의 대상이 태희에서 재경으로 바뀌었다. 뭐냐, 이 두 사람만의 세계라는 듯한 분위기는?

"너 없다고 시합 못하는 거 아니잖아. 다른 애들끼리 알아서 하라고 그래."

태희가 그렇게 말했을 때 뒤쪽에서 누군가가 재경이가 에이스라 없으면 안 된다는 소리를 했다. 동조하듯 다른 애들도 비슷한 얘기를 했다. 그러나 그 순간 소희는 보았다. 태희가 그런 소리를 한 녀석들을 매섭게 흘겨보는 것을. 남자애들이 움찔하면서 시선을 이리저리 돌렸다. 태희는 여전히 매서운 눈으로 그쪽을 쳐다보며 단호하게 말했다.

"다친 사람은 치료하는 게 당연해. 시합이든 시합 할아버지가 됐든 필요 없다구."

그러더니 재경을 보는 순간엔 표정이 확 달라졌다. 조르는 기색이 담긴 눈으로 그의 눈을 물끄러미 쳐다보면서 팔을 살짝살짝 잡아당겼다.

"양호실. 응? 가자."

으아아. 태희야, 너 내가 알던 태희 맞냐? 소희가 소리 없는 절규를 하고 있단 걸 모르고 태희는 커다란 눈을 깜박거리며 재경의 대답을 재촉했다.

"으응? 가자. 내가 부축해 줄게. 응, 재경아?"

"……할 수 없군."

재경이 고개를 두어 번 흔들더니 뒤를 돌아보면서 반 애들에게 말했다.

"다음 시합, 나는 빼줘."

그 누가 거기에 토를 달까. 방금 태희가 선보인 초유의 애교를 눈앞에서 목도한 그들은 그저 멍해졌을 뿐이다. 다른 여자애도 아니고 윤태희가. 다른 사람도 아니고 한재경한테.

태희가 재경의 한쪽 팔을 잡아서 돕는다고 애를 쓰는 동안, 재경은 멀쩡한 발을 일부러 아픈 척하면서 걷는 수고를 해야 했다. 양호실까지 가면서 몇 번이고 태희가 아프면 더 천천히 걷자고 말하는 걸 괜찮다는 말로 답해 주었다.

뒤에 남은 소희는 소금 기둥이 되어선 바람에 조금씩 깎여가는 기분이었다.

"태희야, 여기 있는 날 잊은 거냐. 그깟 한재경 조금 다친 걸로 날 잊다니. 여자들의 우정은……우정은……으흑."

털썩 주저앉아 신파극을 찍는 소희에게 어느 틈엔가 옆으로 온 재인이 물었다.

"지금 뭐하는 건데요?"

"손발이 오그라들어 죽어간다. 꼬우면 꺼져, 푸들 자식아."

앙칼지게 대답하며 휙 노려보자 재인은 짓궂게 웃더니 옆에 앉아 두 손을 발처럼 모으고 멍멍 하고 짖었다.

"김밥 먹으려면 진짜 날아가야 할 것 같은데. 내가 손잡아줄까요?"

결국 스핑크스는 푸들의 도움을 받아 매점으로 향했다. 반은 혼이 나가서.

"애교? 내가 무슨."

별소리 다 듣겠다는 표정으로 태희가 소희를 힐끗 쳐다본 뒤 계속 가방을 이리저리 뒤졌다. 소희는 기가 턱 막혀서 먹고 있던 콜라를 세게 테이블 위에 올려놓았다.

"야, 벌건 대낮에 애들 다 있는 데서 쇼를 해놓고 그런 적 없다고 발뺌이냐? 대패로 밀었으면 소름이 한 트럭은 나왔을 거다."

"또 괜한 트집이야. 너 그거 히스테리다? 치과 가라는데 징그럽게 말도 안 듣더니."

"누가 히스테리냐, 너 진짜 히스테리 맛 한 번 볼래?"

"아, 그래. 내키는 대로 다 해야 소희지. 뭐든 다 해. 아이 참, 진짜 이게 어딜 갔담?"

손을 까딱까딱해서 너 좋을 대로 하란 시늉을 한 뒤 태희는 가방을 뒤지다 못해 가방 속 내용물을 몽땅 옆의 의자에 올려놓기 시작했다. 그런 다음 여기저기 속주머니까지 탈탈 털었다. 먼지가 나올 지경이었지만 태희가 찾는 건 없었다.

"아까부터 뭘 그렇게 찾는 건데요?"

불쑥 물어온 건 소희 옆에서 잠자코 햄버거를 먹고 있던 재인이다. 그가 왜 여기에 끼어 햄버거를 우물거리고 있는지 알려면 몇 시간 전으로 거슬러 올라가야 한다.

태희가 재경과 양호실로 향하고 뒤에 남아 좌절 모드 중이던 소희를 부추겨 매점까지 가는 길에 축 처진 소희를 골릴 셈으로 재인이 누가 더 빨리 가나로 내기를 하자고 했다. 정석대로라면 재인이 이겼을 게임이지만 온갖 반칙이 난무한 달리기 끝에 승자는 소희가 되었다. 그 전리품이 바로 버거킹에서의 한 턱이었다.

고작해야 맛보는 흉내만 내는 태희와 달리 소희와 재인은 대식가로 가는 길을 착실히 밟고 있었다. 이미 네 사람이 먹을 만한 양을 둘이서 해치웠다. 두 사람의 먹는 모습에 질려 태희의 식욕은 완전히 증발해 버렸다. 그러다 무슨 세트인지 몰라도 거기 행사품으로 딸려 나온 핸드폰 고리를 보고 뭔가를 생각해낸 태희가 가방을 뒤지기 시작했다.

꼼꼼하게 가방을 몇 차례나 뒤지는 태희를 보면서 오늘 네가 보인 애교 때문에 눈이 썩어서 내일 안경을 맞추러 가야겠다고 소희가 이죽거리자 태희가 무슨 애교냐고 나온 것이다.

"그래, 뭘 찾는지 나도 좀 알자. 애교쟁이, 태희 양."

"내가 뭘 어쨌다고 그래? 못 됐어."

뚱한 표정으로 소희를 쳐다보더니 태희가 한숨을 푹 쉬었다. 이게 평소 소희가 아는 태희의 모습이긴 한데, 심술이 난 소희 눈에는 여전히 색안경이 씌워져 있다.

"어유. 뭘 해도 애교가 뚝뚝 떨어지는 우리 태희 양. 역시 사랑은 위대해."

"내가 뭘. 괴롭히는 것도 가지가지야."

태희가 투덜거리면서 커피를 집다가, 갑자기 뭐가 생각난 듯 탄성을 내뱉었다.

"아! 그때 잃어버린 건가?"

"응? 그때라니?"

"전에 스타벅스에서 사소한 시비가 있었다고 했었잖아. 다 챙긴 줄 알았는데, 어쩐지 뭐가 허전하더라니. 아, 하필 이제 생각날 게 뭐람. 지금이라도 가봐야겠어."

"지금? 야, 그게 대체 언제 일인데 간다고 그래? 진작에 쓰레기통 행이지."

"혹시 모르잖아. 직원이 주워서 보관해 놨을지도 몰라. 나 가볼래."

"야, 그럴 거 없대도. 갈 때 가더라도 먹을 건 먹고 가야지."

"다 먹었어. 재인아, 덕분에 잘 먹었다. 다음에 보자."

가방을 챙겨 일어서면서 서두르는 와중에도 재인에게 인사는 한 다음 태희가 총총히 계단이 있는 곳으로 걸어갔다. 재인이 중얼거렸다.

"저 사람은 뭘 하든 우아하군요. 운동신경이 꽝이란 말, 진짜예요?"

"보증해. 저 녀석은 수심 1m의 수영장에서도 물에 빠져 죽을 위험이 다분해."

"그럼 저 무희 같은 움직임은?"

"타고난 거지. 쟨 발레의 발 자도 배운 적 없다고. 근데 태희가 언제 저렇게 행동파가 됐담. 하아아. 애써 기른 아기가 나도 모르는 데서 첫 걸음마를 시작한 것 같은 기분이다."

치즈스틱 하나를 우물거리면서 소희가 한숨에 겨운 말을 내뱉었다.

"하여간 유별나. 근데 태희 선밴 뭘 잃어버렸다는 거예요?"

재인도 치즈스틱을 집어 들면서 물었다.

"핸드폰 고리."

"겨우 그거?"

"겨우가 아니야. 재경이 준다고 만든 거란 말이다."

"만들어요?"

"응. 태희의 도전! 방학 내내 비즈공예 관련 책을 줄줄 외울 만큼 읽고 또 읽었는데, 실전에서 어찌나 엉성하던지. 결국 보다 못해 내가 배워서 저 얼뜨기를 가르쳤지. 꿈꾸는 건 저 하늘에 걸린 별만큼 엄청난 건데, 완성한 건 결국 책 첫 장에 나오는 기본이다. 근데 웃긴 게 뭔지 아냐? 완성된 그것조차 태희 모르는 사이에 내가 손본 거란 거지. 것도 모르는 태희는 자기가 걸작을 만들었다고 좋아해요. 흐흐흐, 우리 태희 그럴 때 보면 귀엽다. 간신히 두 개 만들어서 나눠 가질 모양인가 했는데 더 잘된 걸 가지라고 나한테 고르래. 당연히 너도 주려고 두 개 만들었단다. 우리 태흰 그깟 남자 때문에 우정을 등한시할 애가 아니야. 아니지, 암, 그렇고말고. 그런데……그런데, 오늘 날 잊고 가다니. 당신, 어떻게 나한테 이럴 수 있어요. 당신 하나만 믿고 살았는데, 이렇게 내 가슴을 찢어놓다니……."

신나게 이야기하다 갑자기 또 아까 찍다 만 신파로 돌변해 태희가

333

먹다 남긴 햄버거를 들고 소희는 흑흑 흐느껴 울었다. 재인은 이젠 익숙해진 패턴에 고개를 절레절레 저었다.

"선배 몇 번 안 보긴 했어도 평범한 인간이 아닌 건 확실하네. 아는 사람 중에 연예 기획사 스카우터 있는데 연결해 줄까요? 성격파 배우로 나서면 확실히 성공하겠어."

"너나 해라. 푸들. 난 천만금을 던져 줘도 춤추는 원숭이 꼴은 사양이다."

"오호, 묘한 데서 통하는군요. 저도 그런 건 딱 질색입니다."

재인은 스윽 팔을 뻗어 소희 쪽 테이블에 올려져 있던 핸드폰을 집었다. 핸드폰 옆에 빨간색 비즈 고리가 달려 있다. 별모양이다. 재인은 비릿한 미소를 띠며 중얼거렸다.

"설마 이런 걸 그 녀석에게 주려고 한 건 아니겠죠?"

"태희가 이거 하나 만드는데 시간이 얼마나 걸렸는지 알기나 하냐? 뭐냐, 그 표정은?"

"웃겨서요. 그 녀석이 이런 걸 핸드폰에 달고 다닐 거라고 생각한 자체가."

"나도 의문이었는데, 요새 같아선 충분히 달고 다니지 않을까 싶거든? 못 본 모양인데 그 둘 커플 팔찌도 했어. 한재경이 줬단다. 백일 선물 대신이라면서. 로맨틱하지 않냐?"

"그런 거 달고 있다고 사람이 변하나요? 껍질에 무슨 장난을 치든 알맹이는 그대로죠."

냉소적인 재인의 반응에 소희도 고개를 까딱거리긴 했다. 하지만 이내 오만한 미소와 함께 손가락을 획획 내저었다.

"알맹이는 그대로라는 말은 맞아. 한재경은 변한 게 아니야. 그저, 예외가 생긴 거지."

재인이 모르겠다는 듯 눈을 깜박이자 소희는 쯧쯧하고 혀를 찼다.

"넌 진짜로 누구 좋아해 본 적 없지? 그러니까 애송이란 거다. 쯧쯧."

물티슈로 재빨리 손을 닦은 뒤 소희는 재인의 손에서 핸드폰을 채왔다. 재인의 비웃음을 산 별모양 고리를 쓰윽 쓰다듬고는 가방에 넣었다. 핸드폰 고리를 볼 때 눈에 넘실거렸던 따뜻함이 깨끗이 사라진 눈으로 재인을 쳐다보며 소희가 자리에서 일어났다.

"오늘 먹긴 잘 먹었는데 쓸데없이 친해지진 말자, 푸들."

"나 너무 미워하지 마요. 나름대로 잘 이용당해줄 준비가 돼 있으니까."

"그러면서 넌 뭘 얻을 건데? 동기가 불순해서 싫다."

"야박하시네, 진짜. 알았어요. 약점 잡혔다고 치죠. 그치만 말했잖아요? 재밌는 건 즐기는 주의라고. 나 되도록 가까이에서 구경하고 싶거든요? 아주 잘할 테니까. 응?"

"일 없어. 그 즐거움이란 거 다른 데서 찾으시지."

냉랭하게 말하고 돌아서는데 재인이 한숨을 쉬면서 물었다.

"딱 하나만. 그 잃어버렸다는 핸드폰 고리, 설마하니 그 녀석 생일 선물이에요?"

"생일? 한재경 생일이라고?"

"역시 모르는구나. 흐음. 뭐 됐어요. 잘 가요, 그럼."

생글생글 웃으며 재인이 손을 흔들었다. 그러곤 다른 햄버거를 집어서 포장을 풀기 시작했다. 이것이 단순한 떡밥일 뿐이라고 생각하고 갈 길을 가려던 소희였지만 몇 걸음 걷다가 빙글 돌아서서 원래 자리로 되돌아왔다. 그런 소희를 보고 재인이 눈웃음을 지었다.

"어때요, 이제 날 이용할 생각?"

"거짓부렁이면 묻어버릴 줄 알아. 푸들."

으르렁거리는 소희의 송곳니가 날카롭게 반짝거렸다.

태희가 그날 스타벅스에 찾아간 일은 결국 허탕이었다. 진작 줬어야 하는 건데, 내내 줄 만한 기회를 찾았던 게 문제였다고 태희가 후회했지만 이미 엎질러진 물이다. 남은 재료를 가지고 태희가 다시 만들기에 도전했지만 시작부터 막히고 말아서 태희는 이미 외울 지경인 비즈공예 책을 다시 읽기 시작했다. 동시에 시험공부도 해야 한다. 눈밑에 그늘이 생기는 게 당연하다. 금요일 내내 하품을 하다 재경에게 무슨 일 있냐는 말까지 들었다.

도와줄 테니 내일 집에 놀러 오라는 소희의 말에 태희가 재경의 집에 가야 한다고 말했다. 이젠 재경의 집에 가는 것도 스스럼없이 밝히는 태희를 보고 소희는 도청기를 구할 방법을 인터넷으로 검색했다. 도청기 대신 쓸데없는 것들의 입수 경로만 배우면서 소희의 금요일 밤이 하얗게 지나가고 말았다. 밀수권총 입수 경로며 사제폭탄 만드는 방법도 알았고, 새로운 포르노 사이트도 하나 뚫었고, 뭔가 심각한 바이러스도 덤으로 얻어서 컴퓨터에 파란 화면이 몇 차례 뜨다가 저절로 꺼지는 혁혁한 성과를 뒤로 하고 소희가 어기적거리면서 침대로 기어들어가는 순간에 태희는 아침 일찍 일어나 샌드위치를 만드느라 여념이 없었다. 물론 이것도 시간이 걸리긴 하지만, 음식은 잘했다. 손재주보다는 정성이 필요한 분야라서인지도 모른다. 할 수 있는 음식 가짓수는 한정되어 있지만 어떤 음식이든 담백하고 맛깔스럽게 잘했다. 입맛이 까다로운 소희의 평이니 틀림없을 것이다.

준비를 다 마치고 시계를 보니 약속한 시간이 한 시간 후였다. 샌드위치를 만드는데 한 시간 반이나 썼다는 걸 알고 태희가 부랴부랴 옷을 갈아입고 집을 나올 때만 해도 날씨가 아주 좋았다. 하늘엔 구름한 점이 없었고, 날씨도 제법 선선했다.

하지만 재경의 집 근처의 지하철역을 나와서 몇 걸음 걷기도 전에 비가 쏟아지기 시작했다. 재경의 아파트까지는 그리 멀지 않다. 달려가면 얼마 맞지 않을 거라고 계산하고 열심히 달렸지만 태희는 자신을 너무 과대평가했다는 걸 중간쯤에서 깨달았다. 비는 비대로 다 맞고, 거기다 지치기까지. 엘리베이터를 타고 올라가면서 태희는 거울에 비친 자신의 모습을 보고 울고 싶어졌다. 전날 밤에 일부러 머리를 여러 갈래로 땋고 자서 웨이브 머리를 만들었는데 이젠 그냥 비 맞은 머리 그 이상도 그 이하도 아니다.

"이 모습으로 보는 거 창피한데, 아, 늦잠 잤다고 시간을 미룰까?"

소희 집이 멀지 않으니 다녀올까 싶어서 핸드폰을 꺼내들었다. 막 재경의 호수가 있는 층에 도착했지만 바로 1층을 눌러 다시 내려가면서 통화를 했다.

"어, 재경아. 난데 좀 늦을 것 같아서. 한 시간 정도 뒤에 가게 될 것 같아. 응. 늦잠을 잤지 뭐야, 최대한 빨리 간다고 약속……."

머리를 꼬면서 서툴게 거짓말을 하는 중이었다. 그 순간 1층에 도착해 엘리베이터 문이 열렸다. 기계적으로 발을 내딛던 태희는 어색하게 웃는 얼굴과 함께 다시 엘리베이터 안쪽으로 뒷걸음질 쳤다. 핸드폰을 든 재경이 태희를 빤히 쳐다보면서 천천히 안으로 들어왔다. 핸드폰에서 손을 떼지 않고 재경이 중얼거렸다.

"거짓말 잘하네."

한 손엔 우산과 뭔가가 가득 담긴 봉투를 들고 있다. 태희가 올 시간에 맞춰서 먹을 만한 걸 사러 근처 마트에 다녀오는 길이었다. 태희가 머쓱하게 고개를 숙이면서 변명했다.

"꼴이 이래서, 다시 준비하고 오려고 했어."

흠뻑 젖은 태희의 모습을 위아래로 훑어보더니 별다른 말없이 태희가 들고 있던 샌드위치가 담긴 쇼핑백을 가져가면서 그 무게를 가늠하고는 물었다.

"이건?"

"샌드위치."

"흐음. 영화 보면서 먹으면 되겠네. DVD 몇 장 사뒀어. 점심은 느지막이 먹고."

"아침 안 먹었어?"

"응. 그런데 점심은 밥으로 바꿔야 하나? 파스타 할 준비했는데."

"파스타? 나 그건 해본 적 없는데."

태희가 난처한 표정을 지으며 젖은 머리를 꼬는데 재경이 피식 웃었다.

"놀러 오라고 했지, 와서 밥하라고 했어? 내가 해줄 테니 걱정 마. 손가락 하나 까딱 안 해도 돼, 넌."

"파스타도 할 줄 알아?"

"맘먹으면 뭐든 하지. 뭐해? 안 들어오고?"

어느새 아파트 현관으로 들어선 재경이 밖에서 머뭇거리고 있는 태희를 향해 물었다. 태희는 걸을 때마다 물 자국을 바닥에 만드는 자신의 모습을 내려다보고 얼굴을 찡그렸다.

"너무 젖어서 말이야. 타월 같은 거라도 한 장, 앗!"

"웅얼거리는 건 좋은데 들어와서 말해."

재경이 확 잡아당기는 서슬에 자칫 넘어질 뻔하면서 태희가 현관으로 들어왔다. 몸이 가볍게 부딪히는 순간, 재경은 태희의 젖은 머리카락에서 나는 진한 라벤다 향기를 맡았다. 재경은 자기도 모르게 태희의 머리카락에 더 깊이 고개를 숙였다.

"이런, 구두 속까지 물이 들어왔나 봐. 카펫 망치는 거 아니야?"

태희의 걱정 어린 목소리에 정신을 차린 재경이 재빨리 그녀에게서 떨어지며 말했다.

"잠시만 기다려."

욕실에 가서 커다란 타월을 찾아와 태희에게 휙 던졌다. 그걸 손으로 잡을 거라고 생각한 거라면 태희를 몰라도 한참 몰랐던 거다. 태희는 타월을 머리부터 뒤집어쓰고 허우적거리다 엉덩방아까지 찧었다.

"고마워, 어……없네."

우스꽝스런 꼴을 보였다 싶어 황급히 고개를 내밀었던 태희가 이미 재경이 사라진 뒤란 걸 알고 혀를 쭉 내밀었다. 발부터 시작해 몸 여기저기에 흠뻑 배인 수분을 제거하려고 타월로 꾹꾹 누르고 있는데 거의 소리도 없이 나타난 재경이 불쑥 옆에서 뭔가를 내밀었다.

"갈아입어. 욕실은 저쪽이야."

"에? 아, 난 괜찮은데. 조금만 말리면……."

조금만 말리면 된다고 말하려는 태희의 입술을 재경이 스윽 어루만졌다. 그녀가 움찔하며 뒤로 고개를 빼내는 기척을 무시하며 재경이 말했다.

"입술이 파래졌어. 갈아입어. 벗은 옷은 건조기에서 말려줄 테니까."

"그치만 저기……."

"다림질까지 해달라고? 까짓것 해주지. 아, 욕실은 저쪽이야."

재경이 손가락으로 가리킨 쪽으로 태희가 어깨를 축 늘어뜨리고 걸어갔다. 욕실에 들어가 재경이 준 검은색 트레이닝복으로 갈아입었다. 윗옷은 지퍼를 목 끝까지 다 채웠다. 크긴 해도 손목을 걷으니 못 입을 옷은 아니다. 문제는 바지. 고무 밴드가 헐렁거려서 몇 번을 뒤집어 접었더니 영 꼴이 우스워졌다.

"뭐야 이게. 내가 봐도 웃긴데, 재경이가 보면. 하아아."

땅속으로 꺼지고 싶다고 생각하면서 태희가 욕실 밖으로 나왔다. 거실에는 어느샌가 향기로운 커피 냄새가 떠돌고 있었다. 벗은 옷을 들고 주방으로 향했는데, 커피 내리는 소리는 나는데 재경이 없었다.

커피 메이커 옆에 있는 두 개의 머그잔을 쳐다보면서 걸어가는데 뒤에서 휙 타월을 잡아채는 손. 태희가 놀라서 돌아보니 재경이 쯧쯧 혀를 찼다.

"욕실에 드라이기도 있는데 머리도 안 말리고. 옷 갈아입으랬다고 그것만 그대로 하고 나왔군. 네가 어떻게 공부를 잘하는지 가끔 기이할 때가 있다니까."

"못 봤어."

태희의 손에 있는 옷과 타월을 한꺼번에 가져가서 재경이 세탁기에 넣은 뒤 새 타월을 가지고 돌아왔을 때 태희는 젖은 머리를 한 손으로 움켜잡고 커피를 따르고 있었다. 두 잔 가득 채운 뒤 미소와 함께 깊이 향기를 들이마시는 모습을 재경이 말없이 지켜보았다.

"무슨 커피기에 이렇게 향기가 좋지?"

"비밀이야."

또 기척도 없이 나타난 재경 때문에 태희가 깜짝 놀란 고양이 같은 표정을 지었다. 태희의 머리에 타월을 올려놓으며 그가 말했다.

"머리부터 말려야지. 감기 걸리겠다."

그의 말에 잠자코 욕실 쪽으로 가려고 하는데 재경이 손목을 잡아 거실로 이끌고 갔다. 소파에 앉는 재경을 보며 태희가 의아하다는 표정으로 물었다.

"드라이기 욕실에 있다며?"

"앉아."

옆자리를 가리키며 재경이 말했다. 어리둥절해 하면서 앉았더니 재경이 태희의 어깨를 잡고 그에게 등을 보이고 앉게 했다. 그가 뭘 하려는지 태희가 깨닫는 것보다 그의 손이 더 빨랐다. 타월 사이로 재경의 손이 태희의 머리카락을 부드럽게 두드려주는 게 느껴졌다.

"재경아, 머리는 내가 말릴게."

"해보고 싶어서 그래. 재밌을 것 같아서."

"전혀 재밌는 일 아닌데."

그만두라고 명확하게 말을 하지 못한 태희는 숨을 죽이고 눈만 쉴 새 없이 깜박거렸다. 자기도 모르게 자꾸 고개가 움츠러들면서 거북이나 자라였다면 껍질 속으로 머리가 사라져 버릴 지경이 되자 재경의 손이 앞으로 와서 그녀의 턱을 붙잡아 위로 올렸다.

"졸려?"

"아냐, 조는 거 아니야."

이런 상황에서 어떻게 잠이 오겠냐고 속으로 생각하는데 재경이 손으로 태희의 머리를 한 번 빗어 내렸다. 잠시 후 다시 그가 태희의 머리카락을 들어 만지작거렸다.

"소설에 나오는 실크 같은 머릿결 어쩌고 하는 말, 다 말장난이라고 생각했는데."

"그, 그 정도는 아니야."

우물쭈물하면서 빨개진 얼굴을 가라앉히려 손으로 뺨을 감싸는데 오히려 더 열이 오르는 것 같았다. 드라이기로 말렸다면 훨씬 빨리 끝날 일이, 재경의 느릿느릿한 동작 때문에 한결 길어지고 있었다. 이리저리 눈을 굴리던 태희는 앞에 놓인 테이블 위의 김이 피어오르는 머그잔을 보고서 눈을 빛냈다.

"커피 다 식어버리겠다. 저거 마시고 나서 하면 안 될까?"

"마셔."

재경은 컵 하나를 집어 태희에게 건넸다. 태희가 울상을 지었다.

"너도 마셔야지. 다 식으면 맛없잖아."

"다시 데워서 마시면 돼."

무슨 말을 해도 재경을 이길 방법이 없을 것 같다. 태희가 한숨을 쉬면서 커피를 한 모금 마셨다. 그런 뒤 감탄 어린 목소리로 말했다.

"정말 맛있다. 블랙인데 이렇게 맛있다니. 향도 너무너무 좋고."

"그래?"

"모른다는 것처럼 말하네. 익숙해져서 그런가? 아아, 역시 좋다."

익숙해져서 그런 게 아니라, 더 강하게 그를 사로잡고 있는 향기 때문이었다. 단순한 샴푸 냄새나 에센스 냄새 같은 게 아니다. 재경은 그 원인을 찾아 머리카락을 어루만지다가 그녀의 목덜미 근처에서 깊이 숨을 들이쉬었다. 커피에 빠져 있던 태희도 아주 가까이에서 들리는 재경의 숨소리에 정신을 차렸다. 태희가 뒤를 돌아보며 물었다.

"왜 그래?"

발그랗게 상기된 그녀의 뺨이 더할 나위 없이 매끄럽게 보였다. 재경의 손에서 타월이 바닥으로 떨어졌다. 대신 그는 태희의 뺨을 감싸 쥐면서 그녀의 입술에 살며시 키스했다. 태희가 눈을 감자 그녀의 눈에도 키스했다. 바르르 떨리는 속눈썹을 지나 열이 오른 뺨에도 연거푸 키스했다. 한없이 여린 그녀의 피부 감촉과 함께, 설명할 수 없는 향기가 더욱 강하게 느껴졌다. 재경의 키스는 한층 강해졌다. 작은 새처럼 웅크린 태희의 몸이 바들바들 떨리는 것조차 재경의 마음을 부추길 뿐이었다. 끌어안고 입술을 몇 번이나 다시 겹치면서 재경은 태희의 입술에 머문 커피맛도 느꼈다. 늘 마시던 것일 텐데, 이건 전혀 모르는 맛 같다. 달콤하다. 입술을 열어 혀를 밀어 넣으려 했다. 태희가 움찔하더니 손으로 그의 팔을 밀면서 거부의 몸짓을 보였다. 재경의 부드럽기만 하던 손에 힘이 들어갔다. 하지만.

"……아파."

가냘픈 태희의 속삭임을 들을 이성은 남아 있었다. 고개를 들자 간절한 눈으로 그를 올려다보는 태희의 눈이 보였다.

"지금……너 좀 무서워. 그러지 마, 재경아."

"그게 누구 때문인데."

재경의 나지막한 중얼거림에 태희는 촉촉하게 젖은 눈을 크게 뜨며 그를 물끄러미 쳐다보았다. 아무것도 모르는 아이 같은 눈이다. 몸속의 열기는 여전하지만 어쩐지 재경은 웃음이 났다. 그는 태희의 정수리에 입술을 대었다 떼고는 중얼거렸다.

"향이 너무 좋아서 그랬어. 더 이상 무섭게 안 할게."

여전히 불안이 담긴 태희의 눈을 들여다보며 빙긋 웃었다. 그러자 태희도 살짝 웃었다. 하지만 완전히 믿을 수가 없었는지 살짝 떨어져 앉으면서 머그잔으로 얼굴을 거의 가리다시피 한다. 그 모습을 보면서 재경은 혀로 입술을 핥았다. 그리고 생각했다.

정말로 더 이상은 안 해. '오늘은' 말이지.

5. 누수(漏水)

일교차가 부쩍 심해진 며칠이었다. 감기에 걸린 애들도 반에 몇 명쯤 보이기 시작했다. 하지만 약골인 태희가 끈질기게 버티는 반면 뜬금없는 애들이 결석을 하고는 했다. 이를테면 전날까지 펄펄 날아다니던 소희가 갑자기 열이 불덩어리 같다면서 결석한다거나 말이다.

청소시간이 되어 교실 유리창을 닦는 태희 옆을 지나면서 재경은 확실히 이상하다고 생각했다. 소희가 아파서 결석이라는데도 태희의 기분은 외려 평소보다 더 좋아 보였다. 지금도 주의 깊게 듣지 않으면 모를 정도이긴 하지만 콧노래를 흥얼거리고 있을 정도였다. 바닥 청소를 마치고 책상을 정리하면서 몇 번이고 태희의 얼굴을 확인한 뒤, 그녀가 걸레를 빨러 나가는 걸 틈타서 뒤를 따라가면서 말을 걸었다.

"소희 꾀병인 거지?"

"어? 꾀병? 아니, 아니야. 그런 걸로 결석하면 안 되지. 꾀병은 무슨. 나한테 감기가 옮았대. 원망이 대단해."

당황해서 눈을 깜박이면서 태희가 딴청을 피웠다. 재경은 눈을 가늘게 뜨고 태희를 쳐다보았다. 시선을 느꼈는지 태희의 귓가가 빨개지고 있다.

"그렇다고 말해도 돼. 내가 누구한테 고자질할 것도 아니고. 왜, 또 게임하다 날을 샜대?"

"아니래도 그런다. 누가 들으면 진짠 줄 알겠어. 아, 물론 가끔은 그럴 때도 있지만 이번엔 그런 게 아니야. 아니라고 절대."

두 손을 내젓다가 걸레를 열심히 흔들고 있단 걸 알고 손을 내리면서 태희가 강조했다.

"아파. 그냥 아픈 걸로 해줘. 응?"

아프다는 말하고 그냥 아픈 걸로 해달라는 말을 섞어 쓰는 태희를 보면서 재경은 웃을 수밖에 없다. 그는 애매하게 고개를 끄덕이면서 말했다.

"그냥 아픈 걸로 해야 할 일이 뭔가 많이 재밌는 일인 모양이야. 네가 이렇게 기분이 좋아져 있는 걸 보면."

"……나, 그렇게 티 나?"

순진하게도 재경의 유도신문에 넘어간 태희가 바로 걱정스럽다는 표정으로 물어왔다. 재경과 눈이 마주치자 곧 흠칫하면서 시선을 피하긴 했지만.

"무슨 일인지 나한테 말하면 큰일 나는 거야?"

"으음. 비밀이야. 우리 우정을 위해서 눈 감아 줘."

뭐가 이렇게 거창할까? 우정을 들먹이는 태희의 말에 호기심이 더욱 커진 재경이었지만 고개를 끄덕이는 수밖에 없었다. 그 대신 태희의 머리를 툭툭 두드리면서 그가 말했다.

"좋아. 약간의 비밀은 허락해 줄게. 하지만 양치기 소녀 흉내는 안 돼."

"양치기 소녀? 아……. 물론이지요. 어느 안전이시라고."

태희가 재경을 보며 장난스럽게 말했다. 재경의 눈이 조금 커졌다는 것도 모르고 태희는 고개를 돌리며 다시 허밍을 시작했다. 가끔 기침을 콜록거리긴 했지만 그녀는 재경이 보아온 중에 가장 활기차게 보였다. 도대체 어떤 비밀인 건지 재경은 새삼 궁금해졌다.

재경에게 진짜 사정을 말하지 못한 데에서 비롯된 양심의 가책이 있긴 했지만 목적지를 향해갈수록 태희는 다른 것에 온통 정신이 팔려서 심장이 두근두근했다. 여섯 시가 갓 넘은 지하철 안은 사람들로 발 디딜 틈이 없었다. 특히 태희의 주변에 가득한 여중생이나 여고생 무리들은 한눈에 봐도 그 목적지가 태희와 같을 게 틀림없었다.

올림픽공원역에서 내린 뒤 출구로 향하면서 태희는 우르르 몰려나와 달려가는 여자애들 틈에 제대로 끼이고 말았다. 홍수 속에 어딘지도 모르고 떠밀려 가는 붕어가 된 기분으로 부대끼길 한참만에 어느 틈엔가 출구밖에 나와 있는 자신을 발견했다.

"으, 으아아, 죽겠다. 시작도 못 보고 지쳐서 죽겠어."

창피한 거 무릅쓰고라도 바닥에 주저앉아 숨이라도 돌리고 싶었지만 먼지구름이라도 일으킬 것처럼 한곳으로 향하는 인파를 보면서 태희도 그만 분위기에 휩쓸려 뛰고 있었다. 그래봤자 인파의 맨 꼴찌로 밀려나 종종종 쫓아가면서 태희는 핸드폰을 꺼냈다.

"소희니? 어, 나. 이제 도착했어. 좌석 번호 찾아서 가면 되는 거지? 근데 애네들은 대체 왜 이리 뛰는 거야? 갈 수 있어. 걱정 마. 오지 말래도. 오다가 사람에 깔릴지도 몰라. 아니 아니, 내가 그런다는 말은 아니고."

한참 이야기를 하다가 태희는 잔디밭에서 입장 대기를 위해 줄지어 앉아 있거나 서 있는 무리들을 보게 되었다. 안 그래도 부족한 피가 또 얼마쯤 증발하는 기분이었다. 태희가 마른침을 꿀꺽 삼키며 물었다.

"이거, 일곱 시에 시작하는 거 맞아?"

콘서트 시작 시간은 일곱 시. 그러나 태희가 입장할 수 있었던 시각
은 가까스로 여덟 시가 되기 몇 분 전이었다. 두 시간 가까이 기다리
는 것도 힘들어서 죽을 맛이었는데 오전부터 와서 줄을 섰다는 소희
가 존경스러울 지경이었다.

인파에 끼어죽지 않으면서 어떻게든 VIP초대권에 적힌 그라운드
석까지 헤치고 나아가려 발버둥 치던 태희의 팔을 누군가가 꽉 잡아
서 앞으로 끌어주었다. 누군지도 모르고 등만 보며 한참을 가다가 그
사람이 멈췄을 때 뒤에서 미는 서슬에 등에 얼굴을 박았다.

"아야야, 아파라."

코를 만지고 있는데, 여기까지 데리고 온 사람이 홱 고개를 돌리며
물었다.

"괜찮아요?"

"에, 괜찮아요, 고맙습니다."

가면을 쓰고 있어서 누군지 알 수 없는 남자의 얼굴을 보고 꾸벅 고
개를 숙였다. 가면을 휙 위로 젖히자 싱긋 웃는 얼굴이 드러났다.

"고맙긴요. 근데 선밴 벌써부터 지쳐서 어떡해요?"

"어어? 재인아. 넌 여기 어쩐 일이야?"

태희의 물음에 재인의 등 뒤에서 불쑥 고개를 내밀며 소희가 대답
했다.

"내가 말했던 연줄이 이 녀석이었다. JD콘서트 VIP초대권! 이뻐해
줘라. 단 오늘만."

"우와, 그랬구나. 고마워, 고마워. 네 덕분에 진짜 보고 싶던 걸 보
게 됐어."

연거푸 고개를 숙이며 감사인사를 하는 태희를 보고 소희와 커플로
얼굴에 JD멤버의 이니셜 페인팅을 한 재인이 의기양양하게 웃었다.

"그런 말은 준비된 자리를 본 다음에 해주시죠."

그렇게 말하며 재인이 손을 펼쳐 가리킨 좌석을 보고 태희는 그제야 몹시도 놀랐다. 무대에서 셌을 때 불과 다섯 번째 줄에다, 거기다 정중앙.

"우와, 대단하다! 얼굴도 보게 생겼어. 소희야, 봐, 세상에, 우리가 JD 얼굴도 보게 생겼다구. 손가락도 보일 거야. 숨 쉬는 것도 보이지 않을까? 굉장하다, 굉장해!"

"무하하하하! 마마가 기쁘시다니 소녀도 기뻐 몸 둘 바를 모르겠나이다!"

"이봐요, 선배. 여기서 그 대사는 제가 칠 대사거든요?"

태희의 손에서 김밥을 건네받은 소희가 재인의 손을 튕겨내며 둘이 싸우기 시작했다. 그런 두 사람 옆에서 태희는 두 손을 모아 쥐고 감격에 젖은 한숨을 내쉬었다.

"굉장하구나, 진짜. 하나도 빼놓지 말고 다 듣고 다 봐야지. 비바람이 몰아쳐도 눈 하나 깜짝 안 할 거야."

결의에 찬 다짐을 하며 태희는 눈을 빛냈다. 예정 시간보다 한 시간 삼십 분 늦게 콘서트가 시작되었다. 비기너스 럭도 태희 앞에선 흔적도 없이 사라졌다. 두 시간으로 예정된 콘서트는 두 시간 반이 넘게 이어졌지만, 후반부 한 시간 동안 내내 비가 내렸다. 한창일 땐 말 그대로 비바람이 되어 쏟아졌을 정도다. 말은 씨가 된다. 그래도 태희는 좋기만 했다.

그렇게 쏟아져서 고생을 시키던 비가 콘서트가 끝나서 나올 무렵엔 말끔하게 가셔 있었다. 난생처음으로 콘서트 구경을 온 태희에게 하늘도 무심하셨지 말이다.

"으, 완전히 껍질만 남았나봐. 이 정도 비에 이렇게 춥다니. 아이고 추워라."

"나한텐 방수 코트 입고 오랬으면서 정작 자긴 그렇게 얇게 입다니. 진짜 바보야."

소희를 나무라는 태희의 목소리도 조금 거칠어져 있다. 벌써부터 목이 아픈 게 내일 아침이 되면 쉬는 게 아닐까 싶다. 거기다 콘서트 중엔 흥분해서 거의 나오지도 않던 기침이 밖으로 나오면서 연거푸 쏟아져 나왔다. 정작 춥다고 호들갑인 소희는 말갛게 얼굴에서 빛이 나면서 여전히 기운차 보였다. 자신의 점퍼를 소희와 태희의 우산 대신으로 내어주고 앞에 서서 인파를 헤치는 방패와 창 역할을 하던 재인이 그런 둘을 돌아보며 말했다.

"우리 뭐라도 마시러 갈까요? 사람이 너무 많아서 택시는 고사하고 지하철도 타려면 한참 걸릴 것 같은데."

"나 핫초코 마시고 싶어. 갓 구운 애플파이도 왕창. 메이플시럽 듬뿍 발라서."

"그러니까 단것 무지하게 당긴다 이거잖아요? 근처 가게에서 설탕 포대 사줄 테니 양껏 씹어 드세요. 태희 선배는 열나는 거 아니에요? 아직 감기 낫지도 않았다면서."

소희에게 이죽거린 표정과 확 다른 상냥한 얼굴로 태희를 걱정하는 재인의 정강이를 소희가 걷어찼다.

"애는 춘향이고 나는 향단인 줄 아냐. 나도 곱게 큰 온실 속 화초란 말이다!"

"온실 속 화초? 파리지옥이나 끈끈이주걱 같은 게 아니라?"

곧 죽어도 할 말은 하는 재인의 뒤통수를 소희가 찰싹 소리가 날 만큼 멋지게 때렸다.

"뚫린 입이라고 죄 나오는 대로 지껄이면 큰일이 난다, 푸들."

"아야야, 오늘은 나 이쁘게 봐주기로 한 거 아니었어요?"

"볼 장 다 봤잖아? 내가 아쉬울 게 뭐냐?"

어깨를 으쓱하며 오리발을 내미는 소희 때문에 재인이 기가 막힌다는 듯 가슴을 두드렸다. 그러더니 태희를 돌아보며 측은한 표정을 한껏 지었다.

"선배 봤죠? 저 같이 귀여운 애를 때릴 데가 어디 있다고 저렇게 무지막지하게……. 저 사람 진짜 여자 맞아요? 목욕탕에서 신체 구조 같은 거 확인해 본 적 있는지, 아야!"

또 한 번 매서운 소희의 손이 재인의 뒤통수로 날아들었다. 크게 오버해서 머리를 끌어안으면서 태희 뒤로 숨어 칭얼대는 재인을 소희가 몇 대 더 때리려고 쫓아다녔다.

두 사람 때문에 중간에서 이리저리 흔들리던 태희가 겨우 둘을 옆으로 떼어놓고 어서 뭐든 먹으러 가자고 하고는 먼저 등을 돌려 걷기 시작했다. 가칠가칠한 목과 잊을 만하면 나오는 기침이 귀찮기 짝이 없었지만, 아직 콘서트의 여운에 푹 빠진 태희는 행복에 겨운 미소를 지으며 중얼거렸다.

"천사의 목소리를 들었구나. 오늘은 정말 완벽한 하루였어. 에취, 에취!"

연거푸 재채기가 쏟아져 나왔다. 간질거리는 코를 누르며 태희는 방금 한 말을 수정했다.

"따뜻한 유자차 한 잔만 있다면 말이지."

오 분 가까이 걸은 끝에야 빈 테이블이 있다는 카페를 찾아서 들어갈 수 있었다. 윈드차임이 찰랑찰랑 울려 퍼지는 걸 뒤로 하고 안으로 들어가면서 보니 테이블마다 놓인 파란 장미가 이채로운 분위기를 주는 고급스런 카페였다. 적당히 마르긴 했지만 비에 젖어서 볼품없어진 차림으로 들어오기는 꺼려지는 곳. 싫은 기색을 보이지 않을까 태희가 걱정하면서 직원들을 쳐다보았지만 어떤 사람도 찡그린 얼굴을 한 사람이 없었다.

자리를 잡고 앉은 뒤 주문을 하고 기다리는 동안 태희는 카페 안의 아름다운 인테리어를 멍하니 바라보고 있었다. 손님이 많아서 시간이 걸리긴 했지만 기다리던 음식이 도착했다. 직원이 테이블에 접시를 늘어놓는 걸 도우면서 태희가 말했다.

"아, 유자차는 저예요. 감사합니다."

"좋은 시간 되십시오."

부드러운 직원의 목소리에 태희가 의례적인 인사를 하다가 잠시 멈칫했다. 고개를 들어 눈앞에 있는 남자를 쳐다보자 남자도 태희를 보며 고개를 갸우뚱했다. 섬세하게 잘생긴 앳젊은 남자이다. 낯이 좀 익은 얼굴인 것 같은데, 어디서 봤는지 딱히 기억나지 않았다. 기억나지 않을 정도라면 중요한 게 아니겠지 하면서 태희가 찻잔을 집는데 문득 남자가 말했다.

"여전히 빈혈?"

그제야 태희도 뭔가 생각나는 게 있었다.

"아, 그러고 보니 그때……콜록, 콜록."

제대로 말하기도 전에 눈치 없는 기침이 끼어들어 태희의 말을 끊어놓았다. 남자애가 환하게 웃더니 중얼거렸다.

"이번엔 감기로구나. 오늘이야말로 따뜻한 물을 가져다줄게."

사레가 들리기라도 한 것처럼 몰아서 나오는 기침에 태희가 자리에서 일어나 화장실로 향했다. 태희의 기침 소리에 따뜻한 실내에 들어와 깜빡 졸았던 소희와 재인도 정신을 차렸다. 소희가 퀭해진 눈으로 베이글을 입 안 가득 넣고 우물거리는데 직원이 테이블로 오더니 태희의 유자차 옆에 엷은 김이 모락모락 피어나는 찻잔을 하나 더 놓았다.

"저기요, 그건 시킨 적이 없는데요?"

소희가 그렇게 물으며 직원을 올려다보다가 그 잘생긴 얼굴과 환한 미소에 움찔 놀라 입 안에 든 걸 엄청난 스피드로 삼켰다.

"서비스예요. 감기엔 모과차가 좋다니까. 아, 근데 약은 먹었나요?"

"에? 누가? 저요?"

멍하니 물어보는 소희의 질문에 남자는 톡톡 태희의 의자를 두드렸다.

"그럴 경황이 없었는데요, 학교에서 바로 와서······밥도 삼각김밥에 콜라였고."

"선배가 뺏어 먹기까지 했고."

"어이, 그건 내 몫이었다니까. 거기다 태훤 원래 소식한다구. 나랑 같은 줄 알아?"

"다르죠. 태희 선배는 여자고 선배는 남자."

"이놈의 푸들! 덜 맞았구나."

중간에 끼어든 재인과 또 육탄전을 벌이는데, 옆에 있는 그림 같은 미소년이 떠올라 황급히 소희가 자세를 바로 했다. 하지만 그 미소년은 이미 등을 돌려 걸어가고 있었다. 소희가 아쉽다는 표정으로 그 뒤태를 목을 빼고 쳐다보는데, 막 화장실에서 나오던 태희가 그 남자를 보고 멈춰서는 게 보였다. 재인도 덩달아 소희 흉내를 내다가 그 장면을 보았다.

"감기약은 먹었어?"

남자애가 부드럽게 웃으면서 말했다. 태희는 새삼스럽게 그의 복장을 쳐다보고 의아한 기색이 묻어 있는 목소리로 말했다.

"집에 가서 먹을 건데요."

"혹시 모르니까 이거."

긴 검은색 앞치마 주머니에서 남자가 꺼내 준 것은 묘하게도 사탕이다.

"목감기약이야. 어린이용이긴 해도 잘 들어."

"······고맙습니다."

"잠깐만 기다려봐."

애매한 표정을 짓고서 손에 놓인 사탕을 보고 있는데 급하게 어딘가로 뛰어갔다 온 남자애가 잘 접혀진 하늘색 타월까지 주었다.

"차 마시면서 머리 좀 말려. 너 그러고 있으니까 그거 생각나는 거 알아?"

"그거?"

"천녀유혼."

빙긋 웃더니 남자애는 카운터가 있는 곳으로 걸어갔다. 뒤에서 눈을 깜박거리던 태희는 자리로 돌아오다가 우뚝 멈춰 서며 중얼거렸다.

"귀신?"

"난데없이 무슨 귀신?"

소희가 호기심에 말똥거리는 눈으로 물었다. 태희가 미간을 찡그리며 말했다.

"나 보면 귀신 생각나?"

풀어헤친 머리에 창백한 표정. 핏기 없는 입술. 소희가 제꺽 고개를 끄덕였다.

"그러고서 공동묘지에 서 있으면 영락없는 귀신이지. 근데 그건 또 뭐고?"

"아⋯⋯. 타월이랑, 사탕."

"헤에, 무지하게 친절한 직원이네. 아무리 생각해도 너무 친절해. 뭐냐, 이건 대체. 너 나 모르게 양다리였냐?"

"어? 아냐. 누군지 몰라 나도."

"모르는 사람이 이렇게 과다 친절을 베풀어? 그럼 저 미소년이 너한테 한눈에 반하기라도 했단 거야? 지금 넌 네가 이영애라도 된다고 생각하냐?"

갑자기 태희의 멱살을 쥐고 흔드는 소희 때문에 태희가 끙끙대는데 이젠 잠기운이 싹 가신 눈으로 문제의 남자애를 빤히 쳐다보던 재인이 딱 손가락을 튕기며 말했다.

"조승운. 어쩐지 어디서 봤다 했어. 태명고 조승운이야. 틀림없어. 그럼 이 가게가…… 근데 태희 선배는 저 녀석이랑 어떻게 알아요? 정말 양다리예요?"

태희는 소희에게 흔들리느라 제대로 말할 겨를이 없었다.

"아니야, 모른다니까. 소희야, 그냥 우연히, 그때 그 스타벅스……"

"아항? 그럼 그 카사노바?"

그제야 소희가 태희를 풀어주었다. 대신 그녀는 저편에 서서 직원과 뭔가 즐겁게 이야기 중인 남자애를 쳐다보았다. 재인의 시선도 마찬가지로 그 남자애에게 고정되었다. 태희가 한숨을 내쉬며 팔을 뻗어 찻잔을 들어 한 모금 삼켰다. 그러다 옆에 또 찻잔이 있는 거 보고 태희가 고개를 갸웃했다.

"이건 또 뭐야?"

"모과차다."

"모과차? 너 마시려고?"

"아니, 너 마셔. 하늘에서 떨어졌어. 너 어서 감기 나으라고."

어서 마시라고 소희가 손짓을 하자 태희가 멀뚱히 쳐다보다가 잔을 들어서 약간 맛을 보더니 이내 계속 마셨다. 태희는 소희가 주문해준 거라고 짐작하고 소희를 향해 웃었고 소희는 당연하다는 듯 고개를 주억거렸다. 재인도 그 사기를 묵인했다.

차 두 잔 덕분에 몸에 훈기가 돌았다. 태희가 찻잔을 감싸쥔 채 만족스럽게 한숨을 쉬는데 그런 그녀를 보고 있던 남자애와 눈이 마주쳤다. 파란 나비넥타이도 잘 어울리는 남자애가 싱긋 웃었다. 엉겁결에 태희도 웃었다. 전염성이 있는 미소였다.

태희가 그런 기이한 것에 전염된 순간, 일주일 내내 떨어지지 않던 감기는 다른 사람에게로 옮겨갔다. 사이좋게도 볼 때마다 싸우기 바쁜 두 사람에게로.

9월의 마지막 날을 이틀 남긴 토요일은 아침부터 날씨가 참 좋았다. 전날 밤에 비가 왔기 때문인지 한층 상쾌한 공기부터 시작해서 햇살도 따스하게 느껴졌다.

"가을이 아니라 봄 같구나."

중얼거리자 약간 쉰 목소리가 흘러나왔다. 간밤에 워낙 함성을 많이 질러서 목이 쉴 거란 건 각오한 바였다. 감기가 더 심해지지 않을까 걱정하면서 잠자리에 들었는데, 아침 일찍 깼더니 몸이 가뿐한 것만이 정말 의외였다. 아주 오랜만에 맛보는 좋은 컨디션에 태희는 서둘러 자리에서 일어나 도서관에 갈 준비를 했다.

반면 소희는 몸살이란다. 분명 어제 같은 하루를 보낸 뒤라면 녹초가 되어 아파도 이상할 것은 없다. 그래서 더 태희는 오늘 이렇게나 멀쩡한 자신이 신기했다. 설마 이게 하루 십오 분 조깅의 효과인가? 하고 고개를 갸웃해 보면서 도서관으로 가는 경사진 길을 걷던 태희는 지나치면서 보게 된 벚나무를 보고 걸음을 멈추었다.

그리고 문득 생각난 대로 핸드폰을 꺼내 사진을 보았다. 가장 최근에 찍은 사진이라면 당연히 재경과 찍은 사진이다. 두 사람의 모습. 재경의 옆에 있는 자신. 낯설다. 다시 태희는 고개를 들어 머리 위에 그늘을 드리운 나무를 올려다보았다. 이제는 빽빽한 신록의 잎뿐이지만 태희는 그 나무에도 연분홍빛 구름 같은 봄의 환상을 덧씌울 줄 안다.

언제, 어디서라도 벚나무의 꿈을 꿀 수 있다. 불어오는 바람에 벚꽃 잎이 하나 둘씩 흩날린다. 그 가냘픈 꽃잎이 나비처럼 날고 있는 하늘엔 붉게 석양이 져 있다. 그리고 그 풍경 속엔 그가 있다. 언젠가 보았던 그 짧은 순간이 뇌리에 완벽히 각인되어.

사람이 누군가에게 반하는 건 단 한 순간이 될 수도 있다는 사실을 완벽하게 이해했던 때. 그리고 거기엔 어떠한 이유도, 동기도 필요 없다는 것까지 알았던 때.

그 뒤로 몇 번의 계절이 순환해 이제는 가을인가.

태희는 벚나무 옆으로 자라고 있는 백일홍을 쳐다보았다. 둘의 만남도 이미 백일이 훌쩍 지났다. 날짜를 세기 시작하면 쓸데없는 욕심이 생길까 봐 일부러 하지 않았는데 재경이 아름다운 팔찌를 주어 '백일'을 기억하게 했다. 자주색 백일홍으로 가만히 손을 뻗는데 팔찌가 팔을 타고 흘러내렸다. 태희는 시선으로, 또한 손으로 팔찌 위를 쓰다듬었다.

이것과 한 쌍인 팔찌를 차고 있을 재경이 자신과 연결되어 있는 것처럼 느껴진다. 고작해야 팔찌 하나를 나눠 가진 것으로 그가 마치 제 것처럼 느껴진다. 그래서 연인들이 반지를 나눠 끼는 걸까? 그건 자신의 사람이라는 확신을 담은 약속 같은 건가?

내 것. 내 사람.

태희는 춥지도 않으면서 두 팔로 자신의 몸을 껴안았다. 꿈이 자기도 모르게 커버리지 않았나 하는 두려움이 살짝 스쳐갔다. 욕심이 생겼구나 하고 분명히 자각했다.

나날이 조금씩 커져가는 바람을 느낀다. 자신은 아직 그 어느 것 하나 내세울 만한 게 없는데. 욕심을 따라가기 위해 해야 할 일이 무엇인지도 제대로 모르겠는데.

너무 큰 변화는 무섭다. 변해야 한다고 생각하는 것만으로도 뒤로 물러서고 싶을 만큼. 자신은 달팽이 같은 인간이라고, 태희는 생각한다. 남들이 보면 약하기 짝이 없는 껍질이지만 그 약한 껍질마저 없이 앞으로 나아가야 하는 건 상상만으로도 어지럽다.

그래도 가야 한다. 재경의 손을 잡고 가려면 기어갈 수는 없으니까. 앞날을 생각하니 가슴이 답답해지면서 온통 걱정되는 일뿐이다. 부담스런 생각을 하니 당장에 미미한 두통이 찾아왔다. 어두운 생각에 금방, 아주 깊이 빠져 버리는 것이 자신의 수많은 단점 중 하나란 것은 태희도 알았다. 지금까지는 극복할 생각도, 시도도 한 적이 없지만 이제 태희는 부적을 갖고 있었다. 팔찌, 그리고 목걸이.

목걸이를 꺼내 펜던트에 입술에 대는 순간, 온몸에 희미한 전기가 흐르는 듯한 기분이 들었다. 깜짝 놀란 표정으로 고개를 든 태희가 중얼거렸다.

"그렇구나. 입맞춤을 하는 이유……알 것 같아."

멍하니 자신의 입술을 누르고 있던 태희였지만, 갑자기 들려온 자동차의 커다란 경적 소리와 이어지는 짧은 소음에 정신을 차렸다.

"으아아, 이런!"

위에서 내려오던 밴이 급하게 커브를 틀었다가 곡예라도 하듯 비껴가면서 창문 밖으로 운전자가 욕설을 지껄이는 게 들려왔다. 차가 지나간 뒤로 맞은편 원룸 건물의 벽에 부딪혀서 넘어진 자전거가 보였다. 함께 넘어진 사람의 모습도. 태희는 커다랗게 뜬 눈으로 그 사람과 이미 한참 내려가고 있는 차를 몇 번이고 번갈아 보았다. 뺑소니였나, 설마? 가까스로 정신을 좀 차리고 넘어진 사람에게 달려갔다.

"저기요, 괜찮으세요?"

파란 자전거 바퀴가 아직도 헛돌고 있다. 파란 야구 티셔츠에 흰색 캡 모자를 쓴 남자가 부스스 몸을 일으키면서 중얼거리는 소리가 났다.

"죽진 않았는데……."

"어, 어떻게 된 거죠? 뺑소닌가요? 어떡해요, 제가 제대로 못 봤어요. 아, 차번호라도 봐야 하는데. 잠깐만요, 차가……분명히 은색 밴

357

이었는데, 어쩌지, 벌써 없어져 버렸네. 맞다, 경찰, 이럴 때 경찰 불러야 하는 거죠? 아니지, 구급차 필요해요?"

"워워, 진정할 쪽은 내가 아니라 그쪽인데."

태희가 허둥지둥하는 모습에 남자는 웃기까지 했다. 사고라고 생각해 너무나 당황했던 태희도 남자의 웃는 목소리에 겨우 조금 침착을 되찾아 전후 상황을 살필 생각이 들었다.

"……교통사고 아닌가요? 아까 그 차하고 부딪힌 거 아니에요?"

"아니야. 막판에 정신 차리고 핸들 틀었거든. 굳이 원인을 따지자면 그쪽 잘못."

고개를 숙인 채 뒷머리를 누르고 목을 이리저리 돌리던 남자가 별안간 태희를 손으로 가리켰다. 태희는 그때까지도 아직 상황 파악이 안 됐다. 그저 남자의 손가락이 가리킨 대로 뒤를 돌아보면서 물었다.

"누구요?"

이른 시간의 주택가라 지나가는 사람도 참 드물다. 지금은 두 사람 외에 저 멀리 아래에서 이야기를 나누는 주부 셋이 눈에 띌 뿐이다. 의아해하면서 고개를 돌리니 남자가 모자를 돌려쓰면서 태희를 똑바로 보고 싱긋 웃었다.

"하이."

손까지 들고 흔드는 남자의 행동에 태희가 멀뚱멀뚱 눈을 깜박였다. 그리고 한 타임 늦게 태희의 표정이 바뀌었다.

"아! 누군가 했더니……."

태희는 손가락질까지 하면서 중얼거렸다. 화사하게 웃는 남자의 얼굴은 분명 낯이 익다. 본 순간 바로 기억이 날 정도는 아니었지만 웃는 모습에 분명해졌다. 태명고의 남자애.

"응. 누군가 했더니 어제 그 녀석이야. 또 기억 못하는 줄 알고 가슴이 뜨끔했어. 내 얼굴 그렇게 인상이 약한가?"

"아뇨, 그런 게 아니라 완전 뜻밖이라. 어머, 피!"

"피? 어라, 정말이네. 이쯤 되면 치명적인 거군."

태희가 놀라서 이마를 가리키자 남자애는 슥 손등으로 이마를 훔친 뒤 피가 묻어나자 대수롭지 않다는 듯 중얼거렸다. 남자애가 입고 있던 파란 티의 소매 부분으로 이마를 닦으려 하는 걸 보고 태희가 급하게 말렸다.

"상처 그렇게 함부로 닦는 거 아니에요. 잠깐만요."

태희는 숄더백을 뒤져서 마시려고 준비해온 물과 손수건을 꺼냈다. 손수건에 물을 적신 뒤 그걸로 이마를 닦아주다가 약간 핏기가 가신 걸 보고는 남자에게 말했다.

"누르고 있어 봐요."

남자애가 잠자코 태희가 말한 대로 손수건으로 이마를 누르고 있는 사이 태희는 파우치에서 필수품이나 다름없는 반창고 삼 종 세트를 꺼냈다. 무릎 같은 데가 까질 때 쓰곤 하는 정사각형의 큼지막한 밴드를 골라서 손수건을 치우게 하고 이마에 붙여 주었다.

"임시방편이니까 근처 약국 가서 소독하고 그래요."

"이 정도 한 걸로도 대만족인데. 미스 나이팅게일."

"작은 걸 우습게 보는 사람은 작은 것에 당해요. 객기 부리지 말고 약국 찾아봐요. 그럼."

이 정도면 어제 감기약 사례는 됐겠지 하고 태희가 일어서는데 남자애가 물었다.

"손수건은 어쩌고?"

"싼 거예요. 그냥 버리든가 해요."

태희는 등을 돌려 걸음을 옮겼다. 남자애가 자리를 털고 일어나서 자전거를 일으켜 세우는 소리가 났다. 그리고 바퀴 소리가 나나 싶더니 어느샌가 태희의 옆으로 자전거를 끌면서 남자애가 다가와 있다.

"너무 싸늘하게 돌아서시네. 백의의 천사는 아픈 사람한테만 친절한 건가?"

"백의의 천사니 뭐니 그런 거 아니에요."

"아니야? 그럴 리가. 나 아까 저기서 네 등에 있는 날개를 봤어. 그래서 차가 오는 것도 모르고 멍하니 쳐다봤다구."

다른 여자애들에겐 얼마나 효과가 있는지 몰라도 그런 과장된 찬사는 태희에겐 역효과였다. 그녀가 말없이 얼굴을 찡그리며 걸음을 빨리하자 남자애도 그걸 깨달았다.

"농담이야. 그냥, 신기해서. 아무나 다 그렇게 반창고를 구비하고 다니진 않잖아."

"자주 다쳐서 그래요."

"안 그렇게 생겼는데 굼뜨구나?"

"사실이긴 한데 잘 모르는 사람한테 그런 말 듣고 싶진 않거든요?"

쌀쌀한 표정으로 태희가 남자를 돌아보았다. 남자애는 너무도 선량하게 보이는 미소를 지었다. 보기 좋은 치열이 하얗게 빛나면서 그의 미소가 또 태희에게 전염될 뻔했다.

"미안. 좀 반가워서. 나도 운동신경하고는 별로 인연이 없어서 말이야. 이 자전거도 예뻐서 샀는데 도통 내 말을 안 들어. 주인을 무시한다, 이 녀석."

"자전거를 타는 게 어디예요."

"자전거 못 타?"

"내 두 다리도 뜻대로 안 되는데 그런 걸 탈 수 있을 리가……. 흠. 그냥 그렇다구요."

경사가 가팔라지면서 숨이 차 왔다. 태희가 입술을 깨물고 무겁게 걸음을 옮기는 걸 보고 남자애가 웃었다. 태희는 옆을 흘겨보았다가 묵묵히 걸음을 옮기는 데 집중하기로 했다. 일 분 남짓 걸었더니 마침

내 길이 내리막길로 변했다. 태희가 혀를 날름 내밀며 한숨 돌리는데, 옆의 남자애가 웃음을 터뜨리는 것이었다.

"진짜 두 다리도 컨트롤 못하는 게 맞구나. 병약한데다가 운동치까지. 신이 공평하긴 한가 봐. 꽃처럼 예쁜 얼굴 대신에 다른 능력을 주지 않았으니 말이야."

"……진짜. 왜 그쪽 여자친구가 그렇게 신경질적인지 이해가 되네요."

"왜인데?"

"영양가 없는 말을 여기저기 흘리고 다니는 남자친구 때문이겠죠."

"영양가 없어? 이상하다. 예쁜 애들이 예쁘다는 말 싫어하는 거 본 적이 없는데."

"아무 여자나 다 예쁘게 보여요? 참 이상한 눈도 다 보겠네."

태희의 냉랭한 말에 남자애는 고개를 갸웃했다.

"그 말은 본인이 예쁘다고 생각 안 한다는 뜻?"

"입에 발린 소리 하고 진심 정도는 구별한다는 뜻이에요."

고개를 절레절레 젓고선 태희가 한층 걸음을 빨리 옮겼다. 남자애는 잠시 뒤처졌다가 다시금 빠른 걸음으로 뒤따라왔다.

"이거 놀랐어. 난 공주병이 아닌 미인을 거의 본 적이 없어서 말이야."

마침내 태희가 딱 멈춰 서서 남자애를 제대로 쳐다보았다. 미간에 희미하게 주름이 서 있다. 그녀는 최대한 냉랭한 목소리로 말했다.

"어쩌다 보니 도움을 받은 게 있어서 오늘 도와주긴 했는데 이런 식으로 자꾸 말하고 싶진 않거든요. 그러니 본인 갈 길 가세요."

"가고 있어. 이게 내가 갈 길인데."

"목적지가 어딘데요?"

"저기 도서관."

태희가 저도 모르게 낭패란 표정을 지었나 보다. 남자애가 웃음을 터뜨렸다.

"너도 도서관 가는 거구나. 이거 미안해서 어쩌냐? 아무래도 내가 없어졌으면 하는 표정이니 빙빙 돌아서 갈게. 네 말대로 약국도 들를 테니까. 여긴 초행길이라 많이 헤맬 것 같긴 하지만."

남자애가 손을 뻗어 태희에게 먼저 가란 신호를 해보였다. 여전히 상큼한 미소를 띤 얼굴을 보니 너무 쌀쌀맞게 굴었나 싶어 살짝 미안해졌다. 그 카페를 나온 뒤에야 소희가 말해 줘서 모과차에 대해서도 알았는데. 그건 굉장히 맛있었다. 그래도 그런 이야기를 하면 이야기가 길어질까 봐 태희는 모자챙을 약간 들어 보인 뒤 고개를 돌리고 도서관을 향해서 걷기 시작했다. 몇 걸음 걸었을 때 뒤에서 다시 커다란 목소리가 들려왔다.

"여러 번의 우연이란 거 재밌지 않아? 다음에 보게 되면 제대로 통성명을 하자."

"누가 다시 보기나 한대?"

들리지 않게 혼잣말을 하면서 걸었다. 자전거 바퀴 소리가 나더니 어느 순간 바로 옆으로 남자애가 자전거를 타고 지나갔다. 아주 약간 뒤돌아보면서 남자애가 손을 흔들었다. 딱히 별 표정이랄 것도 없이 쳐다보던 태희였지만 곧 그녀의 눈이 커다랗게 변했다. 흔드는 손에 쥐어진 핸드폰. 그 핸드폰에 걸린 파란 별모양의 고리가 눈에 익었다.

그럴 수밖에. 여름방학 내내 태희가 끙끙대며 만든 두 개 중에 한 개였으니까.

"어, 그거. 그거 내 건데. 저기 잠깐만, 잠깐만요!"

멍해 있던 태희가 달리기 시작했을 땐 이미 자전거가 저 멀리 한 점이 되어 있었다. 거짓말쟁이였다. 못 탄다고 하더니 무섭게 잘만 타고. 괜히 열심히 뛰기만 하고, 결국 태희는 지쳐서 주저앉고 말았다.

한 달 만에 열린 가족 모임의 지루한 저녁식사가 끝나가고 있었다. 어른들의 대화 주제가 무거워지면서 대학생 이하의 구성원들은 알아서 다른 방으로 자리를 옮기기 시작했다. 재경은 약간 뒤에 처지긴 했어도 적당히 화제에 끼어들어 친척들과 이야기를 주고받았다. 그러다 아예 그런 노력 자체를 하지 않는 녀석을 향해 짜증스럽다는 시선을 한 번 던졌다.

재인은 식사 시간 내내 졸린 얼굴로 음식을 깨작거리더니, 이젠 노골적으로 하품을 해대며 이런 곳에 묶여 있고 싶지 않다는 걸 온몸으로 표현하고 있었다. 요새 체스에 푹 빠졌다는 사촌형이 한 판 어떠냐고 묻는 걸 잠시 후로 미룬 뒤 재경은 걸음을 멈추고 재인을 기다렸다. 몸살 기운 때문에 영 컨디션이 좋지 않은 재인이 팔을 주무르면서 무턱대고 걷다가 하마터면 재경과 부딪힐 뻔한 뒤에야 멈춰 섰다.

"뭔데? 그 고깝다는 표정은?"

대번에 이죽거리면서 묻는 재인의 말에 재경은 싸늘한 시선과 함께 말했다.

"세 달 만에 나오면서 태도가 그게 뭐야? 그럴 거면 나오질 말았어야지."

"나도 올 생각 없었어. 아버지가 전화해서 카드로 협박 안 했으면 말이지. 졸려 죽겠는데 이런 데서 내가 왜 이러고 있어야 하냐고. 정작 아버진 오시지도 않을 거면서."

다시금 늘어져라 기지개를 켜면서 하품을 연신 하는 재인 때문에 재경의 입술이 딱딱하게 굳어졌다. 이런 제멋대로인 녀석, 정말로 신경 쓰고 싶지 않다는 기색이 역력했다.

"도대체 밤에는 뭐하고 그렇게 졸린 거냐? 그놈의 탕아 노릇 지겹지도 않아?"

"내 노란 싹수가 별수 있겠어? 어린 녀석이 유치한 짓 좀 한다고 세상이 무너지냐? 형, 미간에 주름 생겨. 이십 대도 안 돼서 그런 데에 주름 생기면 쓰나. 포커페이스 유지하셔야지. 아, 요샌 이래저래 힘들지? 연애하느라 쓸데없는 표정이 늘었으니 말이야."

"네가 상관할 바가 아니야."

"그런 말은 형이나 내 일에 신경 끈 뒤에 하던가."

"단 몇 시간 똑바로 앉아 있는 것도 못 해? 넌 자제력이란 말도 몰라?"

"알았어, 형님 미간에 주름 생기는 게 가슴 아프니 동생이 얌전히 앉아 있을게. 아, 역시 가을 햇볕이라고 무시할 게 아니었어. 이건 일사병인지도 몰라. 정소희는 멀쩡할래나."

이미 등을 돌려 걸어가던 재경은 귀에 들려온 이름에 의아해서 다시 뒤돌아보았다.

"정소희? 네가 그 이름을 왜 들먹여?"

"뭐야 이건. 이젠 형 애인 친구 이름도 금지어인 거야? 이거 송구해서 어쩌나."

"왜 네 입에서 그 애 이야기가 나오냐고 물었어."

재인은 제대로 약을 올려주고 싶은 기분이 들었다. 몸 여기저기가 욱신거리는데 기분이라도 상쾌하게 말이다.

"목표물을 위해 친구부터 공략 중이라고 하면 거짓말이고, 금요일에 같이 놀았거든. 저녁 콘서트 때문에 끼니도 거르면서 줄 서 있었지 뭐야. 여자애들의 그런 에너진 무서워. 형 애인까지 그렇게 펄펄 기운이 넘쳤던 거 보면 뭔가 미스터리어스한 면이 있어. 안 그래?"

"무슨 콘서트?"

"그런 건 형 애인한테 들어야지. 뭘 그렇게 많이 알려고 해?"

다시 희미하게 미간을 찡그리며 재경이 재인에게 다가섰다. 윽박지를 것처럼 기세가 험악했지만 다가서서 한 호흡 고른 뒤 묻는 질문은

평이했다.

"금요일에 정소희가 결석한 게 그 콘서트 때문이었다는 거지?"

"당연한 걸 왜 물어?"

재경의 눈매가 가늘어졌다. 재인은 일부러 깜짝 놀랐다는 표정으로 말했다.

"전혀 몰랐던 모양이네. 내가 표는 더 구할 수 있다고 말했는데 무시당한 건가, 우리 형? 그러니 평소에 좀 가볍게 굴지. 형같이 바른 생활 소년에게 탈선을 부추길 수는 없잖아. 쉬쉬해야지. 암. 염려할 일은 없었어. 도중에 비도 좀 맞고 예정 시간보다 훨씬 늦게 끝나서 지하철이 끊어질 뻔하긴 했지만 다들 즐겁게 보낸 하루라는데 동의했다구."

"비를 맞았단 말이지. 소나기치곤 길게 왔는데."

"쫄딱 젖은 생쥐 꼴이 됐지. 그래도 재밌었으니 된 거 아냐?"

재인이 가볍게 어깨를 으쓱하는데 문득 재경이 손을 들어 재인의 이마에 손을 댔다가 뗐다. 헛것을 보았나 싶을 만큼 짧은 순간이었다. 하지만 그것은 실제로 일어난 일이고, 그걸 증명하듯 재경이 말했다.

"눈이 충혈된 데다가 열도 높군. 네 다리에 족쇄 달아놓은 사람 없으니까 그만하고 들어가. 아버지한텐 내가 말씀드릴 테니까."

"놀다가 고뿔 걸린 망나니라고?"

"내가 넌 줄 알아? 들어가. 다음에 나와서 잘하고."

약간 웃는 척까지 한 후에 재경이 돌아섰다. 재인은 멀뚱멀뚱 그 뒷모습을 쳐다보다가 잠시 자기 볼을 꼬집어보았다. 엄청 아팠다. 그런데 저 녀석은 왜 저러는 걸까? 저 녀석도 어디가 아픈가? 으슬으슬 추위를 느끼던 재인의 입에서 재채기가 튀어나왔다. 어서 돌아가서 침대로 들어가 하루 내내 나오지 말아야지 하고 결심하며 재인도 돌아섰다. 하지만 몇 번이고 뒤돌아보면서 의문을 품었다. 재경도 어디가 아픈 게 틀림없는데, 어디가 아플까 하고.

해 지기 전까지만 공부하고 집으로 돌아가기로 계획했었는데, 공부하다 보니 재미가 붙어서 저녁까지 도서관에서 해결했다. 한창 영어 공부를 하는데 전화가 와서 액정을 보니 재경의 사진이 떴다. 그대로 열람실 밖으로 나가서 전화를 받았다.

"여보세요? 응. 나? 시험공부 해. 도서관이지. 어제 말했잖아. 주말엔 도서관 간다고. 소희는 아파서 못 왔어. 혼자 먹었어. 별로 아무렇지도 않던데. 버스 타고 갈 거야. 한 시간 정도 더 할까 해. 그래, 쉬어."

조금은 짧은 통화였지만 재경의 목소리를 들은 것만으로도 몇 시간은 더 거뜬히 공부할 수 있을 것 같다. 기분만이 아니었던지 열람실에 들어가 문제집을 다시 풀기 시작한 뒤로도 여간해선 졸음이 찾아오지 않았다.

그녀의 주의력이 흩어진 것은 늦은 시간까지 남아 있던 다른 사람들이 일제히 가방을 챙겨 일어나면서였다. 시계를 보니 어느새 열한 시 십 분 전. 두 시간만 더하겠다고 한 게, 세 시간에 가까워졌다. 그런데도 졸음이 안 오는 게 정말 신기했다. 자칫하면 버스의 막차를 놓칠까 봐 걱정하면서 태희는 이어폰을 끼우고 도서관 건물을 나섰다. 음악 소리를 높이고 콧노래를 흥얼거리면서 정문을 지나가는데 갑자기 누군가가 팔을 확 잡아당겼다.

"엄마야! 어? 재경아?"

깜짝 놀라서 돌아본 태희의 눈에 말쑥한 정장 차림의 재경이 보였다. 그가 고개를 옆으로 기울이더니 태희의 귀에 꽂힌 이어폰 하나를 빼고 말했다.

"무슨 공부를 그렇게 열심히 해? 지금쯤 꿈나라로 갔어야 할 시간 아니야?"

"언제 왔어? 왔으면 전화를 하지."

"공부할 때 방해하는 거 질색이잖아. 그런 게 예의니까."

"그래도……온 줄 알았으면 나왔을 텐데. 세상에, 손도 차디차다."

평소라면 손이 차가운 쪽은 늘 태희였는데 오늘은 상황이 바뀌었다. 태희는 재경의 두 손을 꼭 잡으며 걱정스런 표정을 지었다. 재경이 불쑥 고개를 숙였다. 그렇지만 모자가 방해가 되어서 원하는 걸 하지는 못했다. 그가 불만스럽게 말했다.

"이런 거, 안 어울려."

그의 말에 제꺽 모자를 벗긴 했지만 앞머리를 다 뒤로 넘기고 썼던 터라 제대로 머리카락이 눌리고 말아서 모습이 이상했다. 재경이 피식 웃는 걸 보고 태희가 쑥스러워했다.

"이상하구나. 그치?"

"쓰는 게 좋겠어. 오늘은. 아, 그런데 잠시만."

재경은 손을 들어서 태희의 이마를 만져본 뒤 미심쩍다는 표정을 짓더니 툭하니 고개를 숙여 자신의 이마를 태희의 이마에 댔다. 별로 차이가 나지 않는 체온.

"열이 없네."

"……안 아프니까."

여전히 이마를 떼지 않는 재경을 올려다보며 태희가 작게 말했다. 재경은 빤히 태희의 눈을 쳐다보며 물었다.

"안 아파? 어제까지 기침하고 있었으면서."

"밤사이에 나았어. 잠을 아주 많이 잤거든."

"헤에, 그렇게 좋은 방법을 왜 이제까지 몰랐을까?"

재경의 빈정거림을 알아듣고 태희의 얼굴이 더 발갛게 물들었다.

"진짠데……."

그 가냘픈 목소리에 재경이 부드럽게 웃었다. 얼굴을 보기 전엔 기분이 상당히 나빴지만, 이렇게 얼굴을 보는 순간엔 그런 어두운 기분은 어딘가로 사라지고 말았다. 보지 않게 되면 또 무슨 생각을 하면서 불쾌해 할지도 모르지만, 지금은 태희가 아프지 않다는 사실에 그저 웃게 되었다. 재경은 이마를 떼고 태희의 손에서 모자를 들어서 자신의 손으로 씌워 주었다. 약간 뻐딱하게 씌워준 뒤에 그녀의 옆에 서면서 아주 자연스럽게 어깨에 손을 올렸다. 태희가 깜짝 놀라는 기색에 슬쩍 그 어깨에서 가방끈을 들어 가져왔다.

"가방 들어줄게."

"고마워."

긴장을 풀며 작게 혀를 내미는 태희의 모습에 재경은 웃음을 삼키곤 그녀가 놀랄 사이도 없이 자연스럽게 그녀의 오른쪽 어깨를 끌어당겼다. 태희가 당황한 눈으로 자신의 어깨를 끌어안은 손을 본 뒤에 재경을 쳐다보며 입을 뻐끔거렸다. 그러다 한참 만에 말했다.

"이, 이러고 걸어?"

"추워서. 일교차가 커지지 않았나? 아니면 나만 춥나?"

"추워? 감기 기운인지도 몰라. 자기 전에 꼭 약 먹고 자. 아, 목은 아프지 않아?"

어깨를 끌어안은 데서 오는 불편함도 재경의 춥다는 말 한 마디에 묻히고 말았다. 핑계거리로 둘러댄 말에 태희는 감쪽같이 속아버린다. 그녀가 하는 작은 거짓말은 자신이 앞으로도 숱하게 해댈 거짓말로 하나씩 상쇄해 나가면 그만이라고 재경은 생각했다. 아주 커다란 거짓말만 아니라면 너그럽게 봐줄 수도 있을 것이다. 귀여워하고, 예뻐하면서.

"그러고 보니 목이 살짝 간질거리는 기미가 있어. 이런 게 감기 걸리기 전 증상이었나?"

"피곤해서 그런지도 몰라. 요새 체육대회 연습도 있고 시험 공부도 겹쳤잖아. 푹 쉬어야 하는데. 아, 다음 주말에 유자차랑 모과차 좀 만

들자고 엄마한테 말했거든. 많이 만들어서 줄게. 모과차는 올해 처음
이라 잘 될지는 모르겠어. 근데, 많이 추워? 점퍼 벗어줄까?'

점퍼를 벗어주겠다는 태희의 말에 재경은 웃음을 터뜨리고 말았다.
그녀가 아주 진지하다는 걸 알아서 더 웃음이 났다.

그가 좋아하게 된 여자가 사실은 사람의 모습을 한 요정이 아닐까
하는 가설을 세운 밤이었다. 다른 사람은 모르는 비법을 가지고 세상
에 태어난 것이다. 바로 그를 웃게 하는 재주.

수요일에 치러진 시험도 끝이 났다. 컨디션이 유달리 좋았던 태희
가 이번 시험 성적은 기대해볼 만하겠다고 생각하면서 책상 위를 정
리하는데 옆에서 팽! 하고 크게 코를 푸는 소리가 들려왔다. 그제야
아차 하고 죽어가는 친구를 쳐다보았다. 오, 불쌍한 소희. 태희는 소
희의 책상에 가득한 휴지뭉치들을 치운 뒤 소희의 책가방도 챙겼다.
뒤에서 툭툭 어깨를 건드리는 손에 돌아보니 재경이 턱을 괸 채 물었
다.

"바로 가?"

"응. 소희 집에 갈 거야."

"병간호?"

"그래야지."

"필요 없어, 다 필요 없어. 난 억지로 붙어서 간호해 주는 사람 따위
다 필요 없어. 가, 시험도 끝났는데 서방이랑 데이트나 실컷 하라고."

몇 번이나 재채기를 하고 코를 풀면서도 소희의 입은 좀처럼 다물
어지지 않았다. 나 같으면 지쳐서라도 가만히 있겠는데 역시 소희는
대단하구나, 하고 내심 감탄하면서 재경에게 어깨를 으쓱해 보였다.
재경은 고개를 까딱하더니 가방을 챙겼다.

이윽고 소희네 집에 갔더니 오늘은 드물게도 소희 어머니가 집에

계셨다. 그렇지만 어머니를 보고도 쌩하니 무시하면서 자기 방으로
향한 소희는 옷을 갈아입고 침대에 눕기까지 태희가 도와주는 내내
엄마 흉을 보며 툴툴거렸다. 하지만 태희는 그런 소희가 귀엽기만 했
다. 유난히 까칠하게 구는 건, 그만큼 어리광을 부린다는 뜻이다. 아
프다고 해도 엄마는 병원 가서 주사 맞으라는 말밖에 안 했다고 길길
이 날뛰더니, 이제 엄마가 여행 일정도 싹 취소하고 돌아와서 간병해
줄 거란 사실을 접하고 보니 애처럼 좋은 게 틀림없다.

"좋겠네, 우리 소희. 엄마한테 자장가로 노래 불러달라고 해."

"미쳤니? 뻔하지 뻔해. 햇빛 쨍쨍한 마이애미 해변에서 선탠하고
호텔 들어가서 보니까 얼굴에 잔주름이 눈에 띈 거야. 그래서 득달같
이 보톡스 맞으러 들어온 거라구. 저거 가라앉을 동안엔 집 밖으로 발
하나 안 뗄 거면서, 딸이 아파서 간호하고 왔다고 온갖 생색은 다 뗄
거야. 여자는 요물이야, 정말로."

"그렇지만 님도 보고 뽕도 따고 좋은 게 좋은 거 아니야?"

"헐, 내가 몸살감기가 괜히 걸린 게 아니었어. 이제 네 입에서 그런
소리 나오는 걸 보면 내가 죽을 때가 되긴 된 모양이다. 태희야, 네게
남길 유언은, 유언은……."

급조해서 유언을 만들려고 하니 생각나는 게 없어서 소희는 눈을
감고 끙끙댔다. 그러다 손가락을 치켜들면서 꺼져 들어가는 목소리로
말했다.

"10월……23일을 기억해라."

털썩. 손을 떨어뜨리며 고개를 옆으로 까딱. 나름대로 비장한 임종
연기였음에도 그 연기에 받아칠 태희의 순발력이 떨어졌다. 태희는
고개를 갸웃하며 묻기만 했다.

"10월 23일이 뭐? 아, 문화제?"

체육대회로부터 열흘 뒤의 문화제 말하나 하는데 소희가 인상을 찡

그리며 눈을 떴다.

"학교 행사 따원 알 바 아니고 그날까진 네 작품을 완성해야 한다고."

"작품이라니 무슨 작품?"

"내가 말하는 작품이 뭐가 있겠냐? 핸드폰 고리 말이야. 1년 내내 만들고 있을래?"

"아, 만들어야지. 오늘 시험 끝났으니까 다시 책 한 번 보고."

"못 살겠다, 그놈의 책 평생토록 보고 있어라. 버스 지난 뒤에 손 흔들면 뭐 해? 모름지기 선물은 생일날 줘야 하는 거 아니냐, 앗, 이런."

제 입으로 다 밝혀버리곤 아차하며 소희가 눈을 감았다. 지금까지 눈치를 어디 다른 행성에 버리고 온 줄 알았던 태희가 그 말만큼은 놀랍도록 빨리 캐치해서 물었다.

"생일? 혹시 10월 23일이 재경이 생일이야?"

"으으, 난 아프다. 아파서 말 한마디 할 힘이 없어."

돌아누우며 크게 신음소리를 내는 소희의 어깨를 태희가 흔들었다.

"어떻게 알았어? 생일 맞는 거구나. 그치?"

그때 딸깍 문소리와 함께 소희 어머니가 죽이며 다과를 담은 쟁반을 들고 들어왔다. 어머니께 자리를 양보하고 옆으로 물러나는데 소희가 베개를 등에 괴고 앉으면서 말했다.

"그냥 넌 지금까지처럼 핸드폰 고리 만드는 것만 열심히 하면 돼. 별거 있냐. 생일 같은 게. 이런저런 생각할 필요 없다고."

"하지만…… 고작 그런 걸로……."

"자기에게 주어진 환경에서 최선을 다하는 걸로 충분해. 네가 할 수 있는 최선의 것을 만들어주는 거잖아? 그런 걸 싫어할 바보 자식 아니잖아?"

"맞아. 선물은 값보다는 정성이야."

소희 어머니도 한마디 보태며 생긋 웃었다. 소희는 죽을 뜨다 말고 투덜거렸다.

"명품선물 아니면 쳐다도 안 보는 주제에 말만 번지르르하지. 속물. 아야, 아파!"

소희의 뒤통수를 멋지게 때린 소희 어머니가 언제 그랬냐 싶게 우아한 자세로 손톱을 정리하면서 태희에게 과일을 권했다. 소희가 울상을 하고 투덜거렸다.

"태희야, 봤지? 나 하마터면 죽 그릇에 코 박고 죽을 뻔한 거? 내가 이러고 살아."

"우리 바퀴벌레 같은 딸 때문에 태희 네가 고생이 많다."

또 티격태격하기 시작한 두 사람을 보며 태희가 소리 죽여 웃었다. 그러나 곧 그녀의 생각은 다른 방향으로 흘러가고 있었다.

지리치까지는 아니지만 딱히 운동신경보다 나을 것 없는 공간지각 능력을 가진 태희에게 밤중에 무턱대고 걷다가 찾은 카페를 찾는 것은 중노동이었다. 소희의 집에서 나온 지 어언 세 시간이 흘렀는데도 여전히 태희는 비슷한 곳을 맴돌고 있었다. 다리도 너무 아프고 해서 딱 한 번만 더 찾고 돌아가자고 마음먹었다. 그 마지막 시도에서 태희는 성공을 거두었다.

파란색 바탕에 은회색으로 'Cloud-Castle'이라고 쓰인 간판. 구름으로 된 성? 그럼 모래성이랑 비슷한 뜻인가, 아니면 다른 뜻이 있나 고개를 갸웃하다가 갑자기 지금 시각에 생각이 미쳤다. 7시가 약간 넘은 시각. 태명고 수업시간이 어떤지 태희는 전혀 배경지식이 없다. 그 학교는 야자를 하던가? 그보다 그 남자애가 1학년일 수도 있고, 3학년일 수도 있다. 전에 재경에게 반말을 하는 걸 보고 2학년이 아닐까 했지만 그저 짐작일 뿐이고. 들어가서 물어볼까 하다가 문득 자신은 그 남자애의 이름도 모른다는 게 생각났다. 분명 재인이 한 번 말은 한 것 같은데, 귀담아듣지 않았다.

"뭐였더라. 조……선우? 주승우? 그 비슷한 이름인 것 같긴 한데……."

골똘히 생각에 잠겨 있던 태희에게 카페 창에 붙여진 작은 코르크 보드가 눈에 들어왔다.

〈아르바이트 모집 중! 천사같이 잘 웃을 줄 아는 아리따운 분 대환영! 남녀 불문! 주말 오전, 오후 타임! 급료는 보스와 상담, 채용도 보스와 상담♡〉

둥글둥글한 귀여운 글씨를 보다가 유리에 비치는 자신의 모습을 보며 태희가 중얼거렸다.

"아르바이트라. 그런 방법도 있구나."

몇 달 전이었으면 절대 생각도 못했을 말을 지금은 자연스럽게 입에 담는 태희였다. 학교 차원에서 아르바이트를 금지하는 것은 아니었다. 되도록 지양하긴 하지만, 부모의 동의서가 있을 경우 건전한 아르바이트는 허용해 주는 걸로 알고 있다. 걷느라 지쳤던 태희의 눈이 새로운 가능성 앞에서 반짝반짝 빛났다.

나는 약하니까, 나는 소심하니까, 난 사람 상대하는 건 쥐약이니까 따위의 핑계로 뭐든 시도도 해보기 전에 움츠러들던 때는 지났다. 열심히 하면, 어떻게든 할 수 있을지도……. 그런 생각을 하며 보드판을 골똘히 쳐다보는 태희의 등 뒤에서 누군가가 말을 걸었다.

"아르바이트하게?"

"아, 아니요, 그냥 구경만……아! 그쪽!"

펄쩍 뛰다시피 옆으로 비켜선 태희가 자신을 놀래킨 사람을 보고 눈이 동그래졌다.

"인연이 깊소이다, 낭자."

태명고의 춘추복인 까만 셔츠와 은색 타이의 조합은 자칫하면 우스 꽝스럽게 보일 수도 있는데, 이 남자애에게는 몹시도 잘 어울렸다. 키가 그리 크진 않지만 밸런스가 좋은 케이스이다. 흰 얼굴에 자줏빛에 가까운 입술로 보기 좋게 미소 지으며 남자애가 이어서 말했다.

"조만간 보지 싶었는데 생각보다 더 빠르네. 들어가자. 맛있는 모과 차 대접할게."

"아니요, 그러려고 온 게 아니에요. 그쪽한테 받을 게 있어서."

"받을 거? 뭘까? 들어가서 이야기하면 안 돼? 나 일할 시간 얼마 안 남았는데."

"긴 용건 아니에요. 제 핸드폰 고리를 받으러 온 거예요."

"핸드폰 고리?"

남자애는 모르겠다는 듯 눈을 동그랗게 뜨면서 반문했다. 태희는 너무 다짜고짜 말했나 싶어 머뭇거리다가 다시 용기를 내서 말했다.

"비즈로 만든 파란 별모양 고리예요. 저번에 봤어요. 그쪽 핸드폰에 걸려 있는 거."

"아아, 이거 말하나?"

그가 핸드폰을 꺼내서는 태희 앞에서 달랑달랑 흔들어 보였다. 맞다. 틀림없다. 맞는 걸 알고 왔지만 가까이서 보니 더욱 분명해졌다.

"이거 맞아요. 내가 그 애 주려고 만든 건데, 어!"

태희가 손을 내밀어 잡으려고 하자 남자애가 핸드폰을 다른 손으로 옮겨 쥐더니 등 뒤로 두 손을 감췄다가 다시 앞으로 두 손을 내밀었을 땐 아무것도 없었다.

"어디로 갔을까나?"

"뭐예요, 장난치지 말고, 어라? 없네?"

뒷주머니에 넣었겠지 하고 그의 뒤로 갔지만 핸드폰은 온데간데없 다. 태희는 미간을 찡그리고 남자앨 노려보며 말했다.

"돌려주세요. 주인이 찾으러 왔는데 이러는 법이 어디 있어요."

"이게 네 거란 보장은 어디 있는데?"

"그때 가방 쏟았을 때 떨어뜨렸단 말이에요. 기억할 거 아니에요."

"흠. 기억은 나는데 뭘 이런 걸 찾으려고 여기까지 와? 나한테 관심 있는 거 맞지?"

짓궂게 대응하는 남자애의 태도에 태희는 약이 올라 금세 눈에 눈물까지 글썽거렸다. 이렇게 유들거리는 사람에게 약하다. 마음속으로 나중에 소희랑 같이 오는 건데, 하고 몹시 후회하면서 태희는 입술을 깨물었다가 독하게 말했다.

"손재주가 젬병이라서 고작 그런 걸 만들려고 여름방학 내내 끙끙거렸어요. 포기하려고 수십 번은 더 마음먹었다가 그 애한테 주고 싶어서 기어코 만든 거란 말이에요. 아무 상관없는 그쪽이 주워서 달고 다닐 그런 거 아니니까 주세요. 이렇게 부탁할게요."

분한 마음을 누르고 꾸벅 고개까지 깊이 숙이며 부탁했다. 남자애가 이윽고 작게 한숨을 내쉬면서 핸드폰을 꺼내 핸드폰 고리를 풀어냈다.

"파란 별. 맘에 들었는데."

아쉽다는 듯 중얼거리는 그의 목소리에 태희가 고개를 드니 그가 빙긋 웃으면서 핸드폰 고리를 내밀었다.

"미안. 화나게 하려던 건 아니야. 그냥 너랑 좀 더 말을 해보고 싶어서."

말없이 핸드폰 고리를 건네받은 태희는 혹여 그가 빼앗아 가기라도 할까 봐 두 손으로 꼭 쥐며 한 걸음 뒤로 물러났다. 눈가가 말갛게 젖어 있는 태희를 보고 남자애가 말했다.

"남자친구가 정말로 있었구나. 사진 한 장도 없다기에 거짓말인 줄 알았는데."

"네?"

"기억 못하는구나. 우리, 여름방학 때 한 번 본 적 있어. 넌 흰 티셔츠에 긴 치마를 입고 밀짚모자를 쓰고 있었어. 손에 해바라기만 있었으면 그림에서 튀어나온 앤 줄 알았을 텐데."

"밀짚모자……. 아! 혹시 빨간 베레모?"

태희도 가냘픈 기억의 실마리를 더듬다 누군가를 기억해 냈다. 얼굴은 이미 잊어버렸지만, 그때의 그 모자 색은 여전히 기억했던 것이다. 그때 치근거리는 녀석들에게서 구해준 사람이 눈앞에 있는 사람과 동일인이란 걸 알고 태희는 몹시도 놀랐다.

"나도 계속 기억하고 있었던 게 아니라 갑자기 떠올랐어. 도서관 가다가 백일홍나무 앞에 있는 널 보고 말이야. 데자뷰 같아서 멍해 있었지. 그러다 그렇게 칠칠치 못한 모습을 보였지만. 그러니까 그 사고 약간은 네 책임도 있잖아. 안 그래?"

그의 말에 동의한다기보다 신기한 우연이다 싶어서 고개를 끄덕였다. 남자애는 싱긋 웃다가 시계를 한 번 보고 말했다.

"난 일하러 가야겠다. 규칙은 지키라고 있는 거니까. 아, 근데 정말로 아르바이트 생각 없어? 물끄러미 쳐다보던데."

"아, 이런 일은 할 자신이……."

"아주 쉬워. 상냥함과 미소만 있으면 돼. 자, 이거 하나 받아. 맘 있으면 전화해."

남자애가 재빠르게 가방에서 꺼내 건넨 것은 파란 바탕에 은색으로 글귀가 새겨진 명함이었다. 클라우드 캐슬의 전화번호와 핸드폰 번호가 적혀 있다. 그것뿐이다.

"기왕이면 핸드폰으로. 보스 직통이야. 전화 한 통이면 바로 채용해 줄걸."

"아니에요, 필요 없어요. 누군지도 모르는 사람에게……."

"그 보스, 열여덟 살짜리 풋내기야. 맘에 든 사람은 다 채용해. 넌 이미 맘에 들었고."

무슨 말인지 몰라 어리둥절하게 남자애를 쳐다보던 태희에게 퍼뜩 어떤 깨달음이 왔다.

"혹시?"

"그래. 클라우드 캐슬의 클라우드가 바로 나야. 조승운이라고 해. 늦었지만 악수."

방긋 웃으며 손을 내미는 승운의 행동에 태희는 엉겁결에 손을 내밀어 마주잡고 말았다. 그녀의 손을 잡고 위아래로 크게 흔들면서 승운이 물었다.

"자, 이제 그쪽의 이름은?"

"……윤태희."

승운을 쳐다보면서, 여우에 홀린다는 게 이런 기분일까? 하고 태희는 생각했다.

땅거미가 진 거리를 걸어 돌아가면서 태희는 꼼짝없이 잃어버린 거라고 체념하다가 자신의 손에 돌아온 핸드폰 고리를 몇 번이고 들여다보았다. 파란 별. 만들었을 땐 무척이나 예쁘다고 뿌듯해했는데 이제 와서 보니 여기저기 흠이 눈에 띈다. 도저히 재경에게 이런 미숙한 작품을 줄 수는 없다. 물론 이걸 줄 생각도 없었다. 잃어버리고, 다른 사람이 이미 사용해 버린 걸 선물이라고 주는 건 말도 안 되니까. 그래도 자신이 걸작품이라고 생각했던 작품이 사실은 아주 변변찮은 거란 걸 확인하게 되니 의기소침해지는 건 어쩔 수 없다.

"역시 내 손은 저주받은 건가."

하늘을 올려다보며 푸념했지만, 그렇다고 하늘이 번쩍 갈라지면서 재능의 천사가 주위로 날아온다거나 하는 일은 없다. 여전히 뭘 해도 미숙한 윤태희다.

그래도 이제 조금은 손에 익어 더 좋은 걸 만들 수 있을지도? 이렇게 생각해 보다 금세 풀죽어서 고개를 저었다. 그게 자신의 희망사항일 뿐이란 건 집에서 틈날 때마다 전쟁을 치르고 있는 또 하나의 별 만들기로 판정이 났다. 방학 내내 그렇게 애썼음에도 전혀 진보하지 않았다. 그녀의 손은 뭘 만들어내는 재주하곤 담을 쌓았다.

아니다. 이렇게 포기하지 않겠다. 그렇게 노력했으니 뭔가, 아주 조금이라도 바닥에 쌓였을 것이다. 남들이 하루면 하는 거라고 한다면, 자신은 열흘, 백 일이라도 노력하면 될 거 아닌가. 그래, 이참에 더 어려운 작품에 도전하자. 해바라기도 멋있던데. 노란 잎에 까만 구슬 달고. 음, 너무 여성스러울까? 아니지, 재경이가 해바라기를 좋아하긴 하나?

문득 태희는 걸음을 멈췄다. 모르겠다. 재경이가 어떤 꽃을 좋아하는지. 생각해 보니 자신은 재경이 좋아하는 색도 제대로 모른다. 보라색을 좋아한다고 듣긴 했지만 귀동냥으로 들은 거다. 긴 머리를 좋아한다는 말도. 그게 진짠지 확인한 적이 없다. 어째서 물어볼 생각을 못했을까? 이렇게 가까이 있는데도. 하물며 생일조차 남의 입을 통해 들었다.

소희가 그걸 어디서 들었는지 물어보려고 핸드폰을 꺼내다가 태희는 고개를 숙였다. 그걸 왜 소희에게 물으려고 할까? 그냥 재경에게 전화해서 물으면 될 일인데. 그래서 그에게 전화를 걸려고 하다 말고 태희는 또 멈칫했다.

그와 사귄 이래 태희가 먼저 전화를 건 적이 한 번도 없다는 걸 깨달은 것이다.

'이러니 내가 달팽이지.'

몇 번이나 주저한 끝에 재경에게 전화를 걸었다. 재경이가 전화를 받았으면 좋겠다와, 받지 않았으면 좋겠다 두 가지 사이에서 갈등하면서 여전히 초조함에서 오는 뚱한 표정을 짓고 있는데, 컬러링이 그치더니 재경의 목소리가 들려왔다.

「태희니?」

"어, 나."

「왜 그래? 무슨 일 있어?」

재경의 목소리에도 긴장한 기색이 있었다. 그만큼 태희의 전화가 뜻밖이었다는 의미다.

"아니, 별일은 아니고. 그게 있잖아, 혹시 너……해바라기 좋아해?"

무척이나 생뚱맞은 질문이라고 생각하겠지 싶어 태희의 얼굴이 빨갛게 물들었다.

「해바라기? 꽃 말하는 거야?」

"응. 꽃. 해바라기가 아니면 다른 거 뭐 좋아하는 꽃은 없어?"

「……지금 나한테 그거 물어보려고 전화했다고?」

어처구니없어 한다. 정말 궁금해서 전화한 건데 그렇다고 말하지 못하게 만드는 분위기이다. 태희는 우물쭈물하면서 구두코로 보도블록을 툭툭 찼다.

"그것도 있고 또……갑자기 목소리가 듣고 싶어졌달까."

「……」

"재경아? 여보세요?"

그의 침묵이 길어져서 태희는 전화가 끊어진 줄 알았다. 그래서 핸드폰을 귀에서 떼고 멀찍이에서 액정도 살펴보는데 재경의 목소리가 들려왔다.

「어디야 지금?」

"응? 집에 가는 길."

「소희네 집 근처?」

"응. 그렇지."

상당히 떨어진 곳이긴 하지만 그런 거라고 해두었다.

「거기 정류장 근처 편의점 있지? 지나쳤어? 아니면 가기 전이야?」

"아직인데."

「그럼 거기 들어가 있어. 내가 곧 갈게.」

"에? 온다구? 왜?"

「내 목소리 듣고 싶다며. 갈게. 기다려.」

"아니 그건 전화로도, 재경아? 재경아?"

재경은 짧은 대답 후에 바로 전화를 끊어 버렸다. 태희는 망연자실한 얼굴로 서 있다가 황급히 정신을 차리고 다시 전화를 하려고 했다. 그러나 이제 와서 나 사실 다른 곳이야 할 수는 없었다. 울상을 짓고 태희는 시계를 보았다. 오, 신이여, 저 좀 도와주세요! 마음속 외침과 함께 이미 태희는 뛰고 있었다.

다행히 교통체증이 꽤 있을 시간대이다. 택시를 잡아탄 재경과 버스를 탄 태희 사이에 신의 은총이 미친 곳은 태희 쪽. 태희가 숨이 턱에 차서 편의점 안으로 뛰어 들어가 생수를 사서 마시다가 사레가 들려서 고생하고 겨우 차분한 표정을 유지하고 앉아 있을 때 편의점 바깥에서 재경이 똑똑 유리를 두드렸다. 재경을 향해 빙긋 웃으면서 태희가 의자에서 일어나는데 무릎이 떨려서 혼났다. 집에 가서 누우면 내일 못 일어날지도 모른다. 그런 걱정을 하면서 편의점 밖으로 나왔다. 재경이 그녀의 가방을 가져가고 다른 손으로 그녀의 손을 잡더니 바로 걷는 대신 그녀를 마주보면서 말했다.

"흐음. 갑자기 묘한 말을 해서 머리가 다친 건가 했는데 그건 아니네."

"내 말이 그렇게 이상하게 들렸어?"

"응. 하마터면 욕실에서 미끄러질 뻔했어."

"큰일 날 뻔했잖아. 안 다쳤어?"

"안 죽었으니까 여기 있지. 대신 머리 거품을 제대로 못 헹궜어. 급하게 뛰쳐나오느라. 비 내리면 나한테서 거품 날지도 몰라."

"샤워 중이었어? 그럼 받지 말지. 중요한 전화도 아닌데."

"그러게. 네 전화 아니었으면 안 받았을 텐데."

그렇게 말하며 태희를 물끄러미 쳐다보는 재경에게서 너무도 신선한 허브 향기가 났다. 머리카락도 물기만 적당히 없애고 왔는지 평소의 깔끔한 스타일이 아니다. 하지만 제멋대로 헝클어진 머리카락 아래에서 깊게 빛나는 재경의 눈은 여느 때처럼 날카롭고 이지적이다.

재경의 마지막 말에 가슴이 두근거려서 태희는 웃음을 참을 수 없었다. 쑥스럽기도 한 기분에 고개를 숙이다가 ,그의 팔에 늘 채워진 시계가 없다는 것을 알아보았다.

"시계 안 차고 있네."

"아, 깜박했어. 풀어놓고 샤워한다는 게 다시 찰 생각을 못 했군."

그래도 왼팔에 팔찌는 있다. 팔찌를 풀지 않고 샤워를 한다는 뜻이다. 태희는 그의 커다란 손에 쥐어진 자신의 손이 몹시 좋아졌다. 저주받긴 했지만 재경이가 잡아주는 손이다. 온갖 저주를 받는다 해도 상관없다. 그렇게 생각하면서 태희는 또 웃었다. 이미 걷기 시작했지만 재경은 태희의 웃는 얼굴을 보고 물었다.

"왜 그렇게 웃어? 진짜 무슨 일 있는 거 아냐?"

"아냐. 그냥 좋아서."

"뭐가 그리……."

어쩐지 들뜬 것 같아서 뭐가 그리 좋냐고 물어보려던 재경의 입이 잠깐 굳어졌다. 다행히 걸음을 멈추진 않았다. 아무 일 없다는 듯 계속 걸으면서 재경은 천천히 고개를 돌렸다.

진짜였다. 태희가 그의 어깨에 머리를 기대고 들릴 듯 말 듯 허밍을 하고 있었다. 어깨에 닿은 태희의 머리 감촉이 뚜렷했다. 눈을 깜박거리며 그 사실을 확인하듯 계속 쳐다보다가 이윽고 원위치로 고개를 돌렸다. 표정은 거의 변하지 않았는데 그도 모르게 태희의 손을 쥔 손에 힘이 들어갔다. 그때 태희가 고개를 들고 물었다.

"재경아, 해바라기 꽃 어때?"

방금 전에 자신이 한 일을 전혀 모르는 듯 천연스러운 표정이었다.

"싫어하진 않지만 딱히 좋아하지도 않아."

"그럼 좋아하는 꽃은 어떤 건데?"

"그런 거 생각해 본 적이 없는데. 아. 있긴 있구나."

눈을 반짝거리며 대답을 기다리는 태희를 보며 재경은 희미하게 웃었다.

"벚꽃."

"아~! 벚꽃. 그치. 벚꽃이 참 예쁘지."

한순간 재경을 당혹스럽게 할 만큼 태희가 환하게 웃었다. 하지만 곧 심각한 표정이 되어 혼잣말을 했다.

"그치만 그건 너무 어려운데. 어쩌지?"

"뭘 고민하는 건데?"

"어? 아냐, 아무것도."

"좋은 말 할 때 털어놔. 무슨 꿍꿍인데 아까부터 좋아하는 꽃 타령이야?"

"아무 꿍꿍이도 없는데, 정말이야. 그냥 갑자기 궁금해서……아, 저거!"

태희가 날카로운 재경의 눈을 돌리기 위해 무작정 가리킨 것은 분식점 가판대였다. 재경이 잠깐 얼굴을 찡그렸다가 바로 표정을 수습하고 태희를 쳐다보며 물었다.

"저게 먹고 싶어?"

"떡볶이랑 어묵. 냄새 너무 맛있게 난다. 아, 혹시 싫어해? 하긴 떡볶이는 달고……."

배가 고플 무렵이라 태희는 어느새 입 안에 침이 고였다. 입맛을 다시며 말하다가 문득 재경의 표정을 살피며 태희가 조심스럽게 물었다. 싫다고 하면 그럼 됐어, 하고 말 게 불 보듯 훤하다. 재경은 어깨를 으쓱하며 대답했다.

"싫어하긴. 나도 떡볶이 좋아해."

"다행이다. 저녁 아직이지? 조금만 먹고 가자. 응?"

잠자코 고개를 끄덕이고 재경은 분식점 가판대로 걸어갔다. 길거리에 서서 음식을 먹는다는 건 상상도 못한 일이었다. 세상 사람 모두가 그럴 수 있다고 해도 자신은 거기에 끼는 일이 없을 거라고 믿었다. 믿음은 한순간에 깨진다. 그날 재경은 길거리에서 난생처음으로 떡볶이란 음식을 입에 대 보았다. 설탕과 물엿, 고추장 맛에 푹 절여진데다 퍼진 기미까지 있는 떡을 먹으면서 그걸 너무도 맛있게 먹는 태희를 측은하게 바라보았다.

태희를 바래다주고 집으로 돌아온 재경은 인터넷을 뒤져 제대로 된 떡볶이 레시피를 찾았다. 수십 가지 종류의 떡볶이에 관한 프린트물을 일독한 뒤, 그는 근처 마트에 장을 보러 갔다. 그날 새벽이 이슥하도록 재경의 아파트에선 떡볶이 냄새가 진동을 했다.

6. 비밀

감기가 여전히 떨어질 기미가 없다. 재인은 오늘은 학교 파하고 병원에 가봐야겠구나 생각하면서 반 애들과 함께 강당으로 가고 있었다.

강당 2층의 문으로 들어가면서 반 애들의 수다가 갑자기 커졌다. 머리가 멍해서 한참만에야 재인의 귀에 '서시'니 '한재경'이니 하는 이름들이 들려왔다. 아이들의 수다의 화제가 바로 그들인 모양이었다. 그리고 애들의 시선의 방향에서 재인도 그들을 찾아냈다.

"저 커플 꽤 오래가잖아? 지금도 사이 좋아 보이고."

"수재끼리 통하는 데가 있나 보지. 그리고 내가 보기엔 딱히 좋아서 사귄다기보다는 서로 조건이 맞아서 사귀는 것 같은데? 이 정도면 나랑 견줘서 손색없지 싶어서 말이야."

"머리 좋은 사람들은 그런 생각도 하려나?"

"할 거야. 틀림없어. 신데렐라도 알고 보면 귀족 딸. 왕자는 무식한 하녀 나부랭이랑 사귀진 않아. 세상은 그런 거지."

어디서 주워들은 건 있어서 입바른 소리를 하는 걸 들으며 재인은 피식 웃었다. 하지만 그 말이 맞다. 아름다움은 한계가 있다. 그리고 신데렐라는 어땠는지 몰라도, 이 학교 애들이 서시라고 추켜세우는 윤태희의 얼굴 정도는 그다지 빼어날 것도 없다고 생각하는 재인이었다. 재경의 마음을 크게 잡아끌 만한 얼굴은 결코 아니라고…….

"야, 야. 봐, 저거 저거. 우와, 저렇게 웃는 거 반칙 아냐?"

"부럽다, 저기만 다른 세계야."

계속 떠들던 반 애들이 갑자기 하나같이 조용해졌다. 재인의 머리도 잠시 하얗게 방전되었다. 태희가 재경을 올려다보며 박수를 치면서 환하게 웃고 있었다. 그녀가 뭐라고 재경에게 이야기하자 재경의 입가가 살짝 곡선을 그리는 게 보였다. 그러더니 손을 들어 태희의 머리카락을 슥 어루만졌다. 이내 둘은 걷기 시작했고, 다른 줄에 서면서 멀어졌다.

다시금 두 사람을 소재로 반 애들이 떠드는 소릴 들으면서 재인은 멍하니 서 있었다. 재경을 보았다. 재인은 이제까지 단 한 번도 재경이 진심으로 태희를 좋아할 거란 생각을 한 적이 없었다. 그는 다른 누군가를 좋아할 수 있는 사람이 아니라고, 당연하게 믿고 있었다. 지금 옆에 두는 것 역시 일종의 장식품일 거라고, 가끔 드러내는 경계의 눈빛은 소유욕의 일환일 거라고만 생각했다.

재경은 아주 당당하게 그렇게 말한 적도 있다. 자신에게 세상은 내게 필요한 것과 필요 없는 것 두 가지로 나뉜다고. 필요 없는 것에 할당할 시간은 없으니 주변에서 얼쩡거리지 말라고 재인을 향해, 어머니를 향해 그렇게 말했었다. 당신들은 내게 아무런 도움도 되지 않는다고. 그렇게 이야기하던 그의 눈을 기억한다. 어머니가 그런 재경을 향해 했던 말도.

-넌 불량품이야.

재경은 그런 그녀를 향해 변함없는 어조로 말했었다.

-당신 눈에 그렇게 보이는 게 내게 무슨 상관이죠?

-네가 아무리 잘난 척해도 넌 내 배로 낳은 내 자식일 뿐이야.

-그래서요? 네로의 어머니처럼 만들어 드려요?

그게 무슨 말인지, 당시의 재인은 몰랐다. 역사에 관심 따위 없었다. 10년 만에 보게 된 재경은 재인에겐 완벽한 타인이었다. 그리고 재경에겐 재인과 어머니가 그러한 타인이었다.

그 말이 무슨 뜻인지 알게 되었을 때 재인은 재경이 무서운 사람이라고 생각했다. 어머니 말대로 불량품이라고. 속을 알 수 없는 사람은 무서운 법이다. 지독한 속물에 자기 생각밖에 못하는 어머니가 차라리 읽기 쉬워서 낫다. 이미 재경을 포기하는 대가와 재인을 데려가는 몫으로 평생 먹고 살기에 부족함이 없을 돈을 얻었으면서도 또 욕심이 생겨 한 푼이라도 더 긁어낼 생각으로 재인을 한 씨 집안 근처에서 얼쩡거리게 만든 어머니 덕분에 재인은 그 무서운 녀석에 대해 갖고 있던 호기심을 충족시킬 시간을 벌었다.

사람을 좋아한다고? 저 녀석이? 하긴, 네로도 누군가를 사랑하긴 했었지. 그렇다면 정말로 필요해서 윤태희를 곁에 두는 거라고? 어째서? 그녀가 그에게 해줄 수 있는 게 뭐가 있다고? 얼굴 좀 반반하고 머리 똑똑한 애들은 천지에 널렸는데, 왜 윤태희인 건데? 납득할 만한 설명, 난 아직도 모르겠는데 말이야.

팔짱을 끼고 선 채로 재인은 여전히 그런 생각을 하고 있었다.

그 조회 중에 재경은 지난번에 봤던 논술대회 결과로 금상을 받았다. 재경은 이미 전부터 대회 성적을 알고 있었지만, 오늘 강당에 들어와서야 태희에게 귀띔을 해줬고 그걸 들은 태희가 몹시 기뻐한 것은 두말할 나위 없다. 정작 재경은 별로 기쁘지도 않았었다. 하지만 태희가 좋아하는 모습을 보고서 나쁘지 않군, 하고 생각했다.

부상으로 받은 전자사전을 그는 열어보지도 않고 태희에게 건넸다. 사전 뒤적이지 말고 쓰라고. 한사코 거절하는 태희를 보고 재경은 그럼 버리면 그만이라고 상자 채로 강당 근처의 쓰레기통에 던져 버리고 말았다. 뒤도 안 돌아보고 가는 재경 때문에 태희가 쩔쩔매면서 쓰레기통에서 상자를 꺼내서 따라갔다. 가까이 오면서 상자를 열심히 터는 태희를 보고 재경이 짜증이 배인 목소리로 말했다.

"그렇게 좋은 말로 할 때 받지? 난 이미 하나 있고 넌 없잖아."

"넌 이런 거 버리는 게 뭐가 그렇게 쉬워? 열어 보지도 않고. 틀림없이 좋은 걸 텐데. 있잖아, 이게 더 신형이면 네가 쓰고 너 쓰던 건 나 주면 안 돼?"

"찜찜하게 남이 쓰던 거 쓰는 거 기분 나쁘지도 않아?"

"기분 나쁘긴. 나한테 그보다 더 좋은 일은 없는데?"

재경은 미간을 찡그리고 태희를 쳐다보면서 물었다.

"뭐가 그렇게 좋은 일인데?"

"음…… 부적! 태문대 간 선배의 방석을 쓰면 공부가 더 잘된다거나 하는 것처럼 네가 쓰던 전자사전을 쓰면 나도 영어 실력이 일취월장한다거나, 아야."

눈을 빛내며 말하는 태희의 이마를 딱 소리가 나게 재경이 손가락으로 튕겼다. 아파서 이마를 문지르면서 태희가 원망스런 표정으로 재경을 보았다. 재경은 혀를 찼다.

"유치하긴. 그런 걸 진짜라고 믿어?"

"믿는 게 아니라 기분 문제잖아. 하다못해 네가 쓰다 버린 펜이라도 하나 줍게 되면 그날은 공부가 아주 잘……. 어, 정말로 주웠다거나 그런 건 절대 아니고."

말하다 말고 놀라서 자기 입을 때린 태희가 황급히 변명을 했다. 눈 깜박이는 속도가 기하급수적으로 늘어난 태희를 보면서 재경은 실제로 그런 적이 있나 보다고 확신했다. 재경은 웃음이 나려는 걸 참고는 일부러 약간 싸늘한 태도로 태희의 손에서 전자사전 상자를 가져갔다. 돌아서면서 그가 말했다.

"넌 정말 알다가도 모르겠어. 교실에서 내가 쓰던 것 줄 테니까 그거라도 가져. 아, 그리고. 목요일에 집에 와. 부적이 필요한 만큼 다 내어주지."

목요일이라고 하면 개천절. 놀러 오란 소리를 그렇게 하는 재경을 보면서 태희는 약간 머뭇거렸다. 소희가 문턱이 닳아져라 남자 혼자 사는 집에 놀러 가는 거 아니라고 단단히 충고한 바였다. 가벼운 여자로 찍히면 재경이 실망할 거라고 하면서 태희에게 경각심을 심어줬다. 물론 재경이가 늑대로 돌변할까 봐 태희를 세뇌시킨 거지만 말이다. 태희가 바로 대답을 하지 않자 재경의 눈매가 가느다랗게 굳었다.

"왜? 싫어?"

"어, 싫다기보다는 소희가 아프니까 가서 간병을 할까 하고. 결석까지 할 만큼 아픈데 내가 안 가보면……."

"반은 꾀병 아니야? 지금쯤 신나게 게임하고 있을 것 같은데."

"그럴 리가."

태희가 열심히 고개를 저었지만, 재경의 말이 맞았다. 그날 수업이 파하고 소희의 집에 가보니 소희는 어머니와 함께 신나게 대전게임을 하고 있었다. 말로는 방금 막 시작했다고 했지만 두 사람의 주변에 널린 배달시켜 먹은 짬뽕 그릇과 팔보채 그릇, 빈 치킨 상자들은 다른 말을 하고 있었다. 완벽 부활. 소희는 역시나 막강했다.

그리하여 개천절 당일. 아파트 앞까지 온 태희가 전화해서 산책하자고 하는 말에 무슨 산책? 하고 황당해 하면서 나온 재경은 자그맣고 하얀 레이스 양산을 들고 서 있는 태희의 모습에 잠시 할 말을 잃었다. 머리를 올려서 헤어네트로 깔끔하게 감싸고 청색 롱 원피스 차림에 양산까지 든 그녀는 마치 르누아르의 그림 속에서 걸어 나온 것처럼 고전적이었다. 태희는 재경을 보고 살짝 미소 지었다. 우아하게, 조신하게.

"갑자기 무슨 산책을 하자는 거야?"

재경이 다가서자 태희는 양산과 함께 고개를 기울이며 대답했다.

"이 근처 공원 산책로가 근사하다고 소희가 그러던데? 꼭 구경해 보라고 해서."

"그렇게 근사하지도 않고, 썩 가깝지도 않은데. 굳이 거길 가야겠어?"

재경은 싫은 기색을 감추지 않았다. 원래의 태희였다면 당장 안 그래도 돼, 라고 말하겠지만 오늘은 옷차림부터 시작해서 데이트 코스까지 철저히 소희의 코치를 받고 온 태희였다.

"거기 분수대랑 연못도 볼만하다고 그랬어. 이렇게 날씨 좋은 날 안에만 있는 것도 그렇잖아? 사람은 운동을 해야 한대."

"소희가 그렇게 말했다고?"

이제 뭔가 감이 오기 시작한 재경이 씩 웃으며 물었다. 태희는 손에 들고 있던 자그만 백을 흔들면서 말했다.

"아주 예쁜 비단잉어도 산다고 하더라. 그래서 소희에게 먹이도 얻어왔어."

"좋아. 그렇다면 한번 그 기대가 맞는지 가보는 것도 나쁘지 않겠지."

그는 묘한 미소와 함께 태희에게 왼팔을 내밀었다. 손을 내민 게 아니라 팔꿈치를 들어 보이는 그를 보고 태희가 어리둥절해 하자 재경이 양산을 쥐고 있던 태희의 두 손에서 오른손을 가져와 팔에 올려놓았다. 자연스럽게 태희가 재경의 팔짱을 낀 모습이 연출되었다. 태희가 당황스러운 표정을 지었지만 이미 재경은 걷기 시작한 후이다. 종종걸음으로 태희가 보조를 맞추면서 뭔가 굉장히 어색한 두 사람의 산책이 시작되었다.

공원은 놀러 나온 사람들로 제법 붐볐다. 그러나 소희가 말한 대로 '근처'라고 할 수준은 아니었다. 태희는 공원까지 걷는 것만으로도 지치긴 했지만 분수대를 보고 잘 다듬어진 조경수들을 보는 것으로 얼마쯤 기력을 회복했다. 하지만 연못에 가서 비단잉어를 볼 생각에 부풀었다가 시커먼 메기들만 잔뜩 몰려오는 걸 보고 기겁을 하며 물러났다. 군데군데 보이는 돌 위엔 남생이들이 나와서 일광욕을 하고 있었다. 비단잉어 대신에 남생이 구경을 하다가 재경이 음료수를 사오는 사이 기회는 이때다 하고 그의 사진을 몰래 찍었다.

그늘이 될 만한 곳은 다른 사람들이 죄 차지해서 햇빛이 쨍쨍 비치는 벤치에 앉아 재경과 함께 음료수를 마셨다. 태희가 음료수를 마시는 동안 재경이 양산을 들어서 그녀에게 내리쬐는 햇빛을 가려주었다. 그녀만 가려주고 그는 햇빛 속에서 눈이 부신 듯 가늘게 눈을 뜨고 있는 걸 보면서 태희는 진심으로 사과했다.

"미안. 이렇게 먼 곳인 줄 알았으면 오자고 안 했을 텐데."

"거기다 비단잉어도 없고 말이지."

"아까 그 무섭게 생긴 물고기들 때문에 죽은 거 아닐까? 메기는 잡식성이던가?"

"글쎄. 그나저나 돌아갈 기력이 남긴 한 거야?"

"조금만 쉬면 돼. 우와, 벌써 한 시 반이다. 배고프지? 아침은 뭐 먹었어?"

"시리얼."

"진짜 배고프겠다. 점심은 든든하게 먹어야겠네."

"근처에 먹을 만한 데가 있던가. 잠시만."

그렇게 말하고 재경이 핸드폰으로 검색하려는데 태희가 고개를 저으며 말했다.

"사 먹지 말고 만들어 먹자. 음, 순두부찌개하고 된장국하고 김치찌개. 어떤 게 좋아?"

재경이 멀뚱히 쳐다보자 태희가 다시 말했다.

"내가 내세울 수 있는 삼대 요리. 아, 국수도 좀 한다. 국수 먹을래?"

"……순두부찌개부터."

"맛있어서 기절하면 안 돼."

태희가 생글생글 웃었다. 음료수를 맛있게 마시는 그녀의 옆얼굴을 재경이 눈이 부신 표정으로 쳐다보았다. 이런 데이트, 시간 낭비라고 생각했지만 의외로 영양가가 있었다. 가끔은 소희라는 방해꾼의 코치도 나쁘지는 않겠다고 생각하면서 재경은 미소했다. 음료수 컵이 다 비었을 무렵 둘은 벤치에서 일어났다. 점심 준비를 위해 마트로 향할 때에 이번엔 시키지 않아도 태희가 먼저 팔짱을 꼈다. 양산은 여전히 재경의 손에 들려 있었다.

만들면서 몇 번이고 재경에게 간을 봐달라고 부탁하지 않았더라도 태희가 만든 순두부찌개는 재경의 입에 아주 잘 맞았을 것이다. 재경은 매번 괜찮다는 말만 반복했으니 말이다. 식사 속도도 느리기 짝이 없는 태희에게 맞춰준다는 명분으로 반 공기를 더 먹으면서 재경은 비로소 음식을 즐긴다는 게 어떤 건지 얼추 이해할 수 있었다. 대수롭지 않은 이야기도 재미있게 느껴지고, 이야기를 아예 하지 않아도 먹는 자체가 즐겁다. 안락함이라 이름 지을 만한 분위기. 밥을 먹다가 잠시 고개를 들면 앞에 태희의 모습이 눈에 보이고 가끔씩 같은 반찬을 집으려고 젓가락이 닿는 사소한 일에 웃음이 생기고.

"괜찮네, 이거. 주말마다 부려먹고 싶어져."

"자꾸 먹으면 질릴 거야. 원래 이런 음식이 그래."

태희가 웃으면서 말하다가, 갑자기 젓가락질을 멈추고 재경을 쳐다보았다. 어떻게 말을 꺼낼까 고민하다가 재경이 그녀를 쳐다보는 것에 맞춰서 그녀가 말했다.

"당분간은 주말엔 이렇게 보기 힘들 것 같아."

"왜?"

"……공부하려고."

"공부? 시험 끝난 게 며칠이나 됐다고."

"시험공부 말고, 음, 토익 시험을 볼 생각이야."

"토익? 그거 보는데 무슨 공부가 따로 필요해? 그냥 신청해서 보면 되지."

대수롭지 않게 말하며 재경이 무시하려는데, 태희는 좀 더 강경하게 말했다.

"거기다 JPT 시험도 보려구. 두 가지를 동시에 준비하려면 어중간하게 해선 안 될 것 같아. 계획 세워서 제대로 공부할 거야."

태희가 진지하다는 걸 알고 재경도 잠시 식사를 멈추었다. 고개를 약간 기울이고 그녀의 눈을 쳐다보다가 천천히 물었다.

"벌써부터 입시 준비?"

"벌써가 아니야. 난 상당히 늦은 거지. 1학년 때 적성검사 본 거에서 어학 쪽에 소질이 있는 걸로 나왔어. 생각해 보니까 확실히 다른 것보다 그쪽에 관심도 있고. 우선은 시험 준비를 해볼 생각이야. 3학년이 되면 진로에 대해 생각할 시간은 정말 부족해질 테니까."

"어학이라. 괜찮겠지. 그런 기반이 있다면 뭘 해도 좋을 테고. 그럼 나도 도와줄게."

도와준다는 재경의 말에 태희가 약간 당황한 표정이 되었다. 그녀가 급히 대꾸했다.

"공부는 소희네 집에 가서 하려구. 소희 아틀리에에서 누워서 공부하면 능률이 좋거든. 난 도서관도 좋지만 거기가 아주 좋더라."

"나 일본어도 상당히 해. 소희보단 내가 더 도움이 될 게 뻔해. 여기 와서 해."

앗, 역시나 이야기가 묘한 방향으로 흘러간다. 태희는 입술을 깨물었다.

"안 돼. 소희하고 약속했어. 나는 공부하고 소희는 그림 그리기로. 알지? 한석봉이랑 어머니 이야기처럼 말이야."

"무슨 면벽 수련도 아니잖아. 뭣하면 소희에겐 내가 말할 테니까."

"그러면……안 돼. 그리고 아무래도 여기보단 거기가 편해."

결국엔 태희가 그렇게까지 말했다. 재경은 말없이 태희를 물끄러미 쳐다보다가 다시 식사를 했다. 태희는 말재주가 없는 자신을 몹시도 원망하면서 식사를 마쳤다.

테이블을 치우고 커피를 내갈 테니 거실에 나가 있으라는 재경의 말에 태희는 도망치듯 주방을 빠져 나왔다. 조금 얹힌 듯 묵직한 명치를 어루만지며 소파에 앉아 있었다. 산책에 식사 준비까지 한 게 피곤했던지 눈을 감자 졸음이 몰려 왔다. 여기서 자는 건 말도 안 된다고 생각하며 눈에 힘을 줘서 부릅떴지만 불과 몇 분도 안 되어 태희는 잠들고 말았다.

재경이 커피를 가지고 거실로 왔을 땐 태희가 세상모르고 색색 숨소리를 내며 자고 있었다. 테이블 위에 머그잔을 내려놓고 재경은 침실에 들어가 담요를 가져왔다.

그녀에게 담요를 덮어주려다가 재경은 아까부터 눈에 거슬리던 걸보았다. 태희의 양손 집게손가락마다 반창고가 있다. 또 왜 다친 건지. 그녀의 두 손을 들어 가만히 포개듯 쥐었다. 너무도 작고 가냘픈 손. 재경은 태희의 두 손을 잡은 채로 고개를 움직여 태희의 입술에 키스했다. 한 번으론 부족해서 몇 번을 더 했다. 하지만 입술을 맞추면 맞출수록 더 분명히 깨닫게 되었다. 이런 키스를 아무리 거듭한다고 해도 갈증은 그치지 않으리라.

……어째서 난 아직도 열여덟 살인 걸까? 이럴 줄 알았으면 좀 더 나중에 시작하는 건데. 좀 더 컨트롤할 수 있었는데. 3학년이 되고, 수능시험도 끝나고, 졸업식을 하는 날을 시작으로 삼을 수도 있었는데. 그랬다면 난 아무것도 망설이지 않았을 텐데.

"윤태희. 네가 날 바보로 만드는 모양이다. 언젠가 넌 이 책임을 져야 할 거야."

마지막으로 한 번 더 키스했다. 그리고 그는 담요를 덮어주었다.

교통카드 충전을 하고 나오면서 아무 생각 없이 역 내를 한 번 둘러보던 재경의 눈에 태희가 보였다. 태희는 이어폰을 귀에 꽂은 채 손에 든 책을 보고 중얼대면서 느릿느릿 걷고 있다. 며칠 전에 새로 산 영어 단어장이다. 극성스러운 공부벌레들처럼 지하철 안에서나, 길을 걸으면서 공부를 하는 건 우습게 여기는 그였다. 그런 건 시간을 활용할 줄 모르는 바보들의 공부라고 폄하하기도 했다. 그런데도 태희를 보면서는 전혀 다른 잣대를 쓰고 있었다.

열심이네. 저러고 있으니까 어벙하게 보이는 게 무척 귀엽다……라는 식으로.

아직 시간이 일러서 역내가 한산하긴 하지만, 태희가 워낙 느리게 걸어서 잠자코 뒤따라가는 게 쉽지가 않다. 재경은 참을성 있게 꾸준히 태희를 지켜보았다. 계단을 올라갈 때만이라도 책을 그만 보는 게 어떨까 생각했지만 손잡이를 꼭 쥐고 한 발 한 발 올라가면서도 오른손에 쥔 책은 기어코 놓지 않았다.

너무 느리다. 이거 봐줄 수 있는 단계가 지났다. 차라리 당장 따라

잡아서 저 책을 뺏어야겠다고 생각하고 재경이 걸음에 박차를 가하려는 순간, 그의 바로 옆을 스치듯이 누군가가 빠른 걸음으로 계단을 올라갔다. 그리고 재경과 태희 사이의 거리를 순식간에 추월한 뒤 태희의 손에서 단어장을 슥 들어 올리면서 그 누군가가 말했다.

"으아, 공부벌레다! 아침부터 이런 걸 보면 뇌세포가 죽어요, 선배. 그러니까 이건 압수!"

"어? 야, 재인아, 줘! 이재인, 장난치지 마!"

"All work & no play makes Jack a dull boy! You know that?"

재인은 장난기 가득한 얼굴로 말하고는 냅다 뛰기 시작했다. 태희는 멍하니 그 모습을 쳐다보다 입술을 깨물고는 따라잡기 위해 계단을 뛰어올라갔지만 결과는 확인하나 마나였다. 재인은 제대로 뛰는 게 아니라 순전히 태희를 약 올리는데 목표를 두고 얼마쯤 뛰고 멈춰서서 태희를 기다리다가 딱 따라잡을 정도의 거리가 되면 쌩하니 뛰어올라가길 반복했다. 그걸 몇 번 되풀이하니 아침나절부터 태희는 기력 고갈의 조짐이 보이기 시작했다.

"그, 그만하고 줘. 너, 너 진짜 이러기야?"

가슴을 짚고 서서 숨을 고르는 태희를 보며 재인이 혀를 찼다. 그는 태희를 향해 말하면서 태희 뒤쪽으로 보이는 재경을 쳐다보았다.

"너무 공부 공부하고 살지 말자구요. 태희 선배가 이런 걸 들고 있으면 하나도 안 우아해. 어디서 누가 보고 있을지 모르는데 예쁜 모습 유지해야죠? 안 그래요?"

"쓸데없는 소리 말고 그거나 이리 내. 자꾸 이러면 나 진짜 화낸다."

"화낸다구요? 그거 신선하겠는데요? 선배 화나면 어떤 얼굴이 되나 궁금하다. 이거 절대 안 돌려줘야지, 이크!"

실실 웃던 재인이 흠칫 놀라서 등을 돌렸다. 재경이 돌연 뛰어올라오는 걸 본 것이다. 그걸 모르는 태희는 재인이 또 도망친다고 생각해 딴에는 열심히 뒤를 쫓아가다가 갑자기 옆에서 무서운 기세로 치고 올라가는 재경을 보고 소스라치게 놀랐다.

"재, 재경아?"

기세에 눌려 주저앉을 뻔한 태희가 부르는 목소리도 뒤로 하고 재경은 한 가지 목표만 쫓았다. 저 녀석을, 잡는다. 그리고 잡았다. 계단을 막 벗어나기 직전에 재인은 뒷덜미가 붙들려서 도주에 실패했다. 헉헉거리는 재인의 숨소리와 달리 그렇게 뛰었는데도 숨소리 하나 바뀌지 않은 재경이 재인의 셔츠 깃을 꽉 잡으면서 중얼거렸다.

"죽고 싶냐, 너?"

"설마! 난 아흔일곱 살까진 살고 싶어. 윽, 켁켁, 숨 막혀! 진짜 죽일 셈이야?"

옷이 끌어당겨져서 목을 조이는 서슬에 재인은 농담도 마음대로 할 수가 없었다. 키나 완력에서 확실히 밀려서 그야말로 재경의 손에 대롱대롱 매달린 꼴이 되었다.

"그러지 마, 재경아. 재인이 장난친 거야."

"그래? 장난이냐? 1학년?"

태희의 만류에도 놓아주는 시간을 끌기 위해서 재경이 일부러 느릿느릿 물었다. 재인은 이제 뻘게지기 시작한 얼굴로 고개를 끄덕였다.

"당연하죠, 장난이에요. 안 그럼 제가 왜 그래요?"

"태희가 돌려달라고 하는 말, 상당히 절박하게 들리던데 너한테는 안 그러든, 1학년?"

"적당히 하다가 돌려줄 생각이었어요. 정말이라구요, 태희 선배 괴롭히려고 그런 게 아니라, 그냥 재밌는 장난으로……."

태희의 앞이라고 재인은 훌쩍훌쩍 울기라도 할 것처럼 쇼를 했다. 그걸 알아서 재경은 더 기분이 나빠졌다. 이 자식이 태희 앞에서 약한 척을 해? 동정표를 사겠다 이거냐? 아니나 다를까, 태희가 걱정스런 얼굴로 재인의 역성을 들었다.

"놔줘, 재경아. 재인이 나쁜 애 아니야. 장난기가 있어서 그런 거야. 재경아, 어서."

재경이 마지못해 재인을 잡고 있던 손을 놓았다. 재인은 부러 더 크게 기침을 하면서 태희의 시선을 끌었다. 쇼의 효과는 훌륭했다. 태희가 재인의 얼굴을 들여다보면서 물었다.

"괜찮아? 그러니까 적당히 하지. 많이 아프니?"

"아니에요, 괜찮아요. 여기 책이요. 미안해요, 선배."

재인이 촉촉이 젖은 눈망울로 책을 내밀자 태희의 표정이 더 안쓰러워졌다. 모양이 비뚤어진 재인의 셔츠 깃을 슬쩍 만져주면서 태희가 말했다.

"따뜻한 거라도 마셔야겠다. 목이 빨개졌어. 근처에 자판기가 있던가?"

"제가 알아서 할게요. 먼저 가세요, 선배. 전 정말 괜찮아요."

"잊지 말고 뭐라도 마셔. 알았지?"

"네, 그럴게요. 이따 봐요, 선배. 어서 가세요. 아……."

재인은 태희에게 먼저 가라고 손짓을 한 뒤 재경을 보고는 짐짓 주눅이 든 것처럼 어깨를 움츠리며 옆으로 멀찍이 비켜섰다. 재경이 그런 재인을 빤히 노려보고 있다. 예전이었다면 태희조차 슬금슬금 뒷걸음질 쳤을 눈빛이었지만, 이제 태희는 그의 옆으로 다가서며 팔을 잡아당길 정도로 강했다.

"그만 가."

몇 번 잡아당기자 꿈쩍도 하지 않을 것 같던 재경도 움직이기 시작했다. 태희는 얼마쯤 나란히 걷다가 재인을 힐끗 뒤돌아본 뒤에 재경에게 말했다.

"애한테 그렇게 무섭게 굴면 어떻게 해? 아직도 얼굴이 빨갛다. 불쌍하게."

"잘못한 사람이 나야?"

재경이 앞을 쳐다보면서 대꾸했다. 태희가 살짝 미간을 찡그렸다.

"누가 잘하고 잘못했단 걸 이야기하는 게 아니라, 좀 더 부드럽게 해도 좋잖아. 별거 아닌 사소한 일을 가지고 그렇게 윽박지르듯이 나가면 보통 사람은 주눅이 든다고."

그 말에 재경이 바로 멈춰 서더니 싸늘하게 돌아보면서 물었다.

"내가 저 녀석을 윽박질렀다고?"

"꼭 그렇다는 말이 아니라 다른 사람에게는 그렇게 보일 소지가 있으니까……."

"딴 사람들 핑계 대지 마. 내가 너한테 그렇게 보였다는 뜻이겠지. 꼴사나운 모습 보여서 미안하게 됐네. 이제 만족해?"

전혀 미안해하지 않은 표정으로 그렇게 말하고 재경은 다시 걷기 시작했다. 걸음이 갑자기 빨라졌다. 태희는 어쩔 줄 몰라서 눈을 깜박거리다가 황급히 재경을 따라갔다.

"화났어? 재경아, 화내지 마. 기분 나쁘게 하려고 한 말 아니야. 난 그저……."

재경의 걸음이 워낙 빨라서 태희는 옆에서 걷기 위해 종종걸음으로 뛰다시피 했다. 결국 따라가기가 벅차자 그의 팔을 잡으면서 걸음을 멈춰버렸다. 재경이 마지못한 표정으로 뒤돌아보자 태희가 난처함이 가득 담긴 얼굴로 말했다.

"네가 다른 사람들에게 오해 받는 게 싫단 말이야. 잘 알지도 못하는 애들이 널 보고 편견을 가져. 사실은 너 상냥한 데 다른 애들은 네가 무척 쌀쌀맞은 애인 줄 알아."

"난 상냥하지 않아."

"아니야, 내가 아는 넌 상냥해."

"그런 건 말이야, 너만 알고 있으면 되는 일이야."

천천히 재경이 태희의 손을 잡아서 부드럽게 깍지를 끼운 뒤 꽉 그 손에 힘을 주었다. 그리고 그녀에게 고개를 기울여 귓속말을 하듯 속삭였다.

"그런 걸 일컬어서 예외라고 하는 거야. 그리고 난 다른 녀석들이 날 오해하는 게 좋아. 여기저기 헤프게 낭비할 친절 따위 키우고 싶지 않거든? 난 내 마음이 내키는 것 말고는 전혀 하고 싶지 않으니까. 그러니까 날 천사로 만들 생각이라면 일찌감치 그만둬."

고개를 들자 태희가 그를 물끄러미 쳐다보다가 중얼거렸다.

"가끔씩 보면 일부러 나쁜 사람인 척하면서 즐기는 것 같아."

가슴이 뜨끔해지는 재경이었다. 이게 정곡을 찔린다는 느낌인가, 하고 속으로 생각하면서 재경은 슥 턱을 치켜들었다.

"예쁘다 예쁘다 했더니 기어오르네. 이래서 애한테 사탕을 너무 많이 주면 안 돼."

"사탕이 아니면 매라도 들겠단 소리? 핏, 안 무섭네요."

태희가 혀를 날름 내밀고는 딴청을 부렸다. 제대로 기어오르는 사태가 발생했다. 재경이 우선은 아무 생각도 안 나는 머리로 태희를 쳐다보고 있는데 갑자기 바지주머니 안에 든 핸드폰이 진동하는 게 느껴졌다. 확인해 보니 문자였다. 따로 입력은 시켜 놓지 않았지만 번호는 알고 있었다. 재인이다.

[마킹하는 거야? 설마 치졸한 질투? 어느 쪽이든 꼴불견이긴 매한가지지만 :)]

재경은 생각을 가다듬으며 고개를 들었다. 태희는 어느 틈엔가 재경을 쳐다보고 있다가 눈이 마주치자 냉큼 고개를 돌렸다. 그래도 볼의 홍조가 또렷하다. 한순간 미친 척하고, 여기서 키스해 버릴까 하는 생각을 했다. 바로 다음 순간, 그런 장면을 남들에게 보이는 건, 너무 아깝다는 생각이 들어 그만두었다.

마킹할 필요도 없다. 이 애는 절대적으로 내 거니까. 질투? 아마도 약간은. 아니 인정한다. 태희가 녀석의 어깨를 토닥거리고 셔츠 깃을 바로 해주는 모습을 보면서 아주 잠깐 녀석을 계단 아래로 밀어버리는 상상을 했다. 질투를 했다. 그 빌어먹을 녀석 때문에.

재경은 답 문자를 보냈다. 멀찍이 그들을 지켜보던 재인이 문자가 오는 소리에 재빨리 액정을 보고는 피식 웃었다. 딱 한 단어에 그가 아는 재경이 고스란히 녹아 있었다.

〔꺼져〕

또 한 번 주말이 지난 월요일. 주말 동안 얼굴을 못 봤으니 당연히 월요일은 자신에게 줘야 하는 거 아닌가? 재경은 그런 논리로 태희의 시간을 요구했다. 하지만 긴축재정에 들어간 태희는 여기저기 놀러 다닐 상황이 아니었다. 무조건 재경이가 다 내는 건 싫다. 그런데다 더치페이를 하기에도 아슬아슬했다.

결국 소희가 일주일에 한 번 이상 가지 말라고 한 재경의 집에 가는 수밖에 없었다. 화요일이랑 목요일에는 재경이 과외가 있으니 보지 않으면 되고, 다른 날에는 소희 집에 간다고 핑계를 대는 게 좋겠다. 이래저래 재경을 피할 핑계만 만들자니 처음 사귈 무렵이 떠올랐다. 그때는 잠시라도 함께 있는 게 버거워서 도망치고픈 기분뿐이었지만……지금은.

"음, 서운해."

재경의 아파트 거실 소파에 앉아 태희는 작게 넋두리를 했다. 재경은 마실 걸 가지러 주방으로 간 참이다. 언제 와도 깨끗하게 정돈되어 있는 거실을 둘러보고는 태희는 앉은 매무새를 가다듬었다. 그러다 요새 들어 더 늘어난 손가락의 반창고를 보았다. 양쪽의 검지와 중지 모두, 그리고 왼쪽 엄지까지 동여맨 반창고. 아무래도 친해지지 않는 바늘과 악전고투 중인데, 문제는 그런 고통에도 불구하고 도무지 벚꽃이 벚꽃답게 보이지 않는다는 것이다. 차라리 뜨개질로 목도리 같은 걸 떠주는 게 낫지 않을까 했더니 소희가 비웃었다. 그 선물 재경이가 생전에 받을 수 있긴 하냐고. 그런 소희 허벅지를 모질게 꼬집어 주긴 했지만 그 말이 맞다. 생전에 받을 수 있다 쳐도, 그건 사람이 쓸 수 있는 게 아닐 거다.

저주받은 손. 다시 푹 고개를 숙이며 절망하는데 테이블에 유리컵을 올려놓는 소리가 났다. 그리고 재경의 목소리가 들려왔다.

"피곤해? 그럼 좀 자던가."

"어? 아냐, 그렇게 말하니까 난 매번 여기 와서 잠만 자는 거 같잖아."

"그렇지 않나? 내가 사귀는 여자는, 전생에 잠자는 숲속의 공주였는 줄 알았는데."

"말도 안 돼. 나도 내 주제는 안다구."

두 손으로 컵을 들어 토마토 주스를 마시는 태희를 재경은 선 채로 쳐다보다가 뭐 틀어놓을 만한 음악이 없을까 하고 오디오 쪽으로 가면서 물었다.

"그 손은 또 왜 그래? 반창고가 날로 느는 것 같아."

"이거? ……데였어."

"또?"

"또? 아, 그렇지. 또인 거지. 실수 연발이네."

등을 돌리고 서 있어도 행간에 섞인 망설임과 어설픈 거짓은 충분히 읽혔다. 재경은 쓴웃음을 지었다. 또 집에 무슨 일이 있는 걸까? 걱정스럽다. 예전에 지하철 안에서 태희의 다친 얼굴을 본 이래로 그 모습은 빠지지 않는 가시처럼 마음 한구석에 남아 있다. 아마 계속 지울 수 없을 것이다. 태희를 그 집에서 꺼내오지 않는 이상은.

스무 살. 정말 지금 그 나이라면 바랄 게 없을 텐데.

시디를 고르던 재경의 손이 멈추었다. 고개를 돌려서 태희를 쳐다
보자 태희는 주스가 묻은 입술을 핥다가 재경을 보고 살짝 웃었다. 하
지만 재경이 아무 말도 없이 보고만 있자, 뻘쭘한 표정이 되어서 눈을
깜빡이다 말했다.

"오늘 저녁은 된장찌개 어때? 재첩 넣어서 끓이면 맛있는데, 그거
할까?"

"손이 그 모양인 녀석에게 음식 준비시킬 만큼 냉혈한은 아니야. 저
번엔 네가 했으니 이번엔 내가 할게."

"네가? 뭐 하게?"

"글쎄. 뭘 할까나. 미리 알려주면 재미없지 않나?"

할 줄 아는 건 크림 파스타와 떡볶이 수십 가지밖에 없다. 하나는
전에 했으니 열외. 다른 하나는 저녁식사로는 부족하니 제외. 임기응
변도 좋지만 준비할 시간이 필요하다. 그러기 위해선 태희를 재워야
한다. 재경은 눈을 빛내면서 돌아서서 고르고 있던 시디 중에서 졸음
을 유발할 만한 것을 찾아냈다. 시디를 넣고 나지막한 보컬의 목소리
가 울려 퍼지기 시작했을 때 재경은 벌써부터 졸리지 않나 생각하며
뒤를 돌아보았다. 뜻밖에도 태희는 살짝 머리를 흔들면서 비틀즈의
예스터데이를 따라 부르고 있었다.

"……흠, 뭐야. 그냥 흥얼거린 것뿐이야."

예전에 도서실에서 노래 부르다 빈축을 산 게 꽤 맺힌 태희는 재경
과 눈이 마주치자 냉큼 그렇게 변명하고 입을 다물었다. 하지만 입을
다물고도 허밍은 계속했다. 두 손을 무릎 위에서 모으고 지그시 눈까
지 감고서.

"이런 노래도 좋아해? 의외네."

"나도 좋은 노래는 들으면 알아. 거기다 이 노래 저번 콘서트 때 가흔 오빠가……."

말하다 말고 태희는 놀라서 입을 손으로 가렸다. 콘서트에 간 건 비밀. 재경은 못 알아들은 척하고 물었다.

"가흔 오빠가 누군데?"

"가수. 그, 내가 좀 좋아하는 그룹의 보컬이야."

"아, 그 JD인가 뭔가 하는. 하긴 이 노래는 개나 소나 다 부를 만한 노래지."

"아니야, 그 사람은 정말로 노래를 잘해. 노래를 하기 위해 세상에 태어난 뮤즈가 아닐까 싶을 만큼 잘해. 거기다……."

거기다 널 닮았어. 그렇게 말하고 싶은 걸 말하지 못하고 태희는 얼굴만 붉혔다. 재경은 그 모습에 옆으로 다가와 앉으며 물었다.

"거기다 뭐?"

"아니야, 아무것도."

고개를 숙이고 배시시 웃는 태희를 물끄러미 쳐다보던 재경이 태희의 팔을 잡아 확 자신에게 끌어당겼다. 강한 힘에 태희는 속수무책으로 재경의 품에 안기다시피 했다. 그녀가 정신을 차리고 다시 제대로 앉을 겨를도 없이 재경이 얼굴을 기울이면서 태희에게 물었다.

"무슨 말을 얼버무린 건데? 내가 웃는 얼굴일 때 말해 주는 게 어때?"

"정말 별 이야기 아닌데."

"그러니까 말할 수도 있는 거 아니야? 아니면 이거……날 질투하게 만들려는 거야?"

"어? 그런 거 아니야. 네가 왜? 내가 그 사람 좋아하는 것도 순전히 널 닮아서, 으아."

말하다 보니 다 털어놓은 셈이 된 태희가 민망해서 얼굴을 가렸다.

재경이 쿡 웃으면서 태희의 얼굴을 가린 손을 옆으로 밀어냈다.

"그 이야길 한 거였어? 그 가수 녀석이 날 닮았다고?"

"응."

"그래서 좋아하는 거고 말이지."

"으, 응."

확인사살까지 하다니. 태희의 얼굴에 한껏 피가 몰려서 가릴 손이 절실히 필요했지만 재경은 그녀의 두 손을 모두 잡고서는 짓궂은 표정으로 물었다.

"너 날 너무 좋아하는 거 아냐?"

"그럼 앞으로 조금 덜 좋아하게 노력할까?"

"그게 돼?"

"모르지. 사람 마음은 변한다잖아."

재경의 놀림에 태희 나름대로 반항을 해보자 장난기로 가득했던 재경의 눈이 한순간 날카롭게 굳어졌다. 이내 그는 태희를 그악스럽게 끌어당기면서 품에 가두었고, 그녀의 턱을 잡아 위로 젖혔다. 순식간에 입술을 훔친 뒤 몇 번의 호흡이 지나갔는지 헤아리는 것조차 의미 없을 만큼 긴 시간 동안 키스를 계속했다.

이윽고 재경의 입술이 떨어졌지만, 태희는 옴짝달싹할 힘도 없었다. 재경도 퍽 거칠어진 호흡을 가다듬은 뒤에야 자신의 품에 힘없이 기대어 있는 태희에게 말을 할 수 있었다.

"약속을 했잖아. 언제까지고 나만 좋아하겠다고. 벌써 다른 말을 할 수 있는 거야, 너?"

"너 때문이야. 네가 자꾸 놀려서 그런 거라고."

칭얼거림에 가까운 태희의 대답에 재경은 조금 웃었다.

"놀리지 않으면 해선 안 될 말이 나올 것 같은 걸."

"해선 안 될 말?"

재경은 태희의 입술을 손가락으로 만지면서 말했다.

"아직은 해선 안 될 말."

무슨 말이냐고 태희는 묻지 않았다. 대신 그녀는 그를 말끄러미 쳐다보다가 문득 고개를 들어, 아주 살짝 그의 입술에 입술을 댔다 떼었다. 소리조차 남지 않는 작은 키스 뒤에 태희가 빙긋 웃으며 말했다.

"기다릴게."

그런 뒤에 태희는 소파 저편으로 떨어져 앉으며 헝클어진 옷매무새와 머리를 가다듬었다. 그러면서 너무도 태연한 목소리로 말했다.

"배고프다. 맛있는 거 뭐 해줄지 정말 말 안 해주기야?"

"아, 궁중떡볶이 해줄게."

아직껏 부동자세로 굳어 있던 재경이 아무 일도 없었다는 듯 소파에서 일어나 주방으로 향했다. 가다가 갑자기 생각났다는 듯 태희를 돌아보며 말했다.

"너무 맛있어서 기절하지는 마라."

"어, 표절이다! 한재경, 그렇게 안 봤는데!"

한 차례 웃음이 오간 뒤 재경이 주방으로 사라졌다. 그 순간 태희는 그대로 소파에 푹 얼굴을 묻었다. 몸 여기저기에서 김이 나지 않을까 싶을 만큼 화끈거렸다. 민망해서 죽는 사람이 있다면 태희도 그렇게 죽었을지도 모른다. '강한 윤태희' 프로젝트는 무한 연기다. 키스 한 번 했다가 심장에 엄청난 압박이 가고 말았다. 당분간 못 쓰겠다, 이 심장은.

태희가 민망해서 땅을 파고 들어갈 수 없을까 고민하던 순간에 재경은 주방에 가는 척 해놓고 욕실로 향했다. 아슬아슬해진 순간에 키스를 끊었건만, 아무것도 모르는 소녀의 버드키스 한 번에 모든 게 수포로 돌아갔다.

"운동을 해야 해. 안 그러면 내가 살 수가 없어."

차가운 물에 얼굴을 적시고 고개를 든 재경은 거울 속 자신에게 그렇게 중얼거렸다.

그러나 그녀의 버드키스는 좋았다. 너무 좋았다. 얼핏 시작되어 그치지 않는 웃음 때문에 재경이 욕실은 나간 것은 그러고도 한참 뒤였다.

"피곤해?"

"어? 아니야."

잠시 한가해진 것 같아서 빈 테이블을 마른행주로 훔치고 다니다 그만 파란 장미를 보면서 넋 놓고 서 있었던 모양이다. 승운의 목소리에 퍼뜩 놀라 돌아보니 그가 빈 의자를 약간 빼면서 말했다.

"사람들 없을 땐 잠깐 앉아서 쉬어도 돼. 그 정도 요령은 부려가면서 일하는 거지."

"아니야, 정말 피곤하거나 하진 않아."

태희가 손을 저었지만 승운은 뺀 의자를 그대로 붙든 채 빙글빙글 웃을 뿐이다. 태희는 다시 한 번 아니라고 말하려다가 사실은 상당히 피곤하단 걸 인정하고 그가 빼준 의자에 앉았다. 작게 한숨을 쉬는 태희를 보고 승운은 말없이 돌아서더니 잠시 후 쟁반을 들고 돌아왔다. 맞은편 의자에 앉아 쟁반에 담아온 걸 테이블에 재빨리 늘어놓은 뒤 말했다.

"먹자."

잠시 태희는 안경을 만지작거리고 있었다. 두터운 하얀색 뿔테 안경. 알은 없다. 일하기 시작한 둘째 날 승운은 그걸 내밀면서 쓰라고 했다. 이유를 물었더니 그냥은 너무 아이 같아 보인다고 해서 태희도 그런가 보다 하고 받아서 쓰게 되었다. 태희가 보기엔 안경을 써도 딱히 어른스러워 보이진 않는데 승운은 대만족이었다. 몹시 불편했지만 고용주가 원하니 계속 쓰고 있다. 오늘로 세 번째로 쓰는 거지만 그래도 익숙해지지 않는다. 태희가 괜히 안경테며 안경다리를 어루만지는 걸 보고 승운이 쿡 웃었다.

"되게 불편한 모양이네."

"답답해. 시계(視界)가 제한되는 느낌이야."

"익숙해질 거야. 안경은 더할 나위 없이 딱이니까."

그렇게 말하고 승운은 머핀을 베어 먹었다. 너무 맛있게 먹어서 보고 있자니 자신도 모르게 식욕이 동했다. 보는 사람으로 하여금 자신도 모르게 따라 하고픈 생각을 들게 한다. 감화력도 일종의 재능일 거라고 생각하며 태희는 머핀으로 손을 뻗었다. 머핀 하나를 다 먹고 홍차를 마시면서 태희는 한숨을 내쉬었다. 그녀는 의식하지 못했지만 오늘 들어서 쉰 한숨의 숫자를 헤아릴 수가 없었다. 승운이 두 개째의 머핀을 먹은 뒤 입에 묻은 부스러기를 털면서 물었다.

"설마 억지로 쓰게 된 안경 때문에 그렇게 한숨을 내쉬는 거야?"

"응?"

"또 자신만의 세계에 들어갔던 모양이네. 오늘 들어 한숨을 백만 번은 쉰 거 알아?"

"아, 미안해. 그러지 않도록 할게."

태희가 정색을 하면서 고개를 숙이자 승운은 쓴웃음을 지었다.

"주의를 주자는 게 아니라 걱정돼서. 역시 피곤한 거지? 금요일 날 체육대회인가 그랬잖아. 너희 학교."

"난 한 거 거의 없어. 그냥 앉아서 자리만 채우는 역이었는걸."

웃다 말고 또 한 번 한숨을 쉬었다. 승운이 턱을 괴고 태희를 쳐다보다가 물었다.

"피곤한 게 아니면 왜 그렇게 우울해? 완전히 글루미 선데이잖아. 어제도 그러더니."

"그냥 생각할 게 있어서. 날짜는 자꾸 다가오는데 마땅한 게 안 떠올라서 고민이야."

"자, 상담 대환영. 난 직원의 복리후생에 신경 쓰는 세심한 보스니까."

거창한 말을 들고 나오는 승운 때문에 태희의 얼굴에 조금 미소가 돌아왔다. 그녀는 얼마쯤 더 망설이다가 말했다.

"생일선물 때문에."

"생일선물?"

"응. 일주일 정도 뒤가 생일인데 아직도 선물을 못 골랐어."

"흐음. 남자친구 생일선물이구나."

대번에 승운은 정답을 맞췄다. 놀라서 쳐다보는 태희를 보고 승운이 생글거렸다.

"그런 녀석에겐 어떤 생일선물이 어울리려나? 생각해둔 거 있으면 한번 풀어내 봐."

"생각은 여러 가지 했지만 다 평범하고, 그러면서도 은근히 부담되고 그래. 어중간한 걸 줬다간 쓰지도 못할 거고, 그렇다고 나 때문에 맘에 안 드는 거 쓰는 거 보기도 그렇고."

"그 녀석 너한테 푹 빠졌잖아. 길에서 돌을 주워줘도 고마워하지 않을까?"

승운의 말에 태희는 대번에 얼굴을 벌겋게 물들이며 입을 삐끔거렸다.

"내 말에 뭐 이상한 점이라도?"

"……꼭 잘 아는 사람이라도 되는 것처럼 말하니까 기가 막혀서 그런 거야. 재경이 잘 알지도 못하면서 무슨 넘겨짚기를 그렇게 과하게 하니?"

"넘겨짚은 게 아니라 봤잖아. 한 번."

"그 한 번으로 사람 속을 다 알아? 점쟁이라도 돼, 네가?"

"한 번 봐도 얼굴에 보이는 건 다 읽지. 난 이 여자애가 좋아 죽겠으니까 허튼수작하는 녀석은 각오해, 라고 써 있잖아."

"웃기지도 않아."

샐쭉하게 태희가 중얼거리자 승운은 재밌다는 듯 웃었다.

"사실 아냐? 그런 녀석이 누굴 좋아한다면 독점욕이 대단할 것 같은데."

"재경인 그런 애 아니야. 잘 알지도 못하면서 괜한 소리 하지 마. 엇, 손님이다."

윈드차임 소리와 함께 손님이 들어오는 걸 보고 태희가 자리에서 일어났다. 낯가림이 심한 그녀라고는 믿을 수 없을 만큼 활기차게 인사를 하면서 손님에게 자리를 안내하는 걸 보며 승운도 홍차를 들이붓듯이 넘긴 뒤 자리를 치우고 일어났다.

여섯 시가 가까워지자 카페가 한산해졌다. 태희가 설거지를 하고 나오니 승운이 카운터 옆 진열대를 채우다가 와보라고 손짓을 했다. 옆으로 갔더니 안쪽을 가리키며 말했다.

"초콜릿 몇 개 줄 테니 가져갈래?"

"팔 거잖아. 그걸 왜."

"어차피 다 팔리진 않아. 이거 맛있다고 했잖아. 냉장고에 따로 넣어둘 테니까 갈 때 가져가. 아, 그리고 생각해 봤는데 말이야. 그 녀석은 부족한 게 없는 녀석이잖아?"

"응?"

순식간에 화제가 바뀌는 바람에 태희가 미처 따라가지 못했다. 승운은 진열대 문을 닫고 고개를 돌리며 말했다.

"아마 신는 양말 하나조차도 고급품일 거야. 그 녀석이 입은 가장 싸구려 옷이 학교 교복일 걸. 아, 너네 학교를 비하하려는 건 아니고."

씁쓸한 말이긴 하지만 태희는 잠자코 고개를 끄덕였다. 승운이 계속 말했다.

"하다못해 허리띠 같은 거 하나만 해도 만만치 않을 걸. 알지? 그 녀석 어떤 브랜드 선호하는지 정도는."

"음……친구가 그러는데, 닥스나 구찌 물건을 좋아하는 것 같다고는 했어."

"역시나. 선물 예산은 얼마 정도로 잡는데? 삼십? 오십? 아니면 더?"

태희는 잠자코 눈만 깜박거렸다. 그보다 더 아래라는 걸 바로 알아채고 승운이 웃었다.

"미안. 안 그러려고 하는데, 나도 환경을 따라가니까. 내 주위엔 용돈 단위부터가 일반 샐러리맨 뺨치는 녀석들로 가득하거든. 지금 알바하는 것도 생일선물 자금 마련 때문이지?"

"동기는 됐지만……앞으로 내 용돈도 벌고 싶다는 생각에."

"시급 오천오백 원에 주말 열 시간 일해서 한 달 용돈이라. 그걸로 어떻게 살아?"

"그거면 지금 내 용돈 세 배가 훌쩍 넘거든?"

"세 배? 뭐야, 그럼. 지금 용돈이 칠만 원도 안 돼? 아하하, 농담하는……게 아니구나. 미안. 철이 없는 놈이라. 흠, 신데렐라. 내가 마법사 역할을 해줘야겠군. 이런 거 어때?"

승운이 입고 있던 흰 터틀넥 밖으로 꺼내 보인 것은 은색 체인이었다. 그 체인의 중간에 작은 펜던트가 있었다. 삼각형 두 개가 반대로 겹쳐져 있는 모습의 별모양.

"별?"

"별은 별인데 정확히는 '다윗의 방패'라고 해. 이스라엘 국기 본 적 있어? 거기 중앙에도 이 무늬가 있어. 이건 아주 오래된 승리의 상징이야. 종교적인 의미 없이도 심플한 부적 정도라고 생각할 수도 있고.

나름 괜찮지 않아?"

"응. 그런 것 같아."

"저번에 만든 그 별모양 핸드폰 고리, 그 녀석에게 못 줬다고 했지? 나 약간은 죄책감을 느끼니까 다른 방식으로 보상해 줄게."

"어떻게?"

"이건 복제품이 없는 오리지널이야. 뒷면에 내 좌우명을 써 넣었거든. 어때? 예쁘지?"

승운이 보여준 뒷면엔 읽기 힘든 한자가 빼곡히 적혀 있었다. 자세히 보기 전에 도로 뒤집어 버려서 제대로 읽지도 못했다. 뭐냐고 캐묻는 것도 껄끄러워서 태희는 그냥 예쁘구나 하고 중얼거렸다. 승운은 목걸이를 다시 안으로 넣으며 말했다.

"잘 아는 누나가 은공예를 취미로 해. 크기 정하고 적어 넣을 말 정도만 정하면 만드는 건 금방이야. 딱 원가만 부담하도록 해. 그 누나 나한테 빚이 좀 많거든."

"어, 목걸이는 좀 그런데. 액세서리 싫어하거든."

"그럼 키홀더 같은 거 어때?"

"키홀더라. 괜찮다, 그거."

"그럼 말이야, 뒤에 쓸 말이 정해지면 나한테 연락해. 하루 이틀은 말미를 줘야 해. 그 누나 보헤미안이라 여기저기 쏘다니거든."

"그럴게. 다윗의 방패라. 멋지다. 네 덕분에 고민거리가……. 아, 잠시만."

웃으면서 고맙다고 이야기하려던 태희는 바지주머니 속의 핸드폰이 진동을 해서 말을 끊었다. 핸드폰을 보고는 잠시 놀라더니 목소리를 몇 차례 가다듬고 전화를 받았다.

"재경아, 안녕."

여전히 예의를 차리면서 전화를 받는 그녀에게 재경이 대번에 혀를

411

차는 게 들려왔다.

「별로 안녕하지 않아. 넌 안녕해?」

어쩐지 심통이 난 것 같은 그의 말에 태희는 당황해서 눈을 깜박거렸다.

"왜? 무슨 일 있어? 아, 혹시 아파?"

「내가 너냐? 그냥 좀 피곤해. 하루 종일 운동을 했더니.」

"무슨 운동을 그렇게나?"

「클레이 사격하러 갔다가 아무리 해도 기록이 부진해서 관두고 승마를 하러 갔어. 그래도 찝찝해서 스쿼시 두 시간쯤 치고 나오는 길이야. 그랬더니 오른발목이 욱신거려.」

"축구하면서 다쳤던 데잖아? 어서 가서 냉찜질해 줘. 그런 거 소홀히 하면 안 돼."

「귀찮아. 봐서 하든지. 넌 계속 공부하는 중이야?」

"어? 어, 뭐 그렇지."

「공부도 좋은 데 오전에 잠깐 나랑 운동하는 거 어때? 테니스 칠 줄 알아? 못하면 가르쳐주고.」

"아, 아니야. 내 운동신경 알잖아. 가르치다가 너 숨 막혀서 죽는 거 보고 싶지 않아."

「참아 줄게. 숨 막혀서 죽지 않을 만큼만. 내일 할 만한 운동 목록 정해 갈 테니까. 아, 그리고 잠깐 나와 봐.」

"에? 나오라니?"

갑작스런 재경의 말에 태희가 깜짝 놀라 목소리를 높였다.

「그 편의점 앞에 있어. 줄 게 있으니까 얼굴만 비추라고.」

편의점 앞. 태희는 마른침을 삼켰다. 재경이 지금 소희네 집 근처에 있다. 어제 태희가 오늘은 소희네 집에서 공부할 거라고 했기 때문이다. 태희는 엄청난 속도로 눈을 깜박이다가 말했다.

"어쩌지? 나 지금 도서관에 와 있는데."

「무슨 도서관? 그때 거기?」

"으, 응."

「거긴 소희네 집하고 정반대 방향 아니야? 거기까지 왜 가? 소희는 그림 그린다며?」

"아, 약간 사정이 있어서…….."

「그럼 도서관으로 갈게. 거기 벤치에서 보자.」

"그럴 거 없어. 나 막 나가려던 참이야. 아, 그런데 줄 게 뭐야? 그 거 내일 주면 안 돼?"

「오늘 받는 게 좋을 텐데.」

"그럼, 저기 소희한테 주면 안 될까? 나 소희네 집에 갈 거거든. 좀 돌아가긴 하겠지만."

「……그러던지.」

"내가 소희에게 전화하고 연락 줄게. 잠시만 기다려."

그렇게 말하고 태희는 전화를 끊었다. 뭔가 뒤가 엄청 켕기는 기분 속에 소희에게 전화를 걸어 자초지종을 말했는데, 소희는 혀를 차며 대답했다.

「근데 어쩌냐. 나도 집이 아닌데.」

"집에 아무도 없고?"

「없어. 엄마는 데이트 나가고 난 네 시간 가까이 정탐 중이다.」

"정탐? 무슨 소리야?"

「무슨 소리냐면, 음. 일단 전화를 끊고 기다려라.」

황당한 말을 남기고 소희가 뚝 전화를 끊었다. 재경에게 바로 연락 해 주겠다고 했는데 태희는 난감해졌다. 그때 윈드차임 소리가 나서 고개를 들고 손님을 맞으러 출입문 쪽으로 걷던 태희가 깜짝 놀라서 들어오는 사람을 가리켰다.

"뭐야, 너. 여긴 어쩐 일이야?"

야구모자에 선글라스를 쓰고 있어도 한눈에 소희를 알아볼 수 있었다. 소희는 입을 손으로 가리면서 푸홋 하고 웃기부터 했다.

"이 엄마는 딸 걱정이 돼서 말이지. 근데 뭐냐, 그 안경은. 네가 클락 켄트라도 되냐? 안경 쓰면 호박, 벗으면 미인 뭐 그런 스토리?"

"내 아이디언데. 미인은 보호해 줘야 하거든."

옆에서 방긋 웃으며 끼어드는 승운을 보고 소희가 멀뚱히 쳐다보다가 선글라스를 벗고 모자까지 벗었다. 그러더니 깍듯이 인사를 하고 말했다.

"윤태희 매니접니다. 전에도 생각했지만 정말 이목구비 비율이 환상이십니다. 혹시 모델에 관심 없으십니까? 아니면 소속사를 구하고 계시진 않나요?"

얘가 또 무슨 헛소리를 하나 싶어 태희는 얼굴을 가리고 말했다.

"어쩌나. 그런 쪽은 질색인데요. 그나저나 매니저시라니 저야말로 잘 부탁드립니다."

덩달아 깍듯이 고개를 숙여 인사하며 승운이 장단을 맞춘다. 그런 승운을 보면서 소희가 배시시 웃더니 사르르 눈웃음치는 얼굴로 태희를 돌아보았다.

"좋구나. 이 알바. 언제든 내가 대타 뛸 용의도 있어."

"장사가 더 잘 되면 한 명 더 고용해 볼게. 그나저나 여기까지 왔으니 차라도 한 잔 대접해야 도리겠지? 친구는 어떤 차를 좋아해?"

승운이 카운터 뒤로 가면서 묻는 말에 소희가 큰 소리로 말했다.

"내 이름은 정소희야. 자주 볼 테니 외우도록. 그리고 난 커피라면 다 좋아해. 근데 태희야, 아까 이야기는 어떻게 된 거야? 재경이가 왜 우리 집 앞에 있어?"

"앗, 재경이! 어쩌면 좋지. 또 무슨 거짓말을 해. 가슴 떨려서 죽는 줄 알았는데."

"나 참. 역시 사람은 하루아침에 변하질 않지. 핸드폰 줘 봐. 내가 해결해 주지."

소희는 바로 재경의 전화번호를 찾아내서 통화 버튼을 누르기 직전에 좌르르 말했다.

"그대로 따라한다. 〈미안. 오늘은 안 되겠어. 소희, 인터넷이 안 돼서 피씨방에 가 있대. 저녁 먹자고 나 있는 데로 오는 중이래. 그래서 중간에서 보기로 했어. 무슨 일인지 몰라도 내일 봐. 아, 어쩌지? 핸드폰 배터리가 없어서 끊을게. 미안. 이따 전화할게.〉 오케이?"

얼떨결에 태희가 고개를 끄덕였다. 소희가 통화 버튼을 누르고 핸드폰을 태희 귀에 댔다. 태희가 전화를 하는 동안 안경을 가져와 써보았다. 이리저리 둘러보다가 승운과 눈이 마주치자 활짝 웃었다. 그런 소희를 향해 승운은 생크림이 잔뜩 올려진 커피잔을 건넸다.

일이 끝나고 둘이 함께 소희네 집으로 향하면서 승운이 준 초콜릿을 나눠 먹었다. 그러면서 승운이 선물로 이야기해준 별에 대해 이야기하고 어떤 글귀를 뒤에 넣을까 의논을 했지만 딱히 떠오르는 게 없었다. 집 앞에 이르렀을 때 소희가 뭔가를 발견하고 목청을 높였다.

"얼라리, 누가 내 집 앞에 쓰레기를!"

그녀의 말대로 현관 앞 계단 위에 뭔가가 놓여 있었다. 케이크 상자였다. 쓰레기라고 생각해 버럭 화부터 내고 달려가 그것을 집어든 소희의 표정이 변했다.

"엇, 이 무게, 이 냄새는!"

코를 킁킁거리더니 다짜고짜 상자를 열었다. 안에는 치즈케이크가 들어 있었다. 그걸 대번에 소희가 손가락을 찍어서 맛을 보았다. 지켜보던 태희가 깜짝 놀라 소리쳤다.

"미쳤어? 뭔지도 모르고 먹으면 어떻게 해!"

"이거 그거잖아, 몰라?"

케이크 상자를 치우려는 태희의 앞으로 소희가 오히려 케이크를 내밀며 물었다. 그러면서 몇 번 더 손가락으로 찍어 먹었다. 태희는 그런 소희를 경악했다는 듯 쳐다보다가, 문득 케이크 생김새나 상자 디자인이 그리 낯설지 않다는 것을 깨달았다.

"어머, 그러고 보니 이거?"

"응. 우리 단골 카페에서 파는 거잖아. 누군지 몰라도 취향 그레이트 한데. 근데 어쩌다 이런 걸 여기다 버리고 가누? 우연도 참."

"그러게 우연치곤……. 아, 설마."

고개를 갸웃하면서 케이크를 물끄러미 쳐다보던 태희의 머릿속에 번쩍하면서 뭔가가 스쳐갔다. 재경이 줄게 있다고 한 게, 설마? 재경과는 이 케이크를 파는 카페에 딱 한 번 같이 간 적이 있다. 이미 몇 개월 전이다. 하지만 재경이 그걸 기억해 준거라면? 그때 먹었던 케이크가 바로 이거였다. 의혹은 순식간에 확신으로 바뀌었다. 이걸 주려고 여기까지 왔을 재경의 모습을 떠올리는 순간 태희는 올라왔던 길을 다시 뛰어 내려가고 있었다.

"태희야? 왜 그래, 태희야? 어디 가는데?"

"내일 봐! 소희야, 그거 맛있게 먹어!"

어째선지 환하게 웃는 얼굴로 뒤돌아보고 태희가 열심히 손을 흔들었다. 소희도 엉겁결에 따라서 손을 흔들었다. 내리막길이라선지 굼벵이 태희가 제법 빨리 뛰는 것처럼 보였다. 그 뒷모습을 한참 쳐다보다가 소희는 케이크를 들고 집으로 들어갔다.

전화 정도는 해보고 오는 건데. 재경의 아파트 앞에서 세 번이나 초인종을 눌렀지만 재경이 나오는 기색이 없자 태희는 그제야 후회를 했다. 기세 좋게 달려왔던 것만큼이나 크게 의기소침해져서 몸을 돌렸다. 엘리베이터가 올라와서 문이 열리자 그 안으로 걸음을 옮겼다.

그리고 막 엘리베이터 문이 닫히려는데 누군가의 손이 확 그 문을 잡았다. 움찔 놀라서 뒤로 붙는 태희의 눈에, 문이 다시 열리면서 그 앞에 선 사람의 모습이 보였다.

"재경아……. 어머."

재경의 얼굴을 보고 웃던 태희는, 이어서 바로 그의 복장을 보고는 얼굴을 붉히며 고개를 숙였다. 온통 젖어 있는 재경은 목욕 가운 하나를 급하게 걸친 모습이었다. 재경은 팔을 뻗어 태희를 밖으로 끌어냈다. 차갑기 그지없는 그의 손에 태희가 깜짝 놀랐다.

"뭐가 이렇게 차? 꼭 얼음장 같잖아."

"얼음 채워서 목욕하던 중이야. 재밌어. 해볼래?"

"절대 하고 싶지 않아. 추운 거 질색이야."

"나도 별로 좋아하진 않아."

"그런데 왜 그런 걸 해?"

미간을 찡그리는 태희를 보며 재경이 희미하게 웃었다. 물이 뚝뚝 떨어지는 그의 머리카락 아래에서 창백하게 젖은 그의 피부가 마치 밀랍 같다. 입술도 푸르스름하기까지 했다. 재경이 문을 열어주어 먼저 안으로 들어서면서 태희가 말했다.

"아까 줄 게 있다고 한 거 뭔지 못 물어봤는데 그거 케이크, 엇!"

말을 다 끝맺지 못하고 태희가 숨을 크게 들이켰다. 바로 뒤에서 재경이 그녀를 꽉 끌어안고 있었다. 그가 태희의 머리카락에 얼굴을 묻고 중얼거렸다.

"아, 역시 안 되겠어. 뭘 해도 별 소용이 없어. 젠장."

"왜 그래, 재경아? 무슨 일 있는 거야?"

어쩐지 거칠어진 그의 목소리가 마치 다른 사람처럼 느껴져서 태희는 조심스럽게 물었다. 재경의 팔이 그런 그녀를 더 강하게 압박해 왔다. 조금 아플 정도였다. 태희는 가까스로 손을 올려 가운 밖으로 드러난 재경의 팔을 가만히 쓰다듬었다. 재경이 바짝 긴장한다는 것도 모르고 태희는 그의 차가운 팔을 슥슥 어루만져주면서 말했다.

"고민거리가 있으면 말해 줘. 나, 그다지 도움은 안 되겠지만 열심히 들어줄게. 혼자서 뭐든 잘할 수 있다는 거 알지만 그래도 내가 아주 조금은 버팀목이 될 수 있을 거야. 정말 아주 조금이긴 하겠지만 말이야."

어쩐지 우스워지는 재경이었다. 내가 누구 때문에 이런 웃기지도 않는 짓까지 하는데, 이 아이는 이렇게 위험한 발언을 서슴지 않고 할까? 눈치라곤 정말 약에 쓸래도 없다. 그런데 바로 그게 지독하게 맘에 들었다. 약삭빠르지도 못하고, 그의 마음을 계산해 보려고도 하지 않고 그저 있는 그대로 보여주는 것을 받아들여주는 태희가 말이다.

팔에 힘을 풀고 태희를 돌려세우자 재경을 막무가내로 괴롭히기도 하고 감당할 수 없이 설레게도 하는 그녀의 눈을 들여다볼 수 있었다. 넌 내게 절대적이야, 라고 말해 주는 듯한 맹목적인 신뢰의 눈. 좋아한다는 걸 좀 더 늦게 깨달았으면 좋았을걸. 그랬다면 그의 차가운 마음이 힘을 얻어 이미 태희를 자신의 방식대로 길들였을 텐데. 나비를 사로잡아 표본 하듯이 완전하게. 그렇지만 늦었다. 이제 그는 자신의 마음보다 먼저 태희의 마음을 생각하게 되고 만다. 함부로 할 수가 없다.

이 가냘프고 예쁜 아이를 완전히 자신의 것으로 만들고 싶다. 마음은 자신의 것이라 확신하지만, 그것으로는 부족하다. 미치도록 하고 싶은 일이 있다.

안아버리고 싶다.

걸핏하면 그런 생각이 들어 머리가 마비되는 것 같다. 너무나 쉬운 일이란 걸 알아서 더 미칠 것 같다. 지금 당장이라도 태희를 침실로 데리고 들어가 원하는 걸 얻어내는 데에는 십 분도, 아니 오 분도, 아니 그럴 게 아니라 아예 여기서 당장이라도…….

재경의 눈이 어두워지면서 살기와도 흡사한 무거운 기운이 태희에게도 전해졌다. 태희는 재경에게 오히려 더 가까이 가면서 걱정스럽게 그를 쳐다보았다.

"정말 무슨 일 있는 거 아니야?"

그녀가 재경의 앞머리를 가만히 옆으로 넘겨주는 동작에 재경은 확 정신을 차렸다. 나쁜 생각을 털어내듯 재경은 몇 번이나 머리를 흔들었다. 그러곤 갑자기 웃음을 터뜨렸다.

"아냐, 너무 추워서 잠깐 머리가 굳어 버렸나봐. 신선하네, 이런 것도."

재경이 터덜터덜 걸어서 소파로 가더니 푹 쓰러지듯이 기대앉았다.

"뭔가 따뜻한 거 마시면 한결 나을 거야. 내가 준비해 올게."

"됐어. 그러지 말고 이리 와. 어서."

툭툭 옆자리를 치면서 재경이 말하자 태희가 어쩔 수 없다는 표정으로 옆에 가서 앉았다. 재경이 태희의 머리를 쓰다듬으며 중얼거렸다.

"어수룩하고 눈치라곤 손톱만큼도 없는 굼벵이긴 하지만 말 하난 잘 들어서 예쁘다."

"너……술 마셨어?"

그제야 재경에게서 나는 희미한 알코올 냄새를 캐치한 태희가 물었다. 재경은 태희의 말을 듣고서야 아, 그러고 보니 술을 마셨지 했다. 어쩐지 생각이 막 나가더라니.

하루 종일 운동을 하면서 태희 생각을 하루라도 안 해보려고 했는데 결국 안 됐다. 허기진 것도 잊고 무작정 걷다 보니 뜻밖에 예전에 태희와 함께 케이크란 걸 먹었던 곳 앞이었다. 마침 지나는 길에 보니까 생각이 나서 샀다고 하고 이걸 가져다주면서 얼굴을 보자, 하고 소희네 집 근처까지 갔지만 계획은 실패했다.

집에 돌아와서 진을 한 컵 가득 따라 마셨다. 그러곤 샤워를 하러 갔다. 아무리 씻어도 속이 홧홧한 느낌이 가시질 않아서 얼음까지 채운 물에 머리끝까지 담그길 수차례 반복했다. 날카로워진 신경은 오히려 한 가지를 향해 한없이 치달았다.

태희. 마치 자신이 금단증상에 시달리는 중독자 같이 느껴졌다. 그런 생각을 할 때 초인종 소리가 들렸다. 꿈결처럼 멀리서. 한 번, 두 번, 그리고 세 번째. 뛰쳐나가서 태희의 얼굴을 보는 순간, 너무 좋아서 심장이 아플 지경이었다. 지금 그러하듯이.

"마셨어. 그러고 보니 술 한 잔 할래?"

"싫어. 미성년자는 술 마시면 안 된다니까. 머리 나빠져."

"그럼 넌 안 되겠구나. 머리마저 나빠지면 내세울 게 아무것도 없을 테니까."

"치. 그래. 그러니 난 안 마실래. 그치만 너도 마시지 마. 네 머리가 나빠지면 국가적인 손실이잖아. 거기다 머리 나쁜 한재경은 상상도 할 수 없어."

"걱정 마. 설사 알코올 중독이 돼서 뇌가 술로 절여져도 너보단 똑똑할 테니까."

"하……. 엄청난 자신감이네. 왕자병은 아니고, 천재병이란 것도 있나?"

작은 입술을 내밀고 투덜거리는 게 마치 키스해달란 유혹 같았다. 그래서 그 유혹에 따랐다. 재경이 그녀의 입술을 덮고 조물거리며 빨아대자 태희는 가만히 몸을 웅크리고 얼마쯤은 참았다. 하지만 그가 손으로 태희의 턱을 강하게 쥐어 입술을 벌리게 하고 입속으로 혀를 밀어 넣으며 키스를 해오자 키스가 몹시도 버거워졌다. 동시에 그가 체중을 실어 밀어왔고 태희가 버티려고 노력했음에도 불구하고 결국 힘에 밀려 머리가 소파 바닥에 닿아 버렸다. 그의 두 팔 속에 갇혀서 태희는 버둥거리는 것조차 제대로 할 수 없었다.

"무거워, 재경아. 이거 너무 힘……으읍."

간신히 몇 마디 하기가 무섭게 다시 재경의 입이 태희의 입을 틀어막았다. 두 손으로 태희의 머리를 감싸 쥐듯이 움켜잡고 재경은 흘러넘칠 것 같은 자신의 마음을 떠넘기듯이 지독한 키스를 계속했다. 공기의 밀도가 천천히, 그러나 확고하게 바뀌어 간다. 막무가내로 쏟아지는 키스 세례 속에서 태희도 희미하게 무언가를 느끼기 시작했다.

한참 만에 입술을 떼고 재경이 태희를 쳐다보았다. 약간 땀이 배어난 그녀의 이마를 재경이 손가락으로 살며시 쓸어 만지자 태희가 작게 떨면서 입술을 깨물었다. 입술이 쓰라리고 아팠다. 하지만 그것보다 더한 무거운 감정이 아픔을 누를 정도로 컸다.

"그……그만 갈래."

겁에 질린 사슴 같은 눈이다. 그런데도 그의 눈을 피하지 못했다. 재경은 입술 끝을 살짝 들어 올리며 웃었다. 눈은 전혀 웃고 있지 않았다.

"싫어. 이제야 겨우 따뜻해지기 시작했는데."

보채는 아이를 나무라듯 그녀의 속삭임을 누르고 그는 그녀의 자그마한 귀를 따라 손가락을 움직였다. 그대로 좀 더 손을 내려서 목을 감아쥐었다. 손을 타고 그녀의 맥박이 뛰는 것이 전해졌다. 너무나 빠르다. 하지만 동시에 너무나 약하다. 재경은 한숨을 쉬었다.

"옷 갈아입고 나올게. 아직 가지 마. 나 하루 종일 지루해서 죽는 줄 알았어."

그의 입에서 어리광에 가까운 말들이 흘러나왔다. 태희가 여전히 두려움 가득한 눈으로 그를 올려다보는 걸 보면서 재경은 쪽하고 그녀의 뺨에 빠르게 입술을 댔다 뗀 뒤 말했다.

"정말이야. 밥조차 먹는 둥 마는 둥 했어. 나 좀 불쌍하잖아. 안 그래?"

  그제야 태희의 눈에 두려움 말고 다른 감정이 크게 떠올랐다. 작게
고개를 끄덕이면서, 여전히 조금은 위축된 기가 남은 목소리로 그녀
가 말했다.

  "아프면 안 돼. 내가 얼른 뭐라도 만들어줄 테니까 그거 먹고 기운
내."

  "착하네. 우리 태희."

  지친 목소리로 재경은 이윽고 몸을 일으켰다. 그가 거실을 가로질
러가서 방문을 여닫는 소리가 들렸다. 태희가 몸을 일으킨 것은 그러
고도 조금 뒤였다. 손으로 가슴을 지그시 누르며 일어서는데, 소파에
서 두 걸음도 떼기 전에 무릎에 힘이 빠지면서 풀썩 주저앉았다. 일어
나려고 했는데, 얼마간은 다리에 힘이 들어오질 않았다. 심장의 요동
도 그치질 않았다.

  태희는 바닥을 뚫어져라 쳐다보면서 좀 전의 키스 도중에 느꼈던
불안의 정체를 분명히 깨달았다. 애틋한 마음만이 곱게 그려진 동화.
연애는 그런 꿈같은 게 아닐지도 모른다. 티 없이 예쁜 마음만으론 채
울 수 없는 면이 보이지 않는 뒤쪽에 있었다.

  방금 태희는 그 그림자의 어떤 부분을 살짝 본 것이었다. 욕망이라
고 하는 습하고 뜨거운 그림자를. 자신은 아직 예쁜 꿈을 꾸는 어린애
에 불과하지만 재경은 그렇지 않다는 것도.

  재경은 환상이 아니다. 실체를 가진 인간, 그리고, 남자였다.

7. 원망

"별로 대단한 영화도 아닌 모양이던데 왜 그런 걸 두 번이나 보자고
해? 나중에 DVD 나오면 사고 오늘은 그냥 뮤지컬 보러 가지?"

"엥?"

점심을 먹고 돌아온 재경이 자리에 앉으며 소희에게 하는 말에, 소
희는 어리둥절한 표정을 지었다. 태희는 화장실을 가서 자리에 없다.
재경은 느슨하게 풀어두었던 넥타이를 다시 조이면서 말했다.

"〈그리스〉 보러 가자고 한 거 말이야. 너랑 약속 있다고 해서 그럼
너도 같이 가자고 했는데 네가 싫다고 했다며? 뮤지컬이 어려워서 싫
다는 게 말이 돼?"

재경의 핀잔 어린 말투가 굉장히 거슬리긴 하는데 문제는 그것보다
지금 재경이 하는 말이 무슨 소린지 도통 모르겠다는 거다. 갑자기 웬
뮤지컬 타령에, 무슨 영화? 소희가 눈을 거듭 깜박거리고 있자 재경
이 다시 말했다.

"월요일에 봤으니 됐잖아. 오늘은 네가 양보해. 어제도 치과 간다고

데려가더니 오늘까지 끌고 다니는 거 너무한 거 아냐? 넌 친구가 태희밖에 없어?"

재경은 신경질을 부리고 있다. 목소리는 건조하고 재수 없는 평소 스타일 그대로인데, 그 행간에 짜증내는 어린애 같은 면이 담뿍. 소희는 재경 때문에 입에서 뗐던 포테이토칩을 들어 입 안 가득 넣고 우걱거리면서 재빨리 상황을 유추했다.

영화는 금시초문. 거기다 어제 치과를 가긴 했지만 재인이랑 같이 갔다. 오늘도 태희와 이렇다 할 약속은 없다. 그런데 재경은 자신에게 태희를 자꾸 빼돌린단 식으로 비난한다. 그러니까 뭔지 몰라도, 내가 완전히 나쁜 사람 역할? 소희가 쉴 새 없이 과자를 먹으며 시간을 끄는 중에 교실 뒷문으로 태희가 들어오는 게 보였다. 소희는 그제야 입을 열었다.

"그러니까 뮤지컬에 대한 내 의견을 밝히자면 말이야……."

부러 좀 크게 한 목소리에 태희가 깜짝 놀라서 열심히 손을 휘젓고 입에 검지를 갖다 대며 아무 말 말라는 신호를 했다. 소희가 힐끗 그 모습을 보고 눈을 돌렸지만 재경의 눈치가 훨씬 더 칼 같았다. 그가 홱 돌아보는 서슬에 태희는 지레 놀라 들어오다 말고 교실을 나가 버렸다. 뭐라 말할 수 없이 수상한 거동이다. 뒤늦게 소희가 상황을 수습하고자 말했다.

"난 뮤지컬이고 오페라고 간에 노래하면서 연기하는 자체가 영. 당최 가는 귀가 먹어서 알아듣지도 못하겠고, 어이, 재경 군? 어딜 가려고? 나와 이야기를 좀 하세. 그러니까 모든 원인은 말이지, 내가 어릴 때 엄마랑 웨스트 사이드 스토리를 보러 갔는데 바로 그날 기막힌 일이 벌어졌던 거야. 엄마는 거기서 친구를 만나서 내 손을 놓아 버렸고 나는 어쩌다 미아가 됐는데, 어이, 자네. 사람이 이야기하는데 그러고 일어서는 법이 어디 있나?"

소희가 태희에게 자주 쓰는 수법. 무작정 이야기를 시작해서 꼬리에 꼬리를 무는 잡담으로 처음 시작한 이야기가 뭔지도, 이야기 전의 상황이 뭐였는지도 잊게 만드는 말의 폭탄 세례가 재경에겐 전혀 먹혀들지 않았다. 재경은 한쪽 입술 끝을 들어 올리더니 물었다.

"오늘 보는 영화 제목이 뭐냐?"

"어? 영화? 아, 그거. 〈살라딘〉."

"그거 19금이잖아. 너랑 태희가 그걸 보러 가신다고? 웃기고 있네."

소희가 일어서는 재경의 소매를 붙잡아 봤지만, 돌아온 건 몹시도 싸늘한 눈초리뿐이다. 재경은 소희의 팔을 떨쳐내고 교실을 나가 버렸다. 소희는 바로 태희에게 전화했다.

"얌마, 뭔 일인지 몰라도 날 방패막이로 세울 거면 나한테도 말을 했어야 할 거 아냐. 입 맞추기가 전혀 안 된 상황에 날 던져 놓으면 내가 뭘 어쩌리?"

「으아, 왜? 재경이가 뭐 눈치 챈 거야?」

"눈치 채고 말고가 문제가 아니라, 대체 무슨 일이야? 니들 싸웠냐?"

「아니야, 싸운 게 아니라. 어머, 재경이다. 소희야, 나 숨어야 해.」

황급히 태희가 전화를 끊었고 소희는 자기 귀를 의심했다. 숨는다고? 재경이를 피해서 숨어? 어디로? 뛰어봤자 벼룩이지 오늘은 뭐 자기 등에 날개가 달린 줄 아시나? 아니 그보다 무슨 일이 벌어지고 있는 거냐? 궁금함에 소희도 자리를 박차고 뛰쳐나갔다.

그때 거북이는 열심히 도주하면서 점차 가까이 다가오는 사냥꾼의 기척을 피하려고 애쓰고 있었다. 태희 딴엔 용의주도하게 방향을 틀고 있었지만 쫓는 사람은 아주 간단하게 따라잡을 수 있었다. 가끔 행방을 놓치면 근처에 있던 녀석들에게 묻기만 하면 됐다. "윤태희 봤어?"하고. 긴 머리를 휘날리며 총총히 움직이는 태희의 모습은 어디서나 목격자를 남겼다. 거기다 찾는 사람이 재경이다. 제꺽제꺽 알려주는 학생들의 친절함에 재경은 빠르게 태희와의 거리를 좁혀 나갔다. 불과 얼마 후면 태희의 뒷모습을 보는 것도 시간문제였다. 바로 그때 태희의 앞으로 누군가가 획 얼굴을 내밀며 말을 걸었다.

"선배! 어딜 그리 급하게 가요?"

"엇? 어어, 재인아. 미안 내가 좀 급해."

바로 옆 동 건물 1층 자판기 앞을 지나치는데 그 앞에 있던 1학년 남자애들 중에 재인이 있었다. 태희가 자꾸만 뒤를 돌아보며 쩔쩔매자 재인이 콕 집어 물었다.

"뭐예요, 무슨 사냥꾼 놀이해요?"

"노는 게 아니라. 미안, 다음에."

"그러지 말고 이리 와요. 도와줄게요. 응, 여기 가만히 있어요."

팔을 잡더니 재인이 태희를 데리고 나갔다. 건물 밖에 화단 앞에 있게 하고는 재빨리 자판기 쪽으로 돌아오는데 막 거기에 이른 재경과 마주쳤다. 재인은 재경을 보고 히죽 웃고는 자판기를 향해 걸어갔다. 모여 있던 반 애들의 이야기에 끼어들면서 재경을 쳐다보니 재경은 주위를 두리번거리고 있었다. 재인은 기지개를 켜는 척하면서 왼손 엄지로 어딘가를 쿡쿡 가리켰다. 물론 태희가 있는 곳과는 전혀 상관없는 방향이었다. 아마 그 반대편으로 가리라고 생각했는데, 웬걸, 재경은 잠자코 재인이 가리킨 쪽으로 갔다.

"아이고, 날 믿으시다니. 왜 사람이 안 하던 짓을 하실까?"

재인은 재경의 뒷모습을 보고 혼잣말을 하고는 이내 태희에게 갔다. 태희는 화단 옆을 터벅터벅 걸어서 다시 교실로 돌아가는 중이었다. 재인이 금세 옆으로 뛰어갔다.

"왜 이렇게 기운이 없어요? 남자친구랑 싸웠구나?"

"아니야. 그런 거. 그냥 생각할 일이 있어서."

"그거 역시 남자친구랑 관계되는 일이죠? 아까 보니까 무서운 얼굴로 찾아다니던데."

"무서웠어? 아, 그런 게 아닌데. 괜히 일이 이상하게 꼬이네."

재인의 말에 안 그래도 시무룩했던 태희의 얼굴이 더 무겁게 가라앉았다. 전후 상황을 모르니 재인은 찬찬히 살필 따름이었다. 태희는 시무룩한 표정에 눈을 힘없이 내리뜨고 이따금 한숨 같은 숨을 내쉬었다. 이 정도의 예쁜 얼굴은 널렸다고, 재경에게 했던 말은 아무래도 지나친 말이었구나 하고 재인은 생각했다. 독특한 분위기가 있다. 보다 더 연륜이 있고, 이성을 유혹하는 스킬이 뛰어난 여자들조차도 제대로 갖춘 사람은 찾아보기 힘든 것. 정확히 이게 어떤 느낌일까 하고 물끄러미 옆얼굴을 응시하는데 문득 태희가 뭔가에 놀라는 것 같더니 치마 주머니에서 핸드폰을 꺼냈다. 재경의 전화면 어쩌나 하는 얼굴이다가 액정에 뜬 이름을 보고 냉큼 전화를 받았다.

"어, 승운아. 벌써? 와, 그럼 오늘 당장이라도……. 그렇구나, 내일. 응, 그럼 기다려야지. 수업은 다섯 시쯤에 끝나는데? 찾아갈 수 있을 거야. 한 번 가봤잖아. 그런가. 그럼 중간에서 보든지. 에에? 여기로? 그렇게까지 하면 네가 귀찮잖아. 그래도……. 그럼 학교 앞 지하철역 있는 곳에서 보는 걸로 해. 응. 거기. 그럼 내일 보자."

전화를 끊은 태희의 입가에 미소가 떠올랐다. 옆에 있는 재인도 잊은 듯 뭔가 골똘히 생각에 잠겨 있었다. 재인이 툭하고 그녀의 어깨를 건드리자 깜짝 놀란 표정을 짓는 걸로 봐선 정말 잊었던 모양이다.

"어, 뭐야, 재인아. 너 아직 안 갔어? 점심시간 오 분 남았네. 어서 가봐."

"종 울리면 뛰어가도 안 늦어요. 근데, 방금 그 사람 누구? 남자 목소리던데."

"몰라도 돼."

경계하는 것처럼 딱 잘라 말하자 재인의 호기심은 더욱 증폭되었다.

"그러지 마시고 선배, 아무한테도 말 안 할 테니 살짝 귀띔만 해줘요. 설마 양다리?"

"양다리라니 그런 짓은 나쁜 사람이나 하는 거야."

"아니면 미인이 하죠. 선배처럼."

"난 그런 소리 듣고 좋아하는 바보 아니거든? 실없는 소리 자꾸 하지 말고 가."

정색을 하고 재인을 나무라더니 태희는 성큼성큼 앞으로 걸어갔다. 가다 말고 돌아서서 꾸벅 고개 숙이며 인사하는 걸 잊지 않았다. 손을 흔들어주고선 그녀가 걸어가는 뒷모습을 보면서 재인은 중얼거렸다.

"잘 자란 인간이란 저런 사람을 보고 하는 말인가. 하긴 저 한재경이 양에 안 차는 거하고 연애란 걸 할 리가 없지. 어느 집 사람이지? 근데 승운이? 아, 혹시."

얼핏 생각난 게 있었다. 어제 소희가 치과에서 나오면서 무심코 재경의 생일 때문에 태희가 알바까지 뛴다는 식으로 말했던 것이다. 재인이 무슨 알바냐고 물으니 알 거 없다는 식으로 얼버무리긴 했지만 말이다. 아르바이트. 그리고 얼핏 들은 승운이란 이름. 떠오르는 사람이 한 명 있긴 한데, 거기에 끌어다 붙이는 건 너무 억측일까? 어쨌든 한 번 확인하는 것쯤 못 할 것 없다. 사랑하는 형님을 위해서라면 더욱 즐거울 테고.

씩 웃으며 돌아서다 움찔 놀랐다. 불과 몇 걸음 앞에 재경이 서 있었다. 그가 천천히 재인 쪽으로 다가오자 무슨 말이든 던질 거라고 생각해서 받아칠 말을 열심히 준비 중인데 뜻밖에 재경은 한마디도 하지 않고 재인을 지나쳤다. 그래도 한동안 기다리다가 결국 재경이 아무 말을 안 할 거란 걸 알고 재인이 뒤따라가며 시비를 걸듯 물었다.

"왜 그러시나? 나 때문에 물 먹은 게 분하지도 않아?"

"분하니 널 쥐어 패기라도 할까? 거짓말쟁이 양치기를 믿었으니 내 잘못이지."

"거북이가 불쌍해서 그랬어. 사냥꾼한테 잡히면 큰일 날 것 같은 얼굴이었거든."

재경의 무표정했던 얼굴이 눈에 띄게 굳어지는 게 보였다. 이해할 수 없는 태희의 행동. 당장 얼굴을 보고 해명을 들어야겠는데, 옆에서 재인은 값싸게 입을 놀렸다.

"연약한 공주님께 뭘 어쨌기에 도망을 다녀? 뭣하면 여자 다루는 법 좀 알려줘?"

"너!"

갑자기 재경이 멈춰 서더니 확 고개를 돌리고 재인을 향해 낮은 목소리로 으르렁거렸다.

"엉뚱한 화풀이를 당하고 싶지 않으면 당장 꺼져. 나불거리는 주둥이 닥치고 말이야."

"으아, 무서워. 그런 식으로 윤태희도 옥박지른 거 아니야? 나 같아도 백만 광년은 멀리 도망치고 싶겠네. 형, 여자는 말이지, 으앗!"

재경은 더는 말하지 않았다. 손을 뻗어 재인의 멱살을 잡아 그대로 바닥에 메다치듯이 던져 버렸다. 화단 위에 널브러진 재인은 얼마간 어리둥절할 지경이었다. 이렇게 쉽게, 어이없게 던져지다니. 그런데 분하다기보다는 어쩐지…….

"흐하하, 아하하하, 이거 재밌네. 제대로 발견했잖아, 약점을. 하하하하!"

스위치처럼, 누르면 곧바로 반응하는 약점. 재경은 돌아보지도 않고 가버렸다. 원래였으면 쌀쌀하게만 보였을 그 모습이 오늘은 다르게 보였다. 냉혈동물이 달라졌다. 한 명의 여자아이 때문에. 한재경은

429

진짜 연애를 하는 모양이었다. 자아, 그렇다면.

"도와줘야지. 사랑하는 우리 형을. 큭큭큭큭."

화단에 널브러진 그대로 재인은 맛이 간 녀석처럼 한참을 웃어댔다.

교실로 돌아온 둘은 점심시간에 마치 아무 일도 없었던 것처럼 침묵을 유지했다. 소희는 둘 사이에서 열심히 안테나를 작동시켰다. 청소 시간에 태희를 데리고 도서실로 간 소희는 한참 밀담을 나누었다. 태희가 왜 그러는지부터 열심히 추궁했다. 각종 고문과 회유 끝에 핵심 단어가 나왔다.

재경이가 무섭단다.

대번에 그 녀석이 무슨 짓을 한 거냐고 목에 핏대를 올리며 소희가 무기를 찾아 뛰기 시작했다. 태희는 소희의 오버를 말리느라 진땀을 뺐다. 그 뒤에도 태희는 횡설수설하길 한참. 그러다 마침내 소희의 귀를 번쩍 뜨이게 한 말이 시작되었다.

"재경이를 보면 숨이 답답해지고 심장이 자꾸만 뛰어. 말 한마디를 하려고 해도 내 말이 어떻게 들릴까 걱정이 돼서 못하겠고, 걔가 얼굴을 쳐다보면 내 얼굴이 이상하지나 않을까 걱정이 돼서 초조해져. 그런 거 생각하다 보면 머릿속이 어떻게 될 것 같아. 갑자기 소리 지르면서 어디로 도망쳐버릴 것 같다구. 불편해. 불편해서 죽겠어. 나 어쩌지?"

"이제 와서 불편하다니. 너 요새처럼 재경이하고 친한 적 없었잖아. 손도 잡고, 팔짱도 낀다며? 그 녀석 앞에서 쿨쿨 잠도 잤단 녀석이 이제 와서 무슨 소리야?"

"제정신이 아니었던 거지. 재경이가 너무 상냥하게 잘해 줘서 나도 모르게 꼭 너처럼 생각하고 말았어. 같이 있으면 안심이 되고, 즐겁고…… 근데 재경인 네가 아니잖아. 그 앤 왜 남자인 거지? 여자애였으면 얼마나 좋을까? 그럼 손잡고 팔짱 끼고 같이 자고 그래도 전혀 문제 될 게 없을 텐데. 왜 하필 남자인 거냐고."

"어허, 꼭 그 녀석이 남자인 걸 몰랐다는 것처럼 말하는데 한재경은 처음부터 남자였거든요? 네 눈엔 그 녀석이 여자처럼 보이든? 벌써부터 수컷 페로몬 풀풀 풍기는 위험한 녀석이 어딜 봐서……. 아, 잠깐. 아이고 맙소사."

비로소 뭔가 감을 잡은 소희가 탁 자신의 이마를 치고는 태희 앞에 양반다리를 하고 앉았다. 그러고는 진지한 눈으로 태희의 시무룩한 얼굴을 쳐다보면서 말했다.

"우리 태희, 사춘기구나."

"무슨 헛소리야."

"이 엄마 믿지? 자웅의 오묘한 신비와 종족보존의 시스템에 대해서 상냥하고 자세하게 가르쳐주마. 그런 뒤에 궁극의 비기인 카마수트라에 대해 탐구하자. 이 엄마도 실전은 아직이지만 머릿속엔 무궁무진한 자료가 들어 있으니 널 새로운 세계로 이끌어주겠다."

"너무해. 남은 심각해 죽겠는데 놀려먹기나 하고."

원망스럽게 쳐다보는 태희의 눈을 보면서 소희는 낄낄거렸다.

"짓궂었다면 미안한데, 나 말고 이렇게 말해줄 인간이 또 누가 있냐? 잘 들어, 태희야. 네가 말한 증상은 말이지 사랑에 빠진 사람이라면 누구나 걸리는 거라고."

"알아. 나 재경이 좋아한다고 그랬잖아."

"아니, 지금까지하곤 다른 것 같아. 지금까지 넌……음, 성별을 초월해서 그냥 걔가 좋았을 뿐이야. 네 말대로 여자였다고 해도 말이지. 근데 이젠 네가 자각을 한 거지."

"자각?"

"뭐, 눈을 떴다고 해야 하나. 네가 여자고 그 녀석은 남자라는 게 어떤 의민지 깨달은 거지. 봄은 아니지만, 네 안에 있는 여성이 발정을 한 거야."

"지……징그럽게 무슨 소리야."

소희가 무슨 말을 더 하려 하자 태희는 듣기 싫다는 듯 두 손으로 귀를 막아 버렸다. 역시나 소희가 생각한 게 맞다. 이 녀석은 덜 컸다. 몸이 크는 것보다 정신은 더 빨리 커버린 면이 있는 반면 어떤 점은 자라는 게 억눌려 또래들보다 훨씬 뒤처져 있다. 소희는 한숨을 쉬고는 느긋하게 태희가 진정하길 기다렸다. 소희의 차분한 대응이 효과가 있었다. 태희는 귀를 막았던 손을 풀고 얼굴을 붉히면서 소희를 보았다.

"미안. 도와주려는 건데 바보처럼 굴어서."

"나한테 미안할 건 없고. 난 솔직히 말하면 재밌거든. 근데 문제는 구경하는 내가 아니라 재경이잖아? 넌 그냥 무섭다고 외면만 하면 재경이는 뭐가 되냐? 그 녀석은 아무것도 모르고 네가 자길 피한다고 생각하지 않을까?"

"피하려고 그러는 게 아닌데. 아, 어쩌지? 말하자니 아무것도 할 말이 없고."

"왜 없어? 나한테 한 말 그대로 하면 되잖아."

"민망해서 그런 말을 어떻게 해."

"내가 해주리?"

"하지 마. 절대, 그러지 마. 내가……내가 어떻게든 할게. 얼마 안 있으면 그 애 생일인데 괜한 이야기해서 기분 나쁘게 만들고 싶지 않아."

"글쎄다. 기분 나쁘기보단 오히려…….'"

오히려 좋아하지 않으려나? 그렇게 생각했지만 태희의 심각한 표정을 보고 말하길 그만두었다. 곧 예비종이 울려서 다음 수업 준비를 위해 둘은 교실로 돌아갔다. 소희가 먼저 들어가고 뒤따라 들어가던 중에 태희는 핸드폰이 진동해서 꺼내 보았다. 문자가 와 있었다.

〔끝나고 도서실에서 봐.〕

고개를 들어 재경이 있는 곳을 보았다. 재경은 턱을 괴고 책을 보고 있었다. 태희의 시선을 알고도 고개를 돌리지 않았다. 곧 수업이 시작했다.

이야기가 길어지지 않게끔 미리 소희가 나가면서 학교 아래 편의점에서 기다린다는 말을 하고 갔다. 재경더러 들으라고 영화 시작 전에 밥 먹으려면 서둘러야 한다고 일부러 강조까지 하고 소희는 툭툭 태희의 어깨를 두드려준 뒤에 조금은 무거운 걸음을 옮겼다.

재경이 먼저 일어나서 교실을 나갔다. 태희도 느릿느릿 가방을 챙겨서 일어섰다. 조금 앞서 나갔을 뿐인데 복도로 나왔을 때 재경의 모습은 이미 보이지 않았다. 이런저런 생각을 하면서 평소보다 더 천천히 걸었더니 도서실 앞까지 갔을 땐 십오 분 가까이 지나 있었다.

안으로 들어서면서 태희는 벌써 어두워져 버린 실내를 의식하곤 스위치를 찾아 불을 켰다. 날카롭게 들려온 목소리가 그녀를 주춤하게 했다.

"꺼."

"⋯⋯어두운데."

망설이고 있는데 발소리가 들리더니 재경이 옆으로 와서 탁 소리가 나게 스위치를 눌렀다. 불이 꺼졌지만 얼마쯤 남은 빛을 통해서 재경의 날카로운 눈매가 더 매섭게 보였다.

"여기 사람 있다고 광고하고 싶어?"

"그런 게 아니라. 앗!"

재경은 태희의 팔을 붙잡아 안으로 끌고 들어갔다. 거침없는 걸음. 도서실의 가장 안쪽 구석에서 재경이 손을 놓았다. 태희는 그가 꽉 붙잡았던 팔을 조심스럽게 주무르면서 힐끗 그를 올려다보았다. 하지만 눈이 마주치자 바로 쿵쿵거리는 심장 때문에 푹 고개를 숙였다. 쏟아지는 재경의 시선 아래 태희의 얼굴이 속수무책으로 빨개졌다. 재경에겐 그저 자신의 얼굴을 보지 않으려 하는 태희의 몸짓만이 부각될 뿐이다. 침착하자고 마음먹었지만, 밖으로 나온 목소리는 눈빛만큼이나 싸늘했다.

"요 며칠 날 피하는 거 맞지?"

"그런 거 없어. 내가 왜 널 피해."

"그건 내가 묻고 싶은 말이지. 왜 날 피해? 오늘 점심 일은 뭐냐고?"

"무슨 일? 난 무슨 소릴 하는 건지 모르겠는데, 아."

재경이 미간을 찌푸리며 태희에게 다가서는데 순간적으로 태희가 뒤로 물러났다. 재경의 머릿속에서 뭔가가 살짝 어긋났다. 그는 다시 태희에게 다가섰다. 이번엔 팔까지 뻗어 그녀의 어깨를 움켜쥐었다. 그러자 느껴졌다. 태희의 몸이 조금씩 떨리는 것이. 머릿속에서 어긋났던 무언가가 심하게 뒤틀리는 느낌이 왔다. 재경이 입을 열었다.

"지금 나 때문에 떨고 있는 거야?"

"떠, 떨기는. 네가 착각한 거겠지."

사실은 떨렸다. 그의 손이 닿은 팔이 그 부분부터 뜨거워지는 것만 같았다. 태희는 말라버린 입술을 혀로 적시면서 더욱더 깊이 고개를 숙였다. 시선의 끝에 재경의 손이 보였다. 크고 단단한 손가락들. 손등에 보이는 뼈마디도 자신과는 다르다. 시선을 돌리자 재경의 구두가 보였다. 발의 크기조차 너무 차이가 난다. 그 앞에 앞코를 모으고 있는 그녀의 구두가 유난히 작아 보였다. 태희의 심장은 자꾸만 더 크게 두근거렸다. 이게 재경에게 들리는 거 아닌가 싶을 만큼 커서 입술을 깨무는데 홱 재경이 그녀의 턱을 잡아 고개를 들게 했다. 눈이 그대로 마주치자 태희가 당황해서 얼굴을 돌리려고 했지만 턱을 쥔 재경의 손이 그걸 허락하지 않았다. 그는 태희가 자신을 보게 만들면서 물었다.

"하고 싶은 말이 있으면 해. 이렇게 영문도 모르고 거부당하는 느낌 아주 별로거든?"

"거부라니 그런 적 없어. 난 평소랑 다를 바 없는데, 그냥 네 기분 탓 아니야?"

"그래? 내 기분이 이상한 거였나? 너는 멀쩡한데 말이지."

턱을 움켜쥐고 있던 재경의 손이 미끄러지듯 아래로 내려와 그녀의 뒷머리를 가만히 움켜쥐고는 태희와 시선을 마주한 그대로 천천히 고개를 숙였다. 건조한 두 사람의 입술이 가볍게 겹쳐졌다. 곧 재경은 입술을 벌려 태희의 윗입술을 살짝 빠는 것처럼 키스했다. 아랫입술도. 몇 번이고 그런 키스를 반복하다가 왼손으로 그녀가 꼭 쥐고 있던 가방을 빼앗다시피 해서 옆으로 떨어뜨렸다. 가로막을 게 없어지자 그의 왼손이 태희의 허리를 감아 자신에게 끌어당겼다. 다시 입술을 겹치기 직전에 그가 물었다.

"아직도 하고 싶은 말이 없어?"

허리를 단단히 감은 팔, 밀착되어버린 가슴. 너무나 가까이에서 보이는 그의 얼굴에 태희는 숨 쉬는 것조차 잊어버릴 것만 같다. 지금까지 대체 어떻게 그와 이렇게 키스를 주고받았는지 알 수가 없다. 빨개지다 못해 이젠 머리가 터지는 게 아닐까 싶을 만큼 뜨거워진 얼굴로 태희는 재경을 보며 더듬거렸다.

"노, 놔줘. 재경아."

"왜? 키스하는 거잖아. 평소처럼."

이런 걸 평소에 했었나? 이젠 태희는 기억조차 제대로 나질 않았다.

"넌 그냥 가만히 있으면 되는 거야. 평소처럼 말이야."

"재경아, 부탁이야. 난 아무래도……아, 음, 으음."

손을 내려 재경과의 사이에 간격을 조금이라도 만들어보려고 하면서 말하던 태희의 입술을 재경이 훔쳤다. 입술 사이로 혀를 밀어 넣으면서 재경은 그녀의 가냘픈 허리를 끌어안은 팔에 더욱 힘을 주었다. 짓누르듯 달려드는 힘에 태희는 자기도 모르게 떠밀려서 뒷걸음질 쳤다. 쿵 하고 뭔가에 부딪혔다. 책이 잔뜩 든 서가. 그 바로 뒤가 벽이라 갈 곳이 없다. 재경은 그녀를 꽉 누른 채로 탐욕스럽게 키스를 퍼부었다.

그저 으스러져라 꽉 끌어안고 한껏 키스를 하는 것뿐이다. 그렇지만 태희는 이제 알 것 같았다. 재경이 원하는 건 이 이상. 외면하고 모른 척하려고 해도 미칠 듯이 뛰는 심장과 몸 전체로 퍼져가는 떨림을 어쩔 방법이 없다. 재경도 눈에 보일 것처럼 심해진 그녀의 떨림을 느꼈다. 그는 힘들게 고개를 든 후에 낮게 가라앉은 목소리로 물었다.

"왜 이렇게 떨어? 무서워서 그래? 말해. 그럼 안 하고."

"재경아, 난, 나는……."

무섭다는 말 한 마디면 되는데, 그 말이 안 나오고 먼저 눈물이 흘러나오고 말았다. 그녀를 안고 있던 그의 팔 힘이 순식간에 약해졌다. 어두워졌던 그의 눈이 믿을 수 없다는 듯 커졌다. 울고 싶은 게 아닌데 자꾸만 눈물이 나왔다. 보지 말라는 듯 눈을 가리며 태희는 손으로 재경을 밀어냈다. 그는 너무도 쉽게 태희를 놓아주고 말았다. 태희가 중얼거렸다.

"안 되겠어. 난 이런 거, 이런 거 싫어. 하고 싶지 않아. 미안해. 못 하겠어."

"……태희야. 무슨 뜻이야?"

재경의 손이 팔에 닿자 태희는 감전이라도 된 사람처럼 움찔했다.

그의 얼굴을 보자, 태희는 입술에 시선을 뺏겼다. 평소보다 더 붉게 보이는 재경의 입술. 돌연 그 붉은 입술에 다시 입 맞추고 싶다는 충동이 생겼다. 처음엔 얼떨결에 그에게 키스를 받곤 했지만, 나중엔 키스를 하고 있자면 그의 가장 소중한 사람이 된 것 같은 기분이 들곤 했다.

그리고 혼자서 문득 깨닫기도 했었다. 키스란 건, 마음이 넘칠 때에 자연스럽게 하고 싶은 거구나 하고. 그렇지만 그 마음이 한순간 폭풍처럼 커져 버릴 땐 어떡해야 할까?

감당할 수 없다. 자신은 그저 재경을 너무나 좋아하는 마음으로 가득할 뿐. 마음 말고는 아무것도 없다. 이제 겨우 그 마음을 위해 좀 더 나은 사람이 되고자 노력하기 시작했다. 그런 마음을 먹은 자신이 자랑스러워지던 참이다. 잠깐의 꿈으로 족했던 예전과 달리 이젠 재경이 조금 욕심나니까. 그의 곁에서 손을 잡고 팔짱을 낄 수 있고, 이따금은 키스를 할 수 있는 여자친구의 자리에 좀 더 오래 있고 싶으니까.

그런데 지금은 그저 두렵고, 어찌할 바 모르는 어린애가 된 기분이다.

"왜 그렇게 우는 건데? 뭐가 그렇게 싫고, 뭐가 그렇게 못하겠다는 거야?"

이해할 수 없는 일에 재경은 화를 내는 쪽을 택했다. 그가 태희의 손을 잡아당기는 순간 태희는 세차게 그의 팔을 뿌리쳤다. 이론의 여지도 없는 거부의 몸짓이었다. 재경도 놀라고, 태희는 더 놀라서 한참 동안 자신의 손을 쳐다보다가 간신히 말했다.

"미, 미안해. 지금 머릿속이 너무 복잡해서 그래. 며칠만 시간을 줘. 제대로 정리해서 말할 테니까. 방금 전 일은……. 아, 소희다. 나, 먼저 가볼게."

제대로 재경의 얼굴을 보지 못하고 소희의 전화가 온 걸 핑계로 태희는 도망치듯 도서실을 나섰다. 그래서 뒤에 남은 재경이 좀 전에 태희가 뿌리친 손을 어떤 표정으로 보고 있는지 그녀는 미처 알 수 없었다.

그가 그토록 쓸쓸한 표정을 지을 수 있다는 걸 태희는 짐작도 못했다. 그리고 재경에게 그런 표정을 짓게 할 사람은 세상천지에 자신 한 명뿐이란 것도 태희는 몰랐다.

다음 날, 교문 앞에서 핸드폰을 가지고 게임을 하던 재인은 이윽고 누군가가 총총히 뛰어지나가는 모습을 보고 뒤따라 움직이기 시작했다.

느린데다가, 눈치도 둔하다. 괜히 뛰어서 더 시선을 끌고 있다는 것도 모르는 것 같다. 하굣길엔 학생들이 많았지만, 태희가 지나갈 때마다 주변 애들이 조금씩 옆으로 물러나면서 쳐다보았고 가고 난 뒤엔 한 마디씩 하는 게 보였다. 본인만 모르는 아이돌이 따로 없다.

그래서 그녀가 지하철역 부근에서 태명고 교복을 입은 남자애와 만나는 장면이 얼마나 이슈가 될지도 모르는 모양이다. 승운은 초록색 체크무늬 교복 바지와 비슷한 무늬의 비니를 쓰고 있었다. 태명고 교복이 아니라도 보기 드물 만큼 잘생긴 얼굴이다. 그냥 서서 이야기를 하는 것만으로도 시선을 끌고 남는데, 그는 은색 바이크를 타고 있었다. 둘은 잠시 옥신각신하더니 결국은 태희가 헬멧을 쓰고 뒤에 탔다. 잠시 동안 어딜 잡을지 몰라 태희가 갈등하는 게 보였다. 그러나 바이크가 출발하면서 어쩔 수 없이 태희가 승운의 허리를 잡았다.

"굉장하다."

재인은 히죽 웃고는 이내 그들을 뒤쫓을 수 있게 택시를 잡아탔다. 러시아워 시작 전이라 다행히 목표를 놓치지 않고 따라가는 게 가능했다. 삼십 분만 늦어졌어도 꼼짝없이 놓치고 말았을 성싶다. 재인은 느긋하게 좌석에 기대어 은색 바이크를 쳐다보면서 문자를 보냈다. 한 십여 분쯤 답이 없어서 씹힌 줄로 생각했지만, 아주 다행스럽게도 답이 왔다.

〔너무 심심해서 살고 싶지 않은 거지?〕

하하하. 역시 그다운 대답. 재인은 소리 죽여 낄낄거리다가 답을 보냈다.

〔날 죽일지 말지는 나중에 생각해도 늦지 않을 걸. 내 질문에나 답해. 과연 윤태희는 지금 누구와 함께일까나?〕

그 문자에 대한 답은 역시 지체됐다. 십오 분 정도가 더 흘렀다. 바이크가 멈추었다. 두 사람이 내려서 들어간 곳은 짙은 청색 간판에 〈Silver Lining〉이라고 적힌 작은 가게였다. 재인도 택시에서 내려 적당한 곳에 몸을 감추고 가게를 쳐다보았다. 문을 비롯해 가게 전면을 장식한 불투명한 파란 유리에는 메마른 나뭇가지 주변을 날아다니는 두 마리의 은빛 나비가 도드라지게 그려져 있었다. 뭘 하는 가게인지 감이 오질 않아서 재인은 뚫어지게 쳐다보다 핸드폰을 들어 사진을 찍었다. 바로 그때 핸드폰이 울렸다. 재경의 전화였다.

"문자로 대답해 줘도 충분한데 말이지."

일부러 느지막이 전화를 받으며 재인이 말하자 저편에서 재경의 말이 들려왔다.

「아는 게 없으면 정말로 다 산 줄 알아.」

"글쎄. 형이 알고 있으면 정보가 아니지. 확인 삼아 전화해 보지 그래? 나 말고 대답할 사람이 따로 있잖아. 설마 거짓말이야 하겠어?"

「……」

"어라? 거짓말할까 봐 걱정돼? 하긴. 저쪽 외관이 더 쌈빡하긴 하지만."

「그럴 애가 아니야.」

"아닌데도 그러면 더 아픈 법이지."

웃음을 삼키며 재인이 심각한 양 목소리를 꾸몄다. 재경이 희미하게 한숨을 내쉬는 기척이 있었다. 그리고는 말도 없이 전화가 끊어졌다.

그때 태희는 너무나 예쁜 선물을 손바닥 위에 올려놓고 기뻐하고 있었다. 다윗의 별-혹은 다윗의 방패-라 불리는 은색 별 가장 위쪽에는 작지만 천연 토파즈까지 박혀 있다. 그 뒤로 돌려보면 그녀가 원했던 글귀가 필기체로 휘갈기듯이 적혀 있다.

"너무 예뻐요. 제가 상상한 것보다 더 예뻐요. 감사합니다, 정말 감사합니다."

"원한다면 그 디자인으로 귀고리라도 만들어줄게. 물론 공짜로."

숍의 주인인 여자가 태희가 거듭 고개를 숙이며 감사 인사를 하자 빙긋 웃으면서 그렇게 말했다. 태희는 당치 않다는 듯 고개를 저었다.

"아, 아니에요. 나중에 그럴 여유가 되면 와서 말씀드릴게요."

"흠. 그럼 반지라도 하나 줄까? 맘에 드는 거 있으면 하나 골라봐. 사이즈 있으면 몇 개든 줄게. 근데 손가락이 이렇게 가느니 있을지 모르겠네."

덥석 태희의 왼손을 잡고 그렇게 말하는 여자 때문에 태희는 조금 곤혹스럽다는 표정을 지었다. 옆에서 지켜보던 승운이 타박하듯이 말했다.

"무턱대고 들이대지 좀 마. 얌전한 애라구, 이 앤."

"그래서 주려는 거야. 남의 선물을 함부로 버리고 다니진 않을 테니까. 안 그러니?"

"정말 괜찮아요. 제게 필요한 건 이것뿐이에요. 이렇게 좋은 선물이 생겨서 얼마나 기쁜지 몰라요. 그런데 정말로 제가 드린 돈이면 되는 건가요?"

걱정스럽다는 듯 태희가 물어보자 여자는 손사래를 치면서 그딴 말은 하기 싫다는 표정을 지었다. 그녀는 쓰고 있던 안경을 벗어서 진열대 위에 놓은 뒤 하품을 하며 말했다.

"그럼 난 자던 잠이나 마저 자러 가야겠으니 꼬마들은 그만 가봐."

"연락할게."

승운이 경례를 하듯 손을 올려보이곤 태희를 데리고 숍 밖으로 나왔다. 안에서 문을 잠그는 소리가 났다. 태희는 손에 들고 있던 키홀더를 아까 받은 작은 상자에 넣은 뒤 뿌듯하다는 듯 가슴에 대며 웃었다.

"네 덕분에 이번 생일에 빈손이 되는 참사는 면했어. 정말 고마워."

"진짜로 고마운 거지?"

승운의 물음에 태희가 무슨 뜻인지 몰라 고개를 갸웃했다. 승운은 쓰고 있는 비니를 벗고는 잠시 머리를 부스스하게 만들었다가 머쓱하게 보이는 표정을 짓고 말했다.

"그럼 있잖아, 우리 친구 하는 거 어때?"

"친구?"

"친구. 즐거운 일은 나누고, 슬픔은 덜어주는 그런 친구. 나, 누구한테 이런 말 하는 거 드물거든? 근데 넌 어쩐지 마음에 들어. 친구, 하자."

태희는 눈을 깜박거리면서 승운을 쳐다보았다. 그 표정을 보고 승운이 한숨을 쉬었다.

"하아. 아직 안 되는 모양이네. 훗날을 기약하지. 내가 은혜를 잔뜩 지워서 빼도 박도 못하고 친구 하게 만들 테니까 그리 알아. 자, 그럼 어디로 갈까? 배고픈데 뭐 좀 먹을래?"

"아냐, 난 바로……잠시만."

그냥 여기서 각자 갈 길 가자고 말하려는데 태희에게 전화가 왔다.

441

재경의 전화란 걸 알고 입술을 잘근잘근 깨물던 태희가 승운에게서 몇 발짝 떨어지면서 전화를 받았다.

「어디야?」

"……집에 가는 길."

「지하철 안?」

"아니. 내렸어. 걸어가는 중이야."

「누구랑 같이 있어?」

"어? 아니? 왜?"

「목소리가 작아서. 유난히.」

"그래? 좀 피곤해서 그런가. 일찍 자야겠어."

「그래. 일찍 자. 아, 그런데 말이지.」

"……왜?"

「머릿속이 복잡하다고 했던 거 말이야. 그거……나 때문인 거 맞아?」

"무슨 뜻인지 모르겠어."

왜 당연한 걸 묻는지 몰라서 태희는 어리둥절해졌다.

「그냥 해본 소리야. 내일 보자.」

재경이 전화를 끊은 뒤에 태희는 어쩐지 켕기는 기분이 들어 핸드폰을 쳐다보았다. 곧이곧대로 그에게 줄 선물을 받으러 왔다고 할 수는 없으니 거짓말을 하게 되었지만 뭔가 좋지 못한 짓을 했다는 느낌이다.

"연애치고는 너무 무거운 거 아냐?"

태희가 힐끗 쳐다보니 승운은 바이크에 타고 헬멧을 쓰면서 말을 이었다.

"달링에게 온 전화를 너처럼 긴장하면서 받는 앤 처음 봐서. 그 녀석이랑 같이 있으면서 숨은 제대로 쉬어?"

"전혀 네가 신경 쓸 일이 아니거든?"

그렇게 말하고 태희는 등을 돌려 걷기 시작했다. 승운이 깜짝 놀라서 불렀다.

"어디 가? 타. 내가 데려다 줄게."

"됐어. 여기서부턴 혼자 갈래."

"윤태희, 그러지 말고 타."

태희는 말없이 손만 흔들고 걸음을 옮겼다. 승운은 바이크에 시동을 걸고 곧 태희의 옆으로 따라와서는 앞을 막아서며 말했다.

"난 애프터서비스에 철저한 조승운이라구. 내 명성에 흠집을 낸다면 나 상처 입는다."

"아까도 말했지만 나 이런 거 타는 거 별로라서 그래. 무섭더라."

바이크 자체로도 위험한데다가, 승운의 허리를 잡는 것도 내키지 않았다.

"그냥 걸어갈게. 근처에 지하철역 있는 거 아까 봤어."

"그럼 거기까지만이라도 타고 가."

"너 쓸데없이 고집이 세구나."

"너야말로."

승운이 지지 않고 태희의 말을 받아치자 태희는 결국 타협했다.

"지하철역까지만이야."

"지하철역까지. 접수 완료."

싱긋 웃으며 승운이 건넨 헬멧을 받아서 태희가 쓰는데 학교 앞에서처럼 서툴기 그지없어 승운이 거들어주었다. 태희가 타자 바이크가 출발했다.

그들의 모습이 점차 멀어져서 시야에서 보이지 않게 됐지만 재인은 따라가지 않고 한가롭게 음악을 들었다. 그러면서 재경에게 포토문자를 보냈다. 방금 전에 헬멧 쓰는 걸 거들어주던 승운과 태희의 모습이 잘 잡히게 찍힌 것. 그 아래 짤막하게 한 마디 적어서.

[알아?]

얼마 후에 재경에게서 온 문자 역시 간단했다.

[지워.]

"재미없네."

그렇게 말하면서도 재인은 키득키득 웃었다. 그리곤 형이 시킨 대로 고분고분 사진을 지웠다. 오늘 던질 불화의 사과는 다 떨어졌다. 하지만 아직도 재인의 바구니엔 남은 사과가 있었다. 재인은 택시를 잡아탔다. 〈클라우드-캐슬〉에 차를 마시러 갈 차례였다.

재경의 눈이 자꾸만 핸드폰으로 향했다. 재인이 보낸 포토문자를 몇 번이고 되풀이해서 보았다. 태희 옆에 있는 게 누구인지 처음엔 몰랐다. 하지만 아주 낯설지는 않다는 느낌을 받았고 다시 제대로 보았을 땐 그 녀석을 기억해 냈다.

처음에 재인의 문자를 봤을 땐 장난이라고 생각했다. 재인이 뭔가 불쾌한 장난을 하는 거라고. 여전히 녀석의 장난이라고 생각하는 마음이 태반이다. 그렇지만 이젠 의혹이 생겨서 재경은 태희가 내리는 지하철역 출구 근처에서 가만히 서 있다. 하지만 시간이 지날수록 우스워졌다. 만약 재인의 말이 정말이라면 어떡하려고 이러는 건지?

돌아가자. 그렇게 마음먹고 걸음을 떼는데 문득 이마에 한 방울 차가운 물기가 느껴졌다. 단순히 어두워졌다고 생각했던 하늘이 새까만 먹구름으로 가득했다. 곧 본격적으로 굵은 빗방울이 떨어지기 시작했다. 재경은 급히 주위를 돌아보다가 우산을 팔 만한 가게를 발견해서 뛰어갔다. 무늬가 없는 장우산을 골라보는데 출입문에 달린 종이 딸랑거리는 소리가 나더니 누군가 급하게 뛰어 들어오면서 묻는 소리가 났다.

"우산 어디 있어요?"

"저쪽이요."

재경의 옆으로 한 남자가 뛰어왔다. 흰 장우산을 집더니 돌아섰다. 천천히 재경이 뒤를 돌아보았다. 남자는 바이크용 헬멧을 쓰고 있다. 은색. 계산을 하는 옆모습을 보니 확실해졌다. 그 녀석이다. 돈을 내밀더니 거스름돈도 챙기지 않고 바로 가게를 나갔다. 약간 간격을 두어 녀석을 뒤따라 나가려고 문을 밀던 재경의 손이 주춤했다.

거리의 모습이 눈에 들어왔다. 방금 녀석이 사간 하얀 우산은 다른 사람의 손에 쥐어져 있다. 뒷모습을 제대로 보기도 전에 태희란 걸 알아봤다. 태희에게 우산을 준 뒤 녀석은 비를 맞으면서 바이크에 올라탔다. 밖의 빗발이 센 게 육안으로도 보일 정도인데도 아무렇지 않은 양 녀석이 활짝 웃더니 열심히 손을 흔들고 바이크를 출발시켰다. 태희는 따라서 손을 흔들진 않았지만 우두커니 서서 그 모습을 보고 있었다. 이윽고 그녀가 걷기 시작했지만 시선은 쓰고 있는 우산을 향해 있다. 그러더니 거리를 쳐다보았다. 천천히 돌아온 얼굴에는 걱정스런 기색이 담뿍 담겨 있다. 그 표정에 재경은 바로 문을 밀고 나갈 뻔했지만 그때 들어온 손님 둘 때문에 그 순간은 넘겼다. 그 짧은 말미동안 재경은 마음을 바꾸었다.

할 말이 없다. 아무것도. 태희가 먼저 말하지 않으면 자신은 묻지 않을 것이다. 거짓말을 하겠다고 하면 속아 넘어가 주겠다. 바로 눈앞에서 보기 전까지는.

시간을 충분히 둔 뒤에 재경은 가게 밖으로 나가며 우산을 펼쳤다. 고개를 돌리자 비가 와도 느릿느릿 걷는 건 여전한 태희의 뒷모습이 똑똑히 보였다. 재경은 핸드폰을 꺼내서 전화를 걸었다. 상대가 전화를 받자 다짜고짜 물었다.

"그 녀석 이름 알아?"

「어라? 완전 초면이었어? 난 알 줄 알았는데.」

재인은 즐거워하는 게 역력한 목소리로 답했다. 재경의 목소리에 짜증이 실렸다.

"한두 번 얼굴 본 인간들 이름을 다 꿰고 있을 줄 알아? 모르는 거야, 아는 거야?"

「조승운. 형도 알지? 왜 윤성그룹 넷째 아들 자식일 걸? 좀 묘해. 그때 봤을 땐 상상도 못했는데, 그러라고 여기로 발길이 향했을까?」

"여기? 더 알고 있는 게 뭐야?"

「이건 고급 정보라 맨입으로 말하긴 아까운데.」

"말할 생각 없으면 하지 마."

바로 전화를 끊어버릴 기세인 재경 때문에 황급히 재인이 어르고 나섰다.

「어이, 형님. 그렇게 성질이 불같아서 쓰겠어? 다른 사람이면 맨입으로 말 못하겠지만 형 일이니 기꺼이 무료 봉사하겠다구. 클라우드-캐슬. 키워드는 이거야.」

"클라우드-캐슬?"

빤히 태희의 뒷모습을 보고 있었는데, 문득 태희가 시선을 느끼기라도 한 것처럼 뒤를 돌아보았다. 재경은 황급히 우산으로 얼굴을 가리며 다른 사람들 사이로 섞였다.

「형 여자친구가 주말에 거기서 알바 중이야. 거기 오너가 바로 조승운. 구미가 당겨?」

비슷한 흐름이다. 바쁜 시간대가 지나면 가게는 언제 그랬냐 싶게 한가해진다. 그 틈을 타서 바닥 청소를 하고 한숨 돌리는데 승운이 밀크초콜릿 몇 개와 밀걸레를 바꿔갔다. 그가 밀걸레를 두러 간 사이 태희는 세 개 중에 한 개를 입에 넣고 두 개는 소희에게 줘야지 하며 주머니에 넣었다. 커다란 초콜릿 볼을 입속에서 굴리면서 그 진하고 부드러운 맛에 흐뭇한 표정을 짓는데 돌아온 승운이 테이블에 있는 초콜릿 포장지 하나를 보고 물었다.

"벌써 다 먹은 거야? 포장지는 하나뿐인데."

"맛있어서. 소희 줄 거야. 왜 일전에 본 내 친구."

승운은 주머니에서 초콜릿 몇 개를 더 꺼내 테이블 위에 놓았다. 매번 뭔가 먹을 게 숨어 있는 승운의 앞치마 주머니를 신기하단 듯 쳐다보는 태희에게 승운은 초콜릿 하나를 까서 내밀었다. 태희는 움찔하면서 고개를 저었다. 승운이 씩 웃으며 맞은편 자리에 앉았다.

"결벽증 있어?"

"그걸 받아먹는 사람이 더 이상한 거 아니야?"

"나는 받아먹을 수 있는데, 하나 까줘 볼래?"

"강아지도 아니고 사람이잖아? 네가 너무 가볍게 구니까 여자친구가 마음고생 하지."

"경박해서 죄송합니다."

진지한 표정으로 말하는가 싶더니 초콜릿 포장 하나를 더 벗겨서 두 개를 입 안에 넣고 양 볼을 불룩하게 하고 웃었다.

"그나저나 선물 포장이 걱정이라며 어떻게 해결했어?"

"아, 그거. 소희가 도와줘서 수월하게 했어."

"헤에. 그 빨간 머리 미녀 그림 그린다고 하더니 손재주 좋은가 봐?"

"아주 좋아. 소희는 손으로 하는 건 뭐든 잘해. 악기도 잘 다뤄. 천재야. 만능인. 음, 예를 들자면 레오나르도 다빈치야."

웃으면서 자랑하는 태희의 말에 승운은 흐응, 하고 고개를 기울이면서 말했다.

"베스트 프렌드. 근데 너하고는 아주 다르더라. 꼭 해와 달처럼 달라."

"맞아 맞아. 그 앤 해야. 걔가 있어서 내 세계가 아주 따뜻해졌어. 얼마나 상냥하고 재밌는 앤지 몰라. 내가 지금까지 가진 가장 큰 행운은 그 애가 내 친구란 거……."

신이 나서 들떴던 태희의 목소리가 좀 더 차분해졌다. 그러더니 그녀는 생각에 빠진 표정이 되었다. 그 뒷말이 어쩐지 알 것 같은데도 승운은 물어보았다.

"행운이 하나가 아닌 거지?"

"……응. 두 개나 돼. 하나는 소희. 다른 하나는 그 애."

"한재경 말이지? 넌 그 녀석 엄청 좋아하나 보구나."

대답 대신 태희는 배시시 웃었다. 승운은 피식 웃으면서 말했다.

"착한 여자들은 나쁜 남자에게 끌린다던데 너도 그런 부류?"

"재경이 나쁜 애 아니다. 얼마나 상냥한데."

"그렇게 상냥한 애가 여자애한테 손찌검하던 게 난 아직도 눈에 선한데 말이야."

"……그런 일은 아주 특이한 경우고. 사실은 상냥해."

"너한테만?"

"아니야. 다른 애들한테도……그렇게 심하게는 대하지 않는 걸."

가만히 태희는 오른팔에 턱을 괴었다. 방금 자신이 했던 말을 다시 생각해 보았다. 재경은 상냥한가? 상냥하다. 태희는 자신에게 보여주는 재경의 모습만을 떠올렸다. 하지만 다른 사람들을 대할 때에는 무시 혹은 경멸이나 냉대가 주를 이룬다. 그는 기본적으로 사람을 싫어하는 게 아닐까 하는 생각이 들 때가 있었다. 그래서 처음엔 무서웠다. 재경이 자신과 사귀다가 금세 실망해서 끝날 게 틀림없다고 믿었을 때, 그에게 무시가 아닌 경멸을 받게 된다면 얼마나 끔찍한 일일까 상상만 해도 명치가 아릿해지곤 했었다.

그러나 지금의 재경은 그녀에게 너무도 상냥하다. 그게 문득문득 두려워질 정도로.

그의 마음. 알고 싶지만 몰라도 괜찮다. 나는 변함없이 그를 좋아한다. 시간이 아무리 흘러도 내가 살아 있어서 행복한 이유는 '한재경을 좋아하기 때문'이 될 것이다. 그를 위해선 무엇을 다 내줘도 아깝지도, 아프지도 않을 것이다.

"그런 주제에, 너무 바보 같은 짓을 하고 말았네."

"무슨 소리야?"

태희는 그제야 승운이도 있었지 하면서 머쓱하게 웃었다.

"아무것도 아니야. 그냥 내게 가장 중요한 게 뭔지 잠깐 잊고 있었구나 싶어서."

"가장 중요한 거라면 목숨. 그거잖아?"

"있어. 목숨보다 더 중요하고, 더 예쁜 거."

그때 카페의 문이 열리는 기척에 태희가 고개를 돌렸다. 화려하게 차려입은 갈색 머리의 여자가 들어서고 있었다. 일어서면서 "어서 오세요."라고 말하던 태희의 목소리가 뒤로 갈수록 약해진 것은, 그 여자가 태희를 쳐다보는 시선이 너무나 강렬해서였다. 거의, 아니 그건 제대로 노려보는 시선이었다. 태희가 영문을 몰라 주춤거리는 사이 여자는 테이블 바로 앞에 와서 쾅하고 테이블 위에 토트백을 던지듯이 올려놓으면서 승운에게 말했다.

"이번엔 제대로 잡았지, 조승운? 이래도 내가 쓸데없는 질투한단 소리가 나와? 애들 말이 하나도 틀린 게 없잖아? 지금 이년 여기다 들여놓고 뭐 하는 짓인데, 너?"

앙칼진 목소리가 카페 구석구석에 쩌렁쩌렁하게 울릴 정도였다.

"승운아, 네 손님이면 안에 들어가서 이야기해. 손님들이……."

"아아, 알아서 처리할게. 나가자. 여기 가게잖아. 나가서 이야기해."

태희의 말에 승운이 일어서면서 여자의 어깨에 손을 올렸지만 여자는 그 손을 대번에 뿌리치면서 더 성난 목소리로 말했다.

"나가긴 어딜 나가? 아주 밖에서 보니까 가관이야. 둘이 쳐다보면서 좋아서 죽던데? 얘가 개지? 영채고 앞에 바이크까지 끌고 가서 데려갔다는 그년 맞잖아. 넌 니가 투명인간이라도 되는 줄 알아? 그거 보고 나한테 전해준 인간이 몇이나 되는 줄 아냐고! 쪽팔려서 죽을 뻔했어. 설마설마했더니 어디 사람이 없어서 이따위로 빈티 나는 애까지 집적거려?"

"하아. 역시 다른 옷으로 갈아입고 갈걸. 교복 입고 가서 미안하게 됐네. 됐어?"

"말장난하지 마! 누가 교복 입고 갔다고 이 지랄이야? 그 바이큰 절대로 사람 안 태운다며! 그래놓고 이딴 애를 태워? 얘는 사람 아니야? 이년은 뭔데 사람 우습게 만드냐고!"

"사람 아니야. 이 앤 천사야. 날개 안 보여? 봐, 파닥파닥."

고래고래 소리 지르는 여자를 멀거니 구경하던 승운이 태희의 등 뒤에 가서 서더니 자신의 두 손이 태희 등에 난 날개라도 되는 양 날갯짓하는 시늉을 했다. 여자의 얼굴이 이루 말할 수 없이 사납게 변하더니 확 태희를 옆으로 떠밀면서 소리쳤다.

"조승운! 진짜 죽고 싶어, 이 망할 자식아!"

뒤에서 태희를 잡아주려던 승운까지 한꺼번에 넘어질 정도로 강한 완력이었다. 승운이 쿠션 역할을 해서 태희는 무사했지만 승운은 넘어지면서 호되게 부딪히는 소리가 났다.

"괘, 괜찮아?"

"아니. 아파. 뒤통수에 혹 났을 거야. 호 해주라. 응?"

이 상황에서도 승운은 웃으면서 너스레를 떨었다. 태희가 기가 막혀서 승운을 쳐다보고 있자니 갑자기 여자가 태희에게 달려들어 긴 머리를 움켜쥐고 억지로 일으켜 세웠다.

"너 죽고 싶지 않으면 똑똑히 새겨들어. 이 애 내 거야. 내가 일 년이나 공들여서 간신히 잡은 애를 너 같은 웃기지도 않는 년한테 호락호락 내줄 것 같아? 살고 싶지 않으면 계속 엉겨서 꼬리 쳐 보라고. 태어난 거 후회하게 만들어줄 테니까. 알아들어, 망할 년아?"

"아, 아야. 저기 뭔가 오해하는 모양인데 난 정말 그런 거 아니거든? 얘랑은 아무 관계도 아니야. 진짜야. 부탁이니 이것 좀 봐."

아까부터 느닷없는 일의 연속이라 태희는 황당하기 짝이 없다. 그제서야 일어난 승운이 혀를 차면서 여자의 손을 잡고 만류했다.

"유라야, 그런 거 아니래도. 나랑 이야기하자. 계속 이러면 너 진짜 나한테 혼난다."

"왜? 때리게? 때려 봐, 이년 때문에 어디까지 하나 보자구. 멋대로 해봐!"

"여자는 안 때리는 거 알잖아. 왜 이렇게 질리게 굴어, 너? 봐 넘기는데도 정도가 있어."

"언제는 내가 맘에 든 적이나 있어? 항상 나만 좋아하고, 나만 애달아서 너한테 목맸잖아. 넌 이런 식으로 매번 다른 여자한테 치근거리고 다니면서 뭘 잘했다고 봐 줬대? 누군 좋아서 이래? 날 이렇게 흉물스럽게 만드는 게 너잖아, 이 망할 자식아!"

"지겨워 죽겠네, 진짜. 태희나 놓고 말하라고!"

"못 놔, 이년 자른다고 말하기 전엔 안 놔! 이년이랑 더 이상 안 본다고 약속하기 전엔 못 논다구. 약속해, 어서 약속하란, 꺄악, 엄마야!"

승운의 말에도 오히려 더 악다구니를 부리며 태희의 머리카락을 아예 뽑기라도 할 것처럼 잡아당기던 여자의 손을 다른 누군가의 손이 잡더니 꽉 붙들고 있던 그 손가락들을 하나하나씩 펴게 했다. 그리곤 눈 깜짝할 새에 옆으로 내동댕이쳤다. 아까 태희와 승운이 넘어질 때보다 더 큰 소리가 나면서 여자애가 테이블과 함께 바닥에 쓰러졌다. 와장창, 뭔가가 부서지는 소리가 났다.

"맙소사, 유라야, 괜찮아? ……너 깡패라도 되냐, 한재경?"

승운의 화난 목소리 끝에 들려온 그 낯설지 않은 이름에 태희는 질끈 감고 있던 눈을 뜨고 눈앞에 있는 사람을 쳐다보았다. 재경이 있었다. 그가 태희를 보고 물었다.

"여기서 뭐 해?"

"아, 재경아 난……."

난리법석 끝에 전혀 예상도 못한 재경의 등장까지 겹쳐 태희는 어떤 말도 떠오르지 않았다. 그저 멍하니 재경을 쳐다보는데 재경이 슥 손을 뻗어 태희의 안경을 벗겨냈다.

"여기서, 뭐하냐니까."

알이 없는 안경을 찬찬히 살펴보다가 그래도 대답이 없는 태희의 눈을 힐끗 보면서 그는 음절 하나하나에 힘을 주어 다시 말했다.

"윤태희. 여기서 뭐하냐고 내가 물었어. 대답 안 해?"

"그, 그게……실은."

겨우 입을 떼다가 지금 자신의 몰골이 어떨지 떠올린 태희가 황급히 머리를 쓸어 넘기는 사이 승운이 그의 여자친구를 자리에 앉히고 재경과 태희 사이에 끼어들었다.

"알바하는 거잖아. 이미 알고 왔을 거면서 뭘 그렇게 쥐 잡듯이 물어?"

"……너는 뭐냐?"

"그것도 알고 있는 거 아냐? 아니면 뭐 내가 타이밍 적절하게 등장한 흑기사라도 되냐? 예전엔 그냥 넘겼지만 이번엔 안 되겠어. 사과해."

"뭘?"

"함부로 여자한테 손찌검한 거. 사과하라고. 제대로."

"사과할게. 만약 저게 애 앞에 엎드려서 빌면 말이야."

재경은 태연하기 짝이 없는 얼굴로 아까 자신이 던지다시피 한 여자애를 손가락질하며 말했다. 승운의 눈썹이 일순 치켜 올라갔다.

"유라가 잘못한 건 내가 대신 사과할 거야. 하지만 그렇다고 그게 네가 그렇게 함부로 해도 된다는 뜻은 아니야. 여자를 상대로 남자가 힘을 쓴다니 창피한 줄 알라고."

"그래서 넌 창피한 줄 알아서, 애가 당하는 거 구경만 했냐?"

그 말엔 승운도 할 말을 잃고 말았다. 태희는 창백한 얼굴로 쩔쩔매다가 재경의 팔을 살짝 잡으면서 말했다.

"난 아무렇지도 않아, 재경아. 너무 뭐라고 하지 마, 그냥 좀 오해가 생겨서……."

"지금 내 앞에서 이 녀석 역성을 들어?"

"그, 그런 게 아니라 상황을 네가 잘 모를 테니까. 모르고 보면 이상할 거야."

"아아, 모르면 입 닫고 있어라 그거야?"

"재경아, 그런 말이 아니잖아."

재경이 천천히 자신의 팔을 잡은 태희의 손을 밀어냈다. 그의 싸늘한 눈빛에 태희는 자기도 모르게 마른침을 삼켰다. 재경은 태희의 눈동자가 커지는 걸 응시하면서 말했다.

"저런 거한테 봉변당해도 어쩔 수 없는 일이 뭐야? 모르겠으니까 알게 설명해 봐."

"별일 아니야. 정말."

"그래? 윤태희 인생이란 게 참 따분한 건 줄 알았는데, 그렇지도 않네. 이런 일을 별일 아니라고 넘겨버릴 만큼 파란만장하게 사시는 모양이야. 놀랐어. 너 대단하다, 윤태희."

빈정거리는 건 그렇다 치고 윤태희라고 성까지 붙여서 부르는 일은 요새는 거의 없었는데. 태희는 다시 한 번 마른침을 삼키고 겨우 입술을 열었다.

"알바하는 건, 말할 생각이었어. 조만간에. 일부러 말하지 않은 건 아니야."

"말은 제대로 해야지. 넌 말하지 않은 게 아니야. 넌, 거짓말을 했어."

칼을 휘두르듯 날카로운 소리가 태희의 머릿속에서 울려 퍼졌다. 재경의 눈빛이 너무도 차갑다. 태희가 입술을 들썩였지만 어떤 말도 나오지 않았다. 재경은 그 차가운 눈 그대로 입술 끝을 들어 올리며 빙긋 웃었다.

"그리고 이 일을 내가 다른 사람을 통해 듣게 만들었지. 정말 대단해. 네가 날 이렇게까지 바보 취급하다니."

"아니야, 재경아. 그러려던 게 아니라, 재경아, 재경아!"

태희가 고개를 저으며 말하는 것을 뒤로 한 채 재경은 돌아섰다. 들고 있던 안경을 툭하니 바닥에 떨어뜨리더니 뒤돌아보는 법도 없이 카페를 나갔다.

"금방 돌아올게. 미안해."

들어오던 손님과 엇갈리면서 잠깐 시간을 지체했더니 출입문을 나와 사방을 둘러봐도 재경의 모습이 보이지 않았다. 토요일 오후의 인파 속에서 재경이 간 곳을 찾을 방법이 없었다. 그냥 되는 대로 이리저리 뛰어다니다가 결국 찾지 못한 태희는 재경에게 전화를 걸었다. 하지만 핸드폰은 꺼져 있었다. 태희는 재경의 핸드폰에 음성을 남겼다.

"일곱 시에 나 알바 끝나. 그럼 바로 네 아파트로 갈게. 보고 이야기해. 부탁이야, 재경아. 화내지 마. 아니, 화내도 되는데 내가 사정을 이야기할게. 널 바보 취급하려던 게 아니야. 미안해. 그렇게 느껴지게 만들었다면 미안해. 그렇지만 정말로 나는……. 미안해."

태희는 가만히 어깨를 떨어뜨렸다. 최악이다. 내일까지만 비밀이 유지되었으면 되는데. 왜 하필 오늘 이런 식으로 터져버린 걸까. 그렇지만 이미 일은 뒤틀려버린 후다. 재경은 태희가 아닌 다른 사람을 통해 태희의 비밀을 전해 들었다. 그녀를 쳐다보던 재경의 눈빛이 새삼 뚜렷이 떠올라 태희는 잠시 몸을 떨었다. 그렇게 싸늘한 표정을 짓는 걸 본 적은……

아아, 있었다.

그는 이미 경고했었다. 거짓말하지 말라고. 자신에게 이야기할 땐 마음을 감추지 말라고. 그리고 자신을 화나게 만들지 말라고. 그런데 다시 그런 표정을 짓게 만들어 버렸다.

"어떡해. 이런 걸 바란 게 아닌데."

주저앉아 울고 싶은 기분인 것을 간신히 추스르고 태희는 카페로 돌아왔다. 카페 문 앞에는 'Closed'란 팻말이 걸려 있었다. 안으로 들어가니 손님이 모두 나가버린 텅 빈 카페 안에서 승운은 아까 그 여자와 말다툼을 하고 있었다. 일방적으로 여자는 흐느끼면서 퍼붓고 승운은 차갑게 대꾸하는 것에 불과했지만 그래도 말다툼이었다.

"나한테 올인하라는 거 아니잖아. 내가 다른 일에서 너 숨 막히게 한 적 있어? 너 하고 싶은 대로 다 하게 해줬잖아. 그냥 내가 원한 건 여자친구라는 내 자리 하나뿐이었어. 그런데 그게 너한텐 이딴 파란 장미 한 송이보다도 못해?"

발작적으로 여자가 테이블 위의 화병을 들어 벽에 집어던졌다. 파란 장미 한 송이가 들어 있던 크리스털 화병이 산산조각 나는 서슬에 태희는 움찔 놀라서 구석으로 숨었다.

"맞아. 저 장미는 내가 평생 동안 좋아할 것 같거든. 넌 아주 잠깐

맘에 들었지만 이젠 어디가 좋았는지 기억도 안 나는 그런 애에 불과
하고. 비교 대상이 못 되지. 너희 둘은."

"너 꼭 후회할 날이 있을 거야. 언젠가 너도 나처럼 이렇게 끔찍한
기분으로 아파할 날이 꼭 와. 너 같은 녀석은 행복해질 자격이 없어.
두고 봐. 두고 보라구!"

악에 받친 마지막 외침을 남겨 두고 여자가 카페를 뛰쳐나갔다. 딸
랑딸랑하면서 문에 달린 종이 울리는 소리가 한동안 가게 안에 가득
했다. 태희는 잠시 여자가 울면서 거리를 뛰어가는 모습을 상상했다.
주변 시선에 상관없이 마구 울겠지. 자기 일도 아닌데 가슴이 따끔따
끔 아팠다. 태희가 구석에서 나와 보니 승운은 깨진 화병 조각을 주워
모으면서 콧노래를 부르고 있었다. 기가 막혀서 태희가 중얼거렸다.

"노래가 나와?"

승운이 고개를 들더니 싱긋 웃었다.

"이상한 꼴을 보였지. 아까 유라가 한 짓도 미안해. 나 때문에 공연
한 소동에 휘말렸지 뭐야. 액땜했다 쳐. 내가 이렇게 사과할 테니 마
음에 담아두지 마."

무릎에 손을 짚은 채로 푹 고개를 숙여 승운은 정중히 사과했다. 진
지하게 보였지만 태희는 그 사과보다는 아까 뛰어나간 여자애 쪽에
동정이 갔다.

"너 이런 일 자주 겪어?"

"자주는 아니야. 오는 여자 안 막고 가는 여자 안 붙잡는 취진데 가
끔 가야 할 애가 안 가서 저러곤 하지. 구질구질하게 저러고 싶나 몰
라."

그런 말을 하는 승운의 표정이 뭐라 말할 수 없이 해맑아서 더 어이
가 없었다. 태희는 말없이 마른 걸레를 가져와서 바닥을 닦아 냈다.
승운이 힐끔거리며 물었다.

"기분 많이 상했어? 내 사과 안 받아주는 거야?"

"네 사과라면 받고 싶지 않아."

"왜 그래, 너까지? 안 그래도 상심한 나한테 너무 쌀쌀맞게 구네."

"상심? 네가 그게 뭔지 알아?"

"못 봤어? 나 방금 전에 여친이랑 깨졌잖아. 위로받아야 한다구."

태희는 멍하니 승운의 얼굴을 쳐다보았다. 승운이 앞치마 주머니에서 초콜릿을 꺼냈다.

"이럴 때는 초콜릿이 딱이지. 먹을래?"

"너 참 냉혹한 애구나."

딱딱하게 굳은 얼굴로 태희가 한 말에 승운이 이상하다는 듯 고개를 갸웃했다.

"왜?"

"아까 걘 지금도 어딘가에서 울고 있을 텐데 초콜릿 먹자는 소리가 나와?"

"울겠지. 비극의 히로인이라도 된 양 만끽하면서. 그러면서 누군가에게 달려갈 거고. 그리고 내일부로 딴 놈 허리에 팔을 감고 다니겠지. 걘 액세서리 없이 하루도 못 살거든."

"말도 안 돼. 그냥 해보는 소리지?"

"그리고 나도 조만간에 새로운 액세서리 하나쯤은 골라야 할 테고. 우리 학교에서 솔로는 초라하거든. 지진아 취급 받아. 안 믿겨져? 믿기 싫으면 말고."

승운은 어깨를 들썩이며 말했다. 태희는 아무리 생각해도 말도 안 된다고 여겼지만, 태명고생이 아니니 섣불리 단정은 못했다. 그리고 설사 그게 맞다고 해도 역시 어떤 점에서 실망해 버린 건 어쩔 수 없었다. 승운은 여전히 콧노래를 흥얼거리다가 말했다.

"저녁 타임 시작하기까지 좀 쉴래. 안 그래도 오늘 저녁에 한 사람이 안 와서 풀로 뛰어야 했거든. 그러니까 넌 그만 가봐. 한재경 표정 무지 썰렁하던데, 가서 풀어줘야 할 거 아냐. 거참 걔 되게 폼 잡더라. 아, 근데 설마 그 녀석 너도 때리는 건 아니지?"

"절대 그런 애 아니야. 함부로 말하지 마."

"넷! 잘못했습니다. 오늘 자꾸 제가 점수를 깎아먹는군요."

머리를 긁적이는 승운을 두고 태희는 들어가서 앞치마를 벗어두고 머리를 빗었다. 아까 승운이 준 초콜릿은 그냥 앞치마에 그대로 넣어두었다. 그녀의 머릿속에서, 그리고 마음에서 조승운이란 사람에게 어떤 경계선을 긋기 시작한 참이었다. 가방을 들고 나오면서 태희는 새로 화병을 가져와 장미를 꽂아두고 있던 승운을 보고 멈춰 섰다.

"전에 네가 친구하자고 했던 거 말이야."

태희의 말에 승운이 고개를 돌렸다. 태희는 그를 똑바로 응시하며 말했다.

"너랑은 친구 안 해. 너희 학교 분위기가 어떤지 나는 짐작할 수 없지만, 그래도 그런 걸 핑계로 마음을 장난감처럼 다루는 사람이랑 친해지고 싶지 않아."

"너무 바른생활 어린이시네. 사람이란 건 천차만별이라구. 이런 사람도 있고 저런 사람도 있기 마련이야. 그러니까 친구는 가지각색의 사람들로 채우는 게 좋아. 누가 어느 때 도움이 될지 모르는 법이니까. 약속할게. 나랑 친구하면 너한테 나쁠 일은 전혀 없을 거라고."

"그런 거 계산하면서 사귀는 게 네가 말하는 친구라면 더더욱 필요 없어. 그런 식으로 너랑 친구하면 소희에게 창피해서 고개도 못 들 거야. 그럼 내일 보자."

고개를 숙여 인사를 하고 태희는 가게를 나갔다. 승운은 태희가 나가면서 울린 문의 종소리가 그치기까지 물끄러미 출입문 쪽을 쳐다보다가 한숨을 쉬었다.

"좀 위험하네. 자꾸 마음에 들어. 도덕군자는 질색인데 말이야."

그대로 태희는 재경의 아파트로 향했지만 재경을 만날 수는 없었
다. 아파트에 돌아온 것 같지도 않았고, 전화는 여전히 꺼져 있었다.
주위가 깜깜해질 때까지 하염없이 서성이며 기다리다가 조금씩 비가
내리는 기척에 고개를 들어보니 가로등 불빛에 부슬부슬 내리는 빗줄
기가 보였다. 비를 피해 기다리는 사이에 자정도 지나고 말았다. 재경
이 생일이 되어버렸는데 어쩌다 이러고 있을까 생각하면서 태희가 차
가워진 양손을 비비고 있을 때 구두 소리가 났다. 이번엔 정말 재경이
었다.

남색 트렌치코트 주머니에 두 손을 넣고 태희를 보는 재경의 얼굴
엔 어떤 표정도 떠오르지 않았다. 우산도 없이 흠뻑 젖은 그를 보자
태희는 안타깝기부터 했다.

"이, 이제 와? 아까 내가 음성 남겨놨는데 못 들었나 보구나. 근데
왜 비 맞고 다녀."

말을 하는 태희를 지나쳐 재경이 그대로 걸어갔다. 가슴이 철렁했
지만 태희는 곧 뒤를 돌아보고는 용기를 내어 재경의 옆으로 뛰어갔
다.

"이야기 좀 해. 재경아, 재경아, 제발."

말이 안 들리는 것처럼 계속 걸어가는 재경을 보다 못한 태희가 앞
을 가로막으면서 팔을 잡았다. 팔을 잡은 태희의 손을 재경이 힐끗 쳐
다보더니 싸늘하게 뿌리치며 중얼거렸다.

"이번엔 또 무슨 거짓말을 하려고?"

"그런 거 안 해. 본의 아니게 거짓말쟁이가 돼버렸지만 나도 하고
싶어서 했던 거 아니야. 난 좀 더 널 기쁘게 해주고 싶어서……."

"목요일에 누구랑 있었어?"

"어?"

"내가 전화했을 때 누구랑 같이 있었냐고."

"아, 그땐……."

말끝을 흐리며 태희는 입을 다물었다. 재경이 피식 웃었다.

"말할 생각이 없구나, 너."

그가 태희를 옆으로 밀치고 걸음을 옮겼다. 태희가 다시 따라가면서 입을 열었다.

"아까 본 그 애랑 있었어. 뭘 사는 걸로 도움을 받았거든."

"뭘 샀는데?"

태희는 입술을 깨물면서 고개를 숙였다. 정말 이렇게 되길 바란 게 아닌데. 생일선물을 주기도 전에 생일선물 이야기를 하게 생겼다. 재경의 목소리가 더 날카롭게 바뀌었다.

"뭘 샀냐고 묻잖아."

"……선물."

"선물?"

어느새 아파트 안으로 들어서 엘리베이터가 내려오게끔 버튼을 누른 뒤 재경이 돌아보면서 확인했다. 태희는 고개를 끄덕였다.

"무슨 선물인데 그런 녀석에게 도움을 받아?"

"……네 생일선물."

"……내 생일선물? 내가 제대로 들은 거 맞아?"

재경의 목소리가 더욱더 날카로워졌다. 태희는 한층 위축되는 기분으로 재경을 올려다보았다. 그때 엘리베이터가 1층에 도착해 문이 열렸고 그 안으로 들어서면서 재경이 거칠게 태희를 팔을 잡아당겨 함께 타게 했다. 닫는 버튼을 신경질적으로 몇 번이나 누른 뒤에 이윽고 엘리베이터 문이 닫히고 올라가기 시작하자 재경이 확 돌아보며 말했다.

"지금 내 생일선물을 사면서 그딴 녀석에게 도움을 받았다고 말하는 거야? 그래?"

태희는 아무 말도 못하고 재경의 눈만 쳐다보았다. 재경이 위협적으로 다가서자 뒷걸음질까지 쳤다. 그게 더 재경의 기분을 뒤틀었다. 순식간에 여러 가지가 연결되었다.

"공부해야 해서 만나기 힘들다고 하고 알바를 한 것도 내 생일선물 마련을 위해서였고 말이지. 그런데 우연히도 일하게 된 장소가 그 녀석 카페였고, 내 선물로 뭘 주면 좋을까 고민했는데 그 녀석이 도와줘서 다행히도 생일선물도 마련하고 말이야. 맞아, 내 이야기가?"

더하고 보탤 것도 없었다. 그대로였다. 승운의 목걸이에 달린 장식을 보자 재경에게 딱이라고 생각했었다. 승리의 상징. 원래 주고 싶었던 파란 별 대신에 그 별도 더할 나위 없이 멋지다고 생각했다. 재경이 말한 벚꽃 모양의 핸드폰 고리를 만들어 주고 싶었지만, 그리고 실제로도 만들었지만, 아무리 봐도 그건 재경에게 줄 만한 게 아니었다.

태희가 열심히 고개를 끄덕였는데 재경은 입술을 비틀며 웃었다.

"너 아주 제대로 날 웃기는구나."

"재경아, 내일이 되면 말할 생각이었어. 내가 노력해서 번 돈으로 너한테 어울리는 선물을 해주고 싶었어. 내가 그랬던 것처럼 나도 네가 그거 받으면서 놀라고 기뻐하는 모습이 보고 싶었어. 그래서 한사코 비밀로 한다는 게 그만……. 아, 그러고 보니까 잠시만."

태희는 뭔가를 생각해내고 황급히 가방을 열었다. 그 안에 재경에게 줄 선물이 들어 있었다. 보라색 포장지로 싼 작은 상자를 꺼내서 태희가 재경에게 내밀었다.

"이제 자정 지났으니까. 생일 축하해. 제발 화 풀어. 응?"

재경에겐 그런 선물이 조금도 달갑지 않았다. 그가 미치도록 짜증이 나는 건 태희가 그것 때문에 자신의 곁을 비운 시간들, 얼굴을 보고 싶었는데도 목소리를 듣는 것조차 쉽지 않았던 그 시간이었다.

무엇보다 그것 때문에 조승운이라는 녀석과 함께 있는 태희를 떠올리니 숨이 막혔다. 지난번에는 잘 참고 넘어갔지만 오늘 그 카페 앞에서 두 사람이 마주 앉아 즐겁게 이야기하는 모습을 보는 순간엔 전에 참았던 것까지 다 함께 속에서 끓어오르기 시작했다. 바짝 마른 짚에 불을 붙인 것처럼 머릿속이 까맣게 타는 건 순식간이었다.

질투. 그 감정이 얼마나 사람을 거세게 휘두를 수 있는지 재경은 오늘에야 처음 알았다. 그리고 그렇게 휘둘리는 자신에게 화가 났다. 고작, 여자애 하나 때문에!

"이딴 거 필요 없어."

"재경아, 그러지 말고⋯⋯."

"필요 없다고 하잖아!"

내뱉는 소리와 함께 재경이 태희가 내민 팔을 거칠게 뿌리쳤다. 손에 들려 있던 상자가 엘리베이터 바닥에 떨어졌다. 그때 엘리베이터 문이 열렸다. 태희가 상자를 집으려고 몸을 숙이는데 재경은 그런 태희의 어깨죽지를 잡아 밖으로 끌어내다시피 데리고 나갔다. 태희가 시선을 엘리베이터 안에 못 박은 채 버둥거렸다.

"놔줘, 재경아, 나 저거 가지러 가야 해."

"필요 없다고 했지?"

"하지만⋯⋯, 아, 재경아, 싫어. 이러지 마."

어떻게든 엘리베이터 쪽으로 돌아가려 하는 태희를 그대로 벽으로 밀치면서 턱을 붙잡고 입술을 덮었다. 한 손으로 벽을 짚어 태희가 빠져나가지 못하게 누르면서 재경은 꽉 붙든 태희의 얼굴 위로 여기저기 키스를 퍼부었다. 보통 때는 그가 원하는 대로 가만히 있었을 태희가 이번엔 결코 그의 키스를 받아들이지 않았다. 입술을 꽉 다물고 끝끝내 그의 키스를 피하려 했다. 재경이 더 강하게 그녀를 압박하며 말했다.

"날 기쁘게 하기 위해선 뭐라도 한다며. 그 말 잊었어?"

"잊지 않았어."

"그렇다면 고분고분히 굴어. 반항하지 말고."

"반항하려는 게 아니야. 난 그저……."

"아니면 그것도 거짓말이었다고 할래?"

싸늘하고 날카로운 눈빛. 차가운 그의 입술만큼이나 낯설고 낯선. 물끄러미 그의 눈을 쳐다보던 태희가 천천히 고개를 숙였다.

"아니야."

주르륵 눈물이 흘러내렸다. 눈을 깜박였지만 소용없었다. 태희는 그래도 눈을 감아서 눈물을 참아보면서 온 힘을 다해 재경을 밀어냈다. 그의 몸이 무겁게 밀렸다. 태희가 고개를 들어 그를 보았다. 그래도 차갑게만 반짝거리는 그의 눈을 보며 태희가 중얼거렸다.

"……너무해."

돌아서서 태희는 엘리베이터로 향했다. 여전히 그 층에 머물러 있던 엘리베이터는 태희가 버튼을 누르자 곧 열렸다. 안으로 들어서면서 태희는 아까 떨어진 선물을 주워들었다. 등 뒤에서 천천히 엘리베이터 문이 닫혔다.

8. 그의 고백

일요일 저녁. 카페 아르바이트를 끝내고 나와 지하철역에서 멍하니 앉아 있다가 태희는 결단을 내렸다. 무조건 재경에게 전화를 하고 보기로. 그렇지만 하루 종일 초조하게 고민했던 것이 허탈하게도, 재경의 전화는 어제처럼 꺼져 있었다. 태희는 음성으로 녹음할 말 한마디를 생각하지 못하고 그냥 전화를 끊었다.

머릿속이 새하얗다. 오늘은 재경의 생일인데. 미역국은 챙겨 먹었을까? 생일 파티는? 가족들이랑 함께 보내는 걸까? 아니면 또 혼자? 궁금한 게 너무도 많다. 해주고 싶은 일도 있었다. 생일 케이크를 사서 생일 축하 노래도 불러주고, 나름 비장의 요리인 전골 요리도 만들어 주고 싶었다. 그런데 멍하니 앉아서 그런 일들을 생각하는 사이에 어느새 시각은 여덟 시를 넘기고 있다. 이렇게 아무것도 못하고 지나가버리면 안 되는 시간인데, 그 시간을 붙들어 놓을 방법을 태희는 알지 못했다.

이젠 어제처럼 무작정 그의 집 앞에 가서 기다릴 수도 없다. 만나려면 거기로 가야 하는 걸 알지만 발이 떨어지질 않는다. 천천히 손을 들어 얼굴을 가리면서 태희는 중얼거렸다.

"보고 싶은데……만나고 싶지 않아."

무엇을 어떻게 해야 할지 아무것도 생각나지 않는다.

"차라리 사귀지 않았더라면 좋았을걸."

자신의 입에서 그런 말이 나왔단 걸 깨닫는데 시간이 좀 더 걸렸다. 태희는 놀라서 고개를 들었다. 후회하는 걸까? 마음이 상해서 아무렇게나 해본 말이 아니라 정말로 후회하고 있단 말인가? 조금씩 나아지고 있다고 믿었는데, 아직도 자신은 싫고 두려운 일에선 뒷걸음질부터 치고 싶어 하는 겁쟁이 달팽이 그대로였나?

지하철이 들어온다는 안내방송이 나왔다. 태희가 타야 할 호선이다. 어떻게 할지 아무것도 생각하지 못한 채로 태희는 자리에서 일어났다. 지하철이 들어와 멈추자 열린 문 사이로 들어갔다. 걸어가면서 가방 속에 들어 있는 선물 상자를 떠올리자 갑자기 가방이 너무도 무겁게 느껴졌다.

그동안 내내 해온 노력이 모두 물거품처럼 느껴졌다. 처음으로 한계를 넘기 위해 발버둥 쳐본 것이 아무 의미도 없는 일처럼 되어 버렸다. 이렇게 될 바엔 차라리 아무런 시도도 하지 않는 건데. 후회하고 비탄에 젖는 것은 익숙하다. 한동안 잊고 있었지만 다시 빠지기 시작하자 순식간에 아주 깊이까지 잠겨 들었다.

그러자 불과 얼마 전까지 줄기차게 그녀를 따라다니던 그림자 같은 감각이 밀려왔다.

피곤함. 숨 쉬는 것조차 지겨운 권태. 이럴 때의 처방약은 하나뿐이다. 아주 아주 깊은 잠. 어서 돌아가서 오늘이라는 하루가 가도록 자면 된다는 그 생각에 매달렸다.

그러나 집에 돌아가 현관문을 연 순간 태희는 수백 번은 겪는 듯한 데자부에 빠졌다. 여기저기 나뒹구는 가전도구들. 거친 고함소리에 이어지는 여자의 비명 섞인 신음소리.

"엄마, 엄마, 엄마!"

신발을 벗을 틈도 없이 태희는 소리가 들려오는 안방으로 뛰어 들어 갔다. 아수라장이 된 방 안에서 아버지란 사람은 이불 속에 숨은 어머니를 발로 짓이기고 있었다. 무슨 정신이 들었는지 모르겠다. 태희는 미친 듯이 달려가서 아버지를 온 힘으로 들이받다시피 떠밀었다. 불시에 당한 일에 아버지가 옆으로 나뒹굴었고 그 사이 태희가 어머니를 일으켜 거실로 도망쳐 나갔다. 하지만 곧 몸을 일으킨 아버지가 달려 나와 태희의 등을 걷어차는 서슬에 그대로 앞으로 고꾸라졌다. 쓰러진 태희를 화풀이 대상으로 바꾼 아버지가 몇 차례 발길질을 했지만, 태희보다 먼저 정신을 차린 어머니가 아버지의 바짓가랑이에 매달려 악착같이 방해하자 다시 어머니를 떼어놓으려고 주먹질을 했다.

"때리지 마요, 그만해요! 그만해, 그만하란 말이야! 그만 좀 하라고!"

이미 몇 차례 해봤지만 아무 소용도 없었던 일을 또 해보기로 했다. 신고하자. 태희가 핸드폰을 꺼내 112번호를 누르고 막 통화가 되려는 순간 날아온 아버지의 손이 태희의 손을 후려쳤다. 핸드폰이 손에서 떨어져 저 멀리로 내팽개쳐지는 걸 본 태희가 그걸 잡으러 가려고 했지만 갑자기 등에 와 닿는 둔탁한 통증에 미처 그럴 수가 없었다.

뭔가 엄청나게 소란스러운 소리가 났다. 그 소리가 엄청나서 한순간 귀가 먹먹해질 정도였다. 다시 주변의 소리가 들리게 되자, 태희는 어머니가 자신의 이름을 크게 부르는 소리부터 들었다. 돌아보자 머리가 산발이 되고 얼굴에 벌써부터 피멍이 들 징조가 여럿 보이는 어머니가 눈물을 흘리면서 태희에게서 뭔가를 털어내느라 여념이 없었다.

"엄마 괜찮아? 왜 그래, 난 괜찮은데."

어머니부터 안심시키려고 그렇게 말하던 태희는 뭔가가 이상하단 걸 깨달았다. 갑자기 망나니처럼 굴던 아버지가 잠잠해져서 이쪽을 쳐다보고 있다. 술기운에 벌겋게 충혈된 그 눈에 어린 당혹감은 태희가 거의 보지 못한 것이었다. 왜 저런 표정을 하지, 싶어 고개를 돌리던 태희는 그제야 뭔가 아릿한 통증을 느꼈다. 비로소 자신의 주변에 흩어진 유리조각도 눈에 들어왔다. 좀 더 정신을 차리고 보자 바로 근처에 뒹굴고 있는 큰 액자가 보였다. 아, 그렇구나 싶었다. 아까 들린 소란스러운 소리는 이 액자가 깨지는 소리였나 보다. 머리가 아득해졌던 건 이게 머리에 맞아 깨지면서 잠깐 놀라 그랬던 걸 거고.

천천히 태희는 손을 들어 자신의 뒷머리를 만졌다. 얼얼하긴 해도 머리는 괜찮은 것 같았다. 하지만 목으로 내려가는 순간 태희는 손에 닿는 진득한 느낌에 소름이 돋았다.

"엄마? 이 피 어디서 나는 거야?"

"모르겠어, 모르겠다. 태희야, 조심히 재킷 좀 벗어볼래?"

어머니는 이미 벌벌 떨리는 손으로 태희의 재킷을 벗기고 있었다. 재킷 소매를 팔에서 빼는 동작을 취하면서 태희는 또다시 통증을 느꼈다. 불에 덴 것처럼 홧홧한 느낌이 오른쪽 등 어디에선가 났다. 벗어낸 재킷을 옆으로 두는데 태희의 눈에 그 흰 재킷에 묻어난 상당량의 피가 눈에 들어왔다. 그건 목부터 시작되고 있었다.

"안 되겠다, 태희야, 병원에 가자. 병원에 가야 해. 뭐예요, 당신, 애를 죽일 참이에요! 죽이려면 죽여요, 같이 죽어! 이참에 다 함께 죽자구요!"

태희를 데리고 일어서는 어머니 앞을 무슨 맘을 먹었는지 아버지가 막아서자 독이 오를 대로 오른 목소리로 어머니가 소리를 질러댔다. 판에 박힌 소리, 그동안 숱하게 들어온 다 같이 죽자는 소리였는데 순간 태희는 소름이 쫙 끼쳤다.

싫어, 이런 곳에서 죽고 싶지 않아. 이런 사람과 함께 죽고 싶지 않아. 그런 건 절대로 싫어! 난 이렇게 개죽음하고 싶지 않단 말이야!

눈앞에 서 있는 아버지란 사람이나, 옆에 있는 어머니란 사람, 그리고 이 지옥 같은 풍경. 이런 것에 익숙해졌다간 언젠가 정말 이런 난장판에서 죽고 말 거란 생각이 들었다. 태희가 쩌 누를 것 같은 그 상상에 진저리를 내면서 아버지를 보고 소리쳤다.

"당장 비켜요. 비키란 말이야!"

눈을 똑바로 뜨고 내지른 소리는 효과가 있었다. 울면서 애원하고, 얻어맞기만 하던 짐승이 한순간 이를 드러내며 살의를 풍기는 걸로 보였을까. 어쨌든 아버지는 옆으로 물러났고 태희는 어머니와 함께 집을 나왔다.

어렵게 택시를 잡아 근처에 있던 병원 응급실에 가서 급하게 치료를 받았다. 다행히 머리의 상처는 그렇게 중하지 않았고 등에도 작은 유리조각 몇 개가 박힌 데 불과했다. 그러나 목덜미에 난 3cm 남짓한 상처는 꿰매는 수밖에 없었다. 마취도 하지 않고 꿰매는데도 태희는 입술을 꼭 다문 채 신음소리조차 내지 않았다.

병원을 나와서 어머니는 택시를 잡을 것처럼 움직였지만 태희는 묵묵히 고개 숙인 채 인도를 걷기만 했다. 어머니가 결국 옆으로 와서 그만 집에 가서 쉬자고 말했다. 쉬다니, 거기로 가서? 태희는 힐끗 어머니의 옆얼굴을 보았다. 처녀적 사진으로는 예뻤던 콧날이 이젠 중간이 조금 주저앉아 있다. 나이가 들면서 사람의 얼굴은 그 사람이 살아온 인생을 닮게 된다는데, 어머니는 정말 그 말처럼 되어 버렸다. 웃고 있을 때의 얼굴조차 불쌍하고, 무시해도 좋을 만한 사람으로 보인다. 태희는 그녀의 얼굴을 외면하며 말했다.

"왜 이러고 살아?"

어머니는 대답이 없다. 예전엔 변명이라도 했지만 이젠 그저 입을 다물 뿐이다. 술 한 잔 하면 넋두리를 끝도 없이 늘어놓겠지만 말이다.

"난 엄마처럼 안 살아. 이렇게 살 바엔 죽고 말 거야."

"다 너랑 오빠를 위해서……."

"적당히 해, 엄마. 엄마는 결국 겁쟁이일 뿐이야. 자기 혼자선 아무 결정도 못 내리는."

어머니의 뻔한 레퍼토리를 물리친 뒤 태희는 또 한동안 말없이 걸었다. 그러다 문득 어머니의 손을 잡았다. 퉁퉁 붓고, 주름이 벌써 굵직굵직한 그 손을 꽉 쥐면서 말했다.

"조금만 더 참아. 내가 빨리 커서 진짜 가장이 되어줄게."

곧 어머니가 조용히 흐느끼는 소리가 들렸다. 그 모습을 보진 않았다. 그냥 앞을 보면서 걸었다. 고개도 숙이지 않고 이따금 그들의 모습을 보고 묘한 호기심을 담은 눈으로 몇 번이고 쳐다보는 사람들을 무시하면서 태희는 꿋꿋이 고개를 들고 걸었다.

든든한 울타리가 되어주는 부모란 존재. 내겐 그런 운은 없었던 거야. 그래도 부모와 자식이라는 타성에 매여 살아오는 동안에 난 좀 비뚤어지고 말았어. 음침하고, 무기력하고, 후회만 일삼는 인간 따윈 정말 되고 싶지 않았는데.

이제 안 할래. 실수하고 잘못을 저질러도, 왜 그랬을까 하고 후회하고 불운을 탓하기보다 앞으로 나아가는 사람이 될래. 크고 싶어. 성장하고 싶어. 어른이 되고 싶어. 그래서 소중한 걸 지킬 줄 아는 방패가 되는 법을 배울 거야. 그리고 때로는 창이 되는 법도 배울 거야. 난 반드시 제대로 된 인간이 될 거야. 그래서……. 그래서…….

뭔가를 더 깊이 생각하기엔 머리가 너무 아팠다. 집에 돌아가서는 어머니를 자신의 방에 올려 보내 주무시게 하고 태희는 집을 치웠다. 아버지는 줄담배를 피우실 뿐 아무 말이 없었다. 태희도 말 한마디 하지 않았다. 유리조각이 남았을까 봐 몇 번이나 거실바닥을 훔치고 쓰레기를 내놓고 들어왔을 때에야 시계가 눈에 들어왔다.

열두 시 십 분. 결국 재경의 생일이 지나 버렸다.

허탈해졌다. 청소를 하면서 다시 찾은 핸드폰은 그 소동 중에도 딱히 고장 난 데가 없는 것 같았지만 이젠 어쩔 수 없다. 지나버린 것이다, 시간은.

상처에 물이 들어가게 하지 말라고 했지만 기분이 너무 좋지 않아서 그냥 샤워를 하면서 머리까지 감아 버렸다. 그러고 나자 더 두통이 심해졌다. 진통제를 한 알 더 먹었더니 속이 메슥거려 왔다. 시원한 바람과 콜라 생각이 간절해졌다. 그래서 조용히 집을 나와 부근의 편의점으로 향했다. 콜라를 사서 마시면서 고개를 드니 밤하늘 저 높이 떠 있는 보름달에 가까운 달이 보였다. 깨끗하고 아름다운 은빛이었다. 보기 드물 만큼 뚜렷한.

"예쁘구나. 하지만 오늘은 빨리 지고 해님을 보여줘. 난 어서 학교에 가고 싶거든."

이제야 겨우 웃음이 돌아온 얼굴로 태희는 달에게 그렇게 말했다. 시원하긴 한데 무슨 맛인지 잘 느껴지지 않는 콜라를 마시면서 그녀는 생각했다.

재경이 보고 싶다고. 그러니 만나는 거다.

무슨 일이 있었는지는 이제 상관없어졌다. 괜한 싸움 따위로 낭비할 시간이 없었다. 중요한 것은 그리워하는 마음뿐이다.

너무나 무거운 발을 움직여 태희는 집으로 향했다. 꿈도 꾸지 않고 푹 자고 싶었다.

그 바람대로 태희의 잠은 꿈에 방해받거나 하진 않았다. 하지만 다음날 태희는 학교에 결석했다. 그녀가 간신히 깨어난 것은 다음날 오후 세 시. 한 달 가까이 끌어온 오버페이스로 인한 피곤함이 간밤의 일로 증폭되면서 몸의 리듬이 한꺼번에 와르르 무너진 것이었다. 순식간에 높은 곳으로 껑충 뛴 의지에 답하기엔 몸은 여전히 너무도 부실한 상태였다. 깨어난 뒤에도 머리는 탁하기만 했고 일어나 걸을 힘조차 없었다. 고열과 오한이 번갈아 찾아드는 속에서 태희의 하루는 완전히 소진되어 가고 있었다.

그날 수업이 끝나고 하굣길에 통학로를 따라 내려가는 재경의 옆으로 소희가 따라와 섰다. 재경이 아무 반응도 보이지 않아 소희가 툭 그의 이어폰 한쪽을 잡아챘다.

"태희, 내 전화도 못 받아. 어머니가 받으셨어."

"그래서?"

"정신없이 앓는 통에 전화 받을 형편도 아니라고 하셨어."

"그게 뭐? 태희 아픈 게 한두 번이야?"

재경이 미간을 찡그리면서 소희 손에서 이어폰을 도로 가져갔다. 소희가 얼굴을 붉히며 버럭 소리쳤다.

"그딴 식으로 말하고 싶냐, 한재경?"

사느란 눈으로 쳐다보긴 했지만 말할 가치도 없다는 듯 재경은 걸음을 옮길 뿐이었다. 부글부글 끓어오르는 뭔가에 성격 같았으면 달려가 뒤통수를 한 대 후려쳤겠지만, 재경이라서, 태희가 좋아하는 재경이라서 소희는 꾹 눌러 참고는 다시 옆으로 가서 말했다.

"전화는 어차피 못 받을 테니, 문자라도 한 번 넣어줘. 그거면 태희도……."

"그놈의 참견은 언제쯤 그칠 참이야?"

"참견?"

"지겨워서. 언제까지 나하고 태희 일에 네가 끼어들 생각인지 궁금하기도 하고."

"하, 은혜를 원수로 갚는다더니. 넌 이 참견쟁이 덕분에 태희랑 사귀고 있는 거야. 그것만 할 줄 아냐? 사귀게 만들었으니 끝장나게도

471

만들 수 있어. 왜? 허세부리는 것 같냐?"

화난 김에 약간은 허세도 담아서 되는 대로 말해 봤는데, 웬걸, 재경이 반박하질 않았다. 그는 가만히 소희를 바라보다가 고개를 돌렸다. 어쩐지 민망해진 소희가 머리를 배배 꼬면서 분위기 전환을 할 만한 말을 생각해 보고 있는데, 재경이 툭하니 중얼거렸다.

"아니. 그럴 거라고 생각해."

"어이, 진짜로 받아들이면 어떡하냐? 해본 소리야. 나오는 대로 지껄인 말이라고."

"무턱대고 나오는 말일수록 진심을 담고 있을 때가 많지."

"압도적으로 헛소리일 때가 더 많아."

입술을 삐죽이면서 소희가 미간을 찌푸렸다. 재경이 묘한 미소를 지었다.

"태희가 가진 버릇 중에 어떤 건 너한테서 찾을 수 있어. 그 애가 제대로 동경하는 게 있다면 그건 너일 거야. 밝고 활기찬 존재. 널 워낙 좋아해서 널 닮은 건 뭐가 됐든 끌리고 마는 거지. 그 애에게 평생 좋은 것, 좋은 사람의 기준은 정소희 네가 될 거야. 근데 난 아니야. 난 너하고 닮은 데가 하나도 없어. 그래서 네가 날 싫어하는 거고."

"딱히 싫어한다고 한 적 없는데?"

"말로 하지 않아도 알아. 나도 너 같은 타입은 싫거든."

"이봐. 나오는 대로 지껄이는 게 다 말이 아니란 말이지? 난 하고 싶은 말이 있어도 구십구 프로를 삭이고 있단 말이야. 태희가 널 좋아하니까. 넌 안 그런지 몰라도 최소한 태희 얼굴 생각해서 나한테 이러고 나오면 안 되지."

"난 안 그런 것 같아?"

우뚝 멈춰 서면서 재경이 물었다. 덩달아 소희도 멈춰 섰다. 그러고 보니 재경 역시 여느 때보다 훨씬 안색이 좋지 않다는 걸 소희는 이제야 깨달았다. 이 녀석도 혹시 아픈가 하고 쳐다보는데 재경은 소희를 쳐다보며 한숨을 섞어 말했다.

"그 애 때문에 자꾸자꾸 바보가 되어 가는 기분이야. 그게 싫어서 견딜 수가 없어."

"그렇게 싫어? 간단하네. 끝내. 걷어차 버려. 아무 일도 없었던 것처럼 돌아갈 테니까."

소희가 재경의 어깨를 툭툭 두드렸다. 재경이 그녀의 손을 밀어냈다.

"그 말이 그렇게 쉬워?"

"태흰 너 아니고도 충분히 꼬인 아이야. 너까지 가세해서 꼬아줄 거면 꺼지라고. 난 태희 쉽게 좀 살았으면 좋겠어. 아무 생각 없이 즐기면서 말이야. 너랑 사귀면서 뭔가가 깨지길 바랐지만 잘 안 된다면 할 수 없는 일이지. 걷어차. 이왕이면 완전 냉정하게."

"그러고서?"

"비주얼 되고 여자를 대하는 법도 알 법한 녀석 하나 붙여주지 뭐. 우리 태희도 그런 액세서리 하나쯤 가져서 나쁠 거 없잖아?"

"액세서리? 너 설마……."

"그 녀석 봤다며? 조승운. 얼굴 괜찮지? 이왕 반할 거면 그런 애한테 반하지, 왜 태희는 너 같은 녀석에게 반했담? 속 좁고 자기감정이 젤 중요한 녀석일 뿐인데. 바보 되기 싫으면 그만둬. 싫다는 너 붙잡고 늘어질 태희 아닌 거 알잖아? 지겨우면 그만두는 거지 뭘 그런 걸로 고민이야? 이래서 머리 좋은 인간들은 참."

재경을 위아래로 훑어본 뒤 쌩하니 걸어가던 소희의 앞을 뒤따라온 재경이 가로막았다. 지친 기색이 사라진 그의 눈은 다시 평소처럼 쌀쌀해져 있었다.

"지겹다고 말한 적 없어. 네 멋대로 꾸며내지 마."

"그게 그거 아냐? 태훤 말이지, 달팽이야. 엄청 좁은 세상 속에서 살았고, 손꼽아도 한 손이 널널하게 남아돌 만큼 주위에 사람도 없어. 눈치란 것도 사람들이랑 부대끼면서 습득하는 거잖아? 이제 갓 걸음마 하는 애기한테 뛰라고 불러봤자 소용없는 것처럼 앞으로도 속 터지고 답답한 일 천지일 거야. 내가 왜 이러고 있나 싶고 바보 같이 느껴지는 순간은 수도 없을 테지. 그거 감당 못할 거면 쿨하게 바이 하는 거야."

"남의 일이라고 쉽게도 지껄이는구나."

"태희 일이니까. 난 수없이 많은 단점들에도 불구하고 태희가 귀여워 어쩔 줄 모르는 사람이 옆에 있어줬음 싶거든. 넌 아무래도 그렇게 되긴 글렀나 보네."

재경은 뚫어져라 소희를 쳐다보다가 살짝 웃기까지 하면서 중얼거렸다.

"역시 난 네가 싫어. 할 수 있다면 태희 옆에서 떼어놓고 싶을 지경이야."

"불가능한 일을 말로 하면 뭐 해?"

"안심하지 마. 앞일은 어떻게 될지 몰라."

"앞일? 그만두라고 말했더니 무슨 앞날 타령이야?"

조금 웃음이 배어 있던 재경의 얼굴에서 다시 표정이라 할 만한 게 사라졌다. 대신 나이에 어울리지 않을 만큼 오만하고 위압적인 눈으로 차갑게 말했다.

"정소희. 허튼수작 부리지 말고 이번 일은 모른 척해. 나와 태희 일이야. 끼어들면 너라도 그냥 두지 않아."

"어쩌게? 죽이게? 나 태권도 검은 띠야. 또 잔머리 백단이다! 그리고 무엇보다 태희 일이면 바로 내 일이야, 내가 안 끼어들 것 같냐? 웃기지 마. 뭐야, 노려보면 어쩔 건데?"

등을 돌리는가 싶었던 재경이 소희가 빠른 속도로 쏘아붙이는 말에 확 돌아보며 노려보았다. 남자였다면 자신이 한 방 먹었을지도 모른 다는 걸 분명하게 느끼면서도 소희는 위축된 걸 감추려고 어깨에 힘 을 잔뜩 실어 똑바로 재경의 시선을 맞받아쳤다. 재경이 잠시 후에 이 마를 손으로 짚으며 날카롭게 말했다.

"적당히 해. 이틀간 한숨도 못 잤어. 계속 쨍알거리면 정말 손이 날 아갈지도 몰라."

"뭘 경고를 하고 그래? 이제 와서 신사도 발휘냐? 안 어울리게."

"신사도가 아니야. 단지 널 때리면 태희가 슬퍼할 테니까. 그러니까 입 다물어."

"눈물 나네? 누가 들으면 네가 태희를 끔찍이 아끼는 줄 알겠어."

"그렇다면 그 사람이 정상인 거지. 보고 들어도 모르는 바보 천치들 에 비해서 말이야."

잠시 소희는 자기가 들은 걸 제대로 이해하나 싶어 눈을 깜박거렸 다. 재경은 머리를 쓸어 넘긴 뒤 지친 눈매에 다시 힘을 주고서 소희 를 쳐다보고 말했다.

"이런 식으로 참는 거 나 같은 인간한텐 죽을 만큼 고역이야. 그럼 에도 불구하고 참아. 왠지 알아? 좋으니까. 아무리 생각해도 윤태희 가 좋다는 거 말곤 아무 결론도 안 나니까. 그러니까 작작 끼어들고 침묵하는 미덕 좀 발휘하란 말이야, 알겠어?"

"우왕……박력 있다, 너. 근데 좋아하는 애를 왜 울리냐? 니가 애 냐?"

멍해진 소희가 질문이랍시고 던진 말에 재경은 명치를 한 대 얻어 맞기라도 한 것처럼 놀랐다. 그리곤 그대로 얼굴을 찌푸리며 고개를 돌렸다. 소희가 따라오지 못하게 뛰기 시작한 재경의 모습을 눈만 깜 박이며 쳐다보다 가장 중요한 용건을 깨닫고 크게 소리쳤다.

"문자 보내줘, 괜찮냐고 문자 한 번 보내! 한재경, 문자 잊지 마!"

재경은 돌아보지도 않고 놀랄 만큼 빨리 멀리까지 가버렸다. 그래도 다른 애들에 비해 머리 하나는 훌쩍 큰 그의 모습은 한동안 소희의 시야에 남아 있었다. 그의 모습이 아예 보이지 않게 된 이후에야 소희는 연거푸 고개를 끄덕이며 들은 말을 정리하고 갈무리했다.

"태희를 좋아한다니. 하긴. 근데 왜 난 몰랐지? 내 눈치는 초인적인데? 앗, 그러고 보니 요새 간혹 기억이 없는 시간이 있던가? 내 머릿속에 지우개? 보고 싶지 않은 걸 지우는 초능력인가? 아, 그나저나 이 일을 태희에게……."

핸드폰을 들어 바로 보고할 생각이었던 소희의 손이 그대로 멈춰졌다. 한동안 그렇게 있다가 빙긋 웃으면서 핸드폰으로 이마를 톡톡 두드렸다.

"내가 가로채면 안 되지. 이틀간 잠도 못 잤다는 녀석을 불쌍히 여기자고. 어? 그러고 보니 둘이 서로 좋아하는 거니까, 이번 일은 사랑싸움? 오래 살다 보니 이런 날도……."

눈물을 훔치는 시늉을 한 뒤 소희는 하늘을 올려다보고 한숨을 한 번 쉬었다.

누군가에겐 낮과 마찬가지로 괴로운 잠의 연속일 것이고, 또 누군가는 지난 이틀과 마찬가지로 제대로 잠 못 이룰 밤이 찾아오고 있었다.

또 한 번 달이 뜨고 진다.

그리고 다시 하루가 시작되었다.

교실에 들어가서 자리로 갔을 때 옆자리에 태희의 가방이 보였다. 그렇지만 사람은 없다. 소희는 바로 핸드폰을 꺼내 전화를 걸었다. 그러자 고리에 걸어놓은 가방이 미세하게 진동하는 게 보였다. 핸드폰을 놓고 갔으면 화장실쯤 되려나 생각하고 기다렸지만 5분이 지나도 태희가 자리로 돌아올 기미가 없었다. 나가서 찾아보는 걸로 마음을 바꿨다.

"촉, 촉을 쓰자고. 자, 우리 태희는 어느 방향에 있느냐?"

지그시 눈을 감고 머리를 살살 흔들던 소희는 어느 순간 번쩍 눈을 뜨고 오른쪽을 쳐다보았다. 그 뒤 등교하는 학생들은 빨간 머리의 소희가 복도를 신나게 내달리는 걸 구경할 수 있었다. 중간에 자판기에서 음료수 두 개를 뽑고 다시 달렸다. 주위의 눈총에도 끄떡없이 달리던 소희가 어떤 지점에 이르자 거짓말처럼 멈춰 서서 발걸음을 조심히 했다. 그리고 소희는 도서실의 뒷문을 요령껏 소리죽여 열었다.

들어서는 순간부터 졸음 바이러스가 습격하는 것 같아 소희는 정신을 바짝 차렸다. 가장 구석에 있는 서가 쪽으로 갔을 때, 소희는 역시나 하며 멈춰 섰다. 맨 끝의 창문을 약간 열어놓고 창틀에 기대듯이 앉아 머리를 빗고 있던 태희가 고개를 갸웃하더니 소희에게 아침인사를 건넸다.

"굿 모닝."

"에잇, 조심했는데 들켰네. 어디 보자, 우리 태희. 얼굴이 또 반쪽이 됐구만."

아까 뽑아 온 캔 중에 홍차를 내밀고는 정면에서 태희의 얼굴을 확인했다. 까칠하다. 혈색이라곤 도통 없는데 입술에만 핑크빛이 도는 립글로스를 발라서 밸런스가 흐트러져 있다.

"그런 식으로 반쪽이 되는 거면 내 얼굴은 이미 먼지 알갱이만 해졌겠다. 잘 마실게."

태희가 캔을 따려고 했지만 계속 헛손질만 하는 걸 보고 소희가 가져와서 냉큼 따주었다.

"진짜 이런 거 하나도 제대로 못 하고 널 어디에 써먹니? 용케 오래 버틴다 했더니 또 그렇게 아프고 말이야. 병원은 다녀왔어?"

"못 갔어. 오늘 가려고."

소희가 손을 내밀어 태희의 이마를 만졌다. 곧바로 소희는 야단을 퍼부었다.

"뭐야, 열이 높잖아! 이런 데 학교를 왜 와? 하루 더 쉬어야지."

"며칠 뒤에 시험이잖아."

"시험을 한두 번 보냐! 내가 정신 바짝 차리고 수업 들으면서 힌트란 힌트는 다 녹음해 두마. 나만 믿고 어서 병원 가."

"괜찮아. 버틸 만하니까 버티는 거야. 정 안 되면 오후에 조퇴하든가 할게."

"어휴, 이 멍청이."

답답해서 얼굴을 찌푸리면서도 당장 들어가라고 옥박지르거나 하진 않았다. 대신 소희는 벌컥벌컥 커피를 스트레이트로 다 마신 후에 태희의 뒤로 돌아가면서 태희가 쥐고 있던 빗을 받으려 했다. 그런데 빗을 쥔 손에 힘을 주고 태희가 선뜻 주려고 하질 않았다.

"혈색도 없는 게 그러고 있으니까 처녀귀신 같아서 무서워. 줘 봐. 내가 땋아줄게."

"너무하네, 하필 처녀귀신이야?"

"왜? 서시 소리 듣다가 처녀귀신 소리는 싫다 이거냐?"

"서시도 아니야. 나는 다이애나가 좋던데."

"다이애나? 그건 또 무슨 갑툭튀?"

"음. 네가 빨간 머리 앤이고 난 다이애나. 어울리지 않아?"

"지금 나한테 주근깨 있다고 놀리는 거냐! 이 자식!"

"꺄아! 그런 거 아니야, 아니래도, 하하하! 아, 아야야, 소희야 저기 잠시만……."

소희가 목조르기 기술을 선보이던 중에 태희의 입에서 연기라고는 보기 힘든 신음소리가 흘러나왔다.

"왜 그래? 진짜로 아파? 별로 힘 안 줬는데? 태희야, 미안해. 야 이 거 왜 이래?"

깜짝 놀라서 팔을 푼 소희가 찡그리고 있는 태희의 얼굴을 보고 뭔 가 갑자기 의심스러운 마음이 들어 그녀의 머리칼을 들춰보고는 안색 이 달라졌다. 난데없이 거기에 못 보던 상처자국이 선명했다. 검은 실 로 꿰맨 매듭까지 보였다.

"이게 대체……. 잠깐만. 너 혹시? 세상에, 여기도, 여기도?"

머리카락을 헤집으며 이리저리 살펴보자 교묘하게 가려져 있긴 해 도 뚜렷하게 보이는 상처가 몇 군데 더 있었다. 정색을 하고 소희가 태희의 얼굴을 다시 살핀 뒤 태희의 손을 잡아 소매를 걷어가면서 거 기에 남은 구타의 흔적들을 발견했다.

"어머니는 괜찮으시고?"

"어제 내 간호하느라 쉬시곤 오늘은 일 나가셨어."

"대단하시네. 맞을 맷집은 있어도 도망갈 배짱은 없다 이건가."

"부탁이야. 그러지마."

울컥하는 마음에 태희 어머니에 대해서 비난을 쏟아내려 한 소희에 게 태희가 말했다. 울 것 같은 표정이 된 소희의 손을 잡아 다독거리 면서 태희는 오히려 그녀를 위로했다.

"난 괜찮아. 그러니까, 음……머리나 빗겨줘. 땋지는 말고. 응?"

태희가 웃는 걸 보고 소희는 말없이 빗을 받아서 친구의 머리카락 을 빗기기 시작했다. 기분 좋은 친구의 손길 속에 바깥을 내다보고 있 던 태희가 문득 중얼거렸다.

"……아! 재경이다."

소희가 옆으로 와서 창문 바깥을 힐끗 쳐다보았다.

"어디?"

"저기. 방금 교문 들어왔잖아."

"네 시력이 나보다 좋은 줄은 미처 몰랐구나. 아, 저기 키다리인가?"

소희의 시력은 2.0이고 태희는 1.2 정도이다. 소희가 눈을 가늘게 떠야 보일 정도라면 태희에겐 잘 보일 리가 없다. 그렇지만 과연 한재경이 맞나 지켜보던 소희도 얼마 후엔 고개를 끄덕이지 않을 수 없었다.

"한재경이군. 축하한다, 윤태희. 너에게도 촉이 있다는 게 판명된 순간이다."

"그래? 그거 초능력 맞지?"

웃음이 배인 목소리로 대답한 뒤 태희는 고개를 갸웃이 기울이며 재경을 바라보았다. 이어폰에서 들려오는 소리에 집중하는 건지 조금은 심각한 얼굴을 하고 있다. 살짝 헝클어진 그의 앞머리가 마음에 쓰여 태희는 자기도 모르게 그걸 쓸어 넘겨주려는 듯 손을 들었다. 물론 닿을 리가 없다. 그걸 깨닫고 조금 쓴웃음을 지으며 태희가 말했다.

"역시 머릿속으로 떠올리는 것보다 실제로 보는 게 훨씬 좋구나."

"얼씨구? 언제는 재경이가 너무한다고 질질 짜더니 이제 와선 좋대? 왜, 재경이가 살뜰한 문자라도 보내주디?"

"문자? 아니. 안 왔는데."

"뭣이라? 이 몸이 직접 문자 보내라고 조언까지 해줬건만 이 자식이 감히 내 말씀을 거역해? 에잇, 숙청이다. 피의 보복을 해주마!"

"괜찮아. 그런 거 못 받아도."

"무슨 소리야! 내가 너 엄청 아프다고 말해 줬단 말이다. 근데 그 자식이 뭐랬는 줄 알아? 너 아픈 게 한두 번이냐고 하드라. 그 녀석이 널 물로 봐서 그런 거라고. 네가 당기면 당기는 대로 끌려만 가니까 그래! 잡아 놓은 고기엔 밥을 안 준다, 그건 진리란 말이야! 나도 아는 사실을 넌 왜 그렇게 모르냐, 이 답답아?"

다혈질답게 금세 흥분해서 열변을 토하는 소희의 말에 태희는 웃으며 대꾸했다.

"밀고 당기기를 하란 네 말은 기억하고 있어. 근데 난 그거, 역시 필요 없어."

"왜 필요 없어? 연애의 정석이란 건 괜히 정석이 아니야. 다 너와 같은 길을 밟고 간 선배들이 남긴 귀중한 유산이란 말이지?"

"그냥 난 재경이가 밀면 밀리고 당기면 끌려가면서 그렇게 지낼래."

"어이구, 그랬다간 금세 한재경한테 쉬운 여자로 낙인찍힌다고. 알아?"

"쉬운 여자도 나쁠 것 없지."

"으아아, 태희야 너 갑자기 왜 이러냐? 머리에 입은 상처 때문이야? 엑스레이 찍어 봤어? 뇌가 부었는지 몰라, 병원 가자. 웃을 때가 아니야, 병원 가야 한대도?"

정말 걱정이 돼서 소희가 호들갑을 떠는데도 태희는 쿡쿡 웃으면서 재경을 물끄러미 바라볼 뿐이었다. 그녀는 자신에게만 들릴 만큼 작은 소리로 중얼거렸다.

"어려운 건 그만하자구. 쉽게, 쉽게. 아, 그것도 어려울라나?"

이윽고 사이좋게 소희에게 팔짱을 끼고 교실로 돌아온 태희를 보고 재경의 눈이 조금 커졌다. 교실 문을 들어설 때부터 시선이 마주치긴 했지만 재경은 선뜻 입이 떨어지지 않았다. 재경의 눈이 불안하게 흔들리다가 자리에 거의 다 온 태희를 외면하려는 듯 고개를 돌리는 순간 부드럽고 낮은 목소리가 들려왔다.

"안녕."

고개를 들자 태희가 그를 보며 수줍은 미소를 짓고 있었다. 재경은 미처 말을 꺼내지 못했고 태희는 잠시 후 자기 자리에 앉았다. 다시 돌아보면 무슨 말이든 할 수 있을 것 같은데 태희는 결코 돌아보지 않았다. 곧 수업이 시작되면서 더더욱 그럴 일이 없어졌다.

보충수업 시간의 태반을 재경은 태희의 뒷모습을 보는 걸로 보냈다. 책상 위에 올려놓은 거울을 움직여서 슬쩍 재경의 시선 방향을 확인한 소희가 노트에 "머리 안 뜨겁냐? 재경이가 너 엄청 열렬히 쳐다봐."라고 써서 태희 쪽으로 보였지만 태희는 글을 읽고서도 별반 표정 변화 없이 수업에만 집중했다.

보충수업이 끝난 뒤에는 담임선생님과 이야기한다며 바로 교무실로 향했다. 이야기가 길어졌는지 1교시 수업 시작 바로 직전에야 태희가 돌아왔다. 수업이 끝나자 많이 지쳤는지 그대로 책상에 푹 머리를 숙이고 짧은 휴식에 빠졌다. 재경이 무슨 말인가를 시도해 보려고 해도 짬을 낼 수가 없었다. 그런 식으로 오전이 다 흘러갔다. 4교시 수업이 끝나고, 이제 겨우 됐다 싶어 태희 쪽을 보는 순간 소희가 말하는 소리가 들려왔다.

"조퇴하고 병원 가. 눈이 퀭하다, 아주. 돈 아끼지 말고 영양제라도 하나 맞아. 그런 거에 쓰라고 돈이 있는 거야."

"그럴게. 이따 전화할게, 소희야."

"어허. 내가 교문 앞까지 데려다 줄게. 이 엄마에게 기대렴."

재경이 엉겁결에 따라 일어났는데 소희가 째릿 노려보며 야박하게도 말했다.

"아플 때는 그저 잘 먹고 푹 쉬는 게 약이지. 손가락이 부러졌는지 문자 하나 못 보내는 바보랑은 말 섞지 말고. 바보가 옮거든."

쌩쌩 찬바람을 일으키며 온몸으로 따라오면 그냥 안 둔다는 뜻을 재경에게 표현한 뒤 소희는 태희를 데리고 교실을 나갔다. 태희는 교실을 나가기 전에 재경을 돌아보고 조그맣게 손을 흔들었다. 재경은 따라서 나가려다가 도로 자리로 돌아와 앉았다. 핸드폰을 꺼내서 액정을 쳐다보았지만 역시 어제와 같은 일의 연속이었다. 그는 무슨 말부터 시작해야 할지, 도무지 알 수가 없었다.

열심히 손을 흔들어주는 소희를 두고 교문을 나온 지 얼마 안 됐을 때, 돌연 태희 앞에 재인이 나타났다. 실내화를 신고 있고 가방도 없다. 어떻게 학교 밖을 어슬렁거리고 있는지 경로가 궁금한 일이지만 그런 걸 묻기 전에 재인이 싱글거리며 말을 걸어왔다.

"집에 가요? 이 시간에?"

"아, 재인아. 오랜만이야."

엷게 웃는 태희의 창백한 안색을 유심히 보다가 재인이 중얼거렸다.

"병색이 완연하다. 선배처럼 그 말이 딱 들어맞는 사람은 처음 봐요. 설마 불치병이거나 뭐 그런 건 아니죠? 드라마 보면 엄청 착한 사람이 걸핏하면 그런 병 걸리곤 하던데. 뭐 요샌 악역이 벌 받아서 그런 거란 식으로 뒤바뀌긴 했어도."

"아니야. 엄청 착한 사람도 아니고, 그런 벌을 받을 만큼 나쁜 짓도 한 기억은 없어."

"그럼 역시 서시라서 아픈 거군요."

"뭐가 역시야. 엉터리 같은 소리 지껄일 거면 저리 가."

태희가 곱게 눈을 흘기는 걸 보면서 재인은 어깨를 으쓱했다.

"가방 줘요. 들어줄게요. 근데 어디까지 가요?"

"됐어. 이거 들 힘은 있어. 병원 가는 길이야. 넌 왜 밖에 있어?"

"아, 선배 나가는 거 보고 슬쩍 월담했죠. 아프단 말 들었더니 걱정이 돼서 전 잠도 잘 수 없었답니다. 흑흑."

"너스레는. 너랑 소희랑 둘이 만담하면 잘 어울릴 것 같은데. 언제 기회 봐서 하나 짜 봐. 이 누나가 잘 구경해 줄게."

"우와, 누나? 이제 제 누님이 되어주시는 건가요? 저 감격했어요!"

빙글빙글 태희의 앞에서 춤까지 추는 재인을 보고 태희가 웃음을 터뜨리다가 힘에 부쳐서 조금 쉬었다. 손등으로 이마를 훔치면서 심호흡을 하는 모습에 재인은 바로 장난스런 모습을 풀고 그녀의 가방을 뺏듯이 가져갔다.

"선배 남자친구 좀 너무한 거 아니에요? 나 같으면 월담을 해서라도 병원까지 데려다 주겠다. 걱정돼서 밥이 넘어가나?"

"내 앞에서 그 애 험담할 거면 가방 주고 가. 당장."

웃는 낯이긴 했지만 단호한 목소리로 태희가 말했다. 재인은 움찔해서는 변명했다.

"험담이 아니라 선배 몸 약한 건 누가 봐도 뻔한데 좀 살갑게 보살펴 주면 좋잖아요."

"내가 약한 건 내 못난 점인데 왜 그 애가 뒷말을 들어야 해? 과시용으로 보이는 상냥함이 아니더라도 그 앤 충분히 상냥해. 네 눈에 보이는 게 없다고 무턱대고 말하지 마."

"아우, 잘못했어요. 잘못했으니까 저 미워하지 마세요. 선배 알고 보니까 엄청난 팔불출 끼가 있네요."

"팔불출?"

"애정하는 남친 험담하는 건 절대 못 들어준다는 주의. 그런 사랑 한 번 받고 파라."

슬쩍 떠보듯이 연극적으로 대사를 읊으며 태희 쪽을 확인하자 겸연쩍어하면서도 태희가 수줍게 미소 짓는 게 보였다. 재인은 묵묵히 가방을 들고 걸음을 옮기며 뭔가 생각에 잠겨 있었다. 지하철역 근처에서 그만 가보라는 태희의 말을 듣고 가방을 건네면서 물었다.

"있잖아요, 선밴 여전히 그 사람 자체가 그저 좋아요?"

태희가 뜬금없는 질문에 당황스러워하자 재인이보다 장난스럽게 미소로 졸라댔다.

"진짜 궁금해서요. 누구한테 반한다는 거, 아직도 잘 모르겠고. 대체 다른 사람한테 반하는 경우는 어느 때 일어나는 거죠?"

"예쁠 때."

"예?"

태희의 대답이 하도 엉뚱해서 재인은 다시 되물었다. 그의 괴상한 표정을 보면서 태희는 조금 웃었다. 웃으면서 너무도 부드러운 눈매와 함께 더 확실히 설명했다.

"그 사람이 꽃처럼 예쁠 때."

"그, 그 말은 그 선배가 태희 선배 눈에⋯⋯꽃처럼 예뻤다는 뜻?"

"응."

"으아아, 말도 안 돼! 선배 눈에 뭔가 큰 문제 있죠, 그쵸?"

놀라서 목소리조차 이상해진 재인을 보며 태희가 소리 내서 웃었다. 그러더니 그만 가겠다고 인사했다. 가는 뒷모습을 멍하니 쳐다보던 재인이 눈알을 이리저리 굴리다 눈을 감고는 두 손을 꽉 눌렀다 뗐다. 그리고 새삼스런 눈으로 주위를 쳐다보았다.

"내 눈에 문제가? 아닌데. 정상인데. 그런데 그 인간이 꽃처럼 예쁘다는 말은 대체 무슨 소리⋯⋯. 음. 세뇌당한 건가? 그 인간이라면 그럴 확률도⋯⋯."

황당무계한 소리를 지껄이다가 결국 재인은 가만히 입을 다물고 태희가 사라진 지하철역 입구를 쳐다보았다. 바람 불면 부는 대로 나부끼는 버드나무처럼 보이더니 의외로 강단이 있는 것 같다며 조금 감탄했다. 뚱딴지같은 소리로 들리긴 했지만 좋아하는 사람을 꽃처럼 예쁘다고 말하던 그 부드러운 표정은 재경 본인에게 보여주고 싶을 만큼 근사하기도 했다.

좀 더 오래 지켜볼 수 있는 것도 좋겠다는 생각이 들었다. 과연 이

미숙한 시절의 마음이 어디까지, 얼마나 갈 수 있는지 구경하고픈 마음이 생겨났다.

어쩌면 자신은 지금 형의 첫사랑을 목격하는 중인지도 모르니까.

이미 하교 시간이 한참 지났다. 어두워져가는 하늘가엔 붉은 노을이 아스라하게 내려앉아 무감각한 사람의 마음조차 뒤흔들 정도로 쓸쓸한 아름다움이 가득했다.

자박자박 걷는 발아래에서 벌써 떨어지기 시작한 낙엽들 몇 개가 밟혀 바스락거리는 소리를 냈다. 계절이 이렇게 빨리 지나는 것이었나 재경은 멍하니 생각했다.

이제 11월도 코앞. 중간에 있는 수능이라는 중요한 일정이 지나고 나면 순식간에 12월일 것이다. 12월이 지나면 다음 해가 된다. 이제 자신들이 3학년이 될 차례. 지금까지와 같은 여유로운 학교생활은 불가능해진다. 3학년들의 전용 공간인 신축한 도서관을 물려받아 11시까지 이어지는 야간자율학습을 하면서 계절을 완전히 잊고 지내게 될 것이다.

열아홉. 한 살을 더 먹으면 십 대의 마지막을 보내게 된다. 스무 살이 되는 시점에 그만큼 가까워지는 것이다.

"아……."

발끝만 보면서 걷느라 하마터면 못 알아채고 지나칠 뻔했던 그의 뒷머리를 확 잡아끄는 듯한 인력 같은 게 작동했다. 무의식이 의식을 통제하는 것처럼.

재경이 천천히 돌아본 곳에 태희가 있었다. 커다란 벚나무의 울퉁불퉁한 뿌리 사이에 폭 감싸인 것처럼 앉아서 무릎 위에 올린 두 손에 뺨을 기댄 채로 태희는 자고 있었다.

병원에 간다고 조퇴했는데, 왜 이 시간에 여기에. 이미 지금쯤은 집에서 푹 쉬고 있어야 할 시간이었다. 그런데 옆에 가방까지 두고 태희는 이런 곳에서 자고 있었다. 그가 보는 동안 한 차례 강한 바람이 불었고 사방에 늘어선 나뭇잎들이 소란스럽게 서걱거리는 소리 속에서 태희가 추운 듯 어깨를 움츠렸다. 재경은 서둘러 입고 있던 재킷을 벗었다. 그리고 다가가서 태희에게 재킷을 덮어주려 하다가 언뜻 눈에 들어온 걸 보고 멈칫했다.

바람에 양쪽으로 흩어진 머리카락 사이로 태희의 하얀 목이 드러났다. 너무도 흰 피부라 거기에 난 상처가 유난히 두드러졌다. 재경은 손가락이 그 상처에 닿은 순간 불현듯 잠에서 깬 태희가 확 고개를 치켜들었다.

"재경아, 어떻게 여기에?"

태희가 서둘러 머리를 쓸어 넘기더니 손으로 뒷목을 감싸는 걸 재경은 지켜보았다. 바로 일어서려고 하다가 오랫동안 앉아 있었던 탓에 다리가 저려서 주저앉는 모습도. 재경은 그녀의 팔을 잡아주었지만 일어나는 걸 도우려는 게 아니라 그대로 앉혀두기 위함이었다. 팔을 잡은 손에 힘을 주어 태희의 얼굴이 살짝 찌푸려지는 걸 보면서도 재경은 말없이 태희의 목을 보기 위해 머리카락을 걷었다. 그 손을 태희가 저지하듯 막았다.

"가만히 있어."

재경의 목소리는 나직했지만 거부하지 못할 힘이 실려 있었다. 하지만 태희는 한사코 재경의 손을 피해 고개를 뒤로 젖혔다. 그 강경한 태도에 재경은 한숨을 쉬고 포기한 것처럼 시선을 먼저 내리깔면서 손도 천천히 거둬들였다. 바짝 긴장해서 굳어져 있던 태희가 그런 재경을 보고 안심해 스르륵 눈을 감으며 나무에 기대는 찰나 물러서나 싶었던 재경이 확 태희의 팔을 잡아당겨서는 다른 쪽 팔로 그녀의 등을 단단히 끌어안았다.

"재경아, 왜 이래, 재경아, 보지 마. 보지 말란……말이야."

높아졌던 그녀의 목소리가 순식간에 작게 잦아들었다. 버둥거리는 그녀를 품에 가둔 채로 머리카락을 헤치고 다시 살펴본 목에는 여전히 아까 본 상처가 있었다. 비뚤거리는 검은 실 자국. 그걸 재경의 손가락이 훑고 지나가자 태희가 입술을 깨물었다.

"어떻게 된 거야?"

"조금 다쳤어."

"어떻게 하면 이런 곳을 이렇게 다쳐?"

"그냥 내가 좀 덜렁대다가."

재경은 조심스럽게 그녀의 머리에 난 상처도 살펴보았다. 그의 표정이 점차 어두워지다가 마침내는 무표정한 가면처럼 바뀌었다. 그녀의 머리에 가만히 이마를 대고 재경은 한숨을 내쉬었다. 아까의 연기 같은 한숨이 아니라 정말로 지친 사람에게서 나올 법한 한숨이었다.

"또 계단에서 굴렀어?"

"계단? 아……그 비슷한 거야."

있는 그대로 말하느니 차라리 영원히 말을 못하게 되는 게 낫다. 그런 심정으로 태희가 대답한 순간 재경이 확 그녀의 어깨를 잡아 밀쳐내면서 쏘아보았다. 그 노기 서린 눈빛에 태희가 숨을 죽이는 것과 동시에 재경이 말했다.

"언제쯤이나 돼야 난 너한테 진실 비슷한 거라도 듣게 되는 거야? 빤히 눈에 보이는 것도 못 본 척하고 지나가주길 바라는 거야? 상냥해지자고 수십 번은 마음을 고쳐먹다가도 네가 이런 식으로 날 밀어내는 걸 깨달을 때마다 마음이 지옥처럼 변해. 대체 어떻게 해야 하는 거야? 아무것도 생각할 줄 모르는 백치처럼 네가 보여주는 것만 보고 들려주는 것만 들을까? 그러면 돼? 그게 네가 내게 바라는 전부야?"

"아니야, 재경아. 그런 거 바라는 거 아니야. 난 그저 네가……."

"내가 뭐? 말해. 내가 어떻게 해줬으면 하는지 말하라구."

"네가……네가……."

무슨 말이든 찾아보려고 하지만 태희는 그저 같은 말을 되풀이하며 재경을 바라볼 뿐이었다. 재경은 그런 그녀를 쳐다보다가 문득 피식 미소를 지으면서 중얼거렸다.

"할 말이 없을 테지. 넌 내게 원하는 게 없을 테니까. 내가 아무리 가까이 가도 넌 처음 그 자리야. 난 아무래도 헛수고를 했던 모양이구나. 잡을 수 없는 게 갖고 싶어서."

그의 두 손이 그녀의 어깨에서 떨어졌다. 재경은 자리에서 일어나면서 재킷을 다시 걸쳐 입었다. 태희를 쳐다보지 않으면서 말했다.

"시간이 늦었어. 집에 가. 이런 데서 자지 말고."

목소리에 색깔이란 게 있다면, 방금 태희에게 들려온 목소리는 재경의 표정과 같은 무색이었다. 언뜻 상냥하게 들리는 만큼 더더욱 커다란 무심함이란 이면을 감추고 있다.

돌아서서 걸음을 옮기는 그의 구두에 밟힌 낙엽이 바스락 소리를 내는 순간, 태희는 온몸의 피부를 쓸고 가는 것 같은 싸늘한 추위를 느꼈다. 숱하게 봐온 재경의 뒷모습. 그러나 그 모습이 오늘따라 너무도 쓸쓸해 보였다.

왜? 또 나 때문이야. 내가 실수를 했어. 내가, 내가 뭔가 말을 했어야 하는데.

이름을 불러도 돌아보지 않을 것 같다는 불안. 태희는 그대로 자리에서 일어나 달렸다. 그의 팔을 잡고자 뻗었던 손은 직전에 방향을 바꿔 재경을 끌어안기 위해 쓰였다. 등 뒤에서 그를 끌어안는 태희의 손이 결국 재경의 발을 멈추게 했다. 태희가 말했다.

"원하는 거 있어. 네가 내 옆에 있어주는 걸 원해. 보고 싶을 때 보고, 목소리가 듣고 싶을 때 목소리를 듣고 싶어. 그래서 노력한 거였어. 좀 더 나은 사람이 되려고. 좋아한다는 말 빼고는 아무것도 줄 수 없는 사람은 초라하잖아. 너한테 조금이라도 인정받을 수 있는 멋진 모습 보여주고 싶었어. 내 생각과는 다르게 오히려 널 화나게 하고 말았지만 내가 원한 건 네가 웃는 얼굴이었어. 나는……네가 웃는 얼굴이 보고 싶어. 그래, 내가 원하는 건 그거야. 내 옆에 있어주지 않아도 좋아. 네가 행복해서 웃는 걸 많이 보고 싶어. 네게 처음으로 반했던 그 순간부터 나는 그게 보고 싶었던 거야. 네가 웃는 거."

천천히 재경이 그녀의 두 팔을 풀게 하고는 이윽고 그녀를 돌아보았다. 여전히 무색으로 느껴지는 그의 표정을 응시하며 태희는 계속해서 말했다.

"처음엔 그저 추억이 만들고 싶었어. 소희가 그랬거든. 네가 사귀자고 말했을 때 도망갈 생각만 하면서 망설이던 나한테 너와 겪을 모든 일을 기억했다가 나중에 추억으로 회상할 수 있는 시간이 올 거라면서 부추겼어. 그래도 너무너무 무섭기만 했는데, 하룻밤 자고 아침에 눈을 떴을 때 그런 생각이 들었어. 오늘 네게 사귀자고 말하면 오늘이 바로 내 인생에서 가장 멋진 추억이 될지 모른다고. 그래서 그날 난 목걸이를 걸었어."

블라우스 안에 감추어진 목걸이를 꺼내어 펜던트를 꼭 쥐면서 태희가 웃었다.

"정말로 멋진 추억이 되었지. 그날 네게 사귀겠다고 말한 순간 네가 웃는 걸 봤거든. 그렇게 웃는 건 정말로 처음 봤어. 난 그날이 내 인생 최고의 날이 될 거라고 확신했어. 근데 말이야, 꼭 그렇지도 않더라구. 너랑 사귀면서 그것보다 더 멋진 일이 자꾸자꾸 생겼어. 넌 더 많이 웃어주고, 더 많이 키스해 주고……믿을 수 없을 만큼 상냥했어. 그게 얼마나 행복한 일이었는지 넌 짐작도 못 할 거야."

거기까지 말하고 조금 지쳐서 태희가 심호흡을 했다. 관자놀이에서 차가운 땀이 흐르는 느낌에 손등으로 잠깐 훔쳐내니 땀이 잔뜩 묻어 났다. 아직도 약하기만 한 자신에게 질려서 씁쓸하게 고개를 떨구는 데 무언가 산뜻하고 좋은 향기와 함께 부드러운 천이 얼굴에 닿았다. 재경이 손수건을 꺼내서 그녀의 땀을 닦아주고 있었다.

"계속 말해봐. 그래서 지금은?"

"지금은……중독되고 말았어."

"중독?"

"행복해지는 것에. 이거면 됐다, 이거면 됐다 하고 체념하고 물러서 기만 했던 내가 이젠 너무나 낯설게 느껴질 만큼 너무도 멀리 와 버린 것 같아. 이 모든 것이 끝난다 해도 난 얼마 안 되는 추억을 언제까 지고 감사히 간직할 거라고 생각했는데 그건 그저 어설픈 감상에 지나 지 않았어. 이제 난 네가 욕심나."

태희의 눈은 맑았다. 재경을 가득 담고 있는 눈은 너무도 맑고 고왔 다. 그 눈빛에 아울러 흘러나오는 목소리에는 지금껏 재경이 들어보 지 못한 어떤 열기가 담겨 있었다.

"너랑 좀 더 함께 있고 싶어. 네가 그걸 바라지 않는다면 어쩔 수 없 지만, 그래도, 그래도 아직 내가 조금이라도 마음에 드는 점이 있다면 옆에 있어줘. 네가 웃는 걸 조금이라도 더 보고 싶어. 다른 누구보다 가까운 자리에서."

"넌 정말 아무것도 모르는 바보구나."

탄식하듯 재경이 중얼거렸다. 태희의 맑은 눈이 그 말에 흔들렸다. 거절당할지도. 언제 일어나도 신기하지 않을 거라고 생각한 일이었지 만 막상 지금 재경이 그만 끝이라고 말할지 모른다고 생각하자 발밑 이 무너지는 것처럼 아득해졌다.

그런 태희의 손을 잡아당겨 태희를 가까이 오게 한 재경은 먼저 그 손등에 입술을 댄 뒤 고개를 숙여 그녀의 차가운 뺨에 입을 맞췄다. 그리고 속삭였다.

"넌 정말 맘에 안 드는 것투성이야. 그런데 말이지. 그런 점조차도 다 포함해서 난 네가 예뻐서 견딜 수 없어. 어떻게 생각해? 이런 내가 정상인 걸까?"

이어서 태희의 입술에 입을 맞춘 다음 재경이 말했다.

"네가 나비였으면 좋겠다고 생각한 적이 있어. 그럼 은으로 만든 나비장에 넣어두고 네가 날아다니는 모습을 한없이 볼 수 있을 테니까. 웃기지? 맞아. 나도 내가 이상하게 변해간단 생각이 들었어. 근데 어쩔 수가 없더라고. 널 어쩔 수 없을 만큼 좋아하는 날 나도 어쩔 수가 없어. 마음이 자꾸 깊어지는데 브레이크를 걸 방법을 모르겠어. 그저……."

어느샌가 하늘 가장자리를 장식했던 노을마저 사라져 어둠이 짙게 깔리기 시작한 하늘 아래 바람이 불어와 주변의 나무들이 서걱서걱 거렸다. 낙엽이 떨어진다. 한때 눈처럼 날리는 아름다운 꽃잎들로 태희의 마음을 온통 사로잡았던 그 벚나무들 사이에서 태희는 재경의 말이 발하는 마법에 빠져들고 있었다.

"그저 너무도 좋아하는 너와 언제까지고 함께 있는 것. 그게 전부야. 내가 원하는 것도. 내가 하고 싶은 것도. 내가 웃는 게 보고 싶어? 그럼 옆에 있어. 내 옆에서 떨어지지 말고. 어떤 식으로든 날 쓸쓸하게 만들지 마."

재경이 웃었다. 한량없이 다정한 그의 눈에 방금 그가 했던 말과 똑같은 진심이 고스란히 녹아 있다. 이제야 태희는 그것을 알아보았다.

날 좋아해? 내가 널 쓸쓸하게 만든 거야? 어떻게, 어떻게 그런 일이 있을 수 있지?

"이런 꿈은 꿔 본 적도 없어……."

어리둥절한 눈으로 재경을 쳐다보며 중얼거린 태희가 스르륵 주저
앉으려는 걸 재경이 허리를 잡아 자신에게 끌어당겼다. 키스를 하려
는 듯 고개를 숙이다 멈칫하더니 그대로 태희를 끌어안고서 다독다독
등을 두드려주면서 재경이 말했다.

"꿈이 아니야. 난 널 좋아해. 아주 오래전부터 그랬어. 미안해. 이제
야 말해서. 미안해. 치졸한 마음으로 널 상처 줬던 것도. 미안해. 나
자신도 거짓말쟁이인 주제에 네 조그마한 비밀도 용납하지 못하는 작
은 녀석이라. 하지만 그런 녀석임에도 넌 날 좋아하는 거지?"

태희가 몇 번이고 고개를 끄덕거렸다. 그 자그마한 동작이 자못 사
랑스러워서 재경은 자신도 모르게 으스러져라 태희를 안은 팔에 힘을
주다가 힘겨워하는 태희의 기색에 바로 정신을 차리고 팔을 느슨하게
했다. 그의 시선이 이젠 감춰진 태희의 목덜미로 향했다.

좋아한다는 말만으로 모든 게 해결되는 건 아니다. 재경이 손댈 수
없는 곳에 그녀의 현실이 있다. 태희가 손댈 수 없는 곳에 재경의 현
실이 버젓이 존재하는 것처럼. 아직은 덮어두고 훗날을 기약해야만
하는 것들이 몇 가지 있다.

그 몇 가지. 재경의 눈이 날카롭게 빛난다. 언젠가 나는 기필코 그
것들을 나와 태희의 세계에서 없애버릴 것이다. 그리 멀지 않은 그 언
젠가에.

눈을 감았다 뜨자 다시 재경의 눈은 품에 너무도 사랑스런 이를 안
은 남자의 그것으로 바뀐다. 부드럽게 손에 휘감기는 머리카락을 훑
어 내리며 재경이 중얼거렸다.

"늘 그렇진 못하겠지만 전반적으로 상냥할 거야, 난. 가끔 무섭게
굴어도 도망가지 마. 지켜줄 테니까, 지금은. 하지만……우리에게 이
교복이 더는 필요 없는 때가 오면 그땐 너도 내가 쭉 기다려줬다는 걸
기억해야 해. 그때는 네가 어떤 상황이든 개의치 않을 거야."

태희가 고개를 끄덕이면서 자그맣게 떠는 걸 재경은 느꼈다. 재경은 재킷을 벗어 태희의 어깨에 걸쳐 준 뒤에 태희 앞에서 등을 돌리고 한쪽 무릎을 꿇으며 말했다.

"업혀. 내려가서 택시 잡을 때까지 업어줄게."

"에? 아니야, 아니야, 나 걸을 수 있어. 뛸 수도 있어. 볼래? 어라, 어라라."

말과 달리 몇 걸음 제대로 걷지도 못하고 스륵 주저앉아 버렸다. 어지럽다. 기분 나쁜 어지러움이 아니라 둥실둥실 떠다니는 구름 위에서 흔들리는 듯한 어지러움이다. 소희가 있었으면 꼬집어 달라고나 했을 텐데 재경이 있어서 태희는 꿀 먹은 벙어리처럼 얌전하다. 그러면서 왜 다리에 힘이 안 들어갈까 고민 중인 태희 앞으로 재경이 오면서 물었다.

"두 가지 방법이 있어. 업는 거. 두 팔로 안아드는 거. 두 번째가 더 맘에 들어?"

"아니야, 절대 아니야."

"그럼 업히는 거군. 자, 가볼까?"

태희가 잠깐 멍해졌다가 정신을 차려보니 이미 재경은 태희를 업고선 가방까지 손에 들고 학교를 나서고 있었다. 태희가 거의 파래진 얼굴로 속삭였다.

"창피하잖아. 누가 보면 어떡해?"

"보든가. 그렇게 창피하면 내 재킷 속에 숨어 있어. 넌 달팽이니까 그런 거 잘하잖아."

"아, 그럴까? 뭐야. 이게 더 이상하잖아."

시키는 대로 재킷 속에 숨었다가 이건 아니다 싶어 태희가 울상이 되었다. 재경이 웃는 소리에 놀리려고 한 말이란 걸 알고 태희의 눈이 가늘어졌다.

"이러다 3학년 선생님이라도 보면 야단맞을 거야."

"내가 야단맞을 테니 넌 자는 척해. 아, 사람이다."

후문으로 걸어가면서 운동장을 빙 돌아 산책 중이던 3학년 학생 몇 명과 마주쳤다. 태희가 재경의 재킷 속으로 숨었지만 이미 그들에게 눈도장을 찍힌 후이다. 태연스럽게 걸음을 옮기는 재경의 등 뒤로 그들이 나누는 대화가 드문드문 들려왔다. 그 속에 둘의 이름이 분명히 있었다. 태희는 꽉 눈을 감았다가 한참만에야 재킷 밖으로 빠끔히 눈만 내밀었다.

"이상하게 생각하지 않을까? 걱정 안 돼?"

"무슨 걱정? 난 지금 너한테 뭘 먹여야 살이 좀 찔까 그 걱정 말곤 안 해."

태희는 눈썹을 슬쩍 치켜올렸다가 가만히 그의 어깨에 얼굴을 기댔다. 업혀보니 재경의 등은 뒤에서 보기만 할 때보다 더 넓게 느껴진다. 단단하기도 했다. 그러면서도 안심이 된다. 예전에 기절했을 때 업혀갔다고 하는 소리에 엄청 당황스러웠지만 동시에 기억이 나지 않아 서운했던 기분이 오늘 모두 해소되었다. 그 생각을 하며 웃다가 태희는 다시금 믿겨지지 않는 말을 확인하고자 조그마하게 물었다.

"정말로 내가 좋아?"

"응."

"진짜로 정말?"

"못 믿겠으면 내일 아침 학교 방송에 대고 말해 줄까?"

"안 돼, 안 돼, 안 돼. 그러면 큰일나. 믿을게. 믿어. 와, 그렇구나."

어쩐지 건성으로 들리는 대답에 재경이 한마디 하려는데 태희가 소리죽여서 웃는 기척이 간지럽게 전해졌다. 그러다가 재경의 재킷으로 머리를 덮고 또 웃었다. 본인은 감춰보려고 그렇게 한 거였지만 오히려 재경에겐 더욱 뚜렷하게 전해졌다.

웃는 얼굴이 보고 싶다는 태희의 말에 재경은 절실히 공감했다. 어떤 모습이든 모두 사랑스럽지만 역시 행복해서 웃는 게 가장 좋다. 그리고 그게 자신 때문일 때가 최고로 좋다.

이제 난 네 필수조건인 걸까? 아니면 여전히 벚꽃과 마찬가지로 충분조건에 그칠까? 곧잘 마음에 떠오르곤 한 그 질문이 다시금 고개를 들었지만 재경은 결코 그 말을 입 밖에 내지 않았다. 그 말은 좀 더 후에. 자신이 답을 확신할 때 던질 것이다. 자신이 원하는 답을 태희가 당연히 내어줄 수 있을 때.

필요한 건 시간. 그리고 시간은 늘 그랬듯, 한재경의 편일 것이다.

제 3 장

사로잡힌 나비

마음이라고 하면 내겐 차갑고 단단한 것을 뜻했다.
아무리 파고 들어가 봐도 그 안엔
부드러운 온기 비슷한 어떤 부분도 없을 거라고 생각했었다.
그런 자신이 서글프다고 생각한 적도 없었다.
이만하면 됐어. 난 이제 부족한 것 따위 전혀 없어.
그렇게 자만했던 시절이 분명히 있었다.
하지만 너를 만났다.
천천히, 그러나 확고하게 내 세계가 변하고 있다.

1. 결단

"얼라리, 저거 뭐냐?"

"뭐가? 어, 뭐지, 이게?"

고등학교에서의 마지막 조회 시간을 몇 분 안 남기고 교실로 돌아왔을 때 태희의 책상 위에 파란 선물 상자가 놓여 있었다. 다가가면서 힐끗 주변 애들을 쳐다보니 누군가가 방금 너한테 배달 온 거라고 말해 주었다. 복도에서 만나 이야기를 하다가 버릇처럼 태희 교실로 따라 들어온 소희가 장난스러운 어조로 꽤나 크게 속삭였다.

"딱 보니 꽃인데. 혹시 한 서방이 이벤트 하는 거 아니야?"

"그럴 리가."

이런 건 재경이 스타일이 아니라고 생각하면서도 태희는 턱에 내리고 있던 마스크를 올려 입가를 가렸다. 만약의 경우에 너무 헤실거리며 웃을지 모르는 사태를 대비해서.

리본을 풀고 상자를 열자 싱그러운 하얀 장미가 수북하게 담겨 있었다. 그리고 상자의 한쪽 구석에 파란색 카드와 함께 작은 선물이 하나 있었다. 파란색 카드를 보는 순간 직감한 게 있어서 선물을 소희에게 건네면서 건성으로 카드를 열어 보았다.

〈졸업 축하해! 나보다 이틀 먼저 자유인이 되는 거니 부러워해도 되겠지? 이젠 그 예쁜 입술에 립스틱 정도는 바르고 다녀주길 바란다. 그럼 토요일에 보자! From Cloud.〉

"샤넬 립스틱? 오우, 완전 사랑스러운 핑크인데. 근데 뭐야, 조 사장이냐? 정말 경조사 챙기는데 완벽한 녀석이구나. 나중엔 대인관계의 달인쯤 되겠어."

슬쩍 태희의 옆으로 와서 카드를 들여다보고는 소희도 일의 전모를 파악했다. 태희는 덤덤하게 카드를 닫아 장미 상자에 넣은 뒤 소희에게 장미 상자 채 내밀었다.

"너 가져. 그것까지 다."

"내가 왜? 나는 이런 것 못 받아서 불쌍하냐? 싫어, 안 가져!"

"그러지 말고. 버릴 수는 없는데 내가 갖고 갈 수도 없잖아."

붙잡는 태희의 손을 뿌리치고 가려던 소희가 여우 눈을 하고 태희를 돌아보았다.

"왜 못 가져가? 졸업 축하 선물이니 네가 가져가는 게 맞잖아."

태희는 마스크 속에 절반쯤 파묻힌 얼굴 속에서 눈만으로 자신의 감정을 소희에게 전했다. 아주 난처해. 이런 거 재경이가 달가워하지 않을 거 너도 알잖아. 소희는 짐짓 모르는 척하고 뚱한 얼굴을 하고 있었다. 하지만 결국엔 못 이기고 상자를 챙겼다.

"그래 내가 처리해 주마. 다 씹어 먹고 말겠어. 그치만 이 카드 정도는 니가 받아야지? 그럼 간다. 이따 보자."

소희가 나가자 태희는 의자에 앉아 다른 애들과 마찬가지로 텅 빈 자신의 책상 위를 쳐다보았다. 졸업식. 끝나지 않을 것만 같았던 고교 생활이 오늘로 끝이 난다. 시간이 느리면서도 이토록 빠른 것이란 것에 새삼 놀라면서 태희는 가만히 책상 위에 머리를 기댔다.

눈을 감으면서 문득 그런 생각을 했다. 잠깐 자고 깨어나면 다시 입학한 첫날로 돌아가는 상상을. 이제 너무도 익숙해진 학교의 모든 것들과 이별한다는 것이 아쉽기 그지없다. 졸업이 더욱더 쓸쓸하게 느껴지는 건, 이곳에서 보낸 지난 삼 년이 너무 행복했기 때문이다.

행복했다. 정말로. 얼마나 행복했는지 절대로 말로는 표현할 수 없을 만큼.

기운차게 교실로 돌아가던 소희 앞에 재인이 불쑥 얼굴을 내밀었다.

"뭐예요, 재수생 주제에 어딜 그리 어슬렁거리면서 놀러 다녀요?"

"이 자식이 보자마자 한 대 맞고 싶냐?"

소희는 주먹을 움켜쥐며 으르렁거렸지만 재인은 때리든 말든 하는 태도로 소희의 옆에 찰싹 달라붙으면서 그녀가 손에 들고 있는 상자를 쓱 채갔다.

"엇, 장미? 이거 뭐야, 누가 준 거야?"

"누가 주든 말든. 근데 왜 또 말이 짧아지냐? 내가 너 기어오르지 말라고 했지."

"누가 준 거냐니까요. 얼씨구, 뭐야 이건 또. 립스틱? 장난 하나, 지금. 어떤 골빈 놈이 이딴 걸 선물이랍시고 줘요? 누군지 말 안 해?"

제멋대로 말이 길어졌다 짧아졌다 한다. 소희는 말할 가치도 없다는 듯 눈을 돌리고는 상자만 도로 가져오려고 했다. 하지만 재인은 요리조리 상자를 빼돌리면서 계속 물었다.

"말 안 해요? 내가 온 학교 뒤지면서 누군지 찾아내?"

"이 몸은 오늘 졸업이다. 니가 강당에서 스트립쇼를 해봐라. 내가 눈 하나 깜짝하나."

"눈만 깜짝하냐? 내 누드 보면 정신이 몽롱해질걸? 근데 무료로 스트립쇼 하는 건 적성에 안 맞고. 보고 싶으면 말해요. 특별히 염가에 모실 테니까."

"헛소리 집어치우고 꺼져라, 좀. 넌 왜 오늘까지 이렇게 사람을 귀찮게 굴고 그러냐?"

"귀찮게 굴긴. 애정표현이라니까요? 내가 좋아한다고 한 백 번쯤 말하지 않았나?"

"그럼 넌 내가 너 싫다고 천 번쯤 말한 건 기억 나냐?"

"언제 그런 말을 했다는 거지? 난 귀에 좋은 말만 듣는 주의라서 영 기억이 없네."

"그래, 너 참 세상 편하게 산다. 그럼 마지막으로 한 열 번쯤 들어라. 난 너 싫다. 싫어. 싫어서 죽겠어. 싫다고, 싫어, 싫어, 싫단 말이다! 오케이?"

"일곱 번밖에 안 되네. 이 여자 이거 머리 나빠서 데리고 살려면 큰일이라니까. 하긴 그러니 남들 다 가는 대학도 떨어지지."

"얌마, 남들 다 가는 대학이라니! 난 태문대학교 딱 하나 지원했거든? 소신 지원해서 떨어진 사람하고 눈치 보기로 대학 주워간 애들하고 동급 취급하지 말란 말이야!"

소희가 새삼스럽게 대학에 떨어진 충격 속에서 허우적거리는 동안 재인은 근처에 열려 있던 창문으로 슉 장미 상자를 던져 버렸다.

"으앗, 장미! 완전 비싼 거던데, 그걸 그렇게 버리냐? 야, 뭐 하는 거야?"

바로 아래 화단 여기저기에 쏟아져 버린 장미를 보고 혀를 차던 소희가 고개를 돌렸을 때 재인이 샤넬 립스틱을 열어서 슥슥 자기 입술에 바르는 게 보였다. 이 자식 진짜 상꼴통이다 싶어 얼굴을 찡그리는 소희에게 립스틱을 정성껏 바른 재인이 싱긋 웃어보였다.

"이야, 발림성 좋네. 어때요, 색 괜찮아요?"

"브라보. 그게 네 길이구나. 그동안 남자로 사는 거 힘들었지? 쯧쯧쯧."

입만 다물고 있으면 여자라고 해도 믿겠다. 그렇지만 변성기가 이미 지난 분명한 남자의 목소리로 재인이 말하는 순간 그런 환상은 파삭하고 깨진다.

"성별 따위 아무래도 좋지만 그쪽이 여자니까 내가 남자인 게 낫잖아? 그래야 이런저런 재밌는 걸 같이 하지."

"너랑 같이 하고 싶은 거 아무것도 없거든? 꺼져라, 징그럽다. 진짜 꿈에 나올까 봐 무서운, 으엇, 야! 뭐하는 짓이야, 죽을래! 너!"

싱글거리며 다가서나 싶던 재인이 전광석화처럼 소희의 얼굴을 두 손으로 잡더니 쪽하고 입술에 키스를 했다. 소희가 대번에 주먹을 휘두르며 재인을 때릴 기세인 걸, 재인이 키스했던 속도만큼이나 재빨리 달아나면서 말했다.

"아깝다, 잘 안 묻어나네. 이거 말고 잘 묻어나고 더 맛있는 걸로 하나 사줄게요! 그리고 이거! 졸업 축하해요!"

재인이 문득 휙하고 던진 것을, 넘치는 운동신경 덕에 멋진 폼으로 잡고 만 소희였다. 멀리서 재인이 박수치며 환호했다.

"역시! 머리가 나쁘면 몸이라도 잘 써야지!"

"이 자식이, 너 내 손에 잡히면 죽어!"

그렇게 말하며 손에 잡힌 걸 다짜고짜 내던지려던 소희는 던지려다 말고 엉거주춤하며 손을 내렸다. 뭔가 굉장히 뭉클뭉클하고 부드러운 털뭉치. 빼꼼히 자신을 보고 있는 얼굴이 보였다. 가만 보니 인형이었다. 샴고양이 인형. 고양이 목에 걸린 줄에 달랑거리는 은색 고리가 보였다. 아니, 그건 고리가 아니라……

"뭐야, 반지? 이걸 어쩌라고? 야, 받아, 받아가!"

어머니 덕에 금붙이 보는 눈은 어느 정도 정확한 소희에게도 언뜻 본 그 반지는 이른바 명품이었다. 질색을 하며 재인에게 받아가라 소리치는데 이미 재인은 계단 사이로 쌩하니 모습을 감춘 후이다. 쫓아가려는데 종소리가 나고 선생님들이 보이기 시작해서 엉거주춤 서 있다가 교실로 들어가고 말았다. 막 자리에 앉는 소희에게 문자가 왔다.

[졸업 축하 선물이에요. 맘에 안 들면 팔아서 딴 거 사도 좋고. 연락할게요! 졸업식 보면 눈물 날까 봐 안 나갈 거야. 찾지 말아요. 그래도 내 사랑을 의심하면 안 돼, 자기♡]

"미친 놈."

대번에 욕하는 것과 어울리지 않게 소희의 얼굴엔 미소가 그려졌다.

이윽고 졸업식 행사가 있는 강당으로 향하기 위해 모두들 교실을 나섰다. 한꺼번에 복도로 학생들이 나오면서 잠잠해졌던 태희의 기침이 다시 시작되었다. 춥긴 해도 신선한 공기가 들어오는 창가 쪽으로 바짝 붙어 가는데 누군가의 부드러운 손이 툭 어깨 위에 놓였다.

"아직도 기침이야?"

"아, 재경아."

"역시 내가 의대를 갔어야 하나?"

"또 그런다. 누가 보면 내가 병잔 줄 알겠어."

마스크 안에서 우물거리면서 태희가 항변했지만 재경의 눈빛은 여전했다.

"끊임없이 골골대질 말던가. 아픈 게 버릇이 돼서 조심하는 마음조차도 없잖아."

"조심하고 있어. 다른 사람한테 안 옮기려고 애쓰고 있는데."

자신의 마스크를 가리키면서 태희가 대꾸하자 재경은 한심해 했다.

"너 말이야, 너. 너만 안 아프면 그만이지 다른 사람이 무슨 상관이야?"

"알았어. 내가 훨씬 더 조심할게. 나한테도 걱정 안 끼치게. 콜록."

"예쁘게 하는 건 말뿐이지."

빈정거리긴 했지만 태희의 머리를 어루만지는 그의 손은 말과 달리 다정했다. 재경이 수능 끝난 후로 기르기 시작한 머리카락은 이제 눈을 가릴 정도가 되어 가끔 너무나 빤히 쳐다보는 걸로 태희를 당혹스럽게 하는 그의 눈을 가려주는 방패 역할을 했다. 지금도 뚫어질 듯 태희를 응시하는 재경의 눈빛에도 태희가 자연스럽게 웃을 수 있는 건 그 덕이었다.

그렇지만 눈앞에서도 눈뜬장님이나 마찬가지인 태희와 달리, 두 반 뒤쪽의 복도를 어슬렁거리며 걸어오던 소희는 멀리서 재경을 보자마자 촉이 발동했다. 한재경이 저렇게 집중해서 쳐다보는 건 이 우주에서 태희 하나일 거라고 목숨도 건다. 전혀 소년답지 못한 그 눈빛에 소희는 위험안테나를 곤추세우며 두두두 달려와 머리부터 두 사람 사이에 끼워 넣고 확 갈라놓았다. 그러곤 태희의 허리를 덥석 끌어안으며 재경에게 씩 웃었다.

"헬로, 한 서방! 오늘은 졸업식이니 학생답게 가자구. 불순 이성교제 금지. 알겠나?"

"너……."

조용히 내뱉은 재경의 목소리는 위협적이었지만 소희는 전혀 아랑곳하지 않았다.

"울 엄마 올 때 됐으니 마중 가자, 태희야. 아, 근데 너도 어머니 오신다고 했지?"

"아, 글쎄. 오신다고는 했는데 오셨을까. 전화해 볼래."

태희는 핸드폰을 꺼내서 전화를 걸려다가 잠깐 뒤를 돌아보고 재경에게 손을 흔들었다. 재경이 가볍게 고개를 끄덕여 주었다. 그것이 그날 둘이 서로를 정면으로 응시한 마지막 순간이 될 줄은 몰랐지만 결과적으론 그렇게 되었다.

3학년이 되면서 저마다 다른 반이 되어서 다들 떨어져서 졸업식 수순을 밟았다. 졸업식이 끝나자 소희는 그간 학교 내에서 소문만 분분했던 미모의 젊은 어머니와 함께 하면서 다른 사람 서너 배는 될 법한 꽃다발이 작다고 엄마랑 티격태격해댔고, 태희의 옆에는 식당 일을 하다가 중간에 급히 나온 어머니가 어울리지 않는 장소에 잘못 온 사람처럼 쑥스러워하면서 고개를 숙이고 있었다. 오늘에야 제대로 얼굴을 보게 된 단짝 친구의 어머니들이 뒤따르며 이런저런 이야기를 나누는 동안 둘은 교정으로 나가서 곳곳에서 사진을 찍었다.

어쩐지 허전한 기분에 재경을 찾아 두리번거린 건 소희의 몫이었다. 찾는 건 쉬웠다. 그는 주차장으로 향하는 길에 멈춰 서서 태희를 보고 있었다. 그의 옆엔 사무적이고 정중한 태도의 중년의 남자가 서 있다. 소희는 그 남자가 운전기사이거나 아니면 아버지가 보낸 비서쯤 되겠지 하고 짐작했다. 졸업식에 그의 부모가 나타날 거란 기대는 한 적이 없었다.

재경은 이미 이 학교와는 아무런 인연도 없는 사람으로 보였다. 그렇게 교복이 안 어울리는 녀석도 없었을 것이다.

다신 안 볼 녀석도 아니고, 이 학교에선 나름 가장 친한 범주에 들어갈 사람인데도, 소희는 재경을 보면서 경외감 비슷한 걸 느꼈다. 과연 어떤 녀석이 될까. 언젠가 한때 같은 학교를 다녔다는 것 한 가지가 내세울 만한 자랑거리가 될 만한 인물. 지금 졸업하는 수백 명의 사람 중에 그럴 만한 가능성을 가진 건 저 녀석이 최고겠지.

"소희야? 소희야, 뭐해. 어머니가 아까부터 부르시잖아."

태희의 부름에 그제야 정신을 차린 소희가 엄마는 뒷전이고 태희에게 귓속말을 했다.

"재경이랑 사진 찍어야 하는 거 아니야?"

"찍고 싶으면 찍어."

"아니 나 말고 너 말이야. 명색이 졸업식인데 낭군이랑 찍은 사진 하나가 없어서야?"

태희는 말없이 웃기만 하곤 자신의 어머니에게 뛰어가 팔짱을 꼈다. 그럴 생각이 없다는 뜻이다. 태희는 그렇다 치고 재경인? 궁금해져서 돌아봤더니 이미 재경의 모습은 사라졌다. 뭐가 이렇게 쿨하냐? 아무리 그래도 졸업식인데, 이렇게 덤덤하게 헤어져? 아, 혹시나?

"따로 만나기로 했구나? 울 엄마가 점심 거하게 쏜댔으니까 너무 빨리 일어서면 안 돼."

태희도 마찬가지로 귓속말로 응해 왔다.

"느긋하게 있을게. 해지기 전에만 보내주라. 나, 엄청 졸리거든."

"뭐야? 재경이 안 만나? 그냥 집에 가서 자는 거야? 재경인 어떡하고?"

"재경인 따로 스케줄이 있겠지. 난 잘 거야. 감기 지긋지긋해."

너무도 담담하다. 이제 졸업인데, 걱정도 안 되나 싶다. 아무리 잘 나가던 고등학교 커플도 학교 졸업 후에는 대부분……. 아, 물론 이 둘은 대학도 같은 곳이긴 하지만.

"너 너무 태평하다? 울고 짜고 할까 봐 일부러 안 보자고 약속이라도 한 거야?"

"그런 거 없어. 왜? 너 울고 싶어?"

"내가 왜 우냐. 이젠 날 새고 게임해도 아무 문제없는 자유인이 됐는데 뭐가 슬퍼서. 근데 너 정말 걱정 안 돼? 이젠 내일부터 하루가 멀다 하고 보던 그 녀석이랑 만날 공간이 증발하는 거라구. 예전의 너였으면 서운하다고 흘린 눈물이 한강 수위를 높였을 텐데."

"하하, 걱정 안 해. 좀 슬프긴 하지만 괜찮아. 그럭저럭."

"……청심환 먹어둔 거냐?"

"정말 아니야. 난 이제 겁쟁이가 아니라구. 아주 강한 주문이 있잖아."

"그 녀석이 널 좋아한다는 거?"

단도직입적인 소희의 말에 태희는 좋다고 웃다가 다시 기침이 나서 고생이다. 와, 태희가 밝아진 건 좋은데 바보가 될 줄이야. 이왕 바보가 되는 거 같이 재수하게 됐다면 좋았을 텐데. 아니지, 난 좋은 친구. 좋은 친구. 잠깐 떠오른 생각을 재빨리 머릿속에서 떨쳐버리고 소희는 태희의 허리를 덥석 끌어안았다.

"앞으로도 나랑 놀아줘야 한다, 다이애나. 나 버리면 안 돼."

"안 버릴 테니까, 공부해. 내일부터. 내가 계획표 잘 짜줄게."

태희와 소희, 그리고 둘의 어머니를 태운 빨간 차가 이윽고 주차장을 빠져나가기 시작했다. 그 차가 운동장 쪽으로 나가는 걸 지켜본 뒤 재경은 차창을 올리면서 중얼거렸다.

"그만 출발하죠."

손에 들고 있던 핸드폰은 그대로 주머니에 넣었다. 그리고 눈을 감은 뒤 그는 짧은 수면에 빠졌다. 깨어났을 땐 공항이었다.

졸업식으로부터 정확히 일주일이 지났다. 늦은 저녁식사 후에 먹은 감기약 덕분인지 침대에 엎드려서 책을 읽다 말고 잠이 들었던 태희는 한밤중에 언뜻 잠이 깼다. 부스스 머리를 들면서 누군가를 찾아 두리번거리며 중얼거렸다.

"재경아? 어디야?"

침대 머리맡에 보이는 작은 협탁에 놓인 시계가 막 자정이 넘었음을 알려주고 있었다. 그제야 자신이 방에 있고, 지금이 밤이란 걸 깨달았다. 태희는 한참 동안 시계를 쳐다보다가 이윽고 제대로 일어나 앉았다.

너무나 빠른 속도로 꿈이 증발되어 간다. 불과 몇 분 만에 꿈은 아주 옛날에 읽은 책처럼 어렴풋해지고 말았다. 그래도 분명한 것은 꿈에 재경과 함께 있었다는 것이다. 학교의 통학길을 나란히 걷기도 했다. 재경이 태희의 손을 잡아 그의 코트 주머니에 넣고 걷던 때라던가, 너무 추워서 거의 눈만 내놓고 걷는 태희를 보다가 이따금 손으로 태희의 눈까지 가려버리곤 하던 재경의 짓궂은 장난 같은 것도 있었다. 태희가 앞이 안 보여서 허둥거리면 재경은 몹시도 즐거워했다. 상냥하면서도 불쑥불쑥 튀어나오는 그 짓궂은 장난은 영 고쳐지지 않았다. 다른 사람은 안 되지만 자기가 괴롭히는 건 상관없다나.

"은근히 못됐지. 아주 조금. 아니 그보다는 더 못됐나?"

빙긋이 웃으면서 중얼거리다가 불현듯 보고 싶어져서 협탁에 둔 핸드폰에 손을 뻗어 가져왔다. 액정에 바로 재경의 모습이 떴다. 재경이 복도를 걸어가고 있을 때 뒤에서 불러서 찍은 샷이다. 지금 당장이라도 그의 입에서 "응?"이라는 물음이 나올 것 같은 얼굴. 물끄러미 쳐다보다가 툭하고 손가락으로 그의 머리를 치면서 말했다.

"어디서 뭐해. 연락도 안 하고. 나빠."

이내 액정 속 재경의 머리를 문지르면서 다시 말했다.

"졸업식 때 같이 사진 찍는 건데 그랬나 봐. 그거 찍어버리면 정말 뭔가가 끝나는 기분일 것 같아서 쿨한 척했는데. 역시 미련을 질질 끌고 다니는 이 버릇은 고쳐지질 않네. ……근데 정말 왜 전화 안 해?"

태희는 핸드폰을 가만가만히 흔들었다. 핸드폰에 달린 두 개의 고리가 부딪히면서 잘그락거리는 소리가 났다. 하나는 비즈로 만든 파란 별이고, 다른 하나는 재경의 첫 번째 선물이 될 뻔했던 은제 다윗의 별이다. 이 선물 대신 재경의 핸드폰에는 참 민망하리만큼 못 만든 벚꽃모양의 핸드폰 고리가 달려 있다. 그걸 벚꽃이라고 말하기 전에는 그 누구도 그게 뭔지 알 수 없다. 재경의 열여덟 번째 생일이 지난 뒤 핸드폰은 두 번 더 바뀌었지만 그 고리는 계속 따라왔다. 언젠가 재경이 방심하는 사이에 그 핸드폰 고리를 쥐도 새도 모르게 처리할 생각이긴 하지만 그가 그것을 아껴준다는 것은 기분 좋았다. 재경이는 정말 다정하다.

근데 그 다정한 사람이 일주일째 전화가 없다. 태희의 손가락도 멀쩡하고, 전화하는 게 두려운 것도 아닌데 어쩐지 기다리게 된다. 재경이 아주 당연하다는 듯 전화해 오기를.

오늘이야말로 연락이 올 거라고 믿어보면서도 당장 몹시도 보고 싶고, 목소리가 듣고 싶다. 꿈이 아닌 진짜 재경의 느낌이 간절했다. 시계를 확인했다. 어느새 한 시 십 분이 넘었다. 이미 자는 중이면 어쩌나 싶어 갈등하다가 꾸욱 3번 버튼을 눌렀다.

거의 삼십 초 가까이 전화를 받는 기척이 없었다. 자동응답이 나올 거라는 생각에 태희가 천천히 핸드폰을 내리는데 저편에서 낮은 목소리가 들려왔다.

「태희니?」

"어, 나. 자는 거 깨운 거 아니야?"

그가 이름을 불러주자마자 심장이 쿵쿵 뛰기 시작하면서 얼굴 가득 열이 올랐다. 흥분한 목소리를 내지 않으려고 조심한다는 게 거의 속삭이는 것처럼 나왔다.

「글쎄. 잠 잔 기억은 없는데 어쩌면 자고 있는 건지도 모르겠군. 네가 전화를 걸어오고 말이야. 지금 이거 꿈인가?」

"꿈 아니야. 나 일찍 잤더니 방금 막 깨버린 거 있지. 그래서 전화하고 있어. 너는?"

「술 마셔. 잠 좀 자볼까 하고.」

"에에? 술? 이 시간에?"

「응. 두 시쯤엔 잘 수 있지 않을까 생각해서 말이야.」

"언제부터 마셨는데?"

「기억 안 나는데. 열두 시? 열두 시 반이었나?」

"세상에. 거의 한 시간은 된 거잖아, 그럼. 술 그렇게 안 마신다고 나랑 약속했잖아. 왜 그래? 잠이 안 와? 또 불면증으로 고생하는 거였어?"

나무라면서도 그보다 더 크게 염려하는 기색이 가득 담긴 태희의 물음을 들으며 재경은 잠시 침묵을 유지했다. 그러다 약간 웃음소리를 내더니 답했다.

「그 약속 아직까지 유효한 거야? 고등학교도 졸업한 마당에 또 미성년자 운운할 건가?」

"그게 아니라, 술의 힘을 빌려서 자려고 하는 거 그런 게 싫어. 아주 안 좋은 습관이잖아. 잠이 안 오면 다른 방법을 써서……."

「어떤 방법?」

"음. 적당한 운동을 하고, 따뜻한 물에 목욕을 한 뒤에,. 우유를 데워 마시는 거야."

「운동했어. 너무 녹초가 되게 했나봐. 몸은 젖은 솜뭉치 같은데, 머리는 한없이 맑아. 그래서 계속 같은 생각만 뫼비우스의 띠처럼 되풀이하고 있어.」

"무슨 생각을 그리하는데? 고민하는 거 있어, 혹시?"

재경은 말이 없었다. 그의 숨 쉬는 소리와, 이따금 얼음이 담긴 컵을 달그락거리는 소리만 들려왔다. 아무리 기다려도 그가 침묵하자 조바심이 난 태희가 다시 물었다.

"재경아, 무슨 일 있는 거면 말해 줘. 내가 도울 수 있는 거면 어떻게든 도와줄게."

「만날래?」

"응?"

「지금 만날까? 데리러 갈게.」

"아……지금? 지금은 한밤중이잖아."

「말뿐이네. 뭐 기대도 안 했지만.」

"갑자기 보자고 해도 내가 당장 그럴 수는 없다는 거 알잖아."

「그래, 알아. 그럴 수가 없지. 지금은. 해본 말이야. 그러니까 그렇게 난처해하며 말할 거 없어. 목소릴 들으니까 얼굴이 보고 싶어졌을 뿐이야. 대책 없이.」

"나도 그래. 보고 싶고, 목소리도 듣고 싶고 그랬어. 꿈에서도 계속 널 보고 말이야."

「근데 왜 이제야 전화를 해?」

그 물음에 태희가 머뭇거렸다. 재경이 다소 신경질적으로 들리는 목소리로 이어 말했다.

「그렇게 보고 싶었다면서 일주일쯤은 간단히 참을 수 있나 보군. 역시 인내심 빼곤 시체구나, 윤태희는.」

"나랑 달리 넌 늘 바쁘니까 네가 전화해 주길 기다린 거야. 심지어, 네가 서울에 있다는 보장도 없고. 너 며칠 나가 있을지도 모른다고 했었잖아."

「졸업식 날 오후에 나갔다가 일요일 아침에 그냥 다시 왔어. 너 때문이야.」

"왜? 아, 우리 설마 일요일에 약속 있었어? 그럴 리가, 나 전부 기록해 두는데 그런 건."

깜짝 놀란 태희가 불을 켜고 일어나서 스케줄러를 찾아 우왕좌왕하는데, 혀를 차면서 재경이 못마땅해 했다.

「멍청이. 잠이나 자. 그리고 내일, 아니 오늘 아침에 봐.」

"오늘 아침? 몇 시?"

「만날 수 있는 가장 빠른 시각을 말해.」

"음. 아침에 엄마랑 목욕 가기로 했으니까 갔다 와서 밥 먹으면 여덟 시, 잠깐 자고 일어나서 나갈 준비하면 열 시 반 정도?"

「너무 늦어. 일곱 시면 집에 와? 그럼 일곱 시 반에, 너희 집 근처 편의점 앞에서 봐.」

"어? 일곱 시 반? 안 돼, 너무 빨라. 나 목욕 다녀오면 졸려서 좀 자야 해. 몸이 막 노곤해져서 그냥은 못 다녀."

「일곱 시 반이야. 일 분이라도 늦으면 내 얼굴 못 볼 줄 알아. 그럼 이따 보자.」

"재경아, 재경아, 나 진짜 그 시간엔. 어어, 끊었다. 어쩌지?"

울상이 되어서 중얼거리다가 시각을 확인하곤 화들짝 놀라 서둘러 불을 끄고 침대에 누웠다. 자야 했다. 하지만 이리 뒤척 저리 뒤척 하다가 겨우 잠이 들었을 무렵에, 어머니가 방문을 두드리며 목욕을 가자고 하셨다. 퀭한 눈으로 어머닐 따라 목욕탕에 가서는 온탕에 앉아서 졸다가 하마터면 벌겋게 익어버릴 뻔했다. 목욕을 마치고 나와서는 집으로 가면서 어머니께 소희랑 등산을 가기로 했다고 둘러댔다. 너무나 뜬금없는 핑계에 어머니가 놀란 눈치셨지만 일 년 반 정도 전에도 불쑥 조깅을 한다고 한 뒤에 그 약속을 지금껏 지켜온 것처럼, 이젠 등산도 하는구나 하고 대견해 하셨다. 넌 몸이 약하니까 그런 운동을 해야 한다고 격려까지 받았다. 예쁜 복장은 엄두도 못 내고 등산할 때 춥지 말라고 엄마가 권하는 대로 이것저것 껴입은 곰돌이가 되어서 태희는 열심히 편의점으로 뛰었다.

편의점 앞에 오 분 남짓 일찍 도착해 시계를 연거푸 확인하는 그녀를 길 건너편 차 안에서 지켜보던 재경은 정각이 되기 직전에 유턴해서 태희 앞에 차를 세우고는 차 문을 열었다.

"타."

"……어? 재경아, 뭐야, 이 차?"

바로 앞에 선 검은 세단의 차창이 내려가고 들려온 명령조의 목소리가 익숙해서 힐끗 쳐다봤더니 운전석에 재경이 앉아 있어 태희는 놀라지 않을 수 없었다.

"타기나 해. 가면서 이야기하고."

차에 타긴 했는데 안전벨트도 안 하고 차 안을 두리번거리는 태희를 보고 재경이 빠르게 벨트를 매어준 뒤 바로 차를 출발시켰다. 태희는 그것도 보고 놀랐다.

"운전은 언제 배운 거야? 운전면허 딴단 말도 없었잖아."

"말할 정도로 대단한 일도 아니니까."

"왜 안 대단해? 소희도 면허 딴단 말만 하고 아직 감감무소식인데. 근데 이 차는?"

"졸업 선물 겸 대학 입학 선물."

"우와, 선물이 차야? 세상에 언제 받은 건데?"

"지난달 초에. 받고 바로 면허 따고 연수 받고 그랬어."

"지난달 초? 폭설 내려서 교통 마비되고 난리도 아니었잖아."

"덕분에 연습은 제대로 했지."

대수롭지 않다는 듯 중얼거리는 재경을 태희는 물끄러미 쳐다보았다. 왼손으로 능숙하게 핸들을 컨트롤하는 그가 일주일 전에 교복을 입고 있던 고등학생이란 생각이 들지 않는다. 반면 여전히 자신은 어린애 같다고 생각하며 태희는 어깨를 움츠렸다. 그런 태희를 힐끗 곁눈질하던 재경은 신호를 받아 차가 멈췄을 때 슥 손을 뻗어 그녀의 털모자를 벗겼다.

"어, 모자. 줘."

"답답해 보여. 머리도 안 말랐잖아. 봐."

재경의 손가락이 태희의 머리카락 속으로 파고들어 물기가 남은 두피 부분을 만졌다. 그건 그렇다고 태희가 고개를 끄덕였지만 재경은 오른손을 거두지 않고 그녀의 머리카락과 뒷머리를 천천히 어루만졌다. 목욕을 마친 후에 잘 익은 사과처럼 윤기 넘치는 태희의 뺨 역시 그의 손이 그냥 지나치지 않았다. 다소 뜨겁게 느껴지는 뺨의 열기에 재경이 물었다.

"감기는 나은 거지?"

"오늘분 약까지 타오긴 했어. 거의 다 나은 것 같아."

"무슨 핑계 대고 이 시간에 나왔는데?"

"소희랑 등산 간다고 했어."

"등산? 하하, 그것도 나쁘지 않네. 진짜로 등산이나 갈까?"

"어? 안 돼. 나 졸려. 너 본 게 기뻐서 지금은 졸린 지도 모르겠지만 얼마 안 있으면 병든 닭처럼 꾸벅거릴 거야. 정말이야."

말하면서 아니나 다를까 태희는 하품을 하고 말았다. 신호가 바뀌고 차가 출발하면서 태희는 가는 방향을 보고는 조금 난감한 얼굴로 물었다.

"어디 가는데?"

"졸린다며. 자야지, 그럼. 잠시라도 자. 운전 부드럽게 할 테니까."

아마도 드라이브 후에 다시 집에 데려다 준다는 뜻인가 보다 하면서 태희는 눈을 감았다. 차 안이 따뜻해서 금세 졸음이 밀려왔다. 재경이 머리카락을 만져주는 것도 한몫했다.

하지만 깜빡 잠이 들었다가 얼핏 눈을 떴을 때 태희는 차가 재경의 아파트로 향한다는 걸 알게 되었다. 태희가 눈을 비비면서 잠을 떨치려고 애쓰는 사이 차는 지하 1층의 주차장으로 들어가고 있었다. 구석 자리에 차를 세웠지만 히터에선 계속 따뜻한 바람이 나왔다. 태희는 터틀넥의 목 부분을 살짝 잡아당기면서 잠긴 목소리로 말했다.

"더워."

히터를 끄자 차 안이 조용해졌다. 태희가 벨트를 풀려고 하는데 재경의 손이 벨트 연결 부위에 가리듯이 놓였다. 그를 쳐다보는 태희의 턱을 다른 손으로 잡으면서 재경이 키스해 왔다. 키스를 받다가 아직 감기가 다 낫지 않았단 생각에 태희가 뒤로 머리를 뺐다.

"감기 걸려."

"차라리 걸리고 말지."

뒤로 달아난 태희의 머리만큼 재경이 간격을 좁혀오면서 거듭 키스했다. 태희가 손으로 그의 얼굴을 살짝 밀어내며 좀 더 강경하게 말했다.

"너 아픈 건 싫단 말이야."

"누군 좋은 줄 알아? 이번 겨우내 너 제대로 안은 건 손에 꼽을 정도로 적어. 매번 감기 옮는다고 키스는 하는 둥 마는 둥 하고. 수능 보기 전엔 수험생이니까 자제하고, 수능 끝나고 나서는 감기 때문에 봐주고. 한계야. 이젠 안 봐줘."

"날 봐주라는 게 아니라 네가 감기 걸리니까 그런 거잖아. 아이참, 안 된대도."

한사코 키스를 피하는 태희를 보다 못한 재경이 두 손으로 얼굴을 감싸 쥐고 입술을 겹쳤다. 자그마한 태희의 입술을 탐욕스럽게 빨아들이면서 입술을 벌리게 하려고 애썼지만 태희는 굳게 입술을 다물고 그 이상을 허락하지 않았다. 재경의 목소리가 거칠어졌다.

"내가 감기가 무서워서 키스하는 걸 피해준 줄 알아? 아픈 녀석 상대로 나만 즐거워하는 게 싫어서 겨우겨우 참아준 거라고. 조금이라도 미안하게 생각하면 얌전히 있어."

"그렇지만 재경아, 나는, 재경아, 잠시……만, 으, 으응."

태희가 대답하기 위해 입을 벌린 그 짧은 사이에 재경의 입술이 그녀의 입술을 덮었고 빠르게 들어온 혀가 오랫동안 목말랐던 자신의 영역을 마킹하면서 분주하게 움직였다. 맞물린 입술 속에서 그녀의 혀와

516 아다마스 I

고운 치열을 천천히, 세심하게 만끽하면서 아득하리만큼 긴 키스를 했다. 한참 후 입술을 떼고, 눈을 감은 채 가쁜 숨을 고르고 있는 태희를 보면서 재경은 아주 약간 만족감이 깃든 눈을 빛내며 속삭였다.

"그렇게 얌전하니까 너무 예쁘잖아. 일주일이야. 보고 싶어서 머리가 어떻게 되는 줄 알았다고. 오늘도 연락 안 하면, 너 그냥 두지 않겠다고 작정했는데."

가느다랗게 눈을 뜨는 태희의 입술을 다시 덮었다. 아까 자신이 못 풀게 한 안전벨트가 거추장스러워지자 서둘러 벨트를 푼 뒤 그녀의 허리를 당겨서 끌어안았다. 두터운 코트가 방해물처럼 여겨진 재경의 손가락이 코트 단추를 서슴없이 풀어헤쳤다. 태희의 손이 몇 번이고 그의 팔을 막으려 했지만 재경에겐 깃털이 손을 간질이는 느낌 정도밖에 되지 않았다. 코트 단추가 다 풀리자 재경의 팔 안에 태희의 가냘픈 허리가 고스란히 느껴졌다. 스웨터를 입고 있어도 꽉 끌어안은 가슴에 태희의 심장고동이 전해질 정도였다. 그녀의 얼굴을 감싸 쥐고 있던 손이 천천히 목으로 내려오자 목덜미에서 퍼덕이는 맥박이 느껴졌다. 벌새의 날갯짓처럼 빠르고 연약하다. 그리고 무서울 만큼 사랑스럽다.

태희는 끝을 모르고 계속 이어지는 키스가 버거웠다. 하지만 태희도 재경의 말에서 한 가지는 동의했다. 그녀도 재경이 보고 싶어서 견딜 수가 없었다. 자신은 재경과 손을 잡거나 가만히 바라보는 것만으로도 충분히 기쁘겠지만, 재경이 이렇게 해서 기쁘다고 하면 참아야 한다고 생각했다. 재경을 위해서 그가 원하는 대로 얌전히……아!

"재경아, 그만!"

큰 소리를 냈다고 생각했지만, 사실은 두려움에 창백해진 가냘픈 목소리였다. 재경의 손이 스웨터 안으로 들어와 태희의 맨살에 닿아 있었다. 재경은 손을 그대로 두고 태희를 빤히 응시했다. 태희가 더듬거리며 계속 말했다.

"그, 그러지 마. 부탁이야."

재경이 쿡하고 웃었다. 그러면서 손을 빼더니 태희의 스웨터를 바르게 정리해 주었다.

"그럴게. 오늘은 만나서 키스하는 정도로도 충분하니까."

그 말에 담긴 다른 뜻 때문에 태희의 얼굴이 더 굳어졌다. 재경은 격렬한 키스로 마구 헝클어진 태희의 머리카락을 손가락으로 빗겨 주면서 말했다.

"어차피 이 이상은 곤란해. 오늘, 내일은 그 시답잖은 알바를 하러 가야 하잖아? 난 브레이크 걸 자신 없는 일은 할 생각 없어. 그토록 기다린 일을 이런 데서 망칠 수는 없지."

다시금 재경이 얼굴을 가까이하자 태희가 숨을 죽였다. 이렇게 겁먹고 흠칫거리는 모습은, 처음 사귀게 된 이래 오랜만인 것 같다. 그때는 짜증스럽기도 했던 일이 이젠 지독히 사랑스럽다니. 키스를 하지 않고, 손 하나 대지 않아도, 그저 눈빛을 나누고 있는 것만으로도 등을 타고 찌르르 흐르는 충동은 아찔할 정도였다. 겁먹은 그녀를 향해서 자신이 가진 가장 상냥한 미소를 보여주면서 재경은 중얼거렸다.

"하지만 더 이상은 안 돼. 다음 주야. 다음 주 안에 최소한 이틀, 적어도 사흘 정도는 완전히 내게 내줘야겠어. 어머니껜 오늘처럼 핑계거리를 만들어봐. 소희네 집에서 그 정도 보내는 정도는 네게는 일도 아닐 테지만. 그렇지?"

그가 먼저 차에서 내린 뒤, 태희 쪽으로 돌아와서 차 문을 열었다. 손을 뻗어 태희의 팔을 잡자 태희가 흠칫하며 재경을 쳐다보았다.

"내려. 졸리다고 했잖아."

"바, 방금 전의 이야기 말이야. 내가 제대로 이해한 것 같지가 않은데……."

"글쎄. 표정 보니까 제대로 이해한 게 맞는데?"

재경의 팔에 이끌려 태희가 차 밖으로 나왔다. 문을 닫는 사이 차에 기대서 있던 태희가 마른 입술을 혀로 훑고는 가득 잠긴 목소리를 억지로 밝게 만들면서 물었다.

"어디로 여행이라도 갈 생각이야? 그런 거라면 미리 알려줘."

손을 뻗어 태희의 뺨을 스윽 어루만지면서 재경은 고개를 기울였다.

"여행도 좋지. 그렇지만 나중에. 나는 괜찮지만 네가 버틸 것 같지 않거든."

"무슨 소린지 모르겠어. 여행이 아니라면 무슨 이유로……."

"이젠 나와 함께 밤을 보낼 때가 됐잖아."

동공이 커지면서 굳어진 태희의 눈처럼 입술도 굳어버렸다. 재경은 계속 말했다.

"이미 한참 전부터 그러길 원했다는 거 너도 알 거야. 만에 하나, 몰랐다면 지금 들어. 난 널 안고 싶어. 안아서 전부 내 걸로 만들고 싶어. 이젠 더 기다릴 이유도, 여유도 없어."

그 어떤 반론도 허용치 않는다는 말투에 이어 낙인을 찍듯 그녀의 입술에 키스하는 순간, 태희의 눈이 감기나 싶더니 스르륵 그대로 허물어졌다. 팔에 힘없이 안긴 태희를 보면서 재경이 중얼거렸다.

"기절했나. 뭐 몇 시간 자고 일어나면 괜찮겠지. 그나저나 일어나면 뭘 먹이지."

태희를 안아들고 엘리베이터로 걸어가 자신의 아파트에 올라가기까지 재경은 아침 겸 점심으로 먹을 식사에 대해서 고민했다. 그러다 집에 들어가 침대에 태희를 눕혀 이불을 덮어주고는 그녀의 이마에 입술을 댔다. 자신이 참 다정한 것 같아서, 재경은 아주 흡족했다.

아르바이트가 끝날 시간에 맞춰서 비가 그쳐 주길 바란 건 너무 과욕이었나 보다. 우산을 받칠 정도는 아닌데, 그냥 맞으면서 걷다 보면 흠뻑 젖을 게 분명한 안개 같은 비를 보면서 태희는 한숨을 쉬었다.

"태희야, 같이 가."

뒤를 돌아보니 파란 장우산을 들고 나오는 승운이 보였다. 아까 승운이 쓰고 가라고 우산을 주는 걸 거절했었는데.

"역까지 바래다줄게."

"그럴 필요 없어. 걸어가면 금방이야."

됐다는 듯 손을 내저으며 태희는 그대로 등을 돌려 걸어갔지만 승운은 전혀 위축되지 않고서는 태희의 옆으로 빠르게 다가가 붙으면서 우산을 씌워주었다.

"나한테는 그렇지만 네 걸음으론 금방은 아니잖아. 너 천연기념물이 왜 천연기념물인 줄 알아? 가꾸고 보호하라고 천연기념물인 거야."

말로 실랑이해서는 안 될 녀석이라 태희는 고개를 돌리고 말았다. 곧 그녀는 생각에 잠긴 표정이 되었다. 어제 오늘 일하면서도 중간 중간 짬이 나면 멍하니 어딘가를 응시하면서 그런 표정을 짓곤 했다. 승운은 그런 태희를 보며 코트 주머니에 챙겨온 커피를 꺼내 태희 눈앞에 불쑥 내밀었다.

"고민도 좋은데 말이야 따뜻한 거 마시면서 해. 너 좋아하는 바닐라 라떼."

"……고마워. 근데 나 고민하는 건 또 어떻게 알았어? 그렇게 티나?"

"당연히 티 나지. 무슨 고민이냐고 물어도 당연 대답 안 할 거지? 아, 무슨 말할지 알아. '몰라도 돼. 너하고 상관없는 일이야. 별일 아니야.' 그 중 하나지?"

태희는 안 그래도 '별일 아니야'라고 답하려다가 머쓱해서 입을 다물었다. 그러곤 잠시 승운이 준 커피를 마셨다. 달지만 맛있다. 요 이틀 한 가지 생각에 온통 경직되어 있던 태희의 머릿속을 살며시 어루만져주는 것처럼 다사로웠다. 잔뜩 힘을 주고 있던 어깨에서 힘을 빼듯이 한숨을 내쉬고는 태희는 승운에게 말했다.

"물어봤자 너는 모를 것 같아. 너 진지한 연애는 안 하잖아."

"안 한 게 아니라 아직 못한 건데. 그럴 만한 사람이 안 나타나는 걸 어쩌라고?"

"그러니까 너는 모를 게 뻔해. 그리고 누구한테 물을 성질의 일도 아닌 것 같고."

물어봐서 답이 나올만한 일이었으면 소희에게 의논했을 것이다. 다시금 태희의 입에서 가느다란 한숨이 새어 나왔다. 그런 태희의 옆머리를 승운이 제법 세게 잡아당겼다.

"아야, 왜 그래?"

짜증 반 놀람 반으로 승운을 쳐다보자 승운은 진지한 표정으로 혀를 차고는 말했다.

"한숨 쉬는 거 안 어울려. 그런 건 사랑받지 못하는 찌질한 녀석들한테나 어울리는 행동이야. 너처럼 예쁜 사람에겐 안 어울린다고. 하면 안 돼. 네가 그런 표정으로 있으면 두 가지 해석밖엔 안 나오거든. 거기다 결론은 같고 말이야."

"무슨 해석?"

"하나, 애인이 없는 솔로라 외롭습니다. 저한테 치근대 주세요. 둘, 애인이 있긴 한데 저한테 이런 표정이나 짓게 할 만큼 너절한 녀석이지요. 그러니 저한테 치근대 주세요. 알겠어?"

"말도 안 돼. 누가 그렇게 생각한다고 그래? 너나 그러지."

"응. 적어도 나는 그래. 그러니 치근대 줄까?"

장난스럽게 태희의 어깨에 머리를 기대고 부빗거리는 승운의 머리를 태희가 확 밀쳤다.

"진짜 이상한 녀석이야. 나 괴롭히면 즐거워?"

"응. 귀찮게 굴면 여러 가지 표정을 보여주니까."

산뜻하게 긍정해 버리니 오히려 태희가 할 말이 없다. 한숨을 쉬며 고개를 돌리는데, 승운이 다시 옆머리를 잡아당겼다.

"아프대도 그런다!"

"한숨 쉬지 말래도 그런다."

기분도 영 별로인데 승운은 자꾸만 장난을 걸어서 태희 미간에 제대로 주름이 섰다. 그런 태희의 이마를 검지로 쿡쿡 찌르며 승운이 다시 말했다.

"지금 고민하는 거 녀절한 애인 때문이야. 맞지?"

"그걸 알아서 뭐하게."

샐쭉한 표정으로 입술을 삐죽거리는 태희를 보며 승운이 히죽 웃었다.

"고민은 좋은데 애인 앞에선 생긋생긋 웃어. 이렇게 예쁜데 안 웃으면 아깝잖아."

"예쁘니 뭐니 그렇게 입에 발린 소리 다른 데서나 하라니까."

승운은 태희의 그런 한결같은 딱딱거림에도 부드럽게 대꾸했다.

"내가 예쁘다고 말해 주는 사람 세상에 별로 없어. 기분 좋아해도 돼. 그건 네 칭찬도 되고 그 녀석에 대한 찬사이기도 하니까."

"무슨 소리야?"

"꽃은 정성스레 사랑해 주면 훨씬 더 아름답게 핀다는 거 알아? 사람도 그래. 넌 처음 볼 때도 예뻤지만 지금은 그때보다 훨씬 더 예뻐졌어. 그 녀석이 그만큼 널 아껴준다는 뜻이겠지. 넌 그 녀석을 위해 더더욱 예뻐지는 거고."

"……별로."

말은 뭉툭하게 나갔지만 태희의 뺨은 붉어졌다. 승운이 멈춰 섰다. 어느샌가 지하철역 앞에 다 온 것이었다. 승운은 우산을 접으면서 말했다.

"어떤 고민인지 모르지만 결국 네가 웃는 결과라면 좋을 거야. 노파심에 하는 말인데 무조건 그 녀석 비위 맞춰주는 쪽으로는 결론 내리지 말고. 너라면 이래저래 고민하다 결국은 그 녀석이 원하는 대로 다 해줄 것 같거든."

"정말로 노파심이야. 아무튼 고마워. 충고 잘 받아들일게."

쌀쌀했던 표정이 사르르 풀어진 얼굴로 태희가 꾸벅 고개를 숙였다. 그런 그녀에게 승운이 접은 우산을 건네주었다. 약간의 실랑이 끝에 결국 태희가 우산을 받아들었다. 승운은 빙긋 웃으며 코트에 달려 있던 모자를 쓰더니 돌아서려다 말고 불쑥 말했다.

"아, 근데 왜 내가 준 립스틱은 안 써?"

"어……그게 화장은 아직 부담스러워서."

"그거 예뻐. 벚꽃색이야. 너 그 꽃 좋아하잖아."

살짝 눈이 커진 태희를 앞에 두고 승운은 손을 흔들더니 뒤돌아서 뛰어갔다. 그러다 갑자기 멈춰서 돌아보고 말했다.

"아 참, 대학 입학 선물도 기대하고 있으라고!"

안개 같은 빗속으로 뛰어가는 승운의 뒷모습을 잠시 지켜보다가 태희도 지하철역 안으로 들어가는 계단을 밟기 시작했다. 립스틱이라. 소희가 아직 가지고 있을까 싶어 고개를 갸웃하다가 '벚꽃'이란 말에 이내 온 마음을 뺏겼다.

마치 하나의 계시 같았다.

가장 좋아하는 것. 조건 없이. 당연하게. 어째서라거나, 어떻게라는 건 생각하지 않았다. 벚꽃. 한재경. 실제의 세상에서 그 꽃이 피고, 한

523

조각도 남지 않을 만큼 다 져버린 후에도 늘 머릿속에, 심장 속에 피어 있는 그 꽃처럼 재경이 존재한다.

그래서 의아했다. 안아서 전부 자신의 것으로 만들고 싶다던 재경의 말이. 더는 생각할 수도 없을 만큼 좋아하는데, 그걸로는 부족한 걸까? 이미 난 그의 것인데. 무슨 뜻인지는 알고 있다. 몸을 안겠다는 게 어떤 의미인지 모를 만큼 숙맥은 아니다. 소희 덕분에.

태희는 천천히 손을 들어 자신의 뺨부터 천천히 머리카락을 쓸어 올려 보았다. 이젠 너무 길어서 무겁기까지 한 머리카락이다. 자른다고 말만 하다가 어느새 이젠 엉덩이를 가릴 듯 말 듯하다. 그녀의 소녀시절의 기억을 머리카락들 역시 공유하고 있다.

"잘라야겠지. 정말로. 언제까지고 소녀일 수는 없는 거니까."

그래도 여전히 두려움이 발목을 붙잡는다. 어깨도 움츠려져 있다. 하지만 태희는 입술을 꽉 다물며 등을 펴고 걷기 시작했다. 까만 눈이 별처럼 반짝였다.

"으아아, 안 돼! 이럴 수는 없다고! 난 못 해! 못 해!"

손에 들고 있던 가위를 내던지면서 소희가 포기 선언을 했다. 태희는 소희가 정말로 못한다고 버티자, 보자기를 고정시켜 놓았던 핀을 풀고 일어섰다. 소희가 볼멘소리를 냈다.

"어디 가!"

"미용실."

"안 돼! 네 머리는 내가 전속이잖아!"

"못 한다며."

"할 게. 한다고. 으아, 아까워, 아까워! 거듭 묻지만, 정말로 후회 없는 거지?"

"네, 정말로 정말입니다. 그럼 늘 그렇듯이 멋지게 부탁해요."

정중하게 인사하는 태희에게 소희도 또 한 번 인사하고 결국 가위와 빗을 붙잡고 섰다. 스툴에 앉아 있으니 태희의 머리카락이 더욱 길어 보였다. 하지만 오늘로 이 긴 머리는 작별이다. 태희는 월요일 아침에 찾아와 게임을 하느라 새벽에 잠든 소희를 깨워서 머리를 잘라 달라고 부탁했다. 이번엔 앞머리가 아니었다. 어깨를 덮을 정도로만 남겨두고 확 자르란다. 잘라서 너처럼 염색할까, 하고 묻는 태희를 보니 소희는 하늘이 노래지는 기분이었다. 애가 어디서 못 먹을 걸 먹고 왔나 심하게 걱정하면서 염색은 우선 말려보았다.

　아깝다. 눈물 나게. 소희는 긴 시간 동안 공들여 기른 머리를 자기 손으로 자르자니 심장이 지끈거릴 정도였다. 자른 머리로 인형 가발이라도 만들어야지 하고 생각하면서 소희는 눈을 질끈 감고 손에 쥔 머리를 싹둑 잘랐다. 저질렀다. 돌이킬 수 없게 되자 그 뒤로는 아무 생각 없이 대칭이 맞게 자르는 데에만 몰두할 수 있었다.

　태희는 등 뒤에서 들려오는 서걱거리는 가위 소리를 남의 일처럼 들으면서 정면에 보이는 벚꽃 그림을 쳐다보았다. 소희의 아틀리에에 걸려 있지만 태희의 그림이다. 소희가 재작년 생일에 선물해 주었다. 아직도 태희 집에는 그 그림을 가져가서 안전하게 둘 공간이 없다. 늘 놀러 오니 언제든 보고 싶으면 볼 수 있지만…….

　"저 그림 가져갈게."

　"응? 그림? 무슨 그림? 설마 저거? 걸 데 없다며. 괜찮아?"

　"재경이네 집에 둘 생각이야."

　"에엥? 그 녀석 집에?"

　영문을 모르겠다는 듯 소희의 목소리가 높아졌다.

　"그냥 둬도 돼. 너는 모르지만 재경인 그래도 남자앤데 꽃그림이 그렇게 맘에 들 것 같지도 않고, 그릴 때는 꽤 괜찮은 것 같았는데 지금 보니까 실력도 별로고……."

"난 저 그림이 좋아. 아주 좋아. 그러니까 재경이도 좋아할 거야."

"Are you sure?"

당황한 소희 입에서 난데없이 영어가 튀어나왔다. 태희가 키득거리면서 대답했다.

"Of course."

아주 아주 단단하면서도 동시에 부드럽기 그지없는 애정. 처음부터 태희는 그렇게 커다란 애정을 재경에게 주었더랬다. 이젠 거기에 다른 것도 더해졌다는 걸 소희는 느낄 수 있다. 아마도 신뢰라는 건지도 모르겠다. 시간과 함께 쌓아올린 것이다.

서걱서걱 잘려나가는 태희의 머리카락을 보면서 소희는 새삼스레 신기하다고 생각했다. 태희와 재경, 이 둘이 여태껏 아무 문제없이 사귀어 왔고 이제 곧 CC가 될 예정이라니. 이쯤 되면 상당히 긴 꿈이다. 워낙 동화 같은 전개에 소희도 이것을 꿈이라고 생각하고 말 때가 있다. 물론 태희처럼 오래가지는 않는다. 바로 현실감각을 되찾아 물었다.

"아, 근데 말이야. 너 머리 자르는 거 재경이도 알아?"

"아니."

"웁스! 너 지금 독단으로 이런 짓을 한단 말이냐? 재경이가 싫어하면 어쩌려구?"

"하하, 별걱정을 다 하네."

"너 진짜 뭐 잘 못 먹었지? 한재경 누군지 몰라? 윤태희 세계의 태양이자 모토, 절대자잖아? 그런 네가 그 애가 맘에 안 들어 할 짓을 한다는 게 말이 돼?"

"네가 얼마나 날 한심하게 생각하는지 충분히 알았어. 역시 내가 잘 못 살았어."

그렇게만 말하고 태희는 벚꽃 그림을 응시했다. 꼭 세속적인 일에서 해탈한 스님처럼 구는 태희 앞에서 여전히 작은 일 하나에 목숨을 구는 소희는 걱정스럽게 중얼거렸다.

"후환이 무서운데 말이지. 혹시 이 일로 재경이가 날 추궁하는 거 아니야?"

"그럴 일 없어. 네 목숨은 내가 지켜줄게."

"으아, 목숨이 걸린 일이었어? 쳇, 좋은 일 하고 목숨을 위협받아야 하다니."

"아, 그렇지. 머리 자른 다음에 나랑 목욕 가자. 아예 찜질방 갈까? 바나나 우유랑 함께 내가 쏜다!"

"우왕굿! 그럼 나 초고속으로 가위질 들어가신다!"

칙칙 물을 뿌리고 가위질하는 소리가 유난히 빨라졌다. 주변에 툭툭 떨어져 내리는 기다란 머리카락들에 태희는 전혀 신경 쓰는 표정이 아니다. 차츰차츰 가벼워지는 머리카락의 무게만큼 태희의 표정도 가벼워졌다. 조금은 심란할 줄 알았는데 기우였다.

"그러고 보니 그 립스틱 어쨌어?"

불쑥 태희가 묻자 소희가 화들짝 놀라서 발을 삐끗했다.

"그, 그건 갑자기 왜?"

"그거 벚꽃색이래서. 발라봤어?"

"안 발랐어! 그딴 거 바른 적 없어! 절대 안 발랐단 말이야!"

목소리까지 과도하게 커졌다. 태희가 어리둥절해서 돌아보니 소희는 머리 자르다 말고 손등으로 입술을 마구 비비고 있다. 깜짝 놀라서 태희가 물었다.

"머리카락 입에 들어갔어?"

동작정지가 된 소희가 어정쩡하게 웃었다. 다시 가위질을 하기 시작했지만 소희의 머릿속에는 지금껏 무시하려고 애쓰던 녀석의 일이 제대로 자리 잡고 말았다. 이재인. 졸업식 날 나한테 그런 짓을 해놓고 전화 한 통 안 한단 말이지. 그런 주제에 날 좋아한다고? 쳇, 그딴 소리 믿은 적도 없다. 전화하지 말라고, 평생!

머리를 자르고 소희와 목욕을 다녀온 뒤 태희는 다른 계획을 위해 움직였다. 그 일도 끝나고 밖으로 나왔을 때는 주위에 이미 땅거미가 내린 후였다. 태희는 심호흡을 한 번 하고는 이제 마지막 목적지에 가기 위해 지하철역으로 향했다.

내릴 곳이 다가오면서 핸드폰을 들고 전화를 할까 말까 망설이다가 우연에 맡겨 보기로 했다. 그저 순리대로 자연스런 흐름을 기대하면서 태희는 듣고 있는 음악에 집중했다.

정차할 역이 되어 천천히 플랫폼에 발을 내딛는데 그녀의 시선 끝에 검은 구두가 들어왔다. 별생각 없이 고개를 들어본 순간 태희는 깜짝 놀랐다.

"재경아."

"여기서 안 내리면 어쩌나 했는데. 난 어쩐지 OX에 약해서 말이지."

재경이 손을 뻗어 태희의 손목을 감싸 쥐고 자신에게로 당겼다. 그의 품에 안기기 직전에 멈춰선 태희가 배시시 웃으면서 중얼거렸다.

"어떻게 된 거야? 설마 같은 지하철 탄 거였어?"

"응. 운동 다녀오면서."

"아는 척하지."

"그냥 구경했어. 다른 녀석들처럼."

"무슨 구경?"

"사실은 옆 칸에 탔는데 주위에 있던 남자들이 자꾸 같은 곳을 힐긋거리며 수다인 거야. 연예인이라도 탔나 싶을 만큼 부산을 떨어서 쳐다봤더니 그게 너더라."

"왜 그러지? 내 모습 이상한가?"

고개를 갸웃하면서 미간을 찡그리는 태희의 이마를 재경이 스윽 어루만졌다. 짧게 쳐낸 앞머리와 어깨밖에 안 오는 머리카락을 손으로 확인한 뒤에 그가 물었다.

"이 머리 어떻게 된 거야?"

"아. 잘랐어. 산뜻하지?"

"자른 건 눈에 보여서 알아. 왜 이렇게 된 거냐구. 설마 소희가 장난친 거야?"

"장난 아닌데. 내가 이렇게 잘라달라고 주문했어. 너무 긴 머리 좀 그렇잖아. 너 언젠가 내 머리 보고 귀신영화 주연도 문제없다고 했고."

"그런 말을 했다고? 내가?"

"응. 그때 잘라야지 하고 생각한 걸 이제야 실행했어. 이젠 음침하게 안 보이지?"

태희가 밝게 웃는 모습에 재경은 씁쓸한 표정을 했다. 무슨 이야기 중에 나온 말이었던 간에 그런 의도가 아니었을 것이다. 그만큼 예쁘다는 뜻이었겠지. 느리게나마 체력이 붙고 있지만 여전히 상아 같은 피부에 환한 햇살 속에서도 새카만 먹빛인 머리카락의 대비는 더욱 또렷해진 이목구비와 함께 그녀의 특징적인 아름다움이다. 생머리를 그냥 늘어뜨리면 시대를 거슬러 올라간 것처럼 고풍스러운 분위기가 감돌았다.

익숙해질수록 더 마음에 들었는데. 이미 어쩔 수 없게 된 일이지만 재경은 자꾸만 태희의 머리카락을 어루만지면서 아쉽다는 생각에서 벗어나지 못했다. 눈치하고 담을 쌓은 태희도 얼마쯤 그의 그런 기분을 깨닫고는 눈을 깜박거리다가 말했다.

"자르기 전엔 몰랐는데 머리가 확 가벼워진 거 있지. 진짜 하고 싶은 건 소희 같은 머리였는데 그 정도로 용기가 나진 않아서 이 정도로

529

만족한 거야. 있잖아, 난 너무 산뜻하고 즐거워. 내가 좀 더 유쾌한 사람이 된 것 같아서 말이야."

"유쾌한 사람이 되고 싶었어?"

"응, 이왕이면 함께 있으면 즐거운 사람이 좋잖아."

"간단하군 그럼. 내 옆에만 있으면 되는 거네."

"응?"

어리둥절해 하는 태희의 오른손에 깍지를 끼워 잡고 재경은 걷기 시작했다.

"나한테 오던 거 맞아? 아니면 다른 곳에 가던 길이야?"

"너한테 가는 중이었어. 운을 기대하면서."

"운에 걸어본다고? 그렇게 흐지부지한 것에 날 건 거야?"

"너도 아까 OX했다며. 그거나 이거나 마찬가지 아냐?"

"너 안 내렸으면 전화 걸었을 거니까. 다음 역에서 내리라고."

"다른 용건이 있어서 못 내린다고 했으면?"

"다른 용건 따위 알 게 뭐야. 내 눈에 보인 이상 넌 날 만나기 위해 와야 하는 거지. 나보다 중요한 용건이 너한테 뭐가 있어?"

확신을 담아 말하는 재경이나 그걸 들으면서 그것도 그렇다고 생각하는 태희나 둘이 똑같다. 태희는 문득 생각난 것 때문에 고개를 돌렸다.

"그러고 보니 차는 어쩌고 지하철 타?"

"주차장에 뒀어."

"타고 다니지 왜? 설마 벌써 시들해진 건 아닐 테고. 나 같으면 매일 타고 다니겠다."

"줄까? 아, 그전에 운전부터 배워야 하겠군. 시간 되는 대로 가르쳐 줄게."

"아냐, 아냐. 그거 너한테 준 선물이잖아. 그리고 차를 어떻게 그렇게 선뜻 준다고 말해? 통이 큰 것도 그만하면 문제 있어."

"이미 나한테 준 거니까 내가 주고 싶은 사람 준다고 문제 될 거 없
잖아. 너하고 돌아다니려면 차가 있는 편이 낫지 싶었어. 네가 갖고
나 데리러 다니는 것도 괜찮겠네."

"나를 어떻게 믿고. 나 윤태희야. 내가 운전을 배우는 덴 십 년은 걸
릴 거야."

"문제는 그거였나?"

심드렁하게 중얼거리는 그가 마치 뭔가에 정신을 뺏긴 것처럼 건성
이었다. 거기다 걸음도 무척이나 빨랐다. 옆에서 따라 걷는 태희가 벅
찰 정도였다.

"저, 저기 천천히 걸으면 안 돼? 왜 이리 빨리 걸어?"

늘 재경이 그녀를 신경 써줘서 걷는 것에 불편한 적이 없었는데 말
이다. 재경은 혀를 차면서 오히려 걸음을 더 빨리 했다.

"이런, 되도록 내리기 전에 들어가고 싶었는데. 그래도 뛰어 보자.
조금이라도 덜 맞도록."

"무슨 소리……어, 비다!"

재경에게 정신이 팔려서 하늘에 새까만 먹구름이 몰려온 것도 모르
고 있었다. 후두둑 소리와 함께 굵은 빗방울이 사정없이 떨어지기 시
작했다. 둘은 열심히 뛰었지만 아파트에 이르러 엘리베이터 안으로
들어가 보니 둘 다 머리가 흠뻑 젖어 있었다.

"아이참, 목욕하고 소희가 드라이까지 해줬는데."

태희가 투덜거리는 소리에 재경이 젖은 머리를 쓸어 넘기다가 물었
다.

"나한테 오는 거랬지, 너. 이 시간에 말이야."

재경이 손목시계를 구태여 확인한 것은 태희에게 시각을 일깨워주
기 위함이었다. 태희는 고개를 끄덕였다. 가방에서 손수건을 꺼내 재

531

경의 얼굴부터 닦아주려는 태희의 손을 잠시 붙잡아두고 재경은 재차 물었다.

"너 지난번에 만났을 때 내가 한 말 기억 못해?"

"……저녁 아직이지? 나 에그 스크램블 하는 거 제대로 마스터했어. 그리고 다른 음식도 몇 가지 더 배웠어. 그래서 마트부터 들렀다 올 생각이었는데."

"지금 이야기 주제가 뭔지 몰라?"

"알아. 아, 가야지?"

엘리베이터가 열렸다. 집 문을 열면서도 재경은 마치 태희가 열두 시면 사라져 버리는 신데렐라라도 될까 봐 걱정하는 듯 팔목을 붙잡고 있었다. 안으로 들어선 태희가 구두를 벗으려는데 재경이 태희의 턱을 들어 올리더니 키스를 해왔다. 늘 그랬듯 시작은 부드러웠다.

"보고 싶었어."

"어제도 전화했잖아."

"전화로는 네가 보이지 않아. 이렇게 만질 수도 없고."

재경이 태희의 뺨을 감싸고 애틋하게 입술을 겹쳐왔다. 겹쳐진 입술을 조금씩 움직일 때마다 달콤하고 간지러운 소리가 난다. 머릿속이 아득해지면서 몸의 체온이 분명히 올라가는 걸 태희는 느꼈다. 매달리듯이 그의 가슴에 손을 얹으면서 태희가 몸을 기대는 순간 재경이 퍼뜩 놀란 표정으로 그녀를 밀어냈다.

"아, 미안. 너 비 맞았는데 그냥 세워뒀구나. 타월 가져올게."

그가 서둘러 신을 벗고 올라가 욕실로 향했다. 태희는 잠시 머쓱한 기분을 이기지 못하고 그가 간 방향을 쳐다보았다. 이런 식으로 밀어 낸 적은 없었는데. 사소한 동작에 불과한데도 이렇게 가슴이 시린 일이구나. 어쩜. 난 지금껏 수도 없이 반복한 일이었는데.

당황스런 표정과 함께 태희는 아파트 안으로 걸음을 옮겼다. 재경이 어째선지 방금 전보다 더 흠뻑 젖은 머리를 하고서 욕실에서 나오다가 그녀를 보더니 다시 욕실로 들어가 타월을 가지고 왔다. 타월을 가지러 갔으면서 타월을 잊다니, 대체 뭘 한 걸까. 의아해하면서 태회가 타월로 머리를 닦는 동안 재경이 옆으로 와서 젖은 코트를 벗는 걸 거들었다. 언뜻 손에 닿은 그의 손이 무척이나 차가웠다.

"손이 아주 차. 아깐 따뜻했잖아. 어, 얼굴도. 어떻게 된 거야?"

"갑자기 열이 나서 차갑게 식힌 거야. 내버려 두면 돼."

"그런 게 어디 있어? 혹시 감기 오려고 그런 거 아니야? 어디 봐."

"그냥 내버려 두라니까……."

재경의 중얼거림은 갈수록 힘을 잃었다. 이마에 닿은 그녀의 작은 손 아래 재경의 눈이 빤히 태회를 응시했다. 태회는 그에게서 열이 나는지만 생각하다가 문득 그의 시선에 이끌려 그대로 그의 눈을 응시했다.

차가웠던 그의 피부가, 그녀의 손 아래에서 차츰 따뜻해지다 이윽고 뜨겁게 느껴졌다. 창백했던 그의 얼굴이 열꽃이 오른 것처럼 붉게 상기되기 시작했다.

아아, 그런 거구나 하고 문득 태회는 이해하게 되었다. 이해한 순간 태회의 체온도 확 높아졌다. 그의 이마에 댔던 손을 어색하게 거둬들이는데 재경이 그 손을 잡아 손바닥에 입술을 댔다. 입술을 꾹 누른 채로 태회를 보는 재경의 시선은 더욱 깊어져 갔다. 당황스러움에 눈을 깜박거리다가 그만 시선을 피하고 마는 태회에게 재경이 중얼거렸다.

"아까워. 네 머리카락. 손에 휘감기는 느낌이 근사했는데."

"이미 잘라버린 걸. 아……."

"다시 길러. 이것도 내 것이니까."

어느새 등 뒤로 온 재경의 왼손이 태회의 머리카락을 지그시 누르

며 그녀를 자신에게로 끌어당겼다. 키스할 거라고 생각해 눈을 감았
는데 아주 가까이에서 느껴지는 그의 숨결에도 불구하고 입술의 느낌
은 나지 않았다. 눈을 뜨자 너무나 가까이에 보이는 그의 눈에 새삼
태희는 얼굴을 붉혔다. 나지막한 그의 목소리가 귓가에 울렸다.

"지금 나한테 온 거 내 말에 답해 주기 위한 거 맞아?"

"……그래. 네가 원하는 대로 해."

"내가 원하는 대로? 그럼 네 뜻은?"

"그게 내 뜻이야. 결국 내가 널 거절할 수 없을 거란 건 너도 잘 알
잖아."

물론 잘 알고 있다. 하지만 태희가 그렇게 말하자 재경은 마음에 무
거운 돌이 가라앉는 기분이었다. 허락을 얻어냈지만 그것이 그렇게
기쁘지 않았다. 그건 태희의 얼굴에 담긴 미소가 체념에 가까운 것이
었기 때문이었다. 그토록 기다리던 순간이 목전에 다가왔는데도 재경
의 몸에는 결박의 주문이라도 걸린 것처럼 움직이질 않았다.

이런 게 아니야. 이런 식으로 이루고자 한 게 아니야. 내가 기다린
것은 단순히 나이 같은 게 아니었어. 시간이 흘러서 네가 어른이 되길
기다린 거야. 어른에 가까워지길 기다린 거야. 그렇게 되면 아주 자연
스럽게 너도 날…….

"그렇지만 너는? 너는 조금도 이런 걸 원하는 게 아니잖아."

재경이 천천히 태희를 밀어냈다. 그에게서 멀어질수록 태희의 가슴
에도 서늘한 바람이 이는 것 같았다. 재경은 순식간에 차분해진 표정
으로 머리를 쓸어 넘기면서 말했다.

"씻고 나올게. 나가서 밥 먹자. 뭘 먹을진 내가 생각할 테니까 넌 그
냥 쉬고 있어."

"그다음엔?"

"데려다 줄게. 너무 늦지 않게."

돌아서서 욕실로 들어가려는 재경을 멍하니 바라보다가 태희가 입술을 꼭 깨물면서 그보다 더 빨리 욕실 문 앞을 가로막아 섰다.

"그렇게 안 해. 난 여기 있을 거야. 오늘도, 내일도, 내일 모레도."

"안 되겠어. 여기 머물기엔 아직도 네가 어려. 그걸 이제야 깨닫다니 나도 참 바보지 싶은데 말이야."

피식 웃고는 태희를 옆으로 비켜서게 하려는 재경에게 태희가 보기 드물게 날이 선 표정을 지으면서 또렷이 말했다.

"내가 늦된 건 나도 알아. 그렇지만 성장할 거야. 널 위해서. 네가 원하는 대로 하겠다는 내 말에 뭔가 기분이 상한 모양인데 그게 내 진심 중의 진심인걸. 난 네가 기뻐하면 나도 기뻐. 네가 즐거워하면 나도 즐겁고. 네가 원하는 대로 해서 네가 즐겁고 기쁘다면 내겐 그것보다 더 기쁘고 즐거운 일은 없어. 그렇게 단순해, 나는. 그래서 마음만으로도 부족하다고 생각한 적이 없었어. 어째서 몸을 안아야 전부가 되는 건지 난 아직도 잘 모르겠어. 하지만 네가 몸을 안아야 내 전부를 갖는 거라고 믿는다면 날 안아. 안아줘."

마치 명령하듯 마지막 말을 내뱉고 태희는 재경의 셔츠 자락을 잡고 발꿈치를 들어 그의 입술에 키스했다. 그리곤 그에게 태희는 애원을 하듯 속삭였다.

"이대로 돌려보내지 마. 나 엄청 마음 굳게 먹고 영양제까지 맞고 왔단 말이야."

"풋, 정말로? 영양제를 맞았다고? 세상에."

재경에게서 웃음이 터져 나왔다. 그제야 태희도 잔뜩 긴장했던 어깨의 힘을 빼고 사르르 웃었다. 너무 힘을 뺐던지 다리까지 후들거리는 걸 재경이 버티게 해주었다.

"그냥도 귀여운데 그렇게 귀여운 말 하지 마. 난 가끔 너 때문에 이성이고 뭐고 다 날아가 버릴 때가 있어. 그럴 때마다 머리에 찬물을 끼없을 수는 없는 노릇이란 말이야."

"좋을 대로 해봐. 넌 어떤 모습이든 멋있을 거야."

"무서워할 거야. 틀림없이. 그러다 도망가 버리면 어쩌게."

"안 도망가. 그러기엔 널 너무 좋아하는걸."

"그렇지만 난 무서운걸. 내가 널 너무……사랑하는 게."

사랑? 태희는 자신이 제대로 들은 건가 싶은 표정으로 그를 응시했다. 그런 태희를 재경이 가슴에 안으며 그녀의 정수리에 입술을 대고 중얼거렸다.

"오늘은 이걸로도 좋아. 이렇게 끌어안고 함께 있자. 더 이상은 아무리 나라고 해도 심장마비 걸릴 것 같거든."

각오는 했지만 재경의 그런 말을 듣는 순간 태희의 입에서 안도의 한숨 비슷한 게 흘러나왔다. 그 솔직한 반응에 재경은 다시 웃고 말았다. 동시에 태희를 더 꼭 품에 담았다. 수백 번도 넘게 해본 포옹일 텐데 마치 처음 그녀를 안은 것처럼 심장이 두근거렸다.

2. 발화(發火)

"그만 일어나 태희야. 아침 먹을 시간이 훨씬 지났어."

부드럽게 어깨를 흔드는 손길에 얼핏 눈을 떴지만 몽롱한 표정으로 눈만 깜박거리고 있는 태희를 재경이 조심스럽게 일으켜 앉혔다. 그래도 곧 태희의 눈이 감기나 싶더니 고개가 푹 수그러지면서 쌔근쌔근 자고 있다. 재경이 살짝 웃으면서 태희의 어깨를 흔들었다.

"일어나. 안 일어나면 굶을 줄 알아."

"엄마, 일어날게. 금방 일어나서 내려갈 테니까⋯⋯."

눈도 뜨지 않고 중얼중얼 거리는 태희 때문에 결국 재경은 그녀의 옆에 앉아야 했다. 그녀의 머리카락을 손가락으로 정리해 주면서 전에 비해 현격히 짧아진 머리카락이 아쉬워 눈을 찡그렸지만 얼굴을 보자 그런 마음도 모두 녹아 없어졌다. 아기 같은 살결 속에 감긴 눈을 따라 차양처럼 드리워진 긴 속눈썹과 매끈한 콧날 아래 살짝 벌어진 말간 살구빛 입술까지, 그녀는 너무도 무방비했다.

어젯밤 내내 태희를 품에 안고 있었다. 졸리다는 태희의 말에 침실

537

로 들어와 나란히 베개를 놓고 눕자 태희는 오던 잠이 다 깨버렸다면서 바짝 긴장해 있었지만 이런저런 이야기를 나누는 사이에 스르르 잠이 들어버렸다. 그제야 재경은 스탠드 불을 켜놓고 잠든 태희를 마음껏 보았었다. 자신과 함께인데도 너무도 평온한 표정으로 잠든 태희를 지그시 끌어안으면서 재경은 투덜거렸다.

"날 옆에 두고 잠이 와? 둔한 건 알았지만 이 정도면 지나쳐. 확 잡아먹어버릴까."

물론 해보는 말이었다. 그럴 생각이었으면 이미 오래전에 내키는 대로 했을 테니까. 태희를 아끼는 마음이 자꾸만 커져 그럴 수 없었다. 너무 커져서 이젠 성격까지 닮아가나 싶다.

"곤란해. 우유부단하고 약한 사람 따윈 질색이야. 그런 바보는 세상에 너 하나로 족해."

그런 바보를 지키려면 자신이 두 배는 더 날카롭고 강한 사람이 되어야 한다고 생각하면서 재경은 끌어안은 태희의 머리카락에 얼굴을 묻었다. 익숙해진 라벤다 향을 깊이 들이마시면서 재경도 눈을 감았지만 잠은 오지 않았다. 자세가 불편했던지 태희가 뒤척거리다가 깰 듯 말 듯한 순간도 왔지만 재경은 그녀를 안은 팔을 풀지 않았다.

태희는 그대로 한 번도 깨지 않았지만 재경은 끝내 잠을 이룰 수 없었다. 잠깐 잠이 들었다 눈을 뜨면 그녀가 없어져 버릴지 모른다는 불안도 있었다. 참으로 넌 내게 여러 가지 기분을 느끼게 만드는구나 하면서 재경은 내내 그녀를 보며 밤을 지새웠다.

그토록 길면서도 아침이 되니 모든 게 거짓말처럼 짧게 느껴지는 밤은 또 처음이었다. 태희가 일어나면 그제야 일어난 척해 볼까 하고 자는 척도 했지만 태희는 세상모르고 쿨쿨 자기만 해서 결국 재경이 먼저 침대를 빠져나왔다. 식사 준비를 다 마치고 들어왔는데도 자고 있다. 정말로 잠의 달인이다. 장난을 좀 쳐볼까 하다가 마음을 고

처먹고 상냥하게 깨우는 쪽을 택했는데 영 일어나지 못하는 데다가 팔에 고스란히 안긴 태희가 너무도 유혹적이었다. 재경은 가볍게 태희의 입술에 키스했다.

계속되는 키스에 태희가 조금씩 움찔거리나 싶더니 어느 순간 눈을 떴다. 잠시 동안은 여전히 멍했다. 여기가 어딘지도, 지금 무슨 일이 일어나는지도 모르는 눈이었다. 그러다 겨우 상황 파악이 시작된 순간 태희는 깜짝 놀라서 그를 밀어냈다.

"어, 엄마야! 잠깐만, 타임!"

태희가 깬 줄도 모르고 키스하다가 밀려난 재경이 놀라서 바라보는 사이 태희는 이불 속으로 숨어들어갔다. 그러더니 이불 밖으로 오른손 하나만 내밀고 까딱까딱하며 말했다.

"좋은 아침."

"하하하하, 무슨 소린지 안 들리는데 머리 정도는 내밀고 말하지 그래? 달팽이 양."

"아이참, 너 들리면서 그러지? 좋은 아침이라고, 앗!"

이불 밖으로 아주 약간만 얼굴을 내밀면서 말만 하고 들어가려던 태희는 재경의 눈과 정면으로 딱 마주쳤다. 다시 숨으려는 태희의 머리를 잽싸게 붙잡은 재경이 씩 웃었다.

"아침 아닌데 어쩌냐? 벌써 11시 넘었어."

"열한 시? 뭐야, 좀 깨우지."

태희는 얼굴을 가리려고 안간힘을 쓰는데 재경은 전혀 힘들지 않은 표정으로 태희의 머리를 잡은 채 계속 말했다.

"이렇게 잘 줄 알았나. 너 다른 데 없는 재능이 자는 데 있더구나. 감탄했다, 나."

"그런 거에 감탄하지 마. 아이, 그만하고 놔줘. 창피하단 말이야."

"창피해? 뭐가? 침 흘린 자국?"

"그럴 리가! 나, 나 그렇게 험하게 안 자는데? 정말이야?"

순식간에 태희가 새빨개져서 입가를 만지다가 재경이 큭큭거리며 웃자 그제야 놀리는 소린 줄 알고 다른 의미로 얼굴이 빨개졌다.

"나빠. 자기만 혼자 멀끔하게 하고 놀리다니."

"일어나지 말라고 한 사람 없는데? 난 진즉부터 식사 준비하고 있었다고. 들어올 때 설마하니 아직 잘까 했지. 근데 쿨쿨 잘도 자대. 잠자는 숲속의 미녀라면 키스로 깨워야지 했고 말이야. 근데 내가 뭘 잘못했단 거야?"

"어, 어……. 그래, 내가 전부 나쁘다. 그러니까 좀 나가라, 응?"

"뭐하게?"

"뭐하긴! 씻고 옷 갈아입을 거야."

"어제 입고 온 옷?"

"그 옷 말고 무슨 옷이 또 있겠어?"

여기 오면서 들고 온 가방에 잠옷이나 속옷은 챙겨 넣었지만 미처 다른 옷까지 넣지는 못했다. 그렇게 하려면 가방이 커지는데다가 그랬다가는 소희의 의심을 샀을 테니까. 소희는 지금 태희가 어머니랑 시골 친척집에 간 줄로 안다. 어머니는 태희가 소희네 집에 있는 줄로 알고. 워낙 잦은 일이라 어머니가 확인해 올 일도 없고, 소희도 친척집에 간 걸 아니까 심심하다고 한 시간에 한 번씩 전화할 일도 없을 것이다. 나름 완전범죄인데 한 가지 아쉬운 게 있다면 입을 옷 정도? 그런데 그런 태희 앞에서 태평스레 재경이 말하는 것이었다.

"그거 세탁소에 맡기고 왔어."

"세탁소? 그거 어제 입은 옷인데 무슨 세탁을……. 아니 그보다 왜 세탁소에, 여기도 세탁기 있잖아? 건조도 되고."

"다림질하기 귀찮아서."

"내가 할 수 있는 일인데."

"나 하기 싫은 일을 너한테 하라고 해? 날 어떤 인간으로 보는 거야?"

"아니, 그런 소리가 아니라……."

"씻어. 입을 만한 옷 찾아줄게."

재경은 태희가 다른 말을 꺼내기 전에 그녀가 방패처럼 쓰고 있던 이불을 홱 옆으로 잡아챘다. 얼굴을 찡그리는 그녀를 일으켜 세운 뒤 침실에 딸린 욕실로 밀어 넣었다.

"옷은 문 앞에 갖다 놓을게. 아, 근데 너 화장품이 왜 그 모양이야? 애들도 아니고 아직도 그런 걸 쓰다니. 조만간 나랑 백화점 한번 가자."

자기 할 말만 마친 뒤 재경이 탁 문을 닫았다. 태희는 멍하니 욕실 문을 쳐다보다가 고개를 돌렸다. 그리고는 깜짝 놀랐다. 세면대 옆의 공간에 자신의 화장품과 갈아입을 속옷이 놓여 있다. 옷을 자기 맘대로 세탁소에 보낸 것으로 부족해 가방까지 열어보다니.

"나빠, 나빠. 으아, 이 속옷 새것 아닌데. 역시 어제 새로 살걸. 얼마나 한다고. 아니 속옷이 좀 비싸긴 해. 아, 지금 그런 게 문제가 아니잖아. 으아앙."

부스 옆에 쪼그리고 앉아서 한동안 태희는 머리를 감싸고 있었다. 껍질을 잃어버린 달팽이가 된 기분이었다. 그렇지만 심호흡을 하고 태희는 자리에서 일어났다.

"달팽이 아냐. 나는 인간. 강한 여자가 되는 거야. 파이팅!"

씩씩한 포즈로 거울을 보다가 어울리지 않아서 웃고 말았다. 태희는 눈을 감은 채 몇 번이고 심호흡을 했다. 눈을 뜨자 머리가 맑아졌다는 게 느껴졌다. 동시에 기운도 났다. 어서 씻고 나가 새 하루를 시작하자고 다짐하면서 태희는 머리를 묶었다.

재경이 입으라고 준 옷은 태희의 마음에 전혀 들지 않았다.

"옷이 커. 너 삐쩍 말랐는데 왜 이렇게 품이 큰 거지?"

"남자니까. 그리고 나 삐쩍 마른 거 아니야. 그건 네 경우지."

"키가 큰 건 알겠지만 허리도 이렇게 차이 나나? 보이는 것하고 다르구나."

재경이 태희가 날아가 버릴까 봐 감춰버린 날개옷 대신에 일부러 작정하고 준 흰 셔츠와 검은색 트레이닝 반바지. 셔츠는 목 끝까지 단추를 채우고 팔을 몇 번이고 걷었지만 밑단이 허벅지를 훌쩍 넘는다. 반바지는 7부가 되었다.

"내 허리 역시 지극히 정상이야. 네가 비정상이야. 봐, 내 두 손에 잡히게 생겼잖아."

"으앗, 간지러워. 하하하, 간지럽대도 그런다."

식사를 다 마치고 앞서 걸어가던 태희의 허리를 재경이 꽉 잡으면서 와락 끌어당겼다. 고개를 숙여 그녀의 귓가에 입술을 대다가 문득 떠오른 게 있어 재경이 중얼거렸다.

"예전에 체육대회 때 춘 춤 기억나?"

"춤추자는 거야? 나 다 잊어버렸는데."

"괜찮아. 내가 다 기억하니까. 역시 내가 머리가 좀 지나치게 좋긴 하지?"

"아, 물론이죠. 다른 사람도 아니고 한재경인데. 팔방미인이시잖아요."

"어쭈, 너 비아냥거리는 거지 지금? 기어올라, 이 달팽이가."

"달팽이 아니다. 난 사람. 어머, 하하하, 어우, 간지럽대도. 잘못했어. 내가 잘못했어. 꺄아 어지러워! 내려 줘. 내려 줘 재경아."

예전 같았으면 어림도 없는 말대꾸를 하는 일이 자꾸자꾸 늘어간다. 그럴 때마다 응징을 당하긴 하지만 사실은 응징을 빙자한 친밀한 스킨십일 뿐이다. 이번에도 태희의 허리를 잡아 번쩍 들어 올리자 허리를 만지면 간지럼을 타는 태희가 웃느라 자지러졌다. 얼굴을 마주

보게 뱅글 돌렸더니 두 손으로 입을 가리고 웃음을 참느라 빨개진 태희가 보였다.

"내가 좋다고 열 번 말해 봐. 그럼 내려줄게."

"싫어. 괴롭히는 사람한테 그런 말 안 해."

"누가 괴롭히는 건데?"

"누구겠어? 여기 유령이 있나? 아아, 여보세요? 거기 누구 계세요?"

"이제 넉살까지? 묘하게 누구랑 닮아가네."

"생존본능이지. 강한 여자가 멋지잖아. 소희처럼 강해지면 참 좋겠어."

"그렇게 드센 여자 딱 질색이야. 네 친구니까 겨우 봐주는 건 줄 알아."

"너무해. 소희는 드센 게 아니야. 소희는 말이지 아주 멋진……읍, 안 한다니까."

눈을 동그랗게 뜨고 소희 역성을 들어주려는 태희의 입술에 재경이 쪽 입을 맞췄다. 태희가 머리를 뒤로 빼면서 앙탈을 부렸지만 재경이 그녀의 허리를 꽉 조이면서 손으로 스윽 옆구리를 쓸어 만지자 간지러움에 얼굴이 발개졌다. 웃음을 참는 건 굉장한 고문이었다. 결국 칭얼거리다시피 하면서 애원하고 말았다.

"항복할게, 항복. 좋아한다고 말하면 되지? 좋아해, 좋아해, 좋아해. 왜 또?"

재빨리 손가락으로 헤아리면서 좋아한다고 말하기 시작한 태희를 보고 재경이 시큰둥한 표정으로 고개를 저었다.

"바로 안 했으니 벌칙이 두 배야. 좋아한다고 말할 때마다 입술에 키스하기."

"그런 게 어딨어? 순 폭군이야."

"오 초 안에 안 하면 세 배로 는다. 일, 이, 삼, 사."

"한다고 해. 좋아해."

처음엔 떨떠름하게 좋아한다는 말끝에 입술을 갖다 대는 듯 마는 듯했지만 횟수가 거듭될수록 둘 다 진지해졌다. 점점 더 한 번 하는 키스 시간이 늘어났다. 마지막으로 좋아한다는 말을 하고 입술을 대었을 때엔 재경도 태희도 입술을 떼려고 하지 않았다. 꼭 겹쳐진 입술 속에서 얽힌 서로의 혀가 천천히 움직였다. 거의 늘 재경이 밀어붙이 듯이 하는 키스였지만 간혹 이렇게 태희도 응해줄 때가 있었다. 너무 짧게만 느껴지는 대신 너무도 달콤한 시간. 다스리기 힘든 열기가 한순간 온 혈관을 휘감아 돈다. 심장이 평소의 몇 배는 뜨겁고 진한 피를 뿜어내는 것처럼.

"나⋯⋯. 잠깐 찬바람 좀 쐬고 올게."

"지금 비 오는데."

겨우 두 사람의 입술이 떨어졌을 때 흘러나온 목소리는 둘 다 잠겨 있다.

"그래도 잠깐만 베란다에서 서 있을래."

"그래."

미묘해진 공기를 의식해 재경이 고분고분히 태희를 팔에서 풀어주었다. 태희는 바닥에 발이 닿자마자 달아나듯 베란다로 뛰어가 유리문을 열었다.

태희가 베란다에서 아직 쌀쌀한 2월의 마지막 공기를 흠뻑 들이마신 뒤 다시 거실로 돌아왔을 때 재경은 눈을 감은 채 소파에 기대어 앉아 있었다. 그 사이 또 그의 머리칼이 푹 젖어 있다. 그게 어떤 의민지 이제 알 것 같은 태희가 가만히 그 옆에 앉아 톡 머리로 그의 어깨를 건드렸다. 눈을 뜬 재경이 희미하게 웃으며 TV를 영화 채널로 틀어 놓았다. 그는 다시 눈을 감았다. 태희가 그를 돌아보고 물었다.

"안 봐? 그럼 다른 거 보고."

"졸려. 갑자기 엄청나게."

"식곤증? 아직 봄도 아닌데."

"넌 너무 잘 자더라. 정말 잠의 달인이야. 인정해. 남은 전혀 못 자는데도 쿨쿨."

"왜 못 자? 내가 잠꼬대라도 막 했어?"

"……왜 그랬을까. 고민해 봐. 실컷."

"그러지 말고 말해. 어, 어라라."

수수께끼를 남긴 뒤 재경은 불쑥 태희의 허벅지에 머리를 올려놓으며 누웠다. 태희가 놀라서 쳐다보는 것도 아랑곳 않고 재경은 눈을 감았다.

"재경아, 자려면 좋게 자. 내가 베개 가져다줄까? 이러면 안 되는데……."

자꾸 말을 걸었지만 재경은 눈을 뜨지 않았다. 얼마 안 가 그가 색색 내쉬는 숨소리가 들려왔다. 태희는 쩔쩔매면서 어찌할 바를 몰라 하다가 결국엔 현실을 받아들였다.

태희는 영화에 집중하자고 수차례 다짐해 봤지만 어느샌가 시선은 자신의 허벅지를 베고 잠든 재경의 얼굴로 고정되었다. 그러고 보니 눈 아래에 살짝 그늘이 져 있다. 깨끗하게 밀긴 했지만 수염 자국도 몇 개 보인다. 태희는 자꾸 그의 얼굴로 내려가려는 손을 막고자 팔짱까지 껴 봤지만 불과 얼마를 못 참고 그의 얼굴을 만지기 시작했다.

젖은 머리칼을 넘기자 반듯한 이마가 드러났다. 짙은 눈썹을 지나 높은 콧대를 따라 손가락을 미끄러뜨렸다. 그의 턱에 있는 홈도 꾹 눌러봤다. 이걸 보고 소희는 엄청 고집이 세다는 증거라면서 그래서 그의 성격이 고약하다고 말했지만 태희는 그래서 그가 의지가 강한 거라며 항변하곤 했다. 맘에 든다. 하긴, 그 어느 것 하나 마음에 안 드는 것이 없지만.

재경의 얼굴 감상에 푹 빠져 있다가 갑자기 그가 낸 수수께끼의 답이 궁금해졌다. 재경인 대체 왜 못 잔 거지? 나처럼 구경하느라 못 잤을 리는 없는데. 아무리 생각해도 이상하다고만 여기면서 태희는 재경의 눈썹이 몇 개인지 세려는 사람처럼 물끄러미 쳐다보았다. TV의 볼륨을 0으로 만들자 주위는 너무도 고요해졌다. 시간이 멈춘 것처럼.

하지만 시간은 차곡차곡 흘러 어느새 불을 켜지 않으면 안 될 만큼 실내가 어두워졌다. 재경이 눈을 뜬 건 그런 어둠 속에서였다. 오랜만에 지독히 깊은 잠을 이룬 것 같았다. 머리는 맑았고, 기분은 산뜻했다.

"일어나서 커피부터 마시고, 아……."

스트레칭을 하기 위해 팔을 펴다가 그제야 재경은 뭔가가 이상하다는 걸 깨달았다. 크게 뜬 눈에 태희의 모습이 들어왔다. 순식간에 모든 걸 다 파악한 그가 벌떡 몸을 일으켰다.

"태희야?"

"어……. 재경아, 깼구나. 잘 잤어?"

태희도 얼핏 잠이 들었는지 재경의 부름에 눈을 비비면서 중얼거렸다. 재경은 서둘러 거실의 불을 켜고 시계를 확인했다. 여섯 시 반 가까이 됐다. 잠들기 전에 거실 시계를 확인했을 때 한 시가 못 된 시각이었던 걸 기억한다. 그렇다면 다섯 시간 넘게 태희 다리를 베고 잔 셈이다. 자는 건 그렇다 치고 태희는 그 시간 동안 꼼짝도 안 하다니.

"적당히 있다 깨우지 계속 그러고 있었어?"

"깨우려다가 나도 그만 졸려서. 그렇게 잤는데 또 졸리다니. 나 정말 잠의 달인인가?"

배시시 웃으면서 기지개를 켜더니 태희도 일어나려고 했다. 하지만 얼굴을 찡그리며 다시 앉고 말았다. 재경이 곧장 그녀의 옆으로 오며 물었다.

"왜 그래? 다리가 저려? 아무튼 바보 같은 데는 뭐 있다니까."

곧장 앉아서 재경이 다리를 주물러주자 태희는 민망해서 급히 말렸다.

"그, 그러지 마. 내가 알아서 할게."

"알아서 하긴 뭘 해. 다리 저리면 살짝 다리만 빼면 될 걸 가지고. 다리만 저려? 다른 건 안 불편해?"

"아, 그렇구나. 나 목말라. 차가운 물 가져다줘. 응?"

"그래, 잠시만."

물 핑계로 재경을 다른 곳으로 보내놓고 태희는 열심히 다리를 주물렀다. 하지만 재경이 생각보다 더 빨리 물을 가져오는 바람에 제대로 주무르지도 못하고 멀쩡하다는 걸 보이려고 일어나야 했다. 어떻게 일어서긴 했는데 오른쪽 다리에 감이 없이 무겁디무겁다.

"괜찮아?"

"물론. 봐, 서 있잖아. 물 고마워. 어찌나 목이 마르던지, 으아, 미안."

그냥 서 있기만 할 걸 오버해서 걸어보기까지 하다 여지없이 오른발 때문에 삐끗하고 말았다. 우스꽝스럽게 앞으로 주저앉을 뻔한 걸 재경이 잡아주다 기껏 가져온 물까지 쏟고 말았다. 재경에게 안 쏟으려고 순간적으로 기지를 발한 건 좋았는데 덕분에 태희는 자신이 죄 물을 뒤집어썼다. 물이 뚝뚝 떨어지는 얼굴로 태희가 키득거렸다.

"진짜 차가운 물 가져왔네. 근데 전혀 못 마셨어. 아, 조금 남았다."

얼마 안 되는 물이라도 마시려는 태희의 손에서 재경이 재빨리 컵을 가져가 다시 물을 가지러 갔다. 젖은 머리카락을 쓸어 넘기고 아직 감이 별로 없는 허벅지를 툭툭 두드리고 있는데 재경의 발소리가 들리더니 고개를 들었을 때 풀썩 얼굴에 타월이 덮였다. 그녀가 거기서 얼굴을 빼기도 전에 재경이 타월을 슥슥 움직여 젖은 곳을 대충 닦아주었다.

"지나치게 차분해서 답답한가 싶으면, 이렇게 사람 황당하게 만들어서 확 깨놓지."

"그래서 싫어?"

태희가 망설이며 묻자 재경은 타월을 슥 걷어내고 빙긋 웃었다.

"그런 게 싫었으면 애초에 너한테 접근도 안 했어. 기억나? 벗나무 아래에서 넘어졌던 너랑 마주쳤던 날."

"물론. 그걸 어떻게 잊어."

"너 정말 바보 같아 보였어."

"그건 벗나무 뿌리에 걸려 넘어진 거였어. 아무것도 없는 데서 넘어진 거 아니었다구."

"편잔주는 거 아니야. 예뻤어. 그렇게 넘어져서 날 올려다보는 얼굴이 깜짝 놀랄 만큼 예뻤어. 나도 모르게 손 내밀어서 일으켜주고 싶은 거 내가 꾹 참았던 거 모르지?"

"어? 정말?"

"응. 정말. 다른 사람 따위 걱정해본 적 없는 내가 말이야. 왜 그랬을까."

너무도 진지한 그의 표정에 태희는 마른침을 삼켰다. 재경이 옆에 두었던 컵을 주자 태희는 가만히 물을 마시면서 흘긋 그의 눈을 보았다. 잠에서 막 깼어도 그는 태희와는 달리 너무도 또렷한 눈빛이다. 그 눈으로 태희를 응시하고 있다. 태희는 물을 마시면서도 목이 말랐다. 그의 시선에서 눈을 돌리기가 참으로 힘들었지만 결국 시선을 돌리고 태희는 괜히 이것저것을 둘러보다가 시계에서 눈을 멈추었다.

"저녁 시간이구나. 이번엔 내가 준비할게."

다리도 괜찮아져서 일어나는 것에도 문제가 없었다. 재경이 따라 일어서면서 물었다.

"배고파?"

뭔가를 먹고 싶은 생각이 아예 없다. 그저 막 갈증이 날 뿐.

"지금부터 준비하고 이따 먹으면 되잖아. 아직 그다지 배는 안 고프지만."

"나도 그래. 전혀 배고프지 않아. 그냥……한 가지 생각만 하는 중이고."

등 뒤에 그가 다가서는 게 느껴지자 태희는 긴장했다. 그의 손이 머리카락을 살며시 어루만지다가 앞으로 뻗어지더니 그녀의 몸을 자신에게로 끌어당겼다. 재경의 숨결이 귓가에 느껴졌다. 태희는 천천히 숨을 쉬는 데에 집중했다. 재경의 목소리가 귀에 닿았다.

"괜찮은 거……맞지?"

"아……."

손에 든 컵을 하마터면 떨어뜨릴 뻔했다. 그의 말이 어떤 의민지 너무 선명하게 깨달아서. 눈치하고 담쌓은 평소처럼 그냥 모르고 지나갔다면 좋겠는데 그 순간엔 그냥 느껴졌다. 그와 너무 가까이 있어서 마음까지 전해지는 것처럼. 이런 순간 의뭉스럽게 넘어가버릴 수 있는 뻔뻔스러움은 아무리 긁어모아도 부족했다. 그리고……정말 각오한 바니까.

"응."

태희의 목소리는 낮았지만 떨리지는 않았다. 태희는 재경도 들릴 만큼 크게 심호흡을 했다. 그리고 돌아서서 재경을 쳐다보았다.

"괜찮아."

재경은 태희의 뺨을 만지다가 그녀의 입술 위에서 지그시 엄지를 눌렀다. 어쩐지 우울하게까지 보이는 깊은 눈으로 그가 중얼거렸다.

"너도 날 원하게 될 때까지 기다리는 건 지금의 나한텐 무리야. 상냥하려고 했는데……안 되겠어. 이러다 내가 날 컨트롤할 수 없게 될 것 같아. 한계야."

방금 전의 자신이 왜 그를 한계로 밀어 넣었는지 태희는 전혀 모르
겠다. 말간 눈으로 그를 쳐다보며 의아해하다가 지금 중요한 건 그게
아니란 걸 깨닫고 황급히 대답했다.

"상냥해. 넌 정말로 내게 상냥해. 그러니까 그런 표정 하지 마. 내가
널 괴롭히는 것처럼 느껴져서 싫어. 난 네가 날 좋아해 줘서 너무 기
쁘단 말이야."

태희는 재경의 가슴에 뺨을 댔다. 빠르고 강한 그의 심장 소리에 그
녀의 심장도 걷잡을 수 없이 뛰기 시작했다.

"망설이지 마. 안아 줘. 그리고 할 수 있다면……더 많이 날 좋아해
줘."

"이 이상 더? 넌 지독한 욕심쟁이구나."

웃음이 깃들여진 목소리였지만 팽팽한 긴장이 또렷이 느껴졌다. 그
가 그녀를 꼭 끌어안았다. 마지막으로 저울을 재듯이. 이윽고 그가 포
옹을 풀었다. 한순간 그만두려나 싶었는데 그는 그대로 태희의 손목
을 잡고 침실로 향했다. 가면서 거실의 불을 껐다. 어두워졌다. 태희
가 침실로 들어갔을 때 등 뒤에서 문이 닫히는 소리가 너무도 크게 들
려서 흠칫 놀랐다. 그런데 재경이 침실의 불을 켜는 걸 보고 태희는
더욱 놀랐다.

"그러지 마."

"보고 싶어. 널 전부."

"다……다음에. 안 그러면 나 숨도 못 쉴지 몰라."

태희의 표정이나 목소리가 너무도 간절했다. 재경은 너무도 아쉬웠
지만 그대로 불을 껐다. 환해졌다가 불이 꺼졌을 때의 어둠은 유난히
깊었다. 그러나 재경은 주춤거리지도 않고 곧장 태희에게 다가왔고
그의 팔에 이끌려 걸어가던 태희는 잠시 후 침대 위에 눕혀졌다. 곧

재경이 침대로 올라와 그녀를 내려다보면서 말했다.

"전혀 로맨틱하지 못하구나. 미안해. 처음인데 이런 식이 되어 버린 거."

"아니야. 지금도 좋아. 이미 지금도 난 꿈인지 생시인지 구분이 힘들어."

"어쩌면 꿈이 아닐까? 이 비슷한 꿈 아주 자주 꿨거든. 확인시켜줘, 태희야."

태희는 팔을 들어 그의 목에 감아 서서히 자신에게 당겼다. 그리고 입술을 맞췄다.

"현실이야. 아마도."

"그렇구나. 아마도 현실인 모양이야."

부드럽게 키스가 이어졌다. 재경은 아직 그녀에게 체중을 싣지 않기 위해 두 팔을 세워서 자신을 지탱하고 있었다. 하지만 키스가 길어질수록 두 팔은 힘없이 수그러졌다. 그러다 그는 확 고개를 들고 거친 숨을 몰아쉬었다. 가쁜 숨을 쉬면서 눈을 뜨는 태희는 재경이 셔츠를 벗는 것을 보았다. 안 그래도 강하게 뛰던 심장에 더 큰 무리가 와서 태희는 꽉 눈을 감았다. 그러나 눈을 감자 청각이 무섭도록 또렷이 작동했다. 시트를 스치는 부스럭거리는 소리로 짐작하게 되는 일들에 태희는 더욱 긴장하게 되었다. 그러다 그의 손이 태희가 입고 있는 셔츠 단추를 풀기 위해 목에 닿는 순간 태희는 소스라치게 놀라 소리까지 칠 뻔했다. 그러나 참았다. 다행히도.

성급함 때문에 오히려 일이 더뎠다. 셔츠를 잡아 찢지 않고 마지막 단추를 푸는데 성공하자 재경은 떨리는 손을 멈추고 침착을 되찾기 위해 안간힘을 썼다. 천천히. 좀 더 천천히. 그녀를 안으면서 그가 할 수 있는 최대한의 상냥함은 부드러움뿐이다.

마침내 더는 그의 손에 그 어떤 옷도 닿지 않는 순간이 왔다. 재경

의 눈에 그녀의 전신이 고스란히 들어왔다. 뽀얀 피부는 어둠 속에서
도 어렴풋이 빛이 났다. 아직도 소녀나 다름없는 태희의 가냘픈 체형
이 발하는 처연할 정도의 연약함에 숨이 막힐 정도였다.

"예뻐……."

그의 탄식에 태희가 두 손을 꼭 쥔 채 가늘게 전율하는 게 육안으로
도 보였다. 재경은 거의 아무것도 생각할 수 없게 되어가는 머리로 가
까스로 다시 중얼거렸다.

"너무나 예뻐. 예뻐, 태희야. ……태희야. 부탁이야. 눈 떠봐."

잔뜩 겁에 질린 태희의 눈앞에 열기 가득한 재경의 눈이 기다리고
있었다. 무서워서 울어버리고 싶을 정도의 기분이 목 끝까지 차올랐
지만 태희는 고통스럽게까지 보이는 재경의 눈빛을 보면서 막 쏟아져
나올 것 같은 말을 가까스로 억눌렀다. 용기를 내야 해. 용기를. 이건
서로를 간절히 좋아하는 사람들에겐 당연한 일이니까.

"내가 널 너무 아프게 하면 참지 말고 말해. 내가 정신이 없어서 들
어주질 않으면 때려서라도 말려. 참지 마. 난 널 사랑하고 싶은 거지,
괴롭히고 싶은 게 아니니까. 알겠어?"

"……괜찮아. 네게 사랑받는 일이라면 그 어떤 일도 고통스럽지 않
아. 그럴 리가 없어. 그러니……걱정하지 마, 재경아. 난 그렇게 약하
지 않아."

용기를 끌어 모으니 태희는 웃을 수도 있었다. 재경의 팔을 잡아당
겨 살며시 끌어안았다. 뜨거운 그의 피부가 자신의 몸에 닿는 순간 태
희는 다시금 가늘게 떨었지만 그 충격과 같은 이질감은 순식간에 사
라졌다. 재경이니까. 다른 누구도 아닌 재경이니까 그와 관련된 모든
것을 다 좋아할 수밖에 없다. 그것이 태희에겐 본능이다.

재경은 마지막까지 그의 이성을 붙잡고 있던 망설임의 끈을 놓았
다. 태희의 등을 와락 끌어안으면서 그에게만 허락되는 입술을 거리

낄 것 없이 취했다. 기다렸다는 듯 태희가 그의 입술과 혀를 받아들이면서 키스는 순식간에 평소의 가장 농밀했던 수준을 뛰어넘었다. 수없이 방향을 바꾸고 타액을 교환하며 끈끈하게 키스를 이어가던 중에 재경의 등을 안고 있던 태희의 팔이 힘없이 옆으로 흘러내리더니 시트를 가만히 그러쥐었다. 재경이 그 팔 위로 손을 미끄러뜨려 시트를 쥐고 있던 그녀의 손을 풀게 하고 자신의 두 손으로 깍지를 끼웠다. 버썩 힘을 주어 팔을 위로 끌어올리자 태희의 막힌 입속에서 가는 신음이 맴돌았다.

이윽고 그녀의 입술을 풀어주고 재경은 빰과 귓밥, 목덜미 이곳저곳에 세차게 입술을 눌렀다. 그렇게 내려가던 그의 입술이 쇄골 아래의 보드랍기 그지없는 살갗을 희롱하기 시작했을 때, 눈을 감고 떨림을 누르려 애쓰던 태희가 나지막하게 탄식했다. 홱 고개를 든 재경이 태희의 얼굴을 보고는 다시 같은 곳을 입술로 훑고 살짝 이빨 끝을 세웠다. 순간적이나마 태희의 전신이 바르르 떨렸다. 희열에 찬 재경의 눈 아래에서 태희의 자그마한 유두가 단단하게 솟아오르는 것이 보였다. 재경이 덥석 그녀의 한쪽 가슴을 움켜쥐며 물었다.

"느껴져? 느껴지는구나. 그렇지?"

"……그런 거 묻지 마. 그냥 해, 그냥……아, 재경아, 그러지 마!"

손으로 원을 그리듯이 태희의 가슴을 애무하던 재경이 참지 못하고 다른 쪽 가슴에 입술을 대는 순간, 태희가 번쩍 눈을 뜨며 그의 머리를 밀어내려 했다. 그녀의 손은 간단히 재경에게 붙잡혀 다시 원래의 자리로 돌아가 그의 손 아래 갇혔다. 재경은 막 부풀어 오르기 시작한 소녀의 가슴처럼 풋풋한 태희의 가슴을 맹렬히 탐하고 어루만졌다.

태희는 자유로운 한 손으로 자신의 입을 눌러 이상한 소리를 내지 않으려 안간힘을 썼다. 입을 덮는 것만으로는 목에서 터져 나오려는 신음을 누르기가 벅차서 태희는 자신의 손등을 잘근잘근 씹어댔다.

그러나 그런 소리를 기껏 참아도 태희의 몸이 말을 하고 있었다. 머리 끝부터 발끝까지 휘몰아치며 사라지지 않는 떨림을 누를 방법을 그녀는 몰랐다.

재경은 그 소리를 들었다. 바들거리는 태희의 몸을 느끼다가 고개를 들어 그녀를 바라보자 속눈썹 가득 눈물을 머금은 채 태희가 손등을 깨물고 있는 게 보였다. 순간 벅차오르는 사랑스러운 감정에 재경은 버썩 그녀를 껴안으며 입술을 빼앗았다. 쏟아지는 키스 세례 속에 태희가 가쁘게 토해내는 숨소리에 재경의 머릿속이 명멸을 반복했다. 태희가 떨리는 것 이상으로 재경도 떨렸다. 몸은 미칠 듯이 그녀를 갈구했다. 어서, 어서 태희를, 이 여자를 완전히 갖고 싶다고 비명을 지르고 있었다.

"태희야, 태희야……. 갖고 싶어. 나 너 갖고 싶어. 갖고 싶어 미치겠어, 태희야."

재경의 열에 달뜬 목소리에 태희는 또 한 번 온몸을 관통해가는 찌르르한 전율을 느꼈다. 머리가 아득해서 말하는 법도 생각이 나지 않는데, 재경은 끊임없이 태희를 갖고 싶다고 속삭여댔다. 듣기만 하다간 머리가 어떻게 될 것 같아서 태희도 애써 입을 열었다.

"그렇게 해. 재경아……. 네가 원하는 대로 모두 다……모두 다……."

머리가 마비되어 버렸을 때 작동하는 건 본능이었다. 그리고 재경의 본능은 무척이나 포악했다. 으스러져라 껴안는 그의 악력에 태희의 얼굴이 찡그려졌고, 물어뜯는 듯 거칠어진 그의 입술에 태희의 연한 살에 애처롭도록 붉은 흔적이 여기저기 돋아났다.

재경의 애무로 태희의 숨결은 한껏 흐트러져갔고, 온몸에 희미하게 땀이 배어났다. 라벤더 향과 흡사한 그 체취에 재경은 헐떡거리면서 태희의 몸 곳곳을 거침없이 애무해가다가 마침내 허리로부터 부드러운 계곡으로 이어지는 둔덕에 도달했다. 꼭 다물어진 다리 사이의 공간은 열이 오른 그녀의 몸 중에서도 가장 뜨거웠다. 재경이 태희의 허벅지를 붙잡아 다리를 옆으로 벌리게 하자 반쯤 넋을 놓고 있던 태희가 퍼뜩 겁에 질린 눈으로 다리를 다시 오므리려 했다. 그녀의 본능적인 거부를 부드럽게 다독여줄 일말의 여유조차 재경에겐 없었다. 재경은 완강히 벌린 태희의 다리 사이로 자신의 허리를 가져갔다.

"자, 잠깐만, 재경아. 잠깐만 나……, 아앗!"

태희가 완연히 겁에 질려서 끌어당기는 재경의 힘을 피해 버티려 했지만 재경은 반쯤 일으킨 그녀의 상체를 침대로 밀어뜨리며 덮쳐눌렀다. 그의 몸이 지금까지와는 전혀 다른 강도로 태희를 누르기 시작했다. 태희의 여린 꽃잎 사이로 재경은 손가락을 미끄러뜨려 단단히 아물린 꽃봉오리를 사뭇 거칠게 희롱했다.

"웃, 으웃, 재경아, 재경아, 이러지 마, 싫어, 재경아, 재경아, 흐윽!"

태희의 머릿속에서 번쩍이는 섬광이 일었다. 난생처음 겪는 감각에 어찌할 바를 몰라 숨을 헐떡이고, 버둥거리며 몸을 비틀었다. 그러는 사이에도 태희의 꽃잎을 어루만지는 재경의 손은 빠르게 움직이고 있었다. 꽉 닫혀 있던 태희의 꽃잎은 결국 그의 침입을 허락하기 시작했다. 손가락이 조금씩 밀려들어가면서 그 안에 비좁고 숨 막히도록 뜨거운 공간이 있다는 것을 재경에게 알려주었다.

"허억……"

흡사 짐승처럼 거칠어진 숨결 속에서 재경은 눈을 감은 채 바들거리며 가쁜 숨을 내쉬는 태희의 눈에 어린 눈물조차 눈에 들어오지 않았다. 재경의 손가락이 또 하나, 꽃잎 속으로 밀려들어가자 태희가 그의 어깨를 꽉 붙잡으며 신음했지만 재경은 핏발이 설 정도로 흥분한 눈으로 이를 악물고 태희의 꽃잎이 그에게 불러일으키는 기이한 감각에 빠져 있었다.

말라있던 그녀의 꽃잎이, 거듭되는 낯선 존재의 침입에 순응하듯이 조금씩 촉촉해졌다. 그것을 분명하게 깨달은 재경은 손가락을 빼낸 뒤, 이미 한참 전부터 허리가 아릿아릿하도록 성이 나 있던 자신의 분신을 천천히 그녀의 꽃잎에 갖다 대었다.

이미 지독하게 민감해져 버린 부분에 뜨겁고 단단한 무언가가 닿는 순간, 태희는 소스라치게 놀라며 눈을 떴다.

"아……!"

손가락 때문에 느꼈던 아픔은 아무것도 아니었다. 뭔가 잘못된 게 틀림없다. 태희는 입술을 깨물어도 보고 숨을 헐떡거리며 시트를 사정없이 꽉 비틀어 쥐어도 보았다. 하지만 마치 생살을 찢고 무언가가 틀어박히는 듯한 고통을 상쇄할 만한 것이 없었다.

"아파……. 재경아, 으읏……아파."

재경을 위해 기필코 참아보겠다던 다짐도 잊고 태희는 울면서 재경을 밀어내려 버둥거렸다. 재경 역시, 태희가 아파하면 배려해 주리라 하던 처음의 다짐 따위 이미 안중에도 없다.

재경의 몸은 뜨거워질 대로 뜨거워져서 그대로도 폭발해 버릴 것만 같다. 이성은 완전히 마비되어 본능만이 번득거렸다. 처음으로 마음에 품고, 처음으로 육신을 욕심낸 여자. 그런 여자를 완전히 갖게 되기 일보 직전. 생각 같은 걸 할 수 있을 리가 없다.

태희가 희미하게 반항하는 것은 그에게 위협이나 다름없었다. 재경은 이 반항을 내버려두지 않았다. 길게 끌면 오히려 더 고통스러워할 거라고 그의 본능이 말했다. 그는 지금까지의 피가 바짝바짝 타도록 느릿한 진입을 그만두고, 태희의 다리를 활짝 벌려 버둥거리지 못하게 꽉 눌렀다. 그리고 극도로 흥분한 그의 분신을 압도적인 힘으로 찔러 넣었다.

"읏……아흑! ……우우웃!"

뜨겁게 쏟아지는 눈물과 함께 태희는 신음을 쏟아냈다. 재경의 분신은 더, 더 깊숙한 곳을 찾아 쇄도해 들어갔다. 꼭 감은 눈으로 머리 위의 시트를 있는 힘껏 움켜쥐며 태희가 몸부림치는 모습에 재경의 얼굴에도 언뜻 안타까움이 스쳤지만 그의 허리는 오히려 더 강하게 그녀에게 자신을 밀어붙이고 있었다.

"허억, 아……아아……. 태희야, 맙소사, 태희야. 아아……!"

마침내 완전히 그를 받아들인 태희의 몸이 격렬하게 떨면서 침입자를 조여 왔다. 그 엄청난 자극에 재경은 잠시 꼼짝도 할 수 없었다. 뜨겁다는 말로는 부족한 온기. 아찔해지도록 좁은 그녀의 안에서 재경의 분신은 지금껏 겪은바 없는 쾌락에 당장이라도 폭발할 것 같았다.

"아파, 그……만. 재경아, 아훗, 아, 아아아, 제……발, 제발…….
하웃!"

재경은 등줄기를 타고 수없이 반복되는 전율에 함몰되지 않으려 태희를 끌어안고 격하게 허리를 움직였다. 태희의 애원은 물론 자신의 숨소리조차 재경에겐 들리지 않았다. 오로지 그의 분신이 깊숙이 밀려들어갈 때마다 경련하는 그녀의 몸과, 맞닿은 피부의 열기와 체취, 헐떡이는 그녀의 가슴이 주는 아찔함에 자신의 전부를 맡겼을 뿐이다. 이제까지 본 적이 없는 그녀의 흐트러진 얼굴마저도 재경에게는 오싹거리는 쾌락이나 다름없었다.

아프다고 호소할 기력조차 태희는 잃었다. 어차피 겪고자 각오했던 일, 이미 일어났다면 그대로 재경에게 자신을 맡겨버리자 싶었다. 재경이 원하는 대로 무엇이든 하도록 내버려두고 멍하니…….

그러나 그 멍하게 있는 것이 되지 않았다. 이미 시각도, 청각도, 촉각도, 후각마저도 지독하게 예민해져서 전부가 펄떡거리면서 요동치고 있었다.

불길. 휘몰아치는 접촉의 폭풍과, 숨이 막히도록 거친 재경의 행위가 만드는 격통 속에서 아득해지는 와중에 태희는 자신이 불길에 삼켜진다고 생각했다. 안 그러면 이렇게 뜨거워질 수가 없다. 넘실대는 불길이 몸속으로 들어와 내장 전부를 태우고 그녀의 모든 것을 삼키려 작정한 것이다. 발화점을 찾아 몸속 구석구석을 돌며 불길이 헤매고 있다.

갑자기 그 불길이 태희의 얼굴을 핥으며 지나갔다. 꼭 감았던 눈을 뜨고 불의 실체를 확인하려 한 태희에게, 재경이 보였다. 일그러진 재경의 얼굴, 거기서 그의 눈 안에 불길이 타오르는 것이 보였다. 그가 고통스러워 보여서 태희는 그의 뺨을 만졌다.

"괜찮아? 재경아, 너……아파 보여."

"너 때문에……."

"나 때문에?"

"너 때문에 돌 것 같아. 너무 좋아서……이러다……미쳐버릴 것 같아, 태희야."

그렇게 말한 재경이 그녀의 입술에 덤벼들었다. 그의 입술이 닿는 순간, 태희는 아까 느꼈던 그 뜨거움을 재차 느꼈다. 불길이다.

아아, 나는 재경에게 삼켜지는 거구나. 이 지나친 뜨거움은 재경이었어.

태희는 몽롱한 머리로 이해했다. 그러자 하반신에서 쉴 새 없이 밀려오는 통증도 그다지 고통스럽지 않아졌다. 몸이 다 타버린다고 해도 상관없다 싶었다. 재경이라면 괜찮다. 재경이 자신 때문에 좋아한다면 아무래도 좋다. 그의 기쁨은 자신의 기쁨이니까. 그렇게 생각하며 태희는 떨리는 두 팔을 들어 재경의 등을 할 수 있는 한 힘껏 끌어안았다.

그녀를 태우던 불길이 그렇게 다시 재경에게로 번져갔다.

불길의 먹이가 될 갈망이라면 한이 없었다. 그리고 밤은 아직 멀었다.

태희를 씻겨주고, 재경도 샤워를 하고 나오면서 보니 커튼이 쳐지지 않은 베란다 쪽 창으로 동이 터오는 바깥 하늘이 희미하게 보였다.

"벌써 아침인가. 나도 참 지독한 놈이네."

재경은 침실 문을 조심스레 열었다. 아까 욕실에서 태희를 안고 와서 눕힐 때 켜둔 램프가 여전히 켜져 있다. 태희도 재경이 이불을 덮어준 그대로였다. 옆에 앉아 태희의 하얀 얼굴을 들여다보다 살며시 뺨을 건드리자 태희는 소스라치게 놀라서 눈을 떴다.

"아, 재경아……. 미안. 내가 잠들어 버린 거야?"

목소리가 꺼질 것만 같다. 재경이 가운을 벗고 이불 속으로 들어가면서 그녀의 이마에 가볍게 키스했다. 그 후엔 팔을 괴고 그녀를 내려다보며 끊임없이 뺨을 만지작거렸다.

"백 년쯤 잘 것 같은 얼굴이네."

"지쳤으니까."

태희의 목소리만큼이나 미소 역시 가련하도록 희미했다. 죄책감을 느껴 재경은 가슴이 아팠다. 그녀의 눈을 보기가 미안했다. 자신도 모르게 재경은 손을 뻗어 태희의 눈을 가렸다. 하지만 그렇게 하자 그 아래로 보이는 그녀의 입술에 불쑥 심장이 헝클어졌다. 충동을 이기지 못해 재경은 붉게 부풀어 오른 그녀의 입술에 키스했다. 동시에 천천히 태희에게 체중을 실으며 그녀의 몸 위에 올라가자 그제야 태희의 입에서 얕은 신음소리가 흘러나왔다. 이젠 어느 정도 이성을 되찾은 재경의 머리가 태희의 반응에 퍼뜩 정신을 차렸다.

"맙소사. 나 이렇게 제어력이 약한 인간 아니었는데."

밤새 태희가 몇 번이나 실신했었는지. 재경은 너무도 철저하게 태희의 모든 기력을 소진시켰다. 얼마나 지쳤는지, 그녀는 재경이 욕실에서 씻겨준다는 것에도 제대로 거부의사를 보이지 못했다. 밝은 곳은 싫다고 불을 꺼달라면서 얼굴을 붉히던 그녀가 환한 욕실 안에서 재경의 손에 몸을 맡길 수밖에는 없었다. 완전히 그에게 의지해오는 태희의 연약한 모습에 간신히 브레이크를 걸었던 갈망이 또 한 번 끓어올랐지만 참아낼 수 있었다.

환한 불빛 아래 드러난 태희의 새하얀 나신에 그가 만든 무수한 흔적들이 무안했던 것이다. 동시에 그가 만든 게 아닌, 보다 오래된 흉터들을 보면서 안쓰러움을 견딜 수 없었다. 목에 있는 옅은 장미색 흉터와 비슷한 것들을 어렵지 않게 여러 개 더 찾아낼 수 있었다.

다시금 그 안쓰러운 감정이 되살아나 재경은 태희의 머리를 끌어당겨 품에 안았다. 다른 걸로 오해했는지 태희가 얼핏 눈을 뜨더니 중얼거렸다.

"……재경아 미안한데 나 이 이상은 너무 지쳐서 안 돼. 좀 잘게. 조금이라도 좋으니 자고 난 뒤라면 아마……."

말하던 도중에 태희는 잠이 들고 말았다. 그만하면 감탄스러울 만큼 잘 버텨 주었다.

"조금은 자지 마. 푹 자도록 해. 부디 아프지만 말고."

장난스러운 말과 함께 태희의 이마에 입맞춤을 했다. 팔베개를 해준 채 옆자리에 누워 물끄러미 그녀를 바라보는 사이 그에게도 졸음이란 게 찾아왔다. 잠이 들기 직전 깍지를 끼워 잡고 있던 그녀의 손에 한번 꽉 힘을 주면서 재경은 중얼거렸다.

"이제 난 그 누구보다도 너하고 가까운 사람인 거니까. 너는 머리카락 한 올까지 다 내 사람이야. 내……여자라구. 이젠 누구도……. 누구도 너를……."

〈2권에서 계속〉